파우스트 박사 2

Doktor Faustus

세계문학전집 245

파우스트 박사 2

Doktor Faustus

토마스 만

임홍배, 박병덕 옮김

민음사

날이 저물고, 불그레한 하늘은
지상의 모든 생명에게 하루의 고달픈 일을
놓고 쉬라 하는데, 나 홀로

힘들고 고통스러운 방랑의 길을
떠나기 위해 마음의 준비를 하고 있었다.
내 기억은 이 모든 것을 틀림없이 기록하리라.

아, 뮤즈여! 지고의 지성이여! 날 도우소서!
아, 내가 본 것을 기록하는 기억이여,
여기서 그대의 고귀함을 드러내 다오!

— 단테, 『신곡』 「지옥편」 제2곡 중에서

차례

파우스트 박사 9

1권 차례

26

크레추마어의 강연을 다루었던 장(章)도 너무 많은 지면을 차지해서 걱정이 되었지만, 바로 앞의 장에는 그보다 훨씬 많은 지면을 할애할 수밖에 없었다. 하지만 지면이 그렇게 늘어났다고 해서 독자가 작가를 탓하지는 않을 거라고 생각하며 위안을 삼고자 한다. 이 문제에 대해 독자들이 어떻게 추측하든 작가인 내가 그것을 해명할 책임은 없으며, 내가 이 문제로 고심할 필요는 없을 것이다. 물론 어떻게든 독자의 부담을 덜어 주는 방향으로 아드리안의 수기를 편집할 수도 있었을 것이다. 하지만 지치기 쉬운 독자의 수용 능력을 감안하더라도, 그 "둘 사이의 대화"(여기에 도드라지게 인용 부호를 붙인 것에 주의하기 바란다. 물론 인용 부호를 통해 이 말의 섬뜩한 느낌을 조금이라도 덜고 싶은 의도를 굳이 숨기진 않겠다.)를 다시 몇 개의 장으로 분할하고 싶지는 않았다. 나는 고뇌에 찬 경건한 마음으로 주어진 자료를 그대로 재현하고, 그것을 아드리안의 악보 노트에서 나의 원고지로 그대로 옮겨 적어야만 했다. 그것도 대강 뜻만 통하게 옮기는 것이 아니라, 문자 그대로 옮겨야만 했다. 이 작업을 하면서 때로는 펜을 내려놓고 기력 회복을 위해 쉬기도 하고, 혹은 생각에 잠겨 무거운 걸음으로 작업실을 이리저리 거닐기도 하고, 혹은 양손을 이마에 얹은 채 소파에 몸을 내던지기도 했다. 이상하게 들릴지 모르지만, 그러다 보니 줄곧 떨리는 손으로 그저 옮겨 적었을 뿐인 바로 앞의 장은 이전까지 직접 집필한 다른 어떤 장보다도 실제로는 더 더디게 완성되었다.

사실 이렇게 옮겨 쓰는 작업은 심사숙고를 요했고(적어도 나로서는 그랬는데, 힌터푀르트너 씨 역시 내 생각에 동의했다.) 나 자신의 생각을 서술하는 것만큼이나 집중을 요하고 시간이 걸리는 작업이었다. 독자는 내 영면한 친구의 일생에 관한 이 서술에서 날짜나 요일 같은 세부적인 시간에는 신경을 쓰지 않았을 것이다. 그렇다면 지금도 독자는 현재 내가 이 대목을 서술하고 있는 실제 시점보다 앞서는 그 이전의 상황을 떠올리고 있을 것이다. 시골에 은거해 이 기록을 시작한 지도 거의 일 년이 넘었으며, 바로 앞의 몇 장을 집필하는 동안 1944년 4월이 되었다. 지나친 노파심이라고 우습게 들릴지도 모르겠지만, 이런 사실을 마땅히 독자에게 알려 주어야 하지 않을까 싶다.

물론 이 시기는 실제로 내가 글을 쓰고 있는 시점이지 나의 이야기가 도달한 시점은 아니다. 지금 이야기가 진행되고 있는 시점은 1차 세계 대전이 터지기 스물두 달 전인 1912년 가을이다. 그러니까 아드리안이 뤼디거 쉴트크납과 함께 팔레스트리나에서 뮌헨으로 돌아와서 혼자 임시로 슈바빙의 작은 관광호텔(기젤라 호텔)에 거처를 정했을 무렵이다. 어떤 이유에서 이와 같은 이중적인 시간 계산에 신경이 쓰이고, 어째서 그 점을 언급하고 싶은 충동을 느끼는지는 나 자신도 모르겠다. 어떻든 나는 이 이야기를 서술하고 있는 현재의 시점에서 나 개인의 삶을 영위하고 있으면서 동시에 이 이야기 속의 사건이 전개되는 시점을 구분하고 있는 것이다. 이처럼 시간의 흐름은 아주 독특하게 교차하고 있으며, 게다가 제3의 어떤 요소도 관련되어 있다. 즉, 독자가 어느 날 이 이야기를 읽게 될 시간이 있는 것이다. 그리하여 독자는 삼중의 시간 질서, 즉 독자 자신의 시간과 이야기하는 사람의 시간, 그리고 역사적인 시간과 관계하게 되는 것이다.

나 스스로도 다소 들떠서 한가롭게 이런 이야기를 하고 있다는 느낌이 강한 만큼 이제는 이런 생각에 더 이상 빠져들지 않겠다. 한 가지만 덧붙이자면, 여기서 '역사적'이라는 말은 내가 이 글을 쓰고 있는 시점보다는 서술의 대상이 되는 시점에 훨씬 더 절박하게 관련되어 있으며, 그런 사실이 나를 더욱 침통하게 만든다는 것이다. 최근 오데사 전투가 치열하게 전개되었다. 많은 피해를 남긴 이 혈전은 흑해 연안의 그 유명한 도시가 러시아의 수중에 떨어지는 것으로 결판이 났다. 물론 적군이 아군의 교체 병력까지 저지하지는 못했다. 적군은 아군의 점령지 가운데 하나인 세바스토폴을 탈환하지는 못할 것이다. 명백히 우세한 적군은 바야흐로 그 지역을 탈환하려는 것으로 보인다. 그러는 사이에 아군의 철옹성 같던 유럽이 거의 매일 공습을 당하자 엄청난 공포감이 확산되고 있다. 점점 더 강력한 파괴력을 지닌 폭탄을 투하하는 무시무시한 폭격기들 중 상당수가 아군의 용감한 방어로 격추되고 있기는 하다. 하지만 그게 무슨 소용이 있겠는가? 수천 대의 폭격기가 완전히 제공권을 장악하고 대륙의 하늘을 까맣게 뒤덮고 있으며, 시간이 흐를수록 우리의 도시들은 더욱 심하게 초토화되고 있다. 레버퀸의 성장과 비극에 너무나 의미심장한 역할을 한 도시 라이프치히 역시 결국 폭격 세례를 받고 말았다. 내가 듣기로는 출판사들이 밀집해 있는 명소도 폐허가 되어 버렸다. 그 엄청난 문학과 문화의 자산이 파괴되었다니 우리 독일인들뿐 아니라 문화를 사랑하는 모든 사람들에게 막대한 손실이 아닐 수 없다. 하지만 사람들은 그런 손실까지도 감수하려는 것으로 보인다. 그들이 눈먼 것인지 아니면 올바른 것인지 나로서는 감히 판단할 엄두가 나지 않는다.

　나는 정말 두렵다. 치명적인 정책으로 치달은 끝에 우리는 양대 강대국과 동시에 충돌하게 되었다. 한쪽은 엄청나게 많은 인구를 가진 데다가 혁명적 도약을 이룩한 나라이고 다른 한쪽은 가장 막강한 생산 능력을 가진 나라이니, 결국 우리의 패망으로 끝나지 않을까 두려운 것이다. 사실 미국은 생산 설비를 모두 가동하지 않더라도 능히 전체를 제압할 수 있는 무기를 생산할 수 있을 것이다. 민주주의 국가들도 이젠 판단이 흐려질 정도로 예민해져서 여차하면 가공할 무기를 사용할 수 있다고 생각하니 끔찍하다. 그런 중에 우리는 전쟁이 독일만의 특권이며 다른 나라들은 폭력을 행사하는 데 서툰 아마추어에 지나지 않을 거라고 믿어 온 착각에서 매일매일 깨어나고 있다. 우리는(힌터푀르트너 씨와 나도 이 점에서 이제 더 이상 예외가 아니다.) 앵글로색슨 족이 온갖 전쟁 기술을 총동원할 것이라고 각오했으며, 침략의 긴장은 고조되고 있다. 우세한 물자와 수백만의 병력을 보유한 군대가 사방팔방에서 우리의 요새(차라리 감옥이나 정신 병원이라고 해야 할지도 모르겠지만) 유럽을 공격해 올 것으로 예상된다. 적군의 상륙에 대비한 거창한 대책을, 그러니까 지금 우리의 총통을 잃는 것에 대비해 우리 국민과 국토를 지키기 위한 대책을 그럴싸하게 제시함으로써만 앞으로 닥칠 일에 대한 엄청난 공포심을 간신히 무마할 수 있을 것이다.

이 글을 쓰고 있는 내가 속해 있는 현재의 시간은 서술 대상인 아드리안이 속해 있는 시간과는 비교할 수 없을 만큼 거센 역사의 소용돌이를 겪고 있다. 이 글을 써 나가는 동안 아드리안은 도저히 믿어지지 않는 우리 시대의 문턱에까지 다가오게 되었다. 이제 우리 곁을 떠났거나 이 글을 쓰기 시작하던 당시에 이미 우리 곁을 떠나 있던 모든 사람들과 그 친구에게 진심으로 "고이 잠드소서!" 하고 외쳐야 할 것만 같은 기분이 든다. 우리가 살아 있는 지금 아드리안은 세상을 떠나고 없다는 사실이 나에게는 각별한 의미를 지닌다. 나는 그 사실을 깊이 되새기면서 내가 버티고 헤쳐 나아가야 할 이 시대의 공포를 기꺼이 감내하라는 뜻으로 받아들인다. 마치 내가 아드리안을 대신해서 살아온 것 같고, 그가 져야 할 짐을 대신 짊어진 것만 같다. 요컨대 그를 대신해 사는 것으로 그에 대한 사랑을 확인하고 있는 셈이다. 아무리 황당하고 어리석은 것일지라도 이런 생각마저도 위안이 된다. 그를 보살피고 도와주고 보호해야겠다는 소망을 되새기게 되는 것이다. 나는 늘 그런 소망을 품어 왔지만 정작 친구가 살아 있던 동안에는 뜻을 이루지 못했던 것이다.

*

　나는 아드리안이 슈바빙의 숙소에 불과 며칠밖에 머물지 않았고 시내의 적당한 거처를 물색하지도 않았다는 사실이 줄곧 마음에 걸렸다. 쉴트크납은 이미 이탈리아에서 예전에 기거했던 아말리아 거리의 하숙집에 편지를 띄워서 예전의 거처를 다시 확보했다. 그런데 아드리안은 가령 로데 부인의 집에 거처를 정할 생각도 하지 않았을뿐더러, 도무지 뮌헨에 체류하려고 하지 않았다. 그는 이미 오래전부터 속으로 굳게 결심한 바가 있는 듯했다. 그는 잠시라도 발츠후트 근방의 파이퍼링에 들러 집을 둘러보거나 의논을 하지도 않았고 그저 아주 간단한 전화 통화만으로 직접 방문하는 것을 대신했다. 그는 기젤라 호텔에서 슈바이게슈틸 집안의 식구들에게 전화를 했다. 통화를 한 사람은 다름 아닌 엘제 슈바이게슈틸 부인이었다. 아드리안은 언젠가 자전거를 타고 가서 부인의 집과 뜰을 둘러보았던 두 사람 가운데 한 사람이라고 자기 신원을 밝혔다. 그러고는 어느 정도의 가격이면 위층 침실과 아래층의 수도원장 방을 쓸 수 있겠느냐고 문의했다. 슈바이게슈틸 부인은 처음에는 분명한 대답을 하지 않았지만, 결국 식비와 시중드는 비용을 포함한 방세는 매우 저렴하게 낙착되었다. 여주인은 우선 예전의 방문자 두 사람 중 어느 쪽인지, 즉 작가인지 아니면 음악가인지를 확인했는데, 간신히 당시의 인상을 더듬어서 음악가라는 것을 알아차렸다. 그녀는 아드리안이 자기 집에 들어

오겠다는 것을 다소 의아하게 생각했지만, 어디까지나 그에게 유리한 쪽으로 그의 입장을 배려해서 그런 것이었다. 그것도 무엇이 그에게 도움이 될지는 본인이 가장 잘 알 거라고 말하는 정도로 그쳤다. 슈바이게슈틸 집안에서는 수입을 올리기 위한 영업으로 하숙을 치는 것이 아니라, 아주 드물게, 그러니까 반드시 경우를 가려서 하숙을 치거나 방을 세 준다고 했다. 예전에도 이야기했다시피 이 점은 두 분도 익히 알고 있을 것이라고 했다. 그리고 과연 지금 그가 그런 특별한 경우에 해당되는가 여부는 그 자신의 판단에 맡기겠다고 했다. 그녀의 집은 정말 한적하게 머물기에는 좋지만, 편리한 생활을 누리기에는 다소 원시적일 것이라고 했다. 즉, 목욕탕도 없고 수세식 화장실도 없으며, 그 대신 옥외에 시골식 변소가 있다는 것이다. 그런데 자기가 제대로 알고 있다면 아직 서른 살도 되지 않은 분이 예술을 전공하면서 어떻게 문화 활동이 활발한 곳으로부터 뚝 떨어진 이런 외진 시골에 거처를 정하려 하는지 놀랍다는 것이었다. 하지만 '놀랍다.'라는 것도 적절한 표현은 아니라고, 즉 그녀 자신이나 자기 남편의 스타일은 아니라고 했다. 혹시 바로 이런 점이 그가 찾던 요소라면(사실 사람들은 대개 너무 쉽게 놀라니까) 얼마든지 와도 좋다고 했다. 그렇지만 신중히 생각해 보는 편이 좋겠다는 것, 특히 남편 막스와 그녀 자신은 이런 관계가 순전히 기분 내키는 대로 맺어져서 조금 진행해 보다가 금방 취소하는 것보다는 처음부터 어느 정도 지속될 수 있도록 마음을 먹고 결정하는 편을 중시한다는 것, 그리고 당신도 그렇게 생각하지 않느냐는 등의 이야기를 했다.

아드리안은 오래 머무를 생각이며, 이 문제는 일 년 전부터 신중히 생각해 온 것이라고 대답했다. 그를 기다리고 있을 생활 방식을 곰곰이 검토해 본 결과, 그런 환경이 싫지 않을 뿐 아니라 마음에 든다고 했다. 월 120마르크의 방세에도 동의한다고 했다. 위층 침실들도 세 놓을지는 그녀가 알아서 결정해 주기 바라고, 수도원장 방이 무척 기대되며, 사흘 후에는 입주할 생각이라고 했다.

일은 이야기한 대로 성사되었다. 아드리안은 도시에서 남은 짧은 체류 기간을 어느 악보 필경사를 만나는 일로 보냈다. 내가 알기로는 크레추마어가 그에게 추천한 이 필경사는 차펜스퇴서 오케스트라의 제1바순 주자이기도 했다. 이름이 그리펜케를인 이 필경사는 그런 부업을 통해 얼마간의 수입을 충당하고 있었는데, 「사랑의 헛수고」의 총보 가운데 일부를 이미 맡고 있었다. 팔레스트리나에서 작품을 완전히 끝마치지 못한 아드리안은 마지막 2악장의 기악 편성에 몰두하고 있었고, 소나타 형식의 서곡 역시 완전히 마무리되지는 않았다. 이 서곡의 원래 착상은 계속 반복되다가 종결부의 알레그로에서 아주 재치 있는 역할을 하는, 하지만 이 오페라 자체에는 전혀 어울리지 않는 돌출적인 부주제를 도입함으로써 심하게 바뀌었던 것이다. 그 밖에도 그는 연주 기호와 빠르기표에도 매우 신경을 썼는데, 이는 작곡을 하면서 상당 부분 빼먹었던 것이다. 나는 그의 이탈리아 체류가 끝나는 시기와 작품의 마무리가 맞아떨어지지 못한 데에는 그럴 만한 사정이 있다는 것을 알고 있었다. 비록 아드리안 자신이 그렇게 맞아떨어지기를 의식적으로 추구했다 하더라도 그것은 다른 어떤 은밀한 의도로 실현되지 못했을 것이다. 인생의 장면이 바뀌는 상황에서 예전에 관여했던 일을 깨끗이 매듭짓기에는 아드리안은 너무나 한결같은 사람이었고, 새로운 상황에서도 원래의 주장을 고수했다. 그 스스로 말하기를, 정말 새로운 노선이 설정되었더라도 과거의 미진한 문제를 새로운 상황 속으로 끌어 온 다음에 지금의 새로운 것을 내적으로 파악하는 것이야말로 내면적 지속성을 위해서는 더 바람직하다고 했던 것이다.

　총보를 간수한 서류 가방, 이탈리아에서 이미 욕조 대용으로 사용한 바 있는 고무 대야 등의 가벼운 짐꾸러미를 챙긴 아드리안은 슈타른베르크 정거장에서 여객 열차에 몸을 싣고 목적지로 향했다. 이 열차는 발츠후트를 거쳐 십 분을 더 가면 목적지인 파이퍼링에 도착할 예정이었다. 책과 기구들이 든 상자 둘은 화물칸에 실었다. 10월이 저물어 가고 있었다. 아직은 공기가 건조한 편이긴 했지만 벌써 을씨년스러운 날씨로 바뀌고 있었고, 낙엽이 지고 있었다. 슈바이게슈틸 집안의 아들 게레온이 시렁이 높고 탄력이 없는 이륜마차의 안장에 앉은 채 작은 역에서 대기하고 있었다. 게레온은 신형 시비 기계를 도입한 젊은 농부로, 남에게 구속받기를 싫어하고 무뚝뚝한 편이지만 자기 일은 확실히 하는 사람이었다. 짐꾼이 손가방을 나르는 동안 그는 마차를 끄는 두 마리의 억센 갈색 말 등에 채찍을 얹어 놓고 노닥거리고 있었다. 마차를 타고 가는 동안 두 사람은 별로 말이 없었다. 아드리안은 이미 기차 안에서 나무로 둘러싸인 롬 언덕과 클라머 연못의 거울 같은 갈색 수면을 다시 보았다. 이제 그는 이런 경치를 좀 더 가까이에서 감상하고 있었다. 이윽고 바로크 식 수도원이었던 슈바이게슈틸 집이 시야에 들어왔다. 마차는 탁 트인 네모난 앞마당에서 길을 가로막는 느릅나무 고목을 돌아서 갔다. 나뭇잎 대부분은 이미 나무를 둘러싼 둥근 벤치 위에 떨어져 있었다.

슈바이게슈틸 부인은 단정하게 시골 복장을 한 갈색 눈의 시골 아가씨인 딸 클레멘티네와 함께 성직 문장(紋章)이 새겨진 대문 앞에 서 있었다. 그들이 인사말을 건네 오는 동안 사슬에 매여 있던 개가 짖어 댔다. 개는 흥분해서 죽 그릇을 밟고 짚으로 엮은 개집을 찢어발길 듯한 기세였다. 어머니와 딸, 게다가 짐 내리는 것을 거들어 준, 발이 깨끗하지 못한 하녀 발푸르기스까지 개한테 "저리 가, 카슈펄*, 조용히 해!"라고 외쳤지만 아무 소용이 없었다. 개는 계속해서 미친 듯이 날뛰었다. 그러자 아드리안이 잠시 미소 지으며 그쪽을 바라보다가 개에게 다가갔다. 그는 목소리를 높이지 않고 약간 놀라서 타이르는 듯한 억양으로 "주조, 주조." 하고 불렀다. 순전히 달래듯이 부르는 소리의 힘만으로 그 짐승은 금방 잠잠해지더니, 전에 물어뜯긴 흉터가 남아 있는 두피를 아드리안이 손을 뻗어 부드럽게 쓰다듬도록 내버려 두었으며, 그와 동시에 노란 눈으로 사뭇 진지하게 그를 쳐다보는 것이었다.

아드리안이 대문 쪽으로 돌아오자 엘제 부인이 말했다.

"용감하기도 하셔라! 훌륭해요! 대부분의 사람들은 이런 짐승한테 겁을 먹지요. 그리고 바로 방금과 같은 태도를 보여 주

---

* 파우스트를 소재로 한 인형극에서 악마 메피스토펠레스는 흔히 '카슈펄' 이라는 삽살개의 모습으로 등장했는데, 괴테의 『파우스트』에서도 메피스토펠레스가 처음에는 삽살개의 형상으로 파우스트 앞에 나타난다. 여기서는 25장에서 악령으로 나타난 '그'가 아드리안의 주위를 배회하고 있음을 시사하는 것으로 볼 수 있다.

신 분이 있다면 아무도 그런 분을 비난할 수는 없을 거예요. 종종 애들한테 오시곤 하던 이 마을의 젊은 선생님은 정말 딱했어요. 그분은 늘 이렇게 말씀하셨거든요. '슈바이게슈틸 부인, 저 개는 정말 무서워요!'"

"아하, 그랬군요!"

아드리안은 고개를 끄덕이며 웃었다. 그들은 집 안으로 들어가 담배 냄새가 나는 거실을 거쳐 위층으로 올라갔다. 부인은 곰팡내 나는 흰 복도를 지나 그를 위해 준비해 둔 침실로 안내했다. 방 안에는 산뜻한 옷장과 높은 침대가 갖추어져 있었다. 그 밖에도 곳곳에 손질한 흔적이 보였고, 가문비나무로 된 마룻바닥에는 네 발을 헝겊으로 싼 초록색 등받이 의자가 놓여 있었다. 게레온과 발푸르기스가 손가방을 날라 왔다.

이미 위층에서부터, 그리고 다시 층계를 내려가는 중에도 손님을 시중드는 일이나 생활 수칙에 대한 의논이 계속되었다. 아드리안이 오래전부터 마음에 두고 있었던, 특색 있고 고색 창연한 아래층 수도원장 방에서도 이야기는 계속되어 일단락이 되었다. 아침마다 침실로 뜨거운 물 한 주전자와 진한 모닝커피를 갖다 주기로 하고, 식사 시간 등에 관해서도 이야기가 매듭되었다. 아드리안은 따로 식사를 하기로 했다. 아드리안도 함께 식사하는 것을 바라지 않았으며, 게다가 식사 시간은 그에게 너무 일렀다. 1시 30분과 8시에 따로 식사가 차려질 텐데, 앞의 큰방(나이키 여신상과 네모난 피아노가 놓인 시골식 연회실)에서 식사하는 것이 가장 좋겠지만, 그 문제는 그가 원하는 대로 정할 수 있다고 슈바이게슈틸 부인이 말했다. 그리고 그녀는 우유, 달걀, 구운 빵, 야채 수프가 나오는 가벼운 식사

말고도 점심 때 나오는 육질이 연한 훌륭한 비프스테이크에다 시금치, 사과잼을 바른 먹기 좋은 오믈렛 등 요컨대 아드리안처럼 위장이 예민한 사람한테 잘 맞고 영양분이 풍부한 음식을 제공하기로 약속했다.

"하지만 대개는 위장 탓이 아니에요. 위장 자체는 아무 이상이 없어도 머리가 위장에 큰 영향을 미치거든요. 머리가 예민하고 긴장해 있으니까요. 뱃멀미나 편두통을 보면 알 수 있지요. 아, 편두통을 앓으시는군요. 상태가 심한가요? 어쩐지 그런 생각이 들더라니. 침실 방을 어둡게 할 수 있는지 차일의 상태를 면밀히 조사하실 때부터 이미 그런 줄 짐작은 했지요. 그 몹쓸 편두통이 계속되는 동안은 한밤중 같은 어둠 속에 누워 있거나 어쨌든 눈에 빛이 들어가지 않게 하는 것이 상책이지요. 그럴 땐 신맛이 진한 차나 레몬이 좋지요."

슈바이게슈틸 부인은 편두통을 모르지 않았다. 그녀 자신은 한 번도 앓은 적이 없지만 남편이 젊은 시절에 만성 편두통으로 고생을 했던 것이다. 그런데 세월이 흐르면서 그 고약한 증세가 저절로 사라졌다는 것이다. 건강하지 못한 만성 환자를 집안의 손님으로 들이게 해서 미안하다고 아드리안이 말하자, 그녀는 그런 얘기는 접어 두자는 식으로 그저 "아, 괜찮아요!"라고 했다. 그녀는 이 비슷한 문제를 자기가 예상하지 않았을 리 있겠느냐고 반문했다. 사실 당신 같은 분이 문화의 중심지를 벗어나 파이퍼링에 은거하는 데는 그럴 만한 이유가 있을 테고, 보나마나 이해심을 요구하는 어떤 사정이 있을 게 아니냐고 레버퀸의 동의를 구하고는, 이곳은 비록 문화의 고장은 못 되지만 그래도 이해심은 있는 데라고 했다. 그리고 선량한 부인은 다른 이야기로 화제를 돌렸다.

아드리안과 여주인은 한곳에 서서 또는 이리저리 오가며 향후 십팔 년 동안이나 아드리안의 외적인 생활을 정하게 될 협정을 맺었는데, 아마 그들 자신은 그렇게 길어질 줄은 예상도 못했을 것이다. 마을에서 목수를 불러와 수도원장 방의 출입문 옆쪽에 책장을 설치하기 위한 공간을 재도록 했는데, 가죽 양탄자 아래에 있는 오래된 판자 장식보다 높지 않도록 했다. 그와 동시에 쓰다 남은 양초 토막들이 꽂혀 있던 장식등에는 전원을 연결했다. 장차 수많은 걸작들이 탄생할 그 방은 시간이 지나면서 더 많이 바뀌게 되었다. 물론 사정이 여의치 않아 오늘날의 청중이 그의 걸작들을 알아주고 감탄을 보내지는 않지만 말이다. 다소 손상된 마룻바닥에는 겨울에 없어서는 안될 양탄자를 새로 깔았다. 또한 책상 앞 사보나롤라 산(産) 안락의자를 제외하고 유일한 좌석인 구석의자를 들여왔는데, 조금 볼품이 없었지만 아드리안은 개의치 않았다. 그리고 며칠 후에는 뮌헨의 베른하임 사(社)에 주문한 독서 겸 휴식용 의자도 들여왔다. 등받이가 매우 깊고 회색 벨벳을 씌운 그 의자는 끌어당길 수 있는 발판이 달려 있고 침대처럼 누울 수도 있어서 일반적인 의자라기보다는 차라리 야전 침대라는 이름이 더 어울릴 법했는데, 어쨌든 장차 아드리안이 거의 이십 년 동안 애용하게 될 물품이었다.

여기서 양탄자와 의자를 막시밀리안 광장 부근의 가구점에서 구입했다는 사실을 언급할 필요가 있는데, 그것은 말이 나온 김에 다음 사실을 분명히 하기 위해서다. 즉, 기차 차편 연결이 잘 되는 데다가 한 시간밖에 걸리지 않는 급행열차가 많기 때문에 도시와의 교통이 원활했으며, 또한 슈바이게슈틸 부인의 말과는 달리 아드리안이 파이퍼링에 주저앉아 순전히 고독에만 파묻히거나 소위 문화 생활이라는 것과 담을 쌓고 지내지는 않았다는 사실이다. 가령 대학의 연주회나 차펜스퇴서 악단의 연주회 혹은 오페라 공연이나 사교 클럽(사교 모임도 있었다.)과 같은 저녁 모임에 참석한다 하더라도 그는 11시 기차를 타고 얼마든지 당일 저녁 안으로 귀가할 수 있었던 것이다. 물론 그런 경우 슈바이게슈틸 집의 마차가 정거장에서 대기하기를 기대할 수는 없었을 것이다. 그런 경우에는 발츠후트의 어느 여행사와 맺은 계약이 도움이 되었다. 그 밖에도 아드리안은 쾌청한 겨울밤이면 연못을 지나 이제 막 잠에 빠져드는 슈바이게슈틸 집으로 걸어서 올 때도 있었다. 그럴 때면 그 시각쯤에 사슬에서 풀려 있을 주조 혹은 카슈펄에게 멀리서부터 신호를 보내 소란을 피우지 않도록 했다. 그는 소라 모양의 금속제 호각으로 이 신호를 보냈는데, 그중 가장 높은 음은 주파수가 너무 높아서 사람의 귀로는 바로 곁에서조차 제대로 알아들을 수가 없었다. 반면에 조직이 전혀 다른 개의 고막에는 아주 멀리서도 매우 강력하고 놀라운 효과를 나타내는 까닭에, 다른 어느 누구에게도 들리지 않는 이 은밀한 울림이 어둠을 뚫고 전해 오면 카슈펄은 잠자코 있었다.

　냉담한 과묵함과 오만한 수줍음이 하나로 합쳐진 아드리안의 인격은 많은 사람들의 호기심을 끌기도 했지만, 한편으로는 매력적이기도 했던 까닭에 오래지 않아 도시에서 이 은거지로 찾아오는 사람들이 생겨났다. 가장 먼저 쉴트크납이 찾아왔는데, 그는 충분히 그럴 자격이 있었다. 아드리안과 함께 이 거처를 발견했으니 아드리안이 어떻게 지내는지 살펴보기 위해 맨 먼저 달려온 것이다. 그는 그 후로도 특히 여름철이면 종종 파이퍼링에 와서 아드리안과 함께 주말을 보내고는 했다. 칭크와 슈펭글러도 자전거를 타고 잠깐씩 들렀다. 아드리안은 물건을 사러 시내에 가면서 인사차 람베르크 거리의 로데 부인 댁에 들른 적이 있는데, 두 화가 친구는 그 집 딸들을 통해 아드리안이 돌아와 있다는 사실을 알게 된 것이다. 파이퍼링을 먼저 방문한 것은 슈펭글러 쪽이었던 것 같다. 칭크는 화가로서는 슈펭글러보다 재능이 있고 활동이 많았지만, 인간적인 면에서는 슈펭글러보다 훨씬 못했고 아드리안의 천품을 전혀 알아보지 못했던 것이다. 그저 늘상 붙어 다니는 사람으로 함께 와서는 오스트리아 식으로 아부를 하고 손에 입을 맞추면서 자신에게 보여 주는 모든 것에 대해 짐짓 감탄하는 체했지만 근본적으로는 상대방에게 적대감을 가지고 있었다. 그는 양미간이 좁은 눈으로 웃음을 흘리면서 여성들에게 환심을 사려했는데, 길쭉한 코 때문에 익살스러운 느낌도 주었다. 그러나 그런 어릿광대 짓도 아드리안에게는 먹혀들지 않았다. 평소 아드리안은 다른 사람의 익살을 기분 좋게 받아들였지만 칭크의 익살에는 전혀 호감을 보이지 않았다. 그러자 호색한인 칭크는 대화할 때 성적인 암시를 곁들일 수 없을까 하고 지겨울 정도로 단어 하나하나에 신경을 썼다. 그러나 이 방법도 아드리안을 즐겁게 하지는 못했고, 칭크 자신도 아마 그것을 깨달았을 것이다.

칭크가 그런 수작을 부릴 때면 슈펭글러는 연신 눈을 깜박이며 보조개가 패도록 얼빠진 듯이 웃어 댔다. 성적인 것은 문학적인 의미에서 그를 즐겁게 했다. 즉, 그는 성과 정신이 밀접한 관계에 있다고 생각했는데, 그런 생각 자체는 물론 틀린 것이 아니다. 그런데 우리가 익히 알고 있는 그의 교양과 세련된 감수성, 기지와 비판 정신은 그가 우발적으로 성적인 영역과 불행한 관계를 맺고 육체적인 것을 탐닉하는 데 근거를 두고 있었다. 그런 태도는 순전히 불운의 결과였을 뿐, 성적인 관계에서 그가 보여 준 기질이나 열정과는 동떨어진 것이었다. 그는 이제는 한물간 문화적 탐미주의 시대의 언어로 예술계와 문단 혹은 독서계의 이런저런 사건들에 대해 실실 웃으며 잡담을 늘어놓았고, 뮌헨의 시중에 나도는 추문들을 전해 주기도 했다. 또한 바이마르의 공작이 궁정 시인 리하르트 포스*와 함께 알루츠 산악 지대를 여행하다가 진짜 도적 떼의 습격을 당했는데, 이는 틀림없이 포스가 꾸민 일이라는 등의 황당한 이야기로 마냥 시간을 때우기도 했다. 그런가 하면 브렌타노의 가곡집을 사서 피아노를 치면서 연구했다며 브렌타노 가곡에 관해 아드리안에게 그럴싸한 찬사를 들려주기도 했다. 당시 그는 브렌타노의 가곡을 들으면 거의 치명적으로 귀를 망칠 위험이 있다는 견해를 표명했다. 즉, 다른 노래는 여간해서 마음에 들지 않게 되리라는 것이었다. '귀를 망치는' 문제에 관해 그는 계속해서 그럴싸한 이야기를 했다. 그 문제는 특히 수준 높은 예술가에게 해당이 되며, 그런 예술가를 위험에 빠뜨린다고 했다. 작품을 하나씩 끝낼 때마다 예술가의 삶은 점점 힘들어지고, 그러다가 마침내는 삶이 불가능해질 거라는 말이었다. 예

---

* Richard Voß(1851~1918). 독일의 작가.

술가 자신은 갈수록 비범한 것에만 귀를 기울이지만, 그런 비범한 것은 정작 다른 모든 면에서는 기존의 예술적 취향을 망가뜨리는 역할을 하는데, 그런 식으로 이룰 수 없는 것, 도저히 작품화할 수 없는 것을 추구하다 보면 결국 파탄에 이르고 만다는 것이었다. 그러므로 뛰어난 재능을 가진 예술가가 당면하는 문제는 갈수록 취향이 까다로워지고 자신의 작업에 넌더리가 나더라도, 과연 어떻게 자기가 이룰 수 있는 범위 안에서 활동을 하는가 하는 문제라는 것이었다.

슈펭글러는 그처럼 영리했다. 그러나 이것은 순전히 그의 깜박거리는 눈과 얼빠진 듯한 웃음에서 암시되는 특이한 집착에 바탕을 둔 것이었다. 어떻든 슈펭글러나 칭크 다음으로는 자네 쉴과 루디 슈베르트페거가 찾아와서 차를 마시며 아드리안이 어떻게 사는지 둘러보았다.

자네 쉴과 슈베르트페거는 가끔 함께 연주를 하곤 했는데, 노부인 쉴의 손님들 앞에서 할 때도 있었고 둘이서만 할 때도 있었다. 그러다가 두 사람은 파이퍼링을 방문하기로 하고, 루디 슈베르트페거가 전화 연락을 취하기로 했다. 먼저 제의한 쪽이 누구인지는 분명치 않았다. 누가 먼저 아드리안에게 관심을 표명했는가 하는 문제로 두 사람은 아드리안의 면전에서 다투기까지 했다. 어처구니없을 정도로 흥분한 자네가 먼저 관심을 표명한 장본인임이 분명했다. 하지만 아드리안을 방문하자는 생각은 슈베르트페거의 놀라운 신의와 맞아떨어지는 면도 있었다. 그는 이 년 전부터 아드리안과 말을 터놓고 지낸다고 주장하는 것처럼 보였는데, 실은 아주 드물게 가령 사육제 같은 경우에만, 게다가 일방적으로 슈베르트페거 편에서만 말을 놓았던 것이다. 이번에도 그는 진심에서 우러나오는 마음으로 아드리안에게 말을 놓으려고 했지만 아드리안이 두세 번씩이나 응대를 하지 않자 그제야 포기했다. 그렇지만 불쾌한 내색은 전혀 하지 않았다. 쉴은 그의 호의가 먹혀들지 않자 노골적으로 쾌재를 불렀지만, 그는 조금도 동요하지 않았다. 그의 파란 눈에는 일말의 당혹감도 보이지 않았다. 너무나 간절하고도 소박한 표정이 담겨 있는 그의 눈은 재치 있고 유식하며 교양 있는 이야기를 하는 사람의 시선도 파고들 수 있었다. 지금도 나는 슈베르트페거를 회고하면서, 그가 어느 정도까지 아드리안의 고독과 그런 생활의 결핍감, 혼자 있음으로 해서 유혹당하기 쉬운 점 등을 제대로 이해했는지, 그리고 그런 정황을 이용해 그의 설득 재능, 혹은 나쁘게 말하면 중간에 끼어들어 자기 편으로 끌어들이는 재능을 아드리안에게 입증해 보이려 했는지를 자문해 본다. 그가 아드리안의 마음을 사로잡으려고 안간힘을 썼다는 것은 분명하다. 그러나 이런 측면에서만 그를 관찰하면 불공정한 판단을 내리지 않을까 두렵다. 사실 그는 착한 사람이었고 한 사람의 예술가였다. 실제로 나중에 그와 아드리안이 서로 말을 터놓고 지내는 사이가 되었다는 사실을 나는 남의 환심이나 사려고 애쓰는 슈베르트페거 같은 인물의 수치스러운 승리로 간주하지도 않으며, 오히려 그가 아드리안이라는 한 비범한 인간의 가치를 정직하게 느꼈고 아마도 그를 좋아했기 때문이라고 생각한다. 또한 그는 그런 자신의 감정에 엄청난 자신감을 보였고, 마침내 상대방의 냉담한 우울을 압도해 버린 것이다. 하지만 그것은 액운을 불러온 승리였다. 나는 고질적인 버릇 때문에 또 이야기를 앞지르고 말았다.

가장자리의 섬세한 베일이 코끝까지 내려오는 커다란 모자를 쓴 자네 쵤은 슈바이게슈틸 부인의 시골 연회장에 있는 네모난 피아노에 마주 앉아 모차르트를 연주했고, 거기에 맞춰서 루디 슈베르트페거는 능숙한 솜씨로 흥겹게 휘파람을 불었다. 나중에 나는 로데 부인과 슐라긴하우펜의 집에서도 그의 휘파람을 들을 기회가 있었다. 그는 아직 바이올린 수업을 받기도 전인 꼬마 시절에 이 기술을 익히기 시작했고, 거의 어디서나 자기가 들은 음악을 다시 휘파람으로 연습했으며, 커서도 이 기술을 계속 발전시켜 왔노라고 나에게 이야기해 주었다. 그의 연주 솜씨는 정말 멋졌다. 어떤 카바레* 무대에 서더라도 손색이 없을 만큼 완벽했고, 어떻게 보면 그의 바이올린 연주보다 더 인상적이었다. 그의 신체 기관이 휘파람을 불기에 유별나게 적합했음에 틀림없다. 나는 가창곡(歌唱曲)이 가장 마음에 들었다. 플루트보다는 바이올린에 가까운 효과를 냈고, 악절 편성도 노련했으며, 작은 음표들도 끊어져 있든 이어져 있든 거의 건너뛰지 않고 신날 정도로 정확하게 연주했다. 요컨대 그의 연주는 훌륭했으며, 이런 기교의 속성인 아마추어적인 측면을 예술가의 진지성과 통일시킴으로써 특이한 쾌감과 흥분을 자아냈다. 사람들은 웃으면서 진심으로 박수갈채를 보냈고, 슈베르트페거 역시 어깨를 들썩이며 입가에 보조개가 패도록 어린애처럼 깔깔 웃어 댔다.

그러니까 이들이 가장 먼저 파이퍼링으로 아드리안을 찾아

---

* 주로 소극장에서 연기 또는 연주를 하는 일인 공연 양식.

온 손님들이었다. 나도 곧 찾아가서 일요일이면 아드리안과 나란히 연못 주변을 거닐거나 롬 언덕을 올라가곤 했다. 그가 이탈리아에서 돌아오던 해 겨울 동안은 그에게서 멀리 떨어져 지냈다. 즉, 1913년 부활절 무렵 나는 프라이징의 김나지움에 부임하게 되었는데, 우리 가족의 가톨릭 신앙이 도움이 되었다. 나는 카이저스아셰른을 떠나 아내와 아이를 데리고 이자르 강변으로 이주했다. 그곳은 수백 년 동안 주교 교구가 자리 잡고 있던 유서 깊은 곳으로, 친구가 있는 중심 도시와 편리하게 연락을 취해 가면서 전쟁으로 인한 몇 달을 제외하고는 내 일생을 보낸 곳이며, 그의 생애에 몰아닥친 비극을 애정 어린 마음으로 충격 속에서 지켜본 곳이기도 하다.

27

바순 연주자 그리펜케를은 「사랑의 헛수고」의 악보를 필사하는 일을 훌륭히 해냈다. 아드리안이 나와 재회하면서 맨 처음 꺼낸 말은 그의 거의 완벽에 가까운 필사에 기뻐하는 이야기였다. 또한 아드리안은 이 까다로운 작업 도중에 그리펜케를이 보내온 편지를 보여 주기도 했는데, 거기에는 자기가 땀 흘리며 작업하는 대상에 대한 애정 어린 열광이 지적으로 표현되어 있었다. 그는 작곡가에게 알려 오기를, 이 작품의 형언하기 어려운 대담성과 새로운 발상에 숨이 막힐 정도라고 했다. 섬세하게 분절하는 솜씨와 자유자재한 리듬, 복잡하게 얽히기 십상인 음의 조합을 명료하게 해 주는 기악 편성의 기교, 그리고 무엇보다도 주어진 어떤 것에 변화를 가해 다양하게 변용하는 환상적인 구성이 여간 놀랍지 않다는 것이었다. 가령 로절라인이라는 인물을 묘사하거나 아니면 그녀로 인한 비론의 절망감을 표현하는 듯한, 아름다우면서도 약간 익살스러운 효과를 내는 음악을 마지막 악장의 3부로 나뉘진 부레* 가운데 제2부에 배치함으로써 옛날 프랑스의 춤 형식을 재치 있게 혁신한 것은 최고의 의미에서 멋지고 훌륭한 솜씨라고 말할 수 있다는 것이었다. 그는 또 덧붙이기를, 부레라는 형식은 대체로 케케묵은 사회적 관습의 특색을 나타내게 마련인데, 그런 요소가 이 작품에서는 '현대적'이고 자유롭다 못해 가히 반역적이며 음조의 조화를 무시하는 부분들과 매우 매력적이고도 도전적으로 대비를 이루고 있다고 했다. 그래서 정말 걱정되는 것은 이 총보에 들어 있는 음악이 너무나 낯설고 도전적인 이단의 성향을 띠고 있기 때문에 경건하고 엄격한 음악에 비해 청중에게 받아들여지기가 힘들지도 모르겠다는 것이었다. 게다가 듣는 사람에게 예술가라기보다는 딱딱한 사상가의 냄새를 풍기는 사색이 악보에 자주 나타나는가 하면, 음악적으로는 거의 효과를 낼 수 없고 듣기보다는 차라리 읽기에나 적합해 보이는 음의 모자이크도 눈에 띈다는 등의 이야기가 적혀 있었다.

우리는 웃음을 터뜨렸다. 아드리안이 말했다.

"듣는다는 것이 무엇인지 들어 보면 좋겠어! 나는 일단 한 번 들리면 그것으로 족하다고 생각해. 작곡가가 창안해 낸 바로 그때 말이야."

잠시 후 그는 덧붙였다.

"사람들은 마치 창작의 순간에 작곡가가 들은 것을 자기도 들었다고 생각하거든! 작곡이라는 것은 일테면 차펜스퇴서 오

---

* 사분의 사박자로 되어 있는 옛 프랑스의 무용곡.

케스트라에게 천사의 합창을 연주하라고 위임하는 것과 같지. 어쨌든 천사의 합창이 매우 사색적이라는 생각은 들어."

나로서는 '의고풍'의 요소와 '현대적' 요소를 선명하게 구분한 그리펜케를의 견해가 부당하다고 보았다. 나는 두 요소가 서로 침투하고 겹쳐지기도 한다고 말했다. 아드리안 역시 수긍하기는 했지만 이미 끝난 작품을 가지고 토론하고 싶은 기색은 보이지 않았고, 그냥 이미 끝난 문제로 관심 밖에 접어 두려는 것처럼 보였다. 그는 이 작품을 어디로 보낼 것이며 누구에게 선보일 것인가 하는 문제와 관련된 여러 가지 고려 사항들을 나에게 일임했다. 그는 벤델 크레추마어에게 이 총보를 보여 주고 싶어했다. 그는 그 말더듬이 선생이 아직 봉직하고 있는 뤼베크로 작품을 보냈으며, 선생은 이미 전쟁이 터진 뒤인 일 년 후에 실제로 이 오페라를 공연했다. 대사를 독일어로 고치는 작업에는 나도 한몫 거들었다. 그런데 공연 도중에 청중의 삼분의 이가 공연장을 떠나고 말았다. 여섯 해 전에 뮌헨에서 드뷔시의 「펠레아스와 멜리장드」가 초연되던 당시 벌어진 일이 그대로 되풀이되었던 것이다. 아드리안의 작품은 겨우 두 번 더 공연되었을 뿐이고, 당분간은 트라베 강변의 이 한자 도시*를 벗어나지 못했다. 이 지역의 비평계도 문외한인 청중들의 판단과 다를 바 없어서, 크레추마어 씨가 내놓은 이 '살인적인 음악'을 조롱했다. 다만 이머탈이라는 나이 든 음악 교수가 《뤼베크 증권 신문》 기고문에서 이처럼 부당한 평가는 때가 되면 바로잡힐 것이라고 발언해 주었을 뿐이다. 이미 오래

---

* 과거에 한자 동맹에 속했던 도시. 여기서는 뤼베크를 가리킨다.

전에 고인이 되었을 그 노교수는 아주 특이한 옛 프랑켄* 사투리가 섞인 말로, 이 오페라는 미래지향적이고 심오한 음악성을 지닌 작품이며, 이 작품의 작곡가는 추측컨대 풍자가이면서 '신적인 정신을 지닌 사람'일 것이라고 단언했다. 일찍이 어디서도 듣거나 읽은 적이 없고 그 후로는 두 번 다시 접하지 못한 이 감동적인 표현은 나에게 강렬한 인상을 남겼다. 게으르고 둔감한 동료 비평가들에 맞서서 이런 말을 한 그 기인을 내가 결코 잊지 않았듯이, 그는 후세 사람들이 자신의 생각을 지지할 거라고 확신했다.

내가 프라이징으로 갔을 때 아드리안은 영어와 독일어로 된 몇 편의 가곡을 작곡하느라 여념이 없었다. 우선 그는 각별히 좋아하는 시인 윌리엄 블레이크의 특이한 시 「고요한 밤」에 곡을 붙였다. 그 시는 세 개씩 같은 발음의 각운을 가진 사연시(四聯詩)로서, 그 마지막 연은 다음과 같은 당혹스러운 내용을 담고 있다.

하지만 정직한 희열은
자신을 파괴하거늘
수줍음 타는 창녀 때문에.

아드리안은 은근히 상스러운 느낌을 주는 이 구절에 매우 단조로운 화음을 붙였다. 그 화음은 전체 음조와의 관계에서 볼 때 극도의 긴장감을 유발했을 뿐 아니라, 그런 긴장감보다

---

* 지금의 라인강 유역 및 바덴뷔르템베르크·바이에른 주 일대.

더욱 강렬하게 어쩐지 갈갈이 찢어질 듯한 섬뜩함으로 뭔가 '잘못된' 느낌을 불러일으켰다. 실제로 그것은 3화음이 기괴하게 변형되는 양상을 드러냈던 것이다. 「고요한 밤」은 피아노와 성악을 위해 작곡된 곡이었다. 반면에 아드리안은 8연으로 구성된 키츠의 「나이팅게일 송가」와 그보다는 짧은 「애수의 송가」를 현악 사중주로 반주할 수 있도록 작곡했다. 여기서 물론 전통적인 반주의 개념은 상당히 청산되었다. 왜냐하면 사실상 문제 되는 것은 극도로 기교적인 변용의 형식이고, 그 안에서 목소리와 네 악기의 어떤 음도 주제와 무관한 것은 없기 때문이다. 성부들 사이에는 아주 긴밀한 관계가 부단히 지속되고 있는데, 그런 관계는 선율과 반주 사이의 관계로 형성되는 것이 아니라 끊임없이 변화하는 주성부와 보조 성부 사이의 관계로 정밀하게 구축되어 있다.

이 작품들은 모두 걸작들이다. 그러나 외국어 가사 때문에 오늘날까지 거의 불리지 않고 있다. 「나이팅게일 송가」에 나오는 '불사조의 노래'가 시인의 영혼 속에 일깨워 준 남국적 쾌락에 대한 갈망을 곡으로 표현한 심오한 인상은 나에겐 묘한 웃음을 자아낼 만큼 특이한 것이었다. 그럼에도 아드리안은 이탈리아를 배경으로 "사람들이 앉아서 서로 신음하는 소리를 들어야 하는 곳 / 그곳의 권태와 열병과 짜증"을 잊게 해 주는 태양의 위안을 향한 열광적인 찬미를 노골적으로 표현한 적은 한 번도 없었다. 음악적으로 볼 때 가장 귀중하고 예술성이 높은 대목은 두말할 나위 없이 마지막에 이르러 몽상이 흩어져 사라지는 장면이다.

잘 가라, 짓궂은 요정이여! 공상은 소문처럼
대단한 속임수를 부리진 못했구나.
잘 가라! 잘 가라! 너의 소박한 송가는 잦아들고
……
음악은 사라졌다. 이것이 꿈인가 생시인가?

　나는 고대의 도자기를 떠올리게 하는 이 송시의 아름다움
이 어떻게 음악으로 돋보일 수 있는지 충분히 이해할 수 있다.
즉, 이 시의 아름다움은 음악을 통해 더욱 완벽해지는 것이 아
니다. 이 시의 아름다움 자체가 완벽하기 때문에, 고고한 애수
에 잠겨 있는 우아함을 좀 더 강렬하게 표현하고, 개별 부분들
의 소중한 순간을 입김처럼 흩어지는 언어보다 더 완벽하게 지
속시켜야 하는 성질의 것이다. 「애수의 송가」의 3연에서처럼 이
미지가 집약된 순간들, 사원에서 황홀경을 체험하는 그런 순
간에 베일로 가려진 애수의 '지성소(至聖所)'에 관한 묘사(물
론 섬세한 감각으로 쾌락의 포도 열매를 터뜨릴 줄 아는 대담한
혀를 가진 자에게만 그런 지성소가 보이겠지만)는 너무나 눈부
신 것이어서 음악을 통해 더 이상 덧붙일 것이 거의 없다. 물
론 음악에서는 점점 느리게, 리타르단도로 이야기하는 방식으
로 시적 이미지의 손상을 피할 수 있을지도 모른다. 좋은 노래
를 만들기 위해 굳이 시가 너무 좋을 필요는 없다고 하는 말
을 나는 자주 들었다. 어중간한 수준의 원전을 멋지게 윤색하
는 것은 음악이 훨씬 잘한다는 것이고, 그런 경우 원작이 졸작
이더라도 오히려 거장 음악가의 연출은 더욱 빛난다는 것이다.
그러나 암흑 속에서 자신의 진가를 빛내는 일에 흥미를 느끼

기에는 예술에 대한 아드리안의 태도는 너무나 오만하고 비판적이었다. 그는 음악가의 역할을 해내야 하는 경우에도 고도의 정신세계를 추구했다. 그가 작곡에 몰입해 생산적인 결실을 거둔 독일 시 역시, 비록 키츠의 서정시가 보여 주는 빼어난 지성미는 없어도 최고 수준의 작품이었다. 이 엄선된 문학 작품을 표현하기 위해 그의 곡에 등장한 것은 기념비적인 것, 고결하고도 거침없는 격정으로 충만한 종교적 찬미였다. 그 독일 시는 장엄함과 부드러움의 기원과 표현을 통해 키츠의 서정시가 지닌 그리스적 귀족주의보다 더 많은 것을 음악에 제공했고, 더 진지하게 음악에 호응했던 것이다.

여기서 말하는 시는 클롭슈토크*의 송가 「봄의 향연」이다. '두레박에 맺힌 물방울'이라는 구절이 나오는 이 유명한 시에서 아드리안은 원문을 다소 줄여 바리톤과 오르간 그리고 현악 합주단을 위한 곡을 작곡한 것이다. 이 충격적인 음악은 1차 세계 대전이 계속되는 동안, 그리고 전쟁이 끝난 후에도 몇 년 동안 독일의 여러 음악 중심지는 물론이고 스위스에서도 소수파의 열광적인 호응을 얻기도 하고 또 악의에 찬 저속한 무리들의 반발에 부딪치기도 하면서, 새로운 음악에 호감을 가진 과감한 음악 애호가들의 주선으로 공연되었다. 뿐만 아니라 1920년대가 저물어 가던 무렵에는 아드리안이 밀교적(密敎的)인 분위기의 명성을 얻기 시작하는 데 지대한 공헌을 하기도 했다. 그러나 감히 단언하건대 나는 그 곡이 그런 파란을 일으킨 것과는 근본적으로 다른 차원에서 아주 깊은 감동을

* Friedrich G. Klopstock(1724~1803). 독일의 시인이자 문학 이론가.

받았다. 그 곡은 값싼 효과를 내는 기교들을 삼감으로써 그만큼 더 순수하고 경건한 효과를 냈다고 할 수 있다. 시어의 발음을 살리는 데 제격일 하프도 등장하지 않았고, 천둥으로 표현된 하느님의 말씀을 재현하기 위해 드럼을 사용하지도 않았다. 이런 종교적 감정의 발현을 통해 음화(音畵) 기법으로도 달성하지 못했던 아름다움 혹은 송가의 숭고한 진실들이 너무나 감동적으로 내 가슴에 와 닿았던 것이다. 예컨대 "뇌우가 쏟아지는 숲에서 수증기가 피어오를 때"(이 구절은 원작에서 매우 힘찬 구절이다.) 숨죽이며 느릿느릿 변모하는 먹구름, 천둥 속에서 들려오는 "여호와여!"라는 두 번의 외침, 그러다가 마침내 신성(神性)이 뇌우가 아니라 고요한 속삭임으로 내려오니 그 신성을 받들어 "평화의 무지개가 절할 때" 높은 음역에 속하는 오르간과 현악기들이 너무나 새롭고 신비하게 이루어 놓은 화음 등이 그러하다. 그러나 나는 당시만 해도 이 작품을 그 참된 영적 의미, 즉 너무나 신비한 의도와 결핍감이 공존하고, 찬미하면서도 은총을 갈구하는 불안의 표현이라는 측면에서는 파악하지 못했다. 이제는 독자들도 알고 있을 문서, 즉 석실에서의 '대화'를 기록한 문서를 나는 아직 모르고 있었기 때문일 것이다. 나는 다만 제한된 범위 내에서만 「애수의 송가」에 나오는 구절처럼 아드리안의 앞에서 "너의 슬픈 신비의 동반자"를 자처할 수 있었을 뿐이다. 게다가 그저 어렸을 적부터 아는 사이라는 권리만으로 그의 영혼의 치유에 관심을 기울였던 것이지, 정말 내가 어떤 지식이 있었기 때문은 아니었다. 나중에야 비로소 나는 「봄의 향연」의 작곡이 하느님께 간구하는 속죄의 제물이라고 이해하게 되었다. 추측컨대 허깨비처럼 나타나서 자기가 실존한다고 우겼던 그 방문자로부터 위협을 느끼고 전율하며 참회의 작품으로 이 곡을 창작했을 것이다.

그러나 당시 나는 또 다른 의미에서 클롭슈토크의 시에 근거한 이 작품의 사적인 배경과 정신적인 배경을 미처 깨닫지 못했다. 나는 그 배경을 당시에 내가 그와 나누었던, 아니 오히려 그가 나와 나누었던 대화와 관련지어 생각해 보았어야 했다. 즉, 그는 나 같은 부류의 사람이 갖는 학문적 관심이나 호기심과는 전혀 동떨어진 연구 및 탐구에 관해 아주 활기차고도 절박한 어조로 이야기했던 것이다. 그것은 자연과 우주에 관해 그가 가진 자극적이고 풍요로운 지식의 토로였으며, 거기서 나는 '자연 원소에 관해 사색하는' 그의 부친의 모습을 떠올렸다.

다시 말해 「봄의 향연」의 시인이 "우주의 망망대해에 뛰어들지" 않을 것이며 오로지 "두레박에 맺힌 물방울"과 대지(大地)만 생각하며 열심히 기도하겠다고 한 진술이 작곡자에게는 들어맞지 않았다. 그는 물론 천체 물리학에서나 측정하고자 시도하는, 다다를 수 없는 것의 내부로 뛰어들었지만, 그래서 그가 얻어 낸 것이라고는 기껏해야 자[尺]와 숫자, 크기의 질서뿐이었으며 그런 것들은 이제 인간 정신과는 무관한 것들이었다. 그런 것들은 비록 터무니없는 것은 아닐지라도 어떻든 전적으로 비감각적이고 추상적이며 이론적인 것 속으로 사라져 버렸다. 다른 한편 주목해야 할 것은 '물방울'에 관한 사색이 악상의 출발점이라는 사실이다. 물방울이란 표현을 쓴 데는 그럴 만한 이유가 있다. 왜냐하면 그 물방울이란 천지가 창조될 때 "역시 전능하신 하느님의 손에서 흘러나온" 물과 바닷물로 만들어진 것이기 때문이다. 요컨대 모습을 감추고 있는 전능한 존재에 관한 탐구가 그것으로 시작되는 것이다. 아드리안은 깊은 바닷속의 경이라든가, 전혀 햇빛이 들어가지 못하는 곳의 생명체가 지닌 광기에 관해 처음으로 이야기했던 것이다. 그는 특이하고 경이로운 방식으로, 즉 자기가 몸소 가 보았으며 훤히 꿰뚫어 보는 듯한 어투로 이야기했기 때문에 나는 흥겨우면서도 당혹스러웠다.

물론 아드리안은 이런 문제들을 다룬 책들을 구해서 읽었을 뿐이고, 거기에다 환상의 나래를 펼쳤을 뿐이다. 그렇지만 그가 이 문제에 너무나 관심을 기울이고 그런 광경들을 분명히 기억했기 때문이든 혹은 어떤 변덕 때문이었든 간에, 그는 짐짓 세인트조지 해협에서 동쪽으로 몇 마일 떨어진 버뮤다 제도 근방의 해저를 탐사하기라도 한 것처럼 이야기했다. 또한 카퍼케일스라는 이름의 미국인 학자가 함께 동행하여 심해의 자연이 간직한 환상적인 광경을 보여 주었다고 했으며, 그와 함께 잠수 신기록을 세웠다고 말하기까지 했다.

그 대화는 매우 활기찼던 것으로 기억된다. 내가 그 즐거운 대화를 나눈 것은 파이퍼링에서 보낸 어느 주말이었다. 그 전에 우리는 엘제 슈바이게슈틸 부인이 피아노가 놓인 커다란 방에 차려 준 간단한 저녁 식사를 먹었다. 그러고 나서 단정한 옷차림을 한 그 부인은 우리 둘에게 반 리터짜리 맥주 한 잔씩을 수도원장 방으로 갖다 주었고, 우리는 거기서 농부들이 즐기는 담배를 피우며 가벼운 마음으로 기분 좋게 앉아 있었다. 주조 혹은 카슈펄이라 불리는 개가 이미 고삐에서 풀려나 집 주위를 어슬렁거리고 있을 시각이었다.

아드리안은 그때 장난기가 발동해서, 카퍼케일스 씨와 함께 직경이 1미터 20센티미터밖에 안 되는 공 모양의 잠수정을 타고 마치 우주 비행사처럼 채비를 하고 모선(母船)의 기중기에 매달려서 무시무시하게 깊은 바다 밑으로 잠수했다며 마치 눈앞의 광경처럼 생생하게 이야기하기 시작했다. 그것은 엄청나게 흥분되는 사건이었다. 적어도 아드리안은 그랬다는 것이다. 그러나 아드리안이 이런 체험을 주선해 달라고 부탁한 그 스승 혹은 여행 안내인은 담담한 표정이었는데, 그에게는 이번 여행이 처음이 아니었다는 것이다. 2톤 가량의 무겁고 비좁은 잠수정 내부는 결코 편하지는 않았으나 그래도 아주 안전하다는 생각으로 불편함을 감수했다. 완전 방수로 만들어진 그 잠수정은 강력한 수압에도 견딜 뿐 아니라 산소도 충분히 저장하고 있었고, 사방을 둘러볼 수 있도록 석영 유리창과 강력한 수중 탐조등, 그리고 전화를 갖추고 있었다. 그들은 통틀어 약세 시간 이상을 그 속에서 보냈다. 해저 광경 덕분에 시간은 쏜살같이 지나갔다. 그 세계는 애초부터 우리 인간들의 세계와는 접촉이 차단되었던 까닭에 그 당혹스러운 적막함과 생소함이 어느 정도는 납득이 되었을 뿐 아니라, 당연하다는 생각도 들었다는 것이다.

여하튼 어느 날 아침 9시경에 400파운드나 되는 육중한 철문이 닫히고 그때부터 그들은 배에서 분리된 채 원소의 세계속으로 잠겨 들어갔는데, 바로 그 순간 잠시 심장이 멎는 듯한 기이한 느낌이 들었다. 처음에는 수정처럼 맑고 햇빛이 그대로비치는 물이 그들을 감쌌다. 그러나 햇빛은 해저 57미터까지만 비출 수 있다. 거기서부터는 모든 것이 중지된다. 우리에게 친숙한 세계와는 절연된 새로운 세계가 시작되는 것이다. 아드리안은 안내인과 더불어 이 깊이의 거의 열네 배나 되는 760여 미터를 하강했으며, 이제 50만 톤의 압력이 잠수정을 내리누르고 있다는 생각을 매 순간 떠올리며, 거기서 삼십 분가량 머물렀다고 주장했다.

해저로 내려갈수록 바닷물은 점차 회색을 띠기 시작했다. 기세가 꺾이지 않은 빛이 아직은 약간 섞여 있는 어두운 회색이었다. 자꾸만 내려가도 이 빛깔은 쉽사리 사라지지 않았다. 밝게 하는 것이 빛의 본성이요 의지라면, 빛은 최후의 순간에도 제 역할을 수행했다. 즉, 지치고 기가 죽은 마지막 순간에는 오히려 그 전보다 더 찬연한 색채를 띠었던 것이다. 이제 여행자들은 석영 유리창을 통해 이루 형언하기 어려운 감청색의 해저를 내다보았다. 그것은 맑은 하늘에 높새바람이 불 때 지평선에 감도는 을씨년스러운 기운과 흡사했다. 물론 그러고 나서는 수심계가 750미터나 765미터를 가리키려면 아직 한참이 남았는데도 칠흑 같은 어둠에 휩싸이고 말았다. 태초 이래 태양 광선이 조금도 스며들지 않은 성간(星間) 공간의 어둠, 영원히 적막에 싸인 채 한 번도 빛을 받아들이지 않은 어둠이었다. 위쪽 세계에서 내려왔으되 우주적 기원에서 유래하지는 않은 강력한 인공 광선이 이제 자기 세상을 두루 비추는 것이 그런 어둠으로서는 마음에 들었을 것이 틀림없다.

아드리안은 한 번도 보이지 않았고 볼 수도 없었으며 보리라고 예측하지도 않은 것이 눈앞에 드러났을 때 꿈틀대는 인식의 욕구에 관해 말했다. 그런 상황에서 죄책감이 들 만큼 막무가내로 발동하는 인식 욕구는 학문의 정열로도 완전히 달래거나 해소할 수 없는 것이다. 사실 아드리안이 앞에서 그의 재치로 소화할 수 있는 데까지 묘사한 것들은 학문적으로도 능히 밝힐 수 있는 것이다. 지상 세계와는 전혀 친화성이 없고 마치 다른 행성에 소속된 듯한 진기한 형태나 외양들, 소름끼치기도 하고 우스꽝스럽기도 한 자연과 생명체의 기이한 모습들은 영원한 어둠 속에 몸을 숨긴 채 좀처럼 모습을 드러내지 않는 자연의 산물이다. 그것은 너무나 명백한 사실이다. 설령 인간의 비행체가 화성이나 혹은 영원히 태양 광선을 받지 못하는 수성의 반구에 착륙했다 하더라도, 이 '가까운' 행성들에 살고 있을지도 모르는 주민들 사이에서 카퍼케일스의 잠수구가 해저에 출현해 일으킨 것보다 더 큰 파문을 일으키지는 못했을 것이다. 심연의 불가사의한 피조물들은 이 손님들의 집을 떼지어 둘러싸며 엄청난 호기심을 드러냈다. 포식자의 사나운 주둥이를 가진 놈, 징그러운 이빨을 가진 놈, 망원안(望遠眼)을 가진 놈, 딱부리 눈에 마치 용골(龍骨)이나 지느러미 같은 발이 달렸고 길이가 무려 2미터나 되는 금은색 낙지류 등 기상천외한 생김새를 가진 해저 생물들이 쏜살같이 선실의 창을 스쳐가는 광경은 뭐라 표현할 수가 없었다. 그 밖에도 정처 없이 물살 따라 흐느적거리는, 점액질의 촉수를 가진 무시무시한 생물들, 즉 유자포(有刺胞) 생물*인 폴립형 히드라와 각종 해파리들조차 흥분한 나머지 경련하듯 몸을 꿈틀거리는 것 같았다.

어쨌거나 심해의 '원주민'들은 자신들에게 떠내려온 이 발광체를 자신들과는 차원이 다른 변종으로 간주했을지도 모른다.

---

* 적이나 먹잇감을 만나면 유독 액체를 내뿜는 물고기류.

왜냐하면 그들 대부분도 이 손님처럼 빛을 발산할 수 있었기 때문이다. 아드리안은 그때 동력 광선을 꺼도 무방했을 것이며, 그랬더라면 다른 진기한 광경이 펼쳐졌을지도 모른다고 했다. 스스로 빛을 발하는 물고기들로 깜깜한 바닷속이 어지러웠으며, 그 물고기들 중 상당수는 발광의 재능이 뛰어나서 어떤 놈은 온몸에서 빛이 나오는가 하면, 다른 놈들도 적어도 제 몸에 발광 기관 혹은 전등 같은 것을 갖추고 있었다는 것이다. 그놈들은 이를 이용해서 먹이를 유인하거나 구애를 한다는 것이었다. 그리고 덩치가 큰 일부 물고기들은 너무 강렬한 빛을 발산해서 관찰자의 눈이 부실 정도였으며, 또한 상당수는 막대 관처럼 생긴 사팔뜨기 눈을 갖고 있었는데, 그것은 아주 멀리서 미세한 빛만 어른거려도 유혹 혹은 경고의 징조임을 알아보기 위해서인 것 같다고 했다.

아드리안은 너무나 생소한 이 심해 요괴들 중 몇 놈을, 적어도 우리에게 전혀 알려지지 않은 놈들만이라도 잡아서 위로 가져올 생각을 하지 못한 것을 아쉬워했다. 만약 그들을 끌어올릴 생각을 했더라면 그들에게는 익숙하고 이미 적응도 한 엄청난 대기압으로부터 그들의 몸뚱이를 보호할 장치가 필요했을 것이라고 했다. 선실의 벽을 짓누르는 압력은 생각만으로도 가슴이 죄어 온다고 했다. 그놈들은 내부 조직과 체내의 압력을 강하게 유지해 바깥의 압력을 지탱하고 있는 까닭에, 외부 압력이 줄어드는 순간 틀림없이 갈기갈기 찢길 거라고 했다. 애석하게도 바다 위쪽에서 이 선체에 부딪힌 몇몇 물고기들에게 이미 그런 사고가 일어났다고 했다. 유별나게 크고 색깔이 화려한, 거의 고상하다고 해도 좋을 몸매를 지닌 물의 요정 같은 고기들이 그저 선체에 가볍게 부딪혔을 뿐인데, 수천 조각으로 갈기갈기 찢기는 광경을 목격했다는 것이다.

아드리안은 담배를 피워 물고 이런 식으로, 마치 몸소 해저 여행을 다녀왔고 이 모든 것을 직접 목격했다는 듯이 이야기했다. 그가 살짝 미소를 지으면서 이런 농담 같은 이야기를 너무나 일관되게 계속했던 까닭에, 나는 그의 이야기에 웃고 감탄하면서도 다소 아연한 기분이 들었다. 물론 그 미소에는 그의 이야기에 대한 나의 거부감을 비웃는 듯한 장난스러운 표정이 담겨 있었다. 그는 분명히 나의 거부감을 알아챈 것이다. 내가 자연의 불가사의나 신비, 아예 '자연' 일반에 대해 거의 반감에 가까울 정도로 무관심하고 언어와 인문학 분야를 선호한다는 사실을 그는 잘 알고 있었던 것이다. 무엇보다 나의 그런 취향을 잘 알고 있었기에 그는 일부러 그날 저녁 내내 인간의 발길이 미치기 힘든 섬뜩한 영역에 관한 탐사 결과, 또는 그의 주장대로라면 체험담을 가지고 나를 끝없이 괴롭히다가 결국 나까지 끌어들여 '우주의 망망대해 속으로 뛰어들었던' 것이다.

아드리안은 앞서 이야기한 내용을 발판 삼아 쉽게 다음 이야기로 넘어갔다. 도저히 지구상에 존재한다고 믿기 힘든 기괴하고 생소한 심해 생물들이 이야기의 실마리가 되었다. 또 다른 실마리는 클롭슈토크의 "두레박에 맺힌 물방울"이라는 표현이었다. 이 표현은 원래 시에서는 무한한 우주에 비하면 물방울처럼 작은 지구가 눈을 부릅떠도 보이지 않을 만큼 외진 구석에 위치하고 있다는 뜻에서, 경탄할 만한 겸손의 표현으로 쓰인 것이었다. 다른 수백만의 별들은 제쳐 놓고라도 '우리'

인간의 눈에 보이는 은하계의 소용돌이 내부에 자리 잡고 있는 지구뿐 아니라 우리의 행성계 전체, 즉 일곱 개의 위성을 포함한 태양계가 차지하는 위치 역시 그러하다는 것이다. 그런데 여기서 문제 삼는 엄청난 대상도 '우리의'라는 수식어를 붙이면 친밀하게 느껴진다. 그리하여 우리에게 친밀한 개념을 우주적 차원으로 확장하여, 우리가 비록 보잘것없는 존재이지만 안전하게 보호받는 구성원이라는 느낌을 갖게 된다. 자연의 충동은 이렇게 모습을 드러내지 않고 깊이 감춰진 채 우주의 차원에까지 관철되는 것처럼 보인다. 바로 이 점이 아드리안이 우스꽝스러운 논의를 연결한 세 번째 실마리였다. 또한 그는 잠수정 속에 머물 때의 기이한 체험, 즉 그가 함께 몇 시간 동안 타고 다녔다고 우기는 카퍼케일스의 심해 유람선에서의 진기한 체험을 부분적으로 끌어대기도 했다. 그는 어디서 주워들었는지, 우리 모두가 속이 텅 비어 있는 일종의 공 속에서 매일매일 살아온 것이라고 이야기했다. 그는 우리가 어딘가 털끝만한 자리를 차지하고 있는 은하계를 다음과 같이 설명했다.

은하계는 이를테면 편편한 회중시계 모양으로 둥글면서 용적에 비해서는 훨씬 얇게 생겼는데, 별들과 성군(星群), 성단(星團), 서로 타원 궤도를 그리는 이중성(二重星), 그리고 빛 안개, 고리 안개, 안개 별 등 온갖 형태의 성운(星雲) 등이 집약되어 엄청난 소용돌이의 원반을 이루고는 있으나, 측정할 수 없을 정도로 무한한 것은 아니라고 했다. 그런데 이 원반은 오렌지의 한가운데를 잘랐을 때 보이는 둥근 단면과 흡사하고, 다른 별들에서 날아온 먼지가 외투처럼 둘러싸고 있다는 것이다. 이 먼지층 역시 측정할 수 없는 정도는 아니지만 고도의 잠재력으로 볼 때 엄청난 크기라고 할 수 있으며, 대개는 텅비어 있는 그 공간에는 전체의 구조가 구형을 이루도록 별들이 흩어져 있다. 농축된 별들의 무리로 구성된 원반에 속하는 이 어마어마하게 널찍한 구형의 깊숙한 내부에는 거의 눈에 띄지도 않고 언급할 만한 가치도 없으며 중요하지도 않은 항성이 자리 잡고 있으며, 크고 작은 여러 동료 행성 외에도 지구와 달이 그 주변을 돌고 있다. 표면 온도가 6000도이고 직경이 150만 킬로미터인 가스 덩어리로 거의 정관사를 붙여 줄 만한 가치도 없는 '태양'은 은하계 원반의 중심으로부터 은하계의 두께만큼, 즉 3만 광년이나 떨어져 있다는 것이었다.

나는 보통 교육을 받은 덕분에 '광년'이라는 용어가 가진 의미를 대략은 알고 있었다. 그것은 물론 공간 개념으로 빛이 일 년 동안 경과한 거리를 나타낸다. 내가 빛의 고유한 속도를 어림잡아 추정하고 있었던 반면, 아드리안은 빛의 속도가 초속 29만 7600킬로미터라는 정확한 수치를 기억하고 있었다. 그렇게 보면 1광년은 대략 9조 5천억 킬로미터가 되고, 따라서 우리 태양계의 편심(偏心) 거리는 이것의 3만 배라는 계산이 나오며, 은하계라는 거대한 구형의 직경은 20만 광년이 되는 것이다.

그렇다. 그것은 결코 측정할 수 없는 것이 아니라 그런 식으로 측정이 가능한 것이다. 인간의 오성에 대한 그러한 공격을 어떻게 이해해야 할까? 고백하건대 나는 그처럼 현실적 가능성을 가늠하기 힘들고 감탄의 경지마저 넘어선 것에 대해서는 무시와 일종의 경멸의 표시로 어깨를 움찔할 수밖에 없는 천성의 소유자이다. 위대한 것에 감탄하고 열광하고 압도당하는 것은 분명히 정신적 기쁨을 준다. 그러나 그런 기쁨은 오직 이 세계 안에서 파악할 수 있는 인간적 상황하에서만 가능하다. 만일 위대하다는 말을 도덕계와 정신계, 정신과 사상의 고귀함을 나타내는 뜻으로만 쓰지 않는다면, 피라미드도 위대하고 몽블랑*도 위대하며 베드로 대성당의 내부도 위대하다 할 수 있다. 하지만 우주에 관한 수치들은 순전히 숫자를 가지고 우리의 지성에 폭격을 가하는 것과 다를 바 없다. 두 타(打)의 영(零)을 혜성의 꼬리처럼 달고 있는 어마어마한 숫자들은 마치 인간적 척도나 이성과 무슨 관계나 있는 것처럼 그런 폭력을 행사하는 것이다. 나 같은 사람이 보기에 그런 황당무계한 것에는 선하다거나 아름답다거나 위대하다는 말을 붙일 만한 요소가 전혀 없다. 그리고 나와는 다른 심성을 가진 사람들이 우주의 물리적 현상을 이른바 '하느님의 작품'이라 함으로써 하느님께 영광을 돌리려는 태도 역시 나는 도무지 이해할 수 없다. '하느님의 영광'이라 할 수 있는 것과 꼭 마찬가지로 '아무렴 어때.'라고도 할 수 있는 어떤 사태에 굳이 하느님의 작품이라는 말을 갖다 붙일 필요가 있겠는가? 내 생각에는 1이나 7이라는 숫자(그래 보았자 조금도 불어나는 것은 아니지만) 뒤에 두 타의 영을 갖다 붙인 어떤 현상에 대한 대답으로는 '하느님의 영광'보다는 오히려 '아무렴 어때.'라는 말이 더 타당할 것 같으며, 도대체 백만의 다섯 제곱이라는 숫자 앞에서 기도나 하면서 비굴해져야 하는 까닭을 도무지 모르겠다.

고결한 시인 클롭슈토크가 열정적인 경외감을 표현하고 또

---

* 알프스 산맥 중에서 가장 높은 봉우리.

불러일으키기 위해 백만의 다섯 제곱이라는 숫자를 제쳐 두고 "두레박에 맺힌 물방울" 같은 지상의 덧없는 삶만 언급한 것은 역시 그다운 발상이다. 그런데 이 송가에 곡을 붙인 나의 친구 아드리안은 이미 말한 대로 백만의 다섯 제곱이라는 숫자까지도 넘어서 버렸다. 그가 혹시라도 감동이나 강조를 위해 그랬다는 인상을 줬다면 내가 잘못 전달한 탓이다. 그처럼 터무니없는 현상을 다루는 그의 방식은 냉정하고 태연했으며, 나의 노골적인 거부 반응까지도 즐기는 식이었다. 그런데 그는 그런 사태들을 마치 무슨 비결이라도 전수받은 듯 훤히 알고 있었다. 다시 말해 그런 지식들을 어쩌다 책에서 얻은 것이 아니라 몸소 배우고 체험해서 얻은 것처럼 일관되게 엮어 낼 줄 알았던 것이다. 그리고 그 과정에서 앞서 말한 카퍼케일스 교수의 도움을 받았다는 것이다. 그는 아드리안과 함께 해저 여행을 했을 뿐 아니라 별까지 다녀왔다고 하니…… 아드리안은 그런 지식을 그에게서 얻고 더러는 직접 관찰한 것처럼 이야기했다. 물리적인 우주는(이 말은 그의 방식대로 가장 멀리 있는 것까지 포함하는 포괄적인 의미로 쓰인 것이다.) 유한하지도 무한하지도 않은데, 그 까닭인즉 유한과 무한이라는 표현이 모두 정적(靜的)인 데 비해 실상 우주의 본성은 역동적이고, 이미 오래전부터, 정확히 말하자면 19억 년 전부터 급속히 팽창하고, 다시 말해 폭발하고 있기 때문이라는 것이었다. 우리가 거리를 알 수 있는 수많은 은하계로부터 우리에게 도달하는 빛의 적색 변이로 볼 때 우주가 팽창한다는 데는 의심할 여지가 없다. 문제의 성운이 우리 지구로부터 더 멀리 떨어져 있을수록 거기에서 오는 빛의 색깔은 스펙트럼의 빨간 끝을 향해 더욱 짙게 변화한다. 그런 성운이 우리 지구로부터 멀어져 간다는 것을 분명히 알 수 있다. 그리고 가장 멀리, 대략 1억 5천만 광년 떨어져 있는 성운의 경우 멀어져 가는 속도가 방사능 중에 알파 입자의 속도에 해당하는 초속 2만 5000킬로미터에 가까우며, 이에 비하면 수류탄의 파편이 날아가는 속도는 마치 달팽이가 기어가는 것과 다를 바 없다. 따라서 은하계 전체가 서로 앞다투어 분산되고 있다면 '폭발'이라는 말은 이제부터는, 아니 이미 오래전부터 우주의 모델이 어떤 상태에 있으며 어떤 방식으로 팽창하고 있는가를 설명하기에 충분치 못하다. 이 우주도 일찍이 언젠가는 정적이었을 것이고, 그 지름도 10억 광년밖에 되지 않았을 것이다. 지금의 형세로 볼 때 문제는 '유한한' 팽창이냐 '무한한' 팽창이냐 하는 것이 아니라, 팽창 그 자체다. 추측컨대 카퍼케일스 씨는 거대한 질서 속에서 은하계를 이루며 존재하는 뭇 별의 총계가 천억 개 정도이며, 그중 오늘날의 망원경으로 우리가 관찰할 수 있는 것은 불과 백만 개 정도에 지나지 않는다는 사실을 질문자인 아드리안에게 확신시킬 수 있었던 것 같다.

아드리안은 담배를 피워 물고 웃으면서 이런 이야기를 들려주었다. 나는 이제 그의 양심에 대고 요구하기를, 결국 물거품이 되고 말 이 모든 숫자 놀음으로 하느님의 장엄함을 느끼게 하거나 윤리적 고양감을 심어 줄 수는 없다는 사실을 시인하라고 했다. 사실 이 모든 것이 마귀의 장난처럼 보였던 것이다. 나는 다음과 같이 말했다.

"물리적인 피조물의 세계가 주는 공포는 결코 어떤 방식으로도 신앙에 보탬이 되지 못한다는 사실을 시인하게. 우주가 폭발하고 있다는 따위의 황당무계한 생각에서 도대체 어떻게 경외심이 생겨나며, 경외심에서 유래하는 감정의 윤리적 순화가 어떻게 가능하단 말인가? 천부당만부당한 소리야. 경건함, 경외심, 정신적 평온, 신앙심이란 오직 인간에 관해서만 그리고 인간을 통해서만 가능하고, 지상의 인간적인 것에 국한할 때만 가능한 법일세. 그 결실은 종교적 색채를 띤 휴머니즘일 것이며, 마땅히 그래야 한다고 생각하네. 그런 휴머니즘은 인간의 초월적 비밀을 존중할 줄 알고, 인간이 단순한 생물학적 존재가 아니라 그 본성의 거의 전부가 정신적 세계에 속한다는 자부심을 바탕으로 하네. 인간에겐 절대자가 있고, 진리와 자유와 정의를 사유할 수 있으며 완전한 존재에 가까워져야 할 의무가 있다는 자부심 말일세. 이런 열정과 의무감, 인간 자신에 대한 경외심 가운데 하느님은 존재하시네. 나는 천억 개의 은하에서 그분을 발견할 수는 없어.”

"그렇다면 자넨 그 작품들에 반대하고 있군. 그리고 인간과 인간의 정신을 낳은 원천인 물리적 자연에도 반대하는군. 정신이라는 것 역시 결국 우주의 다른 곳에도 존재하지. 자네를 불쾌하게 만드는 이 무시무시한 우주의 구조, 이 물리적 피조물이 도덕의 전제가 된다는 것은 논란의 여지가 없네. 그것이 없으면 도덕은 기반을 잃을 테니까. 아마 선이라는 것은 악의 꽃이라고 해야 할 거야. 악의 꽃. 자네가 주장하는 신인(神人)이라는 것도 결국은, 아니, 무엇보다도 정신화될 수 있는 잠재력이 충분치 못한 끔찍한 자연의 일부라네. 어쨌든 자네의 휴머니즘뿐 아니라 대체로 모든 휴머니즘이 너무나 중세의 지구 중심 사상으로 기우는 것을 보면 재미있더군. 그럴 수밖에 없을 테지. 대체로 사람들은 휴머니즘이 학문과 가깝다고 생각해. 하지만 휴머니즘은 그럴 수가 없게 되어 있어. 학문 자체 내에서 악마적인 것을 보지 않고서야 학문의 대상을 악마의 짓이라고 여길 수는 없거든. 그것이 중세야. 중세는 지구 중심적이고 인간 중심적이었지. 그 잔재가 남아 있는 교회는 휴머니즘의 정신으로 천문학적 인식을 반대해 왔고, 인간의 명예를 위한답시고 그런 인식을 터무니없이 금지했지. 휴머니즘을 핑계로 무지를 고집했단 말일세. 알다시피 자네의 휴머니즘은 순전히 중세적인 사고방식이야. 자네라는 사람의 관심사는 카이저스아셰른의 교회 탑을 통해 보는 우주론이야. 그것은 점성술, 행성의 위치 관찰, 별자리, 그리고 그 길조와 흉조의 판별을 위한 것이지. 너무나 자연스럽고 정당해. 우리 태양계처럼 우주의 한 귀퉁이에 비좁게 몰려 있는 무리들은 서로 밀접하게 의존해 있고 이웃처럼 내적으로 결속되어 있다는 것이 명백한 사실이니까."

나는 갑자기 생각난 듯이 말했다.

"우리 언젠가 점성술에 관해 얘기한 적이 있지. 이미 오래전 일이지. 그때 우리는 쿠물데 연못 주변을 산책하고 있었고, 대화의 주제는 음악이었어. 당시 자네는 별자리를 옹호했었지."

그가 대답했다.

"지금도 옹호하고 있어. 점성술의 시대는 매우 많은 것을 알고 있었지. 오늘날 첨단 학문이 재발견하고 있는 사실들을 그 시대는 이미 알고 있었거나 예감했지. 전염병 혹은 페스트와 같은 질병들이 별자리와 관계 있다는 사실을 당시 사람들은 직감적으로 확신했지. 오늘날 사람들은 전염병 균을 지상에 퍼뜨리는 싹이나 박테리아 혹은 유기체들이 화성이나 목성, 금성과 같은 다른 행성에서 온 것이 아닐까 하고 논쟁하는 단계에까지 와 있다네."

그는 일명 흑사병이라고도 하는 페스트 같은 전염병들이 지구에서 발생한 것이 아닐 거라고 했다. 생명 자체와 그 기원이 지구에 있는 것이 아니라 외계로부터 흘러 들어온 것이 거의 확실하고, 생명은 최상의 조건을 갖춘 근원에서 발생했다는 것이다. 가령 목성이나 화성, 금성처럼 메탄과 암모니아를 많이 포함한 대기로 둘러싸여 있고 더 나은 환경을 가진 이웃 별에서 유래했으리라는 것이었다. 생명은 이들, 혹은 이들 중 어느 한 별로부터(그건 내 마음대로 생각해도 좋다고 했다.) 언젠가 우주 로켓에 실리거나 아니면 단순히 빛의 압력을 따라, 다소 척박하지만 아직 오염되지 않은 우리 지구에 다다랐으리라는 것이었다. 나의 인본주의적인 신인관(神人觀)과, 정신적인 것을 포함하는 생명의 이같은 영광이야말로 추측컨대 비옥한 메탄을 가진 어느 이웃 별의 산물이리라는 것이었다.

"악의 꽃이라."

나는 고개를 끄덕이며 그가 한 말을 반복했다.

"대개는 악의에 차서 생명이 꽃피지."

그가 덧붙였다.

이런 식으로 그는 나의 호의적인 세계관을 조롱했을 뿐 아니라, 이 대화가 계속되는 동안 천체의 사정을 특별히 개인적으로 잘 알고 있다는 듯이 심술궂고 끈덕지게 현혹을 일삼으며 다시 나를 조롱했다. 단언할 수는 없지만 추측컨대 이 모든 이야기는 어떤 작품에 초점을 맞추고 있는 것 같았다. 즉,

그것은 당시에 그가 새로운 노래의 에피소드에 따라 구상하고 있던 익살스러운 음악이었다. 그것은 1악장으로 구성된 심포니 혹은 환상 교향곡이었고, 그는 이 곡을 1913년의 마지막 몇 달과 다음 해의 처음 몇 달을 들여 완성했으며, 「우주의 경이」라는 제목을 달았다. 나의 소망이나 제안과는 매우 상반되는 제목이었다. 나는 이 표제가 경박스럽다고 「우주 교향곡」이라는 이름을 추천했던 것이다. 그러나 아드리안은 웃으면서, 격정이 겉으로 드러나고 반어적인 앞의 제목을 고집했다. 이 제목은 비록 엄격하고 장엄하고 수학적으로 까다로운 면도 있지만 너무나 황당무계하고 기괴한 방식으로 무시무시한 우주의 특성을 묘사했다는 사실을 지식인들에게 더 잘 전달했던 것이다. 어떤 의미에서 이 작품의 준비 단계라 볼 수도 있는 「봄의 향연」에 담긴 겸손한 찬미의 정신과 이 작품은 전혀 무관했다. 악보의 필체에 드러난 어떤 개인적인 특징으로 봐서 동일한 작곡가라는 사실을 유추하지 않는 한, 두 작품을 동일한 영혼을 가진 사람이 썼다고는 거의 믿어지지 않았다. 삼십 분 정도 연주되는 이 교향곡이 묘사한 우주의 초상에서 핵심적 본질은 조소(嘲笑)였다. 그것은 내가 대화 중에 주장했듯이 인간 세계의 바깥에 있는 무한한 것과의 교섭은 결코 경건함의 자양분이 못 된다는 나의 견해를 너무나 잘 입증하는 조소였다. 왜곡되게 악한을 칭찬하는 듯한 루시퍼*의 음흉한 냉소는 우주를 구성하고 있는 끔찍한 시계태엽뿐 아니라 그것을 묘사하는 매체, 즉 음악 혹은 음의 우주를 향하고 있었다. 그리고 이 작

---

* 타락한 천사장(天使長)이자, 사탄의 우두머리.

품은 내 친구의 예술 정신에 교묘한 반예술적 사상과 패덕, 그리고 허무주의적 모독이 들어 있다는 비난을 사는 데 적지 않게 기여했다.

이 문제는 이 정도로 그치기로 하자. 다음의 두 장에서는 1913년에서 1914년으로 해가 바뀌던 무렵 전쟁이 터지기 전 마지막 뮌헨 사육제가 펼쳐지는 동안 아드리안 레버퀸과 함께 겪은 사회적 경험을 언급할 생각이다.

슈바이게슈틸 부인 댁에 하숙을 얻은 아드리안이 카슈펄 ― 주조가 지키는 그 수도원 같은 집에 은거한 채 고독에 파묻혀 지내기만 한 것은 아니다. 이미 말한 대로 그는 간혹 조심스럽게 도시의 모임에도 얼굴을 내밀었다. 물론 그런 경우, 그가 어김없이 일찍 자리를 떠 11시 기차를 타야만 한다는 사정을 좌중이 모두 알고 있었기에, 그는 편안하고 즐거운 마음으로 모임에 참석했던 것 같다. 우리는 람베르크 가(街)에 자리 잡은 로데 부인 댁에서 만나곤 했다. 그 자리에 모여든 크뇌터리히, 크라니히 박사, 칭크와 슈펭글러, 그리고 바이올리니스트이자 휘파람 주자인 슈베르트페거와 나도 곧 친숙한 사이가 되었다. 그 밖에도 우리는 슐라긴하우펜 댁이나, 쉴트크납의 책을 출판해 주는 퓌르스텐 가(街)의 라트브루흐 댁, 그리고 라인 지방 출신의 제지업자 불링거 댁의 우아한 이층집에서도 만났는데, 우리를 그 집에 소개해 준 것 역시 뤼디거였다.

로데 부인 댁은 물론 슐라긴하우펜 댁의 둥근 기둥이 있는 살롱에서도 그들은 내 비올라 다모레 연주를 즐겨 들었다. 무엇보다 그 연주는 내가 그들과 사귀는 데 한몫했다. 대화에서 거의 활기를 띠는 법이 없는 소박한 학자이자 교사인 내가 모임을 위해 할 수 있는 건 그 악기를 연주하는 것이었다. 람베르크 가의 집에서 내게 연주를 하게 한 사람들은 천식 환자인 크라니히 박사와 슈펭글러였다. 크라니히 박사는 고전(古錢)과 골동품에 대한 관심에서 내 연주를 즐겨 들었는데, 그는 정확하고 정돈된 어조로 바이올린 계보에 속하는 악기의 역사적 형태에 관해 나와 곧잘 이야기했다. 슈펭글러는 일상적이지 않은 것, 즉 기이한 것에 대한 전적인 공감 때문에 내 연주에 관심을 가졌다. 그렇지만 그 집에서 나는 첼로 연주를 하고 싶어 안달하는 콘라트 크뇌터리히의 욕심과 슈베르트페거의 매혹적인 바이올린 연주를 몹시 좋아하는 소수 청중들의 정당한 편애를 의식하지 않을 수 없었다. 슐라긴하우펜 박사 부인은 결혼 전의 성이 플라우지히였는데, 잔소리 많고 귀가 몹시 어두운 남편과 그녀 자신의 공명심을 충족하기 위해 상당히 폭넓은 부류의 점잖은 사람들을 자기 집에 불러 모았다. 그들은 그저 취미로 하는 내 연주를 듣고 싶다고 열렬히 요청해 내 허영심을 부추겼는데, 나는 이 사실을 굳이 부인하지 않겠다. 나는 그들의 요청에 못 이겨 거의 매번 이 악기를 갖고 브리너 가(街)에 자리 잡은 슐라긴하우펜 댁에 갔다. 나는 17세기의 샤콘*이나 사라반드**, 「사랑

---

* 16세기에 스페인에서 생긴 삼박자의 느린 민속 춤곡.
** 사라센에서 유래한 17~18세기 스페인 지방의 느린 춤곡.

의 기쁨」* 같은 곡을 좌중에게 선사하거나, 헨델의 친구인 아리오스티**의 소나타, 혹은 비올라 디보르도네*** 연주용으로 쓰였지만 비올라 다모레로도 연주 가능한 하이든의 작품들 중 하나를 들려주지 않을 수 없었다.

연주를 하도록 나를 부추기던 사람들 중에는 자네 쉴뿐만 아니라 왕립 극장 총감독인 리데젤 남작도 끼어 있었는데, 그가 옛날 악기나 음악을 아끼고 사랑한 것은 크라니히의 경우처럼 골동품을 다루는 학자로서의 관심 때문이 아니라 순전히 보수적인 취향 때문이었다. 물론 여기에는 큰 차이가 있다. 전직 기병 대령인 이 궁내관(宮內官)이 총감독의 직책에 추천된 유일한 이유는 그가 피아노를 조금 칠 줄 안다는 사실 때문이었다.(귀족 출신이고 피아노를 좀 칠 줄 안다는 이유만으로 총감독이 되다니, 여러 세기를 거슬러 올라간 느낌이 들지 않는가!) 말하자면 리데젤 남작은 모든 옛것과 역사적인 것에서 근대적이고 혁명적인 것에 대항하는 일종의 봉건적 반격을 발견한 것이다. 실제로는 아무것도 이해하지 못하면서 단지 그와 같은 생각 때문에 옛것과 역사적인 것을 지지했던 것이다. 그는 전통 속에 몸담고 있지 않으면 새로운 것, 젊은 것을 이해할 수 없으며, 역사적 필연에 의해 옛것을 바탕으로 발생하게 마련인 새로운 것에만 갇혀 있으면 옛것에 대한 사랑은 메마

---

* 이탈리아의 작곡가 마르티니(Giovanni B. Martini, 1706~1784)가 작곡한 고전 가곡.
** Attilio Ariosti(1666~1729). 이탈리아의 오페라 작곡가.
*** 통상 바리톤이라 불리는 18세기 악기로, 울림줄을 가지고 있는 대형의 비올라 다모레.

르고 거짓된 것일 수밖에 없다고 주장했다. 그리하여 리데젤은 발레를 높이 평가하고 장려했는데, 물론 그 이유는 그것이 '우아하다.'라는 데 있었다. 그에게 '우아하다.'라는 말은 근대적이고 선동적인 것을 반박하는 보수적 코드를 의미했다. 그렇지만 그는 이를테면 차이콥스키와 라벨, 스트라빈스키*로 대표되는 러시아나 프랑스 발레가 지닌 예술적인 전통 세계에 대해 전혀 아는 바가 없었고, 가령 스트라빈스키가 후기에 고전적 발레에 관해 표명한 바 있는 이념들과도 매우 거리가 멀었다. 스트라빈스키의 후기 사상에 따르면, 발레라는 것은 방황하는 감정을 제어하는 계획의 승리, 우연에 대한 질서의 승리요, 아폴론적 의식**의 전형이자 예술의 범례였던 것이다. 반면에 리데젤의 머리에 떠오른 것은 얇은 무도복, 발끝으로 걷는 총총걸음, 머리 위로 '우아하게' 곡선을 그리는 팔이 고작이었다. 칸막이 좌석을 차지한 채 '이상적인 것'을 주장하면서 추하고 문제성이 있는 것을 엄금하는 궁정 계층과, 1층 좌석에 자리 잡은 잘 길들여진 부르주아 계층의 눈에는 그렇게 보였던 것이다. 물론 슐라긴하우펜 댁에서는 바그너의 작품이 많이 공연되었다. 극적인 소프라노 가수로 몸집이 풍만한 타냐 오를란다, 그리고 코안경을 걸쳤고 목소리가 쩌렁쩌렁 울리는 뚱뚱한 체격으로 주역을 맡는 테너 하랄트 쾨엘룬트가 손님으로 그 집에 빈번히 초대되었으니 그럴 만도 했다. 바그너의 작품은 리데젤

---

* Igor F. Stravinsky(1882~1971). 발레곡을 주로 작곡한 러시아 태생의 미국 작곡가.

** 니체의 예술관에 따르면 아폴론적인 것은 조화와 질서와 통일성을 지향하는 예술 정신의 원형으로 디오니소스적인 것과 대립된다.

남작의 왕립 극장을 지탱해 준다고 해도 과언이 아니었다. 바그너의 작품은 소란스럽고 격렬한 것이었는데도 리데젤 남작은 바그너의 작품을 대충 봉건적 '우아함'의 영역에 편입시키고는 경의를 표했다. 바그너를 앞질러 가는 더 새로운 작품이 있어서 사람들이 그것을 거부하고 바그너의 작품을 보수적으로 연주할 수만 있으면 그는 기꺼이 그렇게 했다. 그리하여 남작 자신이, 비록 그의 연주 솜씨는 피아노용으로 편곡한 악보를 치는 수준도 못 되었고 오히려 노래를 망쳐 버릴 뻔한 적이 한두 번이 아니었지만, 그랜드 피아노 반주를 맡아서 가수들의 비위를 맞추는 일조차 벌어졌다. 나는 궁정 가수 쾨엘룬트가 「지크프리트」*의 끝없이 지루한 대장장이 노래를 쩌렁쩌렁 울리게 불러서 그 집 살롱에 있는 꽃병이며 유리 세공품 같은 섬세한 장식품들이 윙윙 울리며 흔들리는 것을 결코 좋아하지 않았다. 그렇지만 고백하자면 나는 그 당시 오를란다의 목소리처럼 여장부다운 목소리에 마음이 흔들리는 것은 거부하기 어려웠다. 풍만한 체격과 힘찬 목소리, 극적인 발성의 완숙한 기교에서 우리는 아주 정열적인 영혼을 지닌 왕실 여인 같다는 환상을 떠올리곤 했던 것이다. 그녀는 예컨대 "그대는 민네 부인을 모르는가?"라는 이졸데**의 대사 다음부터 그녀가 무아지경에 빠져서 부르는 대사인 "그 불꽃 내 생명의 빛이라 할지라도, 나는 망설임 없이 웃으며 그걸 꺼 버린다네."(이 대목에서 여가수는 한쪽 팔을 정열적으로 아래쪽으로 내리치는 동작을 통

---

* 바그너의 오페라 「니벨룽겐의 반지」의 제3부.
** 바그너의 오페라 「트리스탄과 이졸데」에 나오는 비운의 여주인공.

해 과장된 연기를 보여 주었다.)라는 구절에 이르는 동안 하마터면 나는 우레 같은 박수갈채를 받으며 의기양양하게 미소 짓고 있는 그녀 앞으로 달려가 눈물을 흘리며 무릎을 꿇을 뻔했다. 더구나 이번에 그녀를 위해 피아노 반주를 맡았던 사람은 아드리안이었는데, 피아노 의자에서 일어설 때 그 역시 미소를 지었고, 그의 시선은 거의 눈물을 흘릴 지경으로 감격한 나의 표정을 스치고 지나갔던 것이다.

그처럼 감명 깊은 공연에 끼어들어 좌중에게 다소나마 예술적인 즐거움을 보낼 수 있다는 것은 좋은 일이다. 그 감명 깊은 공연이 끝난 후 리데젤 남작이, 남독일 사투리가 섞인 듯한 느낌을 주긴 했지만 관리 생활에서 가다듬어진 어조로 밀랑드르*의 「미뉴에트 안단테」를 다시 연주해 달라고 나를 격려하고, 다리가 길고 우아한 슐라긴하우펜 부인이 재청까지 하자 나는 그만 감동하고 말았다. 나는 바로 조금 전에 이미 이 곡을 나의 일곱 줄 악기로 한 차례 연주했던 것이다. 인간이란 얼마나 나약한 존재인가! 나는 그에게 감사하는 마음을 느꼈다. 심지어 번지르르하고 멍청해 보이는 그의 인상에 대한 거부감도 잊었다. 말끔히 면도한 도톰한 뺨 아래 금발의 턱수염이 꼬여 있고 하얀 눈썹 아래로 번쩍거리는 안경을 끼고 있는, 철판 같은 뻔뻔스러움이 어느 정도 들여다보이는 얼굴의 인상에 대한 거부감마저 깡그리 잊어버렸다. 아드리안에게 그 신사의 모습이란 굳이 왈가왈부할 가치도 없고 증오하거나 경멸할 필요도 없는, 비웃고 말고 할 것도 없는 그런 것이었다.

---

* Louis-Toussaint Milandre. 18세기 프랑스의 작곡가.

즉, 그가 보기에는 그저 어깨를 으쓱할 만한 가치도 없는 것이었고, 사실 나도 본래는 그렇게 느꼈다. 그러나 좌중에게 어떤 '우아한' 곡을 들려줌으로써 혁명적인 경향*의 쇄도를 차단하려고 리데젤이 나에게 한 곡 들려 달라 청하는 그런 순간에는 그에게 호의를 갖지 않을 도리가 없었다.

그런데 리데젤의 보수주의는 기묘하게도 또 다른 보수주의와 맞물리자 당혹스럽기도 하고 우스꽝스럽기도 했다. 그것은 전통의 '보존'이라기보다는 낡은 것의 '반복'에 해당되는 보수주의, 혁명 후의 반(反)혁명적인 보수주의였다. 시민적 자유주의의 가치 기준에 대한 저항, 그것도 적시에 이루어진 저항이 아니라 뒷북치는 식의 저항이었다. 바야흐로 시대정신은 이처럼 고루하고 단순한 보수주의를 우스꽝스럽게 부추기는 또 다른 보수주의가 출현할 기회를 제공했다. 명예욕에 들떠서 온갖 부류의 사람들을 불러들였던 슐라긴하우펜 부인의 살롱 역시 그런 기회를 제공했다. 재야 학자 샤임 브라이자허 박사 역시 한몫을 했다. 그는 고귀한 혈통을 이어받았고 고도의 지성과 매혹적인 추악함을 겸비한 모험가 유형의 인물로, 슐라긴하우펜 부인의 살롱에서 공공연히 어떤 짓궂은 만족감을 느끼며 효소의 역할을 한 이질적 존재였다. 그 집의 안주인은 팔츠 지방의 억양이 강한 그의 완벽한 사투리 구사와 역설적인 어법을 높이 평가했는데, 부인네들은 그런 어법에 매료되어 두 손을 쳐들고 손뼉을 치면서도 점잔 빼는 환호성을 지르곤 했다. 브라이자허 박사가 그 모임을 좋아한 것은 아마 속물근성 때

---

* 여기서는 아드리안처럼 실험적인 전위 음악을 추구하는 경향을 말한다.

문이었을 것이다. 또한 그는 문인들이 모이는 자리에서라면 그다지 인기를 끌지 못했을 생각들로 우아한 체하는 단순한 사람들을 깜짝 놀라게 해 주기를 즐겼다. 나는 털끝만큼도 그를 좋아하지 않았다. 나는 그가 지능적인 선동가의 기질을 감추고 있다는 것을 늘 꿰뚫어 보고 있었다. 그가 아드리안 같은 사람들에게도 거부감을 주리라는 것은 확실했다. 그럴 만한 뚜렷한 이유가 있었던 것도 아니지만, 나는 브라이자허에 관해 아드리안과 터놓고 이야기를 주고받은 적이 한 번도 없었다. 그러나 나는 시대의 정신적 동향에 대한 민감한 감지력과 최신 견해들의 냄새를 맡을 줄 아는 그의 후각을 결코 부인하지 않았으며, 그가 살롱에서 했던 이야기나 그와의 개인적인 대화를 통해 사실 많은 정보들을 처음으로 접하게 되었던 것이다.

브라이자허는 어떤 문제에 관해서도 이야기할 줄 아는 박식한 인물로 문화 철학자이기도 했다. 그러나 문화사 전체를 몰락의 과정으로만 보고 있다는 점에서 그의 생각은 문화에 반대하는 입장으로 기울어져 있었다. 그는 '진보'라는 말을 가장 경멸했는데, 마치 그 단어를 말살하겠다는 듯한 어투로 발음했다. 사람들은 진보를 경멸하는 그의 보수적인 조소야말로 그가 모임에 참여할 수 있는 권리의 참된 증거요 그의 사교술의 징표로 이해하고 있었고, 그 자신 역시 사람들의 그런 반응을 익히 알고 있었을 것이다. 그는 재치가 있긴 했지만, 결코 어떤 문제에 공감하는 태도에서 우러나오는 재치는 아니었다. 예컨대 그는 원시 미술의 평면 화법이 원근법으로 바뀐 미술사의 진보에도 코웃음을 쳤다. 원근법이 등장하기 이전의 기법으로 원근법의 눈속임을 거부하는 창작 방식을 구제불능의 무능함과 유치한 원시주의로만 여겨서 동정 어린 경멸을 표하는 태도야말로 어리석은 근대적 오만의 극치라고 그는 단언했다. 원근법의 거부와 포기와 멸시는 예술적 무기력도 무지도 아니고 예술적 빈곤의 증거도 아니라는 것이었다. 원근법의 환상이라는 것은 천민들에게나 어울리는 천박한 예술 원칙이라는 듯이, 그런 환상을 완전히 무시하는 것이야말로 고상한 취향의 징표라는 것이었다. 어떤 것을 완전히 무시할 줄 아는 능력은 지혜와 아주 가깝고 어찌 보면 지혜의 일부라 할 수도 있는데, 애석하게도 그런 능력은 사라져 버렸으며, 주제넘게 아는 체하는 형편없는 오만이 진보라는 이름으로 불리고 있다는 것이었다.

어떻든 슐라긴하우펜 부인 댁의 살롱에 모인 손님들은 이런 견해를 편안한 기분으로 받아들였다. 하지만 내가 보기에 그들은 자신들이 브라이자허의 견해에 적극 동조하기에는 적격이 아니라고 느꼈다기보다는 오히려 그가 그런 생각을 대변하기에는 적임자가 아니라고 느꼈던 듯하다.

브라이자허는 음악이 단성 악곡에서 다성 악곡으로, 화음으로 옮겨 가는 사정도 마찬가지라고 했다. 사람들은 흔히 그런 변화를 문화적인 진보라고 여기지만 오히려 그것은 야만의 수용이었다는 것이다.

"실례지만…… 그런 변화가 야만이란 말이오?"

리데젤 남작이 큰 소리로 말했다. 그는 야만적인 것이 다소 타협적이긴 하나 그래도 보수적인 형식이라고 생각하는 데 익숙한 사람이었다.

"물론입니다, 각하. 다성 음악, 즉 오중창이나 사중창 따위의 연원은 음악 문명의 중심지이며 아름다운 목소리의 본산이자 그런 목소리를 숭배하는 본산인 로마와는 상당히 거리가 먼 것입니다. 그 연원은 조야한 목청을 가진 북방인들이며, 그건 아마도 그 조야한 목청을 상쇄하기 위한 일종의 보완책이 아니었나 싶습니다. 그것은 영국과 프랑스, 즉 처음으로 3도 음정을 화음으로 받아들였던 조야한 브리튼 땅에서 유래하는 것입니다. 따라서 소위 고도의 발전, 복잡화, 진보라고 일컫는 것들이 때로는 야만의 결과인 것입니다. 과연 이러한 야만을 찬양해야 할 것인지는 여러분 각자의 판단에 맡기겠습니다만⋯⋯."

그러면서도 브라이자허는 노골적으로 보수적인 태도를 취함으로써 리데젤 남작을 비롯한 좌중을 명백히 우롱하고 있었다. 청중 가운데 누군가는 그런 속셈을 눈치채고 있었을 테니 그도 마음이 편치는 않았을 것이다. 음악사에서 최근 두 세기 동안 다성 음악이 화음의 원칙으로 대체되고 그리하여 기악이 주류를 형성하게 되자, 당연히 브라이자허는 이른바 진보적 야만의 산물인 다성 성악을 그의 보수주의적 입장에서 옹호했다. 그에 따르면 기악 음악은 대위법이라는 위대하고 유일하게 참된 예술이 타락한 결과로 생겨난 것인데, 다행히 대위법이라는 신성하고도 대담한 숫자의 유희는 여전히 음란한 감정 유희나 파렴치한 역동성과는 무관하다는 것이었다. 그리고 아이제나흐의 거장 바흐가 바로 이런 타락의 사례요, 괴테가 바흐를 화음주의자라 일컫은 것은 당연하다는 것이었다. 바흐는 평균율 클라비코드*의 창시자가 아니며, 따라서 모든 음을 다의적

---

* 피아노의 전신에 해당하는 건반악기.

으로 이해할 수 있고 화음에 따라 음을 뒤바꿀 수 있는 가능성의 창시자도 아니라는 것, 따라서 새로운 화음의 조바꿈을 도입한 낭만주의의 창시자도 아니라는 것이었다. 그러므로 바이마르의 예지자 괴테가 그에게 붙여 준 화음주의자라는 고약한 호칭을 들을 만한 가치도 없다는 것이었다. 그는 조화로운 화음을 추구하는 대위법 따위는 존재할 수 없다고 했다. 그런 음악은 이를테면 물고기도 아니고 짐승도 아닌 이상한 변종이라는 식이었다. 옛날의 진정한 다성 음악을 완화하고 약화하고 변조하고 새롭게 해석해 화성적인 것으로 바꾸어서 서로 독립된 선율을 이루는 상이한 성부가 동시에 울리도록 하는 기법은 이미 16세기부터 시작되었는데, 팔레스트리나와 두 명의 가브리엘리* 그리고 용감한 오를란도 디 라소** 같은 사람들은 치욕스럽게도 즉각 그런 경향에 가담하고 말았다는 것이었다. 이들은 '인간적으로는' 우리에게 다성적인 성악의 개념을 가장 친근하게 느끼게 했을지도 모르며, 사실 그렇다고 할 수도 있는데, 그런 연유로 이 양식의 가장 위대한 대가들처럼 보인다는 것이었다. 그러나 그것은 단지 그들 대부분이 순전히 화음 위주의 작곡법에 이미 맛을 들였고, 다성 음악 양식을 다루는 그들의 방법이 화음적인 울림, 그리고 협화음과 불협화음 사이의 관계에 신경을 쓰느라 정말 한심할 정도로 약화되었다는 사실에서 비롯된 것이라고 했다.

---

* 베네치아 악파의 창시자인 안드레아 가브리엘리(Andrea Gabrieli, 1510?~1586)와 그의 조카이자 제자인 조반니 가브리엘리(Giovanni Gabrieli, 1556?~1612)를 말한다.
** Orlando di Lasso(1532~1594). 벨기에 태생의 네덜란드 작곡가.

좌중이 모두 무릎을 치며 놀라움과 흥미를 감추지 못하는 동안 나는 이 비위에 거슬리는 연설을 듣고 있는 아드리안의 눈길을 찾았다. 그렇지만 그는 나에게 시선을 주지 않았다. 리데젤로 말하자면, 그는 완전히 혼란에 빠져 있었다.

"실례지만, 에, 그러니까……. 바흐, 팔레스트리나……."

리데젤은 이런 이름들을 보수적 권위의 후광으로 알고 있었는데, 이제 그들이 근대주의적 파괴자로 매도당한 것이다. 그는 공감을 하면서도 동시에 극심한 충격을 받은 나머지 안경까지 벗었는데, 그러자 그의 얼굴에 희미하게 가물거리던 지성의 빛마저 송두리째 사라져 버렸다. 브라이자허가 문화 비평의 화제를 구약 성경으로 바꿔서 구약 성경 등장인물의 개인적인 배경과 유대 부족 또는 민족과 그들의 정신사에 관해 열변을 토했을 때도 리데젤의 안색은 좋아지지 않았다. 이 문제에 관해서도 브라이자허는 아주 수상쩍고 악의적인 신성 모독의 보수주의 입장을 견지했던 것이다. 그의 주장에 따르면, 참된 옛것과의 접촉을 상실하고 타락하여 의식이 둔화된 것은 상상도 할수 없을 만큼 아주 일찍부터, 즉 경외심을 불러일으키는 원천인 구약 성경에서 이미 시작되었다는 것이었다. 내가 말할 수 있는 것은 다만 그의 주장이 전반적으로 미치광이 짓처럼 우스꽝스러웠다는 사실뿐이다. 그의 주장에 따르면 가령 다윗 왕*이나 솔로몬 왕**, 그리고 하늘에 계신 하느님을 장황하게 떠벌리는 예언자들처럼 모든 기독교 신자들에게 존경받는 성경 인

---

* 고대 이스라엘의 제2대 왕. 시에도 능해 구약 성경의 「시편」을 남겼다.
** 다윗 왕의 아들.

물들이야말로 지리멸렬하고 타락한 후대 신학의 선구자들이었다. 훗날의 신학은 히브리의 참되고 오랜 민족 신 여호와의 실재를 무시하며, 참된 민족정신의 시대에 이 민족 신에게 봉사할 뿐 아니라 그 구체적 현현(顯現)을 간구하기 위한 수단이었던 의식(儀式)을 '태초의 수수께끼' 정도로 생각한다는 것이었다. 특히 그는 '지혜로운' 솔로몬 왕을 신랄하게 공격하고 멋대로 우롱하는 바람에 그 자리에 있던 남자들은 잇새로 삑 소리를 내며 야유를 보냈고 여성들은 경악의 탄성을 질렀다.

"실례합니다! 저는…… 부드럽게 말씀드리자면…… 솔로몬 왕의 영광을…… 그렇게 모독해선 안 된다니까요……"

리데젤이 말했다.

"물론입니다, 각하. 그래선 안 되지요."

브라이자허가 대꾸했다.

"솔로몬 왕은 에로틱한 쾌감을 즐기느라 신경이 쇠약해진 탐미주의자였으며, 종교적인 문제에 대해서는 진보적인 바보였습니다. 형이상학적 민족 정기의 정수이자 역사(役事)하고 계시는 민족 신에 대한 숭배를 포기하고, 추상적이고 보편적인 천상의 신에 대한 설교에 솔깃해했던 것입니다. 다시 말해 민족 종교에 등을 돌리고 세계 종교로 퇴행한 것입니다. 솔로몬 왕이 첫번째 사원을 축성할 때 행한 연설을 읽어 보면 이런 사실을 확인할 수 있습니다. 거기서 그는 이렇게 물었습니다. 즉, 당돌하게도 '하느님이 참으로 땅에 거하시리이까?'라는 말을 서슴지 않았던 것입니다. 이는 하느님의 거소를 마련하고 하느님이 늘 함께 계시도록 전력을 기울이는 것이 곧 이스라엘 민족 최고의 사명이라는 것을 의심하는 어조가 아닙니까? 솔로몬은 뻔뻔스럽게도 다음과 같은 주장도 서슴지 않았습니다. '하늘과 하늘들의 하늘이라도 주를 용납지 못하겠거든 하물며 내가 건축한 이 전이오리이까.'* 얼마나 허황된 말입니까! 벌써 종말의 시작이었던 것입니다. 다시 말해 구약 성경 「시편」에서 볼 수 있는, 하느님에 대한 타락한 생각의 시초인 것입니다. 하느님은 이미 하늘나라로 추방되고 만 것입니다. 그러면서 늘 하늘에 계신 하느님을 찬송합니다. 모세 오경**에서는 하늘을 신성의 거소로 보지도 않습니다. 모세 오경을 보면 하느님은 불기둥의 형상으로 오고, 이스라엘 민족 가운데 거하면서 '도살대'가 차려지기를 원합니다. 나중에 만들어진, 인간적이고 맥 빠진 표현인 '제단'이라는 말은 피합시다. 어느 「시편」 작가는 하느님이 '도대체 내가 먹는 것이 수소 고기냐? 내가 마시는 것이 숫염소의 피더냐?' 하고 묻게 했는데 어떻게 그런 일이 있을 수 있을까요? 하느님이 그런 말을 입에 담는다는 것은 도저히 있을 수 없는 일입니다. 이것은 모세 오경을 주제넘게 계몽주의로 호도한 것입니다. 모세 오경에는 제물이 분명하게 '빵'으로, 즉 여호와의 음식으로 적혀 있습니다. 중세의 가장 위대한 랍비라는 마이모니데스***에 와서도 현자 솔로몬의 말투는 물론이고 방금 예로 든 질문보다 나아진 게 거의 없습니다. 실은 아리스토텔레스의 철학을 소화한 이 작자는 하느님이 제물을 통

* 구약 성경 「열왕기상」 8장 27절에 나오는 솔로몬의 기도.
** 구약 성경의 맨 처음에 나오는 「창세기」, 「출애굽기」, 「레위기」, 「민수기」, 「신명기」 등 다섯 편.
*** Moses Maimonides(1135~1204). 스페인 코르도바에서 태어난 유대교 신학자로, 이집트 카이로에서 랍비로 지냈다.

해 사람들에게 이교도적 본능을 허락하셨다고 '천명'했다지 뭡니까. 하하! 한때는 소금과 맛있는 양념으로 하느님께 공양해 육신으로 현현하기를 간구했던 피와 살의 제물이 이제 「시편」 작가들에겐 '상징' 정도로밖에 생각되지 않는 것입니다.(브라이자허 박사가 '상징'이라고 할 때의 형언할 수 없는 경멸 조의 억양이 아직도 내 귀에 쟁쟁하다.) 이제는 짐승을 잡아서 제물로 바치는 게 아니라, 거의 믿어지지 않는 얘기지만, 감사와 겸손을 제물로 바치게 되었습니다. 이제는 '감사하는 자는 나를 공경하는 자니라.' 하는 말이 생겼고, 또한 '하느님께 바치는 제물이란 곧 회개의 마음이니라.' 하는 말도 생겼습니다. 요컨대 제물은 이미 오래전부터 민족과 피와 종교적 실체가 아니라 인간적이랍시고 멀겋게 희석된 수프가 되고 말았습니다……."

이런 이야기는 브라이자허의 극단적 보수주의자다운 면모를 잘 보여 주는 하나의 사례일 뿐이다. 이는 거부감과 함께 흥미도 불러일으켰다. 그는 '전능'하고 '어디에나 존재'하는 추상적 보편자가 아닌 실재하는 민족 신을 섬기는 진짜 예배 의식이 자칫 육체적 위험을 야기할 수도 있는 역동적인 힘의 조작이요 마술이라는 것을 지칠 줄 모르고 역설했다.

"이러한 예배 의식을 실수로 그르치면 불행한 사태나 파국적 결과를 초래하기 십상이지요. 가령 아론*은 실수로 '다른 종류의 불'을 지폈던 까닭에 자식들을 죽게 만들었습니다. 그것은 방법상의 문제로 불행을 당한 하나의 사례로, 과오의 당연한 결과입니다. 우자라는 이름을 가진 어떤 사람은 율법서

---

* 구약 성경에 나오는 모세의 형으로, 이스라엘 최초의 대제사장.

를 모신 궤를 이송하던 중에 마차에서 미끄러지려는 궤를 엉겁결에 붙잡았다가 현장에서 즉사하고 말았습니다. 이 사고 역시 부주의로 인한 것인데, 당연히 지나치게 하프만 즐기는 다윗 왕의 부주의로 선험적이고 역동적인 힘을 잘못 다룬 재앙이지요. 다윗 왕은 무지한 탓에 모세 오경에 적혀 있는 대로 궤를 가마로 나르게 하지 않고 속인들의 방식을 좇아 마차로 나르게 했던 것입니다. 다윗 역시 솔로몬 못지 않게 신앙의 참된 근원에서 멀어졌고 백치 상태(야만 상태라는 표현이 지나치다면)에 빠져 있었던 것입니다. 다윗은 인구 조사가 초래할 위험을 전혀 모르고 인구 조사를 실시했다가 생물학적인 재앙, 즉 죽음의 전염병을 야기했는데, 민족의 에너지가 형이상학적인 반작용으로 나타난 그런 재앙은 미리 예견할 수도 있는 것이었습니다. 제대로 된 민족이라면 민족의 역동적인 힘의 총화를 균일한 개별자로 해소하려는 그런 기계적인 수치화를 도저히 견딜 수 없으니까요⋯⋯."

어떤 부인이 인구 조사가 그런 죄가 될 줄은 꿈에도 몰랐다고 하자 브라이자허는 신이 났다.

"죄라고요?"

그는 의문의 억양을 과장하면서 대꾸했다.

"진정한 민족 종교에서는 '죄'나 '벌'과 같이 맥 빠진 신학적 개념들이 순전히 윤리적인 관계로만 나타나는 것은 아닙니다. 문제는 과오의 결과로 재앙이 발생한다는 것입니다. 윤리와 종교가 서로 관계가 있다면, 그것은 전자가 후자의 타락한 형태라는 의미에서만 그런 것이며, 모든 도덕적인 것은 종교 의식을 '순전히 정신적으로' 오해한 결과입니다. '순전히 정신적인 것'보다 더 신으로부터 동떨어진 것이 또 어디 있단 말입니까? 참된 신앙의 특성을 상실한 세속 종교에서는 '기도'를 통해, 실례를 무릅쓰고 말하자면 구걸을 하다시피 은총을 구하지요. '오, 주여.' 혹은 '긍휼히 여기소서.' 혹은 '도와주소서.' 아니면 '베풀어 주소서.'라든가 '자비를 내려 주소서.' 하는 식으로 말입니다. 이른바 기도라는 것은……."

"실례합니다!"

리데젤이 나섰다. 이번에는 정말 힘을 주어 말했다.

"물론 전부 옳은 말씀입니다만 '기도할 때는 모자를 벗고' 라는 것은 언제나 저의……."

그러나 브라이자허 박사는 가차 없이 이야기를 계속했다.

"기도라는 것은 매우 힘차고 동적이고 강력한 것, 즉 신비적 부름 혹은 신의 강제력이 후대에 와서 조악해지고 이성적인 것으로 약화된 형태입니다."

어쩐지 리데젤 남작이 측은해 보였다. 브라이자허는 기독교 전통에서 배제된 요소들을 교묘하게 들춰내 리데젤의 봉건적 보수주의를 누르는 데 이용한 것이다. 브라이자허의 급진적 보수주의에는 봉건적 요소가 전혀 없고 오히려 혁명적이었는데, 그 어떤 자유주의보다도 파괴적이었음에도 마치 자유주의를 비웃기라도 하듯이 보수주의를 부추기는 호소력을 갖고 있기도 했다. 그러니 리데젤은 틀림없이 극심한 정신적 혼란 상태에 빠져들었을 것이다. 어쩌면 그가 밤잠을 설칠 것이라는 생각이 들면서도, 동시에 내가 그를 지나치게 동정하고 있는 것은 아닌가 하는 생각도 들었다. 한편 브라이자허의 연설이 아주 매끄럽게만 진행된 것은 아니었다. 마음만 먹으면 쉽게 논박할 수도 있었다. 제물을 정신적으로 경시한 것은 예언자들의 시대에 처음 있었던 일이 아니라 모세 오경에서, 즉 모세에게서 발견할 수 있다고 지적할 수도 있었다. 모세는 제물은 부차적인 것이라고 분명히 선언했고, 오로지 계율을 지키고 하느님께 순종하는 일만 중시했던 것이다. 그는 워낙 예민한 사람이어서 방해받는 것을 참을 수 없었을 것이다. 논리적으로나 역사적으로 자신의 생각과 어긋나는 기억을 들춰내 이미 구축된 자신의 사고 체계를 허무는 것을 참아 내지 못했을 것이다. 게다가 그는 반(反)정신적인 영역에서도 정신적인 것을 아끼고 존중했다. 이처럼 지나치게 극진히 아끼고 존중하는 것이야말로 우리 문명의 과실이었음을 오늘날 사람들은 잘 알고 있다. 물론 그 반대편에서는 노골적인 파렴치함과 극단적 배타주의가 판치고 있지만 말이다.

이 기록의 서두에서 나는 유대인을 좋아하지만 예외도 있다고 언급한 적이 있는데, 그때 이미 나는 이 모든 문제를 염두에 두고 있었다. 그러니까 나는 이 혈통의 사람들 중에 정말 불쾌감을 주는 사람과 마주친 적이 있었고, 재야 학자인 브라이자허라는 이름만 해도 너무 성급하게 튀어나왔던 것이다. 급진적 조류와 반동적 조류가 복잡하게 뒤엉킨 상황에서도 유대인들이 앞으로 닥쳐올 미지의 사태를 총명하게 알아차리는 지적 능력을 발휘한다면 과연 그것을 나쁘게 말할 수 있을까? 어쨌든 내 심정으로는 도저히 이해할 수 없는 반(反)인간성의 새로운 세계를 당시에 나는 슐라긴하우펜 부인 댁에서 바로 이 브라이자허라는 사람을 통해 처음으로 접할 수 있었다.

29

예수 공현절(公現節)*과 성회(聖灰)의 수요일** 사이에 열리는 뮌헨의 사육제는 축제의 열기로 가득 찼다. 사람들은 서로 마음을 터놓고 형제처럼 어울리며, 공적이거나 사적인 여러 종류의 모임을 개최한다. 여전히 프라이징의 김나지움에서 젊은 교사로 재직하고 있던 나는 혼자서 또는 아드리안과 함께 1914년의 뮌헨 사육제에 참가했다. 그 축제는 나에게 가혹한 숙명의 무게가 느껴지는 어떤 생생한 기억을 아로새겨 주었다. 그것은 사 년 동안의 전쟁이 터지기 전의 마지막 축제였다. 우리의 역사적 안목으로 보건대, 바야흐로 끔찍한 사건들을 동반하는 한 시기로 귀결될 1차 세계 대전은 천진하게 미적 생활을 즐

---

* 1월 6일. 예수가 30회 생일에 세례 요한에게 세례를 받고 하느님의 아들로 공인받았음을 기념하는 날.
** 사순절(四旬節)의 첫날이자 사육제의 이튿날. 신자는 이날 참회의 뜻으로 이마에 성회(성지 주일에 사용한 종려 가지를 태운 재)를 바른다.

기고, 이런 표현이 무방하다면 디오니소스적* 편안함이 감도는 이자르 강변의 도시에 영원히 종지부를 찍고 말았다. 한편으로 이 시기는 우리가 알고 있는 개인들의 운명에서 긴장이 점점 고조되어 내가 지켜보는 가운데 그들이 파국으로 치닫고야 마는 그런 시대이기도 했다. 물론 보다 넓은 세계에서는 그런 변화가 거의 눈에 띄지 않았지만, 이 글에서는 분명히 언급될 것이다. 그런 파국들은 부분적으로 나의 주인공인 아드리안 레버퀸의 생애 및 운명과 밀접한 관련을 맺고 있었는데, 사실 내가 속속들이 아는 바로는 그가 그런 파국들 중 어떤 사건에는 치명적으로 연루되어 있었다.

그렇다고 클라리사 로데의 운명을 두고 하는 말은 아니다. 유난히 금발이 눈에 띄는 그녀는 곧잘 남을 비웃고 께름칙한 장난을 즐기는 오만한 성격으로, 당시까지만 해도 어머니와 함께 살면서 우리들 가까이에서 지냈고 축제의 들뜬 분위기에도 동참하곤 했다. 그녀는 왕립 극장의 실력자로 있는 스승이 주선해 준 어느 지방 극장에 젊은 정부(情婦) 배역으로 계약을 맺기 위해 조만간 뮌헨을 떠날 채비를 하고 있었다. 결국 그 계약은 성사되지 못했지만, 노회한 스승 자일러는 모든 책임을 회피할 수 있었다. 자일러는 어느 날 로데 부인에게 보내는 편지에서 자기의 여제자가 실로 비범하게 이지적이고 연극에 대한 열정이 넘치긴 하지만, 연극계에서 성공할 정도로 천부적인 재능을 타고나지는 못했다고 밝혔다. 연극 예술의 기본 조건인 희극적인 기질, 흔히 무대 체질이라고 일컬어지는 그런 요

---

* 니체의 예술관에서 도취와 열광을 표현하는 예술 정신.

소가 그녀에게는 결여되어 있으며, 자기는 양심상 그녀가 들어선 길을 계속 추구하는 것을 포기하라고 충고하지 않을 수 없다는 것이었다. 그러나 그 때문에 절망한 클라리사는 신경 쇠약에 걸리고 말았으니, 그런 딸의 모습을 지켜본 어머니는 가슴이 미어지게 괴로워했다. 그리하여 편지로 발뺌을 했던 궁정 배우 자일러는 결국 클라리사에 대한 교육을 끝마치고 자신의 연줄을 이용해 그녀가 연기 초보자로서 새 출발을 할 수 있게 도와주기로 했다.

비운의 클라리사가 세상을 떠난 지도 어언 스물두 해가 지난 지금, 나는 그 이야기를 연대기적 순서에 따라 나중으로 미루고자 한다. 여기서 나는, 마음속에 고통스러운 과거를 간직하고 있는 여인으로 다정다감하고 상처받기 쉬운 성품인 그녀의 언니 이네스의 운명과 가련한 루디 슈베르트페거의 운명 역시 잊지 않고 있다. 이제 고독한 아드리안 레버퀸이 이 사건들에 연루되어 있었다는 것을 미리 말해 놓고 보니 섬뜩한 생각이 든다. 사실 독자는 나의 이런 성급함에 익숙해져 있을 테니 이런 성급함을 작가 특유의 무분별이나 생각의 혼란 탓으로 여기지는 말았으면 좋겠다. 나는 단지 언젠가는 이야기해야만 할 사실들을 두려움과 근심과 오싹한 전율까지 느끼면서 멀리서 포착하고, 그로 인해 엄청난 중압감을 느끼고 있을 뿐이다. 그래서 가능하면 중압감을 분산하고자, 말하자면 자루 속에 감춰진 것을 미리 조금씩 꺼내는 식으로 넌지시 언급하는 것이다. 물론 나 자신만 이해할 수 있게 발설을 하는 것이다. 그럼으로써 앞으로 이야기할 내용의 부담을 덜어서 심각한 충격을 방지하고 섬뜩한 느낌을 희석하고자 하는 것이다. 나의 이런 '미숙한' 화술에 대한 변명이나 고충을 이해시키기 위한 잔소리는 이 정도로 해 두자. 새삼스레 말할 필요도 없는 사실이지만, 아드리안은 내가 이야기하고자 하는 사건들의 발단과는 관련이 없고 거의 관심도 없었다. 그는 오히려 사교계에 훨씬 더 많은 호기심과 인간적 연민을 갖고 있던 나를 통해서만 어느 정도 그런 사건들에 관심을 갖게 되었다. 문제가 된 것은 아래의 사건이다.

앞에서 암시한 대로 클라리사와 이네스 자매는 그네들의 어머니와 그다지 다정한 사이가 아니었다. 한때 참의원 부인이었던 어머니의 살롱은 이제 비록 뿌리가 뽑히긴 했어도 부유한 중산층 집안의 유물로 장식되어 있었고, 그런 살롱을 지배하는 다소 음탕한 반(半)보헤미안적 분위기가 그녀들의 신경에 거슬린다는 사실을 가끔 엿볼 수 있었다. 그녀들은 각기 다른 방향에서 이 혼란스러운 분위기로부터 벗어나기 위해 노력하고 있었다. 오만한 클라리사는 단호히 예술계를 택했지만 그녀의 스승이 얼마 후에 확인한 대로, 그녀에겐 무대에서 요구하는 천부적 자질이 결여되어 있었다. 반면에 섬세하고 우울하며 근본적으로 생의 불안을 안고 있던 이네스는 영혼의 보호가 보장된 시민 가정의 삶에서 피난처를 찾았다. 거기로 이르는 길은 남에게 존중받고 아마도 사랑으로 결합되는, 그러나 굳이 사랑이 없더라도 신의 이름으로 맺어지는 그런 결혼이었다. 이네스는 물론 어머니의 진심 어린 동의 아래 이 길을 밟았다. 그리고 그녀의 동생이 그랬던 것과 마찬가지로 그 길에서 좌초하고 말았다. 가정이라는 이상(理想)이 본래 개인적으로 그녀 자신에게도 어울리지 않았을뿐더러, 모든 것을 변화시키고 뒤집어엎는 시대 또한 그런 이상의 실현을 허용하지 않았다는 사실은 확실히 비극적인 것이었다.

당시에 헬무트 인스티토리스 박사라는 사람이 그녀에게 접근했는데, 미학자이자 예술사가인 그는 뮌헨 공과 대학 강사로 미학 이론과 르네상스 시대의 건축 예술에 관한 강의를 맡고 있었고, 강의 시간에는 학생들에게 사진을 나눠 주고 설명했다. 그는 장래가 유망한 사람으로 언젠가는 대학에 초빙되어 교수, 정교수가 되고 학술원 회원이 될 수도 있는 사람이었다. 더욱이 뷔르츠부르크의 부유한 집안 아들로 상당한 유산의 상속자였으며, 장차 사교 모임이 열리는 자신의 가정을 이룸으로써 자신의 위엄을 드높일 수도 있는 사람이었다. 그는 신붓감을 찾고 있었고, 그가 선택한 아가씨의 경제적 형편은 전혀 염려할 필요가 없었다. 그는 오히려 결혼 비용을 전적으로 자기가 부담함으로써 신부가 자기에게 종속되어 있다는 걸 알아주기를 바라는 부류의 남자였다.

그렇지만 그런 태도가 반드시 강인한 인상을 주는 것은 아니며, 사실 인스티토리스는 강한 남자가 아니었다. 그가 강하고 생기발랄한 모든 것에 대해 무분별하게 품는 미적인 감탄에서 그런 사실을 알 수 있었다. 그는 자그마하고 매우 보기 좋은 장두형(長頭形)의 머리에 금발이었는데, 가르마를 탄 그 부드러운 금발에 기름을 약간 바르고 다녔다. 금발의 콧수염이 입 위로 살짝 늘어져 있었으며, 금테 안경 너머로는 섬세하고 고상한 인상을 주는 파란 두 눈이 반짝이고 있었다. 그의 눈에서 풍기는 그런 인상은 그가 야수성을(물론 그것이 아름다울 때만이지만) 숭배한다는 사실을 납득하기 힘들게 하는 면도 있었고, 오히려 반대로 곧장 납득하게 만들 수도 있었다. 그는 그 시절 수십 년 동안 전형적인 유형으로 길러진 인물이었는데, 슈펭글러는 언젠가 그런 유형의 사람들을 이렇게 적절하게 표현한 바 있다. "결핵에 걸려 뺨이 불같이 달아오르는 동안에도 그런 유형의 사람은 끊임없이 '삶이란 얼마나 강하고 아름다운가!' 하고 외쳐 댄다니까."

어떻든 인스티토리스는 그런 식으로 외쳐 대지는 않았고 오히려 조용히 속삭이듯 말하는 사람이었다. 심지어 이탈리아의 르네상스를 '피와 아름다움으로 점철된' 시대라고 선언할 때조차 나직이 속삭였다. 그리고 그는 결핵을 앓지도 않았고 기껏해야 소년 시절에 누구나 겪는 가벼운 결핵을 앓았을 뿐이다. 하지만 그는 섬세하고 신경이 예민했으며, 교감 신경, 다시 말해 복강신경총(腹腔神經叢) 질환으로 고통 받고 있었다. 그리고 그 때문에 심한 불안을 느끼고 요절할지도 모른다는 생각을 했으며, 메란*에 있는 부유층을 위한 요양원의 단골 손님이기도 했다. 확실히 그는 균형 잡히고 안락한 결혼 생활을 통해 건강해질 수 있을 것이라고 기대했는데, 의사들 역시 그럴 거라고 장담했다.

1913년에서 1914년으로 해가 바뀌던 겨울, 그는 이네스 로데에게 접근했는데, 그의 태도로 보아 약혼이 성사될 거라는 느낌이 들었다. 그런데 약혼은 상당히 지연되어 1차 세계 대전이 시작될 무렵까지도 확정되지 못했다. 쌍방은 불안과 양심의 갈등 때문에 정말 서로에게 꼭 필요한 존재인가 하는 문제를 좀

* 알프스 중앙 산맥 기슭에 위치한 이탈리아의 도시 메라노의 독일식 지명.

더 시간을 두고 신중히 검토하지 않을 수 없었던 것이다. 그러나 이 문제는 직간접적으로 사람들 입에 오르내리는 듯했다. 사람들은 인스티토리스가 자연스레 발을 들여놓은 시 참의원 부인의 살롱에서 열린 공식 연회석상에서 이 '귀여운 한 쌍'이 따로 떨어져 있는 것을 목격하곤 했던 것이다. 그리고 약혼 문제가 거론될 듯한 기미를 눈치챈 가까운 지인의 입장에서는 자신도 모르게 이 문제를 마음속으로 생각하게 되었다.

인스티토리스가 다름 아닌 이네스에게 추파를 던졌다는 사실이 처음에는 의아했지만 나중에는 충분히 납득이 되었다. 이네스는 결코 르네상스 풍의 여자는 아니었다. 부서지기 쉬운 그녀의 영혼, 고상한 비애가 어리고 베일에 가린 듯한 시선, 비스듬히 앞으로 수그러진 귀여운 목, 연약하고 불안하지만 장난기가 느껴지는 뾰족한 입술 등 어느 모로 보나 결코 아니었다. 그렇지만 이 구혼자는 자신의 미적인 이상을 갖춘 여인과 살아 보라고 해도 아마 그럴 수 없었을 것이다. 그렇게 된다면 그의 남성적 우월감이 손상을 입게 될 테니까. 유머러스하게 이 사실을 확인하고 싶다면 오를란다처럼 풍만하고 자유분방한 여인과 나란히 서 있는 그의 모습을 상상하면 될 것이다. 그렇다고 이네스에게 여성으로서의 매력이 없었다는 것은 아니다. 아내 될 사람을 찾아 나선 어떤 사내가 그녀의 치렁치렁한 머리칼, 작게 오므려 포개 놓은 귀여운 손, 그리고 품위를 지킬 줄 아는 젊음에 반한 것은 너무나 당연했다. 어쩌면 그녀는 그가 필요로 하는 존재였을지도 모른다. 그녀의 처지가 그의 마음을 끌었다. 즉, 그녀는 그녀 자신이 강조하듯이 명문가 출신이긴 하지만 이제는 뿌리를 잃고 다소 영락한 상태이므로 그의 우월성을 위협할 수 없었던 것이다. 오히려 그가 생각하기에는 그녀를 아내로 맞이함으로써 그녀에게 옛날의 지위를 되찾아 주고 끌어올릴 수 있을 것 같았다. 어머니 되는 사람은 과부로서 다소 가난해진 데다 어느 정도 향락을 추구했고, 동생이라는 여자는 연극계에 투신했다. 이처럼 어딘지 모르게 집시의 분위기를 풍기는 환경, 바로 이런 사정들이야말로 그 자신의 위엄을 조금도 손상하지 않을 요소들이었던 것이다. 더욱이 결혼이 성사된다 하더라도 그의 사회적 명예는 조금도 손상될 게 없었고, 그의 경력이 위협받을 걱정도 없었다. 참의원 부인의 온당하고 자상한 배려로 리넨 침구며 은식기 같은 혼수를 마련한 이네스가 나무랄 데 없이 모범적인 주부의 역할을 해 줄 것이라고 그는 확신했다.

나는 인스티토리스 박사의 입장에서 상황을 바라보며 이렇게 생각했다. 그러나 신부가 될 사람의 눈으로 그를 바라보면 사태는 불안했다. 지나치게 소심하며 자신만을 생각하고, 우아하고 훌륭한 교양을 갖추긴 했으나 육체적으로는 건강한 데라곤 전혀 찾아 볼 수 없는 이 사내(그 밖에도 그는 총총걸음으로 걷는 버릇이 있었다.)에게서는 아무리 상상력을 동원해도 여성을 매료하는 구석이라고는 발견할 수 없었다. 이네스가 아무리 엄격하게 갇힌 채 처녀 시절을 보냈다 하더라도 근본적으로 남성적인 매력을 원했을 것이다. 게다가 두 사람은 인생관이나 철학적 견해 또한 상극을 이루고 있었다. 간단히 요약하자면, 그것은 심미주의와 도덕의 대립이었다. 그런 대립은 대체로 이 시대 문화의 변증법을 지배하고 있었고, 말하자면 이 두 젊은 이가 어느 정도 그 표본이라 할 수 있었다. 다시 말해, 한쪽은 아무 거리낌 없이 발산되는 '삶'을 무조건 숭배했고, 다른 한 쪽은 깊이 있는 인식을 수반하는 고통을 염세주의적으로 숭배했던 것이다. 이런 대립은 원래 창조적 근원에 있어서는 하나의 인격체 속에 통일된 것이었으나, 시간 속에서 비로소 대립되고 분열되었다고 말할 수 있다. 인스티토리스 박사는 철두철미하게 르네상스적인 인간이었고('맙소사!'), 이네스 로데는 어느 모로 보나 염세적인 도덕주의의 딸이었다. 그녀는 '피와 아름다움으로 점철된' 세계에는 전혀 관심이 없었다. 그리고 '삶'이란 문제로 말하자면 그녀는 엄격하게 시민적이고 고상하고 경제적 안락이 보장된 결혼 생활에서 보호처를 찾으려 했다. 모든 충격을 가능한 한 막아 주는 그런 결혼 말이다. 그녀에게 이런 피난처를 제공할 것처럼 보이는 그 소심한 사내가 냉혹한 탐미주의와 이탈리아 식의 독살(毒殺)에 그처럼 열중하고 있었다는 것은 하나의 아이러니였다.

그들이 단둘이 있을 때 세계관을 놓고 논쟁을 벌였으리라고는 생각되지 않는다. 그럴 경우에는 대개 사소한 주변 이야기를 하거나 만약 약혼을 하면 어떤 상태가 될까 하는 점을 염두에 두고 있을 뿐이었다. 철학은 수준 높은 사교 모임에서나 화제가 되게 마련이었다. 제법 큰 모임이나 무도회장에 딸린 복도 탁자에서 쉬거나 포도주를 마시면서 토론을 할 적에 그들의 의견이 엇갈린 적이 종종 있었다는 것을 나는 기억하고 있다. 가령 강렬하고 야수적인 충동을 지닌 인간만이 위대한 작품을 창조할 수 있다고 인스티토리스가 주장하면, 이네스는 위대한 예술이 탄생하는 것은 종종 극도로 기독교적이고 양심에 의해 다스려지고 고통으로 정화된 염세적 세계관을 통해 가능했다고 입증하면서 반론을 펴는 것이었다. 내가 보기에 그런 대립은 한가로운 논쟁거리이고 시대 상황에 좌우되는 것이었다. 그런 대립은 현실을, 즉 성공하기 어렵고 늘 불안하기만 한 생명력과 병적 기질 사이의 균형(이것이 분명히 천재를 만들어 내는데)을 전혀 올바르게 평가하지 않는 것처럼 보였다. 이 논쟁에서 한쪽은 과거의 자신, 즉 병약한 삶을 옹호했고 다른 한쪽은 자기가 간구하는 것, 즉 힘을 옹호했으며, 양자 모두 타당성이 있는 것이었다.

내가 기억하기로는 언젠가 우리가 함께 모인 자리에서(크뇌터리히, 칭크와 슈펭글러, 쉴트크납과 그의 출판업자 라트브루흐도 함께 있었다.) 벌어진 논쟁은 연인들이라 불려도 될 즈음의 두 사람 사이에서가 아니라, 매우 우스꽝스럽게도 인스티토리스와 슈베르트페거 사이에서 일어난 것이나 다름없었다. 슈베르트페거는 매우 말쑥한 사냥복 차림으로 그 자리에 함께 있었다. 실제로 뭐가 문제가 되었는지 정확히 기억나지는 않는다. 여하튼 거의 아무런 사심 없이 결백한 태도로 다른 의견을 제시한 사람은 슈베르트페거였다. 내가 알기로 그때 문제가 된 것은 '공적(功績)'이라는 개념, 즉 쟁취된 것, 획득된 것, 의지와 분발과 자기 극복을 통해 성취된 것이었다. 그리고 그런 사건들을 진심으로 칭송하고 공적을 높이 평가하는 슈베르트페거는 인스티토리스가 무슨 생각으로 자기 주장을 거부하고 땀 흘린 대가로 얻어진 공적을 인정하려 들지 않는지 도무지 납득할 수가 없었다. 인스티토리스는 미의 관점에서 볼 때 의지라는 것은 칭찬할 만한 것이 못 되며, 오로지 천부적 재능만이 공덕(功德)으로 인정될 수 있다고 말했던 것이다. 애써 노력하는 것은 천한 짓이며, 아무런 의지도 없이 본능에 따라 쉽게 이루어지는 것만이 우월하고, 따라서 칭찬받아 마땅하다는 것이었다. 사실 선량한 슈베르트페거는 영웅이나 승리자도 아니었고, 그가 살아오면서 행한 일들은 한결같이 힘들기만 했다. 가령 무엇보다 그의 뛰어난 바이올린 솜씨가 그러했다. 그래서 상대방이 한 말이 어쩔 수 없이 그의 비위에 거슬렸고, 비록 그가 도달할 수 없는 '보다 높은' 영역이 있을 것이라고 어렴풋이 느끼긴 했으나 상대의 말을 용납할 수는 없었다. 화가 나서 입술이 뽀로통해진 그는 인스티토리스의 얼굴을 쳐다보았다. 그는 파란 눈으로 번갈아 가며 인스티토리스의 왼쪽과 오른쪽 눈을 뚫어지게 노려보았다.

"아닙니다, 결국은 허튼소리지요."

그는 나직하고 가라앉은 목소리로 말했다. 자기 주장을 전적으로 확신하고 있지는 않다는 사실이 엿보이는 어조였다.

"공적은 공적이고, 천부적 재능은 공적이 아닙니다. 박사님, 당신은 늘 미에 관한 이야기만 하고 계신데, 만일 어떤 사람이 자신을 극복하고 선천적으로 주어진 것보다 훌륭한 일을 했다면, 그것 역시 너무나 아름답지 않습니까. 이네스, 당신의 생각은 어때요?"

그는 도움을 청하듯이 그녀에게 몸을 돌렸다. 이번 역시 순박하기 이를 데 없는 질문이었다. 그는 이런 문제에서 이네스가 인스티토리스와 상반된 견해를 갖고 있다는 기본적인 사실을 전혀 몰랐던 것이다.

"당신 말이 옳아요."

얼굴에 가벼운 홍조를 띠며 그녀가 대답했다.

"어떻든 제 생각에는 당신이 옳아요. 천부적 재능이란 신나는 것이긴 해요. 그러나 '공적'이라는 말에서 우리는 천부적 재능이나 본능적인 것에서는 느낄 수 없는 경탄을 느끼거든요."

"바로 그것입니다!"

슈베르트페거가 의기양양하게 외쳤다. 그러자 인스티토리스는 웃으며 받아넘겼다.

"물론입니다. 번지수를 제대로 찾으셨군요."

여기서 이상한 분위기가 감돌았다. 그것은 금방 가시지 않는 이네스의 홍조에서도 얼핏 느껴지는 어떤 분위기였다. 사실 그녀가 비단 이 질문뿐 아니라 이와 유사한 어떤 질문에도 자기의 구혼자가 잘못되었다고 말하는 것은 조금도 이상한 일이 아니었다. 하지만 그녀가 천진한 슈베르트페거의 편을 드는 것은 그녀에게 있음 직한 일이 아니었다. 슈베르트페거는 세상에 비도덕주의라는 게 있을 수 있다는 사실 자체를 도무지 납득할 수 없었던 것이다. 그리고 자기와 반대되는 주장을 전혀 이해하지도 못하는 사람을 옳다고 말할 수가 없는 것이다. 적어도 그런 사람에게 자기와 반대되는 주장을 설명하기 전에는 그럴 수 없는 것이다. 이네스의 판정에는 비록 논리적으로는 아무런 하자가 없다 할지라도 어딘지 모르게 어색한 분위기가 감돌았다. 그리고 슈베르트페거가 힘들이지 않고 승리를 거두자 클라리사가 대뜸 박장대소를 터트림으로써 어색한 분위기는 더 여실히 드러났다. 턱이 짧고 오만한 이 여인이 우월성과는 아무런 상관도 없는 이유로 우월성이 손상되는 상황을 놓칠 리 없었고, 또한 자신은 아무런 손상도 입지 않으리라고 확신하고 있었던 것이다.

"기회는 지금이에요!"

클라리사가 외쳤다.

"루돌프! 고맙다고 말씀하셔야죠! 어서요! 젊은 양반, 그러고는 절하세요! 당신을 구원한 여인에게 아이스크림이라도 가져다드리고 다음 왈츠의 상대가 되어 주십사 하고 부탁해 보세요!"

그녀는 늘 이런 식이었다. 그녀는 매우 오만하게 자기의 언니와 보조를 맞췄으며 그네들의 품위를 높이는 일이라면 무조건 "어서요!"라고 부추겼던 것이다. 그녀는 언니의 구혼자인 인스티토리스가 환심을 사려다가 말문이 막히거나 지루하게 굴거나 하면 그에게도 "자, 어서요!"라고 말하곤 했다. 그녀는 자존심이 강해서 우월감을 확인해야 직성이 풀렸고, 일이 뜻대로 되지 않을 때는 극도로 당황한 기색을 보였다. 그녀는 마치 "상대방이 너에게서 뭔가를 원한다면 너는 당장 응해야 해."라고 말하려는 것 같았다. 나는 그녀가 슈베르트페거에게도 어떻게 그런 식으로 말했는지 잘 기억하고 있다. 그것은 아드리안을 대신해서 한 말이나 다름없었다. 즉, 아드리안은 차펜스퇴서 악단이 주관하는 어떤 연주회 문제로(내가 생각하기에는 자네 쉴을 위해 표를 한 장 얻어 달라는 내용이었던 것 같다.) 슈베르트페거에게 부탁을 했었는데, 그는 이런저런 핑계를 대며 그 부탁을 들어주지 않고 있었던 것이다.

"어서요, 루돌프 씨! 어서요! 제발, 도대체 뭐가 잘못되기라도 했어요? 꼭 재촉해야만 되나요?"

그녀가 외쳤다.

"천만에요, 그럴 필요는 없지요. 그렇지만 저는 분명히······

다만……."

슈베르트페거가 대꾸했다.

"'다만'이란 말이 어디 있어요?"

그녀는 사뭇 기세등등하게, 반쯤은 익살로, 반쯤은 엄숙하게 꾸짖었다. 그러자 아드리안과 슈베르트페거가 웃음을 터뜨렸다. 슈베르트페거는 어깨를 들썩거리며 얼굴에 주름이 잡히고 입아귀가 찢어질 듯이 순박하게 웃으면서 모든 것을 분부대로 시행하겠노라고 약속했다.

클라리사는 슈베르트페거를 마치 구애에 몸이 달아오른 사람인 것처럼 취급했다. 실제로 그는 너무나 순박하고 다정한 태도로 쉴 새 없이 아드리안의 호의를 얻기 위해 노력하고 있었다. 그녀는 자기 언니에게 청혼한 구혼자에 관해 종종 나의 견해를 들어 보려고 했다. 이네스도 수줍은 듯이 얌전하게 금방이라도 말을 되삼킬 듯이, 한편으로는 듣고 싶으면서도 다른 한편으로는 아무것도 알고 싶지 않다는 듯이 같은 질문을 하곤 했다. 두 자매는 나를 신뢰하고 있었던 것이다. 다시 말해 그네들은 내가 다른 사람들을 평가하는 데 필요한 능력과 공정함을 갖추고 있다고 생각하는 듯했다. 물론 내가 국외자로서 편파적일 수 없는 중립적 입장에 있었기 때문에 그런 신뢰를 받았을 것이다. 신임을 받는 입장이라는 것은 늘 즐거우면서도 동시에 고통스럽기도 하다. 자기 자신은 고려의 대상에 들지 않는다는 전제 아래서만 그런 역할을 수행할 수 있기 때문이다. 그러나 종종 나 자신에게 말해 온 터이지만, 세상의 격정을 자극하는 것보다 세상에 신뢰를 불어넣는 일이 얼마나 더 좋은가! 세상에 '멋지게' 보이는 것보다는 '착하게' 보이는 것이 얼마나 더 나은가!

이네스 로데의 눈에 비친 '착한' 인간이란, 세계와의 관계에서 미적인 자극은 거세되고 순전히 도덕적으로만 존립하는 그런 인간이었다. 그녀는 그런 까닭에 나를 신뢰했던 것이다. 그러나 나는 두 자매를 동등한 차원에서 대하지는 않았으며, 구혼자인 인스티토리스에 관한 나의 견해도 두 자매 중 누가 질문하느냐에 따라 약간씩 방향을 달리했다. 클라리사와 이야기할 때면 나는 훨씬 허심탄회하게 인스티토리스가 결정을 주저하는 심리적 동기에 대해 내 견해를 표명했고(물론 어느 한쪽만이 주저하고 있지는 않았지만), '야수적 본능'을 신성시하는 그 약골을 그녀와 장단을 맞추어 놀리기를 서슴지 않았다. 그러나 이네스가 나에게 물어 올 때면 사정이 달랐다. 그럴 경우 나는 예의상 그녀의 감정을 존중해야만 했다. 그렇다고 근본적으로 그런 감정을 믿은 것은 아니다. 다만 그녀가 그 사내와 결혼해야 할 합리적 근거에 더 신경을 썼던 것이다. 그래서 그의 야무진 개성, 학식, 깔끔한 인간미, 그리고 유망한 장래 등을 존중하는 이야기를 해 주었다. 가능하면 따뜻한 어조로 말하되 너무 지나쳐도 안 되기 때문에 여간 힘든 일이 아니었다. 의혹을 무릅쓰고라도 결단을 내리라고 설득하는 것과 마찬가지로, 의혹을 부채질하거나 그녀가 갈망하는 피난처를 싫어하게 만드는 것도 내 책임일 수 있기 때문이었다. 그렇지만 이따금 나는 어떤 기묘한 이유 때문에, 결혼을 만류하는 것보다 성사되도록 이야기하는 편이 더 책임 있는 자세라는 생각이 들었다.

그녀는 곧 헬무트 인스티토리스에 대한 내 견해를 대부분

수긍할 정도로 두터운 신뢰를 보였을 뿐 아니라, 나아가 모임에 속한 다른 사람들에 관한 견해까지도 듣고자 함으로써 그 신뢰를 어느 정도 보편화하기까지 했다. 이를테면 칭크와 슈펭글러에 대해, 한 사람 더 예를 든다면 슈베르트페거에 대해 나에게 물어 왔던 것이다. 그녀는 슈베르트페거의 바이올린 연주는 어떤가, 그의 성격은 어떤가, 과연 내가 그를 존경하는가, 존경한다면 어느 정도나 존경하는가, 그 존경에는 진지성 혹은 유머가 얼마나 담겨 있는가 등에 관해 알고자 했던 것이다. 나는 최선을 다해 신중히, 가능한 한 공정하게 내가 이 글에서 슈베르트페거에 관해 언급한 이야기들과 거의 다름없이 그녀의 질문에 대답했다. 그러면 그녀는 내 말을 경청했고, 그리고 나서는 우의(友誼)에서 우러나온 나의 찬사를 그녀 자신이 보충하기도 했다. 그러면 나는 다시 그녀의 말에 동의하지 않을 수 없었지만, 부분적으로는 그녀의 고집스러운 집착에 놀라기도 했다. 불신의 그늘에 가린 시선으로 인생을 바라보는 그녀의 성격에 비춰 보건대 이처럼 고통 어린 집착이 놀라운 사실은 아니었지만, 하필 슈베르트페거라는 인물에게 그런 태도를 보이는 것은 뭔가 어색한 느낌을 주었다.

그렇지만 이네스는 이 매력적인 젊은이를 나보다 훨씬 오래 알고 지내 왔으며, 그녀의 여동생과 마찬가지로 그와 남매처럼 사귀면서 나보다 가까이에서 그를 지켜보았기 때문에 그에 관한 소상한 일들을 허물없이 말하는 것이 결코 이상한 일은 아니었다. 그녀가 말하기를, 그는 악덕(그녀가 이 단어를 사용한 것은 아니고 더 부드러운 표현을 사용하긴 했지만, 그런 뜻으로 말한 것은 분명했다.)을 모르는 순수한 사람이며, 따라서 허물없이 남을 대하는 사람이라고, 왜냐하면 순수성에는 허물없이 대하는 무언가가 있기 때문이라고 했다.('허물없이 대하다'라는 말이 그녀의 입에서 나왔다는 사실은 이상한 여운을 남겼다. 그녀 자신은 전혀 그렇지 못했으므로. 물론 나에게는 예외였지만.) 그는 술을 마시지 않으며, 크림을 넣지 않고 설탕을 약간 친 차만 매일 세 번씩 마실 뿐이었다. 또 담배도 피우지 않는데, 아주 드물게 피울 때도 있긴 하지만 전혀 습관성은 아니라고 그녀는 말했다. 그는 이런 남성용 마취제(그녀가 이렇게 표현한 것으로 기억된다.) 또는 최면제를 하지 않는 대신 여자한테 시시덕거리는 데는 아주 열심으로 푹 빠져 있어서 오로지 그 목적으로 세상에 태어난 사람처럼 보일 정도라고 그녀는 말을 이었다. 그렇지만 사랑과 우정 때문은 아니며, 사랑과 우정도 그 자신도 모르게 시시덕거리는 놀음으로 변질되는 것이 그의 천성이라는 것이다. 그렇다면 경조부박한 사람인가? 그럴 수도 있고 그렇지 않을 수도 있다. 단순하고 평범한 의미에서는 분명히 그렇지 않다. 가령 제조업자 불링거 씨와 비교해 보면 그건 금방 알 수 있는데, 불링거 씨는 자신의 부유함을 터무니없이 자랑하면서도 자조적으로 걸핏하면 이렇게 흥얼거렸다.

기쁜 마음과 건강한 피는
돈과 재산보다 낫다네……

불링거 씨가 이런 모습을 보이는 것은 사람들이 자신의 부를 부러워하게 만들기 위해서라는 것이다. 차이를 군이 밝히자면 말이다. 그러나 슈베르트페거는 너무 싹싹하고 사교적이어서 그의 가치를 알아차리기 어렵다는 것이다. 그는 사교에 너무 열중하는데, 사교라는 것은 원래 끔찍한 것이라고 했다. 이네스는 여기서 펼쳐지는 활달하고 호사스러운 예술가 생활, 가령 우리가 새로 참석하기 시작한 코코첼로 클럽에서 열리는 우아한 비더마이어* 풍의 축제 같은 것은 생의 의혹이나 비애와 속상할 만큼 현격한 대조를 이룬다고 생각하지 않느냐고 나에게 물었다. 그리고 평균적인 경우보다 훨씬 더 심한 공허와 허무감으로 인한 전율이 포도주와 음악으로 흥을 돋우는 들뜬 인간관계와 너무나 선명하게 대립되지 않느냐는 것이었다. 어떤 사람이 사교 형식을 기계적으로 지키고 다른 사람과 대화를 나누면서도 정작 생각은 전혀 딴 곳에 가 있는 경우를 우리는 두 눈으로 목격할 수 있다고……. 이 '초대'가 끝날 무렵이면 무대는 점차 교란되고 시들해져서 살롱의 분위기는 흐트러지고 너저분해진다는 것이었다. 그녀는 연회가 끝난 후면 한 시간씩이나 자기 침대에서 울먹일 때가 있다고 고백했다.

그녀는 이와 비슷한 이야기들을 계속했다. 주로 일반적인 불만과 비판을 늘어놓았고, 슈베르트페거는 까맣게 잊은 듯했다. 그러나 그녀가 말꼬리를 그에 관한 이야기로 돌린 것으로 보아 그 동안에도 그 친구를 생각하고 있었음이 명백했다. 그가 사교계의 멋쟁이 행세를 한다고 언급할 적에 그녀는 그런 처신이 해로울 것도 없고 그냥 웃어넘겨도 무방하지만 이따금 서글픈 느낌을 줄 때도 있다고 했다. 그는 모임에서 늘 마지막으로 등

---

* 19세기 중후반에 유행한 예술 및 건축 양식으로, 복고적인 장식미를 강조했다.

장하곤 하는데, 다른 사람들이 그를 기다리게 할 심산으로 그러는 것이라고 했다. 그는 사회적 질투심, 경쟁을 유발한다는 것이다. 즉, 자기는 어제 어디 어디에 갔었다, 랑게비쉬 댁 혹은 두 분의 근사한 따님이 있는 롤바겐 댁에 갔었다 하는 식으로 말이다.(이네스는 '근사하다.'라는 말만 들어도 불안하고 두렵다고 했다.) 그러다가 분위기를 바꾸어 사과라도 하듯이 "한번 얼굴을 내밀지 않을 수 없었습니다."라는 취지의 말을 하는 것이다. 그렇지만 다른 집에 가서도 틀림없이 똑같은 말을 했을 것이다. 그는 누구한테나 자기와 함께 있으면 가장 행복하다는 환상을 불어넣으려 하는 것이다. 마치 누구나 그 점을 가장 중요시하기라도 하는 것처럼. 그러나 그럼으로써 누구에게나 진심 어린 우정을 보일 수 있다는 그의 확신에는 어딘지 병적인 데가 있었다. 그는 5시경에 차를 마시러 와서 자기는 가령 랑게비쉬 댁이나 롤바겐 댁에서 5시 30분에서 6시 사이에 약속이 있다고 말하고는 6시 30분이 되도록 그대로 머무른다. 물론 약속이 있다는 것은 말짱 거짓말이며, 다만 자신은 여기가 더 마음에 들어 발길이 떨어지지 않는다는 것을 보여 주기 위해, 거기 있는 사람들이 자기를 기다려 줄 수 있다는 것을 보여 주기 위해서인 것이다. 그러면 그는 사람들이 틀림없이 즐거워하리라고, 정말 기뻐할 것이라고 확신하는 것이다.

　우리는 웃고 말았다. 그러나 나는 다소 멈칫했다. 그녀가 양미간을 찡그리는 모습을 보았던 것이다. 그러면서도 그녀는 슈베르트페거의 애교를 조심할 필요가 있다는 듯이(정말 그럴 필요가 있다고 생각했을까?) 즉 그의 애교를 너무 믿어선 안 된다는 듯이 말했다. 그것은 실없는 애교일 뿐이라는 것이었다. 사실 언젠가 그녀는 우연히 조금 떨어진 자리에서 그가 하는 말을 낱낱이 들을 기회가 있었다고 한다. 그때 그는 분명히 그에게는 전혀 관심이 없는 어떤 사람을 붙들고 모임에 더 머물러 달라고 부탁하고 있었다고 한다. 이를테면 "이를 어쩐다, 벌써 가시다니요! 기분을 내세요. 저와 이야기하실까요?" 하는 식으로 깔끔하고 싹싹하게, 사투리가 밴 어조로 말했다는 것이다. 그래서 그녀는 그가 그런 식으로 말을 걸어오면 정나미가 떨어진다고 했다. 그가 나에게도 그런 말을 했겠지만, 그녀에게도 그런 식으로 말한 적이 있다는 것이었다.

요컨대 누가 아파서 병문안을 갔다 하더라도, 그가 보이는 진지함이나 동정의 표시 혹은 관심은 도저히 믿을 수 없다고 그녀는 고백했다. 나 자신도 느끼겠지만, 그가 하는 짓은 모조리 '매끈하게만' 진행되는데, 진심에서 우러나오는 게 아니라 사교적으로 적합하고 어울린다고 생각하기 때문에 그렇다는 것이다. 거기서 기대할 것은 조금도 없다는 것이다. 또한 그가 악취미를 갖고 있다는 사실도 엿볼 수 있다고 했다. 가령 그가 "불행한 여자들은 세상에 널려 있다고요!" 하고 소리칠 때는 소름이 끼친다는 것이다. 그녀는 그가 그렇게 말하는 것을 직접 들었다고 했다. 누군가 그에게 어떤 처녀, 혹은 유부녀일 수도 있는 여성을 불행하게 하지 말라고 농담으로 경고한 적이 있는데, 그러자 그는 정말 거만하게 "불행한 여자들은 세상에 널려 있다고요!" 하고 대답했다는 것이다. 이런 말을 들었을 때 그녀는 '어쩜 저럴 수가! 함께 어울리기 창피해!'라는 생각밖에 들지 않았다고 했다.

그렇지만 그녀는 그에 관해 너무 심한 말은 하고 싶지 않다고 했다. '창피하다.'라는 말을 곡해해서는 안 된다고, 슈베르트페거의 본성에 어떤 고귀함이 깃들어 있음은 부정할 수 없다고 하고는 계속 말을 이어 나갔다. 이따금 그와 함께 이야기하는 사람이 목소리를 낮추고 놀란 듯한 시선을 보내면 그의 습관적이고 떠들썩한 기분도 가라앉고 어느 정도 진지한 자세를 보인다는 것이다. 그는 실제로 여러 번 그런 적이 있었는데, 유별나게 상대방의 동정에 민감한 사람이라는 것이다. 그럴 때면 랑게비쉬니 롤바겐이니 하는 이들은 그의 뇌리에서 그림자나 허깨비처럼 사라진다. 그가 다른 공기를 쐬고 다른 분위기에 영향을 받기만 하면 허물없이 서로 이해하는 느낌을 주는 대신 완전히 낯설게 느껴지고 구제 불능으로 멀리 떨어져 있는 사람으로 생각되기도 한다. 그 자신도 이런 사정을 알아차린다. 그는 민감한 사람이니까. 그러고는 보상하기 위해 뉘우치고 노력한다. 그는 이야기에 다시 끼어들기 위해 이미 사람들이 사용한 말이나, 책에 나오는 좋은 말들을 주워섬긴다. 그것은 우스꽝스러우면서도 감동적이다. 그는 아직 그런 말들을 잊지 않았으며, 고상한 영역에서 놀고 있다는 것을 과시하기 위해 그러는 것이다. 정말 눈물이 나올 지경이다. 마침내 연회가 끝날 시간이 된다. 그는 여전히 개전(改悛)의 정을 보이고 있다. 그는 다가와서 텁텁한 사투리로 작별 인사를 하지만 그것은 사람들의 얼굴을 찌푸리게 하며, 사람들은 피곤한 탓에 더욱 거부 반응을 보인다. 빙 둘러가면서 악수를 한 다음 그는 다시 한번 몸을 돌려 간단히, 그러나 진심으로 작별 인사를 한다. 물론 그러면 반응은 좋아진다. 이리하여 그는 유종의 미를 거둔다. 그는 억지로라도 그래야만 한다. 이 모임이 끝난 다음에 그가 방문할 두 모임에서도 그는 다시 그렇게 할 것이다……

이 정도면 충분히 이야기한 것인가? 이 글은 작가가 자신이 설정한 인물들의 속마음을 닫아 놓은 채 간접적으로, 장면 제시를 통해서만 구성해야 하는 그런 소설이 아니다. 전기의 화자인 나는 사물에 직접 이름을 붙이고, 내가 서술하고 있는 인물의 삶에 영향을 끼친 심리적 사실들을 확인시켜 주기만 하면 그만인 것이다. 그렇지만 내 기억에 의존해서 방금 서술한 특이한 표현들, 나는 이것을 특별히 집약적인 표현이라고 부르고 싶은데, 이런 표현들로 전달하고자 하는 사실이 무엇인지는 분명하다. 즉, 이네스 로데는 젊은 슈베르트페거를 사랑했다는 것이다. 다만 두 가지 의문이 생기는데, 첫째는 과연 그녀 자신이 그 사실을 알고 있었을까 하는 것이고, 둘째는 원래 남매나 친구처럼 출발한 그녀와 바이올리니스트와의 관계가 과연 어느 시점을 고비로 이처럼 뜨겁고 격정적인 성격을 띠게 되었느냐 하는 것이다.

첫번째 질문에 대해 나는 그렇다고 대답하겠다. 그녀처럼 독서를 많이 하고 심리학에 능통하며 자신의 체험을 문학적으로 걸러서 볼 줄 아는 처녀라면 당연히 자신의 감정 변화를 통찰할 수 있었을 테니까 말이다. 추측컨대 처음에는 이런 감정 변화가 믿어지지 않을 정도로 놀라웠을 것이다. 그녀가 나에게 솔직히 속마음을 털어놓을 만큼 순진해 보인다고 해서 그녀가 자기 자신의 감정도 몰랐다고 할 수는 없다. 그녀가 순진해 보인 것은 한편으로 나에게 자신의 감정을 알리고 싶어 못 견디겠다는 표시였으며, 다른 한편 나에 대한 신뢰의 표시이기도 했던 것이다. 그것은 독특하게 위장된 신뢰였다. 왜냐하면 그녀는 어느 정도 나를 아무것도 눈치채지 못할 만큼 단순한 사람으로 여기는 척했는데, 이것도 물론 일종의 신뢰라고 볼 수 있겠지만, 내심으로는 내가 진실을 발설하지 않기를 바랐고, 당연히 그러리라고 믿었던 것이다. 내가 자기의 비밀을 지키리라는 것을 알고 있었기 때문이다. 그것은 나로서는 영광스러운 무조건적인 믿음이었다. 그녀는 내가 인간적이고 분별 있게 자신의 감정을 이해해 줄 거라고 믿었다. 물론 나도 남자인 만큼 어떤 남자로 인해 몸이 달아오른 한 여자의 심리 상태를, 그 여자의 입장에서 이해하기란 인간의 본성상 매우 어려운 일이다. 남자인 나의 입장에서는 여자에게 반한 남자 쪽의 감정을 헤아리는 일이 훨씬 쉬운 것이다. 비록 문제의 남자가 전혀 아무 말도 발설하지 않더라도 말이다. 나와 동성인 사람에게 반한 이성의 입장이 되는 것은 그보다 훨씬 어렵다. 사람들은 이런 사실을 근본적으로 '이해'하지는 못하더라도 그저 배운 대로 자연의 법칙을 객관적으로 존중하며 받아들일 뿐이다. 그리고 이런 문제에서 대개 남자는 여자보다 우호적이고 관용적인 태도를 보인다. 여자란 대체로 어떤 사내가 자기와 사랑에 빠져 있다고 고백하는 여자 친구를, 그 사내에게 아무런 관심도 없을지라도 질투의 눈으로 바라보는 것이다.

비록 여자의 입장에서 이해하지는 못해도, 나는 가능하면 이해하려고 우호적인 선의를 잃지 않았다. 그렇지만 어쩌다가 슈베르트페거 같은 꼬맹이한테 반했을까! 그의 얼굴은 불도그처럼 생겼고, 목소리는 둔탁했으며, 장성한 남자라기보다는 소년 같았다. 물론 아름다운 파란 눈, 당당한 체격, 매혹적인 바이올린 연주와 휘파람, 싹싹한 태도는 얼마든지 인정할 만했다. 그러니까 이네스 로데는 그를 좋아했던 것이다. 비록 눈이 멀 정도는 아니었으나 그래서 오히려 더욱 고통스러운 사랑이었다. 나는 마음속으로 이성(異性)을 깔보고 비꼬기 잘하는 클라리사처럼 처신하고 싶었다. 슈베르트페거에게 "어서 나서라고! 이봐, 뭘 꾸물려? 어서 나서라니까!"라고 부추기고 싶었다.

슈베르트페거가 자신의 의무를 수긍했다 하더라도, 그렇게 나서는 문제는 그리 간단하지 않았다. 장차 신랑이 될 구혼자 헬무트 인스티토리스가 있었기 때문이다. 여기서 앞서 말한 문제로 돌아가 보자. 남매처럼 지내던 이네스와 슈베르트페거의 관계가 도대체 언제부터 열정적인 관계로 변모한 것일까? 내 짐작에 따르면 그것은 인스티토리스 박사가 그녀에게, 한 사내가 한 여인에게 접근해서 구애하기 시작했을 때부터였다. 이네스의 삶에 인스티토리스라는 구혼자가 등장하지 않았던들 그녀는 결코 슈베르트페거와의 사랑에 휘말리지 않았을 거라고 나는 확신했으며, 지금도 그 확신에는 변함이 없다. 인스티토리스는 그녀의 사랑을 얻으려 했지만, 결국 그것은 다른 남자를 위한 일이 되고 말았던 것이다. 왜냐하면 그 점잖은 남자는 자신의 구애를 통해, 그리고 그 구애와 더불어 촉발된 일련의 사고를 통해 그녀의 내부에 잠자고 있던 여성성을 일깨우긴 했지만(여기까지는 좋았다.) 그것을 자신에게 유리하게 만들 수는 없었기 때문이다. 비록 그녀는 합리적인 이유에서 그를 따를 용의가 있었지만, 그에게는 그것을 자신의 것으로 만들 능력이 없었던 것이다. 오히려 그녀가 눈뜬 여성성은 이내 다른 남자에게로 쏠리고 말았다. 이전까지는 슈베르트페거에게 반쯤은 오빠와도 같은 느슨한 감정만 느껴 왔으나, 이제는 다른 감정이 그녀 내부에서 솟구친 것이다. 그녀가 슈베르트페거를 마땅한 적임자로 여겼을 리는 없다. 다만 불행을 좇는 우울증 때문에 그녀는 "불행한 여자들은 도처에 널려 있어."라는 말에 거부감을 느꼈던 바로 그에게 매달리게 된 것이다.

기묘한 것은 그뿐만이 아니었다. 그녀는 성에 차지 않는 신랑감이 무분별하고 충동적인 '삶'에 대해 감탄하는 태도가 그녀 자신의 신조와는 너무나 상반되었지만, 그의 그런 생각을 다른 남자와의 사랑을 위해 끌어들였으니, 어떻게 보면 그 자신의 생각을 무기로 그를 배반한 셈이었다. 사태를 파악하고 우울에 잠겨 있는 그녀에게 사랑스러운 삶이 무엇인지 보여 준 것은 바로 슈베르트페거가 아니었던가!

그저 아름다움이 무엇인지 강의실에서 가르치기나 하는 인스티토리스에 비해 슈베르트페거는, 정열을 키우고 인간적인 것을 더욱 아름답게 빛내 주는 예술 그 자체를 장악하고 있다는 이점을 갖고 있었다. 그럼으로써 애인의 인격은 더욱 돋보였을 것이다. 그리고 그의 인격에서 우러나오는 인상이 매혹적인 예술적 인상과 결합된다면 그를 대하는 감정은 당연히 새로운 자양분을 공급받을 것이다. 이네스는 감각적 쾌락으로 들떠 있는 이 도시를 근본적으로 경멸했다. 대담한 풍속의 자유를 갈망하던 어머니의 호기심이 그녀를 이 도시로 데려오긴 했지만, 그녀는 단지 시민적 피난처를 마련하기 위해 어떤 모임의 향연에 참여했을 뿐이다. 그 모임은 단 하나뿐인 대규모 예술 단체가 주관했는데, 바로 그 모임이 그녀가 찾고 있던 안식을 위태롭게 했다. 나는 이 시대의 분위기를 선명히 보여 주는 불안한 풍속도를 생생히 기억하고 있다. 로데 집안 사람들과 크뇌터리히 부부를 포함해 우리들이, 나 자신까지도, 차이콥스키의 교향악이 매우 멋지게 연주된 후에 차펜스퇴서 연주회장 맨 앞줄의 많은 사람들 틈에 앉아 박수를 치던 모습이 지금도 눈에 선하다. 지휘자는 오케스트라 단원들을 일으켜 세워 자기네의 아름다운 연주에 대한 청중들의 감사에 답례했다. 슈베르트페거도 제1바이올린 수석 주자(그는 곧 이 자리를 차지하게 될 것이었다.)의 왼쪽 가까이에 서서 악기를 팔에 낀 채 흥분과 기쁨으로 한껏 상기된 얼굴로 청중석을 향해 고개를 끄덕이며, 지나친 친밀감은 감추면서 별도로 우리들에게도 인사를 건넸다. 그러는 동안 이네스는, 사실 나는 그녀를 곁눈질하지 않을 수 없었는데, 고개를 약간 앞으로 젖히고 짓궂게 입을 뾰로통하게 내민 채 그 뒤쪽의 다른 지점을, 지휘자 아니면 그보다는 훨씬 위쪽을, 이를테면 하프 주자 쪽을 고집스럽게 응시하고 있었다. 한편, 연주가 끝난 후 슈베르트페거의 모습도 눈에 선한데, 그는 초청 연주자의 수준 높은 연주에 도취되어, 이미 거의 텅 빈 청중석 앞자리에 서서 이제 열 번째로 절을 하고 있는 거장의 무대를 향해 열성적인 박수를 보냈다. 그가 있는 데서 두 발자국 떨어진 곳의 무질서하게 흐트러진 의자 사이에 이네스가 서 있었다. 이날 저녁 우리와 마찬가지로 그와 접촉하지 못한 그녀는 그가 그런 짓을 그만두고 몸을 돌려 그녀를 알아보고 인사해 주기를 고대하면서 그를 쳐다보고 있었다. 그러나 그는 여전히 흥분해 있었고, 그녀를 아는 체도 하지 않았지만, 사실은 그녀 쪽을 곁눈질하고 있었다. 곁눈질이라는 말이 지나친 표현이라면, 무대 단상에 있는 오늘의 주인공을 향한 그의 파란 눈의 시선에는 미미한 동요의 빛이 엿보였으며, 실제로 눈을 옆으로 돌리지는 않았지만 연주에 대한 감동의 표시를 계속하면서도 눈길은 그녀가 서서 기다리고 있는 쪽으로 약간 돌아가 있었다. 이런 상태가 몇 초 더 계속되자 마침내 그녀는 창백한 얼굴의 양미간을 찌푸리며 몸을 돌려 황급히 자리를 뜨고 말았다. 그러자마자 그는 주인 공에게 보내는 박수를 멈추고 그녀를 뒤쫓아갔다. 출구쯤에서 그는 그녀를 따라잡았다. 그녀는 세상에 도대체 이런 남자가 있을까 하고 놀라는 듯한 차가운 표정을 지으면서, 그를 거들 떠보지도 않고 계속 총총걸음으로 걸어갔다.

이런 시시콜콜한 이야기는 차라리 하지 말았더라면 하는 생각이 든다. 이런 이야기는 책에 싣기에는 좀 뭣하긴 하다. 독자가 보기에 이런 이야기를 쓰는 것은 몰상식의 소치이며, 어쩌면 나에게 악취미가 있다고 욕할지도 모르겠다. 그러나 적어도 이런 점만은 고려해 주었으면 좋겠다. 즉, 나는 내가 관찰한 이와 비슷한 수백 가지의 사건들을 이야기하지 않고 꾹 참고 있는 것이다. 그런 사건들은 동정심 많은 동료인 나의 눈에 어쩔 수 없이 발각되었으며, 그런 사건들이 축적된 결과로 발생한 불행한 사태 때문에 그것들을 내 기억에서 지워 버릴 수가 없는 것이다. 그 파국적 결말은 물론 세상사 전체에 비추어 보면 아주 사소한 일이긴 했지만, 나는 문제가 점점 더 악화되는 과정을 여러 해 동안 지켜보았다. 하지만 내가 관찰하고 우려한 바에 관해서는 어디에서도 발설하지 않았다. 다만 파이퍼 링에 있을 때 처음으로 딱 한 번 아드리안에게 그 이야기를 하긴 했다. 그렇지만 전체적으로 볼 때 나는 수도승처럼 금욕적인 생활을 하고 있던 그에게 이런 종류의 연애 사건을 이야기하고 싶은 마음이 없었고, 늘 꺼리는 편이었다. 그럼에도 나는 그에게 이네스 로데가 비록 인스티토리스와 약혼할 생각은 있지만 내가 보기에는 슈베르트페거와 구제 불능의 치명적인 사랑에 빠져 있는 것 같다고 지나가는 말로 이야기했다.

우리는 수도원장 방에서 체스를 두고 있었다.

"그건 뜻밖인데! 자넨 내가 체스 판의 흐름을 놓치고 공든 탑을 무너뜨리길 바라는 건가?"

아드리안은 가볍게 웃으며 머리를 설레설레 저었다. 그러고는 덧붙였다.

"가엾은 사람!"

그리고 잠시 말[馬]을 어떻게 부릴까 궁리하는 듯하더니 뜸을 들이며 이렇게 말했다.

"어떻든 그 친구로서는 그냥 웃어넘길 일은 아니군. 한데 두고 보면 알겠지만, 그 문제에서 깨끗이 벗어나게 될 거야."

30

　1914년 햇볕이 뜨거운 8월 초에 나는 만원 열차를 갈아타거나 인파로 북적대는 대합실에서 기다리기도 하고, 플랫폼에 즐비하게 쌓여 있는 화물 더미를 바라보거나 하면서 프라이징을 출발해 튀링겐의 나움부르크로 향하는 급박한 여정에 올랐다. 거기서 나는 예비역 중사의 자격으로 조만간 내가 배속될 연대에 합류하기로 되어 있었다.

　전쟁이 터졌다. 오랫동안 유럽에 전운이 감돌더니 드디어 재앙이 닥친 것이다. 미리 예측하고 훈련한 것을 일사불란하게 실행에 옮기기라도 하듯 전쟁의 광풍이 독일 도시들을 휩쓸었다. 사람들의 머리와 가슴속에는 두려움과 고양감, 비장한 위기 의식과 소명 의식, 힘이 솟구치는 느낌과 희생의 각오 같은 것이 어지럽게 뒤엉켜 있었다. 그러나 다른 한편으로 이 돌발적 사태는 적국에서는 물론이고 동맹국에서조차 오히려 파국이자 대재앙으로 다가왔을 것이다. 우리는 전장에서 프랑스 여자들이 '대재앙' 운운하는 말들을 수없이 들었다. 그네들의 나라에도, 그네들의 방과 부엌에도 전쟁이 들이닥쳤던 것이다. '아, 전쟁이라니, 이 무슨 대재앙입니까!' 그러나 우리 독일에서는 전쟁이 주로 상승 효과를 가져왔다는 것은 부인할 수 없다. 사람들은 역사적 자부심과 우쭐한 희열감, 일상적인 것을 벗어던지는 해방감, 더 이상 지탱하기 힘든 세계적 불황에서 벗어나는 듯한 해방감을 맛보며 희망찬 미래를 눈앞에 보는 듯했으며, 의무를 다하고 사내다운 기백을 보일 때가 왔다고 생각했다. 요컨대 모두가 영웅이라도 된 듯이 흥분의 도가니였다. 내가 프라이징에서 가르치던 졸업반 학생들 역시 너 나 할 것 없이 흥분했으며, 그들의 눈에서는 광채가 번득였다. 그들은 청년다운 모험심에 들떠 있었을 뿐 아니라, 졸업 시험을 대강 후딱 볼 수 있다는 이점을 알고 있었던 것이다. 그들은 모병(募兵) 부서에 기를 쓰고 몰려갔으며, 나로서는 그런 애들 앞에서 뒷짐 지고 수수방관하지 않게 되어서 그나마 다행이었다.

나는 방금 묘사한 국민적 자만에 나 자신도 상당히 공감했다는 것을 부인하지는 않겠다. 하지만 열광적 도취의 분위기는 나의 천성과는 거리가 멀었으며, 어쩐지 섬뜩했다. 일반적으로 말하면 나의 양심이, 여기서 양심이란 말은 초개인적인 의미에서 사용한 것으로, 완전히 떳떳했다고 할 수는 없다. 전쟁을 위한 그런 '동원 체제'는 아무리 냉혹하게 모두를 옭아매는 것처럼 보여도 결국 갑자기 광란의 휴가를 즐길 때처럼 본래의 의무를 내팽개치는 분위기를 부추겼다. 마치 학교에서 몰래 수업을 빼먹는 것처럼, 고삐 풀린 본능대로 행동하게 만드는 것이다. 이런 분위기가 너무 팽배해서 나처럼 차분한 사람도 무던히 버티기 힘들 정도였다. 이처럼 온 국민이 맹목적으로 휩쓸려가도 무방할 만큼 과연 국가가 지금까지 일을 잘 처리해 온 것일까 하는 도덕적 의구심이 방금 말한 나 개인의 체질적인 거부감과 맞물렸다. 그러나 희생과 죽음을 불사하는 태세가 온갖 우려와 장애를 잊게 해 주고, 어떤 이의도 제기할 수 없는 최후의 통첩이 되었던 셈이다. 전쟁이 차츰 윤곽을 드러내며 누구도 피할 수 없는 숙명으로 받아들여지기 시작하자 각 개인 혹은 각 민족은 자신의 건재를 입증하고 자신이 몸담고 사는 이 시대의 약점과 죄악을 피로써 속죄할 각오를 다져야만 했다. 전쟁이 오랜 원죄를 씻어 내고 일치단결해 더 높은 삶을 쟁취하기 위한 희생의 과정으로 받아들여지자, 이 비상사태에 직면한 일상적인 도덕은 무시되었다. 당시 우리는 비교적 순진한 정열로 전쟁에 뛰어들었고, 따라서 우리 국민이 평소에 쌓은 업 때문에 피비린내 나는 세계사적 파국이 초래되었다고는 생각하지 않았다는 것도 부인하지 않겠다. 유감스럽게도 오 년 전의 상황은 그랬다. 그러나 삼십 년 전에는 그렇지 않았다. 당시만 해도 정의와 법률, 인신 보호, 자유와 인간의 존엄이 그런 대로 존중되었다. 전혀 군인답지도 않으면서 전쟁에만 혈안이 되어 있는 우스꽝스러운 작자*가 황제랍시고 군도를 휘둘러 대던 꼬락서니는 교양 있는 사람들이 보기에 꼴불견이었고, 게다가 문화에 대한 그 작자의 태도는 한심하기 짝이 없었다. 하지만 공허한 규제 조치를 취해 봤자 문화에 영향을 미치지는 못했다. 그래서 문화는 자유를 누렸고, 대접을 받고 있었

---

* 독일 제국의 마지막 황제(재위 1888~1918)인 빌헬름 2세.

다. 오래전부터 문화는 국가 권력과는 무관하다는 것이 당연시되었다. 어쩌면 그런 이유로 지금 젊은 문화인들은 이 거대한 민족 전쟁에서 국가와 문화가 결합될 수 있는 생활 양식을 관철하기 위한 하나의 수단을 발견했을지도 모른다. 우리 민족이 늘 그러했듯이, 그런 발상은 물론 특이한 아집과 너무나 단순한 이기주의가 팽배한 결과이다. 이런 이기주의는 우리 독일의 변화 과정에서(사실 우리는 늘 변화하는 중이다.) 결코 파국적 사태를 원하지도 않고 독일보다 더 확고한 위치에 있는 온 세계가 우리와 함께 피를 흘려야 한다는 것을 당연시하고 아예 문제 삼지도 않는다. 사람들이 우리 민족을 나쁘게 생각하는 데는 그럴 만한 이유가 있는 것이다. 도덕적 견지에서 볼 때 한 민족이 ·수준 높은 형태의 공동체 생활을 실현하기 위해 어쩔 수 없이 피를 흘려야 한다면 그 수단으로 택해야 할 것은 외부를 향한 전쟁이 아니라 내전이어야 할 것이다. 그렇지만 그런 방식에 대해서도 우리는 엄청난 거부감을 갖고 있다. 그 반면 우리는 민족 통일을 위해, 그나마도 부분적이고 절충적인 통일에 지나지 않았지만, 세 차례나 심각한 전쟁을 치러야 했다는 사실을 아무렇지도 않게, 아니 오히려 자랑스럽게 생각하는 것이다. 우리는 이미 오래전부터 강대국의 지위를 누려 왔다. 우리는 그런 상태에 익숙하긴 하지만, 그렇다고 그런 상태가 기대만큼 행운을 안겨 주지도 않았다. 강대국의 지위가 우리에게 이득을 안겨 주거나 세계와의 관계를 개선하기는커녕 오히려 악화시켜 왔다는 생각이 알게 모르게 우리 가슴 깊숙이 자리 잡고 있었다. 그래서 뭔가 새로운 돌파구를 찾아야 했다. 세계의 초강대국으로 도약해야 했던 것이다. 물론 그런 시도는 착실하게 가내 수공업이나 꾸리는 방식으로는 실효를 거두지 못할 터였다. 그리하여 어차피 전쟁이 불가피하다면 만인을 상대로 한, 만인을 설득하고 정복하기 위한 전쟁을 벌이기로 한 것이다. 이것이 곧 '운명'에 의한(운명이라는 말은 얼마나 '독일적'인가! 기독교에 물들지 않은 원초적인 언어이며, 모든 비극과 신화와 악극의 모티프인 것이다!) 결단처럼 통했다. 그 운명을 다한다는 명분으로 우리는 열광적으로(사실 오직 우리만 열광했지만) 전쟁을 도발했던 것이다. 독일 역사에서 전무후무한 시대를 맞이하리라는 확신에 차서, 이제 역사는 우리 편이라는 확신에 차서, 그리고 스페인과 프랑스와 영국에 이어 이제는 독일이 전 세계를 주무르고 세계를 주도할 차례라는 확신에 차서, 20세기는 독일의 세기이며 이제 백 수십 년의 역사를 지닌 시민의 시대가 지나가면 세계는 독일이 주도하는 불멸의 군국 사회주의의 기치 아래 혁신될 것이라는 확신에 차서.

'이념'이라고까지 부르지 않더라도 이런 생각은 또 다른 생각과 긴밀히 결부되어 있었다. 즉, 우리는 어쩔 수 없이 전쟁에 끌려 나갔으며, 신성한 의무를 다하기 위해 무기를 잡아야 했다는 것이다. 하긴 잘 정비되고 사전 연습을 거친 이 무기들을 보고 있노라면 사용해 보고 싶은 은근한 유혹이 발동했던 것도 사실이다. 사방에서 물밀듯이 공격받을 것이라는 두려움도 뇌리를 떠나지 않았다. 그런 사태를 막기 위해서는 신속하게 다른 나라 국민들에게도 전쟁을 떠맡길 수 있는 엄청난 힘과 역량도 필요했다. 우리에게 공격과 방어는 동전의 양면과 같았다. 이런 생각들이 합쳐져서 어떤 고난이라도 감수하겠다는 열정과 소명 의식, 위대한 시대를 맞이하겠다는 신성한 의무감이 조장되었다. 다른 민족들이 아무리 우리를 정의와 평화의 파괴자 혹은 불구대천의 원수로 여길지라도 우리는 그들이 우리에 대한 생각을 고쳐먹고 우리에게 감탄할 뿐 아니라 우리를 좋아하게 될 때까지 세계를 뒤흔들 수단을 갖고 있었다.

내가 짐짓 자조적으로 이런 이야기를 한다고 생각하면 오산이다. 도대체 그럴 까닭이 없다. 나라고 해서 이런 전반적인 흥분 상태에서 벗어난 예외적인 인물인 체할 수는 없다. 물론 나는 학자들 특유의 차분한 천성 때문에 열광적인 흥분 상태와는 일정한 거리를 두고 있었고, 또 비판적인 우려가 속으로 꿈틀댔으며, 모든 사람들이 생각하고 느끼는 것을 나 역시 그대로 생각하고 느끼는 데 대한 불안감 때문에 일시적으로 나 자신이 변화한 것도 사실이다. 그렇지만 솔직히 말하면 나 역시 다른 사람들이 빠져든 흥분 상태를 공유하고 있었다. 우리 같은 사람은 누구나 똑같이 하는 생각이 과연 옳은 생각일까 하고 의구심을 갖게 마련이다. 그렇지만 생각이 깊은 사람이라 하더라도 한 번쯤은 다른 모든 사람의 생각에 흠뻑 빠져 보는 것도 큰 즐거움이 될 수 있는 법이다. 지금과 같은 상황이 아니라면 언제 또 이런 예외적인 경우가 있을 수 있겠는가.

나는 이틀 동안 뮌헨에 머물면서 여기저기 찾아다니며 작별 인사를 나누었고, 자질구레한 장비들을 보충했다. 도시는 흥분과 공포와 불안으로 분위기가 흉흉했다. 상수도가 오염되었다는 흉칙한 소문이 나도는가 하면 군중 속에서 세르비아의 스파이를 적발했다고 믿는 사람도 있었다. 루트비히 거리에서 만난 브라이자허 박사는 혹시라도 그런 혐의를 받아 맞아 죽을까 두려워서 독일 국기로 만들어진 휘장을 가슴에 여러

개 달고 다녔다. 최고 통수권이 민간 정부에서 군부로 이양되고 육군 대장이 성명을 발표하는 지경에 이른 전시 상황은 익히 아는 공포 분위기를 조성했다. 야전 사령관으로 부임할 왕실 사람들이 휘하에 유능한 참모들을 거느리고 있어서 왕실에 손실을 가져오는 사태는 발생하지 않을 거라는 생각에 그나마 위안이 되었다. 말하자면 그들은 상당한 대중적 인기를 누리고 있었다. 나는 연대 병력이 일제히 총대에 작은 꽃 리본을 달고 부대를 나와 행군하는 광경을 목격했다. 손수건으로 입을 가린 여자들이 양옆을 따랐으며, 함께 따라가는 민간인 무리는 저마다 누군가의 이름을 부르며 뭐라고 외쳐 댔다. 영웅이 되겠다고 나선 농사꾼의 자식들은 허황된 자부심과 당혹감이 뒤섞인 표정으로 군중을 향해 미소를 보내고 있었다. 새파랗게 젊은 한 장교가 야전 행군 차림으로 시가 전차의 후미진 승강장에 서 있는 것이 눈에 띄었다. 그는 얼굴을 뒤로 돌린 채 골똘히 생각에 잠겨 있었다. 자신의 젊은 인생을 생각하며 망설이고 있는 것이 분명했다. 그러다가 그는 갑자기 몸을 추스르더니 얼핏 미소를 흘리며 누군가가 자기를 지켜보고 있지나 않을까 하고 주위를 살폈다.

나는 내가 그 장교와 같은 처지에 있지만 나라를 지키기 위해 나선 사람들을 등지고 있지는 않다고 생각하니 기분이 좋았다. 따지고 보면 나는 적어도 당시로서는 아는 사람들 가운데 출정하기로 한 유일한 사람이었던 것이다. 사실 우리 군대는 전쟁을 수행하기에 충분한 병력을 확보하고 있었고 강력했으며, 개병제(皆兵制) 도입을 보류해 문화적 득실도 고려하고 징집에 응할 수 없는 갖가지 사정도 용인해 혈기와 용기 면에서 전적으로 쓸모 있는 사람들만 전선에 보낼 정도의 여유가 있었다. 동료들 중 대다수는 전에는 잘 알지도 못하던 건강상의 이상이 있는 것으로 판명되어 병역을 면제받았다. 수감비어크뇌터리히는 가벼운 결핵 증세가 있는 것으로 밝혀졌고, 화가 칭크는 백일해의 일종인 천식을 앓고 있어서 치료를 위해 간혹 모임에도 빠지곤 했다. 그의 친구 슈펭글러는 익히 아는 바와 같이 주기적으로 온몸이 아프곤 했다. 공장주 불링거 씨는 젊긴 했지만 기업가로서 사회에 없어선 안 될 인물로 간주되었다. 그리고 차펜스퇴서 오케스트라는 수도의 문화 생활에서 매우 중요한 역할을 하고 있었기 때문에 그 단원들은 병역 의무를 면제받아야 했다. 따라서 슈베르트페거도 그 축에 들었다. 이 기회에 밝혀진 사실이 또 있다. 즉, 슈베르트페거는 언젠가 콩팥 하나를 절제하는 수술을 받은 적이 있다는 사실이 알려지면서 주위 사람들을 잠시 놀라게 했던 것이다. 그가 한 개의 콩팥만으로도 아무런 불편 없이 살아가고 있다는 것이었는데, 여자들은 이 사실을 금방 잊어버렸다.

나는 슐라긴하우펜 부인의 집이나 식물원 근처에 있는 쇨양 집에 출입하던 사람들이 징집을 꺼리거나 보호를 받거나 신중한 배려로 면제받은 이런 사례들을 얼마든지 더 열거할 수 있다. 그들에게는 지난번 전쟁과 마찬가지로 이번 전쟁에 대한 원칙적인 거부감이 없지 않았다. 그들은 라인 동맹*의 역사적 교훈을 잘 알고 있었고, 프랑스에 대해 우호적이었으며,

---

* 1806년에 나폴레옹 1세의 주도로 오스트리아에 대항하기 위해 서남부 독일 국가들이 결성한 군사 동맹. 그 결과 신성 로마 제국은 소멸했으며, 나폴레옹의 몰락과 함께 이 동맹도 해체되었다.

프로이센과 프로이센에 동조하는 나라들에 대해 가톨릭의 입장에서 반감을 갖고 있었다. 자네 쉴은 매우 상심해서 거의 눈물을 흘릴 지경이었다. 그녀의 혈통이 닿아 있는 두 나라, 즉 독일과 프랑스 사이의 무자비한 적대 관계는 그녀를 절망으로 몰아넣었다. 그녀는 두 나라가 서로 험악하게 대치할 게 아니라 서로 도와야 한다고 생각했다. 그녀는 "정말 몸서리가 나요."라고 울먹이며 분개했다. 비록 내 느낌은 다르긴 했지만 점잖게 공감을 표하지 않을 수 없었다.

나는 아드리안에게 작별 인사를 하기 위해 파이퍼링으로 출발했다. 그의 신상에 아무런 변화도 생기지 않았으리라는 것은 너무나 자명했다. 아드리안의 하숙집 아들인 게레온은 틀림없이 말을 여러 필 이끌고 징집에 응했을 터였다. 그 집에는 뤼디거 쉴트크납이 와 있었다. 그는 당분간은 자유로웠던 까닭에 거기서 아드리안과 함께 주말을 보내고 있었다. 그는 원래 해군에 복무했는데, 전쟁이 터지자 다시 소집되었다가 불과 몇 달만에 다시 풀려나왔다. 그렇다면 내 사정은 도대체 얼마나 달랐을까? 바로 얘기하자면 나는 1915년 아르곤 전투 때까지 일 년 남짓 전선에 머물렀으며, 그러고는 십자 훈장을 받고 고향으로 후송되었다. 그저 불편을 참아 내고 장티푸스에 걸린 덕분에 그런 조치를 받게 되었던 것이다.

나중의 이야기는 이 정도만 해 두기로 하겠다. 자네 쉴이 자신의 프랑스 혈통을 앞세웠듯이, 뤼디거 쉴트크납은 영국을 숭배하는 입장에서 전쟁을 판단했다. 영국이 참전 포고를 하자 그는 평소의 소신을 표출하면서 격분했다. 그의 견해에 따르면, 독일이 국제 협정을 위반하고 벨기에로 진군한 것은 영국에 대한 무모한 도전이었다. 프랑스나 러시아라면 한번 겨뤄 볼 만한 상대지만 영국은 다르다는 것이었다. 감히 영국을 건 드리다니! 그것은 황당한 경거망동이었다. 그는 울분과 현실주 의적 판단이 뒤섞인 상태에서 전쟁이라는 것이 추잡한 짓이고 잔학한 살육이며, 성범죄를 공인해 주고 전염병이나 퍼뜨리는 짓 이외의 아무것도 아니라고 생각했다. 그러면서 이 몹쓸 짓 이 위대한 시대적 소명이라는 이데올로기를 유포한 시사 평론 가들을 호되게 비웃었다. 아드리안은 그의 견해에 반론을 제기 하지 않았고, 나는 비록 마음속 깊이 짚이는 바가 있었지만 그 의 견해가 부분적으로는 옳다는 것을 기꺼이 인정했다.

나이키 여신상이 있는 커다란 방에서 우리 셋은 함께 저녁 식사를 했다. 클레멘티네 슈바이게슈틸이 방을 들락날락하며 친절하게 접대하는 동안 나는 랑겐잘차에 있는 아드리안의 누 이동생 우르줄라의 안부를 물어보았다. 그녀의 결혼 생활은 더 할 나위 없이 행복하며, 1911년부터 내리 삼 년간 세 번의 산 욕(産褥)을 치르느라 생긴 가벼운 폐렴에서도 회복되어 건강도 매우 좋다고 했다. 그때 세상의 빛을 보게 된 슈나이데바인 가 (家)의 세 아이의 이름은 로자, 에체히엘, 그리고 라이문트였다. 우리 셋이 함께 저녁 식사를 하던 날로부터 구 년 뒤에 신비에 찬 아이 네포무크가 태어났다.

식사 도중과 식후에 우리는 수도원장 방에서 정치와 윤리 문제에 관해 많은 이야기를 나누었다. 지금 같은 역사적 순간 에는 민족성이 신화적 숭배의 대상이 된다는 이야기도 했다. 나는 이 문제에 상당히 몰입해서 말했다. 그것은 순전히 경험 적으로 드러나는 사태만 가지고 전쟁을 파악하려는 쉴트크납의 생각과 균형을 유지하기 위해서였다. 역사적으로 되풀이되는 독일의 악역, 이를테면 벨기에에 대한 범죄적 침략 행위가 형식적 중립을 지키던 작센에 대한 프리드리히 대왕*의 무력 침공을 연상시킨다는 이야기도 나왔다. 그리고 이 문제를 놓고 왈가왈부하는 여론이라든가, 철학자 같은 인상을 풍기는 우리의 제국 수상**이 '궁하면 법도 필요 없다.'라는 묘한 속담을 인용해 독일의 잘못을 어느 정도 시인한 바 있는 연설이라든가, 죽느냐 사느냐 하는 판국에 케케묵은 법전이 무슨 소용이 있느냐는 식의 당당한 발언 등이 거론되었다. 쉴트크납은 이런 궤변들이 독일을 조롱거리로 만들었다고 주장했다. 그는 나의 진심에서 우러나온 설명을 어느 정도 받아들이긴 했지만, 이미 오래전부터 작전 계획까지 다 짜 놓고서 해괴한 논리로 침략을 두둔하는 그 키다리 수상을 비꼬았다. 그리하여 수상의 정신적 야만성과 품위를 지키려는 죄의식과 어떤 짓이든 불사하겠다는 각오를 여지없이 우스꽝스럽게 만들어 버렸다. 아드리안이 이런 식의 풍자를 좋아하고 자신을 즐겁게 해 주어서 고마워한다는 사실을 잘 알고 있었던 까닭에 나도 함께 웃어 주기는 했다. 하지만 비극과 희극은 동전의 양면과 같아서 관점을 달리해서 보면 비극과 희극이 서로 뒤바뀔 수도 있다는 점을 망각하지는 않았다.

---

* 프로이센의 국왕 프리드리히 2세(재위 1740~1786)를 가리킨다. 오스트리아 왕위 계승 전쟁, 7년 전쟁, 1차 폴란드 분할 전쟁에서 일관된 침략 정책으로 영토를 확장했다.
** 독일의 정치가 모리츠 베트만홀베크(Moritz A. Bethmann-Hollweg, 1795~1877).

어떻든 나는 독일이 궁지에 몰리고 도덕적 고립 상태에 빠졌으며 공공연히 비난을 받고 있다는 것을 잘 알고 있었다. 내가 보기에 이것은 전쟁을 주도하려는 독일의 위세에 대한 전반적인 불안의 표현일 뿐이었다. 나는 독일의 주도권과 위세가 우리가 배척당하고 있다는 사실을 덮어 주는 위안이 되었다는 것을 인정하겠다. 나는 다른 사람들처럼 애국심을 내세우긴 힘들었지만, 그렇다고 독일의 특수한 상황을 우스갯거리로 만들어서 나의 애국심을 침해하는 것만은 허용하고 싶지 않았다. 나는 방을 이리저리 거닐며 그런 심정을 토로했다. 쉴트크납은 깊은 의자에 앉아서 파이프 담배를 피우고 있었고, 아드리안은 중간 부분이 쑥 들어가고 독서대가 세워져 있는 구식 책상 앞에 서 있었다. 이상하게도 그는 마치 홀바인 2세가 그린 에라스뮈스를 연상케 하는 자세로 독서대의 경사진 평면에다 대고 악보를 쓰는 버릇이 있었다. 책상 위에는 두세 권의 책이 놓여 있었다. 인형극에 관한 논문에 서표(書標)가 끼워져 있는 클라이스트*의 소책자가 한 권, 아드리안에게 없어서는 안 될 셰익스피어의 소네트가 수록된 책이 한 권, 그리고 역시 셰익스피어의 여러 작품들이 수록된 책이 한 권 더 있었는데, 거기에는 「뜻대로 하세요」, 「사랑의 헛수고」 그리고 분명히 기억나지는 않지만 「베로나의 두 신사」도 포함되어 있었던 것 같다. 그리고 악보대 위에는 그가 현재 작업 중인 오선지들이 놓여 있었는데, 제각기 작업 진도가 다른 초안이나 작품의 첫 부분

---

* Berne Heinrich Wilhelm von Kleist(1777~1811). 독일의 극작가이자 소설가. 여기서 말하는 '인형극에 관한 논문'은 그가 쓴 소논문 「인형극에 관하여」를 가리킨다.

혹은 메모와 스케치 등이었다. 그 미완성 악보들 중에는 바이올린과 목관악기에 해당되는 맨 윗줄만 채워 놓고 맨 아래쪽에 베이스 음표가 삽입되어 그 사이는 여백으로 남아 있는 경우도 있었다. 그 밖에 화음의 연관성이나 기악 편성은 오케스트라의 다른 성부들까지도 기입되어 있어 매우 분명했다. 아드리안은 담배를 입에 문 채 책상 앞으로 다가가서 마치 체스 판의 형세를 살피는 기사처럼 그것들을 들여다보았다. 우리가 함께 있다는 사실을 조금도 개의치 않고, 혼자 있을 때와 다름없이 그는 연필을 들고 여기저기 클라리넷 혹은 호른 파트에 떠오르는 단상들을 기입하는 것이었다.

우리는 그가 지금 어떤 작품에 몰두하고 있는지 정확히 알지는 못했다. 당시에는 이미 언급한 적이 있는 우주적 상상력을 펼친 작품이 마인츠의 쇼트 2세가 경영하는 출판사에서 지난번 브렌타노 가곡과 같은 조건으로 막 출간된 시점이었다. 우리는 현재 작업 중인 작품이 그로테스크한 악극이라는 정도만 알고 있었다. 우리가 들은 바로는, 아드리안은 고대 일화집인 『로마인 이야기』*에서 소재를 취해 작곡을 시도하는 중이었는데, 여기서 곧장 작품이 탄생할지 아니면 이 소재를 계속 고수할지도 확실히 알지 못했다. 어쨌든 등장인물은 사람이 아니라 인형으로 설정되어 있었다.(그래서 클라이스트의 글을 읽고 있었던 것이다!) 「우주의 경이」에 관해 말하자면, 이 작품은 곧 외국에서 공연될 예정이었는데 전쟁이 터지는 바람에 무산되고 말았다. 우리는 탁자에 마주 앉아 그 이야기를 했

* 13세기 말경 편찬된 고대 로마의 일화집.

다. 단지 그런 작품이 있다는 정도만 알려져 있는 브렌타노 가곡과 마찬가지로 성공을 거두지 못했던 「사랑의 헛수고」가 뤼베크에서 공연되자 그래도 얼마간은 반향을 불러일으켰다. 그리고 예술계 내부에서는 아직 잠정적인 평판이긴 하나 아드리안이라는 이름이 일종의 비의적인 인상을 주기 시작했다. 그나마 이런 반응을 보인 곳은 독일이나 뮌헨 등지가 아니라 감수성이 예민한 다른 지역에 한정되어 있었다. 아드리안은 몇 주일 전, 전직 콜로네 오케스트라 단원이며 현재 파리에 체류 중인 러시아 발레단의 감독 몽퇴 씨의 편지를 받았다. 편지에서 아드리안의 새로운 실험에 대해 호의적 태도를 표명한 이 감독은 「사랑의 헛수고」 중에서 오케스트라를 위한 몇 곡과 「우주의 경이」를 순수한 발표회 형식으로 연주해 볼 생각이라는 의향을 밝혔다. 그는 이 연주를 위해 샹젤리제 극장을 빌릴 생각이었으며, 게다가 아드리안을 파리로 초대해서 아드리안 자신이 작품을 각색해 지휘하기를 원했다. 우리는 만일 상황이 허락한다면 이 초대에 응할 것이냐고 물어보지는 않았다. 어떻든 당장은 이 문제를 거론할 상황이 아니었던 것이다.

아직도 나는 바닥이 나무로 되어 있고 양탄자가 깔려 있는 그 오래된 방 안을 왔다 갔다 하며 독일 문제에 관해 열변을 토하던 내 모습이 눈에 선하다. 붙박이 벽장이 있는 그 방은 볼품없는 샹들리에 촛대로 불을 밝히고 있었고, 매끄러운 가죽 보가 씌워진 구석의자가 놓여 있었으며, 창문 쪽으로는 벽감이 오목하게 들어가 있었다. 내가 줄곧 독일 문제를 거론한 것은 아드리안을 위해서라기보다는 나 자신과 쉴트크납을 위해서였다. 아드리안이 이 문제에 신경을 쓰는 것은 기대하지도 않았다. 나는 워낙 가르치고 이야기하는 것이 천직이다 보니 기분이 다소 고양되기만 하면 그런대로 괜찮은 연설가 역할을 할 수 있었다. 나는 나 자신의 말에 싫증을 느끼지 않았을뿐더러, 생각대로 말이 술술 나오는 데서 일종의 즐거움을 맛보기도 했다. 나는 제법 활기찬 몸짓까지 섞어 가며 말했으며, 쉴트크납이 내 말을 그가 싫어하는 전시 상황의 저널리즘과 같은 부류로 여기든 말든 상관하지 않았다. 그렇지 않아도 복잡한 양상을 띠는 독일 민족의 핵심적 문제가 이 역사적인 순간에 더욱 첨예하게 부각되어 사람들의 관심사가 되고 있는 만큼 이 문제를 판단하는 데 어느 정도 심리적 요소가 개입할 수밖에 없었을 것이다. 궁극적으로 따지면, 독일 역사의 획기적 돌파구를 마련해야 한다는 심리가 관건이라 할 수 있었다.

나는 강의라도 하듯이 말했다.

"우리 같은 기질을 가진 민족에겐 영적인 것이 언제나 최우선이고 근본적 동기가 되지. 정치적 행위라는 것은 부차적인 문제이고, 핵심적인 문제를 투영해서 드러내는 수단인 셈이지. 세계의 강대국이 되기 위해 획기적인 돌파구를 찾는 것, 이것이 곧 우리 민족의 소명이야. 궁극적으로는 세계를 향해 활짝 열린 돌파구를 찾아야 한다는 것이지. 우리 민족을 힘들게 만든 고립 상태로부터 벗어나야 해. 독일 제국*이 세워진 이래 우리는 경제적으로는 세계로 도약했지만 국제적 고립 상태에서는 벗어나지 못했어. 그런데 이처럼 세계와 하나가 되고자 하는 간절한 열망이 현실에서는 전쟁이라는 형태로 분출되고

---

* 1871년 독일 통일과 더불어 수립된 제2제국.

있으니 안타까운 노릇이지만……."

"자네의 학문이 번창하기를."

아드리안이 짤막한 웃음을 터뜨리며 비꼬는 소리가 들려왔다. 그러면서도 그는 오선지에서 눈을 떼지 않았다.

나는 걸음을 멈추고 그를 쳐다보았다. 내가 하는 말에 신경을 쓰고 있는 것 같지는 않았다.

내가 대꾸했다.

"자네가 하고 싶은 말은 '자네 같은 학자들은 아무런 도움도 되지 않는다.'라는 것이겠지?"

"차라리 '학문은 무용지물'이라고 하는 편이 낫겠지. 미안하네, 갑자기 대학 시절로 돌아간 기분이야. 자네의 웅변을 들으니 그 시절에 야외에서 토론하던 기억이 되살아나는군. 그때 함께 있었던 친구들 이름이 뭐였더라? 오래된 이름들은 도무지 기억이 나지 않는단 말야.(그는 당시 스물아홉 살이었다.) 도이치마이어였던가? 둥거스레벤이었던가?"

"자네가 말하는 친구는 체격이 좋았던 도이췰린이야. 그리고 또 한 친구 이름은 둥게르스하임이지. 후프마이어와 폰 토이트레벤이라는 친구들도 있었지. 자넨 원래 사람 이름을 제대로 기억하지 못하잖아. 모두 성실한 친구들이었어."

"아무렴! 그리고 또 샤펠러인가 하는 친구도 있었고, 또 '공중 보건의'라는 별명을 가진 친구도 있었지. 그런데 자네 지금 무슨 얘기를 하는 거야? 자네는 원래 정치 얘기에는 끼어들지 않았잖아. 전공이 다르기도 했고. 그런데 지금 자네 얘기를 듣고 있자니 마치 그 친구들 얘기를 듣는 기분이야. 내가 당시의 야외 토론 얘기를 꺼내는 것은 한번 대학생은 영원히 대학생이라는 거야. 대학의 분위기는 젊음과 쾌활함을 유지해 주니까 말이야."

"자넨 그들과 같은 분야를 전공했었지. 그러면서도 근본적으로 자네는 나보다 더 이방인이었어. 그건 분명해. 나도 한때는 대학생이었고, 내가 지금도 대학생 티를 내고 있다고 하는 자네 말이 옳은지도 몰라. 대학의 분위기가 젊음을 지켜 준다면 그야말로 좋은 일이지. 지성과 자유로운 사고를 위한 충직함을 지켜 주고, 거친 사건을 더 높은 차원에서 해석할 수 있는 충직함을 지켜 준다면⋯⋯."

"자네 지금 충직함이라고 했나?"

그가 되물으며 말했다.

"마치 카이저스아셰른이 세계적인 도시가 되기를 바라는 듯한 말투로군. 그건 충직함과는 무관한 생각이지."

"그만두게나. 자넨 이런 문제를 이해한 적이 없긴 하지만, 지금 내가 독일이 세계를 향한 돌파구를 찾아야 한다고 한 말은 무슨 뜻인지 알잖아."

나는 큰 소리로 말했다.

"설사 내가 이해한다 한들 무슨 소용이 있겠어. 우리 독일은 지금 저지른 사건 때문에 적어도 얼마 동안은 더 완벽한 고립 상태에 빠질 테니까 말이야. 아무리 유럽의 중심부에 끼고 싶다고 한들 이렇게 호전적인 민족이 무슨 가망이 있겠어. 자네가 보다시피 나는 파리에 갈 수가 없네. 자네들이 나 대신 가는 셈이지. 그래도 상관없어! 우리끼리 얘기지만, 어차피 나는 갈 생각이 없었으니까. 자네들이 나를 곤경에서 구해 준 셈이지⋯⋯."

"전쟁은 곧 끝날 걸세."

나는 힘주어 말했다. 그의 말에 마음이 아팠다.

"전쟁은 오래 계속될 수 없어. 독일은 성급하게 돌파구를 찾으려다 대가를 치를 거야. 독일은 지금 잘못의 대가를 치르겠다고 공언하고 있는 셈이야. 우리는 책임을 져야만 해⋯⋯."

"어쩌면 품위 있게 책임을 지는 방법도 알고 있겠지."

그가 말을 가로챘다.

"독일은 완력이 세니까 무거운 책임도 잘 버티겠지. 설령 정당하게 돌파구를 모색했다 하더라도 점잖은 세상에서 보면 범죄라고 할 게 뻔하잖아! 자네가 대학생처럼 내세우는 그런 이념들을 내가 무시한다고 생각하진 말게나. 근본적으로 세상에는 오직 하나의 문제만이 있다네. 그건 이런 것일세. 어떻게 돌파구를 찾을 것인가? 어떻게 자유로워질 수 있는가? 어떻게 하면 고치를 뚫고 나와서 나비가 될 수 있는가? 모든 상황은 결국 이 문제로 귀착된다고 볼 수 있네. 여기에도 그 얘기가 나오지."

그는 책상 위에 놓여 있는 클라이스트의 책에서 빨간 서표가 끼워져 있는 부분을 펼치면서 말했다.

"인형극에 관한 이 훌륭한 논문에서도 문제는 돌파구를 찾는 것이라고 말하고 있어. 여기서 '세계사의 마지막 장'에 관해 언급하고 있네. 물론 이 글에서는 미학적인 문제만 다루고 있어. 다시 말해 어떻게 자유로운 상태에서 우아함을 구현할 수 있는가 하는 문제라네. 원래 인형 아니면 신만이, 즉 무의식 아니면 무한한 의식만이 그런 상태를 실현할 수 있고, 의식의 제로 상태와 무한대 사이에 자리 잡은 어떤 반성적 의식도 그런 우아함을 말살한다는 거야. 이 작가의 견해에 따르면, 의식은 반드시 무한을 경유해야 하고, 그래야만 우아함은 원래의 모습으로 되돌아갈 수 있다는 거야. 마찬가지로, 아담이 무죄의 상태로 되돌아가려면 또다시 선악과를 따 먹어야 한다는 거야."

"자네가 바로 그 부분을 읽었다니 정말 반갑군."

나는 소리쳤다.

"그런 생각을 돌파구의 모색이라는 이념과 결부한 것은 정말 근사해. 지당한 말이야. 그렇지만 그건 미학적인 문제에만 국한되는 것은 아닐세. 미학적인 문제를 인간의 특수하고 편협한 영역이라고 생각하는 것은 큰 잘못이야. 그것은 훨씬 많은 것을 포함하고 있어. 근본적으로 모든 것은 미적인 상태를 더욱 고조하거나 약화하거나 한다고 할 수 있네. 이 작가 역시 '우아함'이라는 말을 가장 넓은 의미로 사용하고 있지. 미적인 구원의 문제는 곧 행복이냐 불행이냐를 판가름하고, 세상과 화합하느냐 아니면 구제 불능의 자만에 빠져 고독을 자초하느냐를 결정짓는 숙명적 문제란 말일세. 군이 고전 문학을 연구하지 않더라도 추악한 것이 역시 혐오의 대상이라는 사실은 누구나 알잖아. 추악한 것의 속박과 질곡에서 벗어나 돌파구를 찾으려는 갈망이야말로 무엇보다도 독일적인 것이지. 내가 또 뻔한 소리를 한다고 해도 좋네. 하지만 독일 정신을 한마디로 정의한다면 곧 이러한 돌파구의 모색이라 할 수 있지. 나는 전형적인 독일인의 영혼이 자기 몰입과 고립 상태, 지역색이 강한 고립주의와 신경계의 이상과 은밀한 악마주의에 의해 위협받고 있다는 것을 늘 느껴 왔고 지금도 그렇게 느끼고 있네. 현실에서는 볼썽사나운 일도 많이 저지르지만 이런 특성이 가장 독일적인 특성이라고 생각해……."

　나는 말을 중단했다. 나를 응시하고 있는 그의 얼굴이 창백해 보였다. 그의 시선은 내가 익히 알고 있는 차가운 시선이었다. 내가 아니라 다른 사람이 그 시선과 마주치더라도 마찬가지로 불편한 느낌을 주었을 시선, 무표정하고 베일에 싸여 있는 그 시선은 마주 보는 사람을 무안하게 할 정도로 냉담했다. 그리고 미소를 지었는데, 입을 굳게 다문 채 조롱하듯이 콧날을 실룩거리는 바로 그 미소였다. 그러고는 다시 몸을 돌렸다. 그는 책상 옆을 떠나 쉴트크납이 있는 자리 쪽으로 가지 않고, 창가의 벽감 쪽으로 갔다. 그리고 판자를 댄 그 벽에 걸린 성화(聖畵)를 반듯하게 고쳐 걸었다. 쉴트크납이 자기가 곧 싸움터로, 그것도 말을 타고 갈 수 있다면 축하할 일이며, 반드시 말을 타고 가야 하지만 그렇지 못하면 아예 가지 않는 편이 낫다고 말했다. 그러면서 말의 목덜미를 철썩 두들기는 시늉을 했다. 우리는 큰 소리로 웃었다. 내가 정거장으로 가야 할 시각이 되어 우리는 홀가분하고 쾌활한 기분으로 작별 인사를 나누었다. 작별이 감상적이지 않아서 좋았다. 만일 그랬더라면 아주 어색했을 것이다. 하지만 아드리안의 시선은 전쟁터까지 나를 따라왔다. 그 후 얼마 지나지 않아서 내가 다시 고향으로, 그의 곁으로 돌아올 수 있었던 것은 이(蝨)가 전염시킨 장티푸스 때문이 아니라 아마 그의 시선 때문이었을 것이다.

31

"자네들이 나 대신 가는 셈이지."

아드리안은 그렇게 말했었다. 하지만 우리는 파리까지 가지 못했다. 역사적인 관점과는 무관하게 내가 그 때문에 속으로 깊은 수치심을 느꼈다는 사실을 고백해도 좋을까? 우리는 몇 주 동안은 승리를 당연시하는 거칠고 간결한 승전보를 조국으로 보냈다. 리에주*는 이미 오래전에 함락되었다. 우리는 로렌 전투** 를 승리로 이끌었고, 숙원하던 계획대로 마스 강을 건너 브뤼셀과 나무르를 점령했으며, 샤를로아와 롱위에서도 승리를 거두었다. 그리고 세당과 레텔과 생캉탱에서도 거듭 승리했으며, 랭스를 점령했다. 예상한 대로 우리는 거기까지는 순식간에 진군했다. 마치 전쟁의 신의 은총과 운명의 도움으로 날개를 얻

---

* 벨기에와 프랑스 접경 지대에 있는 공업 도시.
** 오늘날 프랑스의 독일 접경 지대인 로렌 지방을 두고 벌어진 전투.

은 듯했다. 우리는 그런 진군에 따르는 살인과 방화의 참상을 단호하게 견뎌 내야만 했다. 그러기 위해서는 영웅적인 용기가 필요했다. 오늘날까지도 생생하게 기억나는 장면이 있다. 우리의 포대가 지나가고 있던 언덕 아래쪽에 있는 초토화된 마을에서 연기가 모락모락 올라오고 있었는데, 언덕 위에 깡마른 프랑스 여인이 한 명 서 있었다. 그녀는 독일 여자에게서는 좀처럼 찾아보기 힘든 절망적인 몸짓으로 우리를 향해 소리를 질렀다.

"내가 살아남은 마지막 사람이다!"

그러고는 두 주먹을 높이 쳐들고 우리를 향해서 저주를 퍼부었다.

"이 악당들아! 악당들아! 악당들아!"

우리는 그 여자를 외면하고 말았다. 우리는 승리해야만 했고, 승리를 위해서는 이런 대가도 감수해야 했다. 말을 타고 있는 나 자신이 비참하게 느껴졌고, 축축한 막사에서 밤을 보낸 탓인지 지독한 기침과 관절통이 괴롭히자 차라리 일종의 위안을 받았다.

여전히 우리는 파죽지세로 많은 마을들을 초토화했다. 그런데 도저히 납득할 수 없는 황당한 퇴각 명령이 내려졌다. 우리가 대체 어떻게 그런 명령을 이해할 수 있었겠는가? 하우젠 장군이 이끄는 군단에 소속되어 있던 우리는 마른 강 남단에서 파리로 진격하기로 되어 있었고, 폰 클루크 장군의 군단은 다른 방향에서 진격하기로 되어 있었던 것이다. 어디선가 닷새 동안의 전투 끝에 프랑스 군대가 뷜로 장군이 이끄는 군단의 우익을 격파했다는 사실을 우리는 모르고 있었다. 그것은 삼촌 덕분에 총사령관에 오른 뷜로 장군이 모든 작전을 철회하기에 충분한 견책 사유가 되었다. 우리는 연기가 피어오르는 광경을 뒤로하고 떠나 온 같은 마을들을, 그 절망하는 여인이 서 있던 언덕을 다시 지나가게 되었다. 하지만 그녀의 모습은 보이지 않았다.

운명의 신은 우리를 속였다. 운명의 신 따위는 믿지 말아야 했다. 전쟁이란 하루아침에 이길 수 있는 게 아니었다. 그러나 조국에 남아서 집을 지키던 사람들이 그랬듯이 우리 역시 이 점을 전혀 깨닫지 못하고 있었다. 우리는 마른 전투의 결과에 세계가 광적으로 환호하는 것을 이해할 수 없었고, 그 때문에 전쟁의 승패가 걸려 있던 단기전이 우리가 감당할 수 없는 장기전으로 바뀌게 된 것을 이해할 수 없었다. 우리의 패배는 시간문제였고, 적에 대한 보상의 문제만 남았다. 그런 사실을 깨달았던들 우리는 무기를 내려놓고 지도자들에게 즉시 정전 협상에 응하라고 요구했을 것이다. 물론 그들 중에 더러는 속으로 그런 생각을 한 사람도 있었을 것이다. 그러나 결국 그들은 국지전을 수행할 수 있는 시기를 놓쳤으며, 진격을 계속한다면 (우리는 계속 진격하고 싶은 충동을 느끼긴 했지만) 세계를 불바다로 만들 것이라는 사실을 제대로 깨닫지 못했다. 그런 상태에서라면 우리 쪽에서 볼 때 내부의 전열을 가다듬고 국가가 강력한 권위를 행사하면 군인들이 필사의 각오로 전투에 임할 수 있다는 장점이 있었기 때문에, 단기간에 승리를 노리는 기회를 엿볼 수도 있었을 것이다. 그러나 그것은 명백한 오산이었다. 우리가 수년간에 걸쳐 이룩하고자 했던 것도, 우리가 도모한 일도 근본적으로 철두철미하게 그런 오산이었다. 이번에도 그랬고, 다음에도 언제나 그럴 터였다.

우리는 그 점을 깨닫지 못했다. 진실이 서서히 모습을 드러내자 우리는 괴로웠다. 전쟁은 모든 것을 말살하고 초토화하고 비참하게 만들었다. 때로는 반짝 희망을 심어 주기도 하는 절반의 승리들도 거짓임이 드러났고, 나도 곧 끝날 거라고 했던 전쟁은 사 년을 끌었다. 전황이 지지부진한 교착 상태에 빠지고, 전력과 물자가 고갈되고, 생활이 결손투성이로 옹색해지고, 음식물 공급이 부실해지고, 각박한 상황 탓에 도덕이 피폐해지고, 절도 범죄가 횡행하고, 게다가 전란의 와중에 벼락부자가 된 천박한 자들은 꼴사납게 흥청거렸다. 그 모든 기억을 낱낱이 열거해야 할까? 그러면 원래 내가 할 이야기는 한 개인의 인생사에 한정된 것이므로, 내 분수를 넘어선다는 비난을 듣게 될 것이다. 나는 여기에 간략히 언급한 사태를 그 발단에서부터 견딜 수 없는 종말에 이르기까지 휴가병 겸 제대병으로서 프라이징의 학교로 돌아와 후방에서 겪었다. 1915년 5월 초에서 7월까지 아라스 요새를 차지하기 위한 두 번째 전투가 계속되는 동안에는 이(蝨)를 제대로 소독하지 못했다. 나는 장티푸스에 걸려서 여러 주 동안 임시 막사에 격리 수용되었다. 그러고서 타우누스 산맥에 있는 부상병 휴양소에서 한 달을 더 지냈고, 결국은 내가 한때 학생들을 가르치던 학교에서 봉사하는 것이 조국에 대한 의무를 더 잘 수행하는 길이라는 생각을 거역할 수 없게 되었다.

나는 그 생각에 따랐다. 그래서 나는 다시 순탄한 가정의 가장으로 무사히 복귀할 수 있게 되었다. 어쩌면 이 집 건물과 너무나 친숙한 가재도구들은 앞으로 닥칠 폭격으로 사라질지도 모르지만, 이 글을 쓰고 있는 지금도 이 적막한 집에 은거하고 있다. 자랑이 아니라 확인하는 뜻에서 거듭 말하자면, 나는 나 자신의 삶을 소홀히 하지는 않았지만 늘 부차적인 것으로 생각해서 그다지 신경 쓰지 않고 건성으로 꾸려 왔으며, 정작 나의 본래적인 관심과 긴장과 근심 걱정은 어린 시절의 친구 아드리안에게 쏠려 있었다. 따라서 그가 있는 곳 가까이로 돌아오게 된 것이 여간 반갑지 않았다. 물론 그가 창작에 몰입할수록 더 깊은 고독에 빠져들어서 나에게 아무런 반응도 보이지 않는 것이 속상하고 또 나도 모르게 서늘한 전율이 일 만큼 가슴이 옥죄이는 상태에서도 '반갑다.'라는 말을 할 수 있다면 말이다. 그에게서 눈을 떼지 않고 수수께끼처럼 불가사의한 그의 인생을 살피는 것이야말로 언제나 나의 절실한 본업이라고 생각하게 되었다. 그것이 내 인생의 진정한 내용물이었기에 현재의 나날이 공허하다고 말한 것이다.

아드리안의 보금자리는 비교적 잘 고른 편이었다. 얄궂게도 그의 거처는 다시 옮겨질 터였고, 어쩐지 '보금자리'라고 인정하긴 뭣했지만 말이다. 이미 가세가 기운 데다 다른 농가들과 마찬가지로 슈바이게슈틸 부인의 형편도 심각하게 쪼들린 몇 년 동안에도 아드리안은 그럭저럭 견딜 만한 대접을 받았다. 그는 그사이에 나라 사정이 형편없이 바뀐 것도 모르고 있었고, 그런 변화에 거의 아무런 영향도 받지 않았다. 독일은 군사적으로는 여전히 세를 유지하는 듯했지만 이미 고립무원의 상태로 철저히 봉쇄당하고 있었다. 그는 그런 주위 사정에 대한 무지를 자신의 천성에서 유래하는 당연한 것으로 받아들였을 뿐 아니라, 그런 문제는 아예 언급조차 하지 않았다. 타고

난 천성이 외골수인 그는 오직 한 가지만 추구하는 심성 탓에 외부의 사정에 아랑곳하지 않고 자신을 관철해 나갔던 것이다. 그는 언제나 간단한 식단의 식사를 했기 때문에 슈바이게슈틸 부인의 살림 형편으로도 아무런 문제가 없었다. 그런데 전장에서 돌아왔을 때 나는 그와 친하게 지내는 여성 둘이 있다는 사실을 알게 되었다. 서로 아무 상관도 없이 그에게 접근한 두 여성은 당돌하게 그의 보호자를 자처하고 나섰다. 이름이 메타 나케다이라는 한 여성은 피아노 선생이었고, 쿠니군데 로젠슈틸이라는 다른 여성은 식육 가공업을 공동으로 경영하는 활동적인 여성이었는데, 정확히 말하면 소시지 공장의 공동 경영자였다. 일반 대중들한테는 아드리안의 이름이 전혀 알려지지도 않았지만, 비의적인 인상을 풍기는 그의 초기 명성이 정통한 소식통들에게는 확고하게 자리 잡았다는 것은 특기할 만한 사실이었다. 가령 파리에서 그에게 초대를 제의한 것도 그런 징표의 하나였다. 또한 그의 명성은 눈에 잘 띄지 않는 은밀한 곳에서도 마음이 가난하고 인정이 그리운 사람들의 호감을 샀다. 그런 사람들은 고귀한 것을 위해 노력한다고 여겨지는 예술가의 고독과 고뇌에 민감하게 반응하면서, 스스로를 대중으로부터 분리하고 아주 진기한 것을 숭배하는 것을 낙으로 삼는 것이다. 이들이 여성들이고, 게다가 처녀들이라고 해서 이상하게 여길 이유는 없었다. 인간적인 결핍이 오히려 예지적인 직관의 원천이 될 수 있고, 그 직관의 출처가 변변치 않다고 해서 과소평가해서는 곤란하기 때문이다. 두 여성의 경우 극히 개인적인 요소가 정신적인 것을 능가할 만큼 중대한 역할을 했다고 해서 문제가 될 것은 없었다. 어차피 두 여성은 정신적인 것을 대강의 윤곽만으로, 어렴풋이 느끼고 예감하는 정도로만 이해하고 평가할 수 있었다. 하지만 수수께끼처럼 자신의 내면에 갇혀 있고 주위 사람에게 냉담한 아드리안의 인생에 처음부터 열성을 다해 정성을 쏟아 온 나의 입장에서 보면, 타협을 모르고 고독하게 살아온 아드리안이 과연 어떤 연유로 이 여성들을 매료할 수 있었는지 알다가도 모를 일이었다.

나케다이는 걸음이 빠르고 늘 수줍어서 얼굴을 곧잘 붉히는 삼십 대 초반의 여성이었다. 그녀는 말할 때나 상대방의 이야기를 들을 때 코안경 너머로 다정스러우면서도 경련을 일으키듯 눈을 깜박거리고, 고개를 끄덕이면서 코를 찡긋하는 버릇이 있었다. 그녀는 아드리안이 이 도시에 머무르고 있던 당시 어느 날 우연히 전철의 앞쪽 플랫폼에서 그와 나란히 서 있게 되었는데, 아드리안을 알아본 그녀는 북적거리는 사람들 속으로 물러섰다가 잠시 정신을 가다듬은 후에 다시 돌아와서 그의 이름을 부르며 말을 걸었다고 했다. 그녀는 아드리안에게 자기 이름을 밝혔고, 붉었다 창백해졌다 하는 얼굴로 자기 소개를 몇 마디 더 하고는, 그의 음악을 숭배한다고 말했다. 아드리안은 이 모든 것을 고맙게 받아들였다. 이런 계기로 두 사람은 서로 알게 되었다. 나케다이는 이렇게 한 번 만난 것으로 그치지 않았다. 며칠 후 그녀는 존경의 뜻으로 꽃을 들고 파이퍼링으로 와 아드리안을 방문했으며, 그런 방문은 계속되었다. 이렇게 해서 질투심으로 달아오른 로젠슈틸과 자유 경쟁을 시작했던 셈이다. 로젠슈틸이 아드리안을 알게 된 계기는 달랐다.

로젠슈틸은 뼈대가 굵은 유대인 여성으로 나이는 나케다이와 비슷했고, 머리칼은 간수하기 힘들 정도로 숱이 많은 곱슬

머리였으며, 갈색 눈에는 시온 땅에서 쫓겨나 길 잃은 양 떼처럼 헤매고 있는 자기 민족의 원초적 비애가 어려 있는 듯했다. 그녀는 거친 사업(소시지 공장이란 곳은 지저분하게 마련이니까.)을 운영하고 있는 씩씩한 여성이었지만, 말을 할 때면 모든 문장을 "아!"라는 감탄사로 시작하는 감상적인 버릇이 있었다. 이를테면 "아! 그래요.", "아! 아니에요.", "아! 제 말을 믿으세요.", "아! 여부가 있습니까?", "아! 내일 저는 뉘른베르크로 가려고 해요." 하는 식이었다. 그녀는 화가 난 것도 같고 하소연하는 것 같기도 한, 깊은 곳에서 울려 나오는 목소리로 말했다. 그리고 누군가가 "어떻게 지내세요?"라고 안부를 물어도 "아! 늘 잘 지내요."라고 대답했다. 그러나 편지를 쓸 때는 전혀 달랐다. 그녀는 편지 쓰기를 즐겼다. 유대인들이 대개 그렇듯이 로젠슈틸은 음악을 아주 좋아했을 뿐 아니라, 독서량이 그리 많지 않은데도 평균 수준의 독일인들보다, 아니 대다수의 교사들보다도 더 깔끔하고 섬세한 독일어를 구사할 줄 알았다. 그녀는 아드리안과의 관계를 스스로 '친구 사이'라고 했는데(오래 사귀다 보면 정말 그렇게 되지 않을까?) 아드리안을 처음 알게 된 것도 편지를 통해서였다. 그녀가 아드리안에게 처음 보낸 편지는 내용상 특별하지는 않았지만 문체로 보면 독일 인문주의 전통의 가장 훌륭한 모범에 따라 잘 짜인, 존경심을 담은 장문의 편지였다. 수신자는 이 편지를 읽고 감탄했으며, 그 문학적인 품위를 봐서라도 도저히 모른 체하고 넘길 수가 없었다. 직접 자주 방문하는 것과는 별도로 그녀는 점점 더 빈번하게 편지를 보냈다. 구체적인 사연들을 적고 있는 그녀의 편지는 그다지 객관적이지는 않고 특별히 흥미를 끄는 내용도 없었지만, 발신자의 양심을 담아 정갈하게 써서 읽을 만한 문체였다. 그 밖에 특기할 만한 사실은 편지를 육필로 쓴 게 아니라 그녀의 회사 타자기로 타자한 것이라는 점과 '그리고'라는 말을 상거래에서 쓰는 '&'라는 기호로 표기한 점이었다. 그녀의 편지는 열렬한 숭배의 마음을 담고 있었는데, 뭐라고 더 상세히 표현하기에는 그녀가 너무 겸손했거나 아니면 그럴 능력이 없었을 것이다. 그녀가 직감적으로 표현한 숭배의 마음은 이미 여러 해 동안 충직하게 간직해 온 흠모와 헌신의 정을 드러내고 있었으며, 그 때문에 그녀의 훌륭한 인격은 그 밖의 유능한 활동과는 별도로 진심으로 존경을 받게 되었다. 적어도 나는 그녀를 존경했으며, 총총걸음을 걷는 나케다이에게도 이와 똑같이 진심으로 경의를 표하려고 애썼다. 아드리안 역시 타고난 천성 탓에 무관심하긴 했지만, 그래도 자기를 따르는 이 여성들의 충정만큼은 언제라도 기꺼이 받아들였다. 그런데 내 몫의 역할은 그녀들의 역할과 전혀 달랐던 것일까? 내가 두 여성들에게(두 사람은 서로 함께 있는 것을 견디지 못했으며, 어쩌다 마주치기라도 하면 피차 눈살을 찌푸렸다.) 호의를 보이기 위해 애쓴 것은 내가 생각해도 잘한 일이었다. 어떤 의미에서는 나 역시 그녀들과 같은 입장에 있었고, 내 입장에서는 아드리안과 나의 관계를, 그 가치를 떨어뜨리며 따라하는 이 노처녀들로 인해 언짢은 기분이 들 이유는 충분했다.

아드리안이 먹을거리가 쪼들리지도 않았는데도 늘 무언가를 잔뜩 챙겨 오는 이 두 여성은 기근이 심했던 몇 해 동안에도 남의 눈에 띄지 않게 가져올 수 있는 것은 뭐든지 날라 왔다. 설탕, 차, 커피, 초콜릿, 비스킷, 통조림, 담배 등은 아드리안이 나와 쉴트크납, 그리고 변함없이 허물없는 슈베르트페거에게도 나눠 줄 수 있을 만큼 풍족했으며, 이 헌신적인 여성들의 이름은 우리들 사이에서 축복을 받았다. 아드리안은 부득이한 사정이 생길 때만 담배 없이 지냈다. 즉, 심한 뱃멀미를 하듯 편두통이 엄습하는 날이면 그는 어두운 방에 자리를 깔고 누워 있었다. 이런 일은 한 달에 두세 번 있었다. 그런 경우가 아니면 그는 담배를 낙으로 삼았다. 그의 흡연은 상당히 늦게, 라이프치히 시절에 습관이 되었는데, 그 후로는 담배 없이는 배겨 내지 못했다. 적어도 작업을 하는 동안은 그랬다. 그는 작업 도중에 담배를 한 대 말아 피우지 않으면 오래 버틸 수가 없다고 했다. 내가 군복을 벗고 민간인 생활로 돌아왔을 무렵, 그는 자신의 작업에 대단히 몰두하고 있었다. 그렇지만 내가 받은 인상으로는 당시 실제 작업의 대상인 「로마인 이야기」 자체에 몰입하기보다는 오히려 그 작품은 뒷전으로 미룬 채 자신의 천재성에서 분출되는 욕구를 새롭게 표현해 보겠다는 각오를 다지고 있었다. 내가 확신한 바로는, 아마 전쟁이 터지던 무렵부터 이미 그는 「그림으로 보는 묵시록」의 작곡을 어렴풋이 구상하고 있었다. 사실 그처럼 영감을 가진 예술가에게 전쟁이라는 것은 역사의 한 장이 끝나고 새로운 장이 열리는 전환기를 의미했고, 근본을 뒤흔드는 광분의 소용돌이 속에서 거친 모험과 격정으로 가득 찬 새 시대의 개막을 의미했던 것이다. 「그림으로 보는 묵시록」은 바야흐로 그의 창작 생활에 현기증이 날 정도로 급격한 도약의 계기가 될 터였다. 그리고 적어도 내가 아는 한에는 그는 이 작품에 도달하기까지 그로테스크하고 독창적인 인형극을 연구하며 준비기를 보내고 있었던 셈이다.

중세의 대다수 낭만적 신화를 수록하고 있는 고서 『로마인 이야기』는 초기 기독교 설화 및 동화 모음집에 해당되는데, 원래 라틴어로 쓴 것을 독일어로 옮긴 책이었다. 아드리안은 쉴트크납의 소개로 이 책의 번역본을 접하게 되었다. 나는 아드리안과 눈 색깔이 같은 그 친구가 이 책을 발굴해 준 공로를 인정한다. 두 사람은 꽤 여러 날 동안 저녁마다 이 책을 함께 들여다보았다. 이 책은 무엇보다도 우스꽝스러운 것에 민감한 반응을 보이는 아드리안의 감수성을 자극했다. 우스운 것을 보면 웃지 않고는 못 배기는 아드리안은 눈물이 찔끔거릴 때까지 마구 웃어 댔다. 나처럼 무미건조한 천성을 타고난 사람은 좀처럼 그런 욕구가 생기지 않았다. 또한 내가 조마조마한 긴장을 느끼면서도 좋아하는 아드리안이 그처럼 쾌활한 기분을 분출할 때면 나는 오히려 불안해졌기 때문에 함께 따라 웃을 수도 없었다. 하지만 눈 색깔이 같은 쉴트크납은 내가 느끼는 그런 불안을 몰랐다. 나는 이 불안감을 혼자 속으로 간직하고 있었을 따름이다. 그렇긴 하지만 나는 스스럼없이 그런 분방한 분위기에 끼어들 수는 있었다. 아드리안을 눈물이 찔끔거릴 정도로 웃기는 데 성공하면, 그 슐레지엔 친구의 얼굴에는 마치 대단한 임무라도 수행한 듯한 만족감이 역력했다. 기막히게 재미있는 우화집을 갖고 있으니, 그가 아드리안이 고마워할 정도로 효과적인 성공을 거두는 일은 식은 죽 먹기였다.

기독교 교리에 충실한 교훈적 내용을 담고 있는 『로마인 이야기』는 소박한 도덕담으로 진부한 해결책을 제시하고 있다. 부모 살해, 간통, 복잡한 근친상간, 실상을 입증하기 힘든 로마

황제들의 일화, 엄청난 감시를 받으며 온갖 시험을 통과한 자만이 아내로 맞이할 수 있는 공주들, 축복의 땅으로 성지 순례를 가는 기사들, 음탕한 아내, 교활한 뚜쟁이, 금지된 마술에 몰두해 있는 성직자 등 이 모든 소재가 담긴, 장중한 라틴어 문체를 살리면서도 매우 간결한 독일어로 번역되어 있는 흥미진진한 이야기들은 독자의 관심을 유발한다. 그것은 부인할 수 없는 사실이다. 그것은 우스꽝스러운 것에 민감하게 반응하는 아드리안의 감수성을 자극하기에 제격이었다. 그리고 아드리안은 이 이야기들을 알게 된 바로 그날부터 이들 중 다수를 압축된 형식으로 인형극 무대를 위한 악극으로 각색할 생각을 했던 것이다. 그중에는 근본적으로 비도덕적이고 『데카메론』의 모범이 될 만한 「노파들의 사악한 간계」라는 이야기도 들어 있었다. 이 이야기는 겉으로는 독실한 체하면서 불륜을 사주하는 어느 뚜쟁이 노파가, 성실한 남편을 여행 보낸 어느 고결하고 지조 있는 아내가 그녀를 탐내는 한 젊은 녀석과 죄를 저지르도록 만든다는 내용이다. 마녀는 이틀 동안 굶긴 작은 암캐에게 겨자 바른 빵을 먹여서 사정없이 눈물을 흘리게 만든다. 그러고는 정절을 지키는 여자에게 그 암캐를 데려가는데, 다른 사람들과 마찬가지로 그 여자 역시 이 마녀를 성녀로 착각해 정성껏 접대한다. 그러나 눈물을 흘리고 있는 조그만 개를 보고는 놀라서 왜 우는지 그 까닭을 묻는데, 노파는 짐짓 질문을 피하고 싶다는 듯한 태도를 보이다가 못 이기는 체하며 다음과 같이 말한다. 즉, 이 암캐는 원래 너무 얌전한 자기 딸이었는데, 그 딸을 좋아하는 어떤 총각을 완강히 거부하는 바람에 그가 울화병으로 죽게 되자 벌을 받아 이 꼴이 되었으며, 지금은 제 신세를 한탄하며 쓰라린 뉘우침의 눈물을 흘리고 있는 것이라고 꾸며 댔던 것이다. 이런 거짓말을 하면서 뚜쟁이 역시 눈물을 흘린다. 여자는 벌을 받은 노파의 딸과 자신의 처지가 비슷하다는 생각이 들자 소스라치게 놀라서, 자기 때문에 고민하고 있는 한 젊은이의 이야기를 노파에게 털어놓는다. 그러자 노파는 당신도 암캐로 변해 버리면 얼마나 딱하겠냐고 진지하고도 실감나게 이야기하고는, 실제로 그녀를 사모하는 젊은이를 불러들여서 그의 욕정을 달래 주어야 한다고 귀띔한다. 그리하여 사악한 흉계에 말려든 두 사람은 세상에서 가장 달콤한 환락을 맛보게 된다는 이야기다.

나는 쉴트크납이 수도원장 방에서 처음으로 아드리안에게 이 이야기를 들려주었다는 사실이 아직도 부럽다. 그러나 내가 이야기를 했다면 그와 같지는 않았을 거라는 점도 인정하는 바이다. 그렇지만 아드리안이 장차 내놓을 작품을 위한 그의 도움은 이 최초의 자극이 전부였다. 그는 인형극 무대를 위한 이야기의 처리나 대화체로 고치는 문제에 관해서는 시간이 없다는 둥 자유롭게 내버려 달라는 둥 핑계를 대며 부탁을 거절했다. 아드리안은 쉴트크납의 그런 태도를 밉게 보지 않았고, 내가 없는 동안에도 엉성하게나마 장면을 구성하고 대강의 대화를 짜는 일을 직접 맡아서 했다. 그 밖에는 내가 그 작업을 맡아 산문과 운문이 섞인 형식으로 서둘러 최종적인 마무리를 지었다. 또한 아드리안의 의사에 따라 인형들의 목소리를 내야 할 가수들은 오케스트라의 악기들 사이에 배치했다. 아울러 오라토리오의 증인 역할과 비슷하게 사건의 전개를 낭송과 이야기의 형식으로 요약해 줄 변사가 필요했다. 오케스트라의 악기 편성은 아주 간단하게 바이올린, 더블 베이스, 클라리넷, 바순, 트롬본, 나팔, 그 밖에 한 남자 인물을 나타내기 위한 타악기, 그리고 여러 개의 종들로 구성되었다.

이 파격적인 형식이 가장 성공적으로 구현된 곳은 '교황 그레고리우스의 탄생'을 다룬 제5막인데, 이 부분이 작품의 핵심이다. 그레고리우스를 탄생시킨 해괴한 죄악은 멈출 줄 몰랐다.* 하지만 주인공이 겪은 모든 끔찍한 상황은 궁극적으로 그가 지상에서 그리스도의 대리자로 등극하는 데 조금도 방해가 되지 않았을 뿐 아니라, 오히려 하느님의 놀라운 은총으로 특별한 부름을 받아 점지되었던 것처럼 보였다. 얽히고설킨 운명의 사슬은 길게 이어졌는데, 고아가 된 어느 왕족 남매의 사연을 소개하기로 하겠다. 그 남매의 오빠는 누이를 너무 사랑한 나머지 자제력을 잃고 그녀를 흥미의 도를 넘어선 궁지까지 몰아넣고 말았다. 그녀가 너무나 아름다운 한 아이를 낳게 한 것이다. 심하게 표현하면 남매 사이에 태어난 이 아이가 모든 사건의 중심이 된다. 아이의 아버지는 순례 행렬에 끼어서 참회의 길을 떠났다가 죽고 말지만, 아이는 뜻밖의 운명을 맞게 된다. 이토록 끔찍한 운명으로 태어난 아이를 자신의 손에서 세례를 받게 할 수는 없다고 단호하게 결심한 왕비는 아이가 왕자라는 것을 표시한 요람 속에 아이를 넣어 빈 통나무 상자에 싣고, 아이의 양육에 필요한 재물과 저간의 사정을 적은 쪽지

---

* 그레고리우스 1세(재위 590~604)는 쌍둥이 남매의 근친상간으로 태어났고, 그레고리우스 역시 자기도 모르는 사이에 생모와 근친상간의 죄를 범했다가 혹독한 참회의 과정을 거친 끝에 교황이 된 것으로 알려져 있다. 토마스 만은 중편소설 「선택된 인간」에서 이 소재를 다루기도 했다.

도 챙겨서 바닷물에 띄워 보냈다. 그 상자는 '제6축일'*에 어느 경건한 수도원장이 관리하는 수도원 근처까지 흘러갔다. 수도원장은 이 아이를 발견하고 자신의 이름을 따서 그레고리우스라는 세례명을 주었으며 아이의 교육 지도를 맡았다. 신체적으로나 정신적으로나 특출한 재능을 타고난 아이는 수도원장의 교육을 더할 나위 없이 훌륭하게 받아들였다. 한편, 죄의식에 사로잡힌 어머니는 한사코 결혼을 거부함으로써 온 나라에 슬픔을 안겨 주었다. 그녀 스스로가 기독교도로서 혼례 자격이 없는 부정한 여자라고 생각했을 뿐 아니라, 타계한 오빠에 대한 지조를 저버릴 수 없다는 갸륵한 마음씨도 갖고 있었던 것이다. 그러나 그녀에게 청혼했다가 거절당한 외국의 어느 강력한 군주가 분노를 삭이지 못해 그녀의 영토를 전쟁으로 짓밟았으며, 그녀는 마침내 최후의 보루로 남은 도시로 피신하는 지경에 이르렀다. 그때 이미 청년이 된 그레고리우스는 자신의 출생 내력을 알게 되어 성지 순례를 떠나기로 결심하는데, 순례 도중에 마침 자기 어머니가 다스리는 도시에 다다르게 되었다. 거기서 여군주의 불행을 알게 되자 그는 그녀 앞으로 나아가 충성을 맹세했다. 책에 쓰여 있듯이 그녀는 그를 '자세히 살펴보았지만' 그가 누구인지는 알아보지 못했다. 마침내 그는 화풀이를 하려던 군주를 물리치고 나라를 해방시키며, 구원받은 그녀의 측근들로부터 그녀의 부군이 되어 달라는 제의를

---

* 예수 그리스도 부활 주일부터 사십 일 동안 계속되는 '부활 대축일' 기간 중에서 제6주일째 축일을 가리키며, 일명 소경 주일이라고 하여 눈이 있어도 마음이 어두우면 볼 수 없다는 가르침을 새기는 기간으로, 신앙은 인간의 이성이 아니라 순수한 마음에서 나오는 것임을 가르친다.

받았다. 그녀는 수줍어하는 기색까지 보이면서 단 하루만 생각할 여유를 달라고 했다. 그러고서 그녀는 자신의 맹세를 번복하고 결혼을 승낙했다. 그리하여 온 나라가 축제 분위기로 들뜬 가운데 결혼식은 성대히 거행되었으며, 아무도 예감하지 못한 채 또 하나의 끔찍한 사건이 벌어지고 말았다. 죄의 씨앗으로 태어난 아들이 자신의 어머니와 잠자리를 같이하게 된 것이다. 이 모든 사연을 일일이 설명하지는 않겠다. 다만 인형극 오페라에서 놀라울 만큼 호소력 있게 묘사된 사건의 절정들만 기억하고 싶을 따름이다. 가령 오페라가 시작되자마자 오빠가 누이에게 "왜 그렇게 창백해 보이며 눈동자가 검은 빛을 잃었느냐?"라고 물으면 그녀는 "그럴 수밖에요. 아이를 가졌으니까요. 그 때문에 뼈저리게 뉘우치고 있어요."라고 대답한다. 혹은 죄 많은 남편이 죽었다는 소식을 전해 듣는 순간 그녀가 터뜨리는 오열도 주목할 만하다. "내 희망은 사라졌구나. 나의 기력도, 나의 단 하나뿐인 오빠도, 제2의 나 자신도 모두가 사라져 버렸다!" 그리고 그녀는 시신의 발끝에서 머리끝까지 입을 맞추는데, 그녀를 옹위하는 기사들은 이처럼 무분별한 비탄에 불쾌한 인상마저 받고 그녀를 시신에서 멀리 떼어 놓는다. 또한 자기와 달콤한 사랑을 즐기고 있는 자가 누구인지 알게 된 그녀는 그에게 이렇게 말한다. "오, 내 귀여운 아들아, 너는 나의 단 하나뿐인 자식이며, 내 남편이며, 내 군주이며, 나와 내 오빠 사이에 태어난 아들이란다! 오, 사랑스러운 내 아들아. 오, 하느님, 왜 저를 태어나게 하셨나이까!" 사연인즉, 그녀는 남편의 비밀 상자에서 언젠가 자기가 쓴 쪽지를 발견하고서, 아직은 다행히도 아들의 동생인 동시에 오빠의 손자가 될 아이를 또 낳지는 않았지만, 자신이 누구와 잠자리를 같이했는지 알게 된 것이다. 이제는 자기 아들이 속죄의 순례를 떠날 차례가 된 것이다. 그는 맨발로 순례를 떠났고, 한 어부를 찾아갔다. 어부는 그의 수려한 용모를 보고 그가 보통의 순례자와는 다르다는 사실을 알게 되고, 또 이를 데 없는 고독만이 자기에게 합당한 운명이라는 그의 말을 이해하게 된다. 어부는 육지에서 약 30킬로미터 떨어져 있는 어느 바위섬에 그를 데려다 주었다. 섬 주위에는 거센 파도가 일고 있었다. 자기 발에 족쇄를 채우게 하고 열쇠는 바다에 던지게 한 그레고리우스는 십칠 년 동안 참회의 고행을 수행한 끝에 그 자신에게는 전혀 놀라운 일이 아닌 것 같지만, 결국 엄청난 은총을 입게 된다. 즉, 이 무렵 로마에서 교황이 서거했는데, 그가 서거하자마자 하늘에서 목소리가 들려왔다. "하느님의 종 그레고리우스를 찾아내어 내 자리에 앉히도록 하라!" 그리하여 각지에 사자가 급파되었고, 옛날의 그 어부한테도 사자가 당도했다. 그는 짚이는 바가 있었다. 왜냐하면 그가 잡은 물고기의 배를 가르니 언젠가 바다에 던졌던 바로 그 열쇠가 나왔던 것이다. 그리하여 그는 사자들을 참회의 바위섬까지 데려다 주었다. 그들은 섬 위쪽을 향해 외쳤다. "오, 그레고리우스여, 그대 하느님의 종이시여, 바위로부터 저희에게로 내려오소서. 당신께서 지상의 대리자가 되시는 것은 모두 하느님의 뜻입니다!" 그러자 그레고리우스는 "그분의 뜻대로 되리라." 하고 응답했다. 일행이 로마에 당도해 사람들이 종을 울리려 하자, 종을 치기도 전에 저절로 종들이 울렸다. 모든 종들이 일제히 저절로 울렸으니, 이처럼 경건하고 학식이 풍부한 교황은 일찍이 없었다는 것을 알리기 위함이었던 것이다. 이 성인의 명성은 어머니의 귀에까지 들어가게 되었다. 그녀가 자기의 인생을 털어놓고 고백할 수 있는 사람은 이 선택받은 분밖에 없다고 결심한 것은 너무나 당연했다. 그녀는 교황에게 고해를 하기 위해 로마로 떠났다. 그녀의 고해를 들은 교황은 그녀를 알아보고 이렇게 말한다. "오 나의 사랑하는 어머니, 누이, 그리고 아내여! 나의 친구여! 악마는 우리를 지옥으로 유인했지만 하느님의 권능으로 제지된 것입니다." 그러고는 그녀에게 수도원을 하나 지어 주었다. 비록 짧은 세월이었지만 그녀는 거기서 수도원장을 지냈다. 머지않아 두 사람은 세상을 떠나 하느님께 영혼을 의탁할 수 있게 되었다.

아드리안은 이처럼 엄청난 죄악을 다룬, 소박하고도 은총으로 충만한 이야기에 갖가지 놀라운 위트와 소박한 열정과 환상, 그리고 장엄함을 부여하면서 최대한 음악적으로 각색했다. 과연 이 악극 전체, 혹은 특별히 이 이야기를 다룬 부분은 뤼베크의 어느 노교수가 예찬한 대로 경이로운 '신적 지성'의 소산이라는 찬사를 받을 만했다. 이 대목이 생생하게 기억나는 것은 사실상 「로마인 이야기」가 「사랑의 헛수고」에 표현된 음악 양식으로 퇴행한 느낌을 주었기 때문이다. 그렇지만 「우주의 경이」에 표현된 음조는 이미 「묵시록」과 「파우스트 박사의 비탄」의 음조를 연상케 한다. 이처럼 먼저 작품이 나중 작품의 양식을 미리 보여 주거나 간섭하는 현상은 사실 창작 활동에서 흔한 일이다. 그렇지만 나는 아드리안이 이런 소재들에서 얻은 예술적 자극을 내 나름대로 설명할 수도 있다. 즉, 그런 정신적 자극에는 일종의 객기와 해체적 장난기가 없지 않았다.

왜냐하면 그것은 바야흐로 예술의 종말이 도래하는 시대의 과장된 허풍에 대한 비판적 반응에서 유래하는 자극이기 때문이다. 이 악극은 낭만적 설화와 중세의 신화 세계로부터 소재를 취했으며, 또한 오직 이런 부류의 소재만이 음악의 위엄을 손상시키지 않고 음악의 본성에 부합할 거라는 사실을 이해시켜 준 것이다. 이런 사실을 바탕으로 다음과 같이 추론해 볼 수도 있다. 즉, 상당히 파괴적인 방법이긴 하지만, 우스꽝스러운 것, 특히 에로틱한 해학이 도덕적 설교를 대신하고, 과장을 위한 모든 창작 수단은 배척되며, 연기는 우스꽝스럽기 이를 데 없는 인형극 무대로 옮겨진다는 것이다. 인형극 무대의 특수한 가능성을 연구하는 것이 『로마인 이야기』에 수록된 작품들에 몰입하던 무렵 아드리안의 주된 관심사였던 것이다. 또한 그가 은둔 생활을 하던 지역의 주민들이 가톨릭 색채가 강한 바로크 시대의 극을 좋아했던 것도 그런 기회를 얻는 데 도움이 되었다. 발츠후트 근방에는 꼭두각시 인형을 조각하고 단장하는 약국 주인이 한 사람 있었는데, 아드리안은 그 사람을 여러 차례 찾아갔다. 또한 그 약사는 미텐발트의 이자르 계곡 상류에 있는 바이올린 만드는 마을을 찾아가기도 했는데, 그는 거기에서 인형극 취미를 즐겨서, 부인과 솜씨 좋은 아들들의 도움을 받아 현지에서 포치 또는 크리스찬 빈터 원작의 인형극을 공연하곤 했다. 공연은 그 지방 사람은 물론이고 타지방 사람들까지 많은 관객을 끌어들였다. 아드리안은 그 공연을 관람했을 뿐 아니라, 내가 알기로는 예술성이 풍부하다는 자바 사람들의 수동식 인형극 놀이와 그림자 연극도 책을 보며 연구했다.

창문이 깊게 들어가고 나이키 여신상이 있는 방에서 아드리안이 그 놀라운 총보 중 새로 쓴 것들을 골라내어 네모난 낡은 피아노로 나와 쉴트크납에게 연주해 줄 때면 우리는 흥겨운 저녁 시간을 보낼 수 있었다. 한두 번은 슈베르트페거도 그 자리에 함께 있었다. 그런 작품들에서는 더할 수 없이 장엄한 화음과 미로처럼 복잡한 리듬이 극히 단순한 소재에 적용되는가 하면, 어린이 합주단의 트럼펫과 같은 단순 소박한 양식이 가장 비범한 것에 적용되기도 했다. 원래 자기 오빠와의 사이에 낳은 아들을 나중에 남편으로 맞이하고, 이제는 성자가 된 남자와 여군주가 재회하는 장면은 폭소와 환상적 감동이 독특하게 뒤섞인 느낌을 자아내어 눈물이 쏙 빠지게 만들었다. 격의 없는 친밀감을 느낀 슈베르트페거는 이때를 놓칠세라 "정말 대단한 작품일세!"라고 칭찬하면서 서로 머리가 맞닿을 정도로 아드리안을 포옹했다. 그러자 평소에도 입이 부어오른 표정을 짓는 쉴트크납은 못마땅하다는 듯 잔뜩 입을 삐죽거리고 있었다. 나 또한 모든 거리감을 잊은 슈베르트페거가 다시 원래 상태로 돌아오게 할 요량으로 "그만하면 됐어!"라고 중얼거리며 손을 뻗었다.

슈베르트페거는 이 친밀감 넘치는 시연(試演)에 이어 수도원장 방에서 나눈 대화를 따라잡기 위해 애썼던 것 같다. 우리는 전위적인 것과 대중적인 것의 결합, 예술의 난해성을 극복하는 문제, 고급 예술과 하급 예술의 괴리를 극복하는 문제 등에 관해 이야기했다. 이런 문제는 음악과 문학을 대상으로 한 때 낭만주의에서 다루어졌던 것이기도 하다. 그 밖에도 우리는 선한 것과 경박스러운 것, 품위와 오락성, 진취적인 것과 평이하게 즐길 수 있는 것 사이의 깊은 단절과 소외가 예술의 운명이 되어 버렸다는 이야기도 했다. 우리는 모든 예술을 대표하는 음악이 고고한 고립으로부터 벗어나 천박해지지 않으면서도 많은 사람이 즐길 수 있는 공통의 기반을 찾아야 한다고 생각했다. 그리고 음악의 문외한도 늑대 계곡 장면*이나 '신부의 꽃다발' 소절** 혹은 바그너를 이해하듯이, 그런 쉬운 음악 언어를 사용해야 한다고 생각했다. 이런 생각이 과연 감상적인 것이었을까? 어쨌든 감상적인 방식으로는 그런 목적을 달성할 수 없었고, 오히려 아이러니와 희화의 양식이 훨씬 더 적합한 수단이었다. 아이러니와 희화는 낭만적인 것, 격정적 제스처, 예언적 포즈, 현란한 음색, 그리고 문학적 요소를 배제해 음악의 분위기를 정화하고 객관성과 원초성을 추구한다. 다시 말해 음악이 시간의 유기적 구성 요소 자체로 거듭나야 한다는 것이다. 이런 새 출발은 물론 너무나 어려운 일이다. 왜냐하면 그릇된 원초성, 즉 낭만적인 것으로 되돌아갈 위험이 얼마든지 있기 때문이다. 정신의 최고 수준을 유지하는 것, 유럽 음악의 역사에서 가장 엄선된 성과를 당연한 전제로 수용해 누구나 새로운 현상을 이해할 수 있도록 하는 것, 음악을 자유자재로 활용하고 아류의 반대편에 있는 전통을 느끼게 함으로써 음악의 주인이 되게 하는 것, 고도의 장인적 솜씨도 전혀 튀지

---

* 작곡가 베버의 대표작인 오페라 「마탄의 사수」에 나오는 가장 핵심적인 장면으로, 낭만주의 음악의 진수를 보여 준다. 원래 늑대 계곡(볼프스슐루흐트, Wolfsschlucht)은 독일 동부 국경 지역의 협곡으로 베버의 음악에 영감을 주었다고 한다.

** 「마탄의 사수」에 나오는 노래의 한 구절.

않게 구사하는 것, 대위법과 기악 편성의 모든 기교를 보이지 않게 승화해서 단순함과는 다른 차원의 지적 품격을 갖춘 소박한 효과를 내게 하는 것, 이것이 새로운 예술의 과제요 열망인 것처럼 보였다.

화제를 주도한 것은 아드리안이었고 우리는 조금씩 이야기를 거들었을 뿐이다. 아드리안은 조금 전에 있었던 시연으로 들떠서 얼굴이 달아오르고 눈이 충혈된 것으로 보아 몸에 미열이 있는 듯했다. 그의 어조는 거침없이 토해 내는 열변은 아니었고 오히려 무심결에 툭툭 던지는 듯했지만, 그럼에도 쉴트크납이나 나로서는 일찍이 아드리안이 그토록 유창하고 자연스럽게 이야기한 적은 없었다고 생각될 정도로 심금을 울렸다. 쉴트크납은 음악의 탈(脫)낭만화를 믿지 않는다는 견해를 표명했다. 음악은 본질적으로 낭만적인 것과 깊이 관련되어 있기 때문에 낭만적인 것을 부정하면 심각한 손실을 초래한다는 것이었다. 그러자 아드리안은 이렇게 말했다.

"낭만적인 것이 따뜻한 감정을 뜻한다면 나는 기꺼이 당신 말에 동의합니다. 오늘날 정신적인 기교를 활용하는 음악은 그런 것을 거부하지요. 어떻게 보면 그것은 음악의 자기 부정이라고 할 수 있습니다. 그렇지만 복잡한 것을 단순한 것으로 정화한다는 것은 감정의 힘과 생기를 회복하려는 것과 근본적으로 같은 생각입니다. 만일 그게 가능하다면, 이런 경우를 뭐라고 했지?"

그는 나한테 묻는 듯하다가 자문자답을 했다.

"그래, 난관을 타개할 수 있다면 말이야. 다시 말하면, 냉철한 지성을 가진 사람이 난관을 타개하고 대담하게 새로운 감정의 세계로 진입할 수만 있다면, 그런 사람은 예술의 구원자로 존경받아 마땅할 것입니다. 구원이라는 것은……."

그는 신경질적으로 어깨를 으쓱하면서 이야기를 계속했다.

"낭만적인 말입니다. 또한 화음에 치중하는 작곡가가 쓰는 말이기도 합니다. 화음을 사용한 음악의 마무리가 잘 됐을 때 그런 말을 쓰지요. 다른 모든 예술이 그렇듯이 음악 자체가 구원을 필요로 하는데도 오랫동안 음악이 구원의 수단으로 간주되어 왔다는 건 우스꽝스럽지 않습니까? 즉, 음악에서 구원이란 것은 문화를 해방하여 종교의 대체물이라는 위치까지 끌어올린 결과 음악이 처한 심각한 고독의 상태, 즉 '청중'이라고 불리는 교양 있는 엘리트와 더불어 고독하게 지내는 상태로부터 구제되는 것을 말합니다. 하지만 그런 계층은 이제 곧 사라질 것입니다. 아니, 그런 계층은 이미 존재하지도 않아요. 따라서 예술이 '대중'과 만나는 길, 즉 비낭만적으로 말하면 '보통 사람들'과 만나는 길을 찾지 못하는 한, 예술은 고립무원의 상태에서 고사하고 말 것입니다."

아드리안은 평범한 어조로 이런 얘기를 단숨에 했다. 그러나 눈치채지 못하는 사이에 그의 목소리는 떨리고 있었다. 결정적인 이야기를 할 때 비로소 그 점이 드러났다.

"단언하건대 예술의 생존 환경은 송두리째 바뀌고 말 것입니다. 명랑하고 겸허한 쪽으로 말입니다. 이것은 불가피하기도 하고, 다행스러운 일이기도 해요. 감상적 취향에 호소하려는 경향은 이제 쇠퇴하고 그 대신 새로운 무구함, 무해함이 득세할 것입니다. 앞으로는 예술 자체가 다시 어떤 공동체의 시녀가 될 것입니다. 그 공동체는 이른바 '교양' 계층보다 훨씬 폭이 넓고, 문화와는 거리가 먼 듯하지만 나름의 또 다른 문화를 형성할 그런 집단입니다. 그런 상황을 상상하긴 어렵겠지만 앞으로는 출현할 것이며, 아주 자연스럽게 될 것입니다. 고뇌가 없는 예술, 정신적으로 건전하고, 화려하지 않고, 비감하지 않고, 친근감을 주며 보통 사람들과 허물없이 상종할 수 있는 예술 말입니다……."

아드리안은 말을 중단했다. 우리 셋은 충격으로 입을 다물고 있었다. 저 고독한 사람이 공동체를 이야기하고, 저 범접할 수 없는 사람이 친근감을 이야기하는 것을 들으니 마음이 아프면서도 안심이 되었다. 그러나 그의 얘기가 아무리 감동적이어도 나는 내심으로는 그의 견해가 마땅치 않았다. 아니, 그 친구 자신이 미덥지 않았다. 그가 한 말은 그에게 어울리지 않았다. 그의 자부심과 오기에 어울리지 않았다. 내가 좋아하는 그의 모습은 그런 게 아니었다. 예술을 하는 이상 그는 자부심과 오기를 내세울 권리가 있다. 예술은 곧 정신의 산물이며, 정신 활동이 사회나 공동체에 대해 책임감을 느낄 필요는 없는 것이다. 내 생각에는 정신의 자유와 품위를 지키기 위해서도 그래서는 안 되는 것이다. 이른바 대중 속으로 들어가는 예술, 군중이나 소인배 혹은 속물 집단의 요구에 영합하는 예술은 타락하게 마련이다. 가령 어떤 국가적인 명분을 내세워서 그것을 예술의 의무로 삼고 소인배들이 행하는 예술만을 허용한다는 것은 최악의 속물근성이며, 정신의 학살이다. 정신은 가장 대담하고 자유롭고 대중에게 적합하지 않은 시도와 탐구와 실험을 통해 극히 간접적인 방식으로 인간에게, 결국에는 보통 사람들에게도 봉사할 수 있다. 이것이 나의 확신이다.

아드리안 역시 원래는 이런 생각을 당연시했음에 틀림없다. 그런데도 그는 이런 생각을 곧잘 부정했다. 그가 자신의 오기를 억누르기 위해 그랬다고 생각하는 것은 착각일 것이다. 겸손해 보이려는 그런 모습은 추측컨대 극단적인 오기에서 나오는 것이었다. 예술에도 구원이 필요하고 보통 사람들과 허물없이 상종해야 한다고 말할 때 그의 목소리가 떨리지만 않았던들 얼마나 좋았을까! 그때 나는 슬그머니 그의 손을 잡고 싶은 유혹을 뿌리치기 힘들었다. 하지만 나는 그 유혹을 억눌렀다. 결국은 슈베르트페거가 아드리안을 다시 껴안으려 들지나 않을까 하고 조심스럽게 그 친구를 주시하기만 했을 뿐이다.

32

이네스 로데와 헬무트 인스티토리스 교수가 결혼식을 올린 때는 전쟁 초기였다. 그때만 해도 독일은 아직 희망에 부풀어 있었으며, 나는 아직 전쟁터에 있었다. 그러니까 때는 1915년 봄이었다. 중산층에 어울리는 격식을 갖춘 결혼식은 교회에서 열렸는데, '사계절'이라는 호텔에서 피로연을 열었고, 신혼부부는 드레스덴과 작센 스위스* 지방으로 신혼여행을 떠났다. 두 사람은 오랫동안 서로를 지켜본 결과 틀림없이 서로 잘 어울린다는 결론을 내렸을 것이다. 솔직히 말해서 나쁜 뜻은 없지만, 독자는 내가 '틀림없이'라고 한 말에 반어적인 뉘앙스가 가미되어 있다는 것을 알아차릴 수 있을 것이다. 즉, 그런 결과는 사실상 뜻밖이었고, 아니면 처음부터 그렇게 되도록 이미 결정되어 있었던 것이다. 왜냐하면 인스티토리스가 시 참의원 의원

---

* 독일 동부 체코 접경 지역에 있는 삼림 지대.

의 딸에게 접근한 이래로 두 사람의 관계가 발전해 온 흔적은 찾아볼 수 없었기 때문이다. 서로 결혼을 결심하게 한 동기는 약혼이나 결혼식을 하는 순간에도 그들이 처음 만났을 때보다 조금이라도 커지거나 줄어들지 않았으며, 새롭게 덧붙은 것이라고는 전혀 없었던 것이다. 그렇지만 '돌다리도 두드려 보고 건너라.'라는 격언은 형식적으로나마 충분히 지켜진 셈이었다. 그리고 탐색 기간이 길어지다 보니 결과적으로 긍정적인 해결을 재촉한 셈이었다. 게다가 결혼의 필요성을 가중시킨 요인이 또 있었다. 그것은 전쟁이었다. 사실 전쟁은 많은 미해결의 문제들을 애초부터 신속히 매듭짓게 만들었던 것이다. 지난해 말경 클라리사 로데가 뮌헨을 떠나 알레 강변의 첼레에서 연극무대에 데뷔한 것도 언니 이네스의 결혼을 재촉한 요인이었다. 이네스는 어머니와 단둘이 집에 남아 있어야 할 형편이었는데, 그녀는 어머니가 비록 길들여지긴 했어도 여전히 보헤미안적 기질을 가지고 있는 게 못마땅했던 것이다. 그렇지 않아도 이네스는 심리적인 이유에서, 혹은 경제적인 이유 내지 실리적인 이유에서 결혼을 수락할 마음의 준비가 어느 정도 되어 있었다.

물론 로데 부인도 딸이 가정을 꾸리자 진심으로 기뻐했다. 아닌 게 아니라 그녀는 자기 집에서 열리는 사교 모임 자리를 빌어, 딸이 결혼할 수 있도록 어머니로서 은근히 배려해 온 터였다. 그러면서 그녀 자신도 만족을 얻었다. 즉, 그런 자리를 통해 남부 지방 특유의 느긋한 향락을 즐기면서 그녀 나름의 방식으로 잃어버린 것을 보상받을 수 있었는데, 그녀가 초대한 남자들, 즉 크뇌터리히, 크라니히, 칭크와 슈펭글러, 그리고 젊은 연극 지망생 등이 그녀의 시들어 가는 아름다움에 아첨하는 것을 즐겼던 것이다. 그녀는 슈베르트페거와는 가령 어머니와 아들 사이로 볼 수도 있는 매우 우스꽝스럽고도 기묘한 관계에 있었는데, 그와 이야기를 할 때면 종종 점잖게 연정을 하소연하는 듯한 웃음소리가 유독 크게 들리곤 했다. 과장이 아니라 사실이 그랬다. 그녀의 그런 웃음소리가 무엇을 뜻하는지는 금방 알 수 있었다. 훨씬 앞에서 이네스의 불안정한 정신 상태에 관해 암시한, 아니 드러내 놓고 말했던 사정에 비춰 보건대 그녀가 어머니의 이런 교태를 목격했을 때 느꼈음 직한 복잡 미묘한 거부감과 수치심, 모욕감은 독자의 상상에 맡기겠다. 내가 지켜보는 현장에서 이런 일도 있었다. 이네스는 어머니와 슈베르트페거가 시시덕거리고 있는 동안 얼굴을 붉히며 어머니의 살롱을 훌쩍 빠져나와 자기 방으로 들어가고 말았다. 그러자 잠시 뒤 슈베르트페거가 그녀의 방문을 두드렸다. 어쩌면 그녀는 그것을 기대하고 원했는지도 모른다. 그는 그녀에게 왜 자리를 떴느냐고 물었다. 그는 당연히 이유를 알고 있었지만, 그렇다고 능청스럽게 아는 내색을 할 입장도 아니었음은 물론이다. 그는 그녀가 없어서 얼마나 서운한지 말하고 마치 오빠처럼 다정다감한 목소리로 그녀를 달래서 다시 아래층으로 데려갈 작정이었다. 그는 그녀가 방에서 나가겠다고 약속하기 전에는 제자리로 돌아가려 하지 않았다. 그는 이네스가 지금 당장 함께 돌아가지는 않더라도 잠시 후에라도 다시 사람들과 어울려 달라고 설득해 그녀의 승락을 받고서야 마음을 놓았다.

　이런 이야기를 뒤늦게 삽입한 것을 양해하기 바란다. 나는 이 일화를 생생하게 기억하고 있지만, 이네스의 결혼이 기정사실이 되자 로데 부인의 기억에서는 이 일이 말끔히 사라졌다. 이네스의 어머니는 결혼식을 최대한 성대하게 치렀고, 이렇다 할 금전적인 보탬은 주지 못했으나 옷가지나 은으로 된 세간류는 남부럽지 않게 장만해 주었을 뿐 아니라, 여러 가지 골동품 가구와 나무로 깎아 만든 궤나 금으로 도금한 격자무늬 의자 등 훌륭한 살림집을 차리는 데 보탬이 되는 가재도구들을 선뜻 내놓았다. 신혼부부의 살림집은 프린츠레겐트 가(街)에 위치한 이층집이었는데, 바깥쪽 방에서는 영국 공원*이 내다보였다. 이네스의 어머니는 사람 사귀기를 즐기고 자기 집 살롱에서 흥겨운 저녁들을 보낸 것이 사실은 오로지 딸들에게 좀 더 나은 보금자리를 마련해 주기 위한 배려였다는 것을 주위 사람들에게 과시라도 하듯이 조용히 여생을 보내겠다는 취지의 송별연까지 베풀었는데, 실제로 이네스가 출가한 뒤 거의 일 년이 넘도록 람베르크 가에 손님을 초대하지 않았다. 그것은 자신의 과부 생활에 새로운 계기를 마련하기 위한 것이었다. 그녀는 시골에서 살기로 결심했던 것이다. 그녀는 파이퍼링으로 이사했다. 거기서 그녀는 한적한 공터와 밤나무들을 사이에 두고 슈바이게슈틸 부인의 저택 맞은편에 있는 작은 집을 거처로 정했다. 그것은 아드리안도 거의 눈치채지 못하는 사이에 일어난 일이었다. 그곳은 일찍이 발츠후트 지방의 습지대를 보며 우울한 풍경화를 그리던 화가**가 세 들어 살던 집이기도 했다.

---

* 뮌헨 시내 중심부에 위치한 공원.
** 발츠후트 태생의 화가 한스 토마(Hans Thoma, 1839~1924).

사람들 눈에 띄지 않은 이 구석진 곳이 말 못 할 체념과 인간적인 상처를 간직한 사람의 마음을 사로잡았다는 것은 신기한 일이었다. 추측컨대 그것은 강건한 집주인 엘제 슈바이게슈틸 부인이 천성적으로 다른 사람의 처지를 이해할 줄 아는 성격의 소유자였기 때문에 가능했을 것이다. 그녀는 이따금 아드리안과 이야기할 때도, 로데 부인이 건너편으로 이사 올 생각이라는 사실을 밝힐 때도, 그런 자질을 유감없이 입증했다.

"그건 아주 간단히 이해할 수 있어요.(그녀는 남부 바이에른 사투리로 자꾸만 엔(n)을 에프(f)에 동화시켜 엠(m)으로 발음했다.)* 아주 간단히 이해할 수 있다니까요, 레버퀸 씨. 그럴 줄 알았어요. 그 부인은 도시 생활에 질린 거예요. 뭇 남녀와 어울리는 사교 모임의 틈바구니에서 벗어나려는 거예요. 나이가 드니까 그런 교제도 멋쩍은 모양이지요. 이런 면에서 사람들은 천차만별이에요. 어떤 사람들은 나이도 개의치 않고 뻔뻔스럽게 밀고 나간답니다. 그래도 전혀 어색해하지 않는 사람들도 있긴 하지요. 결국 그런 사람들은 갈수록 약아 빠지고 화려한 것만 찾게 되지요. 머리는 백발인데 맵시를 낸답시고 귀밑머리를 꼬불꼬불 지지겠지요. 그렇지 않아요? 그 밖에도 별별 짓을 다 할 거예요. 그렇지만 젊었을 때처럼 처신하지는 않지요. 옛날의 품위를 충분히 추측할 수 있도록 넌지시 내비칠 뿐이지요. 남자들이란 종종 쓸데없이 그런 것에 홀린답니다. 하지만 그렇게 뻔뻔스럽게 굴지 않는 여자들도 있어요. 그런 여자들은

---

* 독일어로 '간단하다.'라는 말은 아인파흐(einfach)인데 아임파흐(eimfach)로 발음했다는 뜻.

볼에 주름이 지고 목덜미는 앙상해지고 웃을 때 이 빠진 자리가 이보다 더 크게 드러나면, 거울 앞에 서서 수치심을 느끼고 원통해하죠. 그런 여자들은 결코 사람들 앞에 나서려고 하지 않고, 이 가련한 부인처럼 자꾸만 숨으려 한답니다. 혹은 이나 목덜미는 괜찮을 때도 있는데, 그러면 머리칼이 말썽이에요. 그 때문에 여자들은 부끄러워하고 마치 사형 선고라도 받은 사람처럼 돼요. 이 의원 부인의 경우에는 머리칼이 문제라는 사실을 저는 금방 눈치챘답니다. 그 문제만 아니면 아직은 정말 거의 흠잡을 데가 없거든요. 하지만 레버퀸 씨도 알다시피 이마 위의 머리칼이 빠지고 있는 것 같더라고요. 모근의 기운이 다한 탓이겠지요. 이젠 아무리 지지고 볶아도 소용이 없는 모양이에요. 부인은 절망하고 있어요. 이만저만한 고민거리가 아닐 거예요. 정말 믿어지지 않을 거예요. 그래서 세상을 등지고 조용한 곳으로 이사 온 거지요. 아주 간단히 이해할 수 있는 일이지요.”

바짝 당겨 묶은, 은빛이 감도는 부인의 머리칼 사이로 하얗게 머리 속살이 드러나 보였다. 이미 말했듯이 아드리안은 건너편에 의원 부인이 새로 이사 왔다는 사실에 대해 거의 아무런 감흥도 느끼지 않았다. 부인은 처음 저택을 방문했을 때, 여주인의 소개로 그에게 잠깐 인사를 했을 뿐이다. 그러고는 그가 작업하는 데 필요한 안정을 존중한다는 의미에서, 그가 조용한 생활을 하는 만큼 그녀 자신도 그랬으며, 이사한 직후에 단 한 번 그를 자기 집에 초대해서 차를 대접했다. 그녀는 밤나무 뒤쪽에 있는 단층집에서 천장이 낮고 벽칠이 수수한 방두 개를 쓰고 있었다. 그 방은 팔이 여럿 달린 샹들리에 촛대라든가 누빈 보를 씌운 안락의자, 테가 굵은 액자에 넣은 「골든혼」이라는 제목의 그림, 금란(金欄) 화분을 올려놓은 그랜드 피아노 등 중산층 가정의 유물인 우아한 가구들로 채워졌다. 그 후로 로데 부인과 아드리안은 마을이나 들길에서 마주치면 잠시 걸음을 멈추고 간단히 인사를 하거나 어려운 나라 형편에 관한 이야기를 나누기도 했다. 이 고장은 그래도 사정이 훨씬 좋은 편이었지만, 도시에서는 식량난이 점점 심각해지고 있었던 것이다. 따라서 로데 부인이 이 지방으로 이사 온 데는 실질적인 이유도 있었다. 딸들이나 옛날 집에 출입하던 크뇌터리히 같은 친구들에게 달걀이나 버터, 소시지나 밀가루 같은 생필품을 파이퍼링으로부터 부쳐 줌으로써, 다른 사람들을 염려한 나머지 일부러 시골로 이사한 것은 아닐까 하는 인상마저 주었다. 궁핍이 심했던 몇 해 동안 그녀는 이런 것들을 챙겨서 부쳐 주는 일로 소일거리를 삼았던 것이다.

이제 남부럽지 않은 지위에 올라 풍족하고 안락한 생활을 하게 된 이네스 로데는 일찍이 어머니의 살롱 손님이었던 크뇌터리히 부부 같은 사람들을 그녀 자신과 남편이 주관하는 모임에 끌어들였다. 그들 중에는 화폐 연구가 크라니히 박사, 쩔트크납, 슈베르트페거, 그리고 나도 포함됐지만, 칭크와 슈펭글러, 그리고 클라리사와 함께 연극 수업을 받는 동료들은 빠지게 되었다. 그리고 뮌헨에 있는 두 대학의 인사들로 여러 연배의 교수 및 강사들과 그 부인들도 이 모임에 합류했다. 이네스 로데는 스페인 풍의 이국적인 용모를 가진, 크뇌터리히의 부인 나탈리아와는 친구처럼 허물없는 사이가 되었다. 이 쾌활한 부인은 모르핀을 복용한다는 믿을 만한 소문이 나돌고 있었다.

나는 그 소문이 사실이라는 것을 직접 확인한 적도 있다. 즉, 모임이 시작될 때면 그녀의 눈에서는 뭔가를 말하려는 듯한 매력적인 광채가 빛났으며, 점차 가라앉는 활기를 다시 충전하기 위해 이따금 자리를 비우곤 했던 것이다. 이네스는 원래 보수적인 체통과 뼈대 있는 집안의 품위를 무척 존중했고, 어쩌면 오로지 그런 갈망을 충족하기 위해 결혼까지 했다고 해도 과언이 아니다. 그런 이네스가 독일 교수 부인의 전형이라고 할 수 있는 남편 동료들의 정숙한 부인들과 교제하는 것보다는 오히려 나탈리아와의 교제를 더 좋아했고 은밀히 그녀를 찾아가 둘만의 시간을 가지기도 했다는 사실은 그녀의 천성에 잠재하는 분열증을 그대로 보여 주었다. 사실 그녀는 평범한 시민 생활을 동경했음에도 근본적으로는 그런 생활에 안주할 수 없었던 것이다.

체격이 작은 이네스의 남편은 나름대로 미적인 능력을 키워보겠다는 야망에 푹 빠져 있는 미학자였다. 내가 보기에 이네스가 그런 남편을 사랑하지 않았다는 것은 분명했다. 그녀가 남편에게 바친 것은 체통을 중시하는 의식적인 존중심이었다. 그녀가 아주 분별 있게 남편의 지위에 어울리게 처신했다는 것만큼은 사실이었는데, 그럴 때 그녀의 표정은 섬세하고도 까다롭게 구는 장난기 때문에 더욱 세련되어 보였다. 그녀는 아주 주도면밀하게 집안 살림을 꾸리고 남편을 대하기는 했지만, 그것은 이미 마지못해 하는 성가신 일처럼 되어 버렸다. 해가 갈수록 중산층의 체통을 차리기가 점점 어려워지는 힘든 경제적 여건하에서는 더더욱 그럴 수밖에 없었다. 매끈한 마룻바닥에 페르시아 양탄자가 깔린 근사한 방을 청소하는 데 도움을 받기 위해 그녀는 얌전하고 단정한 하녀 둘을 고용했다. 그들은 작은 두건을 쓰고 앞치마를 단단히 졸라매고 있었는데, 그중 한 명은 그녀의 몸종 노릇을 했다. 이름이 소피인 이 하녀를 부르기 위해 초인종을 누르는 일이 그녀의 낙이었다. 그녀는 시도 때도 없이 초인종을 눌러 댔다. 결혼을 통해 확보한 안주인의 위세를 즐기고, 자신을 보호하고 지키는 일을 보다 확실히 하기 위해서였다. 그녀가 인스티토리스와 함께 시골이나 테게른 호수* 혹은 베르히테스가덴** 등지로 여행이라도 하면, 불과 며칠 예정의 여행에도 소피는 크고 작은 가방들을 숱하게 챙겨 들어야 했다. 아무리 짧은 소풍을 가더라도 보금자리를 떠날 때면 번번이 힘들게 갖고 가야 하는 이 산더미 같은 짐 꾸러미야말로 그녀가 보호를 필요로 하며 생의 불안에 허덕이고 있다는 하나의 징표였다.

먼지 하나 없이 깔끔한 방이 여덟 개나 딸려 있는 프린츠레겐트 가의 저택에 관해 좀 더 이야기하겠다. 이 저택에는 살롱이 두 개 있었는데, 그중 하나는 아기자기한 세간이 빼곡이 들어차 있는 보통 거실이었다. 그리고 오크 목재 가구로 꾸민 널찍한 식당, 가죽받이 안락의자가 있는 응접실이 있었다. 부부가 쓰는 침실의 더블베드는 노란색 랙칠을 한 배나무로 만들어진 것인데, 침대 위로는 잠자리의 달콤한 분위기가 감돌았다. 화장대 위에는 반짝이는 병들과 크기 순서대로 정리한 은제 미용 도구들이 가지런히 놓여 있었다. 이런 집안 분위기는

---

* 뮌헨 남쪽 산간 지방에 있는 큰 호수.
** 뮌헨 남동쪽 오스트리아 접경 지대에 있는 휴양지.

몰락하고 있긴 해도 아직 몇 해는 더 버틸 수 있는 독일 중산층 문화의 본보기라 할 만했다. 무엇보다도 거실이나 응접실 할 것 없이 곳곳에 꽂혀 있는 '양서'들이 그런 분위기를 더했다. 이 책들 중에 자극적이거나 파격적인 것은 들어 있지 않았다. 한편으로는 영혼을 보호한다는 취지에서, 다른 한편으로는 전시 효과를 노리기 위해 그랬음이 분명하다. 순전히 교양에 도움이 되는 책들, 가령 레오폴트 폰 랑케*의 역사책, 그레고로비우스**의 문집, 예술사 서적들, 독일과 프랑스 고전 작가들의 작품 등 알찬 고전들이 장서의 대부분이었다. 해가 갈수록 그 집은 점점 더 모양새가 났다. 적어도 많은 것들로 가득차고 현란해졌다고 볼 수 있었는데, 인스티토리스 박사가 유리세공을 전문으로 하는 뮌헨의 예술가 한두 사람과 친하게 지내고 있었던 덕분이다.(그는 이론상으로는 화려하고 힘찬 것을 좋아해도 예술적인 취향 자체는 아주 점잖았다.) 특히 노테봄이라는 함부르크 출신의 화가와 친했다. 그는 결혼을 했으며, 얼굴이 깡마르고 수염을 뾰족하게 기르고 있었는데, 익살에 능해서 배우나 짐승, 악기 혹은 교수들 흉내로 좌중을 곧잘 웃기는 재주가 있었다. 이제는 시들해져 가는 사육제에서 축제의 흥을 돋우는 주역의 한 사람이었으며, 초상화가로서 세태 묘사에 능했다. 내가 보기에 화가로서의 수준은 떨어지는 사람이었다. 인스티토리스는 걸작을 학문적으로 연구하는 데는 익숙했지만, 노테봄에 관해서는 걸작과 평범한 작품을 구별하지

---

* Leopold von Ranke(1795~1886). 근대 실증적 역사학의 시조로 불리는 독일의 역사가.
** Ferdinand Gregorovius(1821~1891). 19세기 독일의 문학자이자 역사가.

않았다. 아니면 우정을 생각해서 그에게 작품을 주문했는지도 모른다. 인스티토리스는 자기 집의 벽들을 더도 말고 눈에 거슬리지만 않게, 그리고 무엇보다 차분한 분위기를 낼 수 있게 해 달라고 노테봄에게 주문했던 것이다. 본인의 취향에 맞아서 그런 주문을 한 게 아니라 틀림없이 아내의 성화 때문이었을 것이다. 인스티토리스 부부는 노테봄에게 상당한 금액을 주고 자신들의 초상화를 그리게 했다. 초상화는 실물에 썩 가깝긴 했지만 전혀 표정이 살아 있지 않았다. 각자의 초상화를 그리기도 하고 둘이 함께 있는 초상화를 그리기도 했다. 나중에 아이들이 태어나자 익살꾼 노테봄은 인스티토리스 집안의 가족 초상화를 필생의 대작으로 제작할 수가 있었다. 마치 인형처럼 그린 그 초상화의 넓은 화폭에 바니시 농도가 짙은 상당량의 유화 물감이 소모되었고, 두툼한 액자 테두리가 씌워졌다. 그 초상화는 위에서 아래쪽으로 빛을 비추는 조명 장치와 함께 응접실에 걸렸다.

이미 말한 대로 인스티토리스 부부 사이에는 아이들이 태어났다. 부부는 고상한 중산층 문화를 갈수록 홀대하는 세태를 단호하게 부정하면서, 앞으로 다가올 세계가 아니라 한때 존재했던 세계를 되찾고야 말겠다는 듯이 아이들을 극진히 보살피며 정성을 다해 단정하게 키웠다. 1915년 말에 이네스는 귀여운 딸을 낳았다. 아이 이름은 루크레치아라고 지었다. 아이는 유리처럼 매끈한 판 위에 은빛 화장 도구들이 가지런히 진열되어 있는 화장대 곁의 침대에서, 위로는 천개(天蓋)를 씌웠고 노란색 락으로 칠한 바로 그 침대에서 태어났다. 아이가 태어나자마자 이네스는 아이를 완벽한 교양을 갖춘 숙녀로, 그녀 자신이 카를스루에* 지방의 프랑스어로 말했듯이 '위느 죄느 피이유 아콩플리'**로 키울 생각이라고 했다. 이 년 후에는 쌍둥이가 태어났다. 이번에도 둘 다 딸이었다. 앤헨과 리크헨이라는 이름의 이 아이들 역시 제대로 격식을 갖추어서 세례를 받았다. 은으로 만든 대야 주위에 꽃다발을 둘렀고, 그 밖에도 초콜렛과 포트와인, 그리고 고급 과자를 준비했다. 세 아이는 모두 살결이 뽀얗고, 품이 넉넉한 예쁜 옷차림에 뭐라고 속삭이는 듯한 모습들이 무척 귀여웠는데, 아이들이 흠잡을 데 없게 보이도록 하려는 어머니의 배려가 여실히 드러났다. 아이들은 구슬프게 자신의 넋에 매혹된 음지 식물들과도 같았다. 그들은 우단 포대기를 씌운 포근하고 귀여운 요람에서 유아기를 보냈으며, 유모가(이네스 자신은 아이들을 가까이 하지 않았다. 의사가 그러지 말라고 충고했던 것이다.) 고무바퀴가 달린 나지막하고 우아한 유모차를 끌고 프린츠레겐트 가의 보리수 아래를 거닐며 애들을 산책시키곤 했다. 유모는 서민 출신이었지만 중산층 티가 나게 말쑥한 차림을 하고 있었다. 나중에는 유치원 선생님으로 있는 어떤 아가씨가 애들을 돌보게 되었다. 아이들이 자라는 밝은 방에는 귀여운 침대가 놓여 있었고, 동화에서나 볼 수 있는 꼬불꼬불한 장식이 벽을 빙 둘러 가며 치장되어 있었으며, 역시 동화에나 나올 법한 난쟁이 가구들이며 다채로운 리놀륨 판화들이 들어차 있었다. 뿐만 아니라 곰 인형, 바퀴 달린 아기 양, 꼭두각시 병정, 케테크루제 상표가 붙

---

* 독일 중서부에 있는 프랑스 접경 도시.
** une jeune fille accomplie. 프랑스어로 '완벽한 처녀'라는 뜻.

은 인형들, 그리고 벽 가까이에 설치된 철도 등 온갖 장난감들이 잘 정돈되어 갖추어져 있었다. 흔히 책에서 볼 수 있는 어린이 천국을 집 안에 옮겨 놓은 본보기라 할 만했다. 이네스는 집안 살림과 치장이 끝나자마자 이 방을 들여다보곤 했다.

거듭 말하지만, 이처럼 만사가 제대로 돌아가는 것 같았지만 실제로는 그렇지 못했다. 제대로 돌아가는 것처럼 보이는 것은 눈속임까지는 아니어도 일종의 인위적인 노력 덕분이었다. 이네스 부부는 시간이 지날수록 주위 사람들에게 의구심을 불러일으켰고, 뿐만 아니라 이 집안을 주목하면서 눈썰미가 생긴 사람이 보기에는 정신적으로도 균열의 조짐을 보이고 있었다. 두 사람의 결합은 진심에서 우러나온 기쁨이나 믿음에 바탕을 둔 게 아니라 건성으로 원했던 결과였다. 내가 보기에 아주 정상적인 행복한 가정처럼 보였던 것은 서로 문제가 있어도 없는 듯이 대하고 문제를 덮어 두려는 의식적인 눈가림 같았다. 그런 행복은 이네스의 격정적인 성격과 기묘하게 모순되었다. 내 생각에는 그녀가 이상적인 중산층 가정의 울타리 안에 딸들의 인생을 집요하게 가두어 놓으려는 태도야말로 너무 의식적이어서 그녀 자신이 애들을 사랑하지 않는다는 것을 여실히 드러내는 셈이었다. 영리한 그녀가 그런 것을 혼동할 리 없었다. 사실 그녀는 딸들을 자기가 양심의 가책을 느끼며 허락한 결혼의 결실이라고 생각했던 것이다. 그리고 육체적으로도 거부감을 안은 채 결혼 생활을 계속하고 있었다.

단언하건대 여성의 입장에서 헬무트 인스티토리스와 잠자리를 같이해서 황홀감을 느낄 수는 없었을 것이다. 나도 여성의 소망이나 요구가 뭔지 그 정도는 알고 있었다. 이네스가 딸을 낳은 것은 순전히 의무라고 생각하고 참았기 때문이며, 말하자면 남편의 얼굴을 외면한 채 애들을 잉태했을 것이라는 생각을 나는 떨쳐 버릴 수 없었다. 사실 그들이 인스티토리스의 아이들이라는 사실은 의심할 여지가 없었다. 세 아이 모두 어머니보다는 아버지를 훨씬 더 많이 닮았던 것이다. 어쩌면 아이들을 잉태할 때 어머니의 정성이 그만큼 모자랐기 때문일지도 모른다. 어떻든 나는 이 왜소한 체구의 신사가 당연하게 여기는 결혼 생활을 너무 깊이 파고들고 싶지는 않다. 그가 비록 체격이 작긴 했지만 한 사람의 온전한 사내라는 것은 분명했으며, 그를 통해 이네스가 성적인 욕망에 눈을 뜬 것도 사실이다. 하지만 그녀의 욕망을 마음껏 발산할 수 있는 토양을 찾지 못했으므로 불행한 욕망이었다.

이미 말한 대로 인스티토리스는 이네스에게 구애를 하기 시작했을 때부터 실은 다른 남자를 위해 좋은 일을 해 준 꼴이 되고 말았다. 아닌게 아니라 그는 남편이 되고 나서도 아내에게 탈선의 욕구를 일깨워 주는 구실을 했을 뿐이다. 그가 이네스에게 제공한 희열이라는 것은 근본적으로 불쾌감만 안겨 주는 어정쩡한 것이어서 어떤 형태로든 보충되고 확인되고 충족될 필요가 있었다. 그는 이네스가 나에게 털어놓은 바 있는, 슈베르트페거와의 관계로 인한 번민을 아예 정열로 불붙게 만들었을 뿐이다. 사태는 아주 명확했다. 그녀는 지금 남편의 구애를 받던 당시에는 괴로운 심정으로 슈베르트페거를 생각하기 시작했고, 이제 아내로서 환멸을 느끼는 상태에서는 온전한 감정과 욕망으로 더 분명하게 슈베르트페거를 사랑하게 되었던 것이다. 그리고 그 젊은 친구는 정신적 기품이 있고 번민하는 한 여성이 자기에게 쏟는 감정에 반응을 보이지 않을 수 없었다. 여기서 나는 그가 그녀의 감정에 응하지 말았더라면 좋았을 거라고 말하고 싶다. 그렇지만 이네스의 동생 클라리사가 슈베르트페거에게 "어서요! 뭘 망설이는 거예요. 어서 하라니까요!"라고 부추기는 소리가 귓전에 맴돈다. 거듭 말하지만 나는 결코 소설을 쓰고 있는 것이 아니다. 따라서 인물의 마음속을 훤히 꿰뚫어 보는 작가의 통찰력으로, 세상의 눈을 피해 전개되는 은밀한 사건의 극적인 국면을 여실히 보여 줄 수는 없다. 그렇지만 입장이 난처해진 슈베르트페거가 "어떻게 해야지요?"라고 말하면서도 자기도 모르게 클라리사의 단호한 명령에 순종했다는 것만은 확신한다. 또한 애초에는 가벼운 연정에 들떠서 별 생각 없이 이 흥미진진한 사태를 즐기다가 결국 심각한 연애 관계로 빠져든 것도 충분히 상상할 수 있다. 슈베르트페거가 불장난을 할 생각만 없었던들 심각한 상황은 피할 수 있었을 것이다.

달리 말하면 이네스 인스티토리스는 자신을 비호해 줄 중산층 신분을 보호막으로 삼아 정신 상태나 행동거지가 사춘기나 다름없는 남자와 정을 통하고 있었다. 그는 여성들에게 인기가 있었기 때문에 그녀에게 불신과 근심을 안겨 주었지만, 사랑이 없는 결혼 생활에서 눈뜬 그녀의 관능적 욕구는 그의 품에서 만족을 찾았다. 그가 그녀에게 안겨 준 불신과 근심은 마치 경박스러운 여자가 자신을 진지하게 사랑하는 남자에게 안겨 주는 불신과 근심 같은 것이었다. 그녀는 여러 해 동안 그런 생활을 계속했는데, 내가 제대로 봤다면 결혼한 지 불과 몇 달 후부터였으며, 그런 생활은 1910년대 말까지 계속되

었다. 그 후로 그런 생활을 계속할 수 없었던 것은 그녀가 그
토록 혼신을 기울여 붙잡아 두려 했던 그가 그녀에게 등을 돌
렸기 때문이다. 그녀는 한편으로는 모범적인 주부와 어머니의
역할을 해냄으로써 그런 관계를 통제하고 위장할 줄 아는 여
자였다. 그러나 매일같이 계속되는 아슬아슬한 이중 생활은
당연히 그녀의 신경을 쇠약하게 만들고 그녀의 외모에서 풍기
는 매력을 위협함으로써 그녀를 극도의 불안으로 몰아넣었다.
가령 금발 눈썹 사이의 미간에 깊이 팬 두 개의 주름살이 그
녀를 마치 우울증 환자처럼 보이게 했다. 그리고 두 사람이 나
쁜 길로 접어든 것을 숨기기 위해 무척 주의를 기울이고 영악
하고 신중하게 처신하긴 했지만, 피차 그런 관계를 숨길 생각
이 단호하지도 않았고 계속 유지되지도 않았다. 남자 입장에
서는 자신의 행운을 누군가가 알아준다면 기분이 좋았을 것이
다. 심지어 여자 쪽의 입장도 비슷했다. 여성의 오기가 발동한
그녀는 아무도 알아주지 않는 남편의 애무로 만족하고 살지
않는다는 것을 남들이 알아주기를 은근히 바라고 있었던 것이
다. 따라서 이네스 인스티토리스의 부정(不貞)이 뮌헨의 사교계
에서 상당히 알려졌다고 해도 과히 잘못된 추측은 아닐 터였
다. 물론 나는 아드리안 말고는 누구하고도 그런 이야기를 한
적이 없다. 심지어 헬무트 인스티토리스도 진실을 알고 있었을
거라고 생각된다. 교양인답게 좋게 넘어가고 이건 아닌데 하면
서도 참고 견디는 태도와 가정의 평화를 유지하려고 애쓰는
태도가 그런 추측을 뒷받침해 주었다. 그리고 사교계에서는 남
편만이 눈먼 장님이라고 여기는 반면, 정작 본인은 자기 외에
는 아무도 진실을 모를 거라고 생각하는 일도 심심찮게 있었

던 것이다. 사람살이의 속내를 들여다볼 줄 아는 노인의 입장에서 보면 그렇다는 말이다.

나는 이네스가 자기들의 관계가 남한테 알려지지나 않을까 걱정한다는 인상은 받지 않았다. 그녀는 남들이 알지 못하도록 애쓰긴 했지만, 사실 관습적인 예의를 지키기 위한 제스처에 가까웠던 것이다. 누구나 마음만 먹으면 속속들이 내막을 알 수도 있었을 것이다. 그녀를 성가시게 하지만 않으면 그만이었다. 그녀는 자신의 정열에 사로잡혀 있어서, 누군가가 그 정열에 진지하게 반대할 거라고는 상상하기 힘들었을 것이다. 감정이 세상의 모든 권리를 자기에게 유리한 쪽으로만 해석하는 그런 사랑을 할 때는 그렇다. 아무리 불미스럽고 금지된 사랑에 빠져도 남들이 이해해 주겠거니 하는 것이다. 만일 이네스 자신이 들키지 않았다고 생각했다면 과연 어떻게 내가 당연히 속사정을 잘 알고 있다고 여길 수 있었단 말인가? 그녀는 상대방 남성의 이름만 지칭하지 않았을 뿐이지 아무런 거리낌 없이 내가 비밀을 알고 있다고 전제했던 것이다. 1916년 가을 이네스와 나는 저녁 시간에 함께 이야기할 기회가 있었다. 그것은 그녀에게 중요한 대화였음이 분명하다. 저녁 시간을 뮌헨에서 보내는 일이 있어도 반드시 파이퍼링으로 돌아가는 11시 기차를 타곤 했던 아드리안과는 달리 나는 당시 슈바빙 구역에서 개선문 뒤쪽으로 그리 멀지 않은 호엔촐레른 가(街)에 조그만 방을 얻어 놓고 있었다. 다른 사람의 신세를 지지 않을 겸, 또한 사정이 여의치 않으면 시내에서 묵을 요량이었던 것이다. 당시 나는 인스티토리스 댁의 친구로 저녁 식사에 초대를 받았다. 이네스는 이미 식사 때부터 남편이 알로트리아 클럽에 카드를 치러 가더라도 계속 남아서 말동무가 되어 달라고 했는데, 나는 선뜻 수락하기가 주저되었지만 남편도 그러길 원했다. 남편은 9시가 조금 지나자 즐거운 시간을 보내라는 인사를 남기고는 외출을 했다. 그리하여 주부와 손님만이 거실에 자리를 잡게 되었다. 거실에는 등나무로 만든 푹신한 의자들이 갖추어져 있었고, 절친한 조각가가 제작해 준 이네스의 석고 흉상이 기둥처럼 생긴 받침대 위에 놓여 있었다. 실물과 같은 크기로 실물을 쏙 빼닮았고 자극적인 인상을 풍기는 흉상이었다. 치렁치렁한 머리칼, 안개가 낀 듯한 눈, 비스듬히 앞으로 숙인 섬세하고 귀여운 목덜미, 그리고 짓궂은 표정으로 내민 뾰로통한 입 등이 호소력 있게 표현되었다.

이번에도 나는 이야기를 들어 주는 역할을 했다. 이네스가 나와 함께 이야기를 하고자 했던 것은, 아마도 그녀의 애인이 갖춘 매력과는 반대로 내가 무던해 보이고 아무런 감정도 불러일으키지 않는 그런 사람이었기 때문일 것이다. 그녀가 먼저 이야기를 꺼냈다. 그녀가 지금 겪고 있는 일과 그동안 겪은 일을 이야기하면서 행복과 사랑과 번민은 말로 표현하지도 못한 채 그저 즐기고 속으로 감당하기만 한다면 정당한 권리를 찾지 못할 거라고 했다. 몰래 숨기고 마음속으로 담아 두기만 해서는 만족을 느낄 수 없었다. 은밀한 관계일수록 더불어 이야기할 수 있는 믿을 만한 사람이 필요했다. 그런 사람이 바로 나였다. 나는 그런 사실을 알아차리고 이야기를 들어 주는 역할을 맡기로 했다.

헬무트 인스티토리스가 자리를 떠난 후 얼마 동안은, 그러니까 그가 아직 들을 수 있는 거리에 있는 동안은, 우리는 그저 그렇고 그런 이야기를 주고받았다. 그러다가 갑자기 그녀가 말했다.

"제레누스, 당신은 저를 타박하고 경멸하고 외면할 건가요?"

내가 무슨 말인지 모르는 척했더라도 소용이 없었을 것이다.

"천만에요, 이네스. 분명히 맹세합니다! 저는 늘 '복수는 나의 일이니 내가 갚아 주리라.'라고 하신 성경 말씀을 들어 왔습니다. 제가 해석하기로 하느님은 죄 가운데 이미 벌을 포함시키셨고 죄를 벌로써 가득 채우셨기 때문에, 죄와 벌은 구분될 수 없으며 쾌락과 벌은 동일한 것입니다. 당신은 틀림없이 매우 고통스러울 겁니다. 만일 제가 당신을 윤리적으로 단죄한다면 어떻게 이 자리에 앉아 있겠습니까? 당신이 걱정된다는 것은 부인하지 않겠습니다. 하지만 당신을 타박하지 않겠냐고 묻지만 않았더라면, 저는 그런 걱정을 속으로만 간직했을 것입니다."

그녀가 말했다.

"달콤한 승리의 쾌감에 비하면 번민이나 두려움이나 상심의 위험은 아무것도 아니에요. 이 쾌감 없이는 살 수 없으니까요. 경박한 것, 빠져 달아나기 쉬운 것, 세속적인 것, 믿지 못할 친절로 마음을 괴롭히는 것, 그럼에도 참된 인간적 가치를 지닌 것, 승리의 기쁨을 안겨 주는 이런 진지한 가치를 고수하고, 경박한 마음을 진지한 감정으로 바꾸기 위해 애쓰고, 붙잡기 힘든 것을 소유하고, 그리하여 일시적으로 지나가는 것이 아니라 지속적으로 확인하고 확신하고 싶어요. 그리하여 깊은 탄식의 번민이 따르더라도 마음을 다 바쳐서 이 소중한 감정을 간직하고 싶어요!"

그녀가 정확하게 이런 표현들을 사용했다고 장담할 수는 없지만, 어쨌든 이와 흡사한 말을 했다. 그녀는 독서를 많이 했을 뿐 아니라 자신의 정신 상태를 주저 없이 또박또박 이야기하는 데 익숙했으며, 처녀 시절에는 시를 습작한 적도 있었다. 그녀의 말에는 교양인다운 섬세함과 대담함이 배어 있었다. 자신의 감정과 인생을 진지하게 언어로 포착하고 녹여서 진실한 생동감을 부여하고자 할 때는 늘 그런 법이다. 그녀의 생각은 평범한 소망이 아니라 정열에서 우러나온 것이며, 그런 만큼 정열과 정신은 서로 깊이 연관되어 있으며, 따라서 정신 역시 감동적인 효과를 줄 수 있었다. 그녀는 이따금 내가 하는 말은 건성으로 흘려 들으면서 자기 이야기를 계속했다. 솔직히 말하면 그녀의 말은 관능의 희열에 들떠 있었던 까닭에 여기에 그대로 옮겨 적기가 망설여진다. 동정심과 신중함과 인간적인 두려움 때문에 나는 차마 그러지 못하겠다. 독자한테 듣기 거북한 이야기를 해서는 안 되겠다는 소심함 때문인지도 모르겠다. 그녀는 애초에 적절히 표현하지 못했다고 생각되는 말은 여러 번 되풀이했다. 그런 경우 그녀는 정신적 가치와 감각적 정열의 독특한 균형을 유지하려고 애썼다. 그러니까 정신적 가치는 그에 버금가는 진지한 쾌락 속에서만 충족되고 실현될 수 있으며, 양자를 동시에 실현하는 것이야말로 빠뜨릴 수 없는 최고의 행복이라는 생각에 몰입해 있었다. 그녀의 말에서는 '정신적 가치'와 '감각적 욕망'이라는 개념이 독특하게 뒤섞여서 우울하고 불안한 열정과 만족감의 뉘앙스를 띠었다. 그녀는 감각적 욕망이 곧 진실한 마음의 기본이라고 생각했으며, 혐오스러운 '사교계' 따위와는 상극이라고 생각했다. 사교계에서는 정신적 가치가 애교와 유희로 변질되며, 사교계는 정신적 가치를 배반하고 그 껍데기인 애교만 남기며, 진정한 의미의 정신적 가치를 온전히 되찾기 위해서는 사교계로부터 정신적 가치를 분리해야 한다는 것이었다. 사교계의 애교를 진정한 사랑으로 순치해야 한다는 것이었다. 동시에 그녀는 정신적인 것과 감각적인 것을 하나로 융합할 수 있는 어떤 추상적 세계를 추구했다. 그런 융합의 상태에서 비로소 사교계의 맹랑한 허식과 인생의 비감한 의혹 사이의 모순이 지양되며, 그 모순으로 생기는 번민은 그런 융합을 통해 너무나 달콤하게 보상된다는 것이었다.

내가 했던 이야기를 낱낱이 기억할 수는 없지만, 그래도 한 가지 기억나는 질문이 있다. 내가 그 질문을 던진 이유는 그녀가 연애 상대의 에로틱한 면을 과대평가하고 있다는 걸 넌지시 짚고 나서, 어떻게 그런 생각을 하게 되었는지 떠보기 위해서였다. 나는 그녀가 마음을 졸이는 남자가 따지고 보면 그렇게 생기 넘치고 훌륭하고 완벽하고 탐낼 만한 상대는 아니라고 조심스럽게 암시했던 것으로 기억된다. 언젠가 군 입대에 적합한가를 판정할 기회가 있었는데, 당시 그 남성의 신체적 결함이 드러났노라고 말했던 것이다. 그런데 그녀는 그런 신체적 제약 때문에 오히려 그 남자의 사랑스러운 면이 정신적 고뇌까지 겸비하게 되었고, 그런 신체적 제약이 없었더라면 그에게 희망을 걸지도 않았을 것이며, 그 때문에 경박한 감성이 정신적 고통에 귀를 기울일 줄 알게 되었다는 취지의 대답을 했다. 게다가 만약 신체적 결함 때문에 생명이 짧아진다면, 그 남자를 소유하기를 갈망하는 그녀의 입장에서는 사기가 떨어진다기보다는 오히려 위안이 되고 안도감과 확신이 생길 수도 있다고 했다. 그 밖에도 무척 가슴 졸이는 구체적인 이야기들이 계속되었는데, 자신의 타락을 처음으로 털어놓는 그녀의 태도에서 짓궂은 자족감 같은 것이 느껴졌다. 가령 슈베르트페거는 그녀가 누구인지도 모르는 랑게비쉬 댁이나 롤바겐 댁에도 가 보아야 한다고 달래듯이 말해 놓고는, 그쪽 집에서도 똑같이 다시 이네스의 집에 들러야 한다는 말을 흘렸을 것이라고 했다. 그녀의 말투에서 승리감이 느껴졌다. 또한 롤바겐 댁의 '매력적인' 아가씨들이 그와 친밀한 대화를 나눈다고 해도 이제는 불안하거나 힘들지도 않다고 했다. 그리고 아무 관심도 보이지 않는 사람들에게 더 놀다가 가자고 살갑게 굴어도 그의 말에 다른 속셈은 없을 거라고 했다. 그가 "불행한 여성들은 도처에 널려 있어요!"라고 불쾌한 말을 할 때도 한숨을 쉬는 걸 보면 불행한 사람들을 모욕하려는 자극적인 뉘앙스는 사라졌다는 것이었다. 이네스는 지성을 중시하고 고뇌를 감내할 용의가 있긴 했지만, 이제는 자신도 '여자'이기 때문에 평소의 오만함을 억누르고 여성미를 앞세워서 인생의 기쁨과 행복을 누릴 수도 있다는 생각에 골몰했다. 물론 과거에도 한 번의 눈길이나 진지한 말 한마디로 그녀의 허황된 생각을 잠시나마 뉘우치게 하고 마음의 문을 열게 할 수 있었다. 그녀가 실없이 작별 인사를 했더라도 다시 마음을 돌이켜 차분하고 진지한 말로 허황된 생각을 다잡게 할 수 있었다. 그런데 그런 일시적 승리가 이제는 서로를 소유하고 하나가 됨으로써 공고해졌다. 다소 억눌려 있던 여성적 본능으로 할 수 있는 데까지는 남자를 차지하고 하나가 될 수 있었다. 그런데 이네스는 애인의 지조를 믿지 못했기 때문에 자신의 여성적 본능도 믿지 못했다.

그녀가 말했다.

"제레누스, 어쩔 수 없어요. 난 알아요. 그 사람은 나를 떠날 거예요."

그녀의 양미간에 팬 주름이 경직된 표정 때문에 더 깊어지고 있었다.

"만약 그렇게 되면 그 사람은 대가를 치를 거예요! 물론 저도 그렇고요!"

그녀는 이렇게 맥 빠진 말을 덧붙였다. 내가 아드리안에게 처음으로 이 두 사람의 관계에 대해 이야기했을 때 아드리안이 했던 말을 상기하지 않을 수 없다. 그는 이렇게 말했던 것이다. "그 친구는 이 문제에서 깨끗이 벗어날 걸세."

나는 줄곧 이네스의 이야기를 들어 주기만 했다. 대화는 두 시간 동안 계속되었는데, 인내심과 인간적인 공감, 그리고 우정에서 우러나오는 신뢰 덕분에 끝까지 버틸 수 있었다. 이네스 자신도 내 심정을 알아차린 듯했다. 그러나 내가 그녀에게 쏟은 인내와 시간과 걱정에 대해 그녀는 일종의 짓궂은 만족감으로 미묘하게 감사의 뜻을 표했다. 내가 보기에는 분명히 그랬다. 이따금 그녀의 얄궂은 미소에서 남의 불행을 고소하게 여기는 듯한 그런 만족감을 읽어 낼 수 있었는데, 오늘날까지도 그 생각만 하면 내가 어떻게 그렇게 오랫동안 버티고 있었는지 모를 일이다. 실제로 우리는 인스티토리스가 알로트리아 클럽에서 되돌아올 때까지 함께 있었다. 그는 거기서 남자들과 이탈리아 식 트럼프 놀이를 하다가 돌아왔던 것이다. 우리가 아직도 함께 있는 것을 보자 그의 표정에는 언뜻 당혹감이 스쳤다. 그는 친절하게 자리를 지켜 주어서 고맙다고 했고, 나는 그와 작별 인사를 나누고 바로 집을 나왔다. 나는 부인의 손에 입을 맞추고는, 한편으로 불쾌하면서도 다른 한편으로 동정심에 가득 차서 녹초가 된 채 내 숙소를 향해 쥐 죽은 듯 조용한 거리를 걸어갔다.

33

나는 지금 우리 독일인들에게 나라의 붕괴와 항복이 임박했고 안간힘을 다해 저항해 보지만 무력하게 다른 나라의 수중에 들어갈 즈음의 시기에 관해 쓰고 있다. 내가 조용히 은거해서 그런 과거를 회상하며 이 글을 쓰고 있는 시대 역시 탐욕을 부리다가 조국의 파탄을 잉태하고 있다. 그래도 지금과 비교하면 당시의 패배는 잘못된 시도에 대한 합리적인 청산이었고 견딜 만한 불행이었다고 생각한다. 치욕스러운 종말은 매번 새롭게 느껴지게 마련이다. 하지만 일찍이 소돔과 고모라*에 내린 심판처럼 조만간 우리에게 내릴 심판에 비하면 지난번의 종말은 그래도 견딜만 했다.

심판의 날이 임박했고 돌이키기에는 너무 늦었다는 것은 이제 의심할 여지가 없다. 힌터푀르트너 씨와 나만 이 섬뜩한(하

---

* 구약 성경에 나오는 타락한 도시로, 불비 심판을 받아 멸망했다.

느님이 우리를 보살펴 주시길!) 재앙의 조짐을 알아차리고 있는 것은 아니었다. 그런 줄 알면서도 쉬쉬하고 있다면 정말 해괴한 일이다. 대다수의 사람들이 현혹되어 있는 상황에서 진상을 아는 소수의 사람들이 입을 다물어야 한다면 끔찍하지 않겠는가. 더구나 모두가 진실을 알고 서로 불안으로 굳어지거나 위축된 눈초리에서 진실을 확인하면서도 다같이 입을 다물어야 한다면 가장 끔찍한 일이 아닐 수 없다.

나는 조용히 은거하면서도 마음을 가라앉히지 못한 채 하루하루 내가 맡은 전기 집필에 충실하려고 애썼다. 개인의 속사정을 다루는 이 전기가 품위를 갖추도록 노력했지만, 내가 글을 쓰고 있는 이 시기에 바깥세상에서 벌어지는 사건들에는 그다지 신경을 쓰지 않았다. 프랑스의 공격이 본격적으로 시작되었다. 이미 오래전부터 예상해 온 결과였다. 프랑스 군대는 기술로나 병력으로나 완벽한 사전 준비를 거친 일급의 군대 혹은 새로운 군대였다. 우리는 적의 상륙이 예상되는 어느 한 지역에 방어 병력을 집결할 수 없었기 때문에 적을 저지하기는 더욱 어려웠다. 공격 예상 지역이 다른 여러 예상 지역 가운데 하나에 불과할 수도 있었고, 미처 예측하지 못한 지점에서 대대적인 공세가 있을 수도 있었기 때문이다. 안달해 봤자 아무런 소용이 없었다. 우려는 현실로 드러났다. 해안에 상륙한 병력과 탱크, 장갑차, 온갖 보급품은 우리가 해상에서 격침한 물량보다 더 큰 규모였다. 첨단 무기를 동원한 독일군의 집중 폭격으로 셰르부르의 항구 기능을 완전히 마비시켰다고 믿었으나, 총사령관과 해군 제독이 히틀러에게 영웅적인 무선 전보를 보낸 후 이 항구도 함락되었다. 그리고 며칠 전부터는 노르망디의 도시 카엥을 놓고 치열한 전투가 벌어지고 있다. 우리의 우려가 맞다면 이 전투는 원래 프랑스의 수도로 진격할 공격로를 트기 위한 것이었다. 새로운 질서가 수립되면 유럽의 놀이 공원과 위락 도시의 역할을 하게 되어 있는 파리에서는 지금 독일의 비밀경찰과 현지의 조력자들이 결탁하고는 있지만 여전히 통제가 힘들어 과감한 저항의 기미를 보이고 있다.

사실 내가 일부러 모르는 체하긴 했지만, 나의 고독한 생활에 영향을 미친 사건들이 얼마나 많이 일어났던가! 연합군이 전격적인 노르망디 상륙을 감행한 후 며칠 안 되어 보복을 위한 신무기가 세계 대전의 무대에 모습을 드러냈다. 총통이 내심으로 기뻐하면서 이미 다각도로 언급해 온 이 신무기는 바로 미사일이었다. 발명가가 신성한 소명감으로 천재적 영감을 발휘해 개발했을 이 놀라운 신무기, 비행기처럼 날아가는 이 무인 폭탄은 프랑스 해안에서 무수히 발사되어 영국의 남부를 강타했으며, 착각이 아니라면 머지 않아 적에게 치명타를 안겨 줄 것 같았다. 과연 적은 주요 시설들을 지켜 낼 수 있을 것인가? 하지만 공중 폭격으로 적의 공세를 분쇄하고 퇴각시키는 데 필요한 장비를 제때에 완비하지는 못했다. 그러는 사이에 페루자가 점령되었다는 보도가 있었다. 우리끼리 얘기지만, 이 도시는 로마와 피렌체를 잇는 요충지였다. 이탈리아 반도를 통째로 넘겨줄 작전이 구상되고 있다는 소문이 나돌았다. 아마도 불리한 형세에 있는 동부 전선을 방어하기 위해 병력을 그쪽으로 이동시키기 위한 작전인 듯했지만, 정작 우리 병사들은 어떤 일이 있어도 동부 전선으로는 투입되기를 원치 않았다. 거기서는 러시아 군대가 파죽지세로 공격해 오고 있었던 것이다. 러시아의 공격군은 비테비스크를 지나 지금은 벨라루스의 수도인 민스크를 위협하고 있었다. 이 도시가 함락될 경우 이젠 동부 전선도 걷잡을 수 없을 거라는 소문이 파다했다.

걷잡을 수 없다니! 그런 생각은 하지 말자! 극단적으로 적의 가공할 공격에 방어선이 무너진다면(사실 지금 막 무너지려는 찰나지만) 어떻게 될 것인가는 섣불리 넘겨짚지 말자. 우리가 주변 국가들을 들쑤셔서 우리를 향한 엄청난 증오가 걷잡을 수 없이 폭발하지 않았는가. 아닌게 아니라 적의 폭격으로 우리 도시들이 파괴됨으로써 독일 땅 역시 이미 오래전부터 전쟁터가 되어 버렸다. 그럼에도 독일이 진짜 전쟁터가 되리라는 생각은 이해하기 어렵고 받아들이기도 힘들다. 우리 당국은 신성한 독일 땅을 침범하는 것은 끔찍한 범죄라고 '경고'하는 기묘한 선전 방식을 취하고 있다……. 신성한 독일 땅이라니! 마치 이 나라에 아직도 신성한 구석이 남아 있다는 듯이! 이미 오래전에 터무니없는 범죄를 저질러서 번번이 신성한 권한을 박탈당한 게 사실이 아니라는 듯이! 마치 윤리적으로나 현실적으로 아직 힘의 심판을 받을 때가 되지는 않았다는 듯이! 어차피 피할 수 없는 운명이라면 감수할 수밖에! 이젠 달리 더 바랄 게 없다. 영국과 화해를 하자는 주장도 있고, 흑해 북방의 막강한 군대를 상대로 전투를 계속하자는 주장도 있고, 무조건 항복의 요구를 무시하자는 주장도 있지만, 결국은 협상을 하자는 뜻이다. 그런데 도대체 누구와 협상을 한단 말인가? 이런 주장은 발뺌이나 하려는 허튼수작에 불과하다. 이제 더 이상 버틸 수도 없고 전 세계의 혐오감을 사고 있을뿐더러, 우리 독일 제국을, 나아가 독일 정신을, 독일적인 모든 것을 도저히 참을 수 없게 만든 데 대한 응분의 저주를 감수하고 깨끗이 사라져야 한다는 사실을 지금 정권은 여전히 이해하려는 용의도 없고 이해할 능력도 없는 것이다.

지금 내가 전기를 쓰고 있는 시대적 배경은 이러하다. 나는 이 시대적 배경을 간략하게나마 다시 독자한테 상기해 줄 의무가 있다. 내가 이야기를 이끌어 온 시점에 이르기까지의 시대적 배경을 나는 이 장 첫 부분에서 "다른 나라의 수중에"라는 표현으로 명시한 바 있다. '다른 나라의 수중에 떨어진다는 것은 끔찍한 일이다.' 파멸과 항복의 날에 나는 이 문장이 뜻하는 쓰라린 진실을 곱씹으며 괴로워했다. 나는 가톨릭 전통을 통해 범세계적인 세계관을 몸에 익히긴 했지만, 그것과 무관하게 독일인의 한 사람으로서 독일의 특이한 민족성과 특이한 생태를 변호하고 싶은 심정이 되살아났기 때문이다. 말하자면 이런 국가관은 인간적인 요소가 개입되어 변형된 형태로 대등한 정당성을 지닌 다른 나라 사람들의 국가관에 맞설 수는 있지만, 다만 정당한 국가의 보호 아래 일정한 신뢰가 쌓일 때만 타당한 것이다. 결정적인 군사적 패배가 닥쳐 오면 엄청난 경악 때문에 이런 생각은 파묻히고 말 것이며, 무엇보다 언어 생활과 밀접한 관련이 있는 생소한 이데올로기에 의해 그런 생각은 실질적으로 반박되고 말 것이다. 그런 이데올로기는 생소하기 때문에 우리의 생존에 아무런 도움이 될 수 없지만, 그럼에도 그런 이데올로기에 완전히 매몰되는 것이다. 지난번에 패전한* 프랑스인들은 이 끔찍한 경험을 톡톡히 겪었다.

---

* 1870~1871년의 프로이센-프랑스 전쟁.

당시 프랑스 측 협상 대표들은 전승국의 요구 조건을 완화하려고 파리에 입성한 독일군의 '영광'을 치켜세웠다. 그러나 독일 정치가는 그런 '영광' 따위에는 전혀 관심이 없노라고 일축해 버렸다. 1870년 당시 프랑스 내각은 이 문제를 논의했다. 각료들의 목소리는 겁에 질리고 맥이 빠져 있었다. 그들은 그런 영광에 관심이 없는 적의 자비 또는 무자비에 처분을 맡긴다는 것이 무엇을 의미하는지 파악하기 위해 노심초사했던 것이다……

자코뱅파와 청교도의 도덕 표어를 연상케 하는 그 '영광'이라는 말은 벌써 사 년째 '전쟁 동조자들'이 표방하는 선전을 뒤집고 승리를 나타내는 적절한 표현이 되었다. 또한 항복한다는 것은 패전국 스스로는 다른 방도가 없으니 승전국에게 승자의 이념에 따라 통치해 달라고 고스란히 정권을 이양하는 것과 다를 바 없다는 것도 깨닫게 되었다. 일찍이 사십팔 년 전* 프랑스가 그런 혼란스러운 입장에 있었고, 우리도 그런 일을 겪은 적이 있다. 그렇지만 그런 정권 이양은 이루어지지 않는다. 패전국은 패배를 감수하고 스스로 일어서야 하는 것이다. 외부의 간섭은 낡은 권력이 몰락한 후 공백을 틈타 들끓는 혁명적 움직임 때문에 전승국의 사회 질서까지도 위협할 만큼의 극단적 사태를 방지하기 위한 목적으로만 발동될 뿐이다. 가령 1918년 독일의 항복 이후에도 서방 측이 봉쇄 체제를 풀어 주지 않은 것은 결과적으로 독일의 혁명을 제어해 시민적 민주주의 체제의 궤도에서 이탈하지 않게 하고, 러시아 같

* 프로이센-프랑스 전쟁이 끝난 1871년.

은 프롤레타리아 혁명으로 변질하는 것을 예방하는 데 기여했던 것이다. 승리한 부르주아 제국은 '무정부 상태'의 위험을 경고하는 데 총력을 기울였고, 노동자 소비에트나 군사 소비에트 혹은 그 비슷한 조직들과의 어떠한 협상도 단호히 거부했으며, 독일은 오직 '공고한' 기반 위에서만 평화를 유지하고 궁핍을 막을 수 있다고 확신하고 있었다. 이처럼 후견 국가의 지도에 따라 새로 출범한 우리 정부는 국민 의회를 소집해 프롤레타리아 독재에 대항했으며, 소련 측의 어떠한 제의도, 설사 그들이 곡물을 원조해 준다 하더라도 거절했다. 이런 이야기를 덧붙이는 것은 순전히 나 자신의 만족감을 채우기 위한 것은 결코 아니다. 물론 나는 중용을 지키는 교양인으로서 급진적인 혁명이나 하층 계급의 독재에는 당연히 경악을 느끼고, 그런 것은 근본적으로 무정부 상태나 무지한 군중의 지배, 요컨대 문화의 파괴와 다를 바 없다고 생각한다. 그렇지만 유럽 문화의 구원자를 자처하면서 실은 거대 자본의 하수인에 불과한 독일과 이탈리아의 두 인물*이 남긴 해괴한 일화를 생각하면 마음이 착잡해진다. 그들이 갈 데는 결코 아닐 성싶은 피렌체의 우피치 미술관을 거닐면서 그 독일 정치가는 이탈리아 정치가에게 만일 하늘이 우리 두 사람을 일으켜 세워 미리 막아 내지 못했더라면 이 '훌륭한 예술품들'이 볼셰비키의 손에 파괴되었을 거라고 자신 있게 말했다는 것이다. 이런 일화를 떠올리면 무지한 군중의 지배에 반대하는 내 생각을 새로이 바로잡게 되며, 평범한 독일 시민인 나의 눈으로 보면 하층 계급

---

* 히틀러와 무솔리니.

의 지배가 히틀러 같은 허섭스레기 집단의 지배에 비하면 아주 이상적으로 생각되기까지 한다. 내가 알기로는 볼셰비키가 예술 작품을 파괴한 적은 없다. 예술 작품을 파괴한 것은 오히려 우리를 볼셰비키로부터 지켜 주겠다고 자처한 자들인 것이다.* 그들이 무지한 군중의 지배와는 거리가 멀다고는 하지만, 정작 이 전기의 주인공인 아드리안 레버퀸의 작품만 하더라도 정신적인 것을 짓밟는 그자들의 악취미에 희생될 뻔하지 않았는가. 만일 그자들이 승리하여 이 세계를 자기들 멋대로 개조하려는 역사의 전권을 장악했다면 그의 작품이 길이 남을 수 있었겠는가.

스물여섯 해 전** 당시 나는 자칭 시민 계급의 대변자로 '혁명의 아들'을 자처하는*** 그자의 독선적인 장광설에 거부감을 느꼈다. 무질서에 대한 두려움보다도 그런 반감이 더 컸기 때문에 나는 그의 소망과는 상반되게 패전국 독일이 차라리 비슷한 처지에서 고통받는 나라, 즉 러시아에 의지하기를 바랐다. 그리하여 러시아와 제휴할 때 발생할지도 모르는 사회적 혼란은 감수해야 할 뿐 아니라 환영할 만한 일이라고까지 생각했다. 러시아 혁명은 나에게 충격을 안겨 주었다. 당시 나는 우리 독일을 옴짝달싹 못하게 하려는 열강들보다는 러시아 혁명이 역

---

* 히틀러가 집권한 후 1934년 독일 당국은 전위적 실험 예술을 '타락한 예술'이라고 단죄한 바 있다.
** 1차 세계 대전이 독일의 패전으로 끝난 1918년 말과 그 이후 시기. 1차 세계 대전이 끝나던 무렵 독일에서는 러시아 혁명의 영향으로 국지적으로 프롤레타리아 봉기를 시도하는 등의 소요 사태가 있었다.
*** 프랑스 대혁명의 계승자를 자임했다는 뜻.

사적으로 더 우월한 원칙을 실현하고 있다고 철석같이 믿었다.

그 후의 역사에서 나는 또 다른 교훈을 배웠다. 즉, 1차 세계 대전 당시의 승전국들이 이번에는 조만간 러시아와 결탁하게 될 사태를 다른 눈으로 보게 된 것이다. 부르주아 민주주의를 신봉하는 계층들 중 일부는 1차 세계 대전 당시나 지금이나 조금 전에 내가 말한 허섭스레기 집단의 지배를 받아들일 태세가 되어 있었다. 그런 집단과 결탁해 어떻게든 자신들의 특권을 조금이라도 더 유지해 보려고 했던 것이다. 그래도 그런 생각을 가진 계층의 지도자들은 거듭나서 나처럼 휴머니즘을 옹호하는 입장에서 허섭스레기 집단의 지배야말로 인류에게 닥칠 수 있는 최악의 재앙이라고 간파하고 그 집단에 맞서는 싸움에 매진하고 있다. 이 점에 관해서는 그들에게 여간 고맙지 않다. 그들은 서구 민주주의가 비록 여러 시대를 거치면서 낡은 면도 있고 새롭게 도입해야 할 자유의 개념이 빠져 있다 하더라도, 본질적으로는 인류의 진보를 믿고 온전한 사회를 실현하려는 선의를 추구하고 있으며 그 본질상 개선과 쇄신과 재생을 통해 더 나은 삶을 이룰 수 있다는 것을 능히 입증할 수 있는 사람들이다.

이 모든 이야기는 내가 쓰고 있는 전기의 본론에서는 벗어나는 것이다. 이 전기에서 회상하고자 하는 사실은 패전이 임박함에 따라 너무나 오랫동안 우리나라의 생활 양식과 생활 관습이었던 전제적 군사 국가가 점차 권위를 상실하게 되었고, 패전과 더불어 완전히 권위를 상실하게 되었다는 것이다. 이 나라의 붕괴와 전권 이양은 지속적인 궁핍, 날로 심해지는 인플레이션, 점진적인 혼란과 사고의 이완을 초래했으며, 어떻게 보면 비참한 느낌이 들 정도로 아무 노력도 없이 시민적 자유가 모든 구속으로부터 해방되었다. 그리고 너무나 오랫동안 엄격한 규율에 얽매여 있던 국가 조직이 해체되고, 과거 체제의 충복(忠僕)들은 지도자를 잃고 옥신각신하는 상황에 이르렀다. 그것은 결코 보기 좋은 모습은 아니었다. 나는 그 무렵 결성되기 시작한 '지식 노동자 위원회' 같은 모임이 뮌헨의 여러 호텔의 회의장에서 개최되는 광경을 수동적 방관자로서 지켜보았는데, 그때 내가 받은 인상을 굳이 표현하자면 한마디로 '꼴불견'이었다. 그런 모임에서는 대개 통속 작가들이 나와서 딴에는 멋을 내며, 심지어 식도락이라도 즐기듯이 '혁명과 인간애' 같은 주제로 연설을 했다. 그러면 이런 기회에나 잠깐 얼굴을 내미는 저급한 익살 광대나 광신주의자, 도깨비 같은 자들, 짓궂은 훼방꾼, 그리고 이름도 들어 보지 못한 개똥철학자들의 무리가 고삐 풀린 망아지 모양으로 너무나 방만하고 혼란스러운 토론을 벌이는 것이었다. 만일 내가 소설가라면 고통스러운 기억으로 남아 있는 이런 구제불능의 소동을 유연한 필치로 독자에게 묘사해 보이고 싶을 지경이다. 당시에는 인간애, 관료주의 그리고 민족주의에 대한 찬반 논의가 벌어졌다. 키가 작은 어떤 처녀는 시를 낭송했다. 어떤 병사는 "친애하는 시민 여러분!"으로 시작하는 원고를 읽느라고 진땀을 뺐는데, 결국은 방해로 중단되고 말았다. 그러지 않았더라면 밤새도록 계속해도 다 읽지 못했을 것이다. 분개한 어떤 대학생은 누구의 발언도 긍정적으로 받아들이지 않고 모조리 가차 없이 난도질했다. 그들의 작태는 이런 식이었다. 남이 말하는 중간에 무례하게 끼어드는 데 재미를 들인 청중의 태도는 광적이고 유치하고 야만적이어서 논의의 원만한 진행은 불가능했으며, 분위기만 험악하고 성과는 없는 것만도 못했다. 나는 사방을 두리번거리며 이 자리가 고통스럽게 느껴지는 사람이 나 혼자뿐일까 하고 거듭 자문해 보았다. 그러다가 마침내 탁 트인 길거리로 나왔을 때는 한결 기분이 좋았다. 전차는 이미 몇 시간 전부터 멈춘 상태였다. 어디선가 뜻 모를 총성이 겨울밤을 가르며 울려 퍼졌다.

그런 자리에서 받은 인상을 나는 레버퀸에게 말한 적이 있다. 당시 그는 매우 힘들어하고 있었다. 그의 병이 주는 고통은 어떤 의미에서는 굴욕적인 것이었다. 생명에 직접적인 위협은 없었지만, 그는 마치 벌겋게 달군 쇠꼬챙이로 찔리는 듯한 고통을 당하는 것처럼 보였다. 그는 완전히 탈진한 듯이 보였고, 하루하루 힘겹게 연명하는 듯했다. 게다가 아무리 식이 요법을 해도 견디기 힘든 위장 장애가 심한 두통과 더불어 그를 괴롭히고 있었다. 여러 날 계속되는 이런 증세는 며칠 지나지 않아 주기적으로 재발하곤 했다. 통증이 한번 지나가면 몇 시간씩, 더러는 며칠씩 계속되는 구토 때문에 위장을 텅 비워야만 했으며, 계속해서 빛에 매우 민감한 반응을 보이면서 축 늘어져 버렸다. 정말 인간으로서 차마 감당하기 힘든 비참한 고통이었다. 이런 고통이 이 시대의 가혹한 경험, 조국의 몰락과 그에 수반된 힘든 상황에 따른 심리적인 요인에 기인할 리는 없었다. 사실 이런 사정들이 도시에서 멀리 떨어진 시골에서 수도자처럼 은거 생활을 하고 있는 그에게 어떤 영향을 미친다는 것은 거의 불가능했던 것이다. 그럼에도 그는 바깥 소식에 밝았다. 신문을 통해서가 아니라(그는 신문을 읽지 않았다.) 태연한 듯하면서도 간섭을 잘 하는 하숙집 주인 엘제 슈바이게 슈틸 부인을 통해 그런 소식을 접했다. 그런 사건들은 통찰력을 가진 그에게 어떤 충격을 주었다기보다는 오래전부터 예상하던 바가 마침내 현실로 나타났다는 느낌을 주었을 것이며, 그래서 그는 거의 눈 하나 깜짝하지 않았다. 나는 이 시대의 불행한 사태에 감춰져 있을지도 모를 전화위복의 실마리를 억지로라도 찾아보려고 애썼다. 하지만 그는 전쟁이 터지던 당시 나의 흥분된 어조에 대해 보인 것과 다름없는 덤덤한 반응을 보였을 뿐이다. 당시 그가 "자네의 학문에 하느님의 가호가 있기를!"하고 냉담하게 무신론자처럼 대꾸한 기억이 난다.

하지만 꼭 그렇기만 할까! 물론 그의 건강이 악화된 것과 조국의 불행을 심정적으로 연관 지을 수는 없었다. 하지만 그의 발병과 바깥세상의 불행이 동시에 일어났다는 사실 때문에 양자가 서로 관련이 있다는 생각이 떠올랐는지는 모르지만, 나는 전자와 후자를 객관적으로 관련짓고 상징적 평행 관계로 파악하고 싶었다. 아드리안이 바깥세상과 ·담을 쌓고 지낸다는 사실에도 그런 생각을 억누를 수 없었다. 그렇지만 나는 조심스럽게 이런 생각을 숨기고 그의 앞에서는 그런 낌새조차 보이지 않으려고 애썼다.

아드리안은 의사를 부르지 않았다. 그는 자신의 고통이 근본적으로 유전적인 것이며, 단지 유전으로 물려받은 편두통이 몹시 심해진 것으로만 생각하는 듯했다. 결국 발츠후트 보건소에서 퀴르비스 박사를 모셔 오자고 고집한 사람은 슈바이게슈틸 부인이었다. 언젠가 바이로이트 출신 아가씨의 해산을 도운 바 있는 바로 그 의사였다. 그 선량한 의사는 편두통은 대수롭지 않게 생각했다. 종종 심해지는 두통은 그냥 편두통처럼 그 자체가 문제가 아니라, 양쪽 눈의 위아래 부위에서 생기는 통증에서 비롯되며, 따라서 편두통 자체는 부차적인 증세라는 것이었다. 그는 잠정적으로 위궤양 진단을 내렸다. 그는 이따금 있을지도 모를 위출혈에 대비해야 한다고 환자에게 주의를 주면서(그러나 실제로 위출혈은 없었다.) 질산은 용액을 복용하도록 처방을 해 주었다. 이 처방이 잘 듣지 않자 그는 매일 두 번씩 다량의 키니네를 투약하기 시작했는데, 이번에는 얼마 동안은 다소 효과가 있었다. 그러나 이 주일 동안 뜸하더니 다시 꼬박 이틀 동안이나 심한 구토 증세가 재발했다. 그러자 퀴르비스의 진단은 오락가락하는 듯했다. 아니, 어떤 의미에서는 더 확고해졌다고 할 수도 있었다. 즉, 위장의 오른쪽 부위가 상당히 확장되면서 위 점막에 만성염증이 생겼으며, 혈액순환 장애 때문에 머리에 혈액 공급이 제대로 안 된다고 자신있게 말했던 것이다. 그는 카를스바트 온천에서 염천욕(鹽泉浴)을 하고 식이 요법을 하라고 권했다. 식사량을 최소로 줄여야 했기 때문에 식단에는 거의 연한 고기만 올라왔고, 수프를 비롯한 액체류나 야채, 밀가루 음식, 그리고 빵까지도 금지되었다. 이런 조치는 아드리안이 앓고 있던 극심한 위산 과다 증세를 막기 위한 처방이기도 했는데, 퀴르비스는 그 원인을 적어도 부분적으로는 신경성 요인으로, 즉 중추 신경의 활동에 이상이 있는 탓으로 돌리려 했다. 이리하여 처음으로 그의 진단에서 뇌가 고려되기 시작하였다. 위 확장 증세가 치료됐는데도 두통과 심한 멀미 증세가 가라앉지 않자 그는 점차 뇌 쪽에서 병의 원인을 찾기 시작했다. 빛을 차단해 달라는 환자의 다급한 요구는 이런 판단 변화를 더욱 부추겼다. 아드리안은 잠자리에서 일어나 있는 동안에도 두꺼운 커튼을 친 방 안에 반나절은 꼼짝 않고 틀어박혀 있곤 했다. 사실 반나절만 햇빛에 노출되어도 신경이 녹초가 되었던 까닭에 그는 어둠을 갈망했고, 그것을 마치 좋은 약이라도 되는 듯이 즐겼던 것이다. 나 자신도 수도원장 방에서 그와 이런저런 이야기를 하며 여러 번 낮 시간을 보내곤 했다. 그 방은 어찌나 어두웠던지 한참 동안 익숙해진 뒤에야 가구들의 윤곽과 벽에 어린 희미한 외광(外光)을 식별할 수 있을 정도였다.

이 무렵에 그는 처방에 따라 얼음 수건을 썼고, 아침마다 찬물로 머리를 감았다. 그렇게 하는 것이 지난번 방법보다는 더 나을 거라고 의사가 권고했던 것이다. 그러나 이 처방 역시 임시변통에 불과했고, 증세가 호전될 만큼 효과가 있지는 않았다. 끔찍한 두통 증세는 여전했으며, 발작은 주기적으로 반복되었다. 관자놀이 부위의 지속적인 통증과 압박감이 계속되지만 않는다면 다른 건 견딜 만하다고 환자 스스로 털어놓을 정도였다. 그런 통증과 압박감은 머리끝에서 발끝까지 전신이 마비되는 듯한 형언하기 어려운 느낌을 가져 왔으며, 발성 기관에도 영향을 주는 것 같았다. 환자 자신이 의식했든 아니든 간에 이따금 말투가 질질 끄는 듯했으며, 입술이 아무렇게나 놀아서 발음이 분명치 않을 때도 있었다. 내 생각에 그는 이런 증세에 신경 쓰지 않는 것 같았다. 이런 증세로 말이 중단된 적은 없었기 때문이다. 그러나 한편으로는 그가 오히려 마비 증세를 이용하고 즐기고 있지나 않을까 하는 인상도 받았다. 말하자면 마치 꿈속에서 말하듯이 분명히 매듭을 짓지 않고 절반쯤만 알아들을 수 있게 말하기 위해서였을 것이다. 그는 어떤 사실은 이런 식으로 이야기하는 편이 적절하다고 생각하는 것 같았다. 그는 안데르센 동화에 나오는 어린 인어 아가씨에 대해 이런 식으로 나에게 이야기해 주었던 것이다. 그는 이 이야기를 유별나게 좋아했으며, 경탄해 마지않았다. 아닌 게 아니라 격렬한 소용돌이 뒤의 해파리 숲에 숨어 있는 바다 마녀의 무시무시한 나라에 대한 묘사는 정말 훌륭했다. 동경에 부풀어 있는 어린 인어 아가씨는, 제 몸에 달린 물고기의 꼬리 대신 사람의 다리를 얻고 검은 눈을 가진 왕자의(그녀는 깊은 바다처럼 파란 눈을 갖고 있었다.) 사랑을 통해, 아마도 인간들처럼 불멸의 영혼을 얻기 위해 감히 그리로 갈 용기를 냈을 것이다. 그는 말 못 하는 어여쁜 아가씨가 하얀 두 발로 걸음을 뗄 때마다 참아 내야만 하는, 칼로 에는 듯한 고통과 그 자신이 끊임없이 견뎌야만 하는 고통을 장난삼아 비교했고, 그녀를 자기와 같은 처지에 시달리는 누이라고 부르기도 했으며, 그런가 하면 그녀의 행동, 고집, 그리고 두 다리를 가진 인간 세계에 대한 감상적인 동경에 대해 현실적 입장에서 친근감 있고 유머러스하게 비판을 가하기도 했다.

"깊은 바닷속에 가라앉은 대리석상에 대한 숭배로 이야기는 시작된다네. 그러니까 그것은 토르발트젠*이 조각한 게 분명한 소년상인데, 인어 아가씨는 그만 이 소년상을 너무 좋아하게 되었지. 할머니는 손녀가 파란 모랫바닥에 장미처럼 붉은 수양버들을 심으며 놀게 하지 말고 그 소년상을 빼앗아서

---

* Bertel Thorwaldsen(1770~1844). 덴마크의 조각가.

치워 버렸어야 하는 건데. 소녀는 일찍부터 나들이를 워낙 많이 해서 나중에는 '불멸의 영혼'에 대한 갈망과, 이상하게 과대평가된 지상 세계에 대한 동경을 억누를 수가 없었지. 불멸의 영혼이라니, 도대체 무슨 소리야? 정말 황당하기 짝이 없는 소망이지! 차라리 타고난 운명대로 바다 위의 물거품이 되는 편이 훨씬 나을 텐데. 만일 그 소녀가 제대로 된 물의 요정이라면 자기를 알아주지도 않고 자기 눈앞에서 다른 여자와 결혼하는 얼간이 왕자 따위는 그의 성(城)의 대리석 계단에서 유인해 물속으로 끌어들인 다음에 보기 좋게 익사시켰을 텐데. 그런데 이 소녀는 그러기는커녕 왕자의 어리석음에 자기 운명을 내맡기지 않았겠나. 어떻게 보면 소녀가 타고난 그대로 물고기의 꼬리를 가지고 있었던들 왕자는 그 소녀를 훨씬 열렬히 사랑했을지도 몰라. 고통스럽게 인간의 다리를 하고 있는 것보다도……."

아드리안은 그저 농담으로나 할 법한 말을 사실적으로, 미간을 찌푸리며 반쯤만 알아들을 수 있게, 내키지 않는 듯이 억지로 입술을 움직이며, 다리가 두 갈래로 벌어진 인간보다는 물의 요정이 더 아름답다고 이야기했다. 허리에서부터 매끄러운 비늘로 덮여 있고, 힘차면서도 나긋나긋한, 방향을 잡고 쏜살같이 나아가기 위해 만들어진 물고기 꼬리에 이르기까지 유연하게 흘러내린 여체(女體)가 풍기는 곡선의 매력을 이야기했다. 그는 대개 신화가 그러하듯 인간과 짐승을 결합했을 때 나타나는 기괴한 느낌을 이 경우에는 전혀 찾아볼 수 없다고 했으며, 신화적 허구라는 개념 따위는 이 경우와는 무관하다는 듯이 말했다. 인어의 육체는 완벽하고 너무나 매력적인 유기체의 요소를 갖추었고, 꼭 필요한 것과 아름다움을 겸비하고 있어서 정말 마음에 든다는 것이었다. 인어 아가씨는 비싼 대가를 치르고 사람의 다리를 얻었으나 아무도 알아주지 않고 측은할 정도로 영락한 상태에 처한 것을 보면 그 점을 분명히 알 수 있다고 했다. 인어가 다리가 없는 것도 엄연히 자연의 이치이며, 굳이 따지자면 자연의 잘못이겠지만 자연이 잘못을 저질렀을 리는 없다고 생각하며, 그 정도는 자기도 안다는 식으로 그는 이야기를 계속했다.

이야기하는지 혼자 중얼거리는지 분간되지 않는 아드리안의 목소리가 아직 내 귀에 생생하다. 그는 빈정거리듯이 이야기했고, 나는 농담조로 받아넘겼다. 나는 그가 분명히 뭔가에 시달리면서도 용케 그런 기분을 내는 것에 속으로 경탄하면서도, 늘 그랬듯이 다른 한편으로는 마음이 불안했다. 그것은 당시 퀴르비스 박사가 의사의 의무감에서 권한 제안을 그가 거절하는 데는 그럴 만한 이유가 있을 것이라고 직감했을 때 내가 느꼈던 바로 그런 불안이었다. 박사는 좀 더 권위 있는 의사를 찾아가 보라고 권했지만, 아드리안은 건성으로 흘려 넘기면서 그런 이야기는 아예 꺼내지도 말라고 했던 것이다. 아드리안은 우선 퀴르비스 씨를 전적으로 신뢰하며, 뿐만 아니라 점차 혼자 힘으로 천성을 통해 이 병을 치료해야겠다는 확신을 갖고 있다고 했다. 내 생각도 그랬다. 나 같으면 차라리 환경의 변화나 전지 요양을 권했을 것이다. 의사 역시 그런 제의를 하지 않은 것은 아니었지만, 예상한 대로 환자를 설득하여 실행에 옮기게 하지는 못했다. 환자는 저택이나 뜰, 교회 탑, 연못, 언덕 등 너무 틀에 박힌 생활 환경에 얽매여 있었다. 아드리안은 수도원장 방에서 벨벳을 씌운 의자에 앉아 지내는 생활에 너무 익숙해져 있어서 단 한 달도 손님용 탁자가 마련된 온천이나 산책로를 찾아가거나 혹은 음악 여행 같은 것을 떠날 엄두도 못 내고 있었다. 그는 바깥세계를 두려워하고 있었다. 무엇보다 그는 슈바이게슈틸 부인의 심정을 고려했다. 다른 요양지가 이곳보다 더 마음에 들어서 그녀의 자존심을 상하게 하고 싶지 않았던 것이다. 아닌 게 아니라 그는 어머니나 다름없는 부인의 이해심과 편하게 대하는 인간적 배려 속에서 극진한 대접을 받고 있다고 느꼈다. 사실 그가 다른 어디를 가든지 이 집에서만큼 좋은 대접을 받을 수 있을지는 의문이었다. 그녀는 최근의 처방에 맞추어서 네 시간마다 먹을 것을 날라다 주고 있었다. 오전 8시에 계란 한 개와 코코아와 비스킷을, 정오에 작은 비프스테이크나 커틀릿을, 오후 4시에는 수프와 고기와 약간의 야채를, 8시에는 식힌 고기 튀김과 차를 대접했다. 이러한 식이 요법은 효과가 있었다. 식사를 많이 했을 때의 소화열(消化熱)이 생기지 않았던 것이다.

나케다이와 로젠슈틸은 번갈아 가면서 파이퍼링을 찾아왔다. 두 여성은 꽃, 통조림, 박하향이 나는 리쾨르 주(酒)에 담근 콩, 그 밖에도 공급이 달리지만 시장에서 구할 수 있는 여러 가지 것들을 들고 왔다. 그들은 올 때마다 매번 아드리안을 만날 수는 없었다. 사실 아주 드물게 그들에게 면회가 허용되었지만, 그렇다고 해서 그들이 동요하는 기색을 보이지는 않았다. 로젠슈틸은 면회가 거절되면 깔끔하고 품위 있는 독일어로 잘 쓴 편지를 전하는 것으로 면회를 대신했다. 물론 나케다이는 이런 위안마저 누릴 수 없었다.

나는 아드리안과 눈 색깔이 같은 뤼디거 쉴트크납이 그의 곁에 있는 것을 보면 마음이 놓였다. 그가 함께 있어 주면 아드리안의 마음은 진정되고 쾌활해졌던 것이다. 그 친구가 좀 더 자주 함께 있어 주었더라면 좋으련만! 그러나 아드리안의 병세가 아주 심각해서 이따금 뤼디거의 흥을 깰 때도 있었다. 알다시피 그는 아드리안이 자신에게 너무 많은 걸 기대한다고 생각되면 몸을 사렸다. 물론 그럴 때는 난처한 심정을 합리화하기 위한 변명을 빼놓지 않았다. 사실 그는 문필 활동으로 생계를 꾸려야 했기 때문에 번역이라는 고역을 내팽개칠 수는 없었고, 게다가 그 자신의 건강도 심각한 영양실조로 위협받고 있는 처지였다. 그는 종종 장염에 시달렸다. 어쩌다 한 번씩 파이퍼링에 나타날 때마다 그는 플란넬 천으로 만든 복대를 두르고 있었으며, 심지어 구타페르카*를 씌운 축축한 재킷을 입고 있기도 했다. 그는 이런 차림새를 씁쓸한 우스갯거리나 농담의 소재로 삼아 아드리안의 흥미를 끌기도 했다. 아드리안은 쉴트크납과 함께 있을 때면 육체적 고통을 자유롭게 우스갯거리로 해소할 수 있었던 것이다.

로데 부인 역시 이따금 중산층의 장식 가구로 가득 찬 휴식처에서 나와 슈바이게슈틸 부인 댁으로 건너왔다. 그녀는 아드리안을 볼 수 없을 때는 슈바이게슈틸 부인에게 그의 안부를 묻곤 했다. 아드리안이 로데 부인을 맞이하거나 야외에서 우연히 마주칠 때면 그녀는 자기 딸 이야기를 하곤 했다. 그녀는 웃을 때면 앞니 중 하나가 빠진 자리를 입술로 꼭 가렸다. 이

---

* 동남아시아의 여러 야생 나무에서 얻는 고무의 일종.

마의 머리숱이 희끗해진 것 말고도 앞니가 빠진 데도 상심했던 것이다. 그것은 그녀가 사람들 곁을 떠나도록 만드는 걱정거리 가운데 하나였다. 그녀는 딸 클라리사가 자신이 택한 배우 직업을 아주 좋아하고 있으며, 여론이 다소 냉담한 반응을 보이거나 비평계에서 흠을 잡는다고 해서 활동에 흥미를 잃지는 않는다고 했다. 때로는 이런저런 무대 감독이 파렴치하게 겁을 주기도 하는데, 그녀가 솔로 장면을 여유 있게 연기하려고 마음먹으면 측면에서 지켜보고 있던 무대 감독이라는 작자가 "빨리, 빨리!"하고 외쳐 대서 그녀의 기분을 잡치려 든다는 것이었다. 클라리사가 첼레에서 무대에 데뷔한 활동 기간은 만료되었고, 그다음 계약에서 더 나은 배역을 따내지는 못했다. 지금은 멀리 동프로이센의 엘빙에서 나이 어린 정부(情婦) 배역을 맡고 있긴 하지만, 서프로이센으로, 다시 말해 포르츠하임으로 자리를 옮길 가능성이 있었다. 거기까지 가면 결국 머지 않아 카를스루에나 슈투트가르트의 무대로 도약하게 될 것이다. 이런 경력을 거친 다음에는 촌구석에 처박혀 있는 대신 적당한 시기가 되면 큰 주립 극장이나 상당한 수준의 대도시 사설 극장에 발을 들여놓을 수 있는 것이다. 클라리사는 자기가 마음먹은 바를 관철하기를 원했다. 그러나 그녀의 편지를 통해, 적어도 언니한테 보내는 편지에서는 자신의 성공이 예술적인 것이라기보다는 인간적인 문제, 즉 애정 문제와 관련되어 있다는 것이 드러나게 되었다. 그녀를 쫓아다니는 남자들은 많았다. 그러나 그녀는 그들을 안중에 두지 않았으며, 콧방귀를 뀌듯이 그들을 물리치는 데도 어느 정도 정력을 허비해야만 했다. 그녀는 백화점을 경영하는 부호인 데다가 그 밖에도 넉넉한 재산을 가진, 수염이 하얗게 센 사람이 자기를 애인으로 삼고 싶어 하며, 비싼 주택과 자동차와 옷가지를 장만해 주겠다고 나선다고 이네스에게 편지로 알려 왔다. 그러나 어머니에게는 알리지 않았다. 만일 이런 요구에 응하기만 하면 뻔뻔스럽게 "빨리, 빨리." 하고 외쳐 대는 그 감독의 코를 납작하게 만들 수도 있고, 비평가들이 자기에게 유리한 평을 쓰게 할 수도 있다는 것이었다. 그러나 그녀는 이런 바닥에 인생을 내맡기기에는 너무나 자존심이 강했다. 그녀가 신경 쓰는 것은 일신상의 안락이 아니라 배우로서의 개성이었다. 그리하여 그 부호는 퇴짜를 맞았고, 클라리사는 새로운 경력을 쌓기 위해 엘빙으로 갔다.

로데 부인은 뮌헨에 있는 딸 이네스 인스티토리스에 대해서는 그렇게 상세한 이야기를 하지 않았다. 사실 그녀의 생활은 활기나 모험은 없는 대신 정상적이고 안정된 것처럼 보였다. 겉으로 봐서는 그랬고, 로데 부인은 겉만 보려고 하는 것 같았다. 다시 말해 그녀는 이네스의 결혼 생활이 행복하다고 단정하고 있었는데, 그것은 물론 생각하기 좋을 대로 피상적으로 관찰한 결과였다. 그때는 쌍둥이가 태어났을 무렵이었고, 로데 부인은 이 일을 소박한 감동의 표정을 지으며 이야기했다. 백설처럼 희고 토끼 새끼 마냥 귀여운 세 손녀를 보기 위해 그녀는 이상적으로 꾸며진 그 아기방을 이따금 찾아가곤 했다. 그녀는 탐탁치 않은 환경에서도 나무랄 데 없이 가정을 꾸려 가는 맏딸의 꿋꿋한 자세를 자랑스러운 듯이 극구 칭찬했다. 수다쟁이들이 퍼뜨린 소문, 즉 슈베르트페거와 그렇고 그런 사이라는 소문이 정말 그녀의 귀에는 들어가지 않았는지, 아니면 다만 모른 체한 것인지는 나로서는 분간할 수가 없었다. 독자도 알다시피 아드리안은 나를 통해 이 이야기를 알고 있었다. 어느 날 그는 이 문제에 대해 슈베르트페거 본인의 고백을 듣기까지 했다. 그것은 기이한 일이었다.

아드리안의 병세가 악화된 기간 동안 그 바이올리니스트는 대단한 관심과 신의와 애착을 보였다. 마치 아드리안의 호의와 관심이 자기한테 얼마나 중요한가를 아드리안에게 과시할 기회라도 잡은 듯한 태도였다. 내가 받은 인상은 그보다 더했다. 즉, 고통으로 위축되고 그가 보기에 거의 절망적인 아드리안의 상태를 이용해 자신의 개인적인 매력을 앞세워서 끈질기게 환심을 사고, 그로써 아드리안의 냉담함이나 점잔 빼는 버릇 혹은 비꼬는 듯한 거부의 태도를 극복해 보겠다는 생각이었던 것 같았다. 아닌 게 아니라 아드리안의 그런 태도는 얼마간 그의 자존심을 건드렸거나 힘들게 하고 허영심을 손상했거나, 아니면 정말 감정을 상하게 했는지도 모른다. 그런 사정을 누가 알겠는가! 슈베르트페거의 알랑거리는 천성에 대해 얘기하다 보면, 어쨌든 이야기하지 않을 수도 없는데, 나도 모르게 곧잘 심한 말을 하는 수가 있다. 그렇다고 해서 그런 단점을 축소해서 말하는 것도 온당치는 않다. 내가 보기에 그의 이런 천성은 너무나 단순하고 유치하면서도 짓궂게 악마적인 기운으로 발산되곤 했는데, 나는 때때로 그런 기운이 그의 아름다운 파란 눈에 투영되어 웃고 있는 듯한 인상을 받았다.

그렇지만 이미 말했듯이 슈베르트페거는 아드리안의 병 때문에 무척 걱정을 했다. 그는 슈바이게슈틸 부인 댁에 자주 전화를 걸어서 아드리안의 안부를 물었고, 자기가 방문해도 지장이 없고 기분 전환에 도움이 된다면 곧바로 방문하겠노라고 알려 오곤 했다. 그러다가 아드리안의 병세가 좋아진 날에는 찾아오기도 했다. 그는 재회의 기쁨을 숨김없이 표현했으며, 처음 찾아오던 무렵에는 두 번씩이나 아드리안에게 다정하게 말을 놓았다가 세 번째는 아드리안이 응해 주지 않자, 그제야 말투를 고쳐서 이름을 부르는 정도로 만족하거나 아니면 존칭을 썼다. 아드리안 역시 어느 정도는 기분을 풀기도 할 겸 시험 삼아 이따금 그를 이름으로 부르기도 했으나, 다른 사람들이 흔히 슈베르트페거를 애칭으로 부르듯이 '루디'라고 하지는 않고 그냥 '루돌프'라고 불렀으며, 얼마 지나지 않아 그렇게 부르는 것도 그만둬 버렸다. 그 밖에 아드리안은 이 바이올리니스트가 최근에 거둔 성공에 찬사를 보내기도 했다. 그러니까 그는 뉘른베르크에서 독주회를 가졌는데, 바하의 바이올린 마장조를 훌륭히 연주함으로써 청중과 언론의 주목을 받았던 것이다. 그 성과 덕분에 그는 뮌헨의 오데온 광장*에 자리 잡은 예술원 연주회에 독주자로 등장해서, 깨끗하고 감미롭고 완벽한 기교로 타르티니**를 해석해 연주함으로써 보기 드문 호응을 얻었다. 사람들은 그의 바이올린 음색이 약한 것은 기꺼이 감수했는데, 그는 음악적으로 (또한 인간적으로) 그런 약점을 보완했다. 이제 그가 차펜스퇴서 악단의 수석 연주자가 되는 것은 기정사실이나 다름없었다. 지금까지 그 자리를 맡고 있던 사람이 강의에 전념하기 위해 퇴임했던 것이다. 그만한 나이에

---

* 뮌헨의 문화 중심가.
** Giuseppe Tartini(1692~1770). 이탈리아의 바이올린 연주자이자 작곡가.

그런 지위에 오른다는 것은 대단한 행운이었다. 그리고 그는 예전보다 오히려 상당히 젊어진 것 같았다. 아닌 게 아니라 내가 처음 그를 만났던 당시보다 눈에 띄게 젊어 보였다.

이 모든 행운에도 루디 슈베르트페거는 사생활의 문제로, 즉 이네스 인스티토리스와의 연애 문제로 압박을 받고 있었다. 그는 이 문제에 대해 아드리안과 단둘이 대면할 기회에 숨김없이 털어놓은 바 있다. 그런데 '단둘이 대면할 기회'라는 말이 꼭 들어맞지는 않는다. 딱 들어맞는 표현은 아니다. 두 사람은 어두컴컴한 방에서 대화를 나누었기 때문에 서로의 얼굴을 전혀 보지 못했거나, 아니면 어슴푸레하게만 보았을 테니까 말이다. 슈베르트페거의 입장에서 볼 때, 그런 상황이 오히려 고백할 용기를 북돋아 주었거나 부담을 덜어 주었을 게 분명했다. 때는 유별나게 쾌청하고 눈이 부실 정도로 밝은 1919년 1월의 어느 날이었다. 아드리안은 그가 도착하자마자 바깥에서 인사를 나누고 나서는 심한 두통을 느꼈기 때문에, 어두운 방이 두통을 덜어 주므로 잠깐이라도 방에서 이야기를 나누자고 손님의 양해를 구했다. 그리하여 두 사람은 처음에 자리 잡았던 나이키 여신상이 있는 홀에서 블라인드와 커튼으로 빛을 완전히 차단한 수도원장 방으로 자리를 옮겼다. 알다시피 그 방에 들어서자 처음에는 깜깜한 밤처럼 아무것도 보이지 않다가, 점차 가구의 위치가 대충이나마 구분되었고, 희미하게 스며 들어오는 외광과 벽에 비친 엷은 그림자를 알아볼 정도가 되었다. 벨벳 의자에 앉은 아드리안은 무리하게 깜깜한 데로 오자고 해서 미안하다고 거듭 양해를 구했다. 그렇지만 책상 앞의 사보나롤라 제(製) 안락의자에 자리를 잡은 슈베르트페거는 얼마든지 이해할 수 있다고 대답했다. 그가 편하다면 자기 역시 가장 편하지 않겠냐고 했다. 그는 이런 말이 틀림없이 아드리안의 마음에 들 것이라는 점을 잘 알고 있었다. 그들은 가라앉은 목소리로 나직이 이야기를 나누었다. 아드리안이 건강상의 이유로 목소리를 죽인 탓도 있지만, 누구나 어두운 곳에서는 자기도 모르게 목소리를 죽이게 마련이다. 어두운 데서는 자칫하면 말을 못 하고 대화가 중단될 우려마저 없지 않은 것이다. 그러나 드레스덴의 문화와 사교계 관행에 익숙한 슈베르트페거는 대화가 중단되는 것을 견디지 못하고, 화제가 바닥날 때까지 줄기차게 얘기했다. 사람들이 흔히 깜깜한 밤중에 서로 이야기를 나눌 때 상대방이 어떤 반응을 보일지 확인하기 힘든 사정은 개의치 않았다. 두 사람은 급변하는 정치 상황이나 대도시에서 벌어진 전투들을 두서없이 이야기하다가 최근의 음악으로 화제를 돌렸다. 슈베르트페거는 가령 파야*의 「스페인 정원의 야경」이나 드뷔시의 「플루트, 바이올린, 하프를 위한 소나타」 같은 곡을 매우 정교하게 휘파람으로 불어 보이기도 했다. 또한 그는 「사랑의 헛수고」 중에 나오는 악절도 음색을 정확히 살려서 휘파람을 불었고, 연이어 인형극 「마녀의 간계」 중에 눈물을 흘리는 강아지의 우스꽝스러운 주제를 휘파람으로 불었다. 그렇지만 과연 아드리안이 즐거워하는지는 제대로 알 수 없었다.

그러다가 마침내 그는 한숨을 내쉬면서 자기는 지금 결코 휘파람을 불고 싶은 기분이 아니라 오히려 정말 마음이 무겁

---

* Manuel de Falla(1876~1946). 스페인의 작곡가.

다고 했다. 혹은 마음이 무겁지는 않다 하더라도 초조하고 불안해서 견딜 수 없으며, 어찌해야 좋을지 모르겠고 근심만 가득하다고, 그러니까 결국 마음이 무겁기는 매한가지라고 말을 꺼냈다. 왜 그럴까? 물론 여기에 대한 대답은 쉽지 않아서 그는 뾰족한 해답이 떠오르지는 않는다고 했다. 여자 문제는 자기 혼자만 간직하고 있어야 된다는(그는 늘 그래 왔는데) 신사 체면을 지키려고 좀스럽게 신경 쓰지 않아도 좋을 친구 사이라면 그런 이야기를 털어놓을 수도 있으며, 그렇다고 자기가 떠버리는 결코 아니라고 했다. 자기는 무미건조한 남자가 아니며, 자기를 그런 사람으로 보면 큰 오해이며, 시답지 않은 사랑으로 고민이나 하고 겉도는 인생을 살아가는 쾌락주의자로 안다면 끔찍한데, 자기는 한 사람의 어엿한 인간이요 예술가라는 것이었다. 그는 물론 휘파람을 불 기분이 내키면 괜히 점잔빼는 꼬락서니들을 조롱하는 뜻에서 그런다고 했다. 자기가 한 말이 무슨 뜻인지 잘 알 것이며, 이 문제는 세상 사람들이 모두 알고 있는 사실이며, 요컨대 문제의 당사자는 이네스 로데, 아니 정확히 말하면 이네스 인스티토리스라는 여자인데, 그 여자를 어떻게 대해야 좋을지 모르겠다는 것이었다.

"어떻게 해야 좋을지 모르겠어요, 아드리안. 믿어 줘요. 정말이라니까! 난 그녀를 유혹하지 않았고, 오히려 그녀가 날 유혹했어요. 그 키 작은 인스티토리스 씨를, 이런 황당한 표현을 쓰기는 뭣하지만, 오쟁이 지게 만든 건 순전히 그 여자 책임이지 내 책임이 아니라오. 만일 어떤 여자가 물에 빠진 사람처럼 당신을 붙들고 늘어져서 당신을 애인이라고 우긴다면 당신은 어떻게 하겠소? 그 여자한테 당신 옷이나 내던지고 내빼겠소?"

아니, 그렇게 할 수는 없는 노릇이며, 더군다나 그 부인이 아름답다면, 비록 그 아름다움이 숙명적이고 고통을 주는 어떤 것이라 할지라도, 결코 뿌리칠 수 없는, 신사로서 지켜야 할 법도가 있다는 것이었다. 그런데 그 자신 역시 숙명적인 괴로움에 빠져 있는데, 언제나 긴장하고 근심이 가득한 예술가라는 것이었다. 자기는 결코 덜렁쇠도 아니고 태양처럼 밝고 명랑한 젊은이도 아니며, 또한 사람들이 자기를 두고 상상하는 온갖 모습들과도 거리가 멀다는 것이었다. 이네스가 자기에 대해 온갖 상상을 일삼고 있는데, 그건 순전히 망상이라는 것이었다. 그렇게 해서 뒤틀린 관계가 생겨난 것인데, 그 관계는 애초부터 뒤틀린 것이어서 그 결과 어처구니없는 상황이 계속 발생할 수밖에 없으며, 자기가 모든 면에서 아무리 조심해도 소용이 없다는 것이었다. 이네스 인스티토리스는 이 모든 문제를, 그녀가 정열적으로 사랑하고 있다는 간단한 이유를 내세워서 대수롭지 않다는 듯이 넘겨 버리고 있다고 했다. 그 여자가 망상에 빠져서 그럴수록 더 정열적으로 나오는데, 그렇게 되면 결국은 그 여자를 사랑하지 않는 자기만 손해라는 것이었다.

"탁 터놓고 고백하자면 나는 그녀를 사랑한 적이 없어요. 내가 그녀한테서 느꼈던 감정은 언제나 오빠나 친구 같은 것이었다니까요. 내가 그런 느낌으로 사귀다 보니 그녀가 물고 늘어지는 이 한심한 관계를 질질 끌게 되는 거예요. 나로서는 순전히 신사로서의 의무감 같은 것 때문에 이러는 거라고요."

그러나 솔직히 말해서, 남자 쪽에서는 다만 체면치레를 한 것뿐인데 여자 쪽에서 오히려 죽기 살기로 몸이 달았다는 것은 분명히 뭔가 잘못된 것이라고 했다. 정말 남이 들어도 망측한 노릇이며, 어딘지 모르게 잘못된 소유 관계라는 것이었다. 사랑에서 불쾌하게도 여자가 주도권을 쥐고 있다니. 그러니까 이네스는 마치 남자가 여자를 리드할 때처럼 아주 당연하다는 듯이 그를, 그의 몸을 다루고 있으며, 게다가 병적으로 극성스럽게 터무니없는 열성으로 그를 독점하려 한다는 것이었다. 이미 말했다시피 자기는 그 여자에게 진력이 났으며, 어떻든 그녀가 하는 짓이나 포옹에도 신물이 났다는 것이다. 이처럼 힘든 와중에도 자기가 존경하는 고결한 친구 곁에 있고, 그 친구의 영역에 들어와서 함께 이야기를 나눌 수 있다는 게 얼마나 큰 위안이 되는지, 보이지 않는 맞은편에 있는 그로서는 상상조차 할 수 없을 거라고 했다. 사람들은 대체로 자기를 잘못 알고 있는데, 자기는 여자들 틈에 있을 때보다는 오히려 아드리안 같은 사람하고 함께 있으면 진지하고 고상하고 건설적인 대화를 이끌어 갈 수 있으며, 굳이 자신의 성격을 규정지으려면 엄밀히 따져서 자기는 플라토닉한 천성을 타고난 사람이라 할 수 있으며, 그게 가장 적절한 표현이라는 것이었다.

그러고는 갑자기 방금 한 말을 입증이라도 하듯이, 루디 슈베르트페거는 바이올린 연주에 대해 이야기하기 시작했다. 그는 아드리안이 자기한테 꼭 맞는 작품을 써 주기를, 가능하다면 독점 연주 권한을 허용해 주기를 열망한다고, 그게 자기의 꿈이라고 했다.

"나는 당신을 필요로 해요, 아드리안. 내 연주가 고양되고 개선되어 완벽해지기 위해, 또한 어느 정도는 다른 문제에서 깨끗이 손을 떼기 위해서라도 그래요. 맹세코 나에게 이것보다 더 간절한 소망은 없어요. 그리고 당신한테서 바라는 연주회라는 것은 이런 필요성을 가장 집약적으로, 말하자면 상징적으로 표현한 것이지요. 당신은 주제부에서 카덴차 다음에 다시 삽입되는 극히 단순하고 노래 부르기에 적합한 제1주제를 가지고 딜리어스*나 프로코피예프**를 훨씬 능가하는 성공을 거둘 거예요. 바이올린 독주 다음에 제1주제가 다시 삽입되면 고전적인 바이올린 연주회에서는 언제나 최고의 순간이 되지요. 그러나 당신은 그렇게까지 갈 필요도 없어요. 카덴차 같은 건 필요도 없어요. 사실 그건 낡은 기법이지요. 당신은 모든 관습을 무너뜨릴 수가 있어요. 악장의 분할조차도 말이오. 여러 악장으로 나눌 필요도 없어요. 알레그로 몰토***가 중간에 들어가도 상관없어요. 그 부분에서 당신은 리듬으로 트릭을 써서 기막힌 떨림음 효과를 내더군요. 그런 건 당신이나 할 수 있는 기교지요. 그리고 아다지오****가 마지막에 와서 변용의 효과를 거둘 수도 있어요. 모든 것은 얼마든지 관습과는 다르게 바꿀 수 있단 말입니다. 여하튼 사람들이 눈물을 흘리도록 멋지게 연주할 작정입니다. 잠결에도 연주를 할 수 있을 정도로 소화할 거예요. 음표 하나하나를 어머니의 심정으로 소중하게 정성껏 다루겠어요. 나는 어머니, 당신은 아버지, 그러면 우리 사이에서 아기가 태어나겠지요? 플라토닉한 아기 말입니다. 그래요, 우리의 연주는 내가 플라토닉하다고 말한 모든 것을 너무나 잘 충족할 것입니다."

---

* Frederick T. A. Delius(1862~1934). 독일 태생의 영국 작곡가.

** Sergei S. Prokofiev(1891~1953). 러시아의 작곡가.

*** '매우 빠르게' 연주하라는 뜻.

**** '느리게' 연주하라는 뜻.

당시 슈베르트페거가 한 이야기는 이런 것이었다. 이 글을 쓰면서 나는 여러 번 그를 두둔하는 방향으로 말해 왔다. 그것은 지금도 마찬가지다. 지금 이 모든 것을 검열하듯이 훑어보노라면 그에 대한 나의 감정은 누그러지고 만다. 아마 어느 정도는 그의 비극적인 최후 때문일 것이다. 그러나 내가 그에게 적용한 표현들, 그의 본성이 가진 특징이라고 말했던 '요괴 같은 단순함'이라든가 '아이 같은 마성'이라는 표현들을 이제는 좀 더 잘 이해하게 되었을 것이다. 내가 아드리안의 입장이었더라면, 물론 나를 그의 입장으로 바꾼다는 것은 부질없는 생각이긴 하지만, 슈베르트페거가 했던 말을 대부분 견디기 힘들었을 것이다. 그것은 어둠을 교묘하게 악용한 처사였다. 그는 자기와 이네스의 관계를 몇 번이고 지나치게 노골적으로 말했을 뿐 아니라, 다른 의미에서도 지나치게 굴었다. 그것은 벌을 받아 마땅한 사특한 장난이었다. 나는 그가 어둠에 유혹되어 그랬을 거라고 생각하고 싶다. 이런 경우에도 유혹이라는 말이 들어맞다면, 그리고 친구가 고독한 틈을 타서 뻔뻔스럽게 호의를 악용한 그런 술책을 달리 표현할 적절한 말이 없다면.

사실 술책이라는 말은 아드리안 레버퀸에 대한 루디 슈베르트페거의 태도를 정확하게 짚은 것이다. 그런 술책이 실현되기까지는 몇 년의 세월이 소요되었다. 그리고 그 술책이 우울한 방식으로 성공하는 것을 억지로 막을 도리는 없었다. 결국 고독한 친구는 그런 유혹을 당해 낼 재간이 없었다. 물론 그로 인해 유혹자 자신의 파멸을 초래하긴 했지만 말이다.

34

레버퀸의·건강이 바닥을 헤매고 있던 무렵에 그가 자신의
고통을 '인어 아가씨'의 쓰라린 고통에만 견주었던 것은 아니
다. 그는 나와 함께 이야기를 나누던 중에 지금도 기억날 정도
로 정확하고 생생한 또 다른 비유로 자신의 고통을 토로한 적
이 있다. 그는 전쟁이 끝나고 불과 몇 달 후인 1919년 초에 기
적처럼 병마의 고통에서 벗어나 정신적으로는 불사조와 같이
자유자재로 놀라운 창작 역량을 발휘할 수 있게 되었다. 심리
적 압박이 완전히 사라졌다고 할 수는 없어도 어찌되었든 거
침없이, 숨이 막힐 정도로 줄기차게 몰아붙이는 창작열이었다.
이때 그가 나에게 이야기해 준 비유는 다음과 같은 사실을 일
깨워 주었다. 즉, 그에게는 침체된 상태와 고양된 상태가 서
로 내적으로 날카롭게 대립하거나 아무 관련 없이 대치된 것
이 아니라, 오히려 침체된 상태 속에서 고양기를 준비하고 어
느 정도는 이미 고양의 맹아를 간직하고 있었다는 것이다. 역

으로 말하면, 건강하고 창조적인 시기가 그냥 편안하기만한 시기였던 것이 아니라 오히려 나름의 시련과 고통과 초조한 충동으로 가득한 시기이기도 했다……. 아, 이것도 적절한 표현은 아니다! 모든 것을 단숨에 말해 버리고 싶은 욕구 때문에 내가 쓰는 문장은 산만해져서 정작 필요한 말을 놓치고, 이리저리 헤매다가 할 말을 잃게 된다. 독자의 비판은 기꺼이 감수할 용의가 있다. 내 생각이 이처럼 갈팡질팡 헤매는 것은, 내가 서술하고자 하는 그 시대를 떠올리기만 하면 나도 모르게 흥분 상태에 빠져들기 때문이다. 당시는 독일이라는 권위주의 국가가 붕괴되고 느슨해진 분위기를 틈타 온갖 담론이 난무하던 시기였다. 나 역시 그런 소용돌이에 말려들어서 나의 안정된 세계관을 호기심으로 허물어 볼까 했으나 내 생각을 개조한다는 것은 쉬운 일이 아니었다. 근본적으로 나의 정신적 고향이라 할 수 있는 시민적 휴머니즘은 19세기를 포괄할 뿐 아니라, 중세 말기 스콜라 학파가 구속력을 잃고 개인이 해방되어 자유가 탄생하는 시대까지 소급되는데, 지금은 그런 시민적 휴머니즘의 시대가 저물어 가고 있다는 느낌이 든다. 바꾸어 말하면, 그런 시대가 붕괴되고 삶의 돌연변이가 진행되고 있으며 이 세계가 뭐라고 명명하기 힘든 새로운 상황으로 접어들고 있다는 느낌이 드는 것이다. 극도의 긴장을 수반하는 이런 느낌은 전쟁이 끝나면서 그 결과로 형성된 것이라기보다는 오히려 세기가 바뀌고 십사 년이 지나 전쟁이 발발했을 당시에 이미 형성되었던 것이다. 당시 나 같은 사람은 운명의 덫에 걸린 듯한 충격을 경험했고, 그 충격의 밑바닥에는 한 시대가 끝나고 있다는 느낌이 깔려 있었다. 더구나 패전으로 인해 주눅

이 들면서 그런 느낌이 극에 달했다는 것은 당연하다. 또한 그런 느낌이 평균적으로 볼 때 승리한 덕분에 훨씬 보수적인 정신 상태를 유지하고 있는 전승국의 국민들보다는 독일처럼 몰락한 나라의 국민적 분위기를 압도하고 있다는 사실 역시 놀라울 것이 없다. 전승국의 국민들은 우리 국민처럼 전쟁이라는 것을 역사의 깊은 단절로 느끼지 않았고, 일시적인 곤란을 겪긴 했지만 다행히 잘 넘겨서 한때 탈선한 궤도로 다시 진입할 수 있다고 생각했을 따름이다. 그런 이유에서 나는 전승국 국민들이 부럽다. 누구보다 프랑스 국민이 부럽다. 그들은 승리를 통해 계속해서 시민 정신을 정정당당하게 지킬 수 있었던 것이다. 적어도 겉으로 보기에는 그랬다. 그들 스스로 고전적 합리주의 정신을 타고났다고 느낄 수 있는 것이 부럽다. 물론 승리했기 때문에 그럴 수 있는 것이겠지만 말이다. 아닌 게 아니라 당시 나는 라인 강 저쪽의 프랑스가 우리 땅보다 더 친근하게 느껴질 지경이었다. 이미 말했다시피 독일에서는 새로운 것, 파괴적인 것, 불안을 부추기는 많은 것들이 나의 세계관을 밀치고 들어왔으며, 나는 양심상 그것들과 대적했던 것이다. 슈바빙 지역에 있는 식스투스 크리트비스라는 사람의 저택에서 무질서한 토론의 밤을 보냈던 일이 생각난다. 내가 그 사람과 알게 된 것은 슐라긴하우펜 씨 댁의 살롱에서였다. 나는 그의 집에서 열린 모임과 지적 교류에 순전히 양심상 종종 참여하곤 했는데, 그 사람에 대해 이야기하기 전에 우선 그 모임이 나에게 있어 상당히 부담스러운 것이었다는 사실을 미리 언급하고자 한다. 또한 나는 가까이 있는 친구 아드리안의 새 작품이 탄생하는 것을 곁에서 지켜보며 흥분과 두려움을 동시에 느끼면서 온 정신을 거기에 쏟고 있었다. 슐라긴하우펜 씨 댁에서 가졌던 토론은 아드리안의 새 작품을 대담하게 미리 엿볼 수 있도록 해 주는 면도 없지 않았으며, 그의 작품은 이 토론에서 나온 이야기들을 실제 창작으로 입증한 것이라고 할 수도 있다……. 이런 와중에도 나는 아직까지 교사직을 충실히 수행하고 있었고 가장의 의무도 소홀히 하지 않았노라고 덧붙인다면, 당시에는 먹는 것도 변변치 않던 차에 극도의 긴장 때문에 내 체중이 줄어들었던 사정이 이해될 것이다.

내가 지금 이런 이야기를 꺼내는 것도 성급하게 지나쳐 버린 시기를 간략하게 설명하기 위해서이지, 보잘것없는 내 신변 문제로 독자의 관심을 돌리기 위해서가 아니다. 나는 늘 이 회고록의 뒷전에 물러나 있어야 마땅한 사람이다. 전에도 말했지만, 황급하게 이야기를 진행하다 보면 이따금 뭘 빼먹고 생각하는 듯한 인상을 주게 되어 유감스럽다. 하지만 그런 인상은 잘못된 것이다. 왜냐하면 나는 생각해 둔 내용을 충실하게 서술하고 있으며, 아드리안이 고통받던 무렵 자신을 '어린 인어 아가씨'에 비유한 것 말고도 함축적이고 적절한 또 다른 비유를 언급했던 것을 잊지 않고 있기 때문이다. 그는 당시 나에게 이렇게 말했다.

"내 기분이 어떠냐고? 뜨거운 기름 솥에 들어간 순교자 요한 같다고나 할까. 자네가 보기에도 틀림없이 그 비슷하다는 생각이 들 걸세. 나는 경건한 고행자로서 솥 안에 꼼짝 않고 웅크리고 있네. 밑에서는 장작불이 활활 타오르고 있지. 어떤 착실한 사내가 손풀무를 들고 성실하게 불을 지피고 있어. 황제 폐하의 면전에서 말이야. 황제는 이 광경을 아주 가까이서 지켜보고 있지. 자네도 알겠지만, 그 황제는 등에 수를 놓은 이탈리아 산 비단 곤룡포를 입고 있는 폭군 네로야. 치부만 가리고 너덜거리는 조끼를 걸친 형리 녀석이 손잡이가 달린 국자로, 경건하게 솥 안에 앉아 있는 내 벌거벗은 몸뚱어리에 펄펄 끓는 기름을 쏟아붓고 있다네. 내가 지옥의 통구이라도 되는 것처럼 말이야. 정말 볼 만한 광경이지. 바로 여기에 자네가 초대된 것일세. 자네는 울타리 너머에서 자못 흥미진진하게 구경하고 있는 군중들 틈에 섞여 있는 거야. 그 밖에도 고위 관리들, 짐을 든 사람들, 터번을 쓴 사람이 있는가 하면 옛 독일식 두건을 보기 좋게 두르고 모자까지 쓴 사람들도 보이네. 우직한 시민들은 도끼 칼로 무장한 병사들의 보호하에 이 광경을 즐기고 있다네. 어떤 사람이 이 지옥의 통구이가 어떻게 됐는지 다른 사람한테 손으로 가리켜 보이고 있군그래. 그들은 두 손가락으로 얼굴을 가리고, 두 손가락으로는 코를 막고 있군. 어떤 뚱보가 팔을 쳐들고 마치 '주여, 저희 모두를 지켜 주소서!'라고 말할 참인 것 같아. 여인네들의 얼굴에는 소박한 신앙심이 어려 있군. 자네도 보이나? 우린 옹기종기 모여 있다네. 무대는 등장인물들로 꽉 차 있어. 네로 황제의 강아지도 함께 왔군. 그래야 조그만 빈 자리도 남지 않겠지. 저 녀석 화가 난 모양인데, 핀셔* 종(種)처럼 표정이 귀엽군. 그 뒤편으로는 카이저스아셰른의 탑과 아치형 창문, 건물 외벽들이 보여……."

카이저스아셰른이 아니라 뉘른베르크라고 해야 맞을 것이다. 왜냐하면 그가 묘사한 것은 「요한 계시록」을 소재로 한 뒤

---

* 영국산 사냥개의 일종.

러의 목판화 시리즈 가운데 첫 번째 그림*이었기 때문이다. 그는 인어의 물고기 꼬리가 인간의 다리로 변하는 모양을 묘사할 때와 마찬가지로 눈에 보이듯이 생생하게 묘사했기 때문에 이야기를 끝맺기 훨씬 전부터 이미 뭘 말하는지 알 수 있었다. 아드리안이 자신의 처지를 이 그림에 빗댄 것이 당시에는 좀 엉뚱하다 싶었지만 나는 금방 그의 의중을 알아차렸기 때문에 이 비유를 생생하게 기억하고 있다. 나중에 아드리안의 구상이 차츰 드러나기 시작했는데, 그는 이 판화에 매료되어 기력이 떨어져 가는 중에도 이 그림에서 얻은 영감을 바탕으로 작곡을 하기 위해 전력을 기울였던 것이다. 예술가에게 침체 상태와 창조적 고양 상태, 병과 건강이 명확하게 구분되지 않는다는 것은 역시 맞는 말이다. 건강의 요소는 병적인 상태에서도 마치 병의 보호를 받는 것처럼 작용하고 있으며, 병의 요소들은 독특한 효과를 발휘해 다시 건강한 상태로 옮아가는 것이다. 분명히 그럴 것이다. 나는 친구에 대한 우정에서 이런 통찰을 얻은 것에 감사한다. 나는 그런 통찰 때문에 많은 근심과 두려움에 시달리기도 했지만, 늘 자부심으로 충만해 있기도 했던 것이다. 천재라는 것은 병적인 상태와 친숙하고 병을 통해 창조력을 발휘하는 생명력의 소유자라 할 수 있다.

「요한 계시록」을 소재로 한 오라토리오의 구상, 이 은밀한 작업은 아드리안이 완전히 탈진한 듯한 시기에 이미 시작되었다. 그 후 불과 몇 달 만에 맹렬한 속도로 작품이 악보로 완성되는 것을 지켜보면서 나는 당시의 비참한 상태가 어쩌면 일종

---

* 뒤러의 목판화 「묵시록」 연작 중 '요한의 순교'.

의 도피처나 은신처의 역할을 하지 않았을까 하고 생각했다. 주위의 소리에 귀 기울이지 않고, 성가신 일을 당하지 않고, 철저히 차단된 상태에서, 보통 사람의 건강한 생활과는 고통스럽게 분리되고 은폐된 채 남몰래 계획을 구상하고 발전시키기 위해, 그는 본능적으로 그런 고립무원의 상태를 자청했을 것이다. 보통의 편안한 상태에서는 감히 그런 계획을 시도할 모험적인 용기가 생기지 않았을 것이다. 그의 구상은 마치 저승에서 훔쳐 와 세상에 내놓은 것 같았다. 이미 말한 대로 그의 의도는 내가 찾아갈 때마다 조금씩 모습을 드러냈다. 그는 메모와 스케치를 하고, 자료를 수집해 연구하면서 작곡을 진행했다. 나에게 그런 과정을 숨길 수는 없었다. 나는 내심 흡족한 심정으로 그의 의도를 알아차리게 되었다. 하지만 처음 몇 주 동안은 내가 탐지할 양으로 물어보기라도 하면, 그는 반쯤은 장난처럼 반쯤은 수상쩍은 비밀을 지키듯이, 수줍은 듯이 혹은 성가시다는 듯이 입을 다물거나 양미간을 찌푸린 채 웃어 넘기곤 했다. 때로는 "남의 일에 참견하지 말고 자네 영혼이나 돌보게나."라든가 "여보게, 자넨 늘 김칫국부터 마시네그려."라고 하기도 했다. 또 어떤 때는 털어놓을 용의가 있다는 듯이 좀 더 분명하게 이렇게 대꾸하기도 했다. "그래, 지금은 신성한 전율이 일고 있다네. 혈액에서 신학적인 바이러스를 뽑아 내기란 쉬운 일이 아니야. 모르는 사이에 증세가 심하게 재발할 수도 있지."

이런 암시는 내가 그의 원고를 관찰하던 중에 떠올린 추측을 확인시켜 준 셈이었다. 그의 작업 책상 위에 있는 진기한 고서 한 권이 눈에 띈 적이 있다. 그것은 사도 바울이 체험한 성령 계시를 13세기에 프랑스어 운문으로 번역한 책으로, 그리스어 원본은 4세기에 쓰인 것이었다. 그 책을 어디서 구했냐고 묻자 그는 이렇게 대답했다.

"로젠슈틸 양이 구해 주었다네. 그녀는 전에도 나를 위해 희귀본을 구해 준 적이 있지. 정말 열성이 대단한 여자야. 그녀는 내가 '파멸한' 인물들에게 관심이 있다는 걸 알아차렸다네. 지옥에 떨어진 인물들 말이야. 그래서 베르길리우스*가 묘사한 아이네이스**와 사도 바울처럼 전혀 동떨어진 인물들 사이에도 유대가 형성되는 것일세. 자네도 단테가 그들을 한때 함께 저승 여행을 다녀온 적이 있는 형제 사이라고 일컬은 것을 기억하겠지?"

나는 그 구절을 기억하고 있었다. 내가 말했다.

"그런데 자네 하숙집 딸이 이 책을 읽어 줄 수 없을 테니 어쩌지."

그가 말했다.

"그야 물론이지. 프랑스 고어는 내가 직접 읽어야지."

아드리안이 눈의 통증 때문에 책을 읽을 수 없던 무렵에는 주인 딸인 클레멘티네 슈바이게슈틸이 종종 대신 책을 읽어 주어야 했다. 소박한 시골 처녀가 보기에는 기이한 내용들까지도 그녀는 별로 어색하지 않게 읽을 줄 알았다. 나는 그 착한 소녀가 아드리안과 함께 수도원장 방에 있을 때 우연히 마주친 적이 있다. 그녀는 책상 앞에 있는 사보나롤라 제(製) 안락의자에

---

* Publius Vergilius Maro(BC 70~BC 19). 고대 로마의 시인.
** 베르길리우스는 트로이 전쟁 당시 트로이의 영웅 아이네이스의 방랑과 모험을 다룬 운문 서사시 「아이네이스」를 남겼다.

바른 자세로 앉아서 감흥을 실어 가면서 학교에서 가르치는 표준 억양에 맞게 자랑스러운 듯이 천천히 읽어 주고 있었다. 그녀가 읽어 주는 책은 역시 영리한 로젠슈틸이 구해 준 고서 중에서 메히틸트 폰 마그데부르크*가 겪은 황홀한 신비의 체험을 다룬 내용이었다. 그러는 동안 아드리안은 베른하임 제의자에 편한 자세로 앉아 쉬고 있었다. 나는 조용히 구석에 있는 의자에 앉은 채 한참 동안이나 이 경건하면서도 부자연스러운, 어색하고 기묘한 느낌을 주는 낭독에 귀를 기울였다.

그때 나는 그런 일이 종종 있음을 알게 되었다. 소녀의 옷차림은 소박하면서도 정숙했는데, 경건한 신앙심이 느껴지는 수도복(修道服) 차림이었다. 올리브 빛깔을 띤 초록색 모직으로 만들어진 옷에는 금속 단추가 촘촘하게 채워져 있었다. 단이 뾰족하고 처녀의 봉긋한 가슴을 눌러 주는 윗도리를, 넓게 주름이 잡혀서 발까지 닿는 치마 위로 포개 입고 있었다. 그리고 목 칼라 아랫부분에 옛날 은화를 녹여서 만든 목걸이를 유일한 장식품으로 걸고 있었다. 갈색 눈의 소녀는 환자 곁에 앉아 여학교에서 기도문을 읽는 듯한 억양으로 책을 읽어 주었다. 그녀가 읽어 주는 책은 초기 기독교 시대나 중세에 쓰인 신앙 고백록이나 내세에 관한 명상록 등이었으므로 신부님이 보더라도 전혀 문제 될 게 없을 터였다. 이따금 슈바이게슈틸 부인이 집안에 딸의 도움이 필요한 일이 있을 때마다 문틈으로 머리를 들이밀고 딸을 찾기도 했지만 두 사람을 향해 다정하게 고개를 끄덕여 보이고는 그대로 돌아가곤 했다. 혹은 출입

---

* Mechthild von Magdeburg(1207?~1282?). 중세 독일의 여성 신비주의자.

문 옆에 의자를 갖다 놓고 앉아서 십 분가량 방 안에 귀를 기울이다가는 조용히 물러가는 때도 있었다. 클레멘티네가 낭독하는 부분은 메히틸트 또는 힐데가르트 폰 빙겐*이 쓴 신앙의 신비 체험이었다. 혹은 학자 수도사로 이름난 베다**가 쓴 『영국 교회사』를 독일어로 번역한 책도 있었는데, 그 책에는 켈트족의 내세에 대한 신앙과, 아일랜드인과 앵글로색슨 족의 초기 기독교 시대의 신앙 신비 체험이 상당 부분 전승되어 있었다. 이 책은 신비로운 신앙 체험으로 가득하고 최후의 심판을 계시하며 영겁의 벌에 대한 경외심을 일깨우는 내용으로, 기독교 이전 혹은 기독교 초기의 종말론을 바탕으로 쓰였고, 전체적으로 내용이 매우 빽빽하고 비슷한 체험들을 반복해서 서술하고 있는 문헌이었다. 아드리안은 전승된 모든 요소들을 예술적 종합을 통해 하나의 초점으로 집약할 수 있는 작품을 만들고자 그런 문헌들에 몰입하고 있었다. 그리하여 인류의 엄숙한 소명감에 따라 신의 계시를 생생하게 거울처럼 보여 줌으로써 인류의 장래가 어떻게 될지를 들여다볼 수 있게 하자는 것이었다.

"종말이 오고 있나니. 종말이 오고 있나니. 종말이 눈앞에 닥쳤도다. 보라, 종말이 오고 있나니. 이미 종말이 시작되어 그대를, 지상의 거주자인 그대를 엄습하고 있구나!" 레버퀸은 창작 과정의 증인이자 이 글의 화자인 나에게 이 구절을 들려주었는데, 이 구절에는 차분하게 가라앉은 생소한 화음을 바탕

---

* Hildegard von Bingen(1098~1179). 중세 독일의 여성 신비주의자.
** Beda(673~735). 중세 초기의 영국 신학자.

으로 유령 같은 느낌을 주는 완전 4도와 감 5도의 선율로 곡이 붙여졌다. 또한 노래 가사는 사성부로 이루어진 두 팀의 코러스가 서로 인상 깊게 반복해서 주고받는 대담하고 고풍스러운 응답가의 형식으로 구성되었다. 그런데 이 구절은 「요한 계시록」에서 따온 것이 아니다. 이 구절의 출처는 바빌론 유수(幽囚)*를 예언한 에스겔이 이야기한 비통한 예언으로, 네로 시대 파트모스로부터의 신비한 서한 역시 같은 출처에 의존한 것이었다. 알브레히트 뒤러 역시 「에스겔서」에 착안해 '예언의 말씀이 쓰여 있는 두루마리를 삼키는'** 이야기를 대담하게 목판화의 소재로 삼은 바 있다. 뒤러의 이 판화는 (한탄과 비애를 담고 있는 예언의 '서한'인) 그 두루마리를 순순히 받아먹으며 꿀처럼 달콤한 표정을 짓는 세부 묘사만 제외하고는 거의 문자 그대로 「에스겔서」에서 소재를 빌려 온 것이다. 마찬가지로 뒤러의 판화에서 짐승의 엉덩이에 올라타고 있는 악명 높은 창녀 역시 「에스겔서」에 대단히 상세하게, 거의 비슷한 방식으로 이미 기록되어 있다.*** 뉘른베르크 출신의 이 화가는 전에 그렸던 베네치아 궁녀의 초상화를 이용해 그 창녀를 그럴싸하

---

* 기원전 6세기 칼데아 왕 네부카드네자르 2세가 예루살렘을 공격해 두 차례에 걸쳐 유대인 상류층을 포로로 삼아 강제로 바빌론에 이주시킨 사건.
** 구약 성경 「에스겔서」 3장 1~4절 참고. "또 그가 내게 이르시되 인자야 너는 발견한 것을 먹으라. 너는 이 두루마리를 먹고 가서 이스라엘 족속에게 말하라 하시기로 내가 입을 벌리니 그가 그 두루마리를 내게 먹이시며 내게 이르시되 인자야 내가 네게 주는 이 두루마리를 네 배에 넣으며 네 창자에 채우라 하시기에 내가 먹으니 그것이 내 입에서 달기가 꿀 같더라. 그가 또 이르시되 인자야 이스라엘 족속에게 가서 내 말을 그들에게 고하라."
*** 「에스겔서」 23장 참고.

게 묘사할 수 있었던 것이다. 실제로 신비주의자들에게 비교적 확실한 정황과 경험을 전수해 주는 종말론적인 문화가 존재한다. 이미 선대의 사람들이 심취했던 것에 다시 심취한다는 것, 과거의 경험을 그대로 빌려 와서 덩달아 심취한다는 것은 심리적으로 볼 때 기묘한 현상이긴 하지만 말이다. 그렇지만 이것은 엄연한 사실이다. 내가 이런 사실을 언급하는 이유는 다음과 같이 확신하기 때문이다. 즉, 아드리안은 난해한 합창곡을 작곡하면서 「요한 계시록」만 참조한 것이 아니라, 내가 언급한 예언서들의 내용을 모두 자기 작품 속에 집어넣어서 새롭고 독창적인 '묵시록'을 창조하고자 했다는 것이다. 확실히 그는 인류의 종말에 관한 예언서들을 집대성하고자 했다. 그가 자신의 작품에 「그림으로 보는 묵시록」이라는 제목을 붙인 것은 뒤러에게 경의를 표하기 위한 것으로, 시각적이고 구체적인 특성과 세밀한 도상, 그리고 환상적이고 정교한 세부 묘사로 꽉 짜인 밀도를 강조하기 위한 것이다. 이런 특징들은 뒤러와 아드리안의 작품에 공통된 것이다. 그렇지만 그림으로 치면 방대한 프레스코 작품을 연상케 하는 아드리안의 곡이 뒤러의 판화 시리즈 열다섯 장의 순서를 따르고 있지는 않다. 물론 엄청난 기교를 구사하는 그의 음악에는 뒤러에게도 영감을 주었던 신비주의 기록들 중 상당 부분이 포함되어 있기는 하다. 하지만 그는 가령 "내 영혼은 슬픔에 가득 차고 내 삶은 지옥에 가깝나니."와 같이 구약 성경의 「시편」에 나오는 애절한 대목들 중 상당 부분과, 외경(外經)에 나오는 인상적인 비유와 섬뜩한 질타, 그리고 오늘날 읽어도 무척 흥미로운 「예레미야서」의 비가(悲歌)에서 발췌한 단편들, 그 밖에도 훨씬 더 광범위한 내용을 작품에 끌어들여서 합창과 서창(敍唱), 느리게 읊조리는 풍의 노래 등이 모두 가능하도록 유희 공간을 확대하였다. 전반적으로 이 모든 요소는 바야흐로 다른 세계가 도래한다는 인상, 즉 파멸이 도래한다는 인상을 불러일으키는 데 기여했다. 말하자면 전반적인 인상은 지옥에 떨어진다는 것인데, 거기에는 샤머니즘을 비롯한 고대의 내세관과 기독교 시대를 거쳐 단테에 이르기까지의 내세관이 환상적인 형태로 함축되어 있었다. 레버퀸이 구현한 음화(音畵)들은 단테의 시에서 상당 부분을 취했으며, 또한 사람들이 바글거리는 장면을 묘사한 판화*에서는 더 많은 것을 취하고 있었다. 그 판화의 한쪽에서는 천사들이 파멸을 알리는 나팔을 불고 있고, 다른 쪽에서는 카론**의 배가 짐을 내려놓고, 죽은 자들이 부활하고, 성자(聖者)들은 기도를 하고, 마귀의 형상을 한 자들은 뱀을 몸에 칭칭 감은 미노스***의 신호를 기다리고 있으며, 육욕을 탐하는 저주받은 자는 히죽거리는 지옥의 사자들에게 끌려가면서 끔찍스러운 여정을 앞두고 있는데, 한쪽 눈은 한 손으로 가리고 다른 한쪽 눈으로는 경악에 질린 채 영겁의 저주를 응시하고 있다. 그 저주받은 자에게서 얼마 떨어지지 않은 곳에서는 죄를 지었던 두 영혼이 은총을 받아 나락에서 구제되고 있다. 요컨대 이 모든 장면은 최후의 심판을 몇 개의 그룹과 장면으로 나누어 구성한 것이었다.

---

* 뒤러의 목판화 「묵시록」 시리즈 중에서 '나팔을 부는 일곱 천사'.
** 그리스 신화에서 저승 앞 스틱스 강을 건너는 나룻배의 사공.
*** 그리스 신화에 나오는 크레타 섬의 왕으로, 죽은 후에는 저승의 재판관이 되었다고 한다.

어쨌든 이제 나 같은 교양인이 불안을 느낄 정도로 가까이 있는 작품에 관해 이미 익히 알려져 있는 문화의 여러 계기들과 비교해 이야기하는 것을 양해하기 바란다. 이런 식으로 이야기를 하면 마음을 가라앉히는 데 도움이 된다. 나는 공포와 경악, 초조감과 자부심을 갖고서 그 작품의 탄생 현장을 지켜보던 당시와 마찬가지로, 오늘날까지도 마음을 진정시킬 필요가 있다. 내가 이런 느낌이 드는 것은 물론 그 작품을 작곡한 장본인에게 극진한 애정을 갖고 있기 때문이다. 하지만 그 작품은 근본적으로 나의 정신적인 능력으로는 감당할 수 없는 체험을 제공했기 때문에 나는 오싹할 정도로 극심한 충격에 사로잡혀 있었다. 그러니까 아드리안은 처음 몇 번은 비밀로 함구하다가 이내 오랜 친구인 나에게 자기가 하고 있는 작업을 들여다볼 수 있도록 해 주었다. 따라서 나는 파이퍼링을 찾아갈 때마다 새로 창작한 부분들을 직접 접할 기회가 있었다. 물론 가능한 한 자주 찾아갔는데, 대개는 토요일과 일요일을 거의 그곳에서 보냈다. 갈 때마다 때로는 믿을 수 없을 만큼 많은 분량이 새로 창작되었기 때문에, 그의 작품이 엄격한 규칙을 따르면서도 복잡한 기교와 정신을 담아 완성되어 가는 것을 지켜보노라면 평범한 시민답게 중용을 지키는 규칙적인 작업 속도에 익숙해 있던 나는 아연실색할 지경이었다. 분명히 말하지만, 그 작품이 엄청난 속도로 진척되자 나는 소박한 보통 사람의 입장에서 두려움마저 느꼈다. 그리하여 작품은 대강 넉 달 반 만에 완성되었는데, 여느 작곡가 같으면 그저 다른 작품을 기계적으로 모방하는 데만도 그 정도의 시간이 소요되었을 것이다.

당연히 그럴 수밖에 없었지만 당시 아드리안은 극도의 긴장 상태에서 생활하고 있었는데, 그런 상태가 반드시 달갑지만은 않았을 것이며 꼼짝없이 작품에 매여 노심초사했을 것이다. 사실이 그랬다고 그가 직접 고백한 적도 있었다. 그러다 보니 그가 줄곧 매달려 온 작품에서는 문제의 발생과 해결이 순식간에 이뤄졌다. 또한 엎치락뒤치락 꼬리를 물고 떠오르는 생각들 때문에 쉴 틈도 없었고, 악보에 옮겨 쓸 여유조차 없을 정도였다. 그는 금방이라도 쓰러질 것 같은 몸을 이끌고 매일 열 시간씩 작업했는데, 그 작업은 짧은 점심시간과 이따금 연못 주변이나 시온 동산으로 산책을 가는 동안에만 중단되었을 뿐이다. 그나마도 원기 회복을 위해서라기보다는 일거리를 피해 달아나다시피 급하게 산책을 했던 까닭에 그가 앞으로 자빠질 듯이 빨리 걷다가 숨이 차서 멈칫하곤 하는 모습을 목격할 수 있었다. 산책조차도 일종의 또 다른 고역이었던 셈이다. 나는 그와 함께 보낸 토요일 오후 동안 그가 자기 생활을 제어하기가 얼마나 힘들며 긴장에서 풀려난 상태를 유지하기가 얼마나 힘든가를 자주 목격했다. 그는 일상적이거나 무관심한 소재를 가지고 나와 이야기하면서 의도적으로 긴장을 풀려고 애썼지만 제대로 되지 않았다. 어떤 때는 안락의자에서 갑자기 벌떡 일어나서 무엇인가에 귀를 기울이듯 시선을 고정하고 입을 벌린 채 얼굴에 경련이라도 생긴 듯이 걱정스러운 홍조를 띠기도 했다. 어째서 그랬던 것일까? 당시 그가 고심했던 선율이 영감처럼 떠오르기라도 했던 것일까? 나로서는 알고 싶지도 않은 어떤 세력이 무슨 언질을 주기라도 했던 것일까? 「묵시록」 작품을 가득 채울 입체감 넘치는 주제들이 그의 정신 속에서 불현듯 떠올랐던 것일까? 그의 정신은 언제나 그런 주제들을 차분히 섭렵하고 자기 방식으로 소화해 작품의 구도에 맞게 재편하고 작곡의 기초로 삼았다. 그는 "계속 말해 봐! 계속 말하라니까!"라고 중얼거리면서 책상 쪽으로 다가가 교향곡 초안을 휘갈겼고, 그 바람에 거칠게 휘두른 악보 한 장의 아래쪽이 찢어지기까지 했다. 그러면서 그는 얼굴을 찌푸렸는데, 그 복잡한 표정은 뭐라고 형언하기 어려웠다. 어쨌든 평소에 총명하고 당당해 보이는 그의 잘생긴 얼굴이 일그러진 것만은 분명했다. 그리고 아드리안은 아마도 네 명의 말 탄 기사 앞에서 엎어지고 고꾸라지고 짓밟히면서 도망치는 자들을 묘사하는 소름 끼치는 합창의 초안이 적혀 있는 페이지를 보고 있는 것도 같았고, 혹은 바순이 비웃듯 빽빽거리며 '어리석은 족속의 비탄'*을 묘사하는 섬뜩한 대목을 보고 있는 것도 같았다. 혹은 내가 처음 접했을 때 금방 가슴에 사무쳤던 돌림노래, 즉 「예레미야서」에서 따온 딱딱한 푸가 풍의 합창 악보를 보고 있는 것도 같았다.

제가 잘못해 놓고도
목숨이 붙어 있다고 넋두리하랴?
우리 모두 살아온 길을 돌이켜보고
야훼께 돌아가자.
……
우리가 거역하여 지은 죄를

---

* 바빌론의 파멸을 예언하는 「요한 계시록」 18장 참고.

주께서는 용서하지 않으셨습니다.

진노하시고

우리를 뒤좇아 오셔서 사정없이 잡아 죽이셨습니다.

……

주께서는 우리를 만국 가운데서

쓰레기로, 거름더미로 만드셨습니다.*

내가 푸가라 지칭한 이 부분은 푸가 같은 느낌도 들지만, 그렇다고 주제가 반복되지는 않고, 작품 전체의 전개 과정과 맞물려서 이 부분도 전개된다. 그리하여 하나의 양식이 해체되어 어떻게 보면 자가당착을 초래하는 것처럼 보이고, 실제로 작곡가 스스로 이런 모순을 용인하는 것처럼 보인다. 따라서 바하 이전 시대의 칸초네나 리체르카레** 같은 푸가의 초기 형식을 연상케 하는 면도 없지 않다. 그런 형식에서는 푸가의 주제가 반드시 명료하게 정의되지도, 일정한 형식을 유지하지도 않았던 것이다.

아드리안은 악보를 여기저기 들여다보면서 펜을 집어 들었다가 다시 치워 버리더니 "좋아, 내일 다시 보지."라고 중얼거리면서 더욱 상기된 얼굴로 내가 있는 쪽으로 몸을 돌렸다. 하지만 그가 그 말을 어기고 내가 돌아가면 다시 작업에 매달리지나 않을까 걱정이 되었다. 아마 그랬을 것이다. 나와 이야기를 나누던 중에 무심결에 스쳐 간 착상들을 다시 악보에 적어

---

* 구약 성경 「예레미야 애가」 3장 39~45절 참고.
** 건반악기와 현악기로 구성된 르네상스 시대의 기악곡으로, 나중에 자유 형식의 푸가로 발전했다.

놓았을 것이다. 그러고는 진정제 두 알을 먹고 깊은 잠을 청할 것이다. 그러면 틀림없이 잠시나마 수면을 취할 수 있고 날이 새자마자 다시 작업을 시작할 것이다. 그는 이런 구절을 인용했다.

살터*여, 하프여, 안녕!
나는 일찍 일어나련다.

아드리안은 축복인지 재앙인지 모르게 떠오르는 영감들이 금방 식어 버리지나 않을까 걱정하고 있었다. 실제로 그는 작품이 완성되기 직전에 세 주 동안이나 계속된 통증의 재발 때문에 시달렸다. 그가 혼신의 힘을 쏟아부은 이 작품은 낭만적 구원의 음악과는 전혀 거리가 멀고, 신학적으로 볼 때 작품 전체가 은총과는 무관한 부정적 성격을 가차 없이 입증하고 있다. 이 작품에는 엄청나게 다양한 성부가 등장하고, 아주 폭넓은 음역에 걸쳐 다양한 금관악기가 동원되는데, 전체적으로 절망의 나락에 떨어지는 듯한 느낌을 준다. 아무튼 이 끔찍한 작품을 마무리하기 직전에 아드리안은 엄청난 고통을 겪었는데, 그 자신의 말을 빌리자면 작곡이라는 게 대체 뭐 하는 짓인지 깡그리 잊어버릴 정도로 혹독한 고통이었다. 그런 고비가 지나가자 1919년 8월 초에 그는 다시 작업에 들어갔다. 그리고 유난히 햇볕이 쨍쨍한 날이 많았던 이 달이 끝나기 전에 작품 전체가 완성되었다. 내가 이 작품의 작곡 기간으로 잡았던 넉 달

---

* 고대의 현악기인 수금의 일종.

반은, 통증의 재발 때문에 작업을 잠시 중단하기 전까지를 말한 것이다. 이 휴지 기간과 마무리 작업 기간을 포함하면 그가 「묵시록」을 초안의 형태로 작곡하는 데 걸린 기간은 놀랍게도 여섯 달밖에 되지 않았던 것이다.

34(계속)

　그러면 지금 저세상에 있는 친구의 작품에 대해 이 전기에서 할 이야기는 다 한 셈인가? 수천 명의 사람들에게 증오와 거부감을 불러일으키고, 동시에 수백 명의 사람들에게 사랑과 높은 평가를 받은 이 작품에 대해서? 그렇지 않다. 아직 내 가슴속에는 이 작품에 관해 맺힌 것이 더 있다. 이 작품은 아주 놀라운 방식으로 내 마음을 짓누르고 두렵게 했다. 아니, 더 정확히 말하면 가슴 졸이도록 관심을 끌었다고 할 수 있다. 바로 앞에서 나는 이 작품의 특성과 성격을 앞서 식스투스 크리트비스 씨의 집에서 있었던 토론에서 추상적으로 추측했던 내용과 관련지어 설명하고자 했다. 그 토론에 관해서는 앞에서도 잠시 언급했지만, 당시 내가 체중이 약 6킬로그램이나 줄어들 정도로 극도의 정신적 긴장 상태에 빠진 이유는 아드리안의 고독한 작품이 탄생하는 과정을 가까이서 지켜보았기 때문이기도 하고, 또 그 토론에서 색다른 경험을 했기 때문이기도

하다.

　판화가이자 북 디자이너인 크리트비스 씨는 동아시아의 목
판화 및 도자기 수집가이기도 했으며, 여기저기 문화 단체의
초청을 받아 독일은 물론 외국의 여러 도시에서도 자신의 수
집 분야에 관해 정보를 제공하거나 강연을 했다. 젊고 키가 작
은 이 신사는 라인헤센 지방 사투리를 심하게 썼고, 성격이 무
척 다혈질이었다. 그리고 딱히 어떤 생각에 집착하지 않고 순
전히 호기심에서 시대 조류를 귀동냥하다가 솔깃한 내용이 있
으면 '엄청 중요하다.'라고 단정하는 그런 사람이었다. 슈바빙의
마르티우스 가(街)에 자리 잡은 그의 집 응접실은 중국의 근
사한 묵화와 채색화들로(더구나 송대(宋代)의 것으로!) 장식되
어 있었다. 그는 이 응접실을 정신적 직업에 종사하는 유명 인
사와 전문가들의 회합 장소들 가운데 하나로 만드는 데 신경
을 썼는데, 뮌헨처럼 훌륭한 도시에는 그런 인물이 상당수 모
여 있었다. 그는 이따금 저녁 시간에 이 응접실에서 여덟에서
열 사람 남짓한 인원으로 구성된 친밀한 토론 모임을 주선했
다. 사람들은 저녁 식사 후 9시경에 이 모임을 위해 나타났다.
주인으로서도 접대 비용이 별로 들지 않았던 이 모임은 오로
지 아무런 거리낌 없이 자리를 같이하고 생각을 교환하기 위
한 것일 따름이었다. 어떻든 이 모임이 늘 지적으로 아주 긴장
된 상태만 고수한 것은 아니었다. 종종 흥을 돋우는 일상적인
잡담 비슷한 것으로 화제가 샛길로 빠지기도 했는데, 그것은
크리트비스 씨가 사람을 사귀는 취향이나 구성원들의 지적 수
준이 다소 고르지 못했기 때문이다. 뮌헨에서 공부하고 있던
헤센나사우 대공(大公) 가문 출신의 두 젊은이도 참석했는데,

집주인은 친절한 이 두 사람을 흡족한 기분으로 '멋쟁이 왕자님들'이라고 불렀으며, 이들이 참석할 때면 우리는 따로 신경을 써 주어야만 했다. 물론 그들이 우리보다 훨씬 나이가 어렸기 때문이다. 그렇다고 그들이 방해가 되었다는 이야기는 아니다. 종종 그들이 이해하기 힘든 이야기들이 거침없이 튀어나오기도 했는데, 그러면 그들은 겸손하게 미소를 짓거나 진지하게 놀라는 표정을 짓기도 하며 청중 역할을 해 주었던 것이다. 오히려 내가 개인적으로 더 곤란했던 것은 독자도 독설가로 기억하고 있을 샤임 브라이자허 박사의 참석이었다. 이미 전에 고백했다시피 나는 그 사람을 견딜 수 없었지만, 그의 날카로운 감각은 그런 자리에서 약방의 감초처럼 간주되었다. 단지 고액 납세자라는 자격만으로 초청 인사에 포함된 공장주 불링거 씨가 문화와 관련된 난삽한 문제에 대해 떠들어 대는 것도 짜증스러웠다.

계속해서 고백하자면 나는 이 모임의 어느 누구에게서도 진심에서 우러나오는 허물없는 친근감을 느낄 수 없었다. 그렇지만 헬무트 인스티토리스는 예외로 하겠다. 그 사람 역시 이 모임에 초대되었는데, 나는 물론 그의 부인을 통해 그에게 친밀감을 가질 수 있었다. 그러나 그의 존재는 또 다른 종류의 불안을 안겨 주었다. 그 밖에도 철학자이자 고생대 동물학자인 에곤 운루에 박사에게도 일종의 거부감이 느껴졌다. 그는 자기 저서에서 심층 지질과 화석에 관한 지식을 매우 흥미진진하게 태고의 전설적인 소재들과 결합해 정당성을 부여하고 학문적으로 입증했다. 그리하여 굳이 이름을 붙이자면 순화된 진화론이라고도 할 수 있는 그의 학설에 따르면 진보한 인류가 이미 오래전부터 믿지 않게 된 모든 것이 진리와 현실이 되었다. 그런데 고도의 사색에 정진하는 이 학자를 내가 못마땅하게 여긴 것은 무엇 때문일까? 그리고 문학사가인 게오르크 포글러 교수에게 거부감을 느낀 것은 또 무엇 때문일까? 그는 민족적 혈통을 중시하는 입장에서 독일 문학사를 저술해 크게 주목받은 바 있다. 그에 따르면 작가는 보편적인 교육을 받은 정신의 소유자 내지 작가 자체로서 독립된 존재가 아니라, 혈통과 지역적 풍토에 의해 만들어지는 존재로 다루어지고 평가되었다. 그러니까 작가라는 것은 구체적이고 특정한 출신지의 토종 산물이며, 작가는 곧 그 출신지의 증인이요 출신지는 작가의 증거라는 식이었다. 사실 그 책의 모든 내용은 매우 우직하고 단호하고 일관된 주장을 펴고 있어서 호평을 받을 만했다. 역시 이 모임에 초대된 예술사가로 뒤러 연구가인 길겐 홀츠슈어 교수도 뭐라고 꼬집어 말할 수는 없지만 마음에 차지 않는 구석이 있었다. 그리고 종종 모임에 나타나는 시인 다니엘 추어 회에 역시 그랬다. 그는 성직자처럼 목 언저리까지 단추를 채운 검은 양복을 입고 다니고 체격이 홀쭉한 삼십 대의 사내로, 옆에서 보면 얼굴이 맹금류처럼 생겼는데, 마치 망치질이라도 하듯이 정신 사납게 말하는 버릇이 있었다. 이를테면 "그래요, 그래. 그다지 나쁘진 않군. 아무렴, 그렇게 말할 수도 있지요!"라고 하면서 늘 신경질적으로 발을 동동 굴렸다. 그는 곧잘 팔짱을 끼거나 나폴레옹처럼 한쪽 손을 가슴에 집어넣고 있곤 했는데, 그의 시적 몽상은 피비린내 나는 전쟁터에서 순수 정신을 추구하고, 공포와 고도의 규율을 수반하는 순수 정신으로 다스려지는 세계를 지향했다. 내가 알기로는 그는 이미 전쟁 전에 거친 인쇄물로 발표된 그의 유일한 작품인 「포고」라는 시에서 그런 세계를 묘사한 적이 있다. 열광적 테러리즘을 시적 기교로 표현한 그 작품이 힘차게 고양된 언어를 구사하고 있다는 것만은 인정하지 않을 수 없다. 포고령을 내리는 시적 화자는 '최고 황제 그리스도'*라는 가상의 인물이었다. 명령권을 쥐고 있는 이 막강한 인물은 필사의 각오가 되어 있는 군대에게 지구를 정복할 것을 호소했는데, 특별 명령 형식으로 성명을 내고 협정을 맺을 때는 마치 즐기기라도 하듯 무자비한 조건을 달았으며, 빈곤과 금욕을 감수하라고 외쳤는데, 발을 동동 구르고 주먹으로 탁자를 탕탕 치면서 무제한의 절대 복종을 요구하고도 직성이 풀리지 않는 어조였다. 그 시는 이렇게 끝맺고 있었다. "병사들이여! 제군들에게 약탈할 권한을 부여하노라. 온 세상을 약탈할 권한을!"**

이 모든 것이 '아름답다.'라고 여겨졌고, 스스로 '아름답다.'라는 자족감에 흠뻑 빠져 있었다. 그것은 소름 끼칠 정도로 절대적인 미적 유희를 즐기는 '아름다움'이었다. 바로 시인 자신이 파렴치하고 가당치 않게 농탕을 치는 무책임한 정신 속에서나 가능한 '아름다움'이자, 내가 상상할 수 있는 한 가장 위험한 미학적 농간이었다. 헬무트 인스티토리스가 이 작품을 상

---

* 토마스 만의 단편소설 「예언자의 집에서」(1904)에도 다니엘이라는 인물이 예언자를 자처하고 '최고 황제 그리스도'라는 익명으로 세계 정복을 촉구하는 장면이 나온다. 다니엘이 『파우스트 박사』에서는 '다니엘 추어 회에'라는 이름으로 변형된 것이라고 볼 수 있으며, 작품의 시대적 배경과 관련지으면 히틀러가 이끄는 국가 사회주의 세력이 부상하는 것을 암시한다.
** 이 구절 역시 「예언자의 집에서」에도 나온다.

당히 좋게 평가한 것은 물론이고, 다른 사람들에게도 이 시인과 작품은 진지한 호응을 얻었다. 유독 나 혼자만 이 시인과 작품에 대해 그렇게 확고하지도 않은 반감을 품었던 것은 크리트비스 씨 댁에서의 모임에 대해서나 온갖 추측이 난무하는 그들의 문화 비판에 대해 내가 극도로 예민해 있었기 때문인지도 모른다. 그렇지만 지적 의무감 때문에 나는 그런 주장들을 묵묵히 듣고 있었다.

우리를 초대한 주인 양반이 그 내용을 '엄청 중요하다.'라고 한 것은 물론이고, 다니엘 추어 회에 역시 "아무렴, 그렇지! 그래요, 그래! 그렇고말고!"라고 판에 박힌 소감을 표시했다. 나는 이 토론의 핵심적 결론을 가능하면 짧게 이야기하기로 하겠다. 물론 그들이 철석같이 신봉한 '최고 황제 그리스도'가 전 세계를 약탈하라는 명령에 곧이곧대로 동의하지는 않았다. 당연히 이 시는 하나의 상징이었을 뿐이다. 그런데 좌중은 이런 상징을 통해 사회 현실을 전망하고 현재의 상황과 다가올 미래를 확인하고 싶어 했다. 물론 그런 전망은 금욕주의와 탐미주의를 추구하는 다니엘의 환상이 조장하는 공포감과 어떤 형태로든 관계가 있었다. 이 모임과는 상관없이 훨씬 앞에서 이미 언급한 바 있듯이, 다른 나라들보다 어떤 측면에서는 정신적으로 앞서 있던 나라가 전쟁에서 패하면 외관상 확고해 보이던 삶의 가치들이 전쟁으로 타격을 받고 파괴된다는 것을 피부로 실감할 수 있었다. 그런 느낌은 여실히 실감되었고 또한 객관적으로도 확인되었다. 전쟁으로 인해 개개인이 감수해야만 했던 엄청난 가치 상실, 오늘날 개개인의 삶에 만연해 있는 자포자기 상태는 자신의 고통과 파멸에 대해서조차 전반적으로 무관심한 상태로 사람들의 가슴에 응어리져 있다. 개인의 운명에 대한 이러한 무관심과 자포자기 상태는 이제 막이 내린 사 년 동안의 피비린내 나는 전쟁을 통해 조장된 것일 수 있다. 그러나 착각해서는 안 될 것이 있다. 즉, 다른 여러 사안도 그러하지만, 이런 심리 상태 역시 이미 오래전부터 준비되어 왔고 새로운 생활 감정의 바탕에 누적되어 오다가 전쟁을 통해 완결되고 분명히 드러났으며 극한의 체험으로 표출되었을 뿐이다. 이것은 좋든 싫든 사실을 사실대로 인식하고 이해해야 할 문제인 것이다. 그런데 현실을 고뇌 없이, 인식 자체의 즐거움 때문에 인식하는 경우에는 좋은 게 좋다는 식의 위험이 따르게 마련이다. 시민적 전통(내가 말하고자 하는 시민적 전통이란 교양과 계몽과 인본주의 정신에 내포된 가치들을 가리킨다.)에 대한 다각적이고 포괄적인 비판, 그리고 학문의 육성을 통해 민족의 융성을 꿈꾸는 태도에 대한 비판이 그런 냉정한 고찰과 결합되지 말라는 법은 없다. 그런데 이런 비판을 수행한 사람들이, 심지어 자기만족과 정신적 쾌감으로 유쾌하게 웃음을 터뜨리면서 그런 비판을 수행하는 경우도 드물지 않은데, 교양과 학식을 갖춘 사람들이기 때문에 이런 비판 행위는 흥분과 불안 혹은 다소 도착적인 쾌감을 수반하는 독특한 매력을 더하게 된다. 그리고 굳이 이런 말까지 할 필요는 없겠지만, 패전으로 인해 우리 독일인들에게 부여된 국가 형태와 우리에게 주어진 자유, 요컨대 민주 공화국이라는 것은 단 한순간도 조만간 닥쳐올 새로운 사태를 감당하기 위한 엄중한 제도적 틀로 인정되지 않았고, 누구나 당연하다는 듯이 금방 소멸할 거라고 생각했으며, 애초부터 우리의 장래와는 아무 상관도 없는 시시한 장난 정도로 가볍게 받아들였다.

사람들은 토크빌*의 말을 곧잘 인용했다. 그는 혁명의 샘에서는 두 개의 물줄기가 솟는다고 말했다. 그중 하나는 인간을 자유로운 제도에 이르게 하고, 다른 하나는 절대 권력으로 치닫게 한다는 것이었다. 크리트비스 씨 댁에 모이는 사람들 중에 아직까지도 '자유라는 제도'가 가능하다고 믿는 사람은 없었다. 더구나 자유라는 것이 반대자들의 자유를 구속하는 독선에 빠져서 자유 자체를 폐기하는 한, 내적 모순을 범하는 것이라고 그들은 말했다. 인권을 앞세우는 자유에 대한 열정을 애초부터 포기하지 않는다 하더라도 자유라는 것은 이런 운명을 겪을 수밖에 없는데, 특히 이 시대에는 자유가 당의 독재로 변질되는 변증법적 과정에 접어들기도 전에 아예 자유를 포기하는 경향이 매우 농후하다는 것이었다. 그렇지 않아도 자유를 위한 모든 노력은 독재와 폭력으로 변질되고 말았다는 것이다. 프랑스 혁명을 통해 과거의 국가 형태와 사회 형태가 와해되면서 새로 시작된 시대는, 의식적이든 아니든 간에, 인정하든 말든 간에 평준화되고 원자화되고 서로 접촉 없이 개인의 운명과 마찬가지로 구제 불능이 되어 버린 대중 집단을 전횡과 강압으로 통치하는 방향으로 진행되어 왔다는 것이다.

이런 생각에 대해 추어 회에는 "그래요! 그렇지요! 아무럼, 그렇게 말할 수 있지요!"라고 맞장구를 치면서 조급하게 발을 동동 굴렀다. 물론 그렇게 말할 수도 있다. 다만 그런 이야기

---

* Alexis de Tocqueville(1805~1859). 프랑스의 정치 사상가. 대표적인 저서로 『구체제와 프랑스 혁명』, 『미국에서의 민주주의』 등이 있다.

를 흥겨운 만족감에 빠져서 말할 게 아니라, 내가 좀 더 불안과 두려움을 느낄 수 있도록 이야기해 주었더라면 좋았을 것이다. 결국 문제의 핵심은 이제 발흥하기 시작하는 야만적 조류를 가리키는 것이었으니 말이다. 이런 상황에 대한 인식에서 만족감을 느낄 수는 있을지언정, 상황 자체는 결코 달가운 것이 아니었기 때문이다. 나는 내 마음을 무겁게 하는 그런 식의 흥겨운 태도에 대해 생생하게 묘사해 보겠다. 문명 비판적인 전위파의 모임이라고 할 수 있는 이 자리에서는 전쟁이 일어나기 칠 년 전에 나온 소렐*의 『폭력론』이 중요한 역할을 했는데, 이것은 전혀 이상한 현상이 아니었다. 이 책은 곧 전쟁과 무정부 상태가 닥칠 거라고 단호하게 예견했고, 유럽이 거대한 지각 변동을 가져올 전쟁의 진원지가 될 거라고 단언했으며, 또한 유럽 민족들은 오로지 전쟁을 하겠다는 이념으로만 하나로 뭉칠 수 있을 것이라고 설파했다. 이 모든 주장 때문에 이 책은 이 시대의 흐름을 대변하는 책으로 간주되었다. 특히 이 책이 더더욱 유명해진 까닭은, 대중 시대에는 의회에서의 토론이 정치 의사를 결정하는 수단이 되기에는 부적합한 것으로 판명될 것이며, 대신 앞으로는 원시적 선동으로 정치적 에너지를 끌어내어 행동으로 촉발하는 신화적인 허구가 대중을 사로잡을 거라고 통찰하고 단언했기 때문이다. 대중의 귀에 솔깃하고 그들에게 적합하다고도 할 수 있는 허구적 신화가 이제부터 정치적 조작의 수단이 될 거라는 이 책의 예견이야말로 대

---

* Georges Eugène Sorel(1847~1922). 프랑스의 사회 철학자. 그의 반(反)의 회주의와 행동주의 사상은 나중에 파시즘 세력에 악용되었다.

담하고도 자극적인 것이었다. 날조된 허구와 광기와 망상은 도대체 진리나 이성이나 학문과는 아무 상관도 없음에도 활력을 부여하고 인생과 역사를 좌우해 그 역동적 실체를 입증할 거라는 예견이었다. 사람들은 이 책이 위협적인 제목을 달고 있는 데는 충분히 그럴 만한 이유가 있다는 것을 잘 알았다. 이책은 진리를 억압하는 폭력의 승리를 다루고 있기 때문이다. 진리의 운명이 개인의 운명과 유사하며, 심지어 똑같다는 것을 깨우쳐 주고 있는 것이다. 다시 말해 진리의 가치와 개인의 가치가 격하된다는 것이다. 이 책은 진리는 힘을 얻지 못하고, 진리는 삶으로부터 유리되며 공동체로부터 멀어진다는 것을 비웃듯이 보여 주고 있다. 이 책은 힘의 논리, 삶의 논리, 공동체의 논리가 진리보다 훨씬 더 우세하고 진리가 추구하는 목표라는 것, 그리고 공동체의 일원이 되고자 하는 자는 언제라도 진리와 학문을 과감히 도려내고 지성을 희생시킬 각오를 해야한다는 것을 은연중에 일깨워 주고 있다.

그러면 이제 포글러, 운루에, 홀츠슈어, 인스티토리스, 브라이자허와 같이 학식 있는 학자나 교수들이 이미 실현되었거나 앞으로 도래하리라 여기는, 나로서는 너무나 끔찍한 사태에 대해 얼마나 신이 나서 떠들었는지 상상해 보기 바란다.(약속한 대로 이제 그런 모습을 '생생하게' 보여 줄 차례가 되었다.) 그들은 장난삼아 모의 법정을 열었는데, 그 법정에서는 정치 조작이나 시민 사회 질서의 와해에 써먹기 좋은 대중적 신화들 중의 하나가 논의 대상이 되었다. 토론의 주동자들은 '사기'와 '날조'라는 비난에 맞서서 자신들의 입장을 변호하기로 되어 있었다. 그리하여 원고와 피고 역할을 맡은 사람들이 서로 맞붙기는 했지만, 너무 우스꽝스럽게도 상대를 헛짚으며 딴소리를 늘어놓고 있었다. 그들이 진리에 대한 해괴한 비방이 속임수라는 것을 입증하겠다고 소집한 요란한 학문적 검증 기구는 기괴한 것이었고, 역사를 움직이는 강력한 허구, 다시 말해 공동체를 형성하는 거짓된 신념을 도저히 당해 낼 수 없었다. 그리고 그들이 허구와는 전혀 무관한 차원에서, 즉 학문적인 차원에서, 정당하고 객관적인 진리의 차원에서 상대를 논박하려고 애쓰면 애쓸수록 허구의 주창자들은 더욱 의기양양해서 비웃는 표정을 지었다. 아, 학문이여, 진리여! 이 떠들썩한 소동을 극적으로 묘사하자면 이런 외침의 정신과 음조가 지배적이었다. 그들은 그들의 힘으로는 손써 볼 도리가 없는 요지부동의 그릇된 신념에 맞서서 절망적으로 비판과 이성을 들이대기를 즐겼으며, 모두가 합세해 학문이라는 것이 우스꽝스러울 정도로 무기력하다는 것을 드러냈다. '멋쟁이 왕자님들'까지도 애송이답게 신이 나서 이런 소동을 즐겼다. 흥이 오른 일행은 최종 판결을 내려야 할 재판부에게도 그들 스스로가 보여 준 것과 동일한 자기 부정을 서슴지 않고 요구했다. 그리하여 대중의 정서에 공감하고 집단으로부터 고립되기를 원치 않는 법정은 집단 정신에 위배되는 이론과 진리를 옹호할 만큼 무모하지는 않았다. 재판부는 가공할 만한 오류를 존중하고, 오류를 신봉하는 무리들에게 무죄 판결을 내리고, 또한 학문을 마음껏 우롱함으로써 자신이 현대적이라는 것을, 가장 현대적인 의미에서 애국적이라는 것을 입증해야만 했던 것이다.

아, 물론이죠! 아무렴요! 그렇게 말할 수 있지요. 쿵, 쾅.

비록 역겹기는 했지만 그렇다고 놀이의 훼방꾼이 되고 싶지는 않았기 때문에, 나는 거부감을 내색하지 않고 될 수 있는 대로 다른 사람들처럼 즐거운 시늉을 해야만 했다. 무작정 동의한 것도 아니고, 적어도 일시적으로는 눈앞의 사태와 앞으로 닥쳐올 사태에 대한 인식 자체에서 정신적 만족을 찾는 태도였다. 나는 잠시라도 진지한 자세를 취하자고 제의해 보기도 했다. 생각이 있는 사람이라면 비록 공동체가 처해 있는 곤경에 신경이 쓰이더라도, 어쩌면 공동체의 요구에 따를 것이 아니라 진리를 추구하는 것이 바람직하지 않을까 하는 문제를 고려해 보자는 뜻에서였다. 진리를 희생시켜서라도 공동체에 봉사해야 한다는 생각보다는 비록 쓰라린 진리라 할지라도 결국에는 진리가 간접적으로라도 공동체에 도움이 될 것이기 때문이다. 실제로 진리를 부정하면 진정한 공동체의 기반은 암암리에 내부로부터 붕괴되는 것이다. 그런데 내 발언이 그때처럼 전혀 반향을 얻지 못한 채 묵살되기는 난생처음이었다. 물론 내가 서툴게 대응했다는 것은 시인한다. 나의 제안은 당시의 지적 분위기에 어울리지 않는 발언이었고, 넌더리가 날 정도로 흔해 빠진 관념론의 색채를 띠었기 때문이다. 그런 발상은 새로운 것의 수용에 방해가 될 터였다. 아무 성과도 없이 지루한 반론을 제기할 게 아니라 차라리 흥분된 무리들 가운데 끼어들어 과연 새로운 것이 무엇인지 관찰하면서 말해 주고, 토론 흐름에 내 생각을 맡긴 채 은밀히 형성 중인 새로운 세계의 모습을 그려 보는 편이 훨씬 좋았을 것이다. 그런다고 갑갑한 기분이 나아졌을지는 의문이지만.

그 세계는 구시대의 혁명적 반동이 새로운 형태로 활개 치는 세계였다. 그 세계에서는 진리, 자유, 정의, 이성 등 개인을 중시하는 이념과 결부된 가치들이 완전히 힘을 잃고 배척되거나, 지난 몇 세기 동안 통용되던 것과는 전혀 다른 의미를 갖게 되었다. 즉, 그런 가치들은 무기력한 이론의 틀에서 벗어나 유혈 폭력에 의해 상대화되었으며, 이론보다 훨씬 더 높이 군림하는 폭력과 권위주의와 독단적 신념에 의해 재단되었다. 이 새로운 조류는 구태의연한 반동의 형식을 취하지 않고, 호기심에 가득 찬 인간들을 중세의 신정국가(神政國家)를 방불케 하는 조건과 상황 속으로 되돌려 놓았다. 지구를 반대 방향으로 일주한다고 해서 뒷걸음치는 길이라고 할 수 없듯이, 그런 사태를 그저 반동적이라고 할 수는 없었다. 지금 벌어지고 있는 사태는 요컨대 퇴보와 진보, 옛것과 새것, 과거와 미래가 하나로 착종된 것이라 할 수 있으며, 정치적 우익이 점차 좌익과 합세하는 형국이다. 어떤 조건에도 얽매이지 않는 탐구, 자유로운 사고는 진보를 대변하기는커녕 오히려 지루하게 정체된 세계에서나 가능했던 것이다. 700년 전*에 신앙을 토론의 대상으로 삼고 교리를 논증의 대상으로 삼을 수 있도록 이성이 자유를 확보했다면, 이제는 폭력을 정당화할 수 있는 사고의 자유가 주어진 셈이다. 이성이라는 것은 그런 목적을 위해 봉사해 왔고, 지금이나 앞으로나 인간의 사고라는 것은 그런 목적을 위해 존재할 것이다. 물론 이성적 탐구에는 늘 전제 조건이 있었다. 다만 그 전제 조건이 과연 무엇이냐가 문제인 것이다! 그것은 다름 아닌 공동체의 폭력과 권위였다. 그 전제 조건은 너무나 자명한 것이어서 학문이 자유롭지 못한 상태에 처할 수

---

* 루터의 종교개혁 당시를 가리킨다.

도 있다는 생각조차 하지 못할 정도였다. 하지만 그런 전제는 전적으로 주관적인 것이다. 물론 공동체의 구속이 전혀 구속으로 느껴지지 않을 정도로 자연스럽게 뇌리에 박힌 객관적 구속의 테두리 안에서 그렇다는 말이다. 곧 닥쳐올 상황을 분명히 파악하고 지레 겁먹지 않기 위해서는, 절대적인 것처럼 보이는 특정한 제약과 절대 불가침의 조건들이 사실은 자유로운 상상력과 개인의 대담한 사고에 전혀 방해가 되지 않았다는 것을 상기할 필요가 있다. 사실은 오히려 그 반대다. 가령 중세인들에게는 정신적 획일성과 폐쇄성이 애초부터 교회를 통해 무조건 당연한 것처럼 강요되었기 때문에 오히려 중세인들은 개인주의 시대의 시민들에 비해 상상력이 훨씬 더 풍부했으며, 개인적으로 더 거리낌 없이 자신 있게 상상의 세계를 즐길 수 있었던 것이다.

사실 폭력의 기반은 확고해졌다. 폭력은 추상적인 것을 배격했다. 내가 크리트비스 씨의 친구들과 함께 토론하는 가운데 어떻게 구시대의 잔재가 새로운 형태로 이런저런 영역에서 삶을 체계적으로 변화시킬 것인지를 내 나름대로 추정해 본 것은 잘한 일이었다. 예컨대 오늘날 초등 교육에서는 철자법이나 읽기를 가르치는 기초 학습은 건너뛰고 곧장 어휘를 익히도록 가르치며, 사물에 대한 구체적 직관을 통해 글쓰기를 익히도록 하는 추세로 바뀌고 있다는 것은 교육학자라면 다 아는 사실이다. 그런데 이런 추세는 어떤 의미에서는 추상적이고 보편적이며 개별 언어에 구애받지 않는 표음 문자의 전통에서 이탈해 원시 민족들의 상형 문자로 회귀하는 것과 맥락을 같이한다. 나는 혼자 속으로 생각해 보았다. 도대체 단어는 왜 있는 것이고, 쓰기는 왜 있는 것이며, 언어는 왜 있는 것일까? 언어가 불필요하다는 관점에서 보면 결국 철저한 객관성이라는 것은 오직 사물 자체에만 의존하는 것이다. 이와 관련해 스위프트의 풍자가 생각난다. 그에 따르면 개혁을 좋아하는 학자들이 허파를 보호하고 불필요한 말을 피한다는 명분으로 아예 단어와 말을 없애고 순전히 직접 사물을 내보이는 방식으로 의사소통을 하기로 결의한다. 그러자면 의사소통을 원활히 하기 위해 가능한 한 많은 물건을 등에 지고 다녀야만 할 것이다. 특히 여자들, 천민들, 문맹자들이 이런 개혁에 반대하고 말로 수다를 떨 수 있기를 주장한다는 대목은 더욱 우스꽝스럽다. 물론 내가 접한 토론자들은 스위프트의 풍자에 나오는 학자들처럼 심한 제안을 하지는 않았다. 오히려 이들은 관찰자의 자세로 현실에 거리를 두면서도 이 시대에 뚜렷이 부각되는 전반적인 분위기를 '엄청 중요하다.'라고 파악하고 있었다. 다시 말해 그들은 이 시대에 적합하고 필수적이라 여기는 단순화를 위해 이른바 문화적 업적이라는 것을 즉각 포기할 태세를 취했다. 보는 관점에 따라서는 그런 단순화가 의도적으로 다시 야만 상태로 되돌아가려는 움직임이라 할 수도 있을 것이다. 내가 잘못 들은 게 아니라면, 그들은 이런 맥락에서 뜬금없이 치과 의학으로 말꼬리를 돌리더니, 아드리안과 내가 음악을 비판하는 상징으로 사용했던 '썩은 치아'에 관해 아주 구체적으로 이야기하기 시작했다. 그러자 나는 웃음이 나오면서도 그야말로 섬뜩한 느낌이 들었다. 치과 의사들이 신경이 죽은 치아를 당장 뽑아 내려고 하는 경향이 커지고 있다고 그들이 흥겹게 이야기하자 나는 함께 웃으면서도 얼굴이 달아올랐던 것 같다. 요즘 치과 의사들은 썩은 치아를 병균에 오염된 이물질로 간주하는 결론에 도달했기 때문이다. 오랜 노력 끝에 19세기에 이미 치근 치료법이 정교하게 발달했는데도 말이다. 다름 아닌 브라이자허 박사가 이 문제에 대해 예리하게 지적해 좌중의 동의를 얻었다. 그에 따르면 이런 위생학적 관점은 일찍부터 존재해 온 경향, 즉 미심쩍은 것을 제거하고 배제하여 단순화하려는 경향을 합리화하는 것이라 할 수 있으며, 위생학의 관점을 취하다 보면 온갖 이데올로기의 혐의를 받기 쉽다고 했다. 하지만 장차 언젠가 병적인 것을 과감히 배제하고 생존 능력이 없는 자들이나 정신 장애자들을 말살할 수 있다면, 민족과 인종을 정화한다는 위생학적 명분으로 그런 정책을 정당화할 수 있다는 것이었다.* 그리고 정작 더 중요한 문제는 인간을 나약하게 만드는, 시민 계급이 주도한 시대의 산물인 일체의 것을 근절하는 결단이라고 했다. 사람들은 이런 생각을 부인하기는커녕 오히려 강조했다. 그리고 그런 결단은 전면적인 전쟁과 혁명의 시대, 인간성을 비웃는 이 엄중하고 암울한 시대에 대처해 인간이 본연의 모습을 되찾기 위한 본능적 욕구에 부응하는 것이라고 했다. 이 시대는 중세 기독교 문명보다 훨씬 이전 시대로 되돌아갈 것이며, 고대 그리스 로마 문화가 붕괴한 이후 중세 기독교 문화가 형성되기 이전의 암흑기를 재현하는 형국이 될 거라고 했다…….

---

* 히틀러의 유대인 학살과 인종 정화 정책을 암시.

34(맺음)

　내가 이런 기이한 주장들을 들어 주느라 체중이 6킬로그램 가량이나 줄었다고 하면 사람들은 과연 이해할 수 있을까? 물론 크리트비스 씨 모임의 성과를 신뢰하지 않고, 그 사람들이 황당무계한 소리를 지껄이고 있다고 확신만 했던들 그런 고역은 모면할 수 있었을 것이다. 하지만 나는 전혀 그렇게 생각하지 않았다. 오히려 나는 그들이 믿을 만한 감수성으로 시대의 움직임을 예리하게 짚어 내고, 있는 그대로를 말하고 있다는 것을 한순간도 잊지 않았다. 거듭 말하지만, 만약 그들 스스로가 목전의 상황에 대해 다소라도 경악을 표하고 도덕적 비판을 가했다면 나는 정말로 감사했을 것이며, 아마 체중도 6킬로그램씩이나 빠지지 않고 3킬로그램 정도 빠지는 선에서 그쳤을 것이다. 그들은 이렇게 말하고 싶었는지도 모른다. "불행하게도 심상치 않은 일이 닥칠 것만 같습니다. 따라서 대책을 강구해야 합니다. 앞으로 닥쳐올 사태를 경고하고 최선을 다해 저지해야만 합니다." 그러나 실제로 그들이 말한 어조는 이러했다. "틀림없이 어떤 사태가 닥칠 텐데, 그때가 오면 우리는 최고의 순간을 맞이할 것입니다. 이건 흥미진진한 일이고, 어쩌면 좋은 일인지도 모릅니다. 어떻든 장차 벌어질 사태를 인식하는 것 자체만으로도 충분히 보람과 만족을 안겨 줄 테니 좋은 일이지요. 그런 사태를 막는 것은 우리가 할 일이 아닙니다." 이 학식 있는 사람들의 말투는 이런 식이었다. 적어도 당시에는 그랬다. 그러나 그런 태도는 인식의 희열을 핑계로 사태를 호도하는 처사였다. 그들은 자신들이 인식한 것에 대해서 공감을 표시했는데, 그런 공감이 없었다면 사태의 인식 자체가 없었을 것이다. 그것이 문제였다. 그래서 나는 울화통이 터지고 흥분한 나머지 체중이 줄어들었던 것이다.

그렇다고 지금 내가 하는 말이 전적으로 옳다는 것은 아니다. 단지 크리트비스 씨 댁에서의 모임에 의무적으로 참석하여 그들의 생각을 경청하는 정도에 그치기만 했어도 내 체중이 6킬로그램씩이나, 아니 그 절반만큼이라도 줄어드는 일은 없었을 것이다. 그들의 매정하고 지적인 논의가 내 친구의 예술과 우리의 우정이 간직된 뜨거운 체험에까지 미치지만 않았던들 나는 그들의 요설을 조금도 진지하게 받아들이지 않았을 것이다. 내가 말하고자 하는 것은 그들의 논의가, 아드리안의 어떤 예술 작품의 탄생과도 무관하지 않다는 것이다. 나는 그 작품을 작곡가 자신을 통해 간접적으로 알고 있다는 것이지 감히 그 작품 자체를 안다고 할 수는 없다. 내가 느끼기에 작품 자체는 오히려 낯설고 불안을 자아낸다. 요컨대 내 친구가 고향처럼 친근한 시골구석에 홀로 고립되어 있으면서 열병에 들뜬 듯이 순식간에 작곡한 그 작품은 크리트비스 씨의 모임에서 내가 들은 이야기들과 정신적으로 독특한 상관성을 지니고 있었다.

당시의 토론에서는 전통에 대한 비판도 하나의 논의 주제였는데, 그것은 오랫동안 확고부동한 것으로 간주되어 온 삶의 가치들이 붕괴된 결과였다. 전통에 대한 비판에서 주로 공격 대상이 된 것은 전래의 예술 형식이나 장르들이었다. 가령 시민 사회의 생활권에서 형성되어 교양의 중요한 요소가 되어 온 연극이 그러했다. 누가 먼저 이런 주장을 제기했는지는 분명히 기억나지 않는다. 브라이자허? 운루에? 홀츠슈어? 어떻든 그들은 드라마 양식이 서사 양식으로, 가극이 오라토리오로, 오페라가 오페라 칸타타로 탈바꿈하는 양상을 실감나게 설명했다. 이런 변화의 바탕에 깔려 있는 정신적 기조는, 오늘의 세계에서 개인과 일체의 개인주의는 설 자리가 없다고 보는 마르티우스 가(街) 논객들의 판단과 부합했다. 다시 말해 그것은 심리적인 차원에 더 이상 흥미를 갖지 않고, 절대적 구속력과 당위성을 지닌 객관적 언어를 추구하는 정신이었다. 따라서 그런 정신은 고전주의 이전의 엄격한 형식이 지녔던 경건한 속박을 기꺼이 감수했다. 나는 전에도 종종 그랬듯이 긴장한 채 아드리안의 거동을 주시하면서, 일찍이 우리가 소년 시절에 말더듬이 선생님한테서 인상 깊게 들은 이야기를 떠올리지 않을 수 없었다. 즉, '화음의 주관성'과 '다성적 객관성'의 대립이 그것이었다. 크리트비스 씨의 집에서 오간 이해하기 힘들 만큼 복잡하고 교묘한 대화에서 퇴보와 진보, 옛것과 새것, 과거와 미래가 하나가 되는 비유로서 지구를 도는 길을 언급한 바 있는데, 그런 음악 현상에서 나는 이미 바하와 헨델의 화음 중심 음악을 넘어서서 진정한 다성적 음악이 실현되었던 과거로 되돌아가는 현상을 목격했다. 그것은 풍부한 새로움을 동반하는 과거로의 회귀였다.

나는 당시 아드리안이 파이퍼링에서 프라이징으로 보낸 편지 한 장을 간직하고 있다. 그 편지는 '수많은 이교도의 무리가 옥좌에 앉아 있는 이와 어린 양 앞에 경배하는 장면'(뒤러의 일곱 번째 판화*를 보라.)을 소재로 송가를 작곡하던 중에 보낸 것이다. 그는 내게 한번 찾아와 달라고 부탁했는데, 그 편지에는 '대(大)페로티누스'라고 서명이 되어 있었다. 장난처럼 쓴 이 서명에는 숨은 뜻이 많은데, 자조와 장난기가 섞여 있었다. 원래 페로티누스라는 인물은 12세기 노트르담 성당의 교회 음악 책임자였으며, 작곡 분야에서는 초기 다성부 음악을 발전시킨 성가대 지휘자이기도 했다. 장난기 섞인 이런 서명은 또한 리하르트 바그너를 상기시켰다. 바그너는 「파르치팔」을 작곡하던 무렵에 쓴 편지에 '고등 종교 재판관'이라고 서명한 바 있다. 예술가의 입장에서 매우 진지하게 다루어야 할 문제들에 대해 정작 예술가 자신은 어떤 태도를 취하며, 그런 경우에 유희 정신이나 익살 및 해학이 얼마나 작용하는 것일까 하는 문제에 대해 문외한인 입장에서는 뭐라고 말하기 곤란하다. 도대체 악극의 대가인 바그너가 가장 엄숙한 축성(祝聖) 음악에 어떻게 그처럼 익살스러운 서명을 할 수 있었을까 하고 따진다면 잘못일까? 아드리안의 서명에서도 나는 그와 유사한 기분을 느꼈다. 아니, 나의 의혹과 근심과 불안은 그런 수준

---

* 뒤러의 목판화 「묵시록」 연작 중 '어린 양을 경배함'.

을 넘어섰다. 마음속으로는 그가 그런 식으로 서명한 것이 과연 올바른 것일까, 또 그가 완전히 몰입해서 첨단의 극단적인 기법으로 재창조한 영역을 과연 언제까지 고수할 수 있을 것인가 하는 의혹을 떨칠 수 없었다. 요컨대 아드리안에 대한 애정과 불안 때문에, 이런 것도 일종의 탐미주의가 아닐까 하는 의구심이 들었다. 그런 의구심 때문에 나는 시민 문화를 해체할 반대의 극단은 야만이 아니라 공동체라는 아드리안의 말에 참담한 회의가 생겼다.

　탐미주의와 야만의 친밀성, 즉 탐미주의가 야만으로 나아가는 길을 열어 준다는 것을 나처럼 자신의 영혼으로 겪어 보지 못한 사람은 나의 이런 생각에 동의할 수 없을 것이다. 물론 나 자신도 이 힘든 상황을 직접 체험한 게 아니라, 극도의 위험에 처해 있는 소중한 예술가의 정신을 우정으로 대하는 가운데 체험했을 따름이다. 세속적인 시대에 종교적인 음악을 소생시키려면 위험이 따르게 마련이다. 아닌 게 아니라 종교 음악은 교회의 목적에 봉사하기는 했지만, 그러기 전에는 문명화되지 않은 의술이나 마술에 봉사하기도 했던 것이다. 말하자면 당시에는 세속을 초월한 예배 의식의 관리자였던 사제는 의사인 동시에 마법사이기도 했다. 그것이 곧 문명이 형성되기 이전에 원시적인 형태의 예배 의식이었다는 것을 과연 부인할 수 있을까? 그리고 개인의 극단적 고립에서 벗어나 공동체로의 귀속을 열망하는 난숙한 문화의 시대에 예배 의식을 다시 소생시키기 위해 활용하는 수단들이 교회가 생활 윤리로 정착된 시대뿐 아니라 원시 시대에도 존재했다는 것은 충분히 납득할 수 있다. 아드리안의 「묵시록」을 연습하거나 공연할 때야기되는 커다란 난관은 사실 바로 이런 문제와 직접 관련되어 있다. 이 작품의 합창부는 처음에는 대화체의 합창으로 시작해 단계적으로 아주 기묘한 경로를 거쳐 마침내 너무나 풍요로운 성악곡으로 발전된다. 다시 말해 계속 조바꿈을 하면서 온갖 다양한 뉘앙스로 속삭이거나 대화를 주거니 받거니 하는 합창부를 거쳐서 흥얼거리는 음조에서부터 최고도로 다성적인 노래에 이르기까지 합창이 계속된다. 여기에 반주 음악으로는 순전히 소음처럼 들리는 아프리카 풍의 북소리가 마술적 광란의 분위기를 연출하고 징이 울리면서 최고조에 도달한다. 이 위협적인 작품은 인간의 내면에 깊숙이 감춰져 있는 것을 음악적으로 드러내려는 충동으로 인간의 야수성과 지고의 심성을 동시에 드러낸다고, 피비린내 나는 야만주의와 냉혹한 지성주의 양쪽 모두가 얼마나 극심한 비난을 퍼부었던가! 아직 음악이 되기 전 단계의 리듬만 지닌 원시적 마술 상태에서부터 가장 복잡한 완성 단계에 이르기까지 음악의 생생한 역사를 어느 정도 내포하고 있는 이 작품의 기본 이념은 부분적으로나 전체적으로나 그런 비난을 면할 길이 없었을 것이다.

나에게 늘 인간적 불안감을 유발하고 언제나 악의적인 비판으로부터 조소와 증오의 표적이 되었던 사례를 하나 들어 보겠다. 그러기 위해서는 우선 한숨 돌리고 과거를 돌이켜볼 필요가 있다. 알다시피 음악에서 최우선의 과제이자 가장 먼저 이룩한 성과는 음향에서 자연적 요소를 배제하고, 원래 원시인들에게는 다양한 음조가 뒤섞인 울부짖음에 불과했던 노래를 특정한 음계로 고정하고 혼돈으로부터 체계적인 음계를 만들어 내는 것이었다. 그러자면 무엇보다 일정한 기준에 따라 음향에 질서를 부여하는 것이 곧 우리가 음악이라고 이해하는 예술의 전제 조건이자 최우선 요건이라는 것은 두말할 나위 없다. 그런 질서를 준수하면서도 가령 자연 과학에서 말하는 격세 유전과 마찬가지로 글리산도 주법 같은 것은 본격적인 음악이 탄생하기 이전 시대의 원시적 퇴화 기관처럼 남아 있는 현상이다. 이런 기법은 문화적 근거에 비추어 깊이 생각해 보면 아주 조심스럽게 다루어야 하는데, 나는 그런 기법이 반문화적이고 반인간적인 주술 같다는 느낌을 받았다. 내가 문제 삼는 것은 레버퀸이, 물론 특별히 즐겨 구사하지는 않지만 그래도 눈에 띄게 빈번히 사용하는 글리산도 주법이다. 적어도 「묵시록」 작품에서만은 그런 기법이 문제가 된다. 물론 이 작품의 가공할 이미지들은 그런 원시적 기법을 가장 정당하게 구사하기에도, 또한 가장 유혹적으로 구사하기에도 적합하다. 제단에서 울려 퍼지는 네 개의 목소리, 네 명의 심판의 천사들이 달려와서 말을 탄 기사와 황제와 교황과 인류의 삼분의 일을 처단하는 장면을 묘사하는 대목에서 주제곡을 연주하는 트럼본의 글리산도 주법은 얼마나 섬뜩한가! 기악의 일곱 음계를 허물어 버릴 듯한 기세로 훑고 가는 것이다! 끊임없이 울부짖는 듯한 이런 음향을 주제곡으로 삼다니 얼마나 경악할 노릇인가! 그리고 팀파니가 반복해서 글리산도 주법으로 울리는 가공할 음향은 또 어떠한가! 여기서는 팀파니의 페달이 작동하는 방식을 조절해서 다양한 높낮이로 음악적 또는 음향적 효과를 획득하고 있는데, 손으로도 연신 두드려 대는 그 효과는 가공할 만하다. 하지만 진짜 기절초풍할 일은 글리산도 주법을 사람의 목소리에 적용했다는 것이다. 음악에서 사람의 목소리는 혼란스럽게 울부짖는 원시적인 발성에서 탈피해 음의 질서를 갖게 된 최초의 대상인 것이다. 「묵시록」의 합창대는 제7의 봉인*이 개봉되는 순간 태양이 검게 변하고 달이 핏빛으로 물들고 배가 뒤집힐 때 절규하는 인간들의 모습을 소름 끼치게 형상화하고 있는데, 말하자면 이런 형상화 방식이 곧 음악에서 원시적인 상태로의 회귀인 것이다.

아드리안의 작품에서 합창곡을 다루는 방식에 관해 한마디 더 덧붙이고자 한다. 이 작품에서 성악부는 몇 개의 그룹으로 나누어 각자의 역할을 주고받으며 극적인 대화 형식이나 독백의 절규로 이어지는데, 이런 기법은 거의 전례가 없긴 하지만 멀리 거슬러 올라가면 바흐의 「마태 수난곡」에서 '바라밤!' 하고 터져 나갈 듯한 대답의 외침이 고전적 모델이라 할 만하다. 「묵시록」은 오케스트라의 간주곡을 배제하고 있다. 그 대신 놀랍게도 합창곡이 적어도 한 번 이상 오케스트라의 성격을 띤다. 하늘을 가득 채운 14만 4000명**의 선택된 자들이 부르는 찬송가를 재현하고 있는 합창 변주곡이 그런 경우라 할 수 있다. 여기서 합창이라 할 만한 요소는 오케스트라가 리듬을 가장 풍요롭게 대비시키는 데 비해 네 성부가 모두 동일한 리듬을 끝까지 유지하고 있다는 사실뿐이다. 이 작품(비단 이 작품뿐만이 아니지만)이 보여 주는 극단적인 다성적 특성은 숱한 조소와 혐오의 빌미가 되었다. 그렇지만 이 대목은 그렇게 표현될 수밖에 없고, 있는 그대로 받아들여야 한다. 적어도 나는

---

* 인류의 파멸을 알리는 최고의 비밀. 「요한 계시록」 8장 참고.
** 최후의 심판에서 구원받는 이들의 숫자. 「요한 계시록」 7장, 14장 참고.

그렇게 받아들이며 경탄해마지 않는다. 다시 말해 이 대목에서는 불협화음이 고귀하고 진지하고 경건하고 영적인 모든 것을 표현하고 있으며, 그 반면 화음에 맞는 음의 구성은 나락의 세계, 범속하고 비루한 세계를 표현하고 있다는 역설(이런 것이 역설이라면)이 이 작품 전체를 압도하고 있는 것이다.

그런데 내가 말하고자 했던 것은 좀 다른 것이다. 나는 「묵시록」의 성악부와 기악부가 종종 서로 기묘하게 착종되어 있는 현상을 지적하고자 했다. 합창과 오케스트라가 인간적인 것과 사물적인 것으로 명확하게 구분되지 않는 것이다. 양자는 서로 상대편 속에 용해되어 있다. 즉, 합창은 기악화되고 오케스트라는 성악화되었다. 마침내는 인간과 사물의 경계가 뒤바뀐 것처럼 보일 정도인데, 이런 현상은 확실히 예술적 통일성을 위해서는 유용하다. 그로 인해 마음 졸이는 위험이나 사악함 같은 것을 효과적으로 전달하기 때문이다. 적어도 내가 느끼기에는 그렇다. 몇 가지 구체적인 예를 들어 보기로 하자. 가령 지상의 여러 왕들과 짐승처럼 놀아난 바빌론 창녀의 목소리는 기이하고 놀랍게도 너무나 우아하고 장식음이 많은 소프라노에 할당되어 있는데, 그 거침없는 흐름은 이따금 오케스트라의 플루트와 같은 효과를 낸다. 그런가 하면 다양한 방식으로 톤을 낮춘 트럼펫은 기괴하게 인간의 목소리를 흉내 내고 있다. 색소폰 역시 그런 효과를 내고 있다. 색소폰은 소규모 오케스트라의 여러 곳으로 분산되어 지옥의 자식들이 부르는 망측스러운 윤무가(輪舞歌)와 악마의 노래를 반주하는 역할을 하는 것이다. 아드리안이 대상을 조롱하듯 흉내 내는 능력은 원래 그의 우울한 천성 탓이겠지만, 이 작품에서는 다양한 음악 양식을 적절히 패러디해 지옥의 오만방자한 풍경을 묘사하는 방식으로 진가를 발휘하고 있다. 가령 프랑스 인상주의 음악 양식이 우스꽝스럽게 변형되고, 중산층의 살롱 음악, 차이콥스키, 뮤직홀, 재즈의 당김음과 리듬의 곡예 등이 마치 말을 달리며 고리에 창을 던져 넣는 경기처럼 다채롭게 변주되고 있다. 다시 말해 엄숙하고 어둡고 무거운 톤으로 엄격하게 작품의 정신적 기조를 유지하는 주(主)오케스트라의 선율이 바탕에 깔리고, 그 배경 위에 이처럼 다채로운 패러디가 펼쳐지고 있는 것이다.

내친 김에 계속하자. 내 친구가 유언처럼 남긴 이 작품은 아직도 제대로 설명되지 않았고, 내 가슴에 맺힌 이야깃거리가 너무나 많다. 나로서는 이 작품을 비난하는 사람들의 입장과는 되도록 멀찌감치 거리를 두고 아예 언급하지 않는 편이 좋겠다. 그런 비난에는 그럴 만한 이유가 있다는 건 인정하지만, 그렇다고 비난의 정당성을 인정하느니 차라리 혀를 깨물고 싶은 심정이다. 비난의 핵심은 내 친구의 작품이 야만주의에 빠져 있다는 것이다. 사람들은 가장 낡은 것과 가장 새로운 것을 통합한 것에 반대해 그런 주장을 하고 있다. 물론 이 작품의 특성이 그렇긴 하지만, 그것은 아무 이유 없이 그렇게 된게 아니라 작품의 본질상 그럴 수밖에 없는 것이다. 내 생각에 이런 현상은 가장 새로운 것 속에 가장 오래된 것이 다시 나타나는 방식으로 세상 이치가 돌아가기 때문이 아닐까 싶다. 과거의 음악이 훗날의 음악에서 깨우친 리듬을 몰랐던 것도 같은 맥락에서 이해될 수 있다. 성악은 언어의 법칙에 따라 운율을 취했고, 처음부터 일정한 박자와 리듬을 갖춘 시간적 척도에 따라 발전했다기보다는 오히려 그런 것에 얽매이지 않고 자유로운 낭송의 정신에 따라 발전했다고 볼 수 있다. 그러면 최근 음악의 리듬은 어떠한가? 최근 음악의 리듬 역시 언어의 강약에 보조를 맞추고 있지 않은가? 언어의 변화무쌍한 유동성으로 인해 음악의 리듬 역시 해체되고 있지는 않은가? 이미 베토벤의 경우만 보더라도 훗날의 음악을 예감케 하는 자유로운 리듬으로 구성된 악장들이 있는 것이다. 레버퀸의 음악에서도 박자의 분절 자체가 포기된 것은 아니다. 그의 음악에도 아직 리듬이 남아 있어서 역설적이게도 보수적인 느낌을 주는 것이다. 그렇지만 선율의 대칭은 전혀 고려하지 않고 언어의 강세에만 초점을 맞추고 있어서 사실상 리듬은 박자마다 바뀌고 있다. 레버퀸의 음악에는 이성적으로는 파악되지 않으면서도 인간의 영혼에 작용해 영혼의 깊은 곳까지 영향을 미치는 강렬한 무엇인가가 있다. 나는 그의 음악에서 그런 느낌을 받는다. 바다 건너 신대륙에서 독학으로 왕성한 음악 활동을 했다는 기인(奇人), 역시 기인인 아드리안의 어린 시절 스승이 이야기해 주었던 인물, 학교에서 집으로 돌아오는 길에서 아드리안이 극구 칭찬한 적이 있는 인물인 요한 콘라트 바이셀의 이야기* 역시 그런 인상을 주었다. 나는 에프라타에 거주했던 엄격한 교육자이자 새로운 음악의 개척자인 바이셀을 이미 오래전부터 거듭 떠올렸다는 사실을 굳이 숨기지 않겠다. 음악적 지식과 기교 및 정신의 극한까지 나아간 레버퀸의 작품과 바이셀의 소박한 교육관 사이에는 분명히 넘어설 수 없는 거리가 있다. 그럼에도 레버퀸을 잘 아는 내가 보기에는 '주인 음과 하

---

* 8장 참고.

인 음'을 창안한 바이셀의 정신*과 낭송조 송가 음악의 정신은 레버퀸의 음악과 통하는 측면이 있다.

이처럼 구체적인 설명이 과연 나를 속상하게 하는 비난에 대해 해명하는 데 도움이 되었을까? 나는 레버퀸의 음악이 야만적이라는 비난에 대해 해명하려고 애쓰고 있지만, 그렇다고 추호도 그런 비난을 인정하지는 않겠다. 그런 비난이 제기되는 이유는 이 작품이 야만적이어서가 아니라 오히려 종교적 환상을 다루고 있음에도 차가운 인상을 주는 현대성이 강하기 때문일 것이다. 이 작품은 신학적인 문제를 거의 심판과 두려움의 관점에서만 다루고 있다. 이렇게 말하면 작품을 욕보이는 말이 될지 모르겠으나, 그런 관점은 첨단의 현대성을 띠고 있다. 예를 들어 보자. 인류의 종말이라는 이 경악할 사태의 증인인 '요한'은 동시에 이 사건의 전달자로서 사자와 송아지, 인간과 독수리 무리가 심연에서 허우적거리는 모습을 묘사하고 있다. 이 부분은 전통적 방식으로 테너 가수에게 할당되긴 했지만, 그 목소리는 마치 거세된 남자의 외마디 비명 같은 느낌을 준다. 그야말로 냉정한 톤으로 전달되는 이 비명은 인류의 파멸을 알리는 내용과는 뚜렷이 대립된다. 1926년에 '새로운 음악을 위한 국제 협회'의 주관으로 마인 강변의 프랑크푸르트에서 공연 페스티벌이 열렸을 때 「묵시록」이 최초로, 그리고 당분간은 마지막으로 (클렘페러**의 지휘하에) 공연되던

---

* 하느님을 받들고 따르는 엄격한 종교적 규율에 맞게 찬송가를 작곡한 바이셀의 음악관.
** Otto Klemperer(1885~1973). 독일의 지휘자. 로스앤젤레스 교향악단 상임 지휘자를 지냈고, 독일의 여러 악단에서도 지휘를 했다.

당시, 엄청나게 어려운 이 대목은 에르베라는 환관 타입의 테너 가수가 멋지게 소화했다. 그의 애절한 노래는 그야말로 '세계의 종말에 관한 최신의 보고'답게 이채를 띠었다. 그는 작품의 정신을 매우 지적으로 파악하여 흠잡을 데 없이 묘사했다. 경악할 내용을 무리 없이 표현하기 위한 기교적 수단의 또 다른 예로 확성기 효과(오라토리오에서 그런 효과라니!)를 들 수 있다. 작곡가가 여러 군데 삽입한 이 효과는 일찍이 시도된 바 없는 공간적 음향 효과를 노린 것이었다. 즉, 확성기를 통해 몇몇 합창과 오케스트라는 전면으로 부각되고, 다른 나머지 부분은 배경 음악으로 밀려나는 것이다. 그 밖에도 다른 예를 들자면, 매우 드물긴 하지만, 순전히 지옥의 장면을 묘사하기 위해 활용된 재즈 풍을 꼽을 수 있다. 이쯤 되면 내가 이 작품을 두고 감히 '첨단의 현대성'을 띠고 있다고 한 것도 그다지 틀린 판단은 아닐 것이다. 그렇지만 이 작품은 그 바탕에 깔린 정신적이고 영적인 분위기에 비추어 볼 때 역시 현대의 첨단적 사고보다는 '카이저스아셰른'과 더 깊이 관련되어 있으며, 과감하게 말하면 그 본질은 의고적(擬古的) 정신의 분출이라 할 수 있다.

영혼의 상실! 아드리안의 작품을 '야만적'이라고 단정하는 사람들이 근본적으로는 이 문제를 지적하고 있음을 나는 잘 알고 있다. 도대체 그런 자들이 「묵시록」의 어떤 서정적 악절, 혹은 그저 모티프라도 제대로 귀담아들었거나 아니면 흘낏 스쳐 들기라도 했단 말인가? 실내악단이 반주하는 어떤 부분들은 나보다 더 목석 같은 인간들도 마치 영혼의 구원을 간절히 원하는 사람들처럼 눈물을 흘리게 할 수 있을 만큼 심금을 울린다. 혹시 내가 균형 감각을 잃고 극단적인 주장을 한다면 양해하기 바란다. 그처럼 영혼의 구원을 갈망하는, 인어 아가씨의 간절한 소원을 비인간적이라고 하는 자들이야말로 야만적이고 비인간적인 것이다!

나는 그런 비난에 대한 거부감에 사로잡혀 이 글을 쓰고 있다. 그런데 나를 사로잡는 또 다른 기억은 악령들의 웃음소리, 지옥의 웃음소리다. 소름 끼치는 그 외마디 웃음소리는 「묵시록」 제1악장의 결말을 장식하고 있다. 나는 그 대목을 증오하면서도 사랑하고 또 두려워한다! 왜냐하면 (너무 개인적인 변명처럼 들리더라도 양해하기 바란다!) 나는 언제 또다시 아드리안이 웃음을 터뜨릴지 두려웠기 때문이다. 뤼디거 쉴트크납과는 달리 나는 그 웃음소리에 장단을 맞추기 힘들었다. 나는 이 작품에서 오십 박자 동안이나 거침없이 계속되는 지옥의 웃음소리를 들을 때면 아드리안의 웃음소리를 들을 때와 똑같이 두렵고 꺼림칙하고 조마조마한 당혹감을 느꼈다. 그것은 각각의 목소리들이 킬킬거리는 것으로 시작해 급속히 번져 나가서는 마침내 합창단과 오케스트라 전체로 확산된다. 리듬이 엎치락뒤치락 엇갈리면서 곡 전체가 가장 빠른 템포로 바뀌고, 모든 것을 집어삼킬 듯한 지옥의 웃음소리가 발작적으로 터져 나오면서 씩씩거리는 소리, 툴툴거리는 소리, 쉿소리, 흐느낌, 그리고 염소와 말의 울음소리 같은 것이 소름끼치게 혼합된, 지옥의 조소와 개선가가 울려 퍼진다. 나는 작품 전체에서 차지하는 위치 때문에 유별나게 두드러져 보이는 이 걷잡을 수 없는 지옥의 웃음소리 자체를 너무나 혐오한다. 그래서 만일 이 부분이 어떤 맥락에서 음악의 가장 깊은 비밀, 즉 자기 동일성의 비밀*을 드러내지만 않았던들 여기서 내가 자제심을 가지고 이 부분을 언급하지는 못했을 것이다.

제1악장의 결미를 장식하는 이 지옥의 웃음소리는 너무나 경이로운 어린이 합창과 대비된다. 오케스트라의 일부 악기들이 반주하는 이 합창은 바로 다음에 이어질 제2악장을 개시해 주는 역할을 한다. 우주적인 천상(天上)의 음악이라 할 수 있는 이 부분의 음조는 아주 냉랭하고 명료하며 유리처럼 투명하고 신랄한 불협화음으로 구성되어 있긴 하나, 그와 동시에 이룰 수 없는 그리움을 담아 다다를 수 없는 별천지를 표현하는 매력을 갖고 있기도 하다. 그런데 비난하던 사람들조차도 마음에 들어 하고 그들을 감동시키고 마음을 고쳐먹게 한 이 부분에도 본질적으로는 지옥의 웃음 같은 것이 스며 있다는 것은 제대로 듣고 볼 줄 아는 사람이면 누구나 알아차릴 수 있다! 아드리안 레버퀸은 어느 작품에서나 동일한 것을 색다르게 변형하는 탁월한 재능을 발휘하고 있는 것이다. 가령 어떤 푸가의 주제를 다시 되풀이할 때면 아주 교묘하게 리듬을 변화시켜서, 동일한 주제를 표현하고 있음에도 전혀 반복되는 것을 알아차리지 못하게 하는 그런 수완은 익히 알려져 있다. 이 작품의 경우도 그러한데, 특히 어린이 합창에서는 그런 기법이 가장 심오하고 은밀하게, 그러면서도 원대한 규모로 발휘되고 있다. 신비로운 의미의 변화와 변신, '탈경계'의 이념을 표

---

* 음악은 현실의 대상을 묘사하거나 가리킨다기보다는 음악 자체의 자기 완결성을 지향한다는 뜻. 위의 문맥에서는 「묵시록」이 형상화하는 지옥의 장면을 선과 악의 도덕적 관점으로 재단해서는 안 된다는 의미를 함축하고 있다.

현하는 각각의 단어와 그 변형 및 변용은 이 부분에서 최고의 효과를 거두고 있다. 그리하여 앞부분에서 표현한 경악은 이루 형언할 수 없는 어린이 합창에 와서는 전혀 다른 상황으로 전환되는데, 심지어 리듬과 기악 편성조차 완전히 뒤바뀐다. 그러면서도 감각을 마비시킬 듯이 속삭이는 천사의 합창에서 지옥의 웃음소리와 엄밀히 상응하지 않는 음은 단 하나도 없는 것이다.

이런 대목이 아드리안 레버퀸의 진면목을 보여 준다. 그가 표현하는 음악의 진수는 심오한 의미를 지닌 조화, 비밀을 간직한 정교한 구성에 있다. 이런 면모야말로 내가 우정에서 우러나오는 고통을 느끼면서도 음악에 눈뜨게 해 준 것이다. 물론 천성이 소박한 나로서는 어쩌면 음악에서 뭔가 다른 것을 기대했을지도 모르겠다.

35

이 새로운 장에서는 내 친구의 인생 주변에서 한 인간을 파멸과 죽음으로 몰아간 사건에 대해 이야기하고자 한다. 그런데 내가 지금까지 쓴 문장이나 단어 중에 우리 모두의 삶을 휩쓴 파국적인 분위기를 풍기지 않는 것이 단 하나라도 있었던가? 이 글을 쓰는 나의 손이 파국의 전율로 자꾸만 떨리듯이, 남몰래 떨지 않은 단어가 하나라도 있었던가? 나의 이야기가 서술하고자 하는 파국은 오늘날 세계를 휩쓸고 있으며, 적어도 시민 사회의 인간사는 파국에 직면해 있다.

여기서 내가 말하고자 하는 것은 바깥세상에서는 거의 주목하지 않은 내밀한 인간적 문제와 결부된 파탄이다. 이 파탄은 여러 가지 계기를 통해 조장되었는데, 한 남자의 파렴치함, 한 여자의 약점과 자존심과 사회생활의 실패가 곧 그것이다. 이네스의 동생이자 배우인 클라리사 로데 역시 언니와 마찬가지로 위태로워 보였는데, 그녀가 거의 내 눈앞에서 죽은 것이나 다름없이 세상을 떠난 지도 이십사 년이 지났다. 그러니까 1921년에서 1922년으로 넘어가던 겨울이 지나고 그해 5월에 그녀는 파이퍼링에 있는 어머니의 집에서 어머니의 심정은 아랑곳하지 않고 단호하게 독약을 마시고 스스로 목숨을 끊었던 것이다. 그녀는 자존심 때문에 자신의 인생을 더 이상 견딜 수 없게 된 그 순간까지 이미 오래전부터 죽음을 준비해 왔던 셈이다.

이 끔찍한 사건은 우리 모두를 충격으로 몰아넣었으나 그렇다고 당사자를 책망할 수도 없는 노릇이었다. 이제 클라리사의 자살을 초래한 사건의 경과와 당시의 상황을 간단히 이야기하기로 하겠다. 앞에서도 잠시 언급했지만, 뮌헨에 있는 클라리사의 스승이 그녀를 염려해서 해 준 충고는 옳다는 것이 입증되었으며, 여러 해가 지나도록 클라리사가 촌구석을 벗어나 배우로서 제대로 품격을 갖춘 무대로 진출할 가망은 보이지 않았다. 동프로이센 지방의 엘빙을 떠난 그녀는 바덴 지방의 포르츠하임으로 옮겨 갔다. 다시 말해 거의 제자리걸음을 하고 있었던 셈이다. 규모가 큰 독일 극장들은 그녀에게 관심도 갖지 않았다. 그녀는 제대로 뜻을 펴지 못했다. 그녀의 재능이 명예욕을 뒷받침해 주지 못했고, 그녀의 지식이나 의욕을 북돋아 무대에서 완고한 관객들의 마음을 사로잡게 할 만한 진짜 배우의 기질이 없었기 때문이다. 이 단순한 이유를 당사자 자신은 납득하기 어려웠을 것이다. 그녀에게는 원초적 본능 같은 것이 결여되어 있었다. 원초적인 것은 바야흐로 모든 예술 분야에서, 특히 연극 무대에서는 무엇보다도 결정적인 역할을 하고 있었던 것이다. 이런 현상이 예술의, 특히 무대 예술의 영예가 되든 불명예가 되든, 좌우간 그것은 사실이다.

클라리사의 인생을 혼란에 빠뜨린 또 다른 요인이 있었다. 내가 훨씬 앞에서 근심스럽게 지적했듯이, 그녀는 연극과 인생을 구별하지 않았다. 그녀는 자기가 배우라는 것을 연극 무대 바깥에서도 내세웠는데, 그것은 그녀가 제대로 된 배우가 아니었기 때문일 것이다. 그녀는 연극배우에게 요구되는 개성적 외모를 지나치게 의식해 평소에도 짙은 화장을 하고 기괴한 머리 모양을 하고 다녔고, 모자에 과장된 장식을 하곤 했다. 이처럼 오해에서 비롯된 전혀 불필요한 자기 과시는 지인들이 보기에 안쓰러웠고, 점잖은 시민들에게는 노여움을 샀으며, 남자들에게는 한번 유혹해 보고 싶은 오기를 불러일으켰다. 하지만 그녀의 그런 치장에는 별다른 의도가 없었다. 클라리사는 극히 냉소적이고 쌀쌀맞으며 냉정하고 정숙하며 고상한 여자였기 때문이다. 물론 이런 냉소적인 자존심이야말로 그녀가 여성으로서 품은 정욕의 보호색일 수도 있었다. 만일 그렇다면 루디 슈베르트페거의 정부(情婦)인, 혹은 한때의 정부였던 이네스 인스티토리스의 자매다운 처신이었던 셈이다.

어쨌든 클라리사를 정부로 삼으려 했던 육십 대의 부유한 노신사에 이어, 슬그머니 그녀의 꽁무니를 쫓아다니는 멋쟁이들이 여럿 있었다. 그러나 그들은 노신사만큼 확고한 의도를 갖고 있지는 않았다. 그들 중에는 그녀에게 도움이 될 만한 비평계의 인물도 한둘 있었으나, 그녀에게 굴욕적인 퇴짜를 맞은 분풀이로 그녀의 연기를 욕하는 것으로 끝이 나고 말았다. 그러다가 마침내 얄궂은 운명의 장난으로 그녀 스스로도 어이없이 콧대가 꺾이고 말았다. 그녀의 처녀성을 정복한 사내는 그런 행운을 얻을 만한 위인이 못 되었는데, 클라리사 역시 그렇게 생각했기 때문에 '어이없이' 당했다고밖에 할 수 없다. 그 남자는 볼썽사납게 뾰족한 수염을 기르고 여자들 꽁무니나 쫓아다니며 추파를 던지곤 했는데, 촌티 나는 그 바람둥이는 포르츠하임에서 변호사를 하고 있었다. 그자가 자신의 노획물을 위해 갖춘 것이라고는 사람을 깔보는 듯한 값싼 웅변과 멋진 속옷, 그리고 양손에 덥수룩하게 돋은 검은 털뿐이었다. 어느 날 저녁, 오만하긴 하지만 본래 이런 일에 경험이 없고 저항심이 약하며 수줍음이 많은 데다 포도주까지 마신 클라리사는 그자의 술수에 말려들고 말았던 것이다. 결국 그녀는 분을 삭이지 못해 걷잡을 수 없이 자기 자신을 경멸하게 되었다. 그 유혹자는 한순간 그녀의 관능적 욕구를 사로잡기는 했지만, 그녀는 그자의 승리가 자신에게 불러일으킨 증오 외에는 아무것도 느낄 수 없었던 것이다. 그리고 그런 자가 어떻게 자신을 유혹할 수 있었을까 하는 일종의 의아심이 증오에 뒤이어 그녀의 가슴에 맺히게 되었다. 그런 일이 있은 후 클라리사는 그의 정욕을 비웃으며 단호히 거절했다. 점점 화가 치민 그 사내는 강압의 수단으로 그녀가 자신의 정부라는 소문을 퍼뜨리겠다고 위협하기까지 했다.

그러는 사이에 상심에 빠져 환멸을 느끼고 모욕당한 클라리사에게 인간적인 시민 생활을 할 수 있는 희망이 열리게 되었다. 그녀에게 이런 희망을 안겨 준 남자는 알자스 출신의 청년 실업가로, 사업상 이따금 스트라스부르와 포르츠하임을 오가던 그는 어느 모임에서 그녀를 알게 되면서 이 냉소적인 금발 미인을 죽기 살기로 좋아하게 되었다. 한편, 당시 클라리사에게 전혀 일거리가 없었던 것은 아니다. 그녀는 별로 달갑지 않은 단역에 불과하긴 했지만, 포르츠하임 시립 극장에 고용되어 있었던 것이다. 어느 중년 극작가가 그녀를 동정해서 잘 말해 준 덕분이었다. 문학에 정진하는 그 극작가 역시 그녀의 연기 재능을 믿지는 않았지만, 그녀의 지적 수준과 인간적 품위는 높이 살 줄 알았다. 그녀의 지성과 품위는 보통 어릿광대들보다 현저히 뛰어나서 오히려 불리한 판정을 받기가 일쑤였던 것이다. 그 극작가 역시 어쩌면(사람 속을 어찌 알겠는가?) 그녀를 좋아했을지도 모르지만, 자신의 속마음을 과감히 밀고 나가기에는 너무나 체념과 환멸에 시달리는 사내였다.

새로운 공연 시즌이 시작되던 무렵 클라리사는 자기를 실패한 직업에서 구원해 아내로서 평화롭고 안전한, 낯설긴 해도 그녀의 부르주아 출신에 걸맞게 버젓한 보금자리를 제공해 주겠다는 청년과 만나게 되었다. 그녀는 희망에 들떠서 고마운 마음과 그 마음의 표현인 애교를 감추지 않았고, 언니뿐 아니라 어머니에게도 앙리의 구혼에 대해, 또한 그의 소원이 당장에는 집안 식구들의 반대에 부딪치고 있다는 이야기를 편지로 써 보냈다. 그는 자기가 선택한 여인과 나이가 거의 같았으며, 어머니의 사랑을 받았고, 사업상으로는 아버지의 협력자로서 집안의 기둥인 셈이었다. 그는 고향에 가서 자신의 소망을 부드러우면서도 확고한 의지로 말했다. 그러나 뜨내기 배우에 불과한 '독일 여자'에 대한 부르주아 집안의 선입견을 단시간에 극복하기 위해서는 더 많은 의지가 필요했다. 앙리는 자신의 품위를 염려하고 이 일로 태만해지지나 않을까 걱정하는 가족들을 충분히 이해했다. 클라리사를 아내로 맞이해도 절대로 그럴 염려는 없다고 식구들을 납득시키기란 그리 쉽지 않았다. 그는 최선의 방법으로 그녀를 직접 양친의 집으로 데리고 가서 그의 사랑하는 증인들, 질투심을 느끼는 형제자매들과 선입견을 버리지 않는 아주머니들에게 직접 선보일 생각이었다. 이 만남이 제대로 성사되어 승낙을 얻어 내기 위해 그는 몇 주일 전부터 전력을 기울였다. 규칙적으로 편지를 하는 동시에 포르츠하임에 돌아올 때마다 그는 자신의 소망이 진척되어 가고 있음을 알렸다.

클라리사는 성공을 확신하고 있었다. 단지 이미 포기할 각오가 되어 있는 배우라는 직업 때문에 다소 퇴색했을 뿐이지 자신도 사회적으로 대등한 출신이라는 것을, 불안해하는 앙리의 가족들과 직접 대면해서 명확히 밝힐 수 있을 터였다. 그녀는 편지에서, 그리고 뮌헨을 방문했을 때는 직접 구두(口頭)로 자신이 떳떳한 결혼식과 장래의 꿈에 들떠 있다는 것을 굳이 감추지 않았다. 예술계로 뛰어들려던 몰락한 가문의 지적인 처녀에게 애초에 꿈꾸던 것과는 전혀 다른 미래가 펼쳐지게 된 것이다. 어쨌든 그 미래는 안전하고 행복한 피난처가 될 것이었다. 시민 계급에게 어울릴 이 행복은 이국적이라는 매력 때문에도 그녀를 흡족하게 하는 것 같았다. 그녀는 낯선 나라의 생활 환경으로 옮겨 갈 터였다. 그녀는 장차 자기 아이들이 프랑스어로 재잘거리는 모습을 상상해 보았다.

바로 그때 과거의 망령이 다시 나타났다. 멍청하고 공허하며 볼품도 없지만 파렴치하고 몰인정한 이 망령은 클라리사의 희망을 위협했고, 이 가련한 여성을 비열하게 모욕하고 궁지에 몰아넣어 마침내 죽음으로까지 몰고 갔다. 그녀가 무기력한 순간에 그녀를 정복했던 그 건달 변호사는 단 한 번의 승리를 가지고 그녀를 협박했다. 만일 그녀가 다시 그자의 요구에 응하지 않으면 앙리의 가족들과 앙리가 그자와 그녀 사이의 관계를 알아차릴 판국이었다. 나중에 알게 된 모든 정황에 비추어 보건대, 그 살인마와 희생자 사이에는 기막힌 장면이 벌어졌을 것이다. 클라리사는 그자에게 자기 사정을 봐서 놓아 달라고, 자기를 사랑하며 그녀 자신도 사랑하는 한 남자를 배반해서 일생의 행복을 포기하라고 강요하지 말아 달라고 나중에는 무릎을 꿇고 애원했지만, 아무 소용이 없었다. 바로 이런 고백이 그의 심통을 건드려서 몰인정을 잔인함으로 바꿔 버린 것이다. 그자는 그녀가 지금 자기에게 몸을 허락하면 잠시 동안은 여유를 주겠다, 스트라스부르로 가서 약혼하는 것까지는 눈감아 주겠다고 노골적으로 말했다. 자기는 절대로 그녀를 놓아주지 않을 것이며, 내킬 때마다 그녀를 붙들어서 자신의 함구에 대한 감사의 뜻을 표하게 하겠다, 만일 그녀가 이 제안을 거절하는 날에는 당장 불어 버리겠다고 윽박질렀다. 그녀는 불륜을 범하면서 살아갈 수밖에 없을 것이라고 그자는 말했다. 평범한 시민 사회로 비굴하게 기어 들어가는 속물근성은 이런 식으로 벌을 받아야 한다는 것이었다.

그자가 발설을 하지 않는다 하더라도 만일 일이 틀어져서 그녀의 신랑감이 진상을 알게 되는 날을 대비하여 그녀는 모든 것을 마무리 지을 최후의 수단을 마련해 놓고 있었다. 클라리사는 표지에 해골이 새겨진 장식용 책자 속에 언제부터인가 극약을 보관해 왔던 것이다. 이처럼 대담한 극약 처방을 준비해 놓고 있는 이상, 그녀가 자신의 인생을 우습게 생각한 것도 무리는 아니었다. 평온한 시민으로 일생을 마치는 것보다는 삶을 향해 이런 섬뜩한 조소를 던지는 것이 그녀에게는 더 어울렸다. 그녀는 언제라도 죽을 각오가 되어 있었다.

내 생각에 그 악랄한 작자는 억지 쾌락만 강요한 게 아니라 그녀의 죽음까지 노린 듯했다. 그자의 저열한 허영심은 자신의 인생길에 한 여인의 주검이 놓이기를 갈망하고 있었다. 한 여인이, 바로 자기를 위해서는 아니어도 자기 때문에 파멸하고 죽는다는 사실에서 야릇한 만족감을 느꼈던 것이다. 아, 클라리사가 그런 작자의 욕심을 채우는 짓을 하다니! 사태의 흐름에 비추어 보건대 그녀는 그럴 수밖에 없었다. 나는 그럴 줄 알았다. 우리 모두는 그럴 줄 알고 있었다. 잠시 숨을 돌리기 위해 클라리사는 다시 한번 그 작자의 요구에 응해 주었다. 하지만 그럼으로써 그 작자는 올가미를 더욱 조여 왔을 뿐이다. 아마도 클라리사는 일단 가족들의 마음에 들어서 앙리와 결혼하기만 하면 반드시 그 협잡꾼에게 맞설 수 있는 수단과 방법을 찾을 수 있을 거라고 계산한 듯했다. 게다가 외국 땅이니 잠적할 수도 있었을 것이다. 그러나 일은 그렇게 돌아가지 않았다. 그녀를 학대한 자는 결혼이 성사되지 못하게 할 작정인 게 분명했다. 클라리사의 애인을 자처하는 익명의 편지가 스트라스부르의 본가에 당도함으로써 그런 음모는 실현되었다. 그 편지를 받은 사람은 앙리였다. 그는 이 편지를 다시 클라리사에게 보냈다. 어떻게 이런 일이 있을 수 있는지 해명해 달라는 것이었다. 동봉한 그의 편지에는 전과 달리 확고한 사랑의 감정이 담겨 있지 않았다.

클라리사는 파이퍼링에서 등기 편지를 받았다. 포르츠하임

극장과의 계약 기간이 끝나고 그녀는 어머니가 거주하는 밤나무 뒤편의 작은 집에 몇 주일간 체류하고 있었던 것이다. 때는 이른 오후였다. 시 참의원 부인은 딸이 점심 식사 후에 산책을 나갔다가 황급히 돌아오는 것을 보았다. 클라리사는 집 앞의 작은 정원에서 어머니와 마주치자 혼란에 빠진 듯한 어색한 미소를 지으며 바삐 현관을 지나 방으로 들어갔다. 그녀는 방에 들어서자마자 힘껏 방문을 잠갔다. 잠시 후 노부인은 옆에 잇닿아 있는 침실에서 딸이 세면대에서 입을 헹구는 소리를 들었다. 나중에 알게 된 사실이지만, 그것은 끔찍한 극약을 삼키면서 목구멍이 타들어 가는 것을 달래는 소리였다. 그러고는 조용해졌다. 이십 분가량이 지난 뒤 노부인이 딸의 방문을 두드리면서 이름을 부를 때까지, 이 소름 끼치는 정적은 계속되었다. 아무리 다급하게 문을 두드리고 이름을 불러도 응답이 없었다. 초조해진 부인은 이마 위로 흘러내린 머리칼을 넘기지도 않고 빠진 치아를 감추지도 않은 채 본채로 달려가 숨죽인 목소리로 이 사실을 슈바이게슈틸 부인에게 알렸다. 경험이 많은 이 부인은 머슴 한 명을 데리고 부인을 뒤따라갔다. 두 부인이 몇 번씩이나 이름을 부르며 문을 두드리고 나서야 비로소 머슴은 문의 자물쇠를 부술 수 있었다. 클라리사는 눈을 멀거니 뜬 채 침대 발치에 놓인 소파에 누워 있었다. 이 소파는 19세기의 70년대 혹은 80년대경에 만들어진 것으로, 등받이와 팔걸이가 달려 있었다. 나는 람베르크 가(街)를 드나들 때부터 이 소파를 알고 있다. 입을 헹구는 순간 죽음이 엄습해 오자, 클라리사는 재빨리 소파 위에 몸을 뉘었던 것이다.

"이젠 어떻게 손써 볼 도리가 없겠어요, 참의원 부인."

슈바이게슈틸 부인은 엉거주춤하게 누워 있는 시신을 흘끗 쳐다보고는 손가락을 뺨에 갖다 댄 채 고개를 가로저으며 말했다. 나는 저녁 늦게서야 사태의 전말을 분명히 말해 주는 이 참상을 접하게 되었다. 여주인의 전화를 받고 프라이징에서 황급히 달려온 나는, 흐느끼는 어머니를 옛집의 친구로서 포옹하고 슬픔을 함께 나누며 위로했다. 그리고 함께 건너온 아드리안, 엘제 슈바이게슈틸 부인과 함께 주검을 지켰다. 클라리사의 예쁜 손과 얼굴에 돋은 감청색 반점으로 보아, 능히 일개 중대 병력은 몰살할 수 있는 양의 청산가리로 호흡 신경이 급작스럽게 마비되어 급사한 게 분명했다. 탁자 위에는 이제는 비어 있는, 하단부의 나사가 풀린 청동 용기가 놓여 있었다. 그리고 히포크라테스의 이름이 그리스 문자로 쓰여 있고 해골로 장식되어 있는 책자도 있었다. 또한 약혼자에게 보내는, 연필로 급히 쓴 종이쪽지도 있었는데, 거기에는 프랑스어로 다음과 같이 쓰여 있었다.

"당신을 사랑해요. 한때 당신을 속였지만, 사랑해요."

그 청년은 장례식에 나타났는데, 장례식 준비는 내가 맡았다. 그는 슬픔을 가누지 못하는 것처럼 보였다. 그의 말을 빌리자면 '비참한 심정'이라고 했는데, 그나마도 그리 진지해 보이지는 않았고, 다소 의례적인 말처럼 들렸다. 뭔가 잘못된 게 분명했다. 하지만 그가 다음과 같이 외쳤을 때, 나는 그가 가슴 아파한다는 것을 의심하고 싶지는 않았다.

"오, 선생님, 그녀를 용서할 수 있을 만큼 정말 사랑했습니다! 모든 일이 좋게 풀릴 수도 있었는데. 그런데 이렇게 되고 말다니!"

그렇다. 이렇게 되고 말았다! 만일 그가 그토록 가족들에게 의존하는 무기력한 젊은이가 아니었던들, 그리하여 클라리사가 좀 더 그에게 의지할 수 있었던들 정말 만사는 달라질 수도 있었을 것이다.

그날 밤에 아드리안과 슈바이게슈틸 부인과 나는 참의원 부인이 뻣뻣하게 굳은 딸의 시체 곁에서 깊은 비탄에 잠겨 있는 동안, 함께 정식으로 사망계를 작성하기로 했다. 거기에는 클라리사의 가장 가까운 가족이 서명하도록 되어 있었으므로, 우리는 사실을 명료하면서도 신중하게 쓸 필요가 있었다. 우리는 망자가 치유 불능의 극심한 마음의 고통을 겪고 이 세상을 떠났다는 내용으로 작성하기로 합의를 보았고, 뮌헨 대교구의 주임 신부에게 사망계를 보였다. 나는 참의원 부인의 간곡한 소원대로 교회 장례를 치를 수 있도록 잠시 그를 찾아갔던 것이다. 나는 우회적으로 접근하지 않고 처음부터 순진하게 신뢰를 가지고 클라리사가 욕되게 사느니 차라리 죽음을 택한 거라고 사실대로 털어놓았다. 그런데 정통 루터파 인상을 주는 뚱뚱한 성직자는 그런 이야기는 아예 들으려고도 하지 않았다. 교회가 편협하다는 인상을 주지 않으려고 하면서도 다른 한편 아무리 명예로운 선택일지라도 자살을 축복할 뜻은 없다는 입장이라는 것을 나는 한참이 지나서야 깨달았다. 요컨대 그 건장한 성직자가 진정으로 원하는 것은 내가 거짓말을 하는 것이었다. 그래서 나는 우습게도 불쑥 태도를 바꾸어서, 사실은 어찌 된 영문인지 모르겠다, 어쩌면 실수로 약병을 바꿔 마셨을지도 모르겠다고 말해 버렸다. 그러자 그 완고한 사람은, 교회가 이런 일을 맡아 주면 교회에 명예가 될 거라는 내 말에 기분이 좋아져서 장례를 맡겠다고 밝혔다.

장례식은 로데 부인의 친지들이 많이 참석한 가운데 뮌헨의 발트프리트호프* 공동묘지에서 치러졌다. 루디 슈베르트페거, 칭크와 슈펭글러, 그리고 쉴트크납 역시 빠지지 않았다. 장례식은 숙연한 분위기에서 진행되었다. 쌀쌀맞고 오만했지만 불쌍하게 된 클라리사를 모두 좋아했던 것이다. 어머니의 모습은 보이지 않았다. 대신 이네스 인스티토리스가 검은 상복 차림으로 귀여운 목덜미를 앞으로 다소곳이 숙인 채, 우아한 품위를 보이며 조문객을 맞이했다. 나는 그녀의 동생이 추구했던 인생이 비극적으로 끝나는 것을 지켜보면서 그녀의 운명에서도 불길한 전조를 느끼지 않을 수 없었다. 뿐만 아니라, 그녀와 대화하는 도중에 나는 그녀가 클라리사를 애도하기보다는 질투한다는 인상까지 받았다. 그녀의 남편의 재정 상태는 어떤 집단이 조장하고 있는 인플레이션으로 갈수록 악화되고 있었다. 그녀를 삶의 불안으로부터 지켜 주는 사치스러운 생활은 언제 거덜날지 몰랐고, 이젠 영국 정원 인근에 위치한 호화 저택을 계속 유지할 수 있을지도 의문이었다. 루디 슈베르트페거로 말하자면, 그는 좋은 여자 친구였던 클라리사의 장례식에 모습을 드러내기는 했다. 그러나 그는 이네스 곁에 잠시 다가와 조의를 표하고 나서는 잽싸게 자리를 떠났다. 나는 그가 이처럼 의례적으로 조문을 해치운 처사에 대해 아드리안에게 한마디 했다.

사실 루디 슈베르트페거가 이네스와의 관계를 끊은 이래 그

---

* 산림 묘원.

들이 재회한 것은 그때가 처음이었다. 그는 상당히 잔인하게 이네스와의 관계를 끊었을 것으로 생각되는데, 그에게 그토록 필사적으로 매달리는 상대와 '좋게' 끝내는 것은 불가능했을 것이라 여겨진다. 체통을 지키는 남편과 나란히 동생의 무덤가에 서 있는 그녀는 한 사람의 버림받은 여자였으며, 어느 모로 보나 끔찍한 불행을 맛보고 있었다. 그렇지만 몇몇 여인네들이 그녀를 둘러싸고 있어서, 어느 정도 위안도 되고 보상도 되었을 것이다. 그들은 클라리사의 장례식을 조문하기 위해서라기보다는 오히려 어떤 의미에서는 이네스를 위하여 그녀 주변에 몰려 있었던 것이다. 이 몇 명 안 되는 친구들 중에는 이국풍의 나탈리아 크뇌터리히가 이네스의 가장 가까운 측근으로 끼어 있었다. 이 여성 말고도 루마니아 북부 출신의 여류 문필가로 몇 편의 희곡을 썼고 슈바빙의 뜨내기 예술가들을 위한 살롱의 여주인 역할을 하는 어느 이혼녀도 있었다. 그 밖에 종종 대단히 공들인 밀도 있는 연기를 보여 주는 왕립 극장 여배우 로자 츠비처가 있었다. 그러고도 한두 여성이 더 있긴 했지만, 여기서 특별히 누구라고 언급하긴 곤란하다. 더구나 그들이 모두 실제로 한 패거리에 속하는지는 장담할 수도 없기 때문이다.

이 패거리를 끈끈하게 붙어 있게 하는 접착제는 독자도 얼른 짐작이 가겠지만 모르핀이었다. 그것은 대단히 강력한 결속 수단이었다. 왜냐하면 이들은 믿을 수 없을 만큼 강한 동료 의식을 발휘해 이 쾌락과 파멸의 약을 서로 조달해 줄 뿐 아니라, 서로 똑같은 증세와 약점을 공유하면서 서로를 존중하는 결속력이 있었는데, 도덕적 관점에서 보면 그것은 서글픈 관계였다.* 게다가 이 경우 죄악에 빠진 여성들은 어떤 철학이나 원칙 같은 것을 통해 더욱 단단히 결속되어 있었다. 그 철학은 이네스 인스티토리스한테서 나왔으며, 대여섯 명으로 이루어진 여자 친구들은 모두 이것을 정당화할 의무가 있었다. 이네스는 고통이란 인간의 품위에 어긋나는 일종의 치욕이라는 견해를 표방했다. 이따금 나도 그녀가 이런 말을 하는 것을 들은 적이 있다. 두통이나 심장병 같은 특정한 신체적 고통은 논외로 하더라도, 산다는 것 자체, 맹목적인 현존, 동물적 상태의 생활이야말로 인간의 품위에 어울리지 않는 질곡과 억압의 상태이며, 이런 중압을 홀홀 털어 버리고 고통에서 벗어나게 해 주는 축복받은 물질을 육체에 공급함으로써 육신을 초탈한 듯한 홀가분한 자유를 얻는 것이야말로 인간의 권리와 정신적 능력을 고귀하고 자랑스럽게 실천하는 행위가 아니겠냐고 그녀는 말했다.

이런 철학을 가지고 방종한 습관에 빠져서 육체적으로나 도덕적으로 파괴적인 결과를 감수한 것은 분명히 그들의 자존심 때문이었다. 그리고 이들이 서로를 너무 좋아하고 존중하기까지 한 것은 아마도 모두 한때 인생의 쓴맛을 보았다는 동류의식 때문이었을 것이다. 나는 그들이 함께 모일 때면 감격해서 서로 얼싸안고 키스를 하거나 그들의 시선이 황홀감으로 빛나는 것을 지켜보면서 거부감이 없지 않았다. 솔직히 말하면 나는 이들의 이와 같은 자가발전을 속으로는 견딜 수가 없었다. 내가 어째서 도덕적인 견지에서 비판하는 역할을 자처할 마음

---

* 이들이 일종의 동성애적 관계에 있다는 것을 암시.

이 내키지 않았는지 의아할 정도였다. 나에게 억누를 수 없는 거부감을 불러일으킨 것은 이들의 향락적인 기만 때문이었는지도 모른다. 사람을 기만하게 만들거나, 아니면 애초부터 기만을 자초할 수밖에 없었을 것이다. 나는 이네스가 자기 아이들한테 무자비할 정도로 무관심하다는 점을 지적해서 그녀의 기분을 상하게 한 적도 있다. 그녀는 이 허튼짓에 빠져들다 보니 아이들에게 무관심할 수밖에 없었고, 보물과도 같은 해맑은 어린 것들에 대한 그녀의 억지 사랑 역시 거짓임이 드러났던 것이다. 요컨대 그녀가 어떤 짓을 하는지 직접 보고 알게 된 이래로 나는 마음이 아팠다. 그리고 내가 그녀를 포기했다는 사실을 그녀 자신도 잘 알고 있었으며, 알았다는 표시로 미소로 응답했다. 그 미소가 말해 주는 기이하게 짓궂은 표정은, 일찍이 내가 그녀의 사랑의 번민과 쾌락에 관해 들었을 때 그녀가 지은 표정을 상기시켰다.

아, 이네스는 조금도 즐거워할 이유가 없었다! 그녀가 스스로 자신의 품위를 깎아내리고 있는 모습은 보기에 비참했다. 아마도 그녀가 복용한 다량의 환각제는 그녀를 생기 있고 기분 좋게 했다기보다는 자신을 은폐하는 결과만 초래했을 것이다. 약의 효력이 발생하면 츠비처라는 여자는 제법 그럴싸하게 연기하는 모습을 보여 주었으며, 나탈리아 크뇌터리히의 매력은 더욱 돋보였다. 그러나 가련하게도 이네스는 반쯤 의식이 나간 상태로 식탁으로 와서 흐릿한 눈으로 소심하게 속을 썩고 있는 남편과 맏딸에게 고개를 끄덕이며 주저앉곤 했다. 식탁은 여전히 잘 정돈되어 있었으며, 수정 그릇들이 반짝이고 있었다. 한 가지 덧붙이자면, 이네스는 이 년 뒤에 중대한 죄를 저지르게 되었으며, 그 때문에 모든 이를 경악하게 만들었고, 그녀 자신의 시민적 생활에 종지부를 찍게 되었다. 정말 그것은 나로서는 소름 끼치는 범죄이긴 했지만, 그럼에도 그처럼 침체된 상태에서도 그런 행위를 저지를 힘과 거친 정력을 발휘했다는 사실은 오랜 친구로서 거의 자랑스러울 지경이었다. 아니, 분명히 자랑스러웠다.

36

오, 독일이여! 독일은 파멸을 향해 가고 있지만 나는 독일의 희망이 무엇인지 생각하고 있다! 내가 말하는 희망이란 독일이라는 나라가 한때 불러일으켰던 (그러나 실제로 나눠 주지는 못한) 희망이다. 비교적 완만하게 독일 제국이 붕괴된 이후 세계는 독일에, 다시 독일에 어느 정도 희망을 걸었다.* 독일의 오만방자한 만행에도, 독일의 참상이 미친 듯이 거칠게 절망적으로 과시라도 하듯이 불거져 나왔음에도, 천정부지로 치솟는 인플레이션에도, 몇 년 동안은 어느 정도 제대로 실현될 듯이 보였던 바로 그 희망을 다시 떠올린다.

사실 세계를 비웃기라도 하듯이 경악케 한 터무니없는 작태는 1933년부터 모습을 드러내다가 1939년부터는** 더욱 노골

---

* 1차 세계 대전이 끝나면서 독일 제국이 붕괴하고 독일 최초로 민주적인 정치 체제를 도입한 바이마르 공화국이 출범한 것을 가리킨다.

** 1933년에 히틀러가 집권했고, 1939년에는 독일이 2차 세계 대전을 일으켰다.

화된, 기괴하고 믿기 힘든 사악한 과격주의를 어느 정도 예고하는 조짐을 진작부터 보이고 있었다. 그러나 수백만을 열광케 한 이 비참한 허세는 하루아침에 끝났다. 엉망이 된 경제 생활이 정상을 되찾을 기미를 보이기 시작했고, 정신적 회복의 시대, 스스로 책임을 지고 미래지향적인 문화를 위해 노력하는 시대, 평화와 자유를 추구하는 사회적 진보의 시대, 우리의 감정과 사상을 세계적 기준에 우호적으로 동화하려는 시대가 우리 독일인들에게도 어렴풋이 밝아 오는 듯했다. 모든 천성적 약점과 자기혐오에도 이것은 의심할 나위 없이 독일 공화국에 거는 희망이었다. 다시 말하면 그것은 독일 공화국이 다른 나라 사람들에게 환기하여 준 희망이기도 했다. 그것은 독일을 유럽의 척도에 맞게 '민주화'하고, 독일을 정신적으로 여러 민족들과 공존하는 생활권에 편입한다는 의미에서 독일을 정상화하기 위한 (비스마르크의 통일 정책이 실패한 이후* 두 번째라 할 수 있는) 시도였으며, 당시만 해도 성공할 가망이 없지는 않았다. 여러 나라들이 이 시도가 성공할 가능성에 대해 호의적인 신뢰를 가졌다는 사실을 어찌 부인할 수 있겠는가? 그리고 이런 방향으로 나아가려는 희망찬 움직임들을 우리 독일에서도 전국 도처에서, 완고하고 폐쇄적인 몇몇 집단을 제외하면 실제로 확인할 수 있었다는 사실을 누가 부인할 것인가?

나는 금세기의 20년대, 특히 20년대 후반기에 관해 말하고 있다. 당시에는 활발한 문화적 자극의 중심이 프랑스에서 독

---

* 1871년 독일이 프랑스와의 전쟁에서 승리한 여세를 몰아 독일을 통일한 비스마르크의 통일 정책은 군국주의 체제를 강화하는 쪽으로 치달았다.

일로 옮겨 오는 중이었다. 이미 언급한 바 있지만 이 시기 특징을 말해 주는 중요한 사실을 꼽는다면, 아드리안의 「묵시록」 오라토리오가 엄밀히 말해 처음으로 완주되었다는 것이다. 비록 공연 무대였던 프랑크푸르트가 독일에서 그나마 호의적이고 자유분방한 도시이긴 했으나, 이 공연은 적지 않은 반발을 불러일으켰다. 예술에 대한 조롱이다, 허무주의다, 음악적 파괴주의다, 혹은 당시에 가장 성행한 비방으로 '문화적 볼셰비즘*'이라는 등 분노에 찬 비난의 소리가 거셌다. 그렇지만 아드리안의 작품과 그 대담성은 상당한 발언권을 가진 지적인 옹호자들을 만나게 되었는데, 이처럼 세상과 자유를 사랑하는 훌륭한 용기는 1927년경에 절정에 달했다. 말하자면 뮌헨을 본거지로 하는 국수주의적이고 바그너 식의 낭만적인 반동에 맞선 이런 조류는 이미 1920년대 전반기에 우리의 공공 생활에 기본 요소로 자리 잡고 있었던 것이다. 이와 동시에 생각나는 문화적 행사로는 1920년에 바이마르에서 개최된 음악가 축제와 다음 해에 도나우에싱겐에서 열린 제1회 음악 축제 등이 있다. 이 두 행사에서는, 유감스럽게도 작곡가인 아드리안이 불참한 가운데 전혀 완고하지 않고 예술적으로 '공화주의적' 성향을 가진 청중 앞에서, 새로운 정신의 음악을 내세우는 다른 몇몇 작품과 나란히 아드리안의 작품이 공연되었다. 바이마르에서는 리듬 감각이 특별히 믿을 만한 브루노 발터**의 지휘하에 「우주의 경이」가 공연되었고, 바덴의 축제에서는 유명한 한

---

* 프롤레타리아 독재를 꾀한 볼셰비키의 급진적 사회주의.
** Bruno Walter(1876~1962). 독일의 지휘자 겸 피아니스트.

스 플라트너의 인형극단과 협연하여 「로마인 이야기」 다섯 곡이 모두 공연되었던 것이다. 이 공연은 전례 없이 숙연한 감동과 폭소를 오락가락하는 반응을 자아냈다.

특별히 내 기억에 남은 것은 1922년 '새로운 음악을 위한 국제 협회' 창립 대회에 참석한 독일 음악가들과 음악 애호가들이 보여 주었던 관심과, 이 년 뒤 이 모임이 프라하에서 개최한 연주회였다. 당시 연주회에는 세계 각지에서 온 저명한 인사들이 청중으로 참석했는데, 여기서 아드리안의 「묵시록」 중 성악과 기악 단장(斷章) 일부가 연주되었던 것이다. 이 작품은 당시에 이미 악보로도 발표된 후였는데, 지난번처럼 마인츠의 쇼트 출판사가 아니라 빈의 유니버셜 출판사에서 출판되었다. 이름이 에델만인 이 출판사 사장은 서른이 될까 말까 한 청년이었지만, 중부 유럽의 음악계에서 대단한 영향력을 갖고 있었다. 어느 날, 그러니까 아직 「묵시록」이 완성되지도 않았던 때에(아드리안의 병이 재발해 작업을 쉬고 있던 바로 그 주간이었다.) 뜻밖에도 그가 파이퍼링에 나타나, 슈바이게슈틸 부인의 집에 묵고 있던 아드리안에게 악보의 출판을 제의했던 것이다. 그의 방문은 얼마 전에 헝가리의 문화 철학자이며 음악 평론가인 데지데리우스 페헤르가 빈에서 발행되는 급진적인 음악 잡지 《여명》에 기고한 아드리안의 음악에 관한 글과 분명히 관계가 있었다. 페헤르는 문화계에 커다란 반향을 불러일으킨 아드리안의 음악 세계가 고도의 지성과 종교적 내용, 오만과 절망을 표현하고 있으며, 영감의 경지에까지 고양된 재치 있는 음악으로 문화 현상 전반의 변화를 짚어 내고 있다고 진지한 견해를 표명했다. 그러면서 이처럼 너무나 흥미롭고 매력적인 작품을 발견한 것은 자신의 감식 능력 덕분이 아니라고 겸손하게 고백함으로써 한층 더 진지한 태도를 보여 주었다. 그는 자신의 내적인 인도에 힘입어 이 작품의 진수에 도달한 게 아니라, 외부의 도움을 받아, 혹은 그 자신의 표현을 빌리면 일체의 학식을 능가하는 천상의 영역, 사랑과 믿음의 영역, 한마디로 '영원히 여성적인'* 영역의 인도를 받아 그리로 향하지 않을 수 없었다고 고백한 것이다. 요컨대 다루는 작품에 걸맞게 분석적인 요소와 서정적인 요소를 결합한 그 평론은 필자에게 영감을 떠오르게 한 장본인, 즉 감수성이 예민하고 현명하며 지적인 것을 추구하는 어떤 여인의 상을 희미한 윤곽으로나마 보여 주고 있었다. 하지만 빈에서 발표된 음악 평론을 보고 에델만이 아드리안을 찾아온 것이라면, 이번 방문은 간접적으로는 섬세한 사랑의 힘이 작용한 결과라 할 수 있을 것이다.

그런데 간접적인 것으로 그쳤을까? 나는 자신 있게 말할 수 없다. 헝가리의 평론가가 말한 '천상의 영역'이 이 청년 사업가에게도 직접적인 자극과 신호를 보냈을 가능성이 있다. 다소 신비적인 색채를 띤 평론이 전달하려 했던 것보다 그 청년이 더 많은 걸 알고 있었다는 사실 때문에 이런 추측은 더욱 짙어졌다. 더구나 그는 문제의 인물의 이름까지 알고 있었고 그 이름을 직접 말했던 것이다. 물론 처음부터 말하지는 않고, 대화 도중에, 아니 대화가 끝날 무렵에 말했다. 출판을 거절당한 거나 다름없이 대화가 끝난 후에도 자기가 찾아온 목적을 관철할 줄 아는 위인인 그 청년은 지금 작업 중인 작품에 관해

---

* 괴테의 『파우스트』 마지막에 나오는 구절.

이야기해 달라고 간청해서 그 오라토리오에 관한 이야기를 들었다.(그런데 여기서 처음 들은 것일까? 그렇다고 보기는 의심스러웠다!) 고통 때문에 금방이라도 쓰러질 것 같은 아드리안은 나이키 여신상이 있는 방에서 육필 악보의 거의 대부분을 보여 주었고, 그러자 에델만은 즉석에서 출판을 제의할 정도로 이야기가 진척되었다. 바로 다음 날 뮌헨에 있는 호텔 '바이에른 호프'에서 계약이 이루어졌다. 그런데 떠나기 전에 그는 프랑스어가 섞인 빈 식 말투로 아드리안에게 이렇게 물었다.

"선생님께서는(내 기억으로 그는 아드리안을 깍듯이 '선생님'이라고 불렀는데) 톨나 부인을 아십니까?"

이제 나는 소설가라면 독자들에게 드러내서는 안 될 어떤 인물을 이 이야기에 끌어들일 생각이다. 눈에 보이지도 않는 인물을 등장시키는 것은 예술성의 조건, 즉 소설의 조건에 명백히 위배되기 때문이다. 나는 한 번도 그녀를 보거나 그녀의 편지를 받은 적이 없을뿐더러, 내가 아는 사람 중에서도 그녀를 보았다는 사람은 없는 까닭에, 그녀를 독자에게 보여 줄 수도, 외모에 대한 티끌만큼의 단서도 제공해 줄 수도 없다. 에델만 박사, 혹은 그녀와 동향인이며 《여명》의 공동 기고자인 헝가리의 평론가조차도 과연 그녀와 알고 지내는 영광을 누리고 있었는지는 미지수이다. 아드리안만 해도 당시 에델만의 물음에 모른다고 대답했다. 그는 그 부인을 모른다고 했지만, 그렇다고 누구냐고 물어보지도 않았다. 그래서 에델만은 그녀가 누구인지 설명하지도 않고, 다만 이렇게 대꾸했을 따름이다.

"어쨌든 선생님한테는 정말 따뜻한 마음씨를 지닌 여성 숭배자가 생겼습니다."

그는 모른다는 대답을 조심스럽게 진실을 발설하지 않는 태도로 간주하는 게 분명했다. 그것은 사실이었다. 아드리안은 그렇게 대답할 수밖에 없었다. 왜냐하면 그 헝가리 귀족 부인과의 관계에서 개인적인 접촉은 전혀 없었으며, 덧붙여 말하자면 쌍방의 말 없는 합의에 따라 결국 영원히 만나지 못할 운명이었기 때문이다. 그는 한 해 전부터 그녀와 편지를 주고받긴 했다. 그 편지로 미루어 보건대 그녀는 아드리안의 작품을 아주 명석하고 정확하게 파악하고 있는 신봉자였고, 게다가 그에게 신경을 써 주는 친구이자 조언자였으며, 그의 인생에 아무런 조건 없이 봉사를 하려는 여인이라는 것이 분명했다. 아드리안 쪽에서도 그의 고독이 허용하는 한에는 믿고 속마음을 털어놓는 단계까지 이르렀다. 그렇지만 편지 왕래는 전혀 별개의 문제였다. 아드리안이 요지부동으로 고립된 생활을 하는 중에 자기 몸을 돌보지 않을 정도의 헌신을 통해 겨우 보잘것없는 자리나마 얻어 낸 여인네들을 우리는 알고 있다. 그런데 여기에 또 제3의 여인이 있는데, 앞의 두 여성과는 전혀 다른 부류의 인물이었다. 헌신하는 마음은 저 소박한 여성들 못지않고 오히려 그들을 능가했지만, 어떠한 직접적인 접촉도 금욕적으로 단념했고, 숨어 있으면서 만남을 사절하고 자기 모습을 드러내지 않는 처신을 끝까지 지켰던 것이다. 그것은 결코 어색한 수줍음 때문은 아니었다. 왜냐하면 그녀는 세상을 아는 여자였기 때문이다. 그녀는 파이퍼링에 은거해 있는 친구에게 사실상 바깥세상을 대표하고 있었다. 그가 사랑하고 필요로 하면서도 접근하지 않고 견디는 세계, 거리를 둔 채 떨어져 있는 세계, 지성을 아끼는 나머지 멀리 떨어져 있는 바로 그 세계를 대표하는 여성이었다.

나는 이 보기 드문 여성에 대해 아는 대로 말하고자 한다. 톨나 부인은 부유한 미망인이었다. 작고한 남편은 기사다웠고 방랑벽이 있었지만 패덕 때문에 몰락하지는 않았고, 승마를 하다가 불의의 사고로 죽었다. 남편으로부터 부다페스트에 있는 호화 저택을 물려받고, 또 수도에서 남쪽으로 두어 시간 거리에 도나우 강과 발라톤 호수 사이 슈툴바이센부르크 근방에 자리 잡은 광활한 영지도 물려받고, 그 밖에도 발라톤 호반의 성채 같은 별장을 물려받은 그녀는 아이도 없이 홀로 남게 되었다. 18세기에 지은 저택을 편리하게 개조한 호화로운 영주의 저택이 딸려 있는 영지에는 엄청나게 큰 밀밭 말고도 넓은 사탕무 농장이 있었으며, 거기서 나오는 수확물은 영지 안에 있는 제당 공장에서 가공되었다. 여주인은 이들 중 어디에도, 도시의 저택에도, 영주의 저택에도, 여름 별장에도 오랫동안 머물지 않았다. 그녀는 주로, 거의 늘, 여행으로 세월을 보내고 있었는데, 고향의 저택이나 영지는 관리인한테 맡겨 놓고 있었다. 그녀는 고향에 연연하지 않는 게 분명했다. 불안 혹은 고통스러운 기억이 그녀를 고향으로부터 몰아내었다. 그녀는 파리, 나폴리, 이집트, 엥가딘 등지를 오가면서 살았다. 하녀 한 명과 숙박이나 여행의 제반 사항을 처리하는 남자 고용인 한 명, 그리고 허약한 그녀의 건강을 돌봐 주는 주치의가 그녀가 가는 곳마다 동행했다.

그녀의 자유자재한 여행이 건강 때문에 방해받는 것 같지는 않았다. 본능과 예감, (얼마나 민감한지 직접 겪어 보지는 못했지만) 민감한 지성, 신비로운 감수성과 영혼의 친화력에 기인하는 열렬한 애정을 가지고서 그녀는 정말 뜻밖의 장소에 나타나곤 했다. 그녀는 아드리안의 음악이 공연될 조짐이 보이는 곳이면 어디에나, 그의 오페라가 야유를 받으며 초연되었던 뤼베크, 취리히, 바이마르, 프라하 등지로 찾아가서 눈에 띄지 않게 청중들 틈에 섞여 있었다는 사실이 나중에 밝혀졌다. 그녀가 눈에 띄지 않게 얼마나 자주 뮌헨에, 즉 아드리안의 거주지 바로 가까이까지 왔는지는 나도 알 수 없다. 그렇지만 그녀는 파이퍼링에도 다녀간 적이 있었는데, 그것은 우연한 기회에 드러나게 되었다. 즉, 그녀는 몰래 아드리안이 거주하는 고장의 주변 경치도 살펴보았던 것이다. 내가 잘못 안 게 아니라면, 그녀는 바로 수도원장 방의 창문 아래에 서 있기도 했다. 그러고는 눈에 띄지 않게 다시 떠났다. 이것은 정말 감동적인 이야기다. 더욱 비상한 감동을 주고 마치 성지 순례를 연상케 하는 것은, 역시 훨씬 나중에야 우연히 밝혀진 사실이지만, 그녀가 카이저스아셰른으로도 여행을 한 적이 있다는 사실이다. 그녀는 오버바일러 마을과 부헬 농장까지 소상히 살펴보았다. 말하자면 아드리안의 어린 시절 무대와 후년의 생활 사이에 병행하는 관계, 늘 나를 다소 우울하게 한 그 관계를 그녀는 훤히 알고 있었던 것이다.

빠뜨린 이야기가 또 있다. 그것은 다름이 아니라 툴나 부인이 팔레스트리나의 자비네 언덕도 빼놓지 않고 찾아갔다는 사실이다. 그녀는 마나르디 부인의 집에 두어 주 동안 머물렀다. 추측건대 마나르디 부인과 금방 진심으로 친해졌을 것이다. 반쯤은 프랑스어로 반쯤은 독일어로 쓴 편지에서, 그 집의 여주인을 회상할 때면 그녀는 마나르디 부인을 '무터 마나르디' 혹

은 '메르 마나르디'라 불렀다.* 그녀는 슈바이게슈틸 부인에게
도 똑같은 호칭을 붙였다. 편지에 따르면 그녀는 슈바이게슈틸
부인도 보았던 것이다. 그렇지만 부인의 눈에 띄지는 않았다.
그러면 그녀 자신은 스스로를 어떻게 불렀을까? 그녀는 이 어
머니의 군상(群像)에 자신을 결부하여 이들을 자신의 자매라
고 여겼던 것일까? 아드리안과의 관계에서 그녀에게는 어떤 이
름이 어울렸을까? 그녀는 스스로 어떤 이름을 원했을까? 아드
리안이 어떻게 불러 주기를 원했을까? 수호 여신? 에게리아**?
요정 같은 애인? 그녀가 (브뤼셀에서) 그에게 보낸 첫 편지에는
흠모의 선물로 반지 하나가 동봉되어 왔다. 나는 그렇게 생긴
반지를 난생처음 보았지만, 별다른 의미가 숨어 있는 것 같지
는 않았다. 내가 이 세상의 보석에 대해서는 제대로 아는 바가
없는 탓이다. 하지만 내가 보기에도 그 반지는 값을 매길 수
없을 만큼 진귀하고 아름다운 보석이었다. 조각이 되어 있는
테는 르네상스 시대에 세공된 오래된 것이었고, 거기에 박힌
보석은 담녹색의 우랄 산(産) 에메랄드를 크고 평평하게 깎은
굉장히 호화로운 것이었다. 그 반지는 한때 고위 성직자의 손
을 장식했을 거라는 생각이 들었다. 이교도적인 문구가 새겨져
있긴 했지만, 그렇다고 이런 추측을 반증할 만한 증거가 될 수
는 없었다. 말하자면 그 고귀한 에메랄드의 단단한 윗면에 너
무나 섬세한 그리스어로 두 줄의 시구가 새겨져 있었는데, 그
것을 독일어로 옮기면 대략 다음과 같다.

---

* 독일어 무터(mutter), 프랑스어 메르(mere)는 '어머니'라는 뜻.
** 에게리아는 '숲과 물의 요정'이라는 뜻도 있고 '헤태라 에스메랄다'와 같은
  종류의 나비를 가리키기도 한다.

아폴로의 월계수 숲을 뒤흔드는 진동이여!

온 사방의 기둥까지 흔들리는구나! 달아나라, 불경한 자여, 물러가라!

이것은 칼리마코스*가 아폴론에게 바친 송가의 첫 구절이라는 것을 금방 알 수 있었다. 시인은 신성한 곳에서 신이 모습을 드러내는 징조를 신성한 외경심을 가지고 묘사하고 있다. 이 문구는 섬세하게 새겨져 있는데도 완전하게 보존되어 있었다. 그 문구 아래 다소 마모된 듯한 포도 덩굴 모양의 장식은 확대경으로 들여다보니 날개 달린 뱀의 형상을 한 괴물로 밝혀졌는데, 삐져나온 혀가 마치 화살처럼 생겼다. 이 신화적 환상의 소재는 크리제 섬의 필록테트**가 깨물리거나 쏘인 상처를 떠올리게 했고, 또한 일찍이 아이스킬로스***가 화살을 일컬어 '쉭쉭거리며 날아가는 뱀'이라고 묘사했던 것을 생각나게 했다. 그런가 하면 내리쬐는 햇살을 포이보스****의 품에 견주었던 비유가 생각나기도 했다.

아드리안은 먼 이국 땅에서 관심을 가져 주는 사람이 보내온 그 의미심장한 선물을 받고는 어린애처럼 기뻐했다. 나는 그가 그렇게 기뻐하는 모습을 직접 지켜보았다. 그는 주저하지

---

* Callimachos(BC 305?~BC 240?). 고대 그리스의 시인이자 학자.

** 그리스 군대의 장수. 트로이 전쟁에 출정하던 중 크리제 섬에서 쉬다가 뱀에게 물려서 중상을 입고 섬에 내버려졌다가, 십 년이 지난 후에야 필록테트를 구해 와야 트로이 전쟁에서 이길 수 있다는 신탁에 따라 구조되어 다시 그리스 군대에 합류한다.

*** Aischylos(BC 525~BC 456). 고대 그리스의 3대 비극 시인 가운데 한 사람.

**** 태양신 아폴론의 다른 이름.

않고 선물을 받았고, 다른 사람들에게 보이지는 않았지만 사용하기는 했다. 아니, 사용했다기보다는 일종의 의식(儀式)을 거행했다고 해야 할 것이다. 즉, 그는 「묵시록」을 작곡하는 시간에는 항상 그 반지를, 내가 알기로는 왼손에 끼고 있었던 것이다.

아드리안은 반지라는 것이 결합과 속박과 예속의 상징이라는 생각을 과연 했을까? 확실히 그런 생각은 하지 않았겠지만, 작곡을 하는 중에 손가락에 낀 그 소중한 반지가 눈에 보이지 않는 연결 고리, 고립된 자신과 세계를 연결해 주는 고리라고 생각했던 것은 사실이다. 말하자면 용모나 신상에 관해서는 분명히 그 자신이 나보다 오히려 덜 궁금해하는 어떤 인격체의 희미한 상징으로서 말이다. 나는 그녀가 아드리안과의 관계에서 모습을 드러내지 않고 피하며 만나지 않는다는 기본 원칙을 해명해 줄 만한 어떤 결함이 그녀의 외모에 있는 것은 아닐까 하고 자문해 보았다. 어쩌면 그녀는 외모가 추하거나, 절름발이거나, 꼽추이거나, 흉터가 있을지도 몰랐다. 그러나 나는 그렇게 생각하지는 않았다. 내 생각에 오히려 만일 어떤 결함이 있었다면 그것은 영혼과 관계된 것이었을 테고, 그 때문에 어떤 형태로든 자신을 아끼고 감추어야 할 필요성을 수긍했을 것이다. 그녀의 파트너 역시 그런 원칙을 바꾸려 하지 않았을뿐더러, 오히려 둘의 관계가 순전히 정신적인 차원만을 엄격히 고수하면서 서로 눈에 띄지 않게 지속되어야 한다는 요구를 무언 중에 따르고 있었다.

나는 '순전히 정신적'이라는 범속한 표현을 좋아하지는 않는다. 그런 무미건조하고 무기력한 표현은 이처럼 멀리 숨어서 친구를 돌보고 헌신하는 여인의 특성이라 할 수 있는 실질적인 활동력에 어울리지 않기 때문이다. 「묵시록」을 구상하고 작곡하던 무렵 두 사람이 주고받은 편지는 극히 객관적인 내용을 담고 있었는데, 그녀는 유럽 문명 일반과 음악에 대해 진지한 어조로 언급하고 있었다. 그녀는 내 친구 작품의 바탕이 되는, 구하기 힘든 원본 자료들을 구해 주기도 했고 격려도 해 주었다. 이를테면 사도 바울의 환상을 고대 프랑스어로 기록한 책자는 그녀가 구해 준 것으로 밝혀졌다. 비록 우회로를 거치거나 전달자들을 통해서이긴 했지만 그녀는 열성적으로 그에게 헌신했다. 《여명》에 재치 있는 평론이 실리도록 주선한 당사자도 바로 그녀였다. 그것은 물론 당시 아드리안의 작품이 찬사를 받은 유일한 평론이었다. 유니버설 출판사가 아직 작업 중에 있는 오라토리오를 확보할 수 있었던 것도 그녀가 귀띔을 해 준 덕분이었다. 1921년에 그녀는 출처를 밝히지 않은 채 도나우에싱겐에서 「로마인 이야기」를 음악적으로 완벽하게 공연할 수 있도록 하기 위해 플라트너의 인형극단에 상당한 후원금을 몰래 희사하기도 했다.

나는 '희사했다.'라는 표현의 포괄적인 의미를 강조하고 싶다. 아드리안은 세상 물정에 밝고 그의 고독을 숭배하는 그 여인의 능력이 닿는 한 무엇이든지 마음대로 할 수 있었을 것이다. 그녀의 능력이란 곧 재산이었다. 그녀가 비판적인 양심에서 그 재산을 부담스럽게 느끼고 있는 것은 분명했지만, 그렇다고 그런 부(富)가 뒷받침되지 않는 인생은 알지 못했으며, 아마 그런 인생은 살아갈 수도 없었을 것이다. 그 재산 중에서 될 수 있는 대로 많은 부분을, 그녀가 감히 내놓을 수 있는 한 많은 부분을 한 천재의 제단에 바쳐야 한다는 것이 부인할 수 없는 그녀의 속마음이었으며, 만일 아드리안이 원하기만 했더라면 그의 생활 방식 전부가 에메랄드 반지의 수준에 맞게 하루아침에 뒤바뀔 수도 있었을 것이다. 그러나 그는 그런 보석을 끼고 있으면서도 여전히 수도원장 방의 벽만 쳐다보는 생활을 하고 있었다. 그는 자기가 원하기만 하면 무엇이든지 얻을 수 있다는 걸 나만큼이나 잘 알고 있었다. 그가 결코 그런 가능성을 진지하게 고려해 보지 않았다는 것은 두말할 나위 없다. 막대한 재산을 발치에 두고 손만 뻗으면 제후 같은 생활을 누릴 수 있다는 생각에 어느 정도는 넋이 빠져 있던 나와는 달리, 그는 그런 생각의 근처에도 얼씬거리지 않았다. 그런데 그는 이례적으로 파이퍼링을 떠나 여행을 하던 중에 딱 한 번 시험 삼아 거의 군주나 다름없는 생활을 잠시 해 본 적이 있다. 당시 나는 그가 언제까지고 그런 생활을 누릴 수 있기를 속으로 바라지 않을 수 없었다.

그것은 지금으로부터 이십 년 전에 있었던 일이다. 당시 아드리안은 처음이자 마지막으로 톨나 부인의 은혜로운 초대에 응한 적이 있다. 즉, 부인은 자신의 저택들 가운데 한 곳에, 물론 자신이 없는 동안에 그가 내키는 대로 오랫동안 머물러도 좋다고 했던 것이다. 1924년 이른 봄, 빈의 에메르바 홀에서 열린 시즌 개막 연주회에서 루디 슈베르트페거가 결국 그 자신을 위해 작곡된 바이올린곡을 대단히 성공적으로 초연했다. 그 성공은 무엇보다 연주자의 몫이었다. 작품의 의도 자체가 연주자의 기교에 초점을 맞추고 있었던 것이다. 그 작품에도 레버퀸의 개성이 담겨 있는 것은 분명했지만 그의 작품 가운데 최고 수준에 들지는 못했다. 적어도 부분적으로는 어딘지 모르게 의무감에 쫓겨서 겸손하게, 아니 연주자를 무시하고 작곡한 듯한 인상을 주었다. 그것은 그동안 말은 안했지만 일찍부터 예견했던 어떤 사태를 상기시켰다. 과연 아드리안은 연주가 끝나자 박수로 환호하는 청중들 앞에 나서기를 거절했던 것이다. 사람들이 그를 찾았을 때는 이미 홀을 떠나고 없었다. 나중에 우리는, 그러니까 주최자들과 들뜬 루디 그리고 나는 헤렌 가(街)에 있는 작은 호텔의 식당에서 그를 만났다. 슈베르트페거는 한사코 번화가에 자리 잡은 일류 호텔을 고집했지만, 아드리안은 작은 호텔을 숙소로 정했던 것이다.

축하연은 금방 끝났다. 아드리안이 머리가 아팠기 때문이다. 그렇지만 잠시 생활의 긴장이 느슨해진 탓인지 다음 날 그는 곧장 슈바이게슈틸 부인의 집으로 돌아가지 않고 헝가리의 영지를 방문해서 그의 여자 친구를 기쁘게 해 주기로 결심했다. 그녀가 거기에 없다는 조건은 갖추어져 있었다. 그녀는 역시 눈에 띄지 않게 빈에 체류하고 있었던 것이다. 그는 그리 여유를 두지 않고 영지로 직접 전보를 띄웠다. 그러자 내가 추측하기로는 영지와 빈의 한 호텔 사이에 신속한 연락이 취해졌고, 그는 여행길에 올랐다. 유감스럽게도 동행자는 내가 아니었다. 사실 나는 직무상 연주회를 위한 시간을 내기도 힘들 정도였다. 그리고 이번에는 뤼디거 쉴트크납도 동행하지 않았다. 눈 색깔이 같은 그는 빈으로 갈 의향이 별로 없는 것 같았고, 그만한 여비도 없는 듯했다. 당연히 여행에 동행할 사람은 루디 슈베르트페거로 정해졌다. 그는 마침 함께 있었고 시간도 있었던 것이다. 게다가 그는 방금 아드리안과 공동 작품을 성공적으로 발표한 터였고, 바로 이 무렵에는 아드리안의 신뢰를 얻으려는 그의 집요한 노력도 어느 정도 성공하고 있었는데, 그러나 그것은 아주 불길한 성공이었다.

아드리안은 영지에서 루디 슈베르트페거와 함께 마치 여행에서 돌아온 주인과 같은 영접을 받았다. 두 사람은 열이틀 동안이나 톨나 부인의 성채에 있는 18세기식 살롱이나 방에서 편안하고 호화로운 시간을 보냈고, 때로는 마차를 타고 엄청나게 넓은 영지를 가로질러 발라톤 호반으로 가 보기도 했다. 터키 사람처럼 생긴 공손한 하인이 마차를 몰았다. 그리고 다섯 개 국어로 된 장서가 갖춰진 도서관과 음악당의 단상에 있는 두 대의 훌륭한 그랜드 피아노, 가정용 오르간, 그 밖에도 온갖 호사품들을 이용하고 즐겼다. 아드리안은, 영지에 딸린 마을이 두 방문객의 눈에 구시대의, 심지어 프랑스 혁명 이전의 생활 수준으로 극도의 빈궁에 시달리는 것처럼 보였다고 나에게 말했다. 그의 말에 따르면, 영지 관리인이 그에게 마을 사람들은 일 년에 딱 한 번 크리스마스 무렵에만 고기를 맛볼 수 있고, 저녁에는 양초도 켜지 못해서 그야말로 해 지기 무섭게 바로 잠자리에 든다고 안됐다는 듯이 고개를 가로저으며 대단한 사실인 것처럼 이야기했다는 것이다. 인습과 무지로 무감각해진 비참한 상황, 가령 지저분하기 이를 데 없는 마을 거리 혹은 위생의 사각지대나 다름없는 주거 지역을 개선한다는 것은 가히 혁명적인 일이 될 거라고 했다. 어떤 개인이나 여자 한 사람의 힘으로는 도저히 시도하기 어려울 거라는 것이었다. 마을의 이런 광경이 아드리안의 숨은 여자 친구가 자기 영지에서 머무르지 않는 이유 중의 하나임을 짐작할 수 있었다.

아무튼 나는 내 친구의 엄격한 삶에서 다소 야릇한 느낌을 주는 이 일화를 대강의 스케치 이상으로 상세하게 묘사할 수는 없는 처지다. 당시 그의 곁에 있었던 사람은 내가 아니었고, 설령 그가 나에게 동행해 주기를 청했더라도 나는 그렇게 할 수 없었을 것이다. 그의 곁에 있었던 사람은 슈베르트페거였으니, 그가 자세한 이야기를 들려줄 수도 있었을 것이다. 하지만 그는 이미 세상을 떠나고 없다.

37

앞에서 몇 장(章)을 그렇게 처리한 것과 마찬가지로, 이 장에도 따로 숫자를 매기지 않고 앞장의 연속으로 표시했더라면 차라리 나았을 것이다. 이야기를 멈추지 않고 계속 진행하는 것이 좋을 것 같다. 왜냐하면 여전히 아드리안의 '바깥세상'을 다루는 단락이, 영면한 내 친구와 '바깥세상'과의 불가사의한 관계를 다루는 단락이 계속되고 있기 때문이다. 이제부터는 여전히 낯선 바깥세상을 존중하는 아드리안의 신중한 태도를 배제하고 이야기하기로 하겠다. 이제부터 이야기할 바깥세상의 대변자는 귀중한 상징물을 보내 준, 베일에 가린 수호의 여신이 아니라, 우직한 고집이 있고 아무리 고독한 사람도 마다하지 않으며 곧잘 남의 일에 관심을 가지고 나에게도 호감을 준 유형의 인물이다. 사울 피텔베르크라는 그 인물은 국제적인 연주회를 조직하는 음악 매니저였다. 어느 화창한 늦여름 토요일 오후 마침 내가 그 자리에 있을 때(아내의 생일이었기 때문에 나는 일요일 일찌감치 집으로 돌아갈 작정이었다.) 그는 파이 퍼링에 잠시 들러서 우리들, 즉 아드리안과 나와 함께 족히 한 시간은 즐거운 대화를 나눈 적이 있다. 그는 찾아온 용건을 이루지 못한 채(그런 것도 용건이라고 할 수 있을지는 모르겠지만), 그러나 전혀 언짢아하는 기색도 없이 되돌아갔다.

때는 1923년이었으므로 그 남자가 특별히 서둘렀다고 할 수는 없었다. 어쨌든 그는 프라하와 프랑크푸르트의 연주회가 열리기를 가만히 기다리고만 있지는 않았는데, 이들 연주회는 머지않아 열릴 예정이었다. 스위스에서 아드리안의 초기 작품이 여러 차례 연주된 것은 제외하더라도 이미 바이마르와 도나우에싱겐에서 아드리안의 작품이 발표된 후였다. 아주 뛰어난 감각의 소유자가 아니더라도 이번에 다가올 연주회에는 뭔가 대단한 작품이 나올 거라고 생각했을 것이다. 게다가 「묵시록」은 벌써 악보로 출판된 터였다. 사울 씨가 이 작품을 검토할 작정이었다는 것은 충분히 짐작할 수 있는 일이었다. 어떻든 그는 한시가 급하다는 것을 알아차렸다. 그는 자기가 끼어들어 명성을 얻고, 한 천재를 바깥세상에 널리 소개해 천재의 매니저로서 자기가 몸담고 있는 호기심 많은 세속 사회에 선보일 수 있기를 바라고 있었다. 이것이 그가 아드리안이 고통 속에서 창작 생활을 하고 있는 피난처로 먼 길을 마다 않고 쳐들어오다시피 찾아온 동기였다. 사건의 경위는 이러했다.

나는 이른 오후에 파이퍼링에 도착했다. 그리고 차를 마시고 나서 4시가 조금 넘었을 무렵 아드리안과 들길로 산책을 나갔다. 돌아오는 길에 우리는, 즉 아드리안과 나는 놀랍게도 안마당의 느릅나무 곁에 자동차가 멈춰 서 있는 광경과 마주쳤다. 그것은 보통의 택시가 아니라 외관상 자가용에 가까운, 운전사와 함께 몇 시간씩 혹은 며칠씩 빌려 주는 그런 차였다. 옷차림에서 부유한 티가 엿보이는 운전사는 차 옆에서 담배를 피우고 있었는데, 우리가 곁을 지나가자 챙이 달린 모자를 가볍게 들어 올리며 인사했고, 만면에 미소를 가득 담고 있었다. 아마 자기가 데려온 훌륭한 손님이 들려준 농담을 생각하고 있는 듯했다. 슈바이게슈틸 부인이 대문에서 우리를 맞았다. 손에는 방문자의 명함을 들고 있었고, 놀라고 근심스러운 목소리로 어떤 '속물'이 찾아왔다고 말했다. 방금 처음 맞이한 사람을, 더구나 속삭이는 듯한 목소리로 그렇게 단정 짓자 어쩐지 홀린 듯한 기분이 들었다. 그런 완곡한 표현은 부인이 다시 그를 '날건달' 같다고 했을 때 훨씬 더 잘 이해되었다. 그는 부인을 '친애하는 부인'이라고 부르는가 하면 '아주머니'라고 하기도 하고 클레멘티네의 뺨을 꼬집기도 했다는 것이다. 부인은 그 속된 인간이 떠날 때까지 당분간 클레멘티네를 제 방에서 나오지 못하게 했다고 말했다. 그렇지만 뮌헨에서 자가용을 타고 온 사람이니 그냥 돌려보낼 수는 없지 않느냐고 했다. 그는 나이키 여신상이 있는 방에서 기다리고 있었다.

우리는 미심쩍은 표정으로 명함을 들여다봤다. '사울 피텔베르크. 음악 중개인. 여러 일류 음악가들의 대리인.' 그만하면 어떤 사람인지 알 만했다. 내가 마침 그 자리에 있어서 아드리안을 보호할 수 있다고 생각하니 마음이 놓였다. 하마터면 그를 홀로 이 '대리인'에게 내맡길 뻔했다고 생각하니 기분이 언짢았다. 우리는 나이키 여신상이 있는 방으로 들어갔다.

피텔베르크는 이미 문 옆까지 와 있었다. 아드리안은 내게 먼저 들어가라고 했지만, 방문객의 관심은 이내 아드리안에게 쏠렸다. 뿔테 안경 너머로 나를 흘끗 쳐다보더니 그는 비대한 상체를 옆으로 돌리며 내 뒤에 있는 아드리안에게 눈길을 주었다. 아드리안을 만나러 두 시간이나 걸리는 길을 마다 않고 달려온 그에게 천재로 통하는 예술가와 평범한 학교 선생을 구별하는 일은 식은 죽 먹기였으리라. 아무리 그렇더라도 내가 먼저 들어왔는데도 나는 별 볼일 없는 인물이라는 것을 금방 알아보고 제대로 사람을 찾아냈다는 것이 특이하기는 했다.

"셰르 메트르!*"

그는 악센트가 딱딱하긴 했지만 상스럽지 않게 유창한 프랑스어로 미소를 지으며 말을 건네 왔다.

"이렇게 뵙게 되다니 정말 감개무량합니다! 저같이 완고하고 막돼 먹은 놈한테도 위대한 예술가를 뵙는다는 건 감격적인 체험입죠. 처음 뵙겠습니다, 교수 양반."

그는 잠시 나한테 말을 돌리고 가볍게 악수를 청했다. 아드리안이 나를 소개했던 것이다. 그러고는 다시 재빨리 아드리안에게 몸을 돌렸다.

"친애하는 레버퀸 씨, 저를 불청객이라고 싫어하실지도 모르겠습니다만."

그는 이름의 셋째 음절에 강세를 넣어서 마치 르베르퀴느처럼 들리게 부르면서 말을 계속했다.

"저도 한때 뮌헨에 산 적이 있습니다. 틀림없는 사실입니다……. 아, 저는 독일어도 할 줄 알지요."

---

* Cher maitre. 프랑스어로 '친애하는 선생님'이라는 뜻.

그는 잠시 말을 중단했다가 역시 듣기 좋은 또렷한 발음으로 말했다.

"썩 잘하지는 못해도 의사소통은 충분히 할 수 있습니다. 당신은 프랑스어를 잘하시더군요. 베를렌의 시를 작곡한 것이 가장 훌륭한 증거지요. 그렇지만 뭐니 뭐니 해도 우리는 지금 독일 땅에 있습니다. 얼마나 독일적입니까! 고향 같지 않습니까! 너무 잘 어울립니다! 저는 아주 현명하게도 당신이 은거하고 있는 전원에 매혹되었습니다. 그렇고말고요, 물론입니다. 앉아서 얘기하시죠. 고맙습니다. 정말 고맙습니다!"

그는 마흔이 넘어 보였다. 뚱뚱한 몸집에 배가 나오지는 않았지만 팔다리는 살결이 희고 비대했다. 양손은 희고 포동포동했으며, 말끔하게 면도를 했고, 멀쑥한 얼굴에 턱은 두 겹이었고, 눈썹은 둥글고 짙었으며, 뿔테 안경 뒤에서 생글거리는 편도(扁桃)같이 생긴 눈에서는 지중해의 윤기가 흐르는 듯했다. 머리칼은 벌써 희끗희끗했으나 가지런하고 하얀 치아는 늘 드러나 보였다. 그는 계속 미소를 띠고 있었던 것이다. 슈바이게 슈틸 부인이 '날건달'이라고 한 것도 이해가 되었다. 그의 태도는 언제나 느긋하고 조심성이 없었던 것이다. 언제나 상당히 큰 소리로, 때로는 소프라노를 연상케 할 정도의 큰 소리로 잽싸게 슬쩍 끌어다 붙이는 어투와 마찬가지로 들뜬 듯한 경박한 태도가 그의 행동거지 전반의 특징이었는데, 듬직한 체격과는 어울리지 않는 듯하면서도 다시 보면 잘 어울렸다. 그의 거동에서 풍기는 경박한 태도는 함께 있는 사람들을 즐겁게 했다. 그런 태도를 접하면 사람들은 괜히 인생을 너무 어렵게만 여기는 게 아닌가 하는 생각이 들면서 우습기도 하고 위안이 되기도 하는 것이다. 그의 경박한 태도는 늘상 이런 말을 내뱉고 싶어 하는 것 같았다. "대체 어째서 그렇지 않다는 거요? 도대체 그 이상 뭐가 있단 말이오? 더 이상 이야기할 건더기도 없다니까요! 이 정도로 해 둡시다!" 그러면 사람들은 자기도 모르는 사이에 그의 생각에 따르려고 애쓰게 되는 것이다. 지금까지도 생생하게 기억나는 그의 말솜씨로 미루어 보건대 그가 결코 얼간이는 아니었다는 것은 의심할 여지가 없다. 순전히 그가 혼자 말하게 내버려 두는 것이 최선의 방책일 것 같았다. 물론 아드리안이나 내가 뭐라고 대꾸하거나 때로는 이야기에 끼어들기도 했지만, 그는 들은 체 만 체했기 때문이다. 우리는 응접실의 중요한 가구 중의 하나인 기다란 탁자의 한쪽 끝에 자리를 잡았다. 아드리안과 내가 나란히 함께 앉고, 손님은 맞은편에 앉았다. 그는 자기의 소망이나 의도를 한참 숨기며 돌려 말하지 않고 곧장 본론으로 들어갔다.

"어째서 선생께서 이처럼 적막한 거처에서 꼼짝 않고 있어야만 하는지 충분히 이해가 됩니다. 저는 모든 걸 보았소이다. 언덕이며, 연못이며, 교회가 있는 마을이며, 게다가 품격 있는 이 집과 더불어 모성애가 넘치고 활달한 여주인까지 말입니다. 마담 슈바이게슈틸 말이지요! 그 여자는 이렇게 말하고 싶어하더군요. '말하고 싶지 않아요. 제발 좀 조용히 해요!' 이렇게 귀여울 데가 또 어디 있단 말입니까! 여기선 얼마나 사셨습니까? 십 년이라고요? 줄곧 여기서만 말이오? 굉장하군요! 아, 그렇지만 충분히 납득이 되고도 남습니다! 제가 선생을 데리러 왔다고 생각하십니까? 잠시 선생을 유혹해서 내 외투 자락에 태운 다음, 허공을 가로질러 나르면서 세상의 부귀와 영광을 보여 드리죠. 그것만이 아닙니다. 온 세상을 당신의 발치에 대령시킨다 이겁니다……. 상스러운 말씨를 용서하십시오! 아닌 게 아니라 과장과 익살이 심했나 봅니다. 특히 '영광'이라는 말이 그렇군요. 하지만 그렇게 빗나가지는 않았습니다. 영광이라는 게 별 거 아니거든요. 그런 말을 하는 저는 소인배들의 자식이지요. 별 볼일 없는, 그렇다고 천하다는 건 아니지만, 그런 핏줄을 타고났다 이 말씀입니다. 그러니까 폴란드 동부 지방의 루블린 출신이죠. 부모님은 그저 그런 유대인이었지요. 저는 유대인이거든요. 아시다시피 피텔베르크라는 이름은 어느 모로 보나 초라한 폴란드계 독일 유대인의 이름이란 말입니다. 그런데 제가 그 이름을 전위주의 문화의 그럴듯한 선구자의 이름으로, 위대한 예술가들의 친구 이름으로 만들었단 말입니다. 이건 간단 명료하고 부인할 수 없는 진실이죠. 까닭인즉, 전 젊은 시절부터 좀 더 고상하고 지적이고 유쾌한 것, 그중에도 특히 파문을 일으킬 만한 새로운 것을 위해 정진해 왔기 때문이랄 수 있지요. 하지만 파문을 일으키더라도 미래의 영광을 보장하는 것이어야 합니다. 내일이면 최고의 가치를 누릴 수 있고 커다란 선풍을 일으키는 예술이 될 수 있는 것 말입니다. 그런데 제가 무슨 이야기를 하고 있죠? 애초에는 파문이라는 게 문제였군요.

다행히도 저는 보잘것없는 루블린을 일찌감치 멀리 떠났습니다! 이십 년이 넘도록 파리에서 살았지요. 믿으실지 모르겠지만 소르본 대학에서 꼬박 일 년 동안 철학 강의를 듣기도 했답니다. 그렇지만 결국 철학이라는 게 지겨워졌습니다. 철학도 신통할 게 없다는 생각이 들었죠. 아, 물론 철학은 그렇지 않을 수도 있지만요. 그렇지만 저 같은 놈한테는 너무 추상적이 거든요. 또한 형이상학 같은 건 독일에서나 배우는 게 바람직 하다는 느낌이 어렴풋이 들더란 말입니다. 교수님도 그런 점에 서는 제가 옳다고 생각하실 겁니다……. 그다음 이야기를 하지 요. 그리고 대로변에 있는, 특정인만 출입하는 코미디 공연 극 장을 운영했죠. 좌석이 100개밖에 안 되는 작은 지하 극장이었 답니다. 극장 이름이 '우아한 속임수의 극장'이었어요. 정말 멋 진 이름이죠? 하지만 재정난으로 더 이상 유지할 수 없게 되 어 버렸지요. 좌석이 몇 개 되지 않으니 입장료가 비쌀 수밖 에요. 그래서 할 수 없이 모조리 초대권으로 좌석을 채웠습니 다. 우린 정말 표나게 튀었지요. 그러면서도 지식인인 체하고 거드름을 피웠죠. 관객이라고는 제임스 조이스*, 피카소**, 에즈 라 파운드***, 클레르몽토네르**** 백작 부인 정도밖에 없었으니 먹 고살 수가 있어야죠. 간단히 말하자면, 불과 얼마 동안 공연을 하다가 극장은 문을 닫아야 했어요. 그렇지만 그 실험이 제게 무익하지는 않았답니다. 덕분에 파리의 첨단 예술계에서 활동 하는 여러 화가와 음악가, 시인들과 교류할 수 있게 되었으니 말입니다. 파리에서는 활발한 예술계의 맥박이 고동치고 있지 요. 물론 여기도 그렇다고 할 수 있겠지만요. 저도 예술 감독 자격으로 그런 예술가들이 드나드는 귀족들 저택의 살롱에 발 을 들여놓을 수 있었던 거지요……

---

* James Augustine Joyce(1882~1941). 아일랜드 출신의 소설가.
** Pablo Picasso(1881~1973). 스페인 출신의 프랑스 화가.
*** Ezra Pound(1885~1972). 미국의 시인. 이미지즘의 개척자 중 한 사람.
**** Clermont-Tonnére. 반유대주의 이념을 표방한 프랑스 정치가.

의아하게 생각하실지도 모르겠군요. 어쩌면 이렇게 말씀하시고 싶으시겠지요. '이런 작자가 어떻게 그런 일을 해냈을까? 폴란드 촌뜨기에 불과한 보잘것없는 유대인 청년이 어떻게 선택된 사람들만 드나드는 모임에 멋지게 끼어들어 귀부인들 사이를 오갈 수 있었을까?' 아하, 그것처럼 쉬운 일이 또 어디 있겠습니까! 나비넥타이를 매는 게 뭐가 어렵단 말입니까! 설령 자기를 낮추어야 하는 한이 있더라도 태연하게 살롱에 드나드는 거야 누구나 금방 배울 수 있거든요! 제가 어떤 사람과 악수를 하면 조금이라도 관심을 끌 수 있다는 사실에 모든 생각을 집중시키는 게 뭐가 어렵겠습니까! 그리고 노상 '마담'이라고 불러 주기만 하면 된다니까요. '아, 마담, 오, 마담, 무슨 생각에 잠기셨나요? 마담, 음악에 심취하신다면서요?' 이 정도면 대충 할 얘기는 다 한 셈이죠. 사람들은 옛날부터 이런 인사치레를 엄청 중요시한답니다.

어쨌든 그 후 현대 음악 공연을 위한 협회를 조직하고 사무실을 열었을 때는, 극장 덕분에 맺었던 인간관계들이 도움이 되었고 더욱 다양해지게 되었지요. 무엇보다 좋았던 것은 제가 제 자신을 발견하게 되었다는 겁니다. 보시다시피 저는 흥행사지요. 체질적으로 타고났단 말입니다. 그럴 수밖에요. 그건 곧 저의 기쁨이며 자부심이란 말입니다. 저는 스스로 만족과 희열을 찾은 것입니다. 관심을 끌 만한 사람들을 발굴하고, 그를 위해 나팔을 불어 주고, 사교 모임을 북돋우고, 정 안 되면 흥분시키기라도 하는 재능을, 천부적인 재능을 발견한 겁니다. 결국 살롱에서 뭘 원하느냐가 중요하니까요. 그러면 우리가 함께 찾을 희망에 대해 다시 이야기를 해 봅시다.

살롱은 쉽게 들뜨고 흥분하며 좌충우돌하는 경향이 있습니다. 거기에 모이는 사람들은 유쾌한 소동을 가장 반긴다 이 말씀입니다. 신문의 만화와 끝없는 요설을 위해 소재를 제공하는 사람은 갈채를 받습니다. 파리에서 명성을 얻으려면 먼저 악명을 떨쳐야 하지요. 일급의 살롱에서는 하루저녁에도 몇 차례나 참석자 전원이 흥분해서 자리를 박차고 일어서는가 하면, 거의 대다수가 '모독이야! 비방이야! 돼먹지 않은 익살이야!' 하고 고래고래 고함을 질러 대고, 그런가 하면 에릭 사티*, 몇 명의 초현실주의자들, 버질 톰슨** 같은 사람들이 칸막이 좌석에서 '바로 그거야! 기지가 넘치잖아! 굉장해! 최고야! 브라보! 브라보!' 하고 외쳐 대는 겁니다.

놀라지나 않으셨는지요. 르베르퀴느 선생은 몰라도 교수님은 아마 놀라셨을 겁니다. 그렇다면 우선 급히 한마디 덧붙여도 될까요? 연주회의 밤이 아무리 소란스러워도 끝날 시간이 되기도 전에 중단된 적은 한 번도 없다 이겁니다. 아무리 발끈했던 사람들도 그런 걱정은 하지 않습니다. 오히려 자꾸만 약 오르는 일이 생기기를 바란다니까요. 바로 그런 데 묘미가 있는 겁니다. 연주회의 밤이 그들을 위해 선사하는 재미지요. 여하튼 불과 몇 명 안 되는 전문가들이 이상하게도 우월한 권위를 가지고 있지요. 두 번째로 덧붙이고 싶은 것은, 진취적인 성격의 모임들이 죄다 방금 말씀드린 식으로 진행되는 건 아니라는 사실입니다. 충분히 광고를 하고 사전에 멍청한 자들의

---

* Érik Satie(1866~1925). 주로 피아노곡을 작곡한 프랑스의 작곡가.
** Virgil Thomson(1896~1989). 미국의 작곡가이자 음악 평론가.

압력을 받더라도 품위 있게 진행된다는 걸 보장할 수 있습니다. 설사 옛날에는 견원지간이었던 나라의 국민, 가령 독일인이 소개된다 하더라도 청중은 나무랄 데 없이 정중한 태도를 취합니다.

저의 제안, 즉 저의 초대를 뒷받침하는 건전한 사고는 바로 이겁니다. 천재성을 세계 만방에 드날리고 진취적인 음악의 첨단을 달리는 독일인이 필요합니다! 오늘날 그런 예술가가 있다면 다시 청중의 호기심을 불러일으키고, 선입견과 속물근성에 신랄하게 도전하는 좋은 귀감이 될 것입니다. 이런 예술가가 민족성, 즉 독일 정신을 덜 부인하면 할수록, '이거야말로 정말 독일적인걸! 전형적이야!'라고 외칠 수 있는 계기를 더 많이 만들면 만들수록, 그만큼 더 신랄한 도전이 되는 거죠. 선생께서 바로 그런 역할을 하시는 겁니다. 그러지 말란 법이 있습니까? 선생께서는 도처에서 그런 계기를 만들고 계시더군요. 「바다의 불빛」과 희가극을 작곡할 무렵인 초기보다는 후기로 갈수록, 매 작품마다 그런 징조가 점점 두드러지더군요. 짐작하시겠지만, 저는 무엇보다도 선생께서 자신의 예술을 가차 없이 신고전주의적인 규칙의 체계 속에 가두고 있다는 냉정한 원칙을 주목하고 있습니다. 선생께서는 자신의 예술을 이 엄격한 테두리 안에서만 펼치고 계십니다. 비록 우아하지는 않다 하더라도 재치 있고 대담하게 말입니다. 그런데 제가 말씀드리고자 하는 것은 그 이상의 어떤 것입니다. 선생의 독일적인 천성을 강조하고 싶거든요. 제가 말씀드리고자 하는 것은, 뭐라고 해야 할까요, 이를테면 사각형처럼 꽉 짜인 구조라고나 할까요. 그러니까 중후하고 확고부동하고, 옛날 독일식으로 웅장한 리

든 말입니다. 우리끼리 얘기지만 바흐의 음악에서도 그런 효과
가 눈에 띄지요. 제가 비판적으로 얘기한다고 생각하십니까?
천만에요. 확신하건대 선생은 정말 위대하십니다. 선생의 작품
에 등장하는 주제들은 거의 대부분 이분의 일이나 사분의 일,
혹은 팔분의 일처럼 짝수 음표로 구성되어 있더군요. 아닌 게
아니라 붙임표나 이음표를 활용하고 있기는 하지만, 종종 매
끄럽지 않고 우아하지 않게 무슨 기계 작업이나 하듯이 통탕
거리는 망치 소리를 연상하게 하는 점에서는 경직되어 있다고
할 수 있죠. 독일인의 그런 측면은 어느 정도는 매혹적이기까
지 합니다. 그런 점을 흉본다고 생각하지는 마시기 바랍니다.
그저 그런 면이 너무나 특이하다는 것뿐입니다. 그리고 제가
준비한 일련의 국제 음악 연주회에서 이런 음악이 없어서는 말
이 안 된다 이겁니다…….

　　자, 저의 요술 외투를 펼칠 테니 어디 구경이나 한번 하시지
요. 선생을 파리로, 브뤼셀로, 안트베르펜으로, 베네치아로, 코
펜하겐으로 안내하지요. 선생은 진지한 관심과 환대를 받을
것입니다. 최고의 교향악단과 성악가를 대령해 드리겠습니다.
선생의 「바다의 불빛」, 「사랑의 헛소동」에 나오는 곡들, 「우주
의 경이」가 연주될 겁니다. 선생께서는 그랜드 피아노에 앉아
서 프랑스 시(詩)와 영국 시에 곡을 붙인 본인의 악보에 맞추
어 반주를 하는 것입니다. 그러면 온 세상 사람들이 열광할 겁
니다. 어제의 적국이었던 독일 사람이 어떻게 이런 가사를 골
라서 곡을 붙였으며, 그걸 세상에 발표할 정도로 아량이 넓을
까 하고 말입니다. 아량과 변덕의 사해동포주의여! 아마 세계
에서 가장 아름다운 소프라노 목소리를 가진 크로아티아의 마

담 마야 드 스트로치페치치*조차도 이 노래들을 부르는 걸 영광으로 생각할 것입니다. 키츠의 시에 곡을 붙인 송가를 반주할 악단으로는 제네바의 '플론찰레이' 사중주단이나 브뤼셀의 '프로 아르테' 사중주단을 택하겠습니다. 최고의 정상급들이지요. 이만하면 마음에 드십니까?

아니, 무슨 말씀이십니까? 지휘를 맡지 않으시겠다니요? 정말입니까? 피아노 연주도 싫단 말씀입니까? 반주를 거절하겠단 말씀이군요. 알 만합니다. 다 듣지 않아도 무슨 말씀인지 이해가 됩니다! 이미 끝난 작품을 오래 붙들고 있는 건 성에 안 찬다 이 말씀이군요. 선생께는 작품을 작곡하는 것 자체가 이미 공연이나 다름없을 테니까요. 오선지에 옮기는 것과 동시에 손을 떼시니까 연주도 지휘도 사절하겠다는 말씀이시군요. 그렇게 되면 작품은 금방 변화되고 변주되며 변용되고 발전해서 아마 못 쓰게 될 테니까 말입니다. 그렇지만 유감스럽군요. 그렇게 되면 연주회는 결국 개인적인 매력 면에서 큰 소실을 입겠군요. 아, 하지만 어떻게든 해결이 가능할 거예요. 세계적인 지휘자를 찾아야겠군요! 멀리 둘러볼 필요도 없습니다! 마담 마야 드 스트로치페치치의 상임 지휘자가 가곡의 반주를 맡아야겠군요. 그리고 선생께서 왕림해 주시기만 하면, 그저 연주회장에서 청중들한테 모습만 보이시면 손해 될 건 없습니다. 모든 면에서 이득이 되죠.

물론 이것은 조건에 불과합니다. 아니, 그렇지 않습니다! 선

---

* Maja de Strozzi-Pečič(1882~1962). 크로아티아 출신의 성악가. 스트라빈스키가 그녀에게 네 편의 곡을 헌증했다.

생께서 불참한 채 저에게 작품 공연을 맡겨선 안 됩니다! 어떤 일이 있어도 몸소 와 주셔야 합니다! 특히 파리 공연 때는 꼭 말입니다. 파리에선 서너 군데 살롱이 음악적 명성을 키우죠. 그저 몇 번쯤 '마담, 당신의 음악적인 판단이 틀림없다는 것은 온 세상이 다 알고 있습니다.'라고 말해 주는 데 밑천이 드는 건 아니잖아요? 아무런 밑천 없이도 대단한 성과를 거둘 수 있단 말입니다. 사교상의 성과로 치자면, 제가 주선하는 일은 다길레프* 씨의 러시아 발레단을 빼놓고는 최고거든요. 그렇지만 그건 러시아 발레단이 유럽에 올 때의 이야기죠. 선생은 저녁마다 초대를 받을 겁니다. 파리의 일류 사교계에 발을 들여놓는다는 건 여간 힘든 일이 아닙니다. 그렇지만 예술가한테는 그것보다 쉬운 일이 또 없지요. 게다가 그 예술가가 최고의 명성을 날리고 있고, 대단한 파문을 일으키며 인구에 회자될 정도면 문제없습니다. 호기심은 어떤 장벽도 무너뜨리니까요. 아무리 배타적이어도 호기심은 견디지 못한단 말입니다…….

그런데 제가 왜 자꾸만 훌륭한 사교계니 호기심이니 하는 것들을 들먹이는지! 그렇다고 해서, 선생께서 호기심을 가질 거라고 믿지는 않아요. 제가 그런 짓을 해서야 되겠습니까? 맹세코 저는 그런 마음을 먹지 않았다니까요. 훌륭한 사교계 따위가 선생과 무슨 상관이 있겠습니까? 우리끼리 얘기지만, 사실 제가 하는 일과도 무슨 상관이 있겠어요? 직업상 그렇다는 것뿐이죠. 속으로는 그렇게 신경을 쓰진 않습니다. 파이퍼링

---

* Sergei P. Diagilev(1872~1929). 러시아의 무용가이자 예술 운동가. 러시아 국립 발레단의 상임 감독을 역임했다.

같은 이런 환경에서 선생과 함께 있는 것은 제가 허황되고 피상적인 세계에 대해 초연하며 대수롭지 않게 여긴다는 사실을 자각하는 데 적잖은 도움이 되었습니다. 아, 참! 카이저스아셰른 출신이시죠? 잘레 강변의 도시 말입니다. 얼마나 엄숙하고 품위 있는 고향입니까! 제 출생지인 루블린 역시 품위 있고 고색창연한 땅이랍니다. 그곳을 지나가노라면 검소한 생활과 장중한 분위기, 그리고 약간 이국적인 느낌도 듭니다……. 아아, 정말이지 선생 같은 분한테 우아한 사교계 따위를 칭찬하고 싶은 생각은 추호도 없습니다. 그렇지만 파리에서는 아폴론의 형제들과 흥미진진하고 자극적인 교제를 나눌 기회가 생깁니다. 선생처럼 노력하는 사람들, 귀족, 화가, 문필가, 발레 스타들, 그리고 무엇보다 음악가들과 교류할 수 있단 말입니다. 유럽에서 얻을 수 있는 경험이나 예술적인 실험의 첨단을 걷는 사람들이 모두 제 친구요, 또한 언제라도 선생의 친구가 될 마음의 준비가 되어 있습니다. 시인 장 콕토*, 무용 안무가 마신**, 작곡가 마누엘 데 파야, 새로운 음악을 실험하는 6인조 음악가들***, 대담하고 당당하고 유쾌한 이 모든 친구들이 선생께서 와 주길 기다리고 있단 말입니다. 원하기만 하면 당장 그들 틈에 낄 수 있다니까요…….

---

* Jean Cocteau(1889~1963). 프랑스의 시인이자 배우, 영화감독.
** Léonide Massine(1895~1979). 러시아 태생의 무용가이자 안무가.
*** 파리의 '6인조'라 일컬어진 뒤레(Durey), 오네게르(Honegger), 미요(Milhaud), 타이유페르(Tailleferre), 풀랑크(Poulenc), 오리크(Auric)를 가리킨다. 신낭만주의에 반대해 단순 명료한 선율과 대위법 음악으로 되돌아갈 것을 주장했다.

이래도 선생께서 싫어하시는 표정인데, 그러실 필요가 있나요? 이런 판국에 조금이라도 소심해하거나 당황하시는 건 전혀 어울리지 않습니다. 그러다가 소외감이 들게 마련이죠. 뭐, 그렇다고 이런 요인들을 들추자는 건 절대로 아닙니다. 존경심을 잃지 않고 교양이 있는 사람이라면 그런 요인들이 존재한다는 사실을 금방 알 수 있을 테니까요. 여기 파이퍼링이라는 곳, 이방(異邦)의 외딴 은신처, 여기에는 특별히 흥미롭고 심리적인 사연이 있을 테지요. 파이퍼링에는 말입니다. 그렇다고 질문을 드리는 건 아닙니다. 저는 모든 가능성들을 생각해 볼 뿐입니다. 저는 가능성의 전부를, 심지어 가장 시대에 뒤진 가능성들까지도 숨김없이 고려해 봅니다. 이만하면 되지 않을까요? 전혀 선입견이 없는 영역에 직면했을 때 오히려 당황해하는 이유도 이런 게 아닐까요? 물론 나름대로 그럴 만한 근거가 있으니 선입견을 버렸을 테지만 말입니다. 그렇군요. 이제야 알겠습니다! 예술적 취향을 주도하는 천재들과 세련된 예술의 대가들은 대개 반쯤 미치고 괴상한 병적인 사람들과 죄악에 빠진 약삭빠른 불구자들로 구성되어 있죠. 매니저라는 직업은 그들을 돌보는 간호사와 같습니다. 바로 그거죠!

보시다시피 저야말로 형편없는 일꾼입니다. 일솜씨가 도대체 말이 아닙니다! 제가 자신에 대해 좋게 말할 수 있는 거라곤 스스로 못난이라는 걸 알고 있다는 사실뿐입니다. 선생의 호기심을 끌어내겠다고 마음먹었지만, 오히려 선생의 자존심만 상하게 했을 뿐 아니라, 분명히 제 자신을 거역하면서 일을 하고 있군요. 저는 스스로에게 이렇게 말합니다. 선생 같은 분은, 아니, 선생 같은 분은 어디에도 없지만, 다른 사람들과 섞이기에는 자신의 인생과 운명을 세상에 둘도 없는 신성한 것으로 생각하고 있다고 말입니다. 선생께선 다른 사람의 운명에 대해서는 전혀 알려고도 하지 않습니다. 오직 자신의 운명밖에 모릅니다. 저는 압니다. 이해가 돼요. 선생은 일체의 일반화나 편입 혹은 종속이 초래하는 질적인 타락을 꺼리시는 거죠. 개성의 문제가 절대 다른 것과 비교되어서는 안 된다고 고집하고 계십니다. 개인주의적인 고독의 오기를 신봉하고 계십니다. 물론 불가피한 사정이 있을지도 모르지요. '다른 사람들처럼 사는 것이 과연 사는 것이라 할 수 있을까?' 어디선가 이런 물음을 읽은 적이 있습니다. 어디서였는지 확실치는 않지만, 매우 유명한 대목이었던 것만은 분명합니다. 유언 무언 중에 우리는 모두 이런 질문을 던지고 있는 것입니다. 우리는 순전히 예의상 혹은 다만 겉치레로만 서로를 알고 있습니다. 만일 우리가 서로를 알고 있다 치더라도 말입니다. 볼프, 브람스, 브루크너는 여러 해 동안 같은 도시에, 다시 말해 빈에 살았으면서도 내내 서로를 피했습니다. 제가 알기로는 그들 중 누구도 서로 만난 적이 없습니다. 서로에 대한 비판 역시 어지간히 모질었을 겁니다. 그것은 동료 사이의 비판이 아니라 제각기 유아독존의 자세로 상대를 말살하려는 비판이었습니다. 브람스는 브루크너의 교향악을 할 수 있는 대로 깎아내렸지요. 가령 브루크너의 교향악을 해괴망측한 거대한 뱀에 비유하기도 했답니다. 브루크너 역시 브람스한테 말할 수 없이 짜게 굴었죠. 그는 라단조 협주곡의 제1주제가 그나마 괜찮다고 하긴 했지만, 브람스가 그 작품 이후로는 그 비슷한 평가를 받을 만한 작품을 내놓지 못했다고 단정했죠. 그들은 서로를 완전히 무시했습니다. 브람스라는 존재는 후고 볼프에게 골칫덩이에 불과했습니다. 빈의 《살롱 회보》에 실린 브루크너의 작품 7번에 대한 비판을 읽은 적이 있으신지요? 거기엔 브루크너라는 인간 전반에 대한 브람스의 견해가 드러나 있답니다. 그는 브루크너더러 '머리가 모자란다.'라고 쏘아붙였답니다. 하긴 어느 정도는 일리가 있는 말이지요. 아닌 게 아니라 브루크너는 흔히 단순하고 순진하다는 평을 받는 그런 부류의 사람이었으니까요. 그는 장엄한 통주저음(通奏低音)*에만 몰입해 있으며, 유럽의 교양이란 기준에서 보면 어느 모로나 완전히 천치 축에 든다는 것이었습니다. 그런데 막상 볼프가 도스토옙스키에 관해 편지 형식으로 쓴 아주 단순하고 유치한 글을 보면 볼프의 두뇌 구조는 도대체 어떻게 생겨 먹었을까 하는 의문이 들지 않을 수 없습니다. 자신의 미완성 오페라의 대본으로 회르네스 박사에게 의뢰한 「마누엘 베네가스」야말로 셰익스피어에 버금가는 경이로운 작품이요, 문학의 정수라고 치켜세웠다지 뭡니까. 그래서 친구들이 이의를 표시하기라도 하면 정나미 떨어지도록 못살게 굴었다는군요. 그 정도는 보통입니다. 한번은 남성 합창용으로 「조국 찬가」라는 송가를 작곡해서는 독일 황제한테 헌증하려 했답니다. 어떻게 되었냐고요? 잠깐 알현하려는 것조차 거절당했다지 뭐예요! 이 모든 이야기가 정말 당혹스럽지 않습니까? 비극적인 망상이지요.

비극적이라고 했던가요? 저는 그렇게 생각합니다. 제가 보기

---

* 건반악기 주자가 주어진 저음 위에 즉흥으로 화음을 보충하며 반주 성부를 완성하는 기법. 17~18세기 유럽에서 널리 쓰였다.

에 세상의 불행이란 정신의 부조화, 어리석음, 몰이해에서 기인하고, 그런 상태에서는 정신 활동의 각 영역들이 제각기 따로 놀게 됩니다. 바그너는 당시 유행하던 인상주의 회화를 지저분한 그림이라고 혹평했지요. 바그너란 인물이 원래 그렇듯이, 이 분야에서도 완고한 보수주의자를 자처했단 말입니다. 그럼에도 그 자신의 조화로운 작품에는 인상주의적 요소가 산재해 있고, 인상주의를 향해 가고 있을 뿐 아니라, 불협화음의 면에서는 종종 인상주의적 요소를 능가하기까지 했던 것입니다. 그는 파리의 '지저분한' 화가들에 대항해서 티치아노*야말로 진정한 화가라고 치켜세웠습니다. 진짜가 여기 있다는 식이었죠. 그런데 사실은 바그너의 예술적 취향은 오히려 필로티**와 마카르트***(이 사람은 장식용 부케의 창안자이기도 하죠.)의 중간 정도였고, 티치아노는 그보다는 렌바흐****한테 귀감이 되었지요. 그런데 렌바흐는 자기 나름대로 바그너를 잘 파악하고 있어서 그의 「파르치팔」을 형편없는 곡이라고 평했답니다. 그것도 바그너의 면전에서 말이죠. 이 모든 이야기가 얼마나 우울합니까!

제가 너무 횡설수설했나 봅니다. 말하자면, 제 원래 의도에서 벗어났다는 뜻입니다. 제가 횡설수설한 것은 제가 여기까지 오게 된 이유를 스스로 무시해 버렸다는 표시로 받아 주시기 바랍니다! 그런 계획은 성사될 수 없는 게 확실합니다. 선생께

---

* Vecellio Tiziano(1490?~1576). 이탈리아의 화가.
** Ferdinand Piloty(1746~1844). 독일 화가로 주로 역사적인 소재를 다뤘다.
*** Hans Makart(1840~1884). 오스트리아의 역사 화가.
**** Franz von Lenbach(1836~1904). 독일의 화가로 주로 초상화를 많이 그렸다.

선 저의 요술 외투에 오르지 않겠지요! 저는 선생의 매니저랍
시고 선생을 바깥세상으로 끌어내지 않겠습니다. 선생께서 거
절하고 있으니까요. 저로서는 사실 무척 실망이 크긴 하지만.
저는 진심으로 제 자신에게 물어봅니다. 과연 이것이 실망일까
하고 말입니다. 파이퍼링으로 올 때는 어쩌면 실질적인 목적이
있었을지도 모릅니다. 하지만 이제 그것은 부차적인 문제일 뿐
입니다. 아무리 흥행사라고 해도 저도 우선은 위대한 예술가
를 뵙기 위해 찾아오는 것입니다. 실제적인 용무가 실패했더라
도 이런 기쁨이 줄어들 수는 없는 법이죠. 더구나 이런 뿌듯한
만족감이 상당 부분 실망감에 바탕을 두고 있다면 말입니다.
따라서 다른 이유도 많지만 무엇보다 선생께 범접할 수 없다
는 사실만으로도 저는 기쁩니다. 물론 이해와 공감이 있으니
그렇겠지요. 저 자신도 모르게 그렇게 된답니다. 저 자신의 이
익에 위배되더라도, 한 사람의 인간으로서 말입니다. 이런 표현
이 너무 거창한 것 같지만. 저 같은 놈은 직업에 어울리는 말
을 써야 제격이겠지만서도…….

  선생께서 이 세상에 대해 품은 혐오감이 얼마나 독일적인
지 스스로도 모르실 겁니다. 이런 표현을 써도 괜찮다면, 그것
은 심리학적으로 말해 오만과 열등감, 경멸과 두려움이 하나로
뭉친 것이라 할 수 있죠. 세속적인 살롱에 대해 진지한 사람이
품는 울분이라고 할 수도 있겠지요. 그런데 아시다시피 제 이
름은 유대인식입니다. 제 핏줄에는 구약 성경의 전통이 흐르
고 있습니다. 이것은 독일 정신 못지않게 심각한 사태죠. 독일
정신은 화려한 왈츠 같은 것에는 근본적으로 관심을 두지 않
습니다. 아닌 게 아니라 외국에는 화려한 왈츠뿐이고 독일에는

진지함뿐이라는 미신 같은 말이 있을 정도니까요. 그건 그렇고, 유대인으로 태어난 사람은 대개 세상에 대해 근본적으로 회의적인 생각을 가지고 있는데, 독일 정신과 통하는 대목이라 할 수 있죠. 물론 그렇게 자기 좋을 대로만 사는 대가로 푸대접받을 위험을 감수해야 하죠. 독일적이라는 것, 그것은 원래 민중적이라는 것을 뜻합니다. 그런데 유대인을 보고 민중적이라고 하는 사람이 있던가요? 민중적인 것은 믿지도 않을뿐더러, 만일 어떤 유대인이 민중 속에 파고들어 뭔가를 해 보려 했다가는 호되게 머리를 두들겨 맞는단 말입니다. 우리 유대인들은 독일적인 것은 무엇이든 두려워해야 합니다. 독일적인 것의 정수는 반유대 감정이니까요. 그것은 물론 우리가 세상과의 관계를 잘 유지해야 할 충분한 이유가 되지요. 우리는 대화나 평판을 통해 세상과 타협하는 겁니다. 그렇다고 허둥거리거나 경망스럽게 군다는 뜻은 아니지요. 우리는 구노의 가극 「파우스트」와 괴테의 원작을 잘 구별할 줄 압니다. 비록 프랑스어로 말하고 있긴 하지만, 그래도 말입니다……

이 모든 것은 별 생각 없이 하는 이야기입니다. 사업상의 이야기는 끝났으니까요. 저는 이미 이 자리에 없는 거나 마찬가집니다. 저는 벌써 출입문의 손잡이를 잡고 있고, 우리는 벌써 한참 동안이나 자리에서 일어서 있군요. 제가 주절거리는 것은 그저 작별 인사 정도로 생각하시죠. 그런데 구노의 「파우스트」 말인데요, 이 작품을 누가 감히 얕잡아 보겠습니까? 저도 아니고, 여러분도 그러지 않겠지요. 그렇게 보이니 다행이군요. 정말 진주 같은 작품이죠! 금방 눈에 띄죠! 정말 황홀한 음악적인 기교가 넘쳐흐릅니다! 가만 있자, 뭐라고 하면 좋을까, 매혹적이죠! 바로 그겁니다! 마스네* 역시 매혹적입니다. 그는 교육자로서도 특히 매력적이었지요. 음악 학교의 교수로서 말입니다. 그 이야기는 누구나 알고 있지요. 그의 제자들은 처음부터 자기 힘으로 작곡을 하도록 훌륭한 자극을 받았다고 하잖아요. 제자들의 기교적인 능력이 실수 없는 작품을 작곡할 만큼 충분하든 아니든 전혀 개의치 않고 말입니다. 인간적이지 않습니까? 그런 자세야말로 독일적인 것이 아니라, 인간적인 것입니다. 한 학생이 막 작곡한 가곡을 들고 그를 찾아왔지요. 발랄하고 재능이 엿보이는 작품이었지요. 마스네는 이렇게 말했답니다. '괜찮은데! 사실 아주 근사해. 그런데 자네한테는 분명히 사랑스럽고 귀여운 여자 친구가 있을 거야. 이 곡을 그 여자 친구한테 불러 주게나. 틀림없이 마음에 들어할 거야. 그다음엔 어떻게 해야 할지 저절로 풀릴 걸세.' 그런데 여기서 '그다음'이 무엇을 뜻하는지는 분명치 않군요. 아무래도 사랑과 음악 양쪽에 다 관계되는 것이겠죠. 선생께선 제자를 키우고 있나요? 만일 제자가 있다면 선생의 제자들은 불행하다고 할 수 있습니다. 그렇지만 선생께는 제자가 없군요. 브루크너에게는 제자가 있었답니다. 그는 아주 일찍부터 음악의 난제들과 씨름을 했다지요. 야곱이 천사와 그랬듯이 말입니다. 그런데 그는 자기의 피눈물 나는 노력과 똑같은 것을 제자들한테 요구했답니다. 제자들은 기악과 화음의 기초, 엄격한 작곡법의 기초를 몇 년씩이나 연습해야만 했습니다. 그런 후에야 비로소 노래를 부르도록 허용했답니다. 이런 식의 음악 교육은 사랑스

---

* Jules É. F. Massenet(1842~1912). 19세기 프랑스 가극의 대표 작곡가.

럽고 귀여운 여자 친구와는 아무 상관도 없지요. 사람은 단순하고 유치한 감정을 갖고 있더라도 음악만큼은 고도의 통찰력을 신비롭게 펼쳐야 한다고 생각한 것이죠. 말하자면 하느님께 예배라도 드리듯이 말입니다. 음악 선생은 성직자와 같아야 한다는 식이죠…….

이 얼마나 존경할 만한 태도입니까! 엄밀히 말해서 인간적이지는 않지만 너무나 존경스러운 태도입니다! 비록 파리의 살롱에서 시시덕거리고 있긴 하지만, 그래도 역시 종교적인 민족인 우리 유대인이 독일 정신에 동화되고 독일 정신으로 무장해서 귀여운 여자 친구를 위한 음악이나 세속적인 일 따위는 경멸하는 태도를 취해서는 안 된다는 법이라도 있단 말인가요? 우리한테 민족정신 따위는 박해를 부추기는 무모한 생각에 불과합니다. 우리는 국제적입니다. 그러면서 우리는 독일적인 것을 존중합니다. 세상에서 우리처럼 독일적인 민족은 없습니다. 지상에서 독일 정신과 유대 정신이 감당해야 할 역할이 비슷하다는 것을 인식해야 합니다. 얼마나 명쾌한 유추입니까! 우리 유대인은 독일인이 당하는 것과 비슷한 증오와 경멸과 따돌림과 질투의 대상이 되는 것입니다. 비슷한 처지의 이민족이 된 셈이지요. 사람들은 민족주의의 시대라는 말을 합니다. 그렇지만 실은 두 개의 민족주의가 있습니다. 독일인의 민족주의와 유대인의 민족주의 말입니다. 여기에 비하면 다른 것들은 전부 유치한 장난에 지나지 않습니다. 아나톨 프랑스* 같은 작가의 고루한 프랑스 정신 따위는 독일인의 고독에 비하

---

* Anatole France(1844~1924). 프랑스의 소설가.

면 순전히 속물근성에 불과한 것이죠. 유대인이 자부하는 선민 의식*과 비교해도 그렇지요……. '프랑스'**라니, 그런 이름은 사 이비 민족주의의 허울일 뿐이죠. 독일의 문필가라면 '도이칠란 트'라는 이름을 달가워하지 않을 겁니다. 그런 이름은 기껏해 야 전함(戰艦)에나 어울리죠. '도이치'라는 이름 정도면 족하겠 지요. 그런 이름은 또한 유대인 문필가의 이름으로도 괜찮을 겁니다. 오, 룰룰루!

아니, 제가 정말 출입문 손잡이를 잡고 있군요. 벌써 밖으 로 나가려는 참입니다. 한 가지만 더 이야기하지요. 독일인들 은 유대인이 독일적인 것을 위해 하는 일을 유대인의 재량에 맡겨야 한다는 것입니다. 독일인들은 자신들의 민족주의, 자만 심, 우월감, 다른 민족에 편입되거나 균등화되는 것에 대한 혐 오, 세상과 섞이기를 거부하고 유대를 맺기를 거부함으로써 불 행을 자초할지도 모릅니다. 어쩌면 유대인과 같은 불행에 빠질 지도 모릅니다. 저는 확신합니다. 독일 사람들은 유대인들이 그 들과 사회 사이에서 중개자 역할을 하도록 허용해야 할 것입니 다. 매니저, 흥행사란 독일 정신의 대리인 같은 것이죠. 그런 일 에는 유대인이 안성맞춤이거든요. 유대인을 쫓아내서는 안 된 다는 겁니다. 유대인은 국제적이며, 독일 정신을 이어받고 있 단 말입니다……. 그렇지만 다 부질없는 소리죠. 정말 유감스럽 군요! 제가 아직도 지껄이고 있나요? 진작에 떠났어야 하는데, 정말 황홀한 시간이었습니다. 소기의 목적을 이루지는 못했지

---

* 하느님이 세상의 모든 민족들 가운데 유일신을 믿는 유대 민족만을 선택했 다고 믿는 데서 오는 유대인들의 종교적이고 민족적인 우월감.
** 아나톨 프랑스의 이름이 프랑스 국호와 같은 것을 빗대어 말하고 있다.

만 감개무량합니다. 교수님께도 경의를 표하는 바입니다. 교수
님은 말씀이 적으시군요. 하지만 저 때문은 아니겠지요. 슈바
이-게-슈틸 부인한테도 인사 전해 주시기 바랍니다. 아듀, 아
듀……."

38

이미 독자들도 알다시피 아드리안은 루디 슈베르트페거가 여러 해 동안 끈질기게 졸랐던 소원을 들어주었고, 그를 위해 바이올린 협주곡을 작곡해 주었다. 바이올린 곡으로는 나무랄 데 없이 빛나는 작품을 직접 그를 위해 작곡해 주었고, 심지어 빈에서 열린 초연에 함께 동행하기까지 했다. 여기서는 그로부터 몇 달 후에, 즉 1924년 말경에 베른과 취리히에서 열린 연주회에도 아드리안이 함께 갔다는 이야기를 하기로 하겠다. 그 전에 우선 내가 이 연주회에 대해 훨씬 앞에서 언급했던 것을 다시 상기해 보고 싶다. 그때 이야기한 내용은 지금 하려는 이야기와 깊은 관련이 있긴 하지만, 어쩌면 성급하고 주제넘은 판단이 아니었는지 모르겠다. 나는 앞에서 이 협주곡이 레버퀸의 작품 전체에서 드러나는 가차 없이 급진적이고 비타협적인 세계에서 다소 벗어나며, 그것은 이 작품의 음악적인 경향이 연주자의 기교에 어느 정도 재량권을 주고 있을 뿐 아니라,

연주자의 기교를 의식하며 호응하는 듯한 인상마저 주기 때문이라고 언급한 적이 있다. 나는 후세 사람들이 나의 이런 '판단'을, 나는 '판단'이라는 말을 싫어하긴 하지만*, 수긍하게 될 거라고 믿는다. 지금 내가 이 글을 쓰는 이유는 후세 사람들을 위해 하나의 특이한 현상을 정신적 관점에서 해명하려는 것일 뿐이다. 후세 사람들로서는 달리 납득할 길이 없을 테니 말이다.

이 바이올린 협주곡은 특이한 데가 있다. 세 악장으로 구성되어 있고, 별도의 부호 같은 것은 전혀 없다. 이런 표현이 적절한지 모르겠지만, 이 곡에는 세 개의 조성이 들어가 있다. 나단조, 다단조, 그리고 라단조가 곧 그것이다. 음악가가 보면 알 수 있겠지만 이들 중 라단조는 두 번째로 우세한 음조이고, 나단조는 기저음을, 다단조는 정확히 중간음을 이루고 있다. 작품은 고도의 기교를 통해 이런 조성들 사이를 오가고 있다. 따라서 이들 중 어느 조성도 거의 줄곧 명확하게 드러나지는 않고, 다만 음들 사이의 비율을 통해 암시될 따름이다. 곡이 훨씬 더 복잡해짐에 따라 세 음이 동시에 중첩되기도 한다. 그러다가는 마침내 다단조가 분명히 드러나는데, 마치 개선장군처럼 청중을 짜릿한 전율로 몰아넣는 효과를 내는 것이다. '안단테 아모로소'**라는 지문이 첫머리에 적혀 있고, 끊임없이 희롱하는 듯한 감미로움과 매력이 넘치는 제1악장에는 곡을 이끌어 가는 화음이 있다. 내가 듣기에 그것은 어쩐지 프랑스 풍의

---

* 독일어 Urteil은 '판단'이라는 뜻 외에 '판결', '심판'이라는 뜻으로도 사용된다.
** '천천히 사랑스럽게' 연주하라는 뜻.

느낌을 주는데, 도—솔—미—시—레—올림 파—라로 이어지는 화음이 그것이다. 이 화음은 그 위에 바이올린의 올림바음과 더불어 앞서 말한 바 있는 세 개의 주 조성으로 이루어진 3화음을 포함하고 있다. 말하자면 이 화음이 작품의 진수와 제1악장의 핵심 주제를 담고 있는 것이다. 이 주제는 제3악장에서 다채롭게 변주되어 다시 나타나는데, 여기에는 절묘한 착상에서 나온 선율이며, 무지개를 타는 듯이 황홀하고 감각을 마비시킬 듯한 장식음이 있다. 이 장식음을 들으면 얼핏 호화로운 진열대가 생각난다. 게다가 애수의 분위기마저 섞여 있는데, 연주자의 솜씨에 따라서는 기분 좋게 들릴 수도 있을 것이다. 특색 있고 매혹적인 착상은 어느 정도 정점에 도달한 선율이 더욱 폭넓은 음계에 흡수되면서 예기치 않게 매력 포인트를 얻으면서 더욱 고조된다. 그러고는 아주 맵시 있게, 어쩌면 지나칠 정도로 맵시 있게, 고양된 분위기가 썰물처럼 다시 가라앉는다. 그것은 확실히 온몸으로 느껴지는, 머리와 어깨의 힘을 빼 놓는, '천상의 세계'를 허우적거리는 듯한 아름다운 선율이다. 이것은 오직 음악만이 할 수 있다. 그리고 변주된 악장의 마지막 부분에서 이 주제가 전면적으로 광채를 발함으로써 다단조가 분명히 드러나는 것이다. 이에 앞서 일종의 극적인 파를란도*가 흘러나온다. 이 대목은 베토벤의 현악 사중주 가장조의 제1바이올린이 표현하는 레시터티브를 뚜렷이 연상하게 한다. 다만 아드리안의 곡에서 웅장한 악절에 이어지는 것은 장엄한 선율과는 약간 다르며, 매혹적인 선율을 진지하게

---

* 낭송 조의 노래.

패러디함에 따라 격정에 사로잡힌 상태를 다소 머쓱하게 만드는 것이다.

내가 알기로 레버퀸은 이 작품을 작곡하기 전에 베리오*와 비외탕, 그리고 비에니아프스키**의 바이올린 주법을 면밀히 연구했다. 그리고 반쯤은 경의를 표하면서, 반쯤은 비꼬듯이 이들에게서 얻은 지식을 활용했다. 그 밖의 측면에서는 연주자의 기교에 호흡을 맞춘 듯한 느낌을 주었는데, 아주 느긋하고 세련미가 넘치는 제2악장이 특히 그랬다. '스케르초'*** 풍으로 연주하라는 지문이 적힌 이 악장에서는 마귀의 울부짖음을 연상케 하는 타르티니의 소나타를 인용한 부분이 발견된다. 그래서 선량한 루디 슈베르트페거는 작곡가의 요구에 부응하기 위해 최선을 다할 수밖에 없었다. 이 부분을 연주할 때면 그의 부스스한 곱슬머리 아래로 구슬 같은 땀방울이 맺혔고, 영롱한 파란 눈의 흰자위에는 핏발이 설 정도였다. 하지만 그로서는 이 부분만 소화하고 나면 힘들게 애썼던 것을 보상받고, 좋은 의미에서 유희를 즐길 기회가 수없이 생기는 것이다. 나는 아드리안의 면전에서 이 작품이 '살롱 음악의 결정판'이라고 말한 적이 있다. 그는 이런 표현 때문에 나를 나쁘게 생각하지도 않았을뿐더러, 오히려 미소로 응답했다.

이 이질적인 작품을 생각할 때마다 어떤 대화가 기억에서 되살아나곤 한다. 그것은 뮌헨의 비덴마이어 가(街)에 자리 잡

---

* Charles A. de Bériot(1802~1870). 벨기에의 바이올리니스트.

**Henryk Wieniawski(1835~1880). 폴란드 출신의 바이올리니스트.

*** 베토벤이 미뉴에트 대신 소나타, 교향곡 등의 제3악장에 채용한 삼박자의 쾌활한 해학곡.

은 공장주 불링거 씨의 저택에서 있었던 대화이다. 주인이 직접 지은 이 근사한 이층집의 창문 아래로는 잘 정돈된 수로를 따라 깨끗한 계곡물이 흘러가는 이자르 강의 물소리가 들려온다. 이 부잣집 식탁에서는 7시경이면 약 열다섯 명을 위한 식사가 차려지곤 했다. 언젠가 결혼하기를 바라는 예의 바른 가정부의 감독하에 전문적인 훈련을 받은 하인들의 도움을 받아, 주인은 그 집에 드나드는 손님들을 융숭하게 대접했다. 손님의 대부분은 재계와 산업계의 인사들이었다. 그렇지만 그는 허세를 부려서라도 지식인 사회에 끼어들기를 즐겼다. 그리하여 그의 호화로운 방에서도 예술가와 학자들의 눈에 띄는 연회가 열리게 되었다. 그럴싸한 요리 대접과 대화 분위기를 돋우는 우아한 살롱을 마다할 사람은 아무도 없었다. 솔직히 말해 나도 그랬다.

여기서는 자네 쉴, 크뇌터리히 부부, 쉴트크납, 루디 슈베르트페거, 칭크와 슈펭글러, 화폐 전문가 크라니히, 출판업자 라트브루흐와 그의 부인, 여배우 츠비처, 빈더 마요레스쿠라는 이름의 부코비나 출신 희극 여배우, 그리고 나와 내 아내도 참석하곤 했다. 아드리안 역시 이 모임에 나왔다. 나는 물론이고 쉴트크납과 슈베르트페거 역시 부지런히 그를 설득했던 것이다. 누구의 설득이 결정적이었는지는 굳이 따지고 싶지 않으며, 내 설득이 주효했다고 생각하지도 않는다. 아드리안은 자네 옆자리에 앉았고 그녀가 가까이 있는 것을 흐뭇하게 여기는 것 같았다. 그 밖에도 낯익은 얼굴들이 아드리안을 둘러싸고 있었다. 그래서인지 그는 대인 기피증 같은 것으로 힘들어하지 않았을 뿐 아니라, 오히려 이 집에서 보내는 세 시간을 무척 흥겨워하는 것처럼 보이기까지 했다. 그와 동시에 나는 사람들이 이제 겨우 서른여덟 살이 된 아드리안을 자기도 모르는 사이 특별한 까닭도 없이 친절히 대하고, 심지어 경외감까지 표하면서 어울리는 모습을 지켜보며 내심 기뻤다. 그러나 한편으로는 초조와 근심으로 가슴을 졸이기도 했다. 사람들이 그런 태도를 보인 까닭은 실은 그를 둘러싸고 있는 분위기가 말할 수 없이 낯설고 고독했기 때문인데, 특히 그 즈음에 와서는 눈에 띄게 소원한 느낌을 주었던 것이다. 그런 고독과 낯설음은 그가 다른 어느 누구도 살지 않는 외딴 나라에서 온 게 아닌가 하는 느낌을 줄 정도였다.

이미 말했다시피 아드리안은 이 연회에 참석한 저녁 동안 상당히 편안해 보였고, 말도 곧잘 했다. 물론 그것은 어느 정도는 앙고스투라 리큐어를 넣어 만든 샴페인 칵테일과 향이 일품인 팔츠 산(産) 와인 덕택이라고 할 수 있었다. 아드리안은 슈펭글러(그는 이미 몸이 상당히 나빠졌는데, 심장의 병세가 심한 것 같았다.)와 이야기를 나누는가 하면, 우리 모두가 그랬듯이 레오 칭크의 어릿광대 짓을 보고 웃음을 터뜨리기도 했다. 칭크는 식사 중에 몸을 뒤로 젖혀 커다란 무늬로 수놓은 다마스쿠스 산(産) 냅킨을 마치 담요처럼 그의 묘하게 생긴 코까지 덮었으며, 잠잘 때처럼 양손을 그 위에 포개 얹기도 했다. 아드리안을 더욱 웃긴 것은 그의 완벽한 능청스러움이었다. 그는 불링거 씨가 취미 삼아 유화 물감으로 그려 놓은 정물화를 보면서, 흠을 잡으면 난처해할까 봐 실은 아무 실속도 없는 우아한 감탄사를 수백 번이나 연발하면서 각도를 바꾸어 가며 그림을 훑어보는가 하면, 심지어 그림을 거꾸로 들고 보기도 했던 것이다. 어쨌든 이런 식으로 부담 없는 감탄사를 늘어놓으며 즐기는 것도 그의 재주였다. 사실 인상이 그리 좋다고는 할 수 없는 그가 자기의 전문 분야인 화가나 축제에 관한 이야기의 범위를 넘어서는 대화에 끼어들기 위해서는 그런 재주가 필요했을 것이다. 심지어 내가 윤리나 미학에 관한 문제를 이야기하는 동안에도 그는 그런 수법을 한참 동안 써먹었다.

일행은 커피를 마신 뒤에 주인이 제공하는 음악으로 여흥을 즐겼다. 그러면서도 담배와 술은 계속해서 피우고 마셔 댔다. 당시에는 다행히 전축이 발달하기 시작했다. 그리고 불링거 씨는 그의 비싼 전축으로 들을 만한 곡을 여럿 선보였다. 내가 기억하기로는 우선 훌륭하게 연주된, 구노의 「파우스트」에 나오는 왈츠가 있었다. 여기에 대해 슈펭글러는 풀밭에서 추는 민속춤의 멜로디치고는 너무 우아하고 살롱 식이라고 꼬집기도 했다. 사람들은 이런 양식은 우아한 무도곡에 훨씬 어울린다는 데에 동의하고 베를리오즈의 「환상 교향곡」을 요청했다. 하지만 음반이 없었다. 그 대신 슈베르트페거가 정확하게 휘파람을 불어서 깨끗하고 훌륭하게 바이올린 소리를 냈다. 사람들이 박수갈채를 보내자 그는 조끼 속의 어깨를 들썩거리고 한쪽 입 언저리를 아래로 찡그리며 웃음으로 답례했다. 그게 그의 방식이었던 것이다. 좌중이 이 프랑스 음악과 비교할 양으로 빈의 음악가 라너*와 아들 요한 슈트라우스**의 음악을 요구하자 주인은 기다렸다는 듯이 전축을 돌렸다. 그것은 어

---

* Josef Lanner(1801~1843). 오스트리아의 작곡가.
** Johann Strauss(1825~1899). 오스트리아의 작곡가. '왈츠의 아버지'라 불리는 같은 이름의 요한 슈트라우스의 아들로 '왈츠의 왕'이라 불린다.

떤 부인이(지금도 출판업자 라트브루흐 씨의 부인이었다고 생생히 기억되는데) 이 모든 경박한 놀음 때문에 자기들과 함께 있는 위대한 작곡가 한 분이 지루해하지 않을까 하고 주의를 환기할 때까지 계속되었다. 좌중은 염려스러운 표정으로 곧 동의했다. 아드리안은 놀란 듯이 멀거니 그들의 말에 귀를 기울이고 있었다. 그는 그녀의 말을 알아듣지 못했던 것이다. 사람들이 그녀의 말을 되풀이해서 그에게 전달하자 그는 펄쩍 뛰며, 그럴 리가 있나, 천만의 말씀이다, 그건 오해다, 이 훌륭한 놀이를 자기만큼이나 즐기는 사람은 없을 거라고 했다……

"여러분은 제가 받은 음악 교육을 과소평가하는군요."

아드리안이 말했다.

"저한테는 귀염둥이 꼬마 시절에 음악 선생님이 있었답니다.(그러면서 아름답고 섬세하며 의미심장한 미소를 지으며 나를 흘끗 건너보았다.) 이 세상의 음악 작품을 모조리 기억해 두었다가 필요할 때마다 봇물 터뜨리듯이 마구 쏟아 내는 열성적인 분이었답니다. 그분은 어떤 음악이든 좋아했습니다. 설령 소음이라 할지라도 유기적인 짜임새만 있으면 말입니다. 그런 분을 콧대가 세거나 고상한 척하는 사람으로 본다는 것은 있을 수도 없는 일이죠. 물론 엄격한 고급 양식에 정통한 분이었지요. 그렇지만 그분은 일단 음악의 요건만 갖추면 모두 음악이라고 간주하셨지요. 그래서 '예술이란 무게 있고 좋은 것에 관계한다.'라는 괴테의 말에 이의를 제기할 줄도 아셨습니다. 바꾸어 말하면 경쾌한 것도 무게 있는 작품이 될 수 있다는 견해였지요. 훌륭한 음악이라면 말입니다. 그러면 무게 있는 음악과 다를 바 없다는 것입니다. 저도 그런 생각을 좀 해 봅니다. 그분한테 물려받은 생각이지요. 물론 저는 가벼운 것을 잘 처리하기 위해서는 무게 있는 것과 좋은 것의 기반이 튼튼해야 한다는 식으로 이해하고 있습니다만."

갑자기 방 안의 분위기가 숙연해졌다. 결과적으로 그가 한 말의 골자는 자기만이 그 방에서 듣는 음악의 분위기를 제대로 즐길 줄 안다는 식이 되고 말았던 것이다. 좌중은 그런 식으로 받아들이지 않으려고 애썼지만, 그의 말에 그런 어감이 깔려 있다는 사실에 속이 상한 모양이었다. 쉴트크납과 나의 시선이 마주쳤다. 크라니히 박사는 그저 "어험." 하고 헛기침을 할 따름이었다. 자네가 나직이 말했다. "대단해요." 레오 칭크는 어리병병한 표정으로 예의 감탄사를 연발했지만, 이번에는 악의가 담겨 있었다. 슈베르트페거는 "과연 아드리안 레버퀸이야!"라고 말했지만 안색은 붉으락푸르락하고 있었다. 내심으로 자존심이 상한 게 분명했다.

아드리안이 말했다.

"이 집에서 모은 음반 중에 혹시 생상스*의 「삼손」에 나오는 데릴라의 내림 나단조 아리아가 있지 않습니까?"

불링거 씨에게 묻는 말이었다. 그는 자기를 다시 불러 준 것을 무척이나 반가워했다.

"저 말씀인가요? 그 아리아가 없냐고요? 그래도 제 안목을 알아보시는군요! 여기 있습니다. 그렇지만 어쩌다 우연히 갖게 된 것은 아닙니다. 자신 있게 말할 수 있어요!"

---

* Camille C. Saint-Saëns(1835~1921). 프랑스의 작곡가. 대표작으로 오페라 「삼손과 데릴라」, 관현악곡 「동물 사육제」가 있다.

그러자 아드리안이 말했다.

"아, 좋습니다. 갑자기 그 곡이 떠오르더군요. 크레추마어 선생님, 그분이 저의 선생님이었는데, 아시겠지만 피아니스트였고 푸가에 정통했지요. 선생님은 이 곡에 유별난 애정을 보였어요. 정말 대단한 열정이었죠. 뿐만 아니라 이 곡을 비웃을 줄도 알았답니다. 그렇다고 감탄이 덜하지는 않았어요. 제가 알기로 그분은 진품이 아니면 감탄하지 않았습니다. 자, 들어 봅시다."

전축의 바늘이 돌아가기 시작했다. 불링거 씨는 무거운 뚜껑을 그 위에 덮었다. 스피커를 통해 당당한 메조소프라노 목소리가 흘러나왔다. 발음에는 그다지 신경을 쓰는 것 같지 않았다. "당신의 목소리에 내 마음이 활짝 열려요."라는 말은 알아들을 수 있었지만, 그러고는 무슨 말인지 거의 알아들을 수 없었다. 유감스럽게도 교향악단의 반주가 좀 처연한 느낌을 주긴 했지만, 노래는 놀라울 만큼 온화하고 부드럽고 희열도 느껴지는 호소력을 갖고 있었다. 선율 또한 비슷했다. 선율은 아리아의 소절에서 두 가닥으로 병행하다가 중간부에 와서야 완벽하게 아름다운 조화를 이루고, 다시 이것이 희화(戱畵)되면서 완결됐다. 특히 이 선율이 두 번째 절정에 이를 때 너무도 청아한 바이올린 소리는 풍만한 노래와 감미롭게 어우러졌다가는 구슬프고 매력적으로 결미의 음을 반복했다.

좌중은 음악에 매료되어 있었다. 어떤 부인은 수를 놓은 작은 파티용 손수건으로 눈물을 훔치고 있었다. 불링거 씨가 "기막히게 아름답군요!"라고 말했다. 이미 오래전부터 심미주의자들이 사용해 왔던 틀에 박힌 어조였다. 그런 어조는 '아름답다.'라는 감상적인 판단과 기묘한 대조를 이루었다. 어찌 보면 아주 어울리는 말이었다. 어쩌면 그런 말이 아드리안을 흐뭇하게 했을지도 모른다.

아드리안이 웃으며 큰 소리로 말했다.

"이만하면 진지한 사람도 이런 곡을 추천할 수 있다는 걸 아셨겠지요. 그것은 정신적인 아름다움이 아니라, 오히려 전형적으로 감각적인 것이지요. 그렇지만 감각적인 것을 두려워하거나 부끄러워할 필요는 없습니다."

여기에 화폐 전문가 크라니히 박사가 한마디 거들었다. 늘 그렇듯이 그는 단호하고 분명한 어조로 말했는데, 물론 천식 때문에 숨소리가 거칠기는 했다.

"그렇지만 예술에서는, 이 영역에서는 사실 오로지 감각적이기만 한 것은 두려워하고 부끄러워해도 무방할 것입니다. 아니, 그래야만 하겠지요. '정신에 호소하지 않고 오로지 감각적인 흥미만 돋우는 모든 것은 저속하다.'라는 어느 시인의 말에 따르자면 그런 것은 저속합니다."

"고상한 말이로군요."

아드리안이 말을 이었다.

"그 반대의 경우가 생각나기 전에 잠시라도 그 말을 음미하면 좋겠습니다."

"뭐가 생각난다는 겁니까?"

크라니히 박사가 따지려고 들었다.

아드리안은 어깨를 으쓱하고는 뭐라고 중얼거렸다. 아마 "사실이 그런데 어쩌란 말입니까?"라고 한 것 같았다. 그러고는 다음과 같이 말했다.

"인간의 정신은 정신적인 것의 필요에 응할 뿐 아니라, 감각적 아름다움이 유발하는 동물적 본능의 우울에도 깊이 빠질 수 있다는 사실을 관념론자들은 생각하지 않습니다. 인간의 정신은 심지어 터무니없이 저속한 것을 숭배하기도 하는 것입니다. 필리네*는 결국 보잘것없는 창녀에 불과합니다. 그런데도 빌헬름 마이스터는, 작가와 별로 다르지 않은 인물인 그는 그 여자를 존중한단 말입니다. 그렇게 함으로써 감각적 본능으로 순진하게 저지른 죄는 저속함을 면피하게 되는 것이지요."

"수상한 짓도 너그럽게 봐주니까 그렇지요. 하지만 그런 경우는 신성한 예술의 전당에서 모범적인 사례라고 할 수 없는 것입니다. 물론 정신이 저속하고 감각적인 것과 맞닥뜨렸을 때 한쪽 눈을 질끈 감거나 실눈을 뜨고 본다면 문화를 위태롭게 하는 사태를 방관하는 태도겠지요."

크라니히 박사가 말했다.

"분명히 우리는 무엇이 위태로운지 서로 다르게 생각하고 있습니다."

"마치 나를 좀팽이라고 매도할 듯한 말이군요!"

"천만에요! 두려움과 수치심이 무엇인지 제대로 아는 당당한 사람은 좀팽이가 아닙니다. 오히려 그런 사람이야말로 진짜 기사도 정신을 아는 사람이라 할 수 있지요. 제가 어떤 대가를 치르더라도 옹호하고 싶은 것은, 간단히 말씀드리자면, 예술의 도덕성 문제에 대해서는 대범해야 한다는 것입니다. 음악보

---

* 괴테의 소설 『빌헬름 마이스터의 수업시대』에 등장하는 유랑 극단의 여배우로, 주인공 빌헬름이 취중에 정신없는 틈을 타서 그녀와 동침한다.

다는 다른 예술 분야에서 그런 원칙이 더 많이 존중받는 듯합니다. 제 생각엔 그렇습니다. 음악에서도 그런 원칙을 제대로 존중할 것 같지만, 그렇게 나가면 음악에서 활동할 수 있는 마당이 현저히 위축되지요. 만약 가차 없이 정신적이고 도덕적인 기준만 들이댄다면 도대체 음악에서 뭐가 남겠습니까? 그런 원칙에 위배되지 않는 바흐 풍의 곡이 두어 개 정도 남겠지요. 그런 것 말고는 도대체 들을 만한 곡이라고는 찾아볼 수 없을 것입니다."

이런 말이 오가던 중에 이 집의 급사가 커다란 차 쟁반에 위스키와 맥주, 소다수 등을 갖고 왔다.

"이 자리의 흥을 깨고 싶은 사람이 누가 있겠어요." 하고 크라니히 박사가 말하자, 불링거 씨가 "그럼요!"라고 하면서 그의 어깨를 툭 쳤다. 내 생각에는 앞에서 소개한 대화는 엄정한 중용을 주장하는 사람과 고뇌에 찬 깊은 정신적 체험을 겪은 또 다른 사람이 조급하게 맞붙은 형국이었다. 일행 중에도 그렇게 생각한 사람이 더러는 있었을 것이다. 어쨌든 내가 사교계에서 벌어진 하나의 해프닝을 여기에 소개하는 것은 당시 아드리안이 작곡 중이던 작품과 이런 해프닝이 무관하지 않다고 느꼈을 뿐 아니라, 바로 그 무렵 이런 식의 대화로 인해 아드리안의 신상에 더욱 신경이 쓰였기 때문이기도 하다. 그의 작품은 불굴의 노력을 거쳐 완성되었고, 그에게는 적어도 어떤 측면에서는 성공을 의미했던 것이다.

그저 딱딱하고 무미건조하게 꼬치꼬치 캐면서 현상을 일반적으로 이야기할 수밖에 없는 것이 내 역할인 것 같다. 내가 말하려는 것은 어느 날 아드리안이 늘 놀랍고도 부자연스러운 자아와 비아(非我) 사이의 관계 변화라고 규정한 바 있는 현상, 즉 사랑이라는 현상이다. 존재의 비밀 일반에 대한 경외심뿐 아니라 일신상의 비밀에 대한 경외심까지 합세해 나를 얽어매는 어떤 굴레 때문에 나는 날씨의 변화만큼이나 복잡 미묘한 감정 변화에 대해서는 입을 다물거나 말을 아낄 수밖에 없다. 개별적 존재의 폐쇄성과 모순되고 그 자체로 어느 정도 놀라움을 자아내는 사랑이라는 현상은 여기서 그런 변화를 느끼게 하는 것이다. 어떻든 솔직히 고백하자면 나는 고전 문학을 연구하는 정신, 대개는 오히려 삶에 대해 둔감해지게 만들기 십상인 정신이지만, 특별히 예민한 그 정신으로 사랑이라는 현상에서 뭔가를 발견하고 이해해 보자는 생각을 갖게 된 것이다.

아드리안은 도무지 마음을 열지 않고 자신의 고독을 고수했지만, 슈베르트페거 역시 물러설 줄 모르는 집요한 끈기로 친밀감을 표시해 마침내 아드리안이 마음의 문을 열게 만들었다. 그것은 의심할 여지가 없는 사실이고, 인간적으로도 수긍이 가는 일이었다. 두 사람은 애초에 극과 극처럼 서로 다른 존재였고, 정신적으로도 서로 동떨어져 있었기에 두 사람이 친해졌다는 것은 특별한 의미를 지니며, 두 사람의 친교도 그런 미묘한 방향으로 진행되었다. 바람둥이 타입인 슈베르트페거의 기질에 비추어 보건대 그가 아드리안의 고독을 무너뜨리고 친밀한 사이가 되었다는 것은, 의식적이든 무의식적이든 간에 애초부터 그런 미묘한 의미와 색채를 띨 수밖에 없었을 것이다. 그렇다고 더 고상한 동기가 전혀 없었다는 말은 아니다. 오히려 그 반대라 할 수 있다. 즉, 구애를 하는 쪽에서는 자신의 천성을 보완하기 위해서 아드리안의 우정이 절실히 필요하고 그런 우정이 자신을 자극하고 고양하며 더 나은 방향으로 인도해 준다고 너무나 진지하게 이야기했던 것이다. 하지만 그는 너무나 비논리적이어서 아드리안의 우정을 얻기 위해 타고난 천성대로 시시덕거리는 방식을 취했는데, 그 결과 그가 아드리안에게 불러일으킨 우울한 애정이 에로틱한 감정을 반어적으로 비꼬는 기미를 보이자 자존심이 상했다.

그런데 아드리안 쪽에서는 자기가 걸려들었다는 사실을 전혀 깨닫지 못하고 오히려 주도권을 쥐고 있다고 생각했는데, 이런 태도를 내 눈으로 똑똑히 확인했을 때는 너무나 이상하고 놀라웠다. 분명히 주도권을 쥔 쪽은 그가 아니라 상대방이었던 것이다. 그는 상대의 자유분방한 접근에, 그것은 차라리 유혹이라고 해야 맞겠지만, 환상적인 놀라움을 느끼는 것처럼 보였다. 사실 아드리안은 자기가 연민이나 감정 따위에는 추호도 동요되지 않는 것이 놀랍다고 말한 적도 있다. 그러던 그가 놀랍게도 심정의 변화를 느낀 것은 슈베르트페거가 어느 날 저녁 아드리안의 방에 나타나 아드리안이 빠지면 지루한 모임이 있으니 한번 가 보자고 졸랐을 때부터였을 것이다. 그것은 거의 의심할 여지가 없는 사실이었다. 그리고 늘 사람들의 칭찬을 받는 고상한 음악가로서 분방하면서도 점잖은 슈베르트페거의 성격적 특성 역시 아드리안의 심경 변화에 영향을 주었다. 불링거 씨 댁에서 저녁마다 모임이 있던 그 무렵에 아드리안이 슈베르트페거한테 보낸 편지가 한 통 남아 있다. 물론 아드리안은 편지를 읽고서 없애라고 했지만, 슈베르트페거는 한편으로 신의를 표하고 다른 한편으로는 전리품 삼아 간직했던 것이다. 그 편지의 어떤 구절을 직접 인용하지는 않겠다. 다만 마음의 상처를 드러내 보이는 인간적인 글이었다는 정도만 말해 두겠다. 편지의 발신자는 숨김없이 괴로운 심정을 드러내는 놀라운 대담성을 보였다. 아니, 대담하다고 할 수는 없었다. 하지만 대담해 보이지 않게 자신의 심경을 드러내는 방식이 그럴듯했다. 그 편지를 받은 쪽은 조금도 망설이지 않고 파이퍼링을 찾아갔다. 극진한 감사의 표시이자 다짐이었던 셈이다. 슈베르트페거는 대뜸 단순 대담하고 진심에서 우러나오는 다정한 태도로 나왔다. 일체의 부끄러운 감정을 사전에 차단할 생각이었던 것이다……. 나는 그런 태도가 가상하다고 하지 않을 수 없다. 그럴 수밖에 없다. 이렇게 두 사람의 관계를 인정하고 보니 추측컨대 이 만남을 계기로 해서 아드리안이 슈베르트페거를 위해 바이올린 협주곡을 헌증하지 않았나 싶다.

이 바이올린 협주곡 때문에 아드리안은 빈으로 가게 되었다. 그리고 그다음에는 루디 슈베르트페거와 함께 헝가리의 영지까지 가게 되었던 것이다. 두 사람이 거기에서 돌아오면서부터 슈베르트페거는 어린 시절부터 오직 나에게만 주어졌던 특권을 얻는 기쁨을 누리게 되었다. 즉, 그와 아드리안은 서로 말을 놓고 지내는 사이가 되었던 것이다.

39

불쌍한 슈베르트페거! 그대의 유치한 마성(魔性)이 거둔 승리는 불과 한순간에 끝났다. 그대의 승리는 더 강력한 액운에 걸려들어 순식간에 물거품이 되고 말았다. 그대가 아드리안의 마음을 얻은 것은 불행이었다! 파란 눈의 순진함으로 아드리안의 마음을 사로잡은 것은 당치 않은 일이었다. 또한 그대에게 마음을 허락해 준 친구 역시 어쩌면 행복했을지도 모를 자신의 굴욕감에 대해 복수를 하는 수밖에 없었다. 복수는 뜻하지 않게 우발적으로, 냉혹하고 은밀하게 이루어졌다. 이제 그 이야기를 할 차례가 되었다.

1924년이 저물어 가던 무렵, 베른과 취리히에서 바이올린 협주곡 연주회가 연거푸 성황리에 개최되었다. 두 곳의 연주회에 협연한 스위스 실내악단의 지휘자 파울 자허 씨는 매우 좋은 조건으로 슈베르트페거를 초대한 만큼 작곡가 자신이 직접 연주회에 참석해서 연주회를 빛내 달라고 완곡하게 요청해 왔는데, 정작 당사자는 그 초대에 응하지 않을 생각이었다. 그런데 슈베르트페거는 동행하자고 그를 설득하는 데 성공했다. 당시만 해도 그런 요청을 관철할 만큼 충분히 힘이 있었던 것이다. 결국 아드리안은 함께 가지 않을 수 없게 되었다.

이 바이올린 협주곡은 독일 고전주의 음악과 러시아 현대 음악을 포함한 프로그램의 중간에 연주되었다. 베른 음악 학교 강당과 취리히 음악당에서 두 번에 걸쳐 열렸던 연주회는 바이올린 주자의 헌신적인 성의 덕분에 아주 새로운 지적 호소력과 매력을 선보였다. 비평계는 스타일의 부조화 혹은 수준의 불균등 같은 것을 지적했고, 청중 역시 빈에서만큼 열렬한 반응을 보이지는 않았지만 그래도 연주자에게는 열렬한 박수갈채를 보냈을 뿐 아니라 이틀 저녁 모두 작곡가가 직접 모습을 보이기를 원했다. 이런 반응은 연주자를 기쁘게 했다. 작곡가의 손을 맞잡고 다시 박수갈채에 답례할 수 있었기 때문이다. 이처럼 아드리안이 고독을 포기하고 수많은 청중들 앞에 그것도 두 차례나 나선 것은 전무후무한 일이었다. 나는 연주회에 가지 못했기 때문에 그 장면을 직접 보지는 못했다. 취리히에서 열린 두 번째 연주회에 참석했다가 나에게 그 이야기를 들려준 사람은 자네 쉴이었다. 그녀는 마침 그 도시에 체류하고 있었던 것이다. 그녀는 묵고 있던 숙소에서도 아드리안을 만났는데, 아드리안과 슈베르트페거가 함께 찾아왔다고 했다.

자네 쉴은 호숫가의 뮈텐 가(街)에 위치한 라이프 부부의 저택에 묵고 있었다. 부유하지만 자식이 없고 예술을 애호하며 이미 나이가 지긋한 이 부부는 여행 중인 유명한 예술가들에게 편안한 잠자리를 제공해 주고 담소를 즐기는 일을 일찍부터 낙으로 삼고 있던 터였다. 한때 번창했던 견직물 공장을 운영했고 민주주의를 신봉하는 강직한 성품의 스위스 사람인 남편은 의안(義眼)을 하고 있었는데, 그 때문에 수염이 덥수룩한 그의 용모가 더 경직돼 보였다. 하지만 그는 그런 외모와는 딴판으로 아주 개방적인 사람이어서 여주인공이나 시녀 역을 맡은 배우들과 자기 집 살롱에서 재미를 보는 데 열중했다. 이따금 손님들에게 그럴듯한 첼로 연주 솜씨를 보여 주기도 했다. 그럴 때면 부인이 피아노 반주를 맡았다. 독일 출신인 부인은 한때 성악을 공부한 적이 있었다. 그녀에게는 남편과 달리 유머가 없긴 했지만, 활달하고 손님 접대를 잘하는 시민 가정의 주부로는 손색이 없었다. 부인은 명성 있는 인물을 자기 집에 묵게 하고 마땅히 의지할 데 없는 유명한 예술가가 자기 집에서 기를 펼 수 있도록 하는 데서 만족을 찾는다는 점에서는 남편과 죽이 잘 맞았다. 그녀의 방에 있는 탁자에는 유럽의 유명 예술가들이 헌증한 사진들이 즐비하게 진열되어 있었는데, 그 사진들에는 라이프 부부의 후의에 감사한다는 서명도 적혀 있었다.

이 부부는 아직 슈베르트페거의 이름이 신문이나 잡지에 오르기도 전에 그를 초대했다. 씀씀이가 궁색하지 않은 예술가 후원자인 이 노(老)사업가는 누구보다도 음악계의 동정에 밝았던 것이다. 그리고 아드리안이 왔다는 소식을 듣자마자 어김없이 그도 초대했다. 저택과 마찬가지로 응접실 역시 널찍했다. 두 사람이 베른을 떠나 취리히의 그 집에 당도하자 이미 자네쵤이 와 있었다. 그녀는 매년 한 번씩, 이 주일가량, 집주인 부부의 친구가 되어 이 집에 와서 묵곤 했던 것이다. 그렇지만 연주회가 끝난 후 그리 많지 않은 사람들이 라이프 부부의 식당에 함께 모여서 나눈 저녁 식사에서 아드리안의 옆자리를 차지한 사람은 그녀가 아니었다.

맨 윗자리에는 집주인이 앉았다. 그는 딱딱한 표정으로 아주 근사한 유리잔에 알콜이 없는 음료수를 마시면서 옆자리에 앉아 있는 시립 극장의 소프라노 가수와 농담을 즐기고 있었다. 한눈에 배우다운 인상을 풍기는 그 풍만한 여성은 저녁 식사 내내 여러 차례나 신이 나서 주먹으로 자기 가슴을 치곤 했다. 오페라 단원이 한 사람 더 있었는데, 원래 발레를 하다가 오페라 주인공으로 발탁된 그 바리톤 배우는 키가 크고 목소리가 우렁차면서 지적인 대화를 곧잘 나누는 사내였다. 그다음으로는 두말할 것도 없이 연주회의 밤을 주선한 악단의 지휘자 자허 씨, 그리고 취리히 음악당의 상임 지휘자인 안드레아 박사, 또한 《노이에취르허차이퉁》*의 뛰어난 음악 평론가인 슈 박사 등이 모두 부인을 대동하고 참석했다. 식탁의 다른 쪽 끝에는 아드리안과 슈베르트페거 사이에 라이프 부인이 당당하게 자리 잡고 있었다. 그리고 그다음에는 프랑스 태생의 스위스인으로 직장 생활을 하는 고도 양과 그녀의 아주머니가 각각 왼쪽과 오른쪽에 자리 잡고 있었다. 고도 양의 아주머니 되는 사람은 흡사 러시아인 같은 인상을 풍기는 마음씨 좋은 노부인으로, 코 언저리에 솜털이 보송보송했다. 마리(고도 양의 이름이다.)는 부인을 '아주머니' 혹은 '이자보 아주머니'라고 불렀는데, 어느 모로 보나 말동무도 할 겸 살림도 챙겨 주면서

---

* '새로운 취리히 신문'이라는 뜻의 스위스 고급 일간지.

조카딸과 함께 사는 듯했다.

　나는 이 조카딸의 인상에 대해 제대로 묘사할 수 있다. 그로부터 얼마 후 특별한 이유로 그녀를 찬찬히 관찰할 기회가 있었던 것이다. 어떤 사람을 가리켜 '호감을 준다.'라는 말이 딱 들어맞는다면, 그것은 바로 이 아가씨를 두고 하는 말일 것이다. 머리끝에서 발끝까지 풍기는 인상부터가 그랬지만, 말을 할 때나 미소를 지을 때나 할 것 없이 자신의 심성이 드러나는 매 순간마다 그녀는 '호감을 준다.'라는 말이 지닌 평온함과 차분함과 아름다움과 도덕성을 남김없이 확인시켜 주었던 것이다. 우선 생각나는 것은 그녀가 세상에서 가장 아름다운 검은 눈을 가졌다는 사실이다. 마치 검은 진주나 타르, 혹은 잘 익은 머루처럼 까만 눈이었다. 그리 크지는 않았지만, 시선에는 맑고 그윽하고 티 없는 순수함이 깃들어 있었다. 섬세하고 균형 잡힌 곡선을 이룬 눈썹은 자연 그대로의 모습이었고, 보기 좋게 붉은빛을 띤 입술 역시 화장을 한 흔적이 전혀 없었다. 그 아가씨에게서는 누구를 모방하거나 색칠을 하거나 물감을 들인 화장의 흔적이나 기교 따위는 전혀 찾아볼 수 없었다. 이마와 부드러운 관자놀이 뒤로 빗어 넘겨 뒷덜미로 치렁치렁 드리운 짙은 갈색의 머리칼에서 풍기는 자연스러운 매력은 손에도 고스란히 나타나 있었다. 너무 작지 않으면서도 갸름하고 아름다운 손이었는데, 하얀 비단 블라우스의 소맷부리가 손목을 단정하게 감싸고 있었다. 목덜미 역시 깨끗한 옷깃이 그렇게 감싸고 있었다. 가냘프고 원기둥처럼 둥글고 흡사 끌로 조각한 것 같은 목이었다. 달걀처럼 예쁘게 갸름하고 상앗빛을 띤 얼굴 위로 오똑하고 섬세하며 잘생긴 갸름한 코가 보기 좋게 솟아 있었다. 그녀는 자주 미소를 짓는 편도 아니었고 큰소리로 웃는 일은 더욱 드물었지만, 어쩌다 그럴 때면 투명한 관자놀이 부위에 감동적인 긴장이 감돌았고, 가지런하고 윤기가 흐르는 치아가 드러나 보였다.

내가 열성적으로 기억을 되살려 묘사하려 하는 이 여성과 아드리안이 그로부터 얼마 후 결혼을 결심했다는 것을 독자는 짐작할 수 있을 것이다. 내가 마리를 처음 보았을 때도 그녀는 하얀 비단으로 지은 연회용 블라우스를 입고 있었다. 그런 옷차림은 물론 검은 머리칼을 의식적으로 돋보이게 하려는 것으로 보였다. 하지만 그다음부터는 주로 반들거리는 허리띠와 자개 단추가 달린 간편한 스코트 직(織) 평상복이나 여행복을 입고 있었는데, 그런 옷차림이 오히려 더 잘 어울리는 것 같았다. 또한 색연필이나 연필을 들고 제도판에 매달려 일을 할 때면 그 위에 무릎까지 내려오는 헐렁한 재킷을 걸치기도 했다. 그녀는 디자이너였던 것이다. 아드리안은 진작부터 라이프 부인을 통해 그녀를 알고 있었다. 그녀는 이를테면 '게테 리리크' 극장이나 오랜 전통을 자랑하는 '테아트르 뒤 트리아농' 극장과 같이 파리의 소규모 오페라 극장이나 음악당을 위해 의상이나 무대의 도안을 맡고 있었으며, 그녀가 완성한 도안은 다시 재단사나 설치 미술가들의 작업에 사용되었다. 직업상 분주한 그녀는 제네바 호반의 니옹 출신으로 일 드 파리*에 자리잡은 어느 작은 주택에서 이자보 아주머니와 살고 있었다. 덕이 있고 아이디어가 풍부하며 복식사(服飾史)에 정통한 데다

---

* 파리의 행정 구역 가운데 하나.

고상한 취향까지 겸비한 그녀는 날로 명성이 높아지고 있었다. 그녀가 취리히에 체류하고 있었던 것은 직업상의 이유 때문만은 아니었다. 그녀는 자기 오른쪽 옆에 앉은 사람, 즉 아드리안에게 몇 주일 후면 뮌헨으로 가게 될 것이며 그곳의 극장을 현대 희곡에 맞는 새로운 양식으로 단장하는 일을 맡게 될 거라고 말해 주었던 것이다.

아드리안은 마리와 이 집 여주인에게 고루 신경을 쓰고 있었다. 반면에 건너편에서 '아주머니'와 농담을 주고받는 루디 슈베르트페거는 피곤해 보였지만 그래도 기뻐하는 기색이 완연했다. '아주머니'는 웃을 때면 곧잘 기분에 겨워 눈물을 찔끔거리곤 했는데, 종종 눈물에 젖은 얼굴로 조카딸을 향해 몸을 굽혀 우습다 못해 흐느끼는 듯한 목소리로 옆자리에 앉은 사람의 말을 그대로 전해 주었다. 자기 생각에 이런 말은 꼭 들어야 한다고 했다. 그러면 마리는 다정스럽게 고개를 끄덕여 주었다. 아주머니가 그렇게 즐거워하는 것을 보고 기뻐했음이 분명했다. 그리고 일종의 감사의 표시가 담긴 그녀의 시선은 이 즐거움을 제공한 사람에게 잠시 머물렀다. 슈베르트페거는 일종의 책임감을 느끼며 농담을 전달하는 데 여념이 없는 노부인에게 계속해서 익살스러운 이야기를 해 주는 일에 신경을 쓰고 있었다. 고도 양은 아드리안의 물음에 친절히 대답해 주면서 파리에서 자신이 하는 일이라든가, 풀랑크*나 오리크**, 그리고 리에티***의 작품들처럼 아드리안이 부분적으로밖에 알지

---

* Francis Poulenc(1899~1963). 프랑스의 작곡가. '6인조' 중 하나.
** Georges Auric(1899~1983). 프랑스의 작곡가. '6인조' 중 하나.
*** Vittorio Rieti(1898~1994). 이탈리아 출신의 작곡가.

못하는 파리의 발레나 오페라의 최근 작품들에 관한 이야기를 나누었다. 라벨의 발레 음악 「다프니스와 클로에」, 드뷔시의 발레곡 「유희」, 골도니*의 「기분 좋은 여인들」, 스카를라티의 음악을 거쳐 키마로사**의 「비밀 결혼」 그리고 샤브리에의 「어설픈 교육」 등에 관한 이야기를 주고받을 무렵에는 분위기가 무르익어 있었다. 마리는 이 작품들 중 몇 편의 공연을 위해 새로운 무대 디자인 아이디어를 제공한 적도 있다고 했는데, 스케치용 연필로 각각의 무대를 어떻게 설치하면 좋은가를 자기 식단표에다 또렷하게 그려서 보여 주기도 했다. 그녀는 사울 피텔베르크를 알고 있을는지도 몰랐다. 과연 서로 아는 사이였다! 피텔베르크 이야기가 나오자 그녀가 윤기 흐르는 치아를 눈부시게 드러내면서 마음껏 웃는 바람에 관자놀이 부분이 더 예쁘게 당겨졌다. 그녀는 독일어를 무리 없이 구사했다. 억양이 약간 어색하기는 했지만, 그것이 오히려 더 매력적이었다. 사람을 감응시키는 부드러운 목소리는 노래를 부르는 듯했는데, 확실히 음악적 소질이 풍부한 목소리였다. 정확히 말하면 그녀의 목소리는 음색이나 높낮이로 봐서 엘스베트 레버퀸 부인의 목소리를 닮았을 뿐만 아니라, 가만히 귀 기울이고 있노라면 이따금 정말로 아드리안의 어머니 목소리를 듣는 듯한 착각에 빠질 정도였다.

이처럼 열댓 명이나 모인 사교 모임에서는 식사 순서가 끝나면 분위기를 바꾸기 위해 으레 삼삼오오 짝이 생기게 마련

---

* Carlo Goldoni(1707~1793). 이탈리아의 희극 작가이자 희가극 작곡가.
** Domenico Cimarosa(1749~1801). 이탈리아의 작곡가.

이다. 저녁 식사 이후 아드리안은 마리 고도와 거의 한 마디도 나누지 못했다. 자허와 안드레아 그리고 슈, 게다가 자네 쉴까지 뮌헨과 취리히의 음악계 동향에 관해 이야기를 나누면서 한참 동안이나 그를 꼼짝도 못 하게 했던 것이다. 그러는 동안 파리에서 온 두 여인은 오페라 가수들과 주인 부부, 그리고 슈베르트페거와 더불어 값진 세브르 산(産) 접대용 그릇이 놓인 탁자에 둘러앉아 라이프 씨가 진한 커피를 큰 잔으로 두 잔씩이나 들이켜는 모습을 놀라운 눈으로 바라보고 있었다. 그는 스위스 식 악센트가 들어간 말투로, 의사의 충고에 따르면 이렇게 커피를 많이 마실 경우 심장이 강해지고 쉽게 잠을 청할 수 있다고 설명해 주었다. 세 사람의 투숙객은 외부 손님들이 떠나자마자 곧 각자의 방으로 물러들 갔다. 고도 양은 아직 여러 날 더 아주머니와 함께 '호반의 에덴'이라는 호텔에 머무를 예정이었다. 다음 날 아침 아드리안과 함께 뮌헨으로 돌아갈 예정인 슈베르트페거가 모임이 파할 즈음에 뮌헨에서 다시 두 사람을 만날 수 있기를 열렬히 희망하자, 마리는 한순간 머뭇거렸으나 마침내 아드리안이 그렇게 해 주십사고 청하자 다정하게 승낙했다.

취리히의 연회에서 내 친구 옆에 앉았던 매력적인 여성이 뮌헨에 도착했다는 기사를 신문에서 읽은 것은 1925년 신년 초 첫째 주일이 경과할 무렵이었다. 기사에 따르면 그녀는 아주머니와 함께 '기젤라 호텔'에 여장을 풀었는데, 그곳은 일찍이 아드리안이 이탈리아에서 돌아온 후 며칠 동안 묵었던 바로 그 호텔이었다. 하지만 우연의 일치는 아니었다. 아드리안이 그녀에게 이 숙소를 추천했노라고 나에게 말했던 것이다. 극장 측에서는 임박한 초연에 대한 여론의 관심을 고조하기 위해 그녀의 도착 소식을 신문에 기사화했고, 그 신문 기사를 본 슐라긴하우펜 씨는 다음 날인 토요일 저녁을 자기 집에서 보내주십사 하고 이 유명한 여류 디자이너를 초대했다.

이 모임에서 내가 느낀 긴장은 이루 말할 수 없다. 기대와 호기심, 기쁨과 초조감이 한데 어우러져 극도로 흥분해 있었던 것이다. 왜 그랬을까? 아드리안이 스위스 여행에서 돌아온 후 나에게 들려준 이야기 중에 마리와 만난 사건도 포함되어 있었기 때문만은 아니었다. 적어도 그것이 이유의 전부는 아니었다. 그는 그녀에 관한 이야기를 하는 도중에 그녀의 목소리와 자기 어머니의 목소리가 닮았다고 태연하게 말하긴 했지만 (물론 그 이야기는 금방 나의 주의를 끌었다.) 확실히 그의 묘사에서 흥분 같은 것은 찾아볼 수 없었다. 오히려 그 반대로, 어쩌다 생각나는 김에 하는 이야기처럼 말투가 차분했고 표정에는 전혀 흥분의 기색이 없었으며, 시선은 아무렇게나 허공을 향하고 있었다. 그러나 그가 그녀의 이름이나 성을 자주 입에 올린 것으로 보아 그녀와의 만남이 그에게 어떤 인상을 남긴 것은 분명했다. 언젠가 나는 그가 여러 사람이 모인 자리에서 이야기를 나눈 사람의 이름을 기억하는 경우는 매우 드물다는 사실을 말한 적이 있다. 그리고 그의 이야기는 단지 스쳐가는 언급 이상의 어떤 것이었다.

그렇긴 해도 내 가슴이 그토록 기쁨과 의혹으로 두근거린 데는 뭔가 다른 까닭이 있었던 것 같다. 말하자면 내가 그다음에 파이퍼링을 방문했을 때 아드리안은 거기서 너무 오랫동안 지낸 것 같으며, 가능하면 조만간 생활의 변화가 오게 될 거라는 취지의 이야기를 꺼냈던 것이다. 조만간 외톨이 신세도 끝내고 싶다고, 그런 의도를 실현할 계획을 구상 중이라는 것이었다. 간단히 말해 결혼을 하겠다는 뜻으로밖에 달리 해석될 수 없는 말이었다. 나는 그의 암시가 취리히 체류 중에 있었던 우연한 사건과 관련이 있느냐고 단도직입적으로 물어보았다. 그러자 그는 이렇게 대답했다.

"자네의 추측을 말릴 사람이 누가 있겠나? 여하튼 이렇게 협소한 방구석은 그런 이야기를 하기에 도대체 걸맞지가 않거든. 내 기억이 틀림없다면, 자네가 나한테 처음으로 가슴을 탁 터놓고 이야기한 것은 고향의 시온 산에서였을 거야. 우리의 대화를 위해서라면 롬 언덕으로 올라갈 걸 그랬네."

내가 얼마나 놀랐겠는가! 내가 말했다.

"여보게, 정말 흥분되고 감동적인 제안일세!"

그는 흥분을 가라앉히라고 충고해 주었다. 벌써 마흔 살이 되는 판국이니 이런 인연을 놓치지 말아야겠다는 생각이 어찌 들지 않겠느냐고 그가 말했다. 나는 더 묻고 싶지 않았다. 두고 보면 알게 될 테니까. 나는 내 나름대로 그의 계획이 슈베르트페거와의 미묘한 관계를 정리하겠다는 뜻이라고 생각되어 기뻤다. 그러기 위한 의도적인 수단이라고 생각하고 싶었다. 바이올리니스트이자 휘파람의 명수인 그가 이 문제에 대해 어떤 태도를 취할 것인지는 부차적인 문제였다. 그런 문제로 신경 쓸 필요는 없었다. 그는 이미 연주회를 통해 유치한 명예욕을 충족한 터였다. 그리고 그가 이제는 자기 뜻을 이루었으니 다시 아드리안의 삶에서 납득할 만한 위치에 자리 잡기를 나는 내심 바라고 있었다. 그런데 나의 뇌리를 떠나지 않은 문제는 아드리안이 이상한 태도로 자신의 의도에 관해 말했다는 점이다. 마치 자신의 의도가 실현되는 것은 오로지 자기 의지에 달려 있으며, 그녀의 의사는 아랑곳하지 않는다는 투로 말했던 것이다. 오직 선택하기만 하고, 오직 자기 쪽에서만 선택할 수 있다고 믿는 그의 자의식을 나는 얼마든지 인정할 용의가 있었다. 하지만 그 믿음이 너무 단순 소박해서 마음에 걸렸다. 그처럼 소박한 태도는 내가 보기에는 고독과 생소한 심경의 표현으로 느껴졌던 것이다. 그에게서 풍기는 고독과 생소한 분위기는 과연 이 친구가 여자의 사랑을 받고 있기나 할까(나는 물론 그랬기를 바라지만) 하는 의혹을 불러일으켰다. 솔직히 말하면 나는 아드리안 자신도 근본적으로 과연 그렇다고 자신하고 있는지 의심스럽기까지 했다. 그리고 그가 틀림없이 이 결혼에 성공할 거라고 여기는 태도 자체도 가식이 아닐까 하는 생각을 떨칠 수 없었다. 아드리안이 선택한 여성 쪽에서 과연 그가 그녀에게 품고 있는 생각과 소망을 제대로 알아차리고 있는지도 미지수였다.

그런 의문은 내가 브리너 가(街)의 저녁 모임에서 마리 고도라는 여성을 직접 만나 알게 된 후에도 여전히 가시지 않았다. 그녀가 얼마나 내 마음에 들었는지는 앞에서 그녀를 묘사한 대목만 보아도 알 수 있을 것이다. 나는 그녀의 부드럽게 그늘진 시선과 매력적인 미소, 음악적인 목소리에 매료되었고, 또한 그녀의 존재 자체에서 우러나오는 다정하고도 지적인 절제, 여성적인 교태 같은 거라고는 찾아볼 수 없는 담담함과 단호함, 직업여성으로 자립한 사람 특유의 진솔함에도 매료되었다.

이런 여성이 아드리안의 평생 동반자가 될 거라고 생각하니 절로 흐뭇했다. 그녀가 그에게 어떤 감정을 불어넣었을지는 짐작이 되고도 남았다. 그녀의 존재는 아드리안의 고독이 기피하는 '세계'가 예술적이고 음악적인 의미에서의 '세계', 즉 독일의 바깥에 있는 세계라 해도, 아드리안에겐 결여되어 있는 것을 너무나 진지하고 다정한 모습으로 보완해 줄 신뢰감을 주면서, 또한 합일할 수 있는 용기를 북돋우면서 그에게 다가오는 것을 의미했다. 그는 음악적 신학과 수학적 숫자의 마술로 이루어진 오라토리오의 세계를 뛰쳐나오면서까지 그녀를 사랑하지 않았던가? 비록 두 사람이 잠시 스치듯 접촉하는 것을 보았을 뿐이긴 하지만, 나는 두 사람이 한집에서 사는 것을 볼 수 있다는 기대에 들떠 있었다. 한번은 마리와 아드리안, 나, 그리고 또 한 사람이 합석할 기회가 있었는데, 그때 나는 금방 자리를 비켜 주었다. 그 나머지 한 사람도 이해심을 가진 사람이라면 제 갈 길을 가리라는 희망에서였다.

슐라긴하우펜 댁에서 준비한 저녁은 정찬식으로 차려진 것이 아니라, 둥근 기둥들이 있는 살롱과 이어진 식당에서 음료와 간단한 음식을 밤참 비슷하게 뷔페식으로 차려 놓은 것이었다. 전쟁 이후 사교계의 풍속은 많이 바뀌어서, 리데젤 남작 같은 사람이 '우아한 품위'를 뽐내며 발을 들여놓는 일은 이제 사라졌다. 피아노를 연주하던 기사 역시 역사의 뒷전으로 사라진 지 한참 되었다. 그리고 쉴러의 증손자라는 글라이헨 루스부름 씨도 더 이상 나타나지 않았다. 그는 정말 어리석게도 교묘하게 사기를 치려다가 결국 들통이 나자 바깥 출입을 기피하게 되었고, 겉으로는 일부러 낙향한 체하면서 오버바이에른 지방에 있는 영지에 은거하는 신세가 되어 버린 것이다. 그 사건은 정말 믿기 힘들 정도였다. 남작 말로는 실제 물건 값보다 더 비싼 보험을 들어 놓았던 값진 장신구를 개조하기 위해 외국의 보석상에게 포장을 잘해서 부쳤는데, 소포가 보석상에게 도착했을 때는 상자 안에 죽은 쥐 한 마리밖에 들어 있지 않았다는 것이었다. 이 쥐는 소포를 부친 주인이 기대했던 임무를 수행할 만큼 튼튼하지 못했던 것이다. 이 설치류 동물이 포장을 뚫고 도망쳤어야만 주인의 의도가 성사되었을 것이기 때문이다. 다시 말해 보석이 어떻게 뚫렸는지 알 수 없는 구멍을 통해 분실되었으면 보험금을 탈 수 있다는 계산을 했던 것이다. 그런데 쥐는 목에 걸어 보지도 못한 문제의 목걸이가 없어졌다는 것을 입증할 구실을 만들지 못한 채 죽고 말았다. 결국 음모자의 치졸한 수작은 아주 우스꽝스럽게 폭로되었다. 추측컨대 그는 그런 계략을 문화사 책 같은 데서 도용했겠지만, 제 꾀에 걸려든 셈이었다. 그렇지만 아주 일반적인 관점에서 본다면, 그 시대의 도덕적인 혼란도 그가 이런 미친 짓을 꾸미도록 하는 데 일조했을 것이다.

어쨌든 이런 변화들로 플라우지히 출신의 슐라긴하우펜 부인은 많은 것을 포기해야만 했고, 귀족적인 혈통과 예술가 정신을 결합하겠다는 이상을 거의 송두리째 단념하지 않을 수 없게 되었다. 한때 왕족같이 행세하던 여인이 지금은 자네 쉴과 프랑스어로 이야기를 나누는 모습을 보니 격세지감이 느껴졌다. 그 밖에 연극계의 스타 같은 인물들 말고도 가톨릭 민주당의 의원 한두 사람과 사회민주당의 이름 있는 의원, 그리고 새 정부에서 영향력 있는 직책을 맡은 사람들이 눈에 띄었는데, 그들 중에는 가령 천성적으로 낙천적이고 뚱뚱한 슈텡겔 씨와 같은 명문 출신도 있었다. 그렇지만 벌써 '자유주의적인' 공화국을 열렬히 반대하고 나서는 사람들도 더러 끼어 있었다. 그들의 이마에는 독일 제국이 당한 수모를 되갚겠다는 생각과 장차 세계를 장악하겠다는 야심이 역력했다.

그건 그렇고, 유심히 관찰한 사람이라면 아마 아드리안보다도 오히려 내가 마리 고도와 그녀의 마음씨 착한 아주머니와 더 많이 자리를 함께했다는 사실을 알아차렸을 것이다. 줄곧 그런 식이었다. 아드리안은 의심할 여지 없이 그녀를 만나려고 모임에 왔고, 그녀를 만나자마자 눈에 띄게 기쁨을 표시하면서 재회의 인사를 나누었다. 하지만 그러고는 거의 대부분 친애하는 자네나 아니면 바흐 음악에 정통한 바흐 숭배자인 사회민주당 의원과 이야기를 했다. 문제의 여성이 매력적이라는 사실은 차치하고라도, 아드리안이 나한테 털어놓은 이야기에 비춰 보건대, 내가 어떤 문제에 신경을 집중하고 있었는지는 독자도 짐작할 수 있을 것이다. 루디 슈베르트페거도 우리와 함께 있었다. 이자보 아주머니는 그를 다시 만난 것을 무척 기뻐했다. 취리히에서 그랬듯이 그는 그녀를 곧잘 웃겼고, 그리하여 마리의 미소를 자아냈다. 그렇다고 해서 진지한 대화를 빼먹지는 않았는데, 파리와 뮌헨 예술계의 동향이라든가 유럽 전반의 정치적인 문제, 그리고 독일과 프랑스의 관계 등이 주로 화제에 올랐다. 그리고 그런 대화가 끝날 무렵에야 아드리안이 작별인사도 할 겸 그냥 서 있는 채로 잠시 이 자리에 끼어들었다. 그는 여전히 11시 기차로 발츠후트에 도착해야만 했기 때문에 한 시간 반 정도 빠듯하게 모임에 참석할 수밖에 없었다. 다른 사람들은 잠시 더 남아 있었다.

　이미 말했다시피, 이것은 토요일 저녁의 일이었다. 며칠 후 목요일에 나는 그의 전화를 받았다.

40

아드리안은 프라이징에서 전화를 걸었다. 그는 부탁할 일이 있다고 했다.(그의 목소리는 차분하게 가라앉아 있었고 다소 단조로운 어조였는데, 두통이 있다는 걸 알 수 있었다.) 기젤라 호텔에 있는 여자분들에게 뮌헨에서 환영의 표시를 하고 싶다고 했다. 경치 좋은 곳으로 함께 소풍을 가자고 할 생각이라고 했다. 근사한 겨울 날씨가 그런 유혹을 불러일으킨다는 것이었다. 그런데 이런 생각을 한 장본인은 자기가 아니라 슈베르트 페거라고 했다. 그렇지만 자신은 그런 생각을 이해했고 신중히 고려해 봤다는 것이다. 노이슈반슈타인 성*도 구경할 겸 퓌센 쪽으로 가 보는 것도 괜찮을 거라고 했다. 하지만 오버아머가우 쪽이 더 좋을 것 같으며, 또한 거기서부터 경관이 수려한 린더호프 성을 경유해 그가 개인적으로 좋아하는 에탈 수도원

---

* 뮌헨에서 두 시간 거리에 있는 고성(古城).

까지 가는 길이 더 좋겠다고 했다. 나도 그러자고 했다.

나는 소풍을 가자는 생각도 좋고, 소풍의 목적지로 에탈 수 도원도 좋겠다고 했다. 그러자 아드리안이 말했다.

"물론 자네 식구들도 함께 와야 하네. 자네 부인도 말이야. 토요일로 날짜를 잡기로 했다네. 내가 알기로 이번 학기에는 자네가 토요일에 수업이 없으니까. 그러니까 해빙기의 날씨 치고 그렇게 나쁘지만 않다면 다음 주 토요일에 출발할 생각이라네. 쉴트크납한테도 이미 자세히 이야기해 두었네. 그 친구는 이런 소풍을 정말로 좋아하거든. 스키도 타고 썰매도 타겠다는군."

나는 이 모든 것이 근사하다고 했다.

계속해서 그는 다음과 같은 점을 이해해 달라고 부탁했다. 즉, 이미 말했듯이 이 계획은 본래 슈베르트페거가 제안한 것이긴 하지만, 기젤라 호텔에 묵고 있는 여자분들이 그런 인상을 받지 않았으면 좋겠다고, 나도 그의 뜻을 잘 알아들을 거라고 했다. 자기는 슈베르트페거가 그 여자분들한테 이런 제안을 하는 것을 원치 않으며, 너무 직접적으로 표현해도 곤란하겠지만 자기가 제안하면 좋겠다는 것이었다. 그러니 수고스럽겠지만 자기를 봐서 일을 주선해 달라는 것이었다. 즉, 다음번에, 다시 말해 모레 파이퍼링에 오기 전에 뮌헨에 있는 여자분들을 찾아가서 어느 정도는 그 자신의 뜻을 전달하는 사절 자격으로, 물론 그저 암시적으로만 초대의 뜻을 전해 달라는 것이었다.

"이런 우정의 심부름을 부탁해서 큰 신세를 지게 됐네."

그는 딱딱한 인상을 주는 이상한 어조로 말을 맺었다.

나도 뭔가를 되물을까 하다가 그만두고 간단히 그의 뜻대로 하겠노라고 말했다. 그와 동시에 그와 우리 모두를 위해 이 일을 맡게 된 것을 기쁘게 생각한다고 그를 안심시켰다. 물론 나는 그의 부탁대로 했다. 나는 벌써 그가 나를 끌어들인 의도가 제대로 성사되어 사태가 어떻게 술술 풀려 갈 것인지 진지하게 상상해 보았다. 그가 선택한 처녀와 함께 맞이할 앞으로의 사태를 그냥 운에 맡겨 두는 것은 현명하지 않다고 느꼈다. 상황을 판단해 보건대 행운이 거저 굴러 들어올 것 같지는 않았다. 두 사람 사이를 조정해 주고 이끌어 줄 조력자가 필요했다. 그런 역할을 할 사람이 있긴 있었다. 다름 아닌 슈베르트페거가 이번 소풍을 제안하지 않았던가. 아니면 아드리안 쪽에서 사랑에 빠진 티를 내는 것이 겸연쩍어서 슈베르트페거에게 조력자의 역할을 떠맡긴 것일까? 느닷없이 함께 어울려서 소풍도 가고 썰매도 타자고 제안하는 것은 아드리안의 기질이나 평소의 감정에 어울리지 않는 태도였던 것이다. 실제로 나는 그런 제안을 하는 것이 아드리안의 품위에 어울리지 않는 일이라고 생각했고, 그래서 슈베르트페거가 이런 제안을 했다는 아드리안의 말이 사실이라고 생각했다. 그러면서도 나는 다시금 과연 이 엘베 출신의 플라톤주의자가 과연 이런 계획에 진지한 관심을 갖고 있을까 하는 의문을 완전히 배제할 수는 없었다.

내가 아드리안과 통화를 하면서 되묻고 싶었던 것은 무엇일까? 본래 내가 묻고 싶었던 것은 오직 한 가지였다. 즉, 아드리안이 마리를 보고 싶어 한다는 마음을 그녀가 알아차리기를 진정으로 원한다면 어째서 직접 그녀한테 전화를 걸거나, 아니면 뮌헨으로 그녀를 찾아가서 자기 감정을 털어놓지 않느냐는 것이었다. 아드리안이 다른 사람을 시켜서 연인(나는 이제 그 처녀를 이렇게 부르지 않을 수 없다.)에게 자기 의사를 전달하려는 것이 조만간 벌어질 일의 예행연습의 성격을 띠고 있다는 사실을 나는 당시까지만 해도 알지 못했다.

무엇보다 그가 처음으로 속을 털어놓은 사람이 바로 나였던 만큼 나는 기꺼이 임무를 수행했다. 내가 옷깃이 없는 스코트 직 블라우스 위에 잘 어울리는 하얀 작업복을 입은 마리를 다시 만난 것은 바로 그 무렵이었다. 그녀는 제도판에 매달려 작업을 하고 있었다. 두꺼운 나무판으로 만들어져 비스듬히 기운 제도판에는 등이 달려 있었다. 그녀는 몸을 일으켜 나에게 인사했다. 우리는 두 여성이 거주하는 작은 거실에 족히 이십 분은 함께 앉아 있었다. 두 여성은 사람들이 자기들에게 보여 주는 관심에 대뜸 환영의 뜻을 표했으며, 소풍 계획에 대해서도 무척 반가워했다. 나는 소풍 계획에 대해서 내가 생각해 낸 것이 아니라는 말밖에 하지 않았다. 그러기 전에 나는 친구인 레버퀸한테 들러서 갈 예정이라는 이야기를 슬쩍 했던 것이다. 그들은 이런 근사한 기회가 없었더라면 그 유명한 뮌헨 주변의 경치를, 바이에른 알프스 지방을 영영 보지 못할 뻔했다고 말했다. 만나서 출발할 날짜와 시각이 정해졌다. 나는 작업복을 입은 마리의 돋보이는 모습에 대해 찬사를 한마디 덧붙이며, 아드리안이 만족할 만한 보고를 할 수 있었다. 그는 정색을 하고(내가 듣기에는 그랬다.) 고맙다는 말을 했다.

"믿음직한 친구가 있으니 괜찮네그려."

가르미슈파르텐키르헨으로 가는 길과 수도원 마을로 가는

길은 철도 노선이 대부분 같은 구간이었는데, 이 철길은 거의 마지막에 가서야 두 갈래로 나뉘어져서 수도원 마을로 가는 노선은 발츠후트와 파이퍼링을 거쳐서 가게 되어 있었다. 아드리안은 목적지로 가는 중간에 살고 있었기 때문에, 정해진 날 10시경에 뮌헨 중앙 역의 열차간에 모인 사람은 슈베르트페거와 쉴트크납, 그리고 파리의 손님들과 우리 부부뿐이었다. 아드리안이 타지 않은 상태에서 우리는 처음 얼마 동안은 아직 얼어붙은 시골 평지를 가로질러 갔다. 아내 헬레네가 아침 삼아 샌드위치와 티롤 산 붉은 포도주를 준비해 왔고, 쉴트크납의 극성맞은 익살이 적잖게 우리를 웃겼기 때문에 여행은 지루하지 않았다. 그는 자신을 영어식으로 '크나피'라 불렀으며, 대체로 다른 사람들도 그렇게 부르게 되었다. 그는 "이 크나피한테 짜게 주지는 마세요!"라고 말하기도 했다. 그는 허물없이 자연스럽게 먹는 걸 탐하면서 익살을 떨어서 좌중을 웃겼다. 그리고 빵을 한 입 씹으면서 눈을 반짝이며, 간드러지게 "아, 정말 먹음직스러워!" 하며 능청을 떨기도 했다. 그런데 다른 사람은 전혀 눈치채지 못했지만, 이 짓궂은 농담은 무엇보다도 고도 양을 가리켜서 한 말이었다. 가느다란 갈색 모피 띠로 가장자리를 장식한 올리브색 겨울 코트를 입은 그녀의 모습이 너무나 돋보였던 것이다. 나 역시 흑진주처럼 까만 그녀의 눈동자와 속눈썹 그늘에 가려진 맑은 눈빛을 바라볼 때마다 자꾸만 감정을 주체하지 못하고 황홀해지면서 부러운 느낌이 들었다. 단지 앞으로 다가올 일을 내가 알고 있다는 이유만으로도 그랬다.

아드리안이 흥겨운 일행의 환대를 받으며 발츠후트에서 합류했을 때, 이런 표현이 내 느낌을 전달하기에 적합한지 모르겠지만, 나는 미묘한 전율을 느꼈다. 어떻든 흠칫한 느낌이 들었다. 우리가 자리 잡고 있던 찻간에, 말하자면 그 비좁은 공간에(쿠페*는 아니었지만, 가운데로 통로가 나 있고 칸막이 없이 좌석이 배치된 이등석이었다.) 눈 색깔이 검은 사람과 파란 사람, 그리고 같은 색깔의 눈을 가진 사람이, 매력과 무관심과 흥분과 냉담이 뒤섞인 시선으로 아드리안의 눈앞에 모여 있다는 사실을 그제야 의식했던 것이다. 게다가 이들은 소풍 일정 내내 함께 있을 참이었다. 그리하여 소풍은 어느 정도 이런 분위기로 계속될 것이며, 그럴 수밖에 없을 터였다. 그래야만 모임에 끼어든 누군가가 소풍의 본래 의미를 깨달을 테니 말이다.

아드리안이 합세한 후로 바깥 경치가 상당히 높아지고, 멀리 눈 덮인 고산 지대가 시야에 들어오기 시작한 것은 자연스럽고 다행한 일이었다. 쉴트크납이 주로 이 봉우리 저 봉우리의 이름을 대며 이야기를 이끌어 가는 편이었다. 바이에른 알프스의 봉우리들 가운데 수준급에 속하는 웅장한 것은 볼 수 없었지만, 흰 눈이 깨끗이 덮인 울창한 협곡과 평지 사이에서 엄숙하고 대담한 모습으로 변해 가는 겨울 풍경은 가히 장관이었다. 우리는 그 속으로 달려가고 있었다. 낮에는 금방이라도 눈이 쏟아질 듯 음울하던 날씨가 저녁 무렵이 되어서야 개기 시작했다. 그렇지만 우리의 관심은 대체로 바깥 풍경에 쏠려 있었다. 마리가 말문을 열어 취리히에서 함께 겪었던 일, 음악당에서의 저녁, 바이올린 협주곡으로 이야기의 방향을 돌

---

* 대여섯 명이 앉아서 갈 수 있도록 칸을 나눈 기차 객실.

렸을 때조차 그러했다. 나는 대화 중에 아드리안과 그녀를 눈여겨보았다. 그는 쉴트크납과 슈베르트페거 사이에 앉은 그녀의 맞은편에 자리 잡고 있었고, 그녀의 아주머니는 나와 헬레네 사이에서 흥겨운 잡담을 즐기느라 여념이 없었다. 아드리안이 마리의 얼굴이나 눈을 쳐다볼 때면 분별력을 잃지 않으려고 애쓰는 모습이 역력했다. 슈베르트페거는 파란 눈으로 아드리안이 이처럼 몸을 사리고 생각에 침잠하거나 외면하는 모습을 바라보고 있었다. 아드리안이 그녀 앞에서 이 바이올리니스트를 극구 칭찬해 준 것이 어느 정도 위안이나 보상이 되지 않았을까? 그녀가 음악에 관한 견해를 말할 때는 겸손한 태도를 취했던 까닭에 오로지 취리히 연주회만이 화제에 올랐는데, 아드리안은 강조해서 말하기를, 비록 연주자가 이 자리에 있긴 하지만 그의 연주는 대가답고 완성의 경지에 이르렀으며 누구도 능가할 수 없다고 했던 것이다. 그러고는 슈베르트페거가 음악가로서 대단한 경지에 이르러서 전도가 양양하다고 따뜻한 찬사의 말까지 덧붙였다.

칭찬을 받은 당사자는 그런 찬사가 낯간지럽다는 듯이 "아냐, 그럴 리가 있나! 눈을 똑바로 뜨게나!"라고 큰 소리로 말하면서, 대가가 터무니없이 과장하는 것이라고 딱 잘라 말하긴 했지만, 그래도 얼굴에 홍조가 피어오르는 걸 보니 흡족하긴 한 모양이었다. 분명히 그는 자기가 마리 앞에서 그렇게 부각되는 것을 기뻐했는데, 다름 아닌 아드리안의 입에서 그런 찬사가 나온 것에 기쁨을 감추지 못했으며, 아드리안의 표현 방식에 감탄하는 것으로 감사를 대신했다. 고도는 프라하에서 「그림이 있는 묵시록」 중의 일부 곡들로 연주회가 열린 이야기를 듣고 기사를 읽은 적이 있었던 까닭에 그 작품에 관해 아드리안에게 물어 왔다. 하지만 아드리안은 대답을 피했다.

아드리안이 말했다.

"신성한 죄악에 관해서는 이야기하지 맙시다."

그러자 슈베르트페거가 열광적인 반응을 보였다.

"신성한 죄악이라!"

그는 탄성을 지르며 거듭 말했다.

"이 친구 말을 들었지요? 뭐라고 말했지요! 어떻게 그런 말을 할 수 있을까요! 정말 대단해, 우리의 대가여!"

그러면서 아드리안의 무릎을 툭툭 쳤다. 그것은 그의 버릇이었다. 그는 늘 팔이나 팔꿈치나 어깨를 잡거나 만지거나 툭툭 치면서 대화를 하는 버릇이 있었다. 나한테도 그랬고, 심지어 여자들한테도 그랬는데, 여자들은 대부분 그런 태도를 싫어하지 않는 눈치였다.

오버아머가우에서 우리 일행은 깔끔하게 정돈된 이 역전 마을을 이리저리 거닐며 조각 장식이 많이 달린 용마루와 발코니가 있는 고풍스러운 농가들, 사도들과 그리스도와 성모 마리아 상을 모신 교회를 둘러보았다. 일행이 가까운 칼바리아 산을 오르는 동안, 나는 잠시 일행에서 빠져나와 내가 아는 여행사를 찾아가서 썰매를 주문해 놓았다. 저녁때가 되어 어떤 여관집 홀에서 다른 여섯 사람과 다시 만났다. 거기에는 작은 탁자들로 둘러싸여 있고 아래쪽에서 조명을 비추게 되어 있으며 유리로 바닥을 깐 무도장이 있었는데, 휴가철에는 외지에서 온 손님들로 북적거릴 성싶었다. 지금은 거의 텅 비어 있다시피 한 것이 우리로서는 차라리 다행이었다. 우리 말고는 두 팀

이 더 있을 뿐이었는데, 한쪽은 몸이 불편해 보이는 신사와 전도사 복장을 한 보호자 격의 여자로, 무도장에서 멀리 떨어진 탁자에서 식사를 하고 있었다. 다른 한쪽은 겨울 스포츠를 즐기러 온 사람들이었다. 평평한 무대에서는 다섯 명으로 구성된 소규모 악단이 살롱 음악을 연주하고 있었는데, 그들은 한 곡이 끝날 때마다 한참 동안이나 휴식을 취했지만, 그렇다고 아쉬워하는 사람도 없었다. 그들이 들려준 곡이 신통치 않았던 데다 연주 솜씨도 어설펐기 때문에 참다 못한 슈베르트페거는 통닭구이를 먹고 나서 한 수 가르쳐 주기로 작정했다. 그는 바이올린 주자에게서 바이올린을 빼앗다시피 해서 우선 양손에 놓고 이리저리 돌려보며 바이올린 상표를 확인했다. 그런 다음 매우 거창하게 즉흥 연주를 시작했는데, 자신의 바이올린 협주곡 카덴차에 나오는 몇 부분을 끼워 넣어 우리 일행의 웃음을 자아냈다. 악사들은 입을 딱 벌리고만 있었다. 그러고서 슈베르트페거는 눈이 피곤해 보이는 젊은 피아니스트에게 드보르자크의 「유머레스크」에 반주를 넣을 수 있느냐고 물었다. 젊은 피아니스트는 그의 연주 솜씨가 이 집에서 밥벌이로 하는 연주보다 고상하다는 것만은 분명히 알아차린 듯했다. 너무나 아름다운 그 곡을 여러 가지 기교를 섞어 가면서 신나는 이박자의 춤곡과 근사한 중음 주법(重音奏法)*으로 눈부시게 연주했기 때문에, 홀 안에 있던 사람들은 모두, 그러니까 우리 일행과 옆자리의 사람들, 무색해진 악사들, 그리고 두 명의 종업원까지도 박수갈채를 보냈다.

---

* 화음을 내기 위해 두 개 이상의 현을 동시에 누르는 주법.

질투심이 발동한 쉴트크납이 나에게 귀엣말로 말했다시피 그것은 순전히 '의례적인 여흥'에 불과한 것이었지만, 극적인 매력이 넘쳤을 뿐 아니라 루디 슈베르트페거 특유의 스타일을 멋지게 살린 연주였다. 우리는 예정보다 오래 머물러서 결국 우리만 남아 커피와 엔치안 주(酒)*를 즐겼고, 잠시 무도장에 올라가서 춤까지 추게 되었다. 쉴트크납과 슈베르트페거가 나머지 세 사람의 호의 어린 시선을 받으며 고도 양과 내 아내 헬레네와 번갈아 가면서 도대체 무슨 춤인지도 알 수 없는 춤을 추었다. 밖에는 벌써 썰매가 기다리고 있었다. 말 두 마리가 끄는 널찍한 마차식 썰매였는데, 좌석은 가죽 덮개로 씌워져 있었다. 나는 마부 옆에 자리 잡았고, 쉴트크납은 계획대로 스키를 탄 채 썰매에 끌려 갔기 때문에(스키도 썰매와 함께 딸려 왔다.) 나머지 다섯 명은 별 불편 없이 좌석에 앉을 수 있었다. 뤼디거가 제안한 이 대담한 행동이 나중에 나쁜 결과를 초래한 것을 제외하면, 썰매 타기는 그날의 일정 중에 가장 신나는 것이었다. 매서운 바람을 받으며 고르지 못한 활주면 때문에 고꾸라지기도 하고 눈먼지를 뒤집어쓰기도 한 그는, 결국 하체에 동상이 걸리고 무력감을 유발하는 장염에 걸려 여러 날을 누워 있어야 했던 것이다. 물론 그런 불상사는 뒤늦게 알려졌다. 내가 옷을 따뜻하게 챙겨 입고 부드러운 방울 소리를 들으며 깨끗하고 신선한 차가운 대기를 가로질러 미끄러져 가는 데서 특별한 쾌감을 맛보았듯이, 다른 사람들도 모두 즐거워하는 것 같았다. 내 등 뒤에서 마리와 아드리안이 마주 보고

---

* 용담(龍膽) 뿌리를 고아서 만든 브랜디.

있다고 생각하니 호기심과 기쁨, 초조와 은근한 희망으로 흥분된 가슴이 두방망이질하기 시작했다.

루트비히 2세*가 지은 로코코 양식의 작은 성 린더호프는 온통 숲과 산뿐인 아름다운 풍경에 둘러싸여 있었다. 사람을 멀리한 왕에게는 바로 여기가 동화에나 나옴 직한 최상의 은신처였을 것이다. 물론 경치의 매력 자체도 그윽한 분위기를 자아냈지만, 무엇보다 세상을 등진 것에 대한 보상 욕구로 건축물에 대한 욕심을(그것은 왕권에 위엄을 부여하려는 욕구의 표시였는데) 역력히 보여 주는 이런 화려한 취향은 다른 한편 왕의 기질과는 모순되는 것이기도 했다. 우리는 썰매를 멈추고 관리인의 안내를 받으며 호화롭게 장식된 실내에 들어섰다. 그 방은 이 환상적인 건물의 '거실'이었는데, 정신 질환이란 명목으로 여기 갇혀 있던 왕은 그래도 자신이 국왕이라는 생각에만 사로잡힌 채 빌로**의 연주와 카인츠***의 매력적인 목소리에 귀를 기울이며 나날을 보냈던 것이다. 대체로 군주의 성에서 가장 큰 방이 접견실로 사용되는 법이다. 그런데 이 성에는 접견실 따위는 없었다. 그 대신 침실이 있었다. 침실은 거실과 비교하면 엄청나게 컸고, 장식이 달린 높은 침대는 터무니없이 넓은 것이 특이했으며, 마치 영안실처럼 황금 촛대에서 촛불이 타오르고 있었다.

---

* Ludwig Ⅱ(1845~1886). 바이에른의 왕(재위 1864~1886)으로, 음악과 공상을 즐겼으며 말년에 정적들에 의해 정신 이상자로 몰려 유폐되었다.
** Hans von Bülow(1830~1894). 바그너와 비슷한 시기에 활동한 독일의 작곡가, 피아니스트, 지휘자. 나중에 바이에른 왕립 악단의 단장을 지냈다.
*** Josef Kainz(1858~1910). 헝가리 태생의 오스트리아 연극배우.

우리는 상당한 호기심을 갖고, 때로는 남몰래 고개를 갸우 뚱거리기도 하면서 그 모든 광경을 바라보았다. 그러고는 하늘 이 맑아질 무렵 에탈로 여행을 계속했다. 에탈은 베네딕트 수 도원과 거기에 부속된 바로크 식 교회당 건물로 이름난 명소 였다. 내 기억에는 계속해서 여행을 하던 내내 그리고 수도원 과 대각선으로 맞은편에 자리 잡은, 우리가 저녁 식사를 한 깨 끗한 호텔에서도, 줄곧 흔히 '불행하다.'(그런데 정말 불행했을 까?)라고 일컬어지고 그 기이한 생활 환경을 이미 조금 둘러보 았던 루트비히 왕이 계속 화제가 되었다. 그 이야기는 교회가 보이는 바람에 잠시 중단되었을 뿐인데, 루트비히 왕의 이른바 광기라든가 정치적인 무능력, 혹은 퇴위나 금치산 선고 등을 화제에 올리며 루디 슈베르트페거와 나는 근본적인 견해 차이 를 보였다. 나는 왕을 그런 식으로 나쁘게 말하는 것은 온당 하지 않고 야만적인 속물근성에 기인하는 것이며, 다만 권력 다툼과 유산 상속 문제 등의 이해관계 때문일 뿐이라고 일축 함으로써 슈베르트페거를 깜짝 놀라게 했던 것이다.

말하자면 루디 슈베르트페거는 풍문으로 전해 내려온다기 보다는 이미 시민들 사이에 공식적 견해로 자리 잡은 생각을 고수했던 것이다. 그의 표현을 빌리면 왕은 "머리가 어떻게 되 었고" 따라서 국가를 위해서는 무조건 그를 정신과 의사와 정 신 이상자 감호인에게 맡기고 정신이 멀쩡한 사람에게 통치권 을 이양할 수밖에 없었다는 것이다. 하지만 그는 내가 그렇게 심하게 반박할 거라고는 예상도 못했을 것이다. 그럴 때면, 즉 다른 사람이 자기와 상반되는 입장을 주장하면 그는 으레 버 릇대로 화가 나서 입술을 삐죽 내밀며 예의 그 파란 눈으로 상대방의 왼쪽과 오른쪽 눈을 번갈아 뚫어지게 쳐다보는 것이었다. 지금까지는 거의 주의를 끌지 않았던 그 문제의 인물 때문에 내가 강력한 반론을 제기했다는 사실을 언급해야겠다. 물론 그 때문에 나 자신도 다소 놀라긴 했지만, 어떻든 당시 나는 단호한 견해를 피력했다. 속물들은 광기라는 말을 미심쩍은 기준하에 제멋대로 재단해 버리지만, 사실 광기라는 것은 매우 유동적인 개념이라고 논박한 것이다. 애초에 그런 인간들은 순전히 자기 자신의 기준에 따라 이성적인 행위의 한계를 미리 정해 놓고 그 경계를 넘어서는 것을 멍청하다고 규정하지만, 충성스러운 신하들에게 둘러싸여 최고의 권한을 누리는 왕의 입장에서 보면 어떤 비판이나 책임도 면할 수 있는 위치에 있고, 아무리 부자라도 신분이 평범한 사람은 도저히 넘볼 수 없는 방식으로 정당하게 위엄을 과시할 수 있게 마련이며, 따라서 환상적인 취향이나 신경질적인 욕구와 혐오감, 그리고 색다른 정열과 욕망을 펼칠 수도 있는 것인데, 물론 지나치게 그러면 광기가 발동했다는 인상을 주는 것이 아니겠냐고 나는 말했다. 루트비히 왕이 그랬듯이, 그렇게 높은 지위에 있는 사람이라면 경치가 수려한 장소를 골라 황금 같은 고독을 즐긴다는 것이 어디 마음대로 되겠는가 말이다! 이 성들이 왕이 사람들을 기피했다는 것을 말해 주는 기념물들이라는 것은 물론 맞는 말이다. 보통 사람의 평균적인 품성밖에 갖지 않은 우리가 그런 대인 기피증을 무조건 정신 이상 증세라고 단정할 수 없다면, 왕의 생활에서 그런 대인 기피증이 드러났다고 해서 정신 이상자라고 단정할 근거가 어디에 있단 말인가?

그렇지만 여섯 명의 유능한 정신과 의사가 왕이 완전히 미쳤다는 진단을 내렸고, 격리가 불가피하다고 분명히 밝히지 않았습니까!*

잘 굽신거리는 의사들이니 그랬을지도 모르죠. 설령 그랬다 하더라도 누군가의 사주를 받았기 때문일 것이며, 루트비히 왕을 보지도 않고, 자기들 나름대로 '진찰'해 보지도 않고, 왕의 이야기는 한마디도 듣지 않고 그랬을 겁니다. 물론 음악과 문학에 관해 왕과 대화를 나누었더라면 이 속물들은 왕이 미쳤다고 확신했을지도 모릅니다. 보나마나 그들 자신의 판단과 기준으로는 정상은 아닌, 그렇다고 미쳤다고 할 수도 없는 왕에게서 통치권을 박탈하고 왕을 정신병자로 몰아붙여서, 격리 창살이 쳐진 창문과 고리가 없는 문이 달린, 호수 한가운데 있는 성에다 왕을 유폐했을 것입니다. 왕이 그런 상태를 참지 못하고 자유 아니면 죽음을 원하면서 자신과 함께 결국 형리 역할까지 겸한 의사의 목까지도 달아나게 했다면, 그것은 왕이 자신의 품위를 지키고자 한 탓이지 결코 미쳤기 때문은 아닐 겁니다. 또한 일전을 불사하고 왕을 옹위하려 했던 일부 신하들의 태도나 시골 농부들이 그들의 '왕'에 대해 품었던 열렬한 애정**도 왕이 미쳤다는 진단을 정당화할 유리한 증거는 될 수 없는 것이죠. 그리고 왕이 밤중에 혼자 털옷을 뒤집어쓰고 횃

---

* 슈베르트페거의 주장을 인용 부호 없이 직접 화법처럼 인용하고 있다. 그다음에 이어지는 부분도 같은 방식으로 서술되었다.

** 바이에른 내각에서 루트비히 왕이 정신 이상이라고 공식 성명을 발표한 며칠 후 내각에서 왕을 호송하기 위해 병력을 파견했는데, 이때 왕이 머물던 성 인근의 농부들이 무장하고 왕을 호위하겠다고 나섰으나, 왕 자신이 농부들의 호위를 사절하고 결국 유폐당하는 처지가 되었다.

불을 밝힌 채 여러 마리가 끄는 황금 썰매를 타고 자기가 다스리는 나라의 산을 가로질러 달리는 장면을 누군가 보았다 하더라도, 소박하고 낭만적인 정감을 지닌 농부들은 그런 왕을 결코 광인이 아니라 엄연히 왕으로 생각했을 것입니다. 만일 왕이 호수 건너편으로 헤엄쳐 가는 데 성공하기만 했더라면*(왕은 분명히 그럴 생각이었지만) 농부들은 쇠스랑과 도리깨라도 들고 나와서 호수 저편에 있는 의사와 정치가들에 대항해 왕을 지켰을 것입니다.

그렇지만 왕의 사치벽은 확실히 병적이었기 때문에 더 이상 그대로 두면 안 될 정도였고, 정치적인 무능력은 단지 정치를 하기 싫었기 때문인데 그래도 아직은 엄연히 자기가 왕이라는 환상은 갖고 있으면서도 합리적인 원칙에 따라 왕의 직위를 행사하기를 거부했으니, 그래서는 한 나라가 제대로 돌아갈 수 없었을 테죠.

에이, 전부 터무니없는 소리요, 루돌프. 현대의 연방 국가에서는 일반적인 자격을 갖춘 수상이면 정부를 끌어갈 수 있지 않소. 아무리 수상과 각료들의 얼굴조차 역겨워할 정도로 왕이 예민하더라도 말이오. 설령 루트비히 왕이 고독하게 유유자적하는 생활을 계속 즐기도록 내버려 두었더라도 바이에른이

---

* 유폐 상태에 처해 있던 루트비히 왕은 어느 날 밤 산책을 나갔다가 뮌헨 남쪽에 있는 슈타른베르크 호수에서 의문의 익사체로 발견되었는데, 시체가 발견된 곳의 수위가 아주 얕고 폐에 물이 차지 않은 점, 그리고 왕이 수영을 잘했으며 동행했던 측근 한 사람도 함께 익사체로 발견된 점 등을 들어 타살로 보는 견해도 있으나, 사망 원인은 끝까지 밝혀지지 않았다. 이 소설의 화자인 차이트블룸은 왕이 호수 건너편으로 탈출을 시도한 것으로 해석하고 있다.

그 때문에 망하지는 않았을 테고, 왕의 사치벽이라는 것도 대수로운 게 아니죠. 그런 비난은 허울 좋은 속임수요 핑계에 불과해요. 결국 돈은 나라 안에 있게 마련이고, 그림 같은 성을 지었다면 덕분에 그 나라의 석공이나 도금업자들이 살찔 것이 아니오. 그뿐 아니라 낭만적 호기심에 이끌려 전 세계에서 여행 온 사람들이 지출하는 여비만 해도 진작에 본전보다 몇 배는 들어왔을 겁니다. 우리만 해도 오늘 미친 짓을 좋은 사업으로 활용하는 데 기여하지 않았소……."

이어서 나는 큰 소리로 말했다.

"당신을 이해할 수 없어요, 루돌프. 당신은 내가 왕을 두둔하는 것이 의아해서 과장해서 말하고 있는데, 내 입장에서 보면 당신을 이해하기보다는 오히려 의아한 생각이 듭니다. 바로 당신이, 예술가인 당신이 어째서……."

나는 어째서 내가 그에게 의아한 생각이 드는지 그 이유를 대려고 했지만 딱히 적절한 말이 떠오르지 않았다. 내가 말을 머뭇거린 데는 다른 이유도 있었다. 줄곧 아드리안의 면전에서 이런 식으로 이야기를 끌어가는 것은 온당치 않다는 느낌이 들었던 것이다. 아드리안도 뭔가 할 말이 있었을 것이다. 그렇지만 내가 나서서 이야기하는 편이 차라리 나았다. 왜냐하면 아드리안이 어쩌면 슈베르트페거의 편을 들 수도 있겠다는 생각이 나를 괴롭혔기 때문이다. 나는 아드리안이 그렇게 말하기 전에 그를 대신해 말함으로써 그런 사태를 막지 않을 수 없었다. 마리 고도 역시 나의 등장을 그렇게 이해하고, 이날을 준비하기 위해 그녀에게 심부름을 갔던 나를 아드리안의 대변인 정도로 생각하는 것 같았다. 왜냐하면 그녀는 내가 조급해하는 동안, 마치 내 이야기를 듣는 것이 아니라 아드리안의 이야기를 듣기라도 하듯이 나보다는 오히려 그에게 더 많은 눈길을 주고 있었기 때문이다. 내가 열을 올리자 물론 아드리안의 표정은 조금씩 흥미를 띠기 시작했다. 그러나 그의 야릇한 미소는 나의 대변인 역할을 무조건 승인하는 것과는 거리가 멀었다.

"진실이란 무엇일까요."

마침내 아드리안이 입을 열었다. 그러자 뤼디거 쉴트크납이 잽싸게 그의 말을 받았다. 쉴트크납은 진실에는 다양한 측면이 있게 마련이고, 특히 이 경우에는 의학이나 자연 과학의 측면이 가장 중요하다고는 못 하더라도, 그렇다고 상관없다고 젖혀 놓을 수도 없을 거라고 말했다. 그는 덧붙이기를, 자연 과학의 관점에서 진실에 접근하면 기이하게도 무미건조한 것이 멜랑콜리와 뒤섞이게 되는데, 물론 이렇게 말한다고 해서 '우리의 루돌프'에 대한 비판의 발언은 아니라고 했다. 어떻든 루돌프가 감상주의자는 아니며, 평면적이고 무미건조한 것으로 쏠리는 경향이 19세기 전체의 특징이라 할 수 있을 거라고 했다. 그러자 아드리안이 갑자기 소리 내어 웃었다. 물론 뜻밖의 말이라고 생각했기 때문은 아니었다. 그가 있는 자리에서는 그를 중심으로 떠들어 대는 모든 생각과 관점들이 그의 내부에 이미 결집되고 있으며, 그는 비아냥거리듯이 이야기를 들으면서 다른 사람들의 생각과 입장 표명 또는 주장을 각자의 인간적인 견해에 내맡기고 있다는 느낌이 늘 들었다. '젊은' 20세기에는 좀 더 고양되고 밝은 생활 분위기가 조성되면 좋겠다는 희망이 누군가의 입에서 튀어나왔다. 과연 그럴 조짐이 보이느냐에 관한 지리멸렬한 토론 끝에 결국 대화는 흐지부지되었고 지루해졌다. 겨울의 산 공기 속에서 들뜬 몇 시간을 보냈으니 피로가 찾아온 것도 무리가 아니었다. 또한 여행 일정에 따라 출발할 시간이 되기도 했다. 우리는 썰매를 불렀다. 별이 총총한 하늘 아래 마차는 우리를 조그만 역으로 데려다 주었다. 우리는 역의 플랫폼에서 뮌헨 행 기차를 기다렸다.

돌아오는 동안에는 벌써 선잠이 든 아주머니를 생각해서 조용히 있었다. 쉴트크납은 이따금 마리와 나직하게 이야기를 주고받았다. 나는 슈베르트페거와 대화를 나누면서 그가 전혀 불쾌한 감정을 느끼고 있지 않다는 것을 확인했다. 그리고 아드리안은 헬레네에게 일상적인 것들을 물었다. 그는 발츠후트에서 내리지 않고 누가 뭐래도 우리의 손님인 파리의 여성들을 뮌헨까지 동행해 주겠다고 나섰다. 그건 정말 뜻밖이었고, 나는 내심 흐뭇한 감동을 느꼈다. 뮌헨 중앙 역에서 우리 모두는 아드리안이 동행하는 여성들과 작별하고 각자 갈 길을 갔다. 아드리안은 아주머니와 조카딸을 택시에 태워 숙소 앞까지 데려다 주었다. 그가 그래도 여정의 마지막 순간을 검은 눈의 그녀와 단둘이 보냈구나 하는 생각이 들게 한 신사적인 행동이었다.

아드리안은 11시 열차를 타고 다시 고독하고 외진 거처로 돌아갔다. 그는 벌써 멀리서부터 높은 음의 휘파람을 불어 야간 순찰을 도는 카슈펄 주조에게 자신의 도착을 알렸다.

41

이 이야기를 관심 있게 지켜보는 독자와 친구들을 위해 이 야기를 계속하겠다. 이제 독일은 완전히 초토화되었고, 도시의 쓰레기장에서는 시체를 뜯어 먹고 살찐 쥐들이 우글거리고 있 으며, 러시아군의 천둥 같은 포성은 베를린을 향해 진동했고, 영국군의 라인 강 도하 작전은 어린애 장난처럼 쉽게 성공했 다. 우리의 뜻이 적의 뜻과 맞아서 그런 결과를 자초한 것처럼 보인다. 종말이 다가오고 있다. 종말이 오고 있다. 종말은 이미 시작되어 이 땅에 사는 사람들에게 닥쳐오고 있다. 그렇지만 나는 이야기를 계속하겠다. 앞에서 이미 묘사한 바 있고 내게 의미심장했던 그 소풍을 다녀온 후 불과 이틀 만에 아드리안 과 루디 슈베르트페거 사이에 어떤 일이 벌어졌으며 어떻게 벌 어졌는지 나는 알고 있다. 내가 그 현장에도 없었는데 어떻게 아느냐고 누가 열 번 이의를 제기한다 할지라도, 나는 그 사건 의 내막을 안다. 물론 나는 현장에 있지 않았다. 그럼에도 오늘 나는 현장에 있었던 것이나 진배없다고 확신한다. 왜냐하면 나처럼 그런 일을 끔찍할 만큼 속속들이 겪어 본 인간이라면 사태의 숨겨진 국면까지도 직접 보고 들은 것처럼 생생하게 증언할 수 있기 때문이다.

아드리안은 헝가리로 여행할 때 동행했던 친구인 슈베르트페거에게 파이퍼링으로 와 달라는 전화를 했다. 가능한 한 빨리 와 주었으면 좋겠으며, 이야기할 용건이 절박하다고 했다. 슈베르트페거는 지체 없이 달려갔다. 아드리안이 전화를 건 것은 오전 10시였는데, 그가 작업 시간에 전화를 했다는 것만도 특이했다. 그 바이올리니스트는 오후 4시에 벌써 나타났다. 게다가 그는 같은 날 저녁 차펜스퇴서 교향악단의 정기 연주회에서 연주를 할 예정이었는데, 아드리안은 거기까지는 생각이 미치지 못했다.

"오라고 해서 왔네. 무슨 일인가?"

루돌프가 물었다.

"금방 말하지. 우선은 자네가 여기 있다는 사실 자체가 중요해. 자네를 보니 기쁘군. 게다가 이건 보통 만남이 아니거든. 명심하라고!"

아드리안이 대답했다.

"자네가 나한테 할 말이 있다고 할 때는 금송아지처럼 중요한 이유가 있겠지."

슈베르트페거는 제법 그럴싸하게 대꾸했다.

아드리안은 걸으면서 이야기하면 편하니까 산책을 하자고 했다. 슈베르트페거는 흡족한 표정으로 동의했는데, 다만 자기 일을 소홀히 하지 않기 위해서는 6시 열차를 탈 수 있게 다시 정거장에 가야 하니까, 서운하더라도 너무 많은 시간이 걸리지 않게 해 달라고 했다. 아드리안은 이마를 탁 치며 미처 그 생각을 못해서 미안하다고 했다. 그러고는 자기 이야기를 듣고 나면 아마 왜 그 생각도 못할 만큼 정신이 나갔는지 납득이 될 거라고 했다.

계절은 해빙기로 접어들었다. 길섶으로 밀쳐 놓았던 눈이 녹아 흘러내려 길이 진창으로 바뀌고 있었다. 두 친구는 장화를 신고 있었다. 슈베르트페거는 짤록한 가죽 점퍼를 아직 벗지 않았고, 아드리안은 혁대가 달린 낙타털 외투를 걸치고 있었다. 그들은 연못 쪽으로 발길을 돌려 그 주변을 거닐었다. 아드리안은 오늘 저녁의 연주회 프로그램에 관해 물었다.

"이번에도 브람스의 「1번 교향곡」 하이라이트인가? 또 「10번 교향곡」이야? 아다지오에서 멋진 솜씨를 발휘할 수 있을 테니 좋겠어."

그러고서 그는 어린 시절 브람스를 알기 훨씬 이전에, 이 작품 마지막 악장에 나오는 매우 낭만적인 호른 주제곡과 거의 같은 주제를 피아노곡으로 생각해 냈는데, 십육분음표 다음의 팔분음표에 점을 찍는 것 같은 리듬의 기교는 없지만 완전히 동일한 정신을 구현한 선율을 착상했다고 설명했다.

"재미있군."

슈베르트페거가 말했다.

"그건 그렇고, 지난 토요일 소풍은 어땠나? 재미있었나? 다른 사람들도 재미있었을까?"

"그 이상 멋질 수 없는 하루였지."

슈베르트페거가 자신 있게 말했다. 모두 그날을 흐뭇한 기억으로 간직하리라고 확신하지만, 아마 쉴트크납은 예외일 거라고 말했다. 그 친구는 무리를 했는지 앓아 누웠다는 것이었다.

"그 친구는 여자와 함께 있을 때면 늘상 너무 명예욕을 부린다니까."

좌우간 뤼디거가 자기에게 어지간히 낯 두껍게 굴었으니 동정할 생각은 없다고 슈베르트페거는 말했다.

"그 친구는 자네가 농담을 받아 줄 거라고 생각했겠지."

"그건 나도 마찬가지야. 하지만 제레누스가 왕의 편을 들어서 벌써 나를 납작하게 만들어 놓은 마당에 그렇게 놀려 댈 것까지는 없었지."

"선생이란 그런 거지. 가르치려 들고, 교정하려 드니까."

"그렇지, 빨간 펜으로 말이야. 좌우간 지금 그 두 사람한테는 아무런 관심도 없어. 내가 여기에 있고, 자네가 나한테 할 얘기가 있는 지금 이 순간에는 말이야."

"정말 맞는 말이야. 좌우간 소풍 이야기를 하고 있는 이상 이미 본론에 가까이 접근한 셈일세. 자네한테 톡톡히 신세를 져야 할 일이 생겼어."

"신세를 지다니? 좋아, 말해 봐."

"어디 말해 보게. 자네는 마리 고도를 어떻게 생각하나?"

"고도 양 말인가? 당연히 누구라도 마음에 들어 할 여성이지! 분명히 자네도 마음에 들었겠지?"

"마음에 든다는 말은 꼭 맞는 표현이라고 할 수 없지. 자네한테 고백하면, 그녀는 취리히에서부터 이미 내 마음을 사로잡았다네. 이건 진지한 얘기야. 그녀와의 만남을 단지 스쳐 가는 일화 정도로 생각하기 힘들게 되었다네. 이번에 그녀를 떠나 보내면 어쩌면 다시는 영영 못 볼지도 모른다고 생각하면 정말 견딜 수 없어. 그녀를 늘 볼 수 있고 내 가까이에 있게 하고 싶고, 그래야만 할 것 같은 느낌이 드네."

슈베르트페거는 가만히 서서 그렇게 말하는 상대방의 한쪽 눈을, 그리고 다른 쪽 눈을 번갈아 바라보았다.

"정말인가?"

이렇게 묻고 그는 다시 발걸음을 옮겼다. 그러고는 고개를 떨구었다.

"그렇다네. 내가 자네를 믿고 이런 이야기를 한다고 언짢아하지는 않을 거라고 확신하네. 그래서 자네를 믿고 이렇게 말하는 걸세."

아드리안이 확인하듯이 말했다.

"안심하라고!"

슈베르트페거가 중얼거리듯 말했다.

다시 아드리안이 이렇게 말했다.

"이 모든 것을 인간적인 관점에서 봐 주게! 어쩌다 보니 결국 내 나이도 마흔이 되었어. 자네는 친구로서 내가 여생을 이 수도원 같은 데서 보내기를 바라지는 않을 테지? 거듭 말하지만 나를 한 사람의 인간으로 보라고. 때를 놓쳤거나 너무 늦었다는 일종의 불안감이 싹트면서, 따뜻한 보금자리를, 가장 온전한 의미에서의 반려자를, 요컨대 보다 부드럽고 보다 인간적인 생활 분위기를 갈망하는 마음이 충분히 생길 수 있다는 말일세. 단지 편안해지고 좀 더 포근한 잠자리를 갖기 위해서만이 아니라, 무엇보다 중요한 것은 미래의 작품을 위한 창작의 의욕과 에너지, 그리고 인간적인 내용을 그런 생활에서 확보하고 싶다네."

슈베르트페거는 몇 발자국 더 걸을 때까지 말이 없었다. 그러고는 무겁게 입을 열었다.

"지금 자네는 네 번이나 '인간'이니 '인간적'이니 하는 말을 했네. 그 말이 나올 때마다 세어 봤지. 피차 터놓고 얘기하자고. 자네가 그런 말을 하고, 게다가 자네 자신의 삶을 두고 그런 말을 하니까 어쩐지 꺼림칙해. 자네 입에서 그런 말이 나온다는 게 믿어지지 않고, 너무 어울리지 않아. 그래, 치욕스러워 보여. 이런 말을 해서 미안하네. 지금까지 자네의 음악은 비인간적이었지? 그렇다면 결국 자네 음악의 위대성은 그 비인간성 덕분이 아닌가. 단도직입적인 표현을 용서하게! 자네한테서 인간미가 넘치는 음악을 듣고 싶지는 않아."

"듣고 싶지 않다고? 전혀? 그러고도 벌써 세 번씩이나 내 곡을 가지고 사람들 앞에서 연주를 했단 말인가? 자네가 나한테 짐짓 겁을 주려고 일부러 그런 식으로 말하지 않았다는 것은 알아. 하지만 지금의 나는 오직 비인간적인 것만으로 뭉쳐져 있고 인간적인 것은 나한테 어울리지 않는다는 사실을 나 자신에게 깨우치려 드는 것이 잔인하다고 생각되지는 않나? 잔인하고 지각 없는 말일세. 그렇지, 잔인함은 언제나 몰지각 때문에 생기지 않나? 놀라운 인내심을 발휘해서 나에게 인간적인 것을 알게 했고, 나와 말을 놓고 지내는 사이가 되었으며, 내 생애 처음으로 인간적인 따스함을 느끼게 한 바로 자네가, 내가 인간미와는 아무 상관이 없고 인간미를 가져서는 안 된다고 말하다니!"

"우리가 그렇게 인간적으로 친해진 것은 미봉책이었던 것 같네."

"설령 그랬던들 어떻단 말인가? 인간적인 것의 훈련이었든, 인간적인 것으로 나아가기 위한 예비 단계였든, 그게 미봉책이었다고 해서 그 나름의 가치도 없단 말인가? 자네는 내 인생에서 둘도 없는 존재야. 자네가 끈질긴 인내심으로 나를 대한 태도는 이를테면 죽음조차도 이겨 낼 수 있는 것이라 할 수 있어. 바로 자네가 나의 내면에 억눌려 있던 인간적인 것을 해방하여 주었고, 행복이 무엇인지 가르쳐 주었네. 사람들은 아마 이 점에 대해서는 전혀 아무것도 모를 걸세. 어떤 전기에서도 이런 얘기는 쓰지 않을 걸세. 하지만 그렇다고 해서 자네의 공적이 무너질까? 다른 사람 모르게 자네한테 돌아갈 명예가 줄어들까?"

"나한테 듣기 좋은 말로 핵심을 피해가는군."

"피하는 게 아냐. 있는 그대로 얘기할 뿐이야!"

"물론 정작 자네가 관심을 쏟는 건 내가 아니라 마리 고도지. 자네 말대로 늘 그녀를 보고 언제나 가까이 두기 위해서는 아내로 맞이해야겠지."

"그게 나의 간절한 소망일세."

"오, 그래! 그런데 그녀가 자네의 뜻을 알아차리고나 있나?"

"그게 걱정일세. 그녀는 몰라. 나는 그녀한테 나의 감정과 소망을 근사하게 전달할 만큼 말주변이 없어서 걱정일세. 특히 다른 사람들과 함께 있을 때는, 다른 사람들 앞에서 여자 때문에 고민하고 여자의 비위를 맞춘다는 것이 힘들어."

"어째서 그녀를 찾아가지 않는 건가?"

"다짜고짜 사랑을 고백하고 청혼을 하고 싶지는 않아. 워낙 내가 투미한 사람이니까, 그녀는 아마 그러리라고는 상상도 못할 거야. 그녀가 보기에 아직 나라는 인간은 그저 호기심을 끄는 외톨이일 뿐이야. 나는 그녀가 너무 당황해서 내 청혼을 거절할까 봐 겁이 나."

"편지를 쓰면 안 되나?"

"추측컨대 그러면 그녀는 더 당황할 거야. 그녀 입장에서는 답장을 하긴 해야 할 텐데, 나는 그녀가 이런 편지를 곧잘 쓸지 알 수 없거든. 만약 거절해야 할 입장이라면 나한테 상처를 주지 않으려고 얼마나 애를 쓰겠나! 그렇게 추상적으로 편지를 주고받는 것도 내키지 않아. 그런 방식은 나의 행복을 위태롭게 할 것 같아. 마리가 인간적인 접촉도, 인간적인 압력이라고 해도 무방하겠지만, 아무것도 하지 않고 내가 보낸 편지에 다시 편지로 답하는 건 원치 않아. 그런데 자네도 알다시피 나는 내가 누구를 갑자기 찾아가거나 편지를 보내는 것도 싫어하잖아."

"그러면 어떤 경로를 택하겠다는 건가?"

"이미 말했다시피 이 곤란한 상황에서 자네가 나를 도와줄 거라 믿네. 자네가 그녀를 한번 찾아가 주었으면 해."

"내가?"

"그래, 자네가, 루디. 나를 위해, 내 영혼의 치유를 위해서라고 말하고 싶네만, 나를 위해 수고하는 게 자네는 그렇게 황당하다고 생각되나? 아마 후세 사람들이 자네의 공적을 알아주지는 않겠지. 아니, 어쩌면 알아줄지도 몰라. 만일 자네가 나와 삶을 이어 주는 중개자의 역할을 완벽하게 해내고 내 행복의 대변인이 될 수 있다면 말일세. 그게 내 생각이야. 작곡 중에 떠오른 생각이지. 이런 생각이 전혀 새롭지는 않다는 것을 미리 염두에 두게. 궁지에 몰린 사람한테 새로운 게 어디 있겠나! 하지만 바로 지금 여기서 일어나고 있는 일과 마찬가지로, 과거에 늘 있어 온 일도 이런 상황에서 다르게 보면 새로운 것이기도 하지. 말하자면 일생에 단 한 번뿐인 새롭고 독창적인 것이야."

"새롭든 말든 내가 상관할 바 아니지. 그렇지만 자네가 하는 말이 나를 어리둥절하게 할 정도로 새로운 것은 사실이야. 내가 자네를 위해 중매인이 되어 마리에게 청혼을 해 달라는 말이지? 내 말이 맞나?"

"내 말뜻을 제대로 알아들었군. 자네가 내 말을 잘못 알아들을 리 없지. 그렇게 쉽게 이해해 주는 걸 보니 일이 순조롭게 풀릴 것 같군."

"그럴까? 왜 자네 친구 제레누스를 보내지 않지?"

"자네는 제레누스를 웃음거리로 만들려 하는군. 제레누스를 사랑의 전령으로 보낸다고 상상하는 것은 물론 자네한테는 재미있겠지. 우리는 방금 그 아가씨가 결단을 내릴 때 반드시 특별한 개인적 인상을 받아야 한다는 이야기를 했었네. 그녀가 그렇게 표정이 딱딱한 중매인보다는 자네의 말에 더 솔깃할 거라는 것은 당연하잖아."

"아드리안, 농담하고 싶은 생각은 전혀 없어. 자네가 자네 인생에서 내게 부여한 역할을 생각하면 물론 가슴이 짜릿하고 왠지 황홀해지는 기분일세. 그것도 후세 사람들 앞에서 말이야. 내가 차이트블롬에 대해 물었던 것은 그가 훨씬 오래전부터 자네의 친구였기 때문이야."

"물론, 오랜 친구지."

"좋아, 그저 오랜 친구일 뿐이란 말이지. 하지만 그러니까 오히려 그 친구가 자기가 맡은 일에 부담을 덜 수 있다고 생각하진 않나? 이 일에 더 쓸모가 있다고 생각되지 않아?"

"이보게, 이제 그 친구 얘기는 그만하면 어떨까? 일단 내가 보기에는 그 친구는 사랑의 문제와는 무관한 사람이야. 내가 속을 털어놓고 신임하는 사람은 그 친구가 아니라 자네란 말일세. 자네는 일찍이 누군가 말했듯이 내 마음의 가장 은밀한 곳까지 들춰낸 사람이야. 이제 그녀에게 가거든 그녀한테도 같은 역할을 해 달란 말일세. 나에 대해 얘기를 해 줘. 잘 이야기하게. 내가 그녀에게 품고 있는 감정을 조심스럽게 드러내란 말일세. 삶에 대한 소망을, 나의 감정과 하나인 그 소망을! 자네의 싹싹한 태도로, 부드럽고 밝은 어조로 과연 그녀가 나를 사랑할 수 있을지 타진해 보게! 해 볼 텐가? 물론 그녀가 전적으로 '수락'했다는 소식을 가져올 수야 없겠지. 안심하게. 약간의 희망만 얻어 오면 자네의 임무는 다한 셈이야. 내 인생의 동반자가 되자는 생각이 그녀에게 아주 싫거나 끔찍하지는 않다는 정도의 성과만 갖고 오면 돼. 그다음엔 내가 나서겠네. 나 자신이 직접 그녀와, 또 그녀의 아주머니와 담판을 짓겠네."

두 사람은 롬 언덕의 오른쪽으로 돌아서 그 뒤에 있는 작은 전나무 숲을 가로질러 갔다. 나뭇가지에서 물방울이 떨어졌다. 그들은 마을 어귀의 길목으로 접어들었다. 그들이 마주친 두어 명의 품팔이 일꾼과 농부들이 여러 해 동안 슈바이게슈틸 부인 댁에 기거해 온 손님에게 인사를 했다. 잠시 침묵이 흐른 뒤 슈베르트페거가 다시 말문을 열었다.

"내가 찾아가서 자네에 대해 좋게 말하는 것쯤이야 힘들지 않을 거라고 믿어도 좋네. 자네가 그녀 앞에서 나에 대해 좋게 말한 적이 있으니 그만큼 더 쉬울 거야. 그런데 자네한테 아주 솔직하게 털어놓고 싶어. 자네가 나한테 그랬듯이 말이야. 자네가 마리를 어떻게 생각하느냐고 나에게 물었을 때, 나는 기다리고 있었다는 듯이 대뜸 그녀는 누구라도 마음에 들어 할 여성이라고 대답했지. 솔직히 고백하자면, 그 대답에는 일반적인 견해 이상의 어떤 뜻이 담겨 있어. 만일 자네가 그야말로 옛날 책에 나오는 표현대로 나한테 가슴을 열어 보이지 않았던들 결코 이런 얘기를 털어놓지는 않았을 거야."

"보다시피 나는 자네의 고백을 경청하고 있네."

"사실은 자네는 벌써 이 얘기를 들었을지도 몰라. 그 여인네는, 자네는 이런 표현이 마음에 들지 않겠지. 좋아, 그녀는, 다시 말해 마리는 나한테도 무관하지 않은 존재야. 무관하지 않다는 말이 딱 들어맞는 표현이라고 볼 수는 없지. 일찍이 내가 만난 여자 중에 그녀야말로 가장 다정하고 사랑스러운 여자인 것 같거든. 벌써 취리히에서부터 그랬어. 나는 연주회를 가졌지. 자네의 작품을 연주했고 따뜻한 환대를 받았지. 그때부터 이미 그녀는 내 마음에 들었어. 그리고 여기에 와서도. 알다시피 나는 소풍을 제의했네. 자네는 모를 테지만 그 사이에도 난 그녀를 만났어. 그녀와 이자보 아주머니와 더불어 기젤라 호텔에서 함께 차를 마셨지. 우린 정말 멋진 대화를 나누었어…… 거듭 말하지만, 아드리, 오로지 오늘의 대화를 통해서야, 서로 솔직해지다 보니 이야기가 여기에까지 이르렀네."

한동안 레버퀸은 말이 없었다. 그러고는 아주 특이하게 애매하고 불안한 어조로 말했다.

"아니야. 난 그런 줄은 몰랐어. 자네의 감정이 그렇다는 것도, 함께 차를 마셨다는 것도. 자네도 피와 살로 만들어진 인간이고, 아름답고 사랑스러운 존재의 자극도 느끼지 못하는 목석 같은 인간이 아니라는 사실을 잊어버릴 뻔하다니, 어처구니가 없군. 말하자면 자네도 그녀를 사랑한다는 거로군. 아니, 사랑에 빠졌다고 해야겠는데. 그렇다면 한 가지 물어보겠네. 우리의 생각은 결국 같은 건가? 자네도 청혼을 하고 싶은 심정이란 말인가?"

"아니야, 아직 그런 생각까지는 하지 않았어."

"아니라고? 그러면 그녀를 단지 유혹하겠다는 말인가?"

"무슨 말이 그런가, 아드리안! 그런 식으로 말하지 말게! 그래, 그런 생각도 해 보지 않았어."

"어디, 그러면 말해 보게. 자네의 솔직한 고백이 나를 단념하게 만들기보다는 오히려 나의 소망을 더 확고하게 할 수도 있다고 말이야."

"무슨 뜻이지?"

"여러 가지 의미로 말했네. 내가 자네를 이 문제에 끌어들인 것은 제레누스 차이트블롬보다는 자네가 연애 문제에 훨씬 밝기 때문이야. 말하자면 자네한테는 그 친구에게서 찾아볼 수 없는 그 무엇이 있어. 그리고 나는 그런 요소가 내 소망을 이루기 위해서는 유리하다고 생각했지. 그것뿐만이 아냐. 자네는 어느 정도 나와 같은 감정을 공유하고 있으면서도 자네 말대로 나의 생각까지 공유하고 있지는 않거든. 자네 자신이 갖고 있는 감정이야말로 내 뜻을 실현하는 데 유리하단 말일세. 더 이상 적절한 조건을 갖춘 중매인을 상상할 수 있을까?"

"굳이 그런 관점에서만 생각한다면……."

"내 입장에서만 말한다고 생각하진 말게. 나는 희생자의 입장도 생각하고 있어. 물론 자네는 나에게 자네 생각도 해 달라고 요구할 수 있겠지. 요구하게! 아무리 요구해도 괜찮아! 말하자면 자네는 기꺼이 희생자로 인정을 받고자 하니까. 나에게 인간성을 회복시켜 준 대가로 얻은 공적을 완수한다는 정신으로, 내 인생에서 어떤 역할을 한다는 정신으로 희생자가 되는 거야. 아마 세상은 자네의 공적을 모르겠지. 어쩌면 그렇지 않을 수도 있지만. 약속하는 거지?"

슈베르트페거가 대답했다.

"좋아. 가겠네. 그리고 힘닿는 대로 자네의 일을 성사해 보겠네."

"그런 뜻에서 떠날 때는 내가 자네한테 악수를 해 주겠네." 아드리안이 말했다.

두 사람은 다시 집으로 돌아왔다. 아직 슈바이게슈틸 부인의 집에서는 나이키 여신상이 있는 홀에서 친구와 함께 간단한 식사를 할 정도의 시간은 있었다. 게레온 슈바이게슈틸이 슈베르트페거를 위해 마차를 준비했다. 슈베르트페거는 그렇게 수고할 것까지는 없다고 했지만, 아드리안은 그를 정거장까지 데려다 주기 위해 쿠션이 딱딱한 작은 마차에 함께 자리를 잡았다.

"아냐, 당연한 일이야. 특히 이번만큼은 그래야지."

아드리안이 말했다.

열차는 아주 느린 속도로 다가와서 파이퍼링에 정차했다.

그리고 열린 차창을 통해 두 사람은 악수를 나누었다.

"더 이상 아무 말도 말게. 잘 해 보게. 멋지게!"

아드리안이 말했다.

그는 팔을 흔들고 나서 발길을 돌렸다. 그렇게 떠난 친구를 그는 다시는 보지 못했다. 다만 그에게서 편지 한 통을 받았을 뿐이고, 아드리안은 그 편지에 어떤 답장도 하지 않았다.

42

그로부터 열흘쯤 지난 뒤에 내가 아드리안의 거처로 찾아갔을 때는 그가 이미 편지를 받고 난 다음이었다. 그는 단호하게 결심한 듯 편지에 대해서는 굳게 침묵을 지켰다. 그는 심한 충격을 받은 사람처럼 안색이 창백해 보였다. 벌써 몇 시간째 눈여겨보았는데, 걸을 때 걸핏하면 상체와 머리를 다소 옆으로 기울이는 것으로 보아 큰 충격을 받은 게 분명했다. 그러면서도 너무나 침착했다. 아니, 어쩌면 침착한 척하는지도 모를 일이었다. 그리고 자신이 당한 배신에도 초연한 듯 태연하게 어깨를 으쓱해 보이기까지 하면서 뭐라고 자기 입장을 변명하고 싶어 하는 것 같았다.

그가 말했다.

"자네는 내가 윤리적인 문제로 화가 나서 분통을 터뜨리는 것을 여지껏 본 적이 없겠지. 한 친구가 신의를 저버렸을 뿐이야. 그 이상 무슨 말이 필요하겠나? 나는 세상일 때문에 화를 내지는 않아. 물론 씁쓸하긴 해. 내 오른팔 같은 친구한테 뒤통수를 맞았다면 세상에 믿을 사람이 있을까 하는 생각도 드네. 자네 생각은 어떤가? 요즘은 친구 사이라는 것도 이 모양이야. 나한테 남은 것은 모욕감 뿐이야. 따지고 보면 내가 맞을 짓을 한 셈이지."

나는 그가 무엇 때문에 모욕감을 느끼는지 물었다.

그가 대답했다.

"새 둥지를 발견하고 너무 기뻐서 친구한테 보여 주었다가 결국 몰래 도둑맞고 말았다는 어느 꼬마의 이야기가 생각나네. 나 자신의 어리석은 행동이 수치스러울 뿐일세."

나는 이렇게 말할 도리밖에 없었다.

"친구를 믿은 것이 잘못이거나 부끄러운 일은 아니야. 정작 잘못을 느끼고 부끄러워해야 할 사람은 도둑질을 한 쪽이지."

그가 자신을 책망하는 태도에 대해 내가 좀 더 자신 있게 응대했더라면 좋았을 텐데! 사실 나는 그가 자책감에 빠져 있다는 것을 생생히 느낄 수 있었다. 그가 하필이면 슈베르트페거를 중매인으로 택한 처사는 내가 보아도 어쩐지 가식적이고 옳지 않은 일이었다. 그의 처신이 도저히 납득되지 않을 정도로 터무니없었다는 것은, 내 경우에 비추어 보아도 분명했다. 내가 헬레네에게 청혼하던 당시를 생각해 보면, 내가 직접 말을 꺼내기가 뭣하다고 해서 매력적인 친구를 대신 보내 내 속마음을 털어놓도록 했을 리는 만무한 것이다. 그런데 아드리안의 말과 표정에서 드러나는 것이 후회의 감정이라면, 그는 무엇 때문에 후회했던 것일까? 만일 그가 너무나 경솔하게 혹은 자기도 모르게 뭔가 착각해서 잘못을 범했다고 내 쪽에서 확신할 수만 있었다면, 그가 자신의 실수로 친구와 연인을 동시에 잃었기 때문에 후회한다고 생각했을 것이다. 그런데 그가 이런 결과를 어느 정도 예상하고 있었으며, 게다가 일부러 일이 이렇게 되도록 꾸몄을 거라는 생각을 떨칠 수 없었다. 그렇지 않아도 골치가 아픈데 그런 생각마저 드니 울화가 치밀었다. 슈베르트페거가 풍기는 그 무엇을, 누구도 부인할 수 없는 에로틱한 매력을 자기 자신을 위해 쓰이도록 하겠다는 아드리안의 생각이 도대체 진심이었을까? 그가 슈베르트페거를 신뢰했다는 말을 믿어도 될까? 상대방이 희생자가 되어 주기를 바라는 척하면서 오히려 자기 자신을 최대의 희생자로 만들고, 그리하여 자신의 감정을 억누르고 다시 고독한 상태로 돌아가기 위해, 똑같이 사랑스러운 두 사람을 의도적으로 결합하려 했을지도 모른다는 생각이 자꾸만 들었다. 하지만 이런 추측도 사태를 내 입장에서 보기 때문인지도 몰랐다. 그가 짐짓 어리석은 척하고 꾸민 실수의 밑바탕에 그토록 괴롭지만 호의를 베풀려는 순수한 동기가 깔려 있었다면 그를 향한 나의 숭배에 더없이 좋은 일이 되었을 텐데! 어쩌면 사건의 전말이 밝혀지고 진실이 명확히 드러난다면 나의 호의적 해석으로는 감당하기 힘들 만큼 소름 끼치는 냉혹하고 잔인한 동기가 드러날지도 몰랐다! 아직 입증되지 않는 채 침묵으로 가려진 진실, 무언의 시선으로 실체를 드러낼 진실을 아직은 침묵 속에 묻어 둘 수밖에 없다. 나는 그 진실을 발설할 당사자가 아니기 때문이다.

슈베르트페거가 최선의 성실한 생각을 갖고 마리 고도를 찾아갔다는 것을 나는 확신한다. 그러나 똑같이 확실한 사실은 이런 생각이 애초부터 확고하지 못했고, 속으로 느슨해지고 해체되어서 변질될 위험 또한 다분했다는 것이다. 아드리안이 자신의 인간다운 삶을 위해 그가 해 줄 역할이 중요하다고 강조함으로써 듣기 좋은 소리에 고무되었을 것이며, 그런 의미에서 자기가 더 우월한 위치에 있다고 우쭐했을 것이다. 그러나 한때 자기에게 마음을 열어 준 친구가 생각을 바꾸어 자신을 단지 수단과 도구로만 이용하는 것에 대해 질투심과 모욕감을 느끼면서 애초의 생각이 흔들렸을 것이다. 나는 그러면서 슈베르트페거가 내심 홀가분해졌을 거라고 짐작한다. 다시 말해 친구의 고약한 배신에 대해 굳이 신의로써 응답할 필요가 없어진 것이다. 내가 보기에는 그랬을 가능성이 매우 높다. 또한 다른 사람을 위해 사랑의 심부름을 하는 경우 도중에 마음을 바꾸고 싶은 유혹이 따른다는 것도 분명하다. 더구나 애정 행각에 이골이 난 사람이라면 애정 문제와 관계되는 일을 맡았다는 생각만 해도 윤리 의식이 해이해지게 마련이다.

나는 슈베르트페거와 마리 고도 사이에 벌어진 일을 파이퍼링에서 아드리안과 슈베르트페거가 나누었던 대화처럼 문자 그대로 생생하게 옮길 수 있다. 이 경우에도 내가 '현장에' 있었던 것과 진배없다는 걸 의심할 사람이 있을까? 그렇지 않을 것이다. 그렇지만 나는 또한 사건의 경위를 소상히 전해 달라고 요구할 사람도 없으리라고 생각한다. 내가 아니라 다른 사람들이 보기에 애초부터 흥미로웠던 이 일이 초래한 심각한 결과는 단지 담판이 단번에 제대로 성사되었을까 하는 우려의 수준을 훨씬 넘어서는 것이었고, 독자들 역시 이런 추측에 동의할 것이다. 두 번째 담판이 필요했는데, 특히 첫 번째 면담을 끝내고 헤어질 때 마리가 보여 준 태도 때문에 슈베르트페거는 다시 그녀를 찾아갈 결심을 했다. 그는 호텔 방의 작은 거실을 들어서면서 이자보 아주머니와 마주쳤다. 그는 조카딸이 있는지 물었고, 자기가 아닌 제3자의 문제로 조카딸과 단둘이 할 이야기가 있으니 만나게 해 달라고 했다. 노부인은 제3자운운하는 말에 미심쩍다는 듯이 얄궂은 미소를 띠면서 마리가 작업실로 쓰는 방으로 그를 안내했다. 그가 마리의 방에 들어서자 그녀는 놀라면서도 한편으로는 친절하게 인사했고, 아주머니가 함께 동석했으면 하는 표정을 지었지만 그는 그럴 필요까지는 없다고 잘라 말했다. 그래서 그녀는 더 놀랐지만 어쨌든 기뻐하는 기색도 없지 않았다. 그가 아주머니는 자기가 여기 있는 것을 알고 있으며, 매우 중요하고 엄숙하고 근사한 문제로 그녀와 이야기를 하고 난 다음에나 이 방에 들어오게 될 것이라고 했다. 그녀가 뭐라고 대꾸했을까? 틀림없이 대수롭지 않다는 듯이 농담조로 대꾸했을 것이다. "그렇다면 정말 궁금해지는군요."라거나 그 비슷한 말이었을 것이다. 그녀는 편안히 앉아서 이야기하라고 했다.

그는 그녀 곁으로 다가가 제도판 옆에 놓인 안락의자에 앉았다. 사실 그가 약속을 어겼다고 할 수는 없다. 그는 약속을 지켰으며, 곧이곧대로 완수했다. 그는 아드리안에 대해서, 청중이 그 진가를 깨닫기에는 좀 시간이 걸릴 그의 중요성과 위대함에 대해서, 이 비상한 사내에 대한 그 자신의 감탄과 존경에 대해 말했던 것이다. 그는 취리히에서의 연주에 대해, 슐라긴하우펜 씨 댁에서의 만남에 대해, 산으로 소풍 갔던 일에 대해 말했다. 그는 자기 친구가 그녀를 사랑하노라고 털어놓았다. 사람들이 그런 말을 할 땐 어떤 태도를 취할까? 어떤 여자에게 자기가 아닌 다른 남자의 사랑을 어떻게 고백할까? 여자한테 몸을 숙여 정중한 뜻을 표시할까? 여자의 눈을 들여다볼까? 마땅히 제3자의 손으로 잡아야겠지만 하면서 여자의 손을 잡고 애원할까? 어떻게 하는지 나로서는 알 수 없다. 나는 그저 소풍에 초대한다는 말만 전해 주었을 뿐이지 청혼을 대신하지는 않았다. 내가 아는 것은 그녀가 상대방의 손에서 자신의 손을 빼냈거나, 혹은 자기 손이 잡히는 것을 피하기 위해 무릎에서 손을 떼면서, 동시에 남부 여인의 창백한 뺨에 일순간 홍조가 스치고 검은 눈에서 웃음기가 사라졌을 거라는 정도이다. 그녀는 무슨 영문인지 의아해했다. 얼른 납득이 되지 않았던 것이다. 그녀는 자기가 제대로 이해한 거라면, 루돌프 씨는 레버퀸 씨를 대신해 자기 집에 온 것이냐고 물었다. 그렇다, 우정에서 우러나오는 의무감으로 찾아온 것이라고 루돌프가 대답했다. 그는 아드리안이 자기를 신뢰한 나머지 이런 부탁을 했으며, 자기로서도 싫다고 거절해서는 안 된다고 믿는다고 말했다. 매우 훌륭한 일을 하시는군요, 하고 그녀가 노골적인 냉소로 대꾸하자 그는 무척 당혹스러웠다. 그제야 비로소 그는 자신의 처지와 역할이 꼴사납다는 생각이 들었고, 혹시 그녀의 기분을 상하게 하지 않았을까 하는 의구심이 그런 생각과 뒤섞였다. 그처럼 너무나 쌀쌀맞은 그녀의 태도에 한편 깜짝 놀랐지만, 다른 한편 은근히 반가운 생각이 들었다. 하지만 그는 여전히 더듬거리는 말투로 잠시 몇 마디 더 했다. 그는 아드리안 같은 친구의 부탁을 거절한다는 것이 얼마나 어려운지 그녀는 모를 거라고 말했다. 그렇지만 아드리안이 지금의 감정 때문에 인생의 전환점을 맞이한 데는 어느 정도 자신의 책임도 있는데, 스위스로 함께 가자고 설득해서 결과적으로 마리와 만나게 한 사람이 바로 자신이기 때문이라는 것이었다. 그 바이올린 협주곡은 자신에게 헌증된 것인데, 결국은 작곡가와 그녀를 만나게 한 계기가 되었으니 정말 기이한 사연이라고도 했다. 그런 책임감 때문에라도 아드리안의 소원을 들어줄 수밖에 없는 자신의 입장을 이해해 달라고 그녀에게 간청했다.

이 대목에서 그녀는 다시 손을 약간 움츠렸다. 그가 간청하면서 손을 잡으려 했던 것이다. 그녀는 그에게 더 이상 애쓰지 말라고 하면서, 지금 그가 맡고 있는 역할을 이해하는 것은 어렵지 않다고 했다. 유감스럽게도 그의 우정 어린 소망을 없던 일로 여기겠는데, 그렇다고 이 일을 부탁한 친구분의 인격에 감명을 받지 않은 것은 아니며, 자기가 친구분에게 바치는 존경심은 이처럼 달변으로 제안한 청혼의 동기가 되는 감정과는 전혀 무관하다고 했다. 레버퀸 선생님을 알게 되어 영광스럽고 기쁘지만, 유감스럽게도 지금 자기가 말하는 답변 때문에 앞으로 그분을 만나면 서로 마음만 아플 거라고 했다. 그리고 일이 이렇게 되어 이룰 수 없는 소망을 전달하고 변호해야 하는 루돌프 씨도 상심이 클 것 같아 정말 미안하다고 했다. 사정이 이러하니 이제 다시는 서로 만나지 않는 것이 좋겠다고도 했다. 그녀는 이것으로 우정의 작별을 고한다면서, "안녕히 가세요."라고 프랑스어로 작별 인사를 했다.

그래도 슈베르트페거는 다시 "마리!" 하고 매달렸다. 하지만 그녀는 그가 그렇게 자신의 이름을 부른 데에만 놀라움을 표시하고, 나도 익히 들어서 아는 어조로 "안녕히 가세요."라고 작별 인사만 했을 뿐이다.

슈베르트페거는 그녀의 숙소를 나왔다. 외관상으로는 찬물을 뒤집어쓴 삽살개 꼴이었지만, 속으로는 행복에 겨운 만족을 느끼면서. 결국 아드리안의 결혼 의사는 터무니없다는 것이 밝혀졌고, 그런 의사를 이런 식으로 은근슬쩍 들이미는 방식에 그녀는 몹시 불쾌해했다. 그녀가 이처럼 예민하게 반감을 보이자 슈베르트페거는 날아갈 듯이 기뻤다. 그는 아드리안에게 방문의 결과를 서둘러 알리려고 하지 않았다. 자기도 그녀의 매력에 무관심하지는 않다고 떳떳하게 털어놓은 덕분에 일단 욕먹을 염려는 사라졌으니 얼마나 기뻤겠는가! 그는 책상에 앉아 고도에게 보낼 편지를 썼다. 편지에서 그는 그녀의 작별 인사를 듣고 죽고 싶을 만큼 난처했으며, 무슨 일이 있어도 그녀를 한 번 더 만나 과연 한 남자가 다른 한 남자를 존경한 나머지 정작 자신의 소망과 감정조차 희생하고 초월할 수도 있다는 것을 그녀가 이해할 수 있는지 물어보고 싶다고 했다. 나아가 일단 애초에 부탁을 했던 사람이 승낙을 얻을 전망이 없다고 밝혀진 터에, 속으로 참으면서 소중하게 간직해 온 감정을 자유롭고 기쁜 마음으로 표현할 수 있도록 호의를 베풀어 줄 수는 없는지 물었다. 그는 다른 사람이 아니라 바로 자기 자신의 감정을 저버린 것을 용서해 달라고 했다. 그는 그런 배신을 뉘우치는 것은 아니지만, 이제는 그녀를 사랑한다고 말하더라도 결코 어느 누구에 대한 배신도 아닐 터이므로 너무나 기쁘다고 했다.

이런 식이었다. 제법 그럴싸한 어조였다. 그는 추근대는 기분에 들떠 있었다. 내 생각에는 그가 일단 아드리안의 청혼을 전달한 순간부터는 애정 고백이 곧 청혼으로 받아들여질 수밖에 없다는 자명한 사실조차 까맣게 잊고 있었던 것 같다. 워낙 애정 행각에 이골이 나서 그 점은 생각도 못했던 것이다. 이자보 아주머니는 한사코 그 편지를 받으려고 하지 않는 마리에게 편지를 읽어 주었다. 루돌프는 아무런 답장도 받지 못했다. 하지만 이틀 후 그가 기젤라 호텔의 여종업원을 통해 아주머니에게 자기가 한번 찾아가겠다고 방문 의사를 알렸을 때 거절당하지는 않았다. 마리는 외출 중이었다. 노부인은 장난기 섞인 질책의 어조로, 지난번 그가 다녀간 후 마리는 자기 가슴에 얼굴을 파묻고 흐느껴 울었다고 했다. 하지만 내 생각에는 꾸며 낸 말 같았다. 아주머니는 조카딸이 자존심이 강하다고 했다. 감수성이 아주 예민하고 자존심도 강하다는 것이었다. 그러니 조카딸과 다시 만나서 이야기할 기회를 만들어 줄 자신은 없다고 했다. 그렇지만 그의 훌륭한 품행을 마리에게 있는 그대로 얘기해 줄 테니, 그러면 마리도 싫어하지는 않을 거라고 언질을 주었다.

그는 이틀 후에 또다시 찾아갔다. 마담 페르블랑티예가 조카딸의 방으로 들어갔다. 그것이 아주머니의 이름인데, 그녀는 사별한 과부였다. 한참 만에 그녀가 다시 나오더니 용기를 북돋우는 눈짓으로 그에게 들어가라는 시늉을 했다. 물론 그는 꽃을 들고 있었다.

더 이상 무슨 말이 필요하겠는가? 아무도 관심을 갖지 않을 이 이야기를 시시콜콜 묘사하기에 나는 너무 늙었고, 너무 비참한 심정이다. 그는 아드리안이 부탁했던 역할을 다시 재연했다. 하지만 이번에는 자기 자신을 위해서. 그러나 이 난봉꾼이 어엿한 가장 노릇을 하기란 내가 돈 후안 같은 바람둥이 노릇을 하는 것만큼이나 어려울 터였다. 두 사람이 과연 결합해서 행복하게 살 수 있을지 여부를 따지는 것은 부질없는 짓이다. 더구나 두 사람의 장래가 어떻게 될지는 한치 앞도 내다볼 수 없었고, 불가항력의 힘에 의해 순식간에 파괴되고 말 운명이었다. 하지만 마리는 과감하게도 이 나긋나긋한 목소리의 바람둥이 바이올리니스트를 좋아하게 되었다. 그가 이미 확보한 예술가로서의 가치나 확고한 경력이 자신의 삶을 든든하게 보장해 줄 거라고 그녀는 철석같이 믿었던 것이다. 그녀는 이 야생마를 붙잡아서 온순하게 길들일 수 있을 거라고 자신하고 그에게 손을 내밀었고, 키스를 허락했다. 그로부터 이틀이 채 못되어 슈베르트페거가 여자에게 빠졌으며, 수석 연주자 슈베르트페거와 마리 고도가 결혼할 거라는 즐거운 소식이 그를 아는 우리 모두에게 퍼졌다. 덧붙여서, 그는 차펜스퇴서 교향악단과의 계약을 해지하고 파리에서 결혼식을 올릴 것이며, 그곳에서 이제 새로 만들어지고 있는 심포니 오케스트라에 언제든지 입단할 수 있게 되었다는 소문도 들려왔다.

그가 파리에서 환영을 받으리라는 것은 틀림없는 사실이었고, 또한 그를 보내고 싶지 않은 뮌헨의 교향악단 측에서 계약 해지 절차를 더디게 진행한 것도 틀림이 없었다. 어떻든 사람들은 다음번 차펜스퇴서 악단과의 협연을(그가 마지막으로 파이퍼링에 갔다가 돌아와서 협연한 연주회 이후 처음 열리는 연주회이기도 했는데) 일종의 고별 연주회로 생각하고 있었다. 게다가 지휘자인 에트슈미트 박사가 바로 이날 밤을 위해 특별히 베를리오즈와 바그너의 작품들을 프로그램에 잔뜩 포함시켰기 때문에, 사람들이 말했다시피, 뮌헨 사람들이 전부 그 자리에 모인 것 같았다. 청중석 여기저기에서 아는 얼굴이 여럿 눈에 띄었기 때문에 내가 일어서기라도 하면 사방에 대고 인사를 해야 할 판이었다. 슐라긴하우펜 부부와 그 집 단골손님, 즉 라트브루흐 부부와 쉴트크납, 자네 쉴, 츠비처, 빈더 마요레스쿠, 그리고 그 밖에 많은 사람들이 와 있었다. 이들 모두가 무대의 왼쪽 앞에 악보대를 놓고 자리 잡은 새신랑 루디 슈베르트페거를 보기 위해 특별히 이 자리에 왔던 것이다. 한편 그의 약혼녀는 보이지 않았는데, 들리는 말로는 벌써 파리로 돌아갔다고 했다. 나는 이네스 인스티토리스에게 인사를 했다. 그녀는 혼자였다. 다시 말해 남편은 오지 않고 크뇌터리히 부부와 함께 있었다. 그녀의 남편은 음악에 취미가 없었고, 그날 밤에도 '알로트리아' 클럽에서 저녁 시간을 보내고 있을 터였다. 그녀의 단조로운 옷차림으로 보아 머지않아 살림이 기울 거라는 짐작이 들었다. 가느다란 목을 옆으로 살짝 기울인 채 양 눈썹을 치올리고 천성적인 간악함이 느껴지는 작은 입을 삐죽 내밀고는 홀의 상당히 뒤편에 앉아 있었다. 마치 언젠가 저녁 그녀의 거실에서 나누었던 장시간의 대화에서 그토록 멋지게 나의 인내심과 관심을 휘어잡았다는 사실에 대해 여전히 승리감에 젖어 있는 듯한 짓궂은 미소를 머금고 나의 인사에 응답할 때 나는 불쾌한 인상을 받지 않을 수 없었다.

그런데 정작 슈베르트페거는 얼마나 많은 호기심에 찬 눈길들과 마주칠지 익히 잘 안다는 듯이, 그날 저녁 내내 청중석 쪽은 거의 쳐다보지도 않았다. 때때로 청중석 쪽을 바라보고 싶어 하는 듯한 순간에는, 자기 악기를 살펴보거나 악보를 뒤적거릴 뿐이었다. 바그너의 「뉘른베르크의 명가수」 서곡이 연주회의 대미를 웅장하게 장식하고 페르디난드 에트슈미트가 단원들을 일어서게 하면서 수석 연주자에게 감사의 악수를 청할 때는 그렇지 않아도 떠나갈 듯한 박수 소리가 더욱 커졌다. 이러는 사이에 나는 이미 윗층 가운데 복도로 나와 있었고, 아직 덜 붐비는 사이에 휴대품 보관소에 맡겨 두었던 옷을 찾았다. 나는 슈바빙의 숙소로 가는 귀갓길에 적어도 얼마간은 걸어서 갈 생각이었다. 연주회장 앞에서 크리트비스 씨 댁에 출입하는 단골 중 한 사람이자 뒤러 전문가인 길겐 홀츠슈어 교수를 만났다. 그도 연주회에 왔던 것이다. 그는 이날 밤 프로그램에 대한 비판으로 시작되는 대화에 나를 끌어들였다. 즉, 프랑스의 거장인 베를리오즈와 독일의 대가인 바그너를 하나의 프로그램으로 엮은 것은 몰취미한 짓이며, 뿐만 아니라 그 배경에는 고약한 정치적 의도가 깔려 있다는 것이었다. 알다시피 공화주의자인 에트슈미트 씨가 제대로 민족의식이 있는지 의심스러운데, 이날 프로그램은 독일과 프랑스의 화해와 평화주의에만 급급했다고 그는 말했다. 그런 생각으로 오늘 연주회 내내 기분이 안 좋았다고 했다. 유감스럽게도 오늘날에는 모든 것이 정치적이고, 정신적인 순수함은 찾아볼 수가 없다고 개탄했다. 정신적인 순수함을 되찾기 위해서는 무엇보다 독일의 민족의식이 확고한 사람이 이 훌륭한 교향악단의 지휘를 맡아야 한다는 것이었다.

나는 에트슈미트 씨가 음악을 정치화한다는 그의 말에 동의하지 않았다. 그리고 오늘날 '독일적'이라는 말이 결코 정신적인 순수성과 동일한 의미를 갖지는 않으며, 오히려 특정한 정파의 슬로건이 되어 버렸다는 말도 굳이 하지 않았다. 나는 다만 프랑스인이든 아니든 대가들의 상당수가 국제적으로 널리 전파된 바그너의 음악과 관계가 있다는 정도로만 말하고는, 고딕 건축의 공간 분할 문제에 관한 평론 이야기를 끄집어냄으로써 기분 상하지 않게 말꼬리를 돌려 버렸다. 그 글은 얼마 전에 《예술과 예술가》라는 잡지에 그가 발표한 평론이었다. 내가 그 글에 대해 정중한 찬사를 표시하자 그는 아주 기뻐하면서 태도가 부드러워지고 정치적인 입장을 떠나서 명랑해졌으며, 나는 이처럼 그가 기분이 좋아진 틈을 타 그와 작별을 하고 오른쪽 길로 접어들었다. 그는 왼쪽 길로 갔다.

튀르켄 가(街)의 끝자락에서 루트비히 가에 이르는 길은 잠깐이었고, 거기서부터는 한적한 도로(물론 이미 여러 해 전에 아스팔트로 포장된 도로였지만)의 왼쪽 보도를 따라 개선문이 있는 방향으로 걸었다. 안개가 끼고 날씨가 포근한 밤이었다. 한참 걸으니 겨울 외투가 다소 무겁게 느껴졌다. 나는 테레지엔 가의 시가 전차 정류장에서 발걸음을 멈췄다. 슈바빙으로 가는 전차를 타기 위해서였다. 전차는 보통 때보다 한참이 지나서야 왔는데, 왜 늦었는지는 알 수 없었지만 교통 정체로 지연되지 않았나 싶었다. 드디어 가까이 다가오고 있는 전차는 반갑게도 내 목적지로 향하는 10번 노선이었다. 전차의 모양새가 무척 마음에 들었다. 전차가 펠트헤른할레에서부터 다가오는 모습과 바퀴 소리가 지금도 생생하게 기억난다. 바이에른의 고유색인 청색의 이 전차는 대단히 육중했는데, 무게 탓인지 아니면 철로의 특수한 재질 탓인지 무척 큰 소음을 냈다. 차바퀴 밑에서는 쉴 새 없이 전기 불꽃이 일었고, 전차 지붕 위로 전선과 맞닿은 부분에서는 이 차가운 불꽃이 더 강한 쇳소리를 내면서 어지럽게 흩어지고 있었다.

전차가 멈추었다. 나는 플랫폼의 앞쪽에 있다가 차에 올랐다. 미닫이문이 열리자마자 입구 왼쪽에 방금 막 손님이 내린 듯한 빈자리가 눈에 띄었다. 객실은 만원이었다. 뒤편 출입구 쪽의 통로에는 두 남자가 서 있는 것이 보이기도 했다. 그들은 손잡이를 꼭 쥐고 있었다. 승객 대부분은 연주회에 갔다가 귀가 중인 사람들이었다. 그들 중 내 맞은편 좌석 중간쯤에 슈베르트페거가 바이올린 케이스를 양 무릎 사이에 세운 채 앉아 있었다. 그는 틀림없이 내가 들어오는 것을 보았을 테지만, 내 시선을 피하고 있었다. 그는 하얀 비단 목도리를 연미복의 나비넥타이 위로 두르고 있었고, 평상시 습관대로 모자를 쓰지는 않았다. 공연을 마친 후의 상기된 표정과 치렁치렁한 금발머리는 아름답고 젊어 보였으며, 명예로운 기쁨에 들뜬 탓인지 파란 눈이 다소 튀어나온 듯한 느낌마저 주었다. 그러나 그토록 멋지게 휘파람을 불 줄 아는 약간 치켜진 입술과 마찬가지로 그런 모습도 그에게 어울렸다. 나는 시야에 들어오는 대상을 한눈에 빨리 조망하는 편은 아니다. 조금씩 시간이 흐름에 따라 전차 안에 있는 아는 얼굴들이 차츰 눈에 띄었다. 나는 크라니히 박사와 인사를 나누었다. 그는 슈베르트페거가 앉은 쪽이긴 하지만 그로부터 훨씬 떨어진 뒷문 근처에 자리 잡고 있었다. 우연히 인사를 하다 보니 놀랍게도 이네스 인스티토리스의 모습이 보였다. 그녀는 나와 같은 방향으로 몇 좌석 건너 중간쯤에, 그러니까 슈베르트페거와 비스듬히 마주 보이는 자리에 앉아 있었다. 내가 놀랐던 것은 그녀의 집으로 가는 길은 이쪽이 아니었기 때문이다. 그렇지만 그녀가 앉아 있는 자리에서 두 좌석 앞쪽에 그녀의 친구 빈더 마요레스쿠 부인의 모습이 보였다. 마요레스쿠 부인은 슈바빙 외곽 지역에 있는 큰 호텔 뒤편에 살고 있었으므로, 나는 이네스가 그녀의 집에 들러서 차라도 마시려는 모양이라고 짐작했다.

어쨌든 그제야 어째서 슈베르트페거가 그의 귀여운 머리를 주로 오른쪽으로만 돌리고 있어서 다소 멍해 보이는 옆얼굴이 내 시야에 들어오게 되었는지 이해가 되었다. 그는 아드리안의 분신이라고 생각되는 나를 외면하는 데만 신경을 썼던 것이 아니다. 나는 속으로 그를 책망했다. 하필 바로 이 차를 탈게 뭐람. 하지만 그것은 아마 부당한 비난일 것이다. 그가 반드시 이네스와 함께 차를 탔다고 볼 수는 없었기 때문이다. 내가 그랬듯이 그녀 역시 어쩌다가 우연히 그가 타고 있는 차에 탔을지도 모르며, 그 반대의 경우였다 하더라도 그녀가 보인다고 해서 바로 내리는 것은 온당치 않은 처신이었을 것이다.

전차는 대학 주변을 지나고 있었다. 펠트 장화를 신은 차장이 내 앞으로 다가와서 10마르크를 받고는 내게 승차권을 건네주던 바로 그 순간 도저히 납득할 수 없고 예상치도 못한 믿기 힘든 사건이 벌어졌다. 전철 안에서 날카롭게 찢어지는 짤막한 총성이 한 방, 뒤이어 둘, 셋, 넷, 다섯 방까지 눈 깜짝할 사이에 울렸고, 그와 동시에 건너편에 앉아 있던 슈베르트페거가 양손으로 바이올린 케이스를 움켜쥔 채 처음에는 옆자리에 앉은 어떤 여자의 어깨에, 다음에는 무릎에 고꾸라졌던 것이다. 그 여자는 그의 오른쪽에 앉아 있던 여자와 마찬가지로 기겁을 하고 그에게서 몸을 빼냈으며, 그러는 와중에 침착한 조치 대신 욕설과 경악의 비명이 뒤섞인 대소동이 벌어졌다. 전차 앞머리에 있던 운전사는 허둥지둥 미친 듯이 경적을 울려 댔는데, 아마도 경찰을 부르기 위해서인 것 같았다. 물론 그 소리가 들릴 만한 거리에는 경찰관이라고는 한 명도 없었다. 정차한 전차 안에서는 위태롭고 혼잡한 상황이 벌어지고 있었다. 많은 승객들이 출구 쪽으로 달아나려고 야단이었고, 반면 호기심 탓인지 의협심 탓인지는 알 수 없지만 플랫폼에 있던 상당수의 사람들은 전철 안으로 들어오려고 했기 때문이다. 통로에 서 있던 두 남자가 나와 함께 이네스에게 달려들었지만, 물론 이미 때는 늦었다. 우리는 그녀에게서 권총을 빼앗을 필요도 없었다. 그녀 스스로 떨어뜨렸기 때문이다. 아니, 내던졌다는 표현이 옳을 것이다. 그녀가 제물로 삼은 사람을 향해. 그녀의 얼굴은 백지장처럼 창백했고, 광대뼈 주위에 선명하게 붉은 반점이 드러나 보였다. 그녀는 눈을 감은 채, 그 뾰족한 입으로 실성한 사람처럼 웃음을 흘리고 있었다.

사람들은 그녀의 팔을 잡았고, 나는 맞은편에 쓰러져 있는 루돌프에게 달려갔다. 그는 텅 빈 좌석 위에 쓰러져 있었다. 바로 옆 좌석에는 그가 쓰러지면서 그의 몸 밑에 깔릴 뻔한 여자가 피투성이가 된 채 기절해 있었다. 그 여자는 팔에 가벼운 찰과상을 입은 것으로 판명되었다. 루돌프 주위로 여러 사람이 서 있었는데 그중에는 크라니히 박사도 끼어 있었다. 그는 루돌프의 손을 쥐고 있었다.

"이 무슨 끔찍하고 어처구니없는 짓이란 말이오!"

안색이 창백한 그가 대학 강의로 단련된 또렷한 어조로, 그러면서도 천식 기운이 섞인 목소리로 말했다. 그는 '끔찍하다.'

라는 말을 흔히 배우들이 발성하는 어투로 발음했다. 그리고 자기가 의사가 아니고 화폐 학자라는 사실이 이처럼 후회스러울 때는 없었다고 덧붙였다. 나 또한 그 순간에는 화폐 연구가 가장 쓸데없는 학문이고 나의 문학 연구 역시 제구실을 못하기는 마찬가지라는 생각이 들었다. 실제로 현장에 의사는 단한 사람도 없었다. 의사들 중에는 유대인이 많으므로 대체로 의사들은 음악을 좋아하게 마련인데, 연주회에 온 그 많은 사람들 중에는 공교롭게 의사가 없었던 것이다. 나는 몸을 숙여 루돌프를 살펴보았다. 아직 목숨은 붙어 있었지만 가망이 없어 보였다. 한쪽 눈 아래 총알이 관통한 곳에서 피가 흘러내리고 있었다. 나중에 밝혀졌지만 다른 탄환들은 목과 허파와 심장을 연결하는 관상 동맥(冠狀動脈)을 관통했다. 그는 무슨 말인가 하려는 듯이 머리를 쳐들었지만, 그러자 바로 입에서 핏덩이가 쏟아져 나왔는데, 불현듯 그의 도톰한 입술이 너무나 아름다워 보였다. 그러고는 눈알이 비틀리더니, 다시 머리를 나무 의자에 호되게 부딪히면서 쓰러졌다.

그 친구를 애통히 여기는 마음이 얼마나 복받쳤는지 이루 말할 수 없다. 나는 내 나름의 방식으로 늘 그를 좋아했다는 생각이 들었다. 또한 타락한 모습이 측은해 보였던 불행한 여자, 괴로움을 견디지 못해서 그리고 괴로움을 마비시키는 어이 없는 타락으로 그 끔찍한 짓을 저지른 여자보다는 그 친구에 대한 나의 연민이 훨씬 컸다고 고백하지 않을 수 없다. 나는 두 사람을 잘 아는 사람이라고 신원을 밝히고 나서, 중상자를 건너편의 대학 구내로 옮기자고 했다. 대학 수위실에서 병원과 경찰서에 전화를 걸 수 있을 것이고, 내가 알기로는 작은 응급

실도 있었기 때문이다. 나는 범행을 저지른 여인도 당장 그리로 호송하도록 했다.

모든 조치가 취해졌다. 안경을 낀 어떤 열성적인 청년과 나는 불쌍한 루돌프를 차에서 들어 내렸다. 뒤쪽으로 이미 두어대 가량의 전차가 밀려 있었다. 그중 한 차에서 작은 왕진 가방을 든 의사 한 사람이 우리가 있는 곳으로 급히 달려와서 현장을 지휘했는데, 굳이 그럴 필요도 없었다. 언론사 기자 한 명도 이것저것 물으면서 따라왔다. 초인종을 눌러서 1층에 있는 수위를 불러내느라고 얼마나 애를 썼는지 생각만 해도 울화가 치밀 지경이다. 일행에게 자기소개를 한 비교적 젊은 의사는 이미 의식이 없는 루돌프를 소파에 눕히자마자 첫 응급 조치를 시작하려 했는데, 그사이에 이미 구급차가 와 있었다. 의사가 진찰을 하자마자 유감스럽지만 힘들겠다고 나에게 말한 그대로, 루돌프는 시립 병원으로 가는 도중에 죽었다.

나는 그제야 격한 울음을 터뜨리는 그녀가 체포되어 있는 현장에 머물면서, 뒤늦게 도착한 도착한 경찰관에게 그녀의 상태를 알려 주고 그녀가 정신 병원에 입원할 수 있도록 주선해 볼 생각이었다. 그러나 그날 밤 당장에는 입원이 허용되지 않았다.

경찰서를 나와 택시가 있는지 두리번거리면서 아직도 가야 할 고역의 길, 즉 프린츠레겐트 가에 있는 그녀의 집을 향해 걷기 시작했을 때는 교회의 종소리가 자정을 알리고 있었다. 나는 최대한 조심스럽게 그녀의 키 작은 남편에게 이 사건을 설명하는 것이 나의 의무라고 생각했다. 굳이 차를 탈 필요가 없을 만큼 걸어갔을 때에야 차가 나타났다. 대문은 잠겨 있었다. 초인종을 울리자 현관에 불이 들어오고 인스티토리스가 걸어 내려왔다. 그는 자기 부인이 아니라 내가 문 앞에 서 있는 것을 알아보았다. 그는 헐떡거리듯이 입을 벌리면서 아랫입술을 이에 바짝 붙이고 말하는 버릇이 있었다.

"아니, 대체 무슨 일이지요? 선생께서? 무슨 일로 여기까지 오신 겁니까……? 나한테 무슨 볼 일이라도……."

그는 더듬거리며 말했다.

나는 방 안에 들어서기 전까지는 거의 한마디도 하지 않았다. 한때 이네스의 상심 어린 고백을 들은 적이 있는 위층 거실에서 나는 상대방에게 마음의 준비를 시키는 말을 몇 마디 둘러서 한 다음 내가 목격한 사건을 말해 주었다. 내가 말을 끝내자 그는 우뚝 서 있다가는 의자에 털썩 주저앉았다. 그러고는 이미 오래전부터 위태로운 분위기에 짓눌려 살아온 사람답게 침착한 태도로 말했다.

"마침내 올 것이 왔군요."

이미 불안한 심정으로 이런 사태를 충분히 예상하고 있었다는 것을 분명히 알아차릴 수 있는 어조였다.

"그 여자한테 가 봐야겠습니다."

그렇게 말하면서 그는 다시 일어섰다.

"거기서(경찰서 유치장을 말하고 있었다.) 면회를 허용할지 모르겠군요."

오늘 밤에는 어려울 거라고 말했지만, 그는 맥 빠진 목소리로 그렇게 하는 것이 자기의 의무라며 외투를 걸치고 서둘러 집을 빠져나갔다.

받침대 위에 놓인 이네스의 흉상이 유별나게 운명적인 시선을 던지고 있는 방에 혼자 있으려니, 독자도 짐작하겠지만 바로 그 몇 시간 동안 이미 여러 차례 내가 골똘히 생각했던 문제가 다시 생각나기 시작했다. 그러나 이상하게도 사지가 뻣뻣해지고 안면 근육까지 굳는 것 같은 느낌 때문에, 수화기를 들고 파이퍼링의 친구와 연결해 달라고 할 수가 없었다. 그럼에도 나는 수화기를 들었다. 힘없이 수화기를 늘어뜨리고 있는데, 마치 바닷속에서 울리는 듯한 교환원의 차분한 목소리가 들려왔다. 그러나 거의 병이 날 만큼 지친 상태에서도 떠오르는 생각, 즉 괜히 한밤중에 슈바이게슈틸 부인의 집에 비상경보를 울리는 게 아닐까, 내가 겪은 사건을 아드리안에게 이야기할 필요는 없겠다. 그렇게 되면 어떤 식으로든 내가 웃음거리가 되고 말겠지, 하는 생각이 들었고, 나는 수화기를 내려놓고 말았다.

43

내 이야기는 종반부로 치닫고 있다. 모든 것이 그렇다. 모든 것이 종말을 향해 치닫고 있으며, 세계는 종말의 조짐을 드러내고 있다. 적어도 우리 독일인들에게는 그렇다. 독일의 수천 년 역사는 부정되었고, 자가당착임이 판명되었고, 불행한 실패로 끝났고, 길을 잘못 들었다는 것이 밝혀졌다. 무(無)로, 절망으로, 유례 없는 파국으로, 화염이 이글거리는 지옥으로 떨어지고 말았다. 독일 속담에 '어느 길로 가든지 목적지에만 닿으면 바른 길'이라는 주장이 있지만, 그러나 이런 재앙을, 가장 엄중하고 종교적인 의미에서의 재앙을 자초한 이 길 어디에서도 구원의 가망은 보이지 않았다. 설령 조국을 사랑해서 이런 논리를 받아들이기 어렵더라도 이것은 부인할 수 없는 진실이다. 구원의 가망이 없다는 것을 불가피하게 인정한다고 해서 조국에 대한 사랑을 부정하는 것은 아니다. 한 사람의 소박한 독일인이자 학자인 나는 많은 독일적인 것을 사랑했다. 그렇다.

내 인생이 비록 보잘것없지만 그래도 매력에 끌리고 헌신할 줄 알았던 나의 일생을 위대한 독일인이자 예술가인 사람을 사랑하는 데 바쳤다. 종종 깜짝 놀라기도 하고 언제나 불안하긴 했지만 그래도 영원히 신의를 지키는 그런 사랑이었다. 결국 그는 은밀하게 죄악에 물들어 끔찍하게 세상을 하직하고 말았지만, 그렇다고 나의 사랑을 몰아내지는 못한다. 그 사랑은 어쩌면 은총의 희미한 잔영일 뿐이었는지도 모르겠다.

인간의 힘으로는 도저히 극복할 수 없는 재난이 닥칠 거라고 예감하면서 나는 프라이징의 은신처에 칩거한 채, 초토화된 뮌헨의 참상을 보지 않으려 했다. 동상들은 굴러 떨어지고 푹 꺼진 눈구멍 모양으로 구멍이 뚫린 건물 전면은 그 뒤에서 입을 벌리고 있는 무(無)를 가리고 있는 것 같으면서도 이미 보도를 덮기 시작한 건물들의 잔해가 늘어날수록 무(無)를 또렷이 드러내는 것처럼 보이기도 한다. 내 가슴은 어처구니없는 심정이 된 나의 아들들과 마찬가지로 비참하게 오그라들고 있다. 아들들은 수많은 대중들과 마찬가지로 정부를 믿었고, 환호성을 질렀고, 희생적으로 싸웠지만, 그런 부류에 드는 수백만의 사람들이 그러하듯 벌써 오래전부터 굳은 시선으로 환멸감을 맛보고 있다. 이 환멸감은 바야흐로 누구도 헤어날 수 없는 마지막 절망으로 바뀔 것이다. 아들들이 믿는 바를 믿을 수 없었고 그들의 기쁨을 함께 공유할 수 없었던 나로서는 그들이 영혼의 고통에 시달린다고 해서 그들과 더 가까워지지는 않을 것이다. 어쩌면 그들이 겪는 영혼의 고통을 나 자신의 부담으로 안겨 줄지도 모를 일이다. 마치 내가 그들의 몹쓸 몽상에 동참했더라면 사태가 달라질 수도 있었을 텐데 하고 말이다. 신이여, 그들을 도와주소서! 나는 아내 헬레네와 단둘이 있다. 아내가 내 몸을 돌보고 있고, 나는 이 전기 중에서 소박한 성품의 그녀가 감당할 수 있는 단락들을 이따금 읽어 주기도 한다. 파멸의 와중에도 나는 이 전기를 완성하는 일에 온 신경을 집중하고 있다.

「그림으로 보는 묵시록」이라는 곡명을 붙인, 종말을 날카롭게 예언하는 그 위대한 음악 작품은 1926년 2월 마인 강변의 프랑크푸르트에서 처음 연주되었다. 내가 바로 앞에서 전달해야만 했던 그 끔찍한 사건이 있은 지 약 일 년 후였다. 아드리안이 자신을 극복하지 못하고 끝내 연주회에 나타나지 않은 것은 부분적으로는 그 끔찍한 사건의 후유증으로 크게 상심한 것과 관련이 있는 듯했다. 이 연주회는 비록 짓궂은 야유와 실없는 폭소를 동반하긴 했어도, 커다란 반향을 불러일으켰다. 그의 쓰라리고도 당당한 인생을 증거해 주는 두 편의 위대한 작품 가운데 하나인 이 곡을 그는 한 번도 듣지 못했다. '듣는다.'라는 것에 관한 그의 독특한 견해에 비추어 보면, 그를 탓할 수도 없는 노릇이었다. 이 여행을 위해 특별히 시간을 낸 나를 제외하고 우리가 아는 사람들 중에서 연주회에 참석한 사람은 자네 쉴 뿐이었다. 그녀는 넉넉치 못한 형편에도 연주회를 보기 위해 프랑크푸르트에 다녀왔고, 그러고는 파이퍼링에 있는 친구에게 프랑스어와 바이에른 사투리가 섞인 매우 상냥한 말씨로 연주회에 관한 이야기를 들려주었다. 당시 그는 이 우아한 시골 출신 여인과 함께 있는 것을 특히 좋아했다. 그녀는 그와 함께 있으면 편안하게 그의 마음을 진정시켜 줄 수 있는 일종의 보호 능력을 갖고 있었다. 실제로 나는 그가 수도원장 방에서 그녀와 나란히 손을 맞잡고 편안하게 말없이 앉아 있는 것을 본 적도 있다. 이렇게 손을 맞잡고 있는 모습은 그에게 어울리지 않는 듯했지만, 어떻든 나는 그런 변화를 확인하고는 감동과 희열을 느끼면서도 한편으로 불안감이 말끔히 사라지지는 않았다.

또한 당시 안드리안은 자신과 눈 색깔이 같은 뤼디거 쉴트크납과 함께 있는 것을 여느 때보다 좋아했다. 물론 쉴트크납은 예전과 마찬가지로 여전히 마음 씀씀이가 인색했다. 그렇긴 해도 영락한 신사라 할 수 있는 그는 파이퍼링에 오면 한참씩 걸리는 산책에 곧잘 응하곤 했다. 아드리안은 시골 길을 산책하는 것을 좋아했으며, 작업이 힘들 때는 특히 그랬다. 그럴 때면 뤼디거가 기괴하고 우스꽝스러운 이야기로 양념을 치곤 했다. 그는 교회의 쥐만큼이나 가난했던 그 무렵 그냥 방치해 둔 탓에 상한 치아를 치료하는 중이었는데, 입만 열면 치과 의사들이 무성의하다고 성토했다. 의사들은 친절하게 치료해 주는 듯하다가도 갑자기 할부 체계가 잘못 되었다는 둥, 그의 사정과 관계 없이 억지로 잡은 진료 시간을 왜 어겼냐는 둥 하면서 터무니없는 바가지 요금을 씌우는데, 그러면 할 수 없이 다른 의사를 찾아가야만 했으며, 다른 의사들 역시 자신을 만족시켜 줄 수도 없고 그럴 의지도 없다는 걸 뻔히 알면서도 어쩔 수 없었다는 등의 이야기였다. 완전히 뽑히지 않고 뿌리가 남아서 쿡쿡 쑤시는 치근 위에 의사들이 억지로 커다란 교정용 틀니를 씌워 놓아서 통증이 심했는데, 그 틀니는 무게 때문에 얼마 안 있어 흔들거리기 시작했고, 결국 인공 틀니가 우지끈 부서져서, 그 결과 갚을 수 없는 빚을 지게 될 새로운 진료 계약을 맺어야만 했다고 했다. 그는 '우지끈 부서진다.'라고 끔찍하다는 시늉을 하며 말했지만, 아드리안이 눈물을 찔끔거리며 웃어 대는 것을 막을 도리는 없었다. 오히려 바로 그러길 노린 것 같았고, 그 자신도 애들처럼 자지러지게 웃어 댔다.

쉴트크납이 음울한 유머나마 들려주는 동료가 되어 준 것은 당시 고독한 아드리안에게는 정말 좋은 위안이 되었다. 유감스럽게도 내게는 그를 웃기는 재주는 없었지만, 내 나름대로 할 일을 했다. 즉, 대체로 말을 잘 듣지 않는 쉴트크납을 달래서 파이퍼링을 찾아오도록 함으로써 이런 교제를 주선했던 것이다. 이 무렵 아드리안은 일 년 내내 작업을 쉬고 있는 상태였다. 나한테 보낸 편지에서 이야기한 바와 같이, 그를 극도로 괴롭히면서 의욕을 잃게 만들고 불안하게 했던 정신적 공백 상태와 무기력증은 프랑크푸르트 연주회에 가기를 사절한 중요한 요인으로 작용했다. 더 나은 작품을 쓸 능력이 고갈된 터에 이미 완성된 작품이나 들춰 봐서 뭣하겠냐는 것이었다. 그는 현재의 무기력을 느끼면서 과거를 멍청히 돌아보고 감탄하는 게 아니라, 과거보다 지금이 낫다는 느낌이 들 때만 과거를 참고 봐 줄 수 있다고 했다. 그는 프라이징에 있는 내게 보낸 편지에서 자신의 정신 상태가 '황량하고 멍한 상태'라고 하면서 지금 자신의 생활을 '개 같은 생활' 혹은 '견딜 수 없는 전원 생활 속에서 아무것도 기억할 수 없는 식물적 상태'라고 했으며, 그런 생활을 욕하는 것만이 비참하고도 유일한 명예 회복의 길이며, 또한 이 멍한 상태에서 깨어날 수만 있다면 새로운 전쟁이나 혁명 혹은 그 비슷한 외부적인 소동이라도 터지길 바라고 싶은 심정이라고 했다. 작곡에 관해서는 문자 그대로 추호의 생각도 떠오르지 않고, 보통 사람들이 지닌 아주 희미한 기억조차도 남아 있지 않으며, 이제는 단 하나의 음표도 쓸 수 없게 될 것 같다고 했다. 그의 편지에는 "지옥이여, 나를 불쌍히 여기소서!" 혹은 "내 불쌍한 영혼을 위해 기도해 주게!"와 같은 표현들이 반복되고 있었다. 그런 표현들은 나를 너무나 슬프게 했지만, 한편으로는 고양하여 주기도 했다. 이 세상에서 나만이 그런 고백을 들을 자격이 있다고 자위할 수 있었기 때문이다.

나는 답장에서 인간이 현재의 상태 너머까지 생각한다는 게 얼마나 어려운 일인지 언급하면서 그를 위로해 주고자 했다. 인간은 늘 이성에 어긋나는 감정에 따라 여전히 현재의 상태에서 행운의 여지가 있을 거라고 생각하지만 정작 한치 앞도 내다볼 수 없으며, 물론 행복할 때보다는 궁지에 몰려 있을 때 더 그런 법이다. 그리고 나는 그의 긴장이 풀린 것은 근래에 겪은 끔찍한 환멸감 때문일 뿐이라고 말해 주었다. 그러면서 나는 그의 정신적 공백 상태를 새로운 생명의 싹을 준비하면서 은밀히 약동하는 '겨울잠을 자는 대지(大地)'에 비유했는데, 그것은 다분히 시적인 표현이긴 했지만 그 이상으로 힘이 되어 줄 능력은 없었다. 하지만 나 자신이 느끼기에도 그런 표현은 그가 빠져드는 양극단의 상태, 즉 어떤 때는 모든 굴레를 떨치고 창작 의욕이 솟구쳤다가 어떤 때는 마비 증세에 빠져드는 극단적인 부침 상태에는 잘 들어맞지 않는, 듣기 좋게 말한 비유였다. 또한 그의 창작 의욕이 침체되는 것에 때맞추어 다시 건강도 나빠지기 시작했다. 그런데 이번에는 전자가 후자의 원인이었다기보다는 오히려 동시에 진행된 현상이라 할 수 있었다. 그는 1926년 겨울 내내 두통 때문에 어두운 방에 처박혀 꼼짝도 하지 못했고, 위염, 기관지염, 인후염이 번갈아 가면서 그를 괴롭혔으니, 이런 이유만으로도 프랑크푸르트 연주회에는 가지 못했을 것이다. 그리고 인간적인 관점에서 보면 그 연주회보다 훨씬 더 절박한 다른 어떤 여행 계획 또한 이런 증세를 무시하기에는 너무나 엄중해서, 의사의 절대 불가 진단에 따라 이루어지지 못했다.

그러니까 거의 동시에, 이상하게도 하루 간격을 두고 그해 말에 막스 슈바이게슈틸과 요나탄 레버퀸이 작고했던 것이다. 두 사람 모두 일흔다섯 살이었다. 한 사람은 아드리안이 여러 해 동안 기거한 오버바이에른의 하숙집 가장이자 주인이었고, 다른 한 사람은 고향의 부헬 농장에 있는 그의 아버지였다. '사색가'인 아버지가 돌아가셨다는 소식을 담은 어머니의 전보가 도착했을 때, 그는 다른 또 한 사람이 안치된 관 옆에 있었다. 관 속에는 역시 조용하고 생각이 깊은, 그의 아버지와는 다른 사투리를 쓰는 애연가가 잠들어 있었다. 아드리안의 아버지가 장남 게오르크에게 유산을 물려주고 영원히 떠나갔듯이, 그도 이미 오래전부터 장남 게레온에게 조금씩 살림살이의 짐을 물려준 터였다. 아드리안은 어머니 엘스베트 레버퀸 부인이 엘제 슈바이게슈틸 부인처럼 조용하고 침착하게, 이해심을 가지고 운명에 순응하면서 이 죽음을 인간사의 문제로 받아들일 거라고 확신할 수 있었다. 장례식을 위해 작센과 튀링겐 지방까지 여행한다는 것은 당시 그의 건강 상태로는 생각도 할 수 없었다. 그러나 일요일에 열이 오르고 무기력증을 느꼈음에도 그는 의사의 만류를 뿌리치고 파이퍼링의 마을 교회에서 인근 주민들이 빽빽이 모인 가운데 거행된 하숙집 주인의 장례식에 참례하겠다고 한사코 우겨 댔다. 나 역시 고인에게 마지막으로 경의를 표했다. 동시에 다른 한 분의 장례식에도 참석하고 있다는 심정으로. 장례식 후 우리는 함께 슈바이게슈틸 부인 댁으로 돌아왔다. 노인은 세상을 떠났건만, 그의 담배 파이프에서 피어오르던 고급 담배의 향기가 여전히 열린 방문을 통해 확 끼쳐 오면서 복도의 벽들에 그윽하게 배고 예전처럼 담배 향기가 가득하다는 것을 알고는 그리 이상할 것도 없었는데도 기묘한 감동을 받았다.

아드리안이 말했다.

"이 담배 향기는 그대로 남아 있을 거야. 아주 오래도록. 어쩌면 이 집이 남아 있을 때까지. 부헬에서도 그렇겠지. 조금 더 길거나 짧을, 우리가 사는 얼마 동안의 시간을, 사람마다 조금씩 길거나 짧을 그 시간을 사람들은 불멸이라 하지."

크리스마스가 지나갔다. 이미 세상을 떠나고 어느 정도는 잊힌 셈인 두 아버지는 크리스마스를 당신들의 가족과 함께 보낸 셈이었다. 어느새 새해 초가 되어 일조량이 늘어나자 아드리안의 건강도 좋아졌다. 병의 가짓수가 줄어들고 고통도 가라앉기 시작했으며, 새로운 인생을 설계하려던 계획의 좌절과 그 때문에 겪은 끔찍한 참회의 상태를 다행히 극복한 것처럼 보였다. 그의 정신은 소생했다. 그는 한꺼번에 밀려드는 착상들을 명료한 의식으로 간직하려고 애썼다. 그리하여 그해, 즉 1927년은 실내악 분야에서 경이적인 성과를 올린 한 해가 되었다. 우선 세 개의 현악기와 세 개의 목관악기, 그리고 피아노를 위한 협주곡을 작곡했는데, 주제곡이 매우 길고 환상적인 이 곡에서는 주제가 다양한 변주와 해체를 거치면서도 드러나게 반복되지는 않았으며, 내가 보기에는 변화무쌍한 곡이었다. 이 작품의 특징을 가장 잘 드러내는 질풍 같은 동경심, 그 낭만적인 음색을 나는 얼마나 사랑하는가! 그러면서도 아주 엄격한 현대적인 기교를 구사하고 있어서, 각 부분이 주제와 연결되긴 하지만 도대체 '반복'이 없을 만큼 변화가 심하다. 제1악장은 명확하게 '환상'이라고 명명되었고, 제2악장은 톤이 힘차게 올라가는 아다지오이며, 제3악장은 피날레로서 가뿐하게, 마치 장난치듯 시작해서 점차 대위법을 통해 복잡해지는 동시에 갈수록 엄숙한 비극성을 띠며, 마침내 장송곡처럼 음울한 에필로그로 끝을 맺는다. 피아노는 결코 화음을 보충하는 악기의 역할에 그치지 않고, 마치 피아노 협주곡처럼 독주한다. 그것은 바이올린 협주곡과 같은 효과로 나타난다. 내가 정말 깊이 감탄하는 것은 음을 조합하는 문제를 해결하는 방식의 노련함이다. 어디 한 군데서도 관악기가 현악기를 압도하는 경우가 없으며, 항상 상대 악기의 음역이 확보되고 교체되기도 하며, 현악기와 관악기가 완전히 하나의 선율로 수렴되는 경우는 극히 드물다. 그 느낌을 한마디로 말하면, 익히 짐작할 수 있는 분명한 결말로부터 점점 더 멀리 동떨어진 영역으로 달아나는 듯한 느낌이다. 모든 것이 기대와는 다르게 진행되는 것이다. 아드리안은 나에게 "소나타를 작곡하려고 한 게 아니라 소설을 쓰려고 했다네."라고 말한 적이 있다.

이처럼 '산문적인' 음악을 추구하는 경향이 절정에 이른 작품이 이 협주곡 바로 다음에 나온, 아마 레버퀸의 가장 난해한 작품이라 할 수 있는 현악 사중주다. 흔히 실내악은 주제와 모티프의 연습장처럼 되는 경우가 있지만, 이 곡은 그런 경향을 단호하게 거부하고 있다. 모티프들 사이의 상호 연관이나 유기적 전개, 변용이나 반복 같은 것은 전혀 없다. 얼핏 들으면 전혀 앞뒤의 연관성도 없이 줄곧 새로운 부분이 이어지는데, 음색이나 음향의 유사성을 통해, 심지어는 상호 대비를 통해 그런 상이한 부분들이 결합된다. 관습적인 형식이라고는 흔적도 찾아볼 수 없다. 무정부적인 혼란에 빠져 있는 듯한 이 작품을 통해 대가는 그의 작품 중 가장 엄격한 형식을 구사하는 「파우스트 칸타타」를 준비하기 위해 숨 고르기를 하고 있는 듯했다. 그는 이 현악 사중주에서 착상의 내면적 논리를 포착하는 자신의 귀에 모든 것을 내맡긴다. 그와 동시에 다성적 특성이 최고도로 발휘되어, 각각의 음은 매순간마다 전적으로 자립적이다. 비록 각 부분들은 끊어지지 않고 일관성 있게 전개되지만, 전체는 매우 뚜렷이 대별되는 템포를 통해 구분된다. 모데라토* 지문이 붙어 있는 제1악장에서는 거의 역동적인 변화 없이 네 개의 악기들이 서로 신중하게 정신적으로 긴장된 대화를 주거니 받거니 하면서 서로 충고도 해 주고, 차분하고 진지한 패시지**를 주고받는 듯한 인상을 준다. 네 악기가 소리를 죽인 채 한꺼번에 연주되면서 헛소리를 속삭이는 듯한 프레스토*** 부분이 뒤따르고, 그런 후에는 비올라가 주요 음을 담당하고 다른 악기들이 반주 형식으로 끼어들어서 노래의 한

---

* '보통 빠르기로' 연주하라는 뜻.

** 주선율의 장식음으로, 낮은 방향이나 높은 방향으로 진행하는, 일정한 길이가 없는 악구(樂句).

*** '매우 빠르게' 연주하라는 뜻.

장면을 연상시키는 느린 악장이 좀 더 짤막하게 도입된다. 마침내 '알레그로 콘 푸오코'* 부분에 이르면 다성적 특성은 여러 악기들이 길게 차례로 이어지면서 마음껏 펼쳐진다. 내가 알기로는 결미 부분보다 더 고무적인 대목은 없다. 그 부분에서는 마치 사방으로 불꽃이 날름거리듯 연속음과 떨림음이 급박하게 어우러져서 오케스트라를 듣는 듯한 느낌을 불러일으킨다. 실제로 각 악기 나름으로 가장 유리한 음의 가능성과 광범위한 음역을 남김없이 활용함으로써 실내악의 통상적인 한계를 뛰어넘는 음향 효과가 발생하는 것이다. 비평계에서는 틀림없이 이 현악 사중주가 일종의 위장된 교향곡이라고 시큰둥한 반응을 보일 것이다. 하지만 그것은 부당한 평가일 것이다. 총보를 연구해 보면, 그런 평가는 이 현악 사중주가 구현하는 가장 섬세한 부분들을 잘못 파악한 결과임을 깨닫게 될 것이다. 물론 아드리안은 나에게 관현악과 교향악 사이의 고루한 경계는 이제 유지될 수 없으며, 음색을 자유롭게 구사할 수 있게 된 후로는 양자가 서로 넘나드는 관계에 있다는 견해를 여러 차례 말하곤 했다. 이미 「묵시록」에서 성악과 기악을 다루는 데서 드러났듯이, 그의 음악에서 상이한 영역끼리 서로 엉켜서 뒤섞이고 역할이 뒤바뀌는 경향이 점점 늘어난 것은 물론이다. 그는 이렇게 말하기도 했다. "나는 철학 청강생 시절에 한계를 설정하는 것 자체가 이미 한계를 넘어서는 거라는 사실을 배웠다네. 그 이후로 나는 언제나 그 명제를 지켜 왔어." 그가 말한 것은 헤겔의 칸트 비판으로서, 그것은 그의 창작이

---

* '빠르고 격렬하게' 연주하라는 뜻.

얼마나 정신적인 것에 의해, 그리고 젊은 시절의 교육에 의해 규정되었는가를 보여 주었다.

이제 마지막으로 바이올린과 비올라, 첼로를 위한 삼중주가 있는데, 이 곡은 거의 연주가 불가능한 작품이다. 물론 최고의 실력을 가진 단 세 명의 연주자가 맡는다면 억지로라도 기술적인 구현은 가능할 것이다. 이 곡은 격렬한 구성과 고도의 지적 수준으로 인해, 그리고 전대미문의 음을 듣고자 하는 작곡가의 독특한 환상이 세 악기의 음을 기상천외한 방식으로 혼합함으로써, 듣는 이를 경탄하게 만든다. 아드리안은 기분이 좋아서 이 곡을 가리켜 "연주는 불가능하겠지만 짜릿한 충격을 줄 만한" 작품이라고 말한 적이 있다. 그는 앞서 말한 협주곡을 작곡하던 당시에 이미 이 곡을 구상하기 시작했다. 그 협주곡에 매달리는 것만으로도 한 음악가의 창의력을 완전히 소진했을 법한 엄청난 부담을 안고서 말이다. 그는 온갖 영감과 착상이 넘쳐 뒤섞이는 상태에서, 하나의 작품을 완성하는 순간 다음 과제를 소화하기 위해 이전 작품의 발상을 철회하고, 갖가지 문제들과 해결책이 뒤엉켜서 요동치는 상태에서 작업을 했던 것이다. 이런 상태를 아드리안은 "새로운 착상들이 계속 번개처럼 스쳐 가서 뜬눈으로 밤을 지새우던" 상태라고 말한 바 있다.

그러면서 이런 말을 덧붙이기도 했다. "눈부시게 흔들거리는 조명을 받는 느낌이었네. 무슨 영문인지 모르겠어. 불빛에 덩달아 흔들려서 나도 갈피를 잡을 수 없더라니까. 뭔가에 단단히 붙들려서 이리저리 끌려다니는 느낌 때문에 온몸이 떨릴 정도였어. 여보게, 영감이라는 것은 그처럼 요사스러운 불빛

같은 거라네. 그것은 볼이 뜨거워서, 얼굴을 갖다 댔다가는 자기 볼까지도 별로 유쾌하지 않은 방식으로 덴다네. 인문주의자의 절친한 친구쯤 되면 사실 언제나 행복과 고통을 잘 구별할 수 있어야 하는데 말이야……." 그러면서 그는 얼마 전에 겪었던 나른한 무기력 상태가 지금의 골치 아픈 생활에 비하면 차라리 더 낫지 않았을까 하는 생각도 이따금 든다고 했다.

나는 지금 창작 의욕이 솟구치는 것을 고마워해야 한다고 한마디 해 주었다. 나는 몇 주 동안이나 그의 악보를 읽으면서 경탄했고, 기쁨의 눈물을 흘렸으며, 또한 속으로는 친구에 대한 애정에서 소스라치게 놀라기도 했다. 그는 깨끗하고 정확한 필치로, 조금도 흐트러짐 없이 세련된 기보법(記譜法)으로 자신의 작품을 악보에 옮겨 놓았다. 그 자신의 표현을 빌리면 "그를 지켜 주는 정령인 뇌조(雷鳥)*가 어떤 것은 채택하고 어떤 것은 버리라고 일러 주는 대로 받아 적었다는 것이었다. 그는 단숨에, 아니 정확히 말하면 숨 쉴 틈도 없이 세 곡을 완성했고, 그중 한 곡은 작품의 탄생 연도를 기념할 만한 것이었다. 그리고 마지막으로 작곡된 사중주곡 「렌토」**가 완성되던 바로 그날 사실상 그는 현악 삼중주를 악보에 적기 시작했다. 내가 이 주일째 그를 찾아가지 못하자 그는 나한테 보낸 편지에서

---

* 알프스 고산 지대에 아주 드물게 서식하는 뇌조는 주위 환경에 매우 민감해서 평소에는 거의 모습을 드러내지 않다가 교미기에만 나타나는 습성이 있다. 이런 습성 때문에 뇌조는 예로부터 사랑의 새, 신생의 기운을 불어넣어 주는 새의 상징으로 곧잘 인용되었다. 이 소설에서 아드리안은 자신의 창작열을 지펴 주는 미지의 원천이라는 뜻으로 쓰고 있다.
** '아주 느리게' 또는 '느리고 무겁게' 연주하라는 뜻.

"마치 크라카우*에서 공부한 듯한 느낌"이 든다고 했다. 나는 16세기에 공식적으로 마술(魔術)을 가르쳤던 곳이 곧 크라카우 대학이었다는 사실을 기억해 내기까지는 그게 무슨 말인지 알아듣지 못했다.

나는 그의 표현 방식이 그처럼 수사적인 문체로 바뀌어 가는 현상을 매우 주의 깊게 관찰했다고 단언할 수 있다. 사실 그는 그런 어법을 늘 즐기는 편이었지만, 지금은 어느 때보다도 자주, 편지에서나 혹은 말할 때조차도 더 자주 튀어나왔다. 그 이유는 조만간 밝혀질 터였다. 어느 날 그의 작업 책상 위에서 굵은 펜으로 다음과 같은 문구를 적어 놓은 종이쪽지를 발견했을 때, 나는 어떤 징후를 감지했다.

"파우스트 박사는 슬픔을 이기지 못해 자신의 비탄을 기록하였다."

그는 내가 이 문구를 읽는 것을 보고는 "점잖은 친구가 이 무슨 당치 않은 호기심인가!" 하고 한마디 하면서 나에게서 쪽지를 빼앗아 눈에 띄지 않는 곳에 치워 버렸다. 누구의 도움도 없이 혼자 힘으로 추진하려고 했던 그 작업 계획을 그는 그 후로도 오랫동안 나한테 숨기고 있었다. 그러나 그 순간부터 나는 뭔가를 알아차렸다. 관현악이 작곡된 해인 1927년은 또한 「파우스트 박사의 비탄」이 구상된 해이기도 했다는 것은 의문의 여지가 없었다. 혼신의 힘을 기울여 전념해야만 겨우 감당할 수 있을 정도로 매우 힘든 과제와 씨름하면서도 그의 정신은 벌써 앞을 내다보면서 새로운 것을 탐색하고자 촉각을

---

* 폴란드 왕국의 옛 수도 '크라쿠프'의 독일식 명칭.

곤두세워 두 번째 오라토리오를 구상하고 있었던 것이다. 도무지 믿기 힘든 일이었다. 그러나 가슴이 미어질 듯한 어떤 중대한 돌발 사건으로 그는 격렬한 비탄을 노래할 이 작품에 대한 작업을 당분간 중단할 수밖에 없었다.

44

랑겐잘차에 살던 아드리안의 누이동생 우르줄라 슈나이데바인은 1911년, 1912년, 그리고 1913년에 걸쳐 연년생으로 세아이를 낳은 후 경미한 폐렴을 앓아 몇 달간을 하르츠에 있는 요양원에서 보냈다. 그러자 폐렴은 나은 것처럼 보였고, 그 후 귀염둥이 막내 네포무크가 태어나기까지 십 년 동안은 가족들을 걱정시키지 않고 아내와 어머니의 역할을 다했다. 그러나 전란이 휩쓸던 궁핍한 시기와 그 이후로도 그녀의 건강이 제대로 회복된 적은 한 번도 없었다. 처음에는 그저 기침으로 시작하다가 점차 만성적으로 기관지까지 침투하는 감기가 잦았으며, 얼굴은(호감을 주는 밝고 사려 깊은 표정 때문에 착각을할 수도 있었지만) 병색은 아니었다 하더라도 여전히 허약해 보이고 창백했다.

1923년에 다시 아이를 갖게 되자 그녀는 건강이 상하기는커녕 오히려 생기가 도는 것 같았다. 그러나 해산 후 회복하기까지는 상당히 애를 먹었다. 그리고 그 때문에 십 년 전에 요양을 떠나야 했던 발열성 증세가 갑자기 재발했다. 당시에도 특별 치료를 위해 다시 가사 돌보는 일을 중단해야 한다는 말이 나오긴 했지만, 추측컨대 세상에서 가장 사랑스럽고 온순하고 밝으며 가장 돌보기 쉬운 아기를 가진 어머니의 기쁨과 행복, 그리고 심리적인 안정 덕분이었는지 증세는 다시 가라앉았으며, 1928년 5월 그러니까 다섯 살짜리 네포무크가 홍역을 앓던 무렵까지 몇 년 동안 그 굳센 부인은 꿋꿋이 버텼다. 그때는 사랑을 독차지하는 아이에게 밤낮으로 신경을 쓰고 돌보는 일이 그녀의 힘에 부치게 되었을 무렵이었다. 다시 병이 재발했고, 그 후로는 열이 오르내리고 기침을 하는 증세가 가라앉지 않았으며, 결국 주치의는 벌써 반 년 전부터 그릇된 낙관론을 버리고 줄곧 염두에 두었던 입원 치료가 절대적으로 필요하다고 했다.

이런 사정 때문에 네포무크 슈나이데바인은 파이퍼링으로 오게 되었다. 열다섯 살짜리 라이문트는 아직 학교에 다니고 있었지만, 안경점에서 일하는 열일곱 살 난 누나 로자와 한 살 적은 에체히엘은 당장 어머니가 안 계시므로 아버지를 도와서 집안일을 꾸려 가야만 했다. 하지만 어느 모로 보나 그들이 어린 동생을 돌보는 일까지 맡기에는 너무 벅찼다. 우르줄라는 아드리안을 떠올리고는, 홍역에서 회복 중인 아이니까 오버바이에른의 시골 바람을 쐬게 하면 의사도 좋아할 거라는 내용의 편지를 보냈다. 그리고 적당한 기간 동안 어머니나 할머니의 역할을 대신해 달라고 안주인을 좀 설득해 보라고 부탁했다. 엘제 슈바이게슈틸 부인은 이 요청에 기꺼이 응했다. 게다가 클레멘티네까지도 좋아했다. 그해 6월 중순경 요하네스 슈나이데바인이 한때 효험을 본 적이 있는 주데로데 근방의 요양원으로 자기 부인을 데리고 가는 동안 로자는 어린 동생을 데리고 남쪽으로 가는 기차를 탔으며, 그녀의 외삼촌이 제2의 친가(親家)처럼 묵고 있는 집에 데려다 주었다.

나는 남매가 도착하는 현장에 있지는 않았지만, 어떻게 온 집안 사람들이, 어머니, 딸, 아들, 하녀 그리고 머슴까지 기쁨에 들떠 웃으면서 너무나 귀여운 어린 것을 둘러싸고는 시간 가는 줄 모르고 쳐다보았는가 하는 이야기를 아드리안이 나에게 들려주었다. 물론 아무 거리낌 없이 남의 일 거들기를 잘하는 서민층의 여자들은 조그만 집 창밖으로 몸을 내밀고는 양손을 비비면서 이 사내아이에게 환영의 인사를 보내는가 하면, 가까이 다가와서 아이 주위에 쪼그리고 앉아 아이의 아름다운 용모에 넋이 나가서 예수, 마리아, 요셉의 이름을 부르며 감탄하기도 했다. 그러는 동안 아이의 큰누나는 그럴 줄 알았다는 듯이, 이 막내둥이가 어디를 가나 귀여움을 받는 데 익숙하다는 듯 여유 있는 미소를 지었다.

식구들이 '네포'라고 부르거나, 아니면 벌써 혀 짧은 소리로 말할 줄 알았던 까닭에 자음을 잘못 발음해서 스스로 '에코'라고 부르기도 한 네포무크는 도회지 티가 거의 나지 않는 소박한 여름옷 차림이었다. 소매가 짧은 흰 무명 셔츠 겸 조끼에 삼베로 짠 반바지를 입고 있었고, 양말을 신지 않은 맨발에 낡은 가죽 신발을 신고 있었다. 그럼에도 아이는 마치 요정 나라의 꼬마 왕자처럼 보였다. 갸름하게 잘생긴 다리는 아이의 귀여운 모습을 더 우아하게 돋보이게 했고, 금발이 천진난만하게 헝클어져 있는 갸름한 작은 머리의 형언할 수 없는 매력, 너무나 어린애다우면서도 잘 다듬어지고 완성된 듯한 인상마저 주는 얼굴선, 이를 데 없이 사랑스럽고 순진무구하며 그윽한 동시에 장난기가 섞여 있고 속눈썹이 길고 초롱초롱한 파란 눈. 이 모든 것이 정결하고 섬세한 난쟁이 나라에서 온 손님 혹은 동화 세계의 꼬마 왕자 같은 인상을 주고도 남았다. 뿐만 아니라 다른 매력도 얼마든지 찾아볼 수 있었다. 자기를 둘러싸고 웃으면서 감동한 나머지 나직한 환호성이나 탄성을 터뜨리는 많은 사람들 사이를 걸어다니는 몸짓이라든가, 당연히 자신의 매력을 조금은 알고 있다는 뜻으로 천진한 애교 티가 남아 있는, 귀엽게도 무엇인가를 가르치고 전달하려는 듯한 미소와 대답, 그리고 혀짤배기 소리, 작은 목청에서 울려 나오는 은방울 같은 귀여운 목소리와 이 목소리가 빚어 내는 말이 그러했다. 네포무크의 말에는 어린애들한테서 흔히 볼 수 있는 '이쓰'* 혹은 '니쓰트'**와 같은 발음이 아직 섞여 있었고, 또한 아버지에게서 이어받고 어머니에게서 습득한, 다소 생각에 잠긴 듯하고 길게 발음을 끄는 듯한 스위스 식 어투도 있었는데, 가령 에르(r)를 혀를 굴리며 강하게 발음한다든가 '슈투치히'***를 '슈투트-치히'로, '슈무치히'****를 '슈무트-치히'로 우스꽝스럽게 멈칫하면서 발음하는 식이었다. 그러면서 아이는 이따금 작은 팔과 손으로 설명이라도 하려는 듯하다 말고(아이의 말은 뭐라

---

* 이히(Ich, 나)의 아동식 발음.
** 니히트(nicht, ~이 아니다)의 아동식 발음.
*** stutzig. '고집이 센', '어리둥절한'이라는 뜻.
**** schmutzig. '더러운', '지저분한'이라는 뜻.

고 설명하기가 마땅치 않은 경우가 많았기 때문에) 자기 말을 취소한다는 뜻으로 손사래를 쳤는데, 나는 어린아이가 이런 몸짓을 하는 경우는 본 적이 없다.

아이의 말을 본떠서 금방 모두 '에코'라고 부르게 된 네포무크 슈나이데바인에 대한 묘사는 우선 이 정도로 해 두기로 하겠다. 서투르게나마 대강 이 정도만 묘사해도 아이를 직접 보지 못한 사람도 아이의 모습을 상상할 수는 있을 것이다. 나보다 먼저 살았던 수많은 작가들도 이미 한 개인을 눈에 보이듯이 정확한 모습으로 전달하는 데는 언어가 아무런 도움이 되지 않는다고 탄식하지 않았던가! 말이라는 것은 원래 예찬하기 위한 쓰임새로 만들어진 것이다. 언어라는 것은 경탄하고, 감탄하고, 축복해 주고, 어떤 현상을 그것이 불러일으키는 감정으로 표현하는 등의 용도에나 적합한 것이지, 눈앞에 없는 대상을 불러오거나 있는 그대로 재현할 수는 없는 것이다. 꼭 열일곱 해가 지난 지금도 그 아이를 생각하면 절로 눈물이 나면서, 이상하게도 지상에서 맛볼 수 없는 천상의 희열로 내 가슴이 뿌듯해진다. 이런 고백을 통해 나는 그 사랑스러운 아이의 실제 모습을 묘사하는 것보다 더 많은 것을 말하고 있는 셈이다.

그 아이가 귀엽게 몸놀림을 하면서 자기 어머니와 여행과 대도시 뮌헨에 있을 때의 일들에 관한 질문에 대답을 하는 말들에는 이미 말했듯이 스위스 억양이 섞여 있었고, 그 밖에도 그 귀여운 목소리에서 울려 나오는 표현에는 사투리가 섞여 있기도 했는데, 이를테면 '하우스*'라고 하는 대신 '휘슬리'라

---

* Haus. '집'이라는 뜻.

고 한다든지 '에트바스 파이네스'* 대신 '외피스 파인스'라고 한다든지 '아인 비스헨'** 대신 '에스 비츨리'라고 한다든지 하는 식이었다. 아이답지 않게 '말하자면'이라는 말도 즐겨 썼는데, 가령 "그건 말하자면 정말 좋았어요."라든가, 그 밖에도 그 비슷한 말들을 많이 했다. 또한 아이는 다소 옛날식의 완곡한 표현도 곧잘 했다. 이를테면 무엇이 기억나지 않을 때는 "기억에서 사라져 버렸어요."라고 한다든지, 한참 이야기를 하다가 "이제 더 새로운 뉴스는 없어요."라고 말하기도 했는데, '뉴스'라는 뜻으로 말한 '차이퉁'***을 '치티히'라고 발음했다. 그런데 아이가 이런 말을 꺼낸 이유는 이제 그만 대화를 끝내고 싶다는 뜻이었다. 과연 그러고서 아이는 어여쁜 입술로 다음과 같이 말했다.

"에코는 집 밖에 오래 있으면 예의에 어긋난다고 생각해요. 집에 들어가서 외삼촌한테 인사를 드리는 게 좋겠어요."

그러면서 아이는 누나에게 고사리 같은 손을 내밀었다. 집으로 데려다 달라는 뜻이었다. 바로 이 순간 아드리안이 나타났다. 그는 그 사이에 휴식을 취하고 몸을 추슬러서 이제 질녀를 맞이하기 위해 집 밖으로 나오던 참이었다.

"그러면 이분들이 우리 집의 새 식구들인가?"

이렇게 말하면서 그는 소녀에게 인사를 건네고 어머니를 빼닮았다는 말도 했다.

그는 네포무크의 손을 잡고는 금방 넋을 잃은 듯이 미소를

---

* etwas Feines. '근사한 것'이라는 뜻.
** ein biß chen. '조금', '약간'이라는 뜻.
*** Zeitung. '신문'이라는 뜻.

띤 채 자기를 쳐다보는 남빛 눈동자에 감도는 감미로운 광채를 들여다보았다.

"그래, 그래."

그는 그저 이런 말만 하고는 아이를 데려온 소녀에게 천천히 고개를 끄덕여 보이다가는 다시 네포무크에게로 시선을 돌렸다. 그의 감격을 눈치채지 못한 사람은 아무도 없었다. 아이에게도 그것을 숨길 순 없었다. 그리고 에코는 외삼촌한테 건넨 첫마디로 그저 확인하듯이 다음과 같이 말했는데, 이 말은 당돌하다기보다는 오히려 그런 감격을 조심스럽게 진정시키고 가라앉혀서 소박하고 다정한 말로 설명하고 있는 듯한 인상을 주었다.

"아무렴, 삼촌도 내가 오니까 기쁜 거지."

이 말을 듣고 모두가 웃었다. 아드리안도 웃었다.

"그래, 바로 그거야! 너도 우리 모두와 만나서 기쁘면 좋겠구나."

아드리안이 응대해 주었다.

"정말 근사하고 흥미진진한 만남이야."

꼬마는 놀랍게도 이렇게 말했다.

다시 빙 둘러서 있던 사람들이 한바탕 웃으려는 찰나에 아드리안이 그들을 향해 그러지 말라고 고개를 가로저으며 쉿 하는 시늉을 했다.

"그렇게 폭소를 터뜨려서 아이를 당황하게 하지 말아요. 웃을 까닭도 없잖아요. 어떻게 생각하세요, 어머니께선?"

그는 슈바이게슈틸 부인을 바라보며 조용히 물었다.

"그럼요, 그럴 까닭이 없지요!"

그녀는 과장되게 단호한 목소리로 대답했다. 그러면서 앞치마 자락으로 눈가를 훔쳤다.

"자, 그러면 들어갑시다."

이렇게 말하면서 아드리안은 다시 네포무크의 손을 잡고 인도했다.

"우리 손님들을 위해서 간단한 다과라도 준비가 되어 있겠지요?"

사실이 그랬다. 나이키 여신상이 있는 거실에서 로자 슈나이데바인은 커피를, 동생은 우유와 과자를 대접받았다. 삼촌은 함께 식탁에 앉아서 조카가 우아하고 단정하게 먹는 모습을 지켜보고 있었다. 그러면서 아드리안은 질녀와 몇 마디 말을 주고받긴 했지만 그녀가 하는 말은 건성으로 듣는 편이었는데, 그것은 요정 같은 꼬마를 지켜보느라 정신이 팔린 탓도 있었지만, 자기가 받은 감동을 신중하게 자제해서 부담감을 주지 않으려고 배려하느라 신경을 썼기 때문이다. 하지만 그럴 필요까지도 없었다. 이미 진작부터 에코는 주위의 말 없는 감탄과 홀린 듯한 시선들을 대수롭지 않게 여기는 것처럼 보였기 때문이다. 과자 한 조각이나 절인 과일을 받으며 감사하는 사랑스러운 눈길을 놓치는 것만으로도 죄가 될 것 같았다.

마침내 꼬마는 "이제 됐어."라고 말했다. 누나의 설명에 따르면, 그 말은 일찍부터 아이가 배가 부를 때, 실컷 먹었을 때, 더 이상 먹고 싶지 않을 때 쓰는 표현으로 '먹을 만큼 먹었다.'라는 말을 어린애식으로 줄이다 보니 그런 말이 되었으며, 여전히 이 말을 쓰고 있었다. "됐어!"라고 아이는 말했다. 슈바이게슈틸 부인이 주인의 예의를 차려 좀 더 먹으라고 억지로라도 권하려고 했지만, 아이는 조숙하게도 이렇게 말했다.

"에코는 그만두는 게 좋겠어."

아이는 조그마한 주먹으로 눈을 비볐다. 졸립다는 표시였다. 식구들은 아이를 침실로 데려갔다. 아이가 잠든 동안 아드리안은 작업실에서 아이의 누나 로자와 이야기를 나누었다. 로자는 단 사흘밖에 머무르지 않았다. 랑겐잘차의 집안일 때문에 서둘러 돌아가야 했던 것이다. 로자가 떠날 때 네포무크는 좀 훌쩍거리기는 했지만, 그러고는 다시 데리러 올 때까지 잘 있겠다고 약속했다. 맙소사, 그럼 이 아이가 약속을 어긴 적이라도 있단 말인가! 마치 약속을 어길 수도 있다는 듯이 말하다니! 아이는 행복의 기운을, 마음이 밝고 다정해지는 따뜻한 기운을 가져다주었다. 이 집뿐 아니라 온 마을과 발츠후트 읍내까지. 슈바이게슈틸 집안의 여자들, 즉 어머니와 딸은 늘 어디를 가든지 한결같은 찬탄을 기대하면서 함께 살고 있는 아이를 보여 주고 싶어 했고, 아이를 읍내까지 데리고 가서 약방이나 잡화상 혹은 구두 가게에서, 매혹적인 율동과 너무나 인상적으로 길게 끄는 억양을 섞어 가면서 짤막한 동시 구절을 암송하도록 하기도 했다. 아이가 암송한 동시 구절이라는 것은 『더벅머리 아이』*라는 그림 동화책에서 불장난을 하다가 온몸에 불이 붙은 꼬마 파울린 이야기, 혹은 밖에서 놀다가 집으로 돌아오면 너무 몸이 더러워서 오리 아줌마와 오리 아저씨뿐 아니라 꿀꿀이까지도 어리둥절하게 만든다는 요헨 이야기 등에 나오는 것이었다. 아이는 파이퍼링 성당의 주임 신

---

* 하인리히 호프만(Heinrich Hoffmann, 1809~1894)의 교훈적 동화집.

부 앞에서는 양손을 모아 얼굴 앞쪽까지 올리고 기도문을 읊적도 있는데, 그것은 정말 오래된 기도문으로 다음과 같이 시작된다. "어떤 것도 지상에서 죽음을 막지는 못하나니……." 주임 신부는 감동한 나머지 "오, 하느님의 귀여운 아들이여, 축복받은 아이로다!"라는 말밖에 할 줄 몰랐고, 성직자의 기품이 느껴지는 흰 손으로 아이의 머리를 쓰다듬어 주었으며, 어린양을 그린 화사한 그림을 즉석에서 선물로 주었다. 나중에 선생이 말한 바에 따르면, 그 자신도 아이와 이야기를 하면 기분이 '완전히 달라'진다고 했다. 시장이나 길거리를 지나가면 셋 중에 한 사람은 클레멘티네 양 혹은 어머니 슈바이게슈틸 부인에게 도대체 어떻게 해서 하늘에서 내려 준 이런 아이를 얻었는지 알려고 들었다. 사람들이 아이에게 빠져서 "옳지, 여기 좀 보렴! 여기 좀 보라니까!" 하고 말을 거는 소리가 들려왔는데, 신부님과 별반 다를 바 없이 "오, 사랑스러운 아가야! 축복받은 아기야!"라고 했으며, 여자들은 걸핏하면 네포무크의 옆에 무릎을 꿇고 가까이서 보려고 했다.

내가 다음에 그 집에 잠깐 들렀을 때는 아이가 도착한 지 벌써 이 주일이 지난 뒤였는데, 아이는 벌써 이곳 생활에 적응했을 뿐 아니라 인근에서 유명한 존재가 되어 있었다. 나는 처음에는 멀리서 그 아이를 보았다. 아드리안이 집 한쪽 구석에 있는 아이를 가리켰다. 아이는 집 뒤쪽에 딸기와 야채들을 심어 놓은 텃밭에 혼자 앉아 있었다. 한쪽 다리는 쭉 뻗고 다른 쪽 다리는 반쯤 치켜올려 구부리고 있었는데, 가르마를 탄 머리칼은 이마 위로 흘러내린 채 멀리서 보기에는 삼촌이 선물해 준 그림책을 건성으로 보고 있는 것 같았다. 아이는 책을 무릎에 올려놓고 오른손으로 책 모서리를 잡고 있었다. 책장을 넘기는 작은 왼손과 왼팔은 책장이 넘어가는 움직임을 무의식적으로 확인하면서 손바닥을 편 채로 책 옆쪽 허공에 가만히 정지한 채 움직일 줄 몰랐다. 저기 앉아 있는 아이처럼 사랑스러운 아이는(내 아이들이 저렇게 아름다운 눈을 가진다는 것은 감히 꿈에도 상상할 수 없었다.) 본 적이 없다고 생각될 정도로, 믿을 수 없을 만큼 우아한 자세로 앉아 있었는데, 하늘나라의 아기 천사들이 그 모습을 보면 틀림없이 찬송가를 불러줄 거라는 생각이 들었다.

우리는 아이가 있는 쪽으로 갔다. 내가 이 경이로운 아이를 제대로 알고 싶어 했기 때문이다. 교육자의 입장에서 보면 이 아이가 보여 주는 놀라운 모습은 아주 좋을 수도 있고 반대로 아주 나쁠 수도 있는데, 그걸 확인하고 싶었기 때문이다. 하지만 어느 쪽이든 절대로 내색은 하지 않겠다고, 그렇다고 사탕발림도 하지 않겠다고 단단히 결심을 했다. 이런 생각에서 나는 우선 짐짓 덤덤한 표정을 짓고, 부모들이 으레 그러듯이 어르는 어조로 "어이구, 이게 누구야? 이렇게 얌전할 수가! 그런데 지금 뭘 하는 거니?" 하고 말을 붙였다. 하지만 그런 식으로 말을 붙이면서도 내가 정말 실없다는 생각이 들었다. 그런데 아이도 내 느낌을 알아차렸는지 나처럼 머쓱한 표정을 지어서 오히려 내가 더 당황했다. 아이가 웃음을 참느라고 아랫입술을 꼭 다물고 귀엽게 고개를 숙이는 바람에 내가 오히려 민망해서 한참 동안 아무 말도 못했다.

아이는 어른 앞이라고 해서 일어나서 인사를 할 나이는 아직 되지 않았다. 아이는 그 누구보다도 지상에서는 아직 새롭고 낯선 존재, 세상을 모르는 존재로서 부드러운 사랑과 보호를 받을 권리가 있었다. 아이는 우리더러 앉으라고 했고, 우리는 앉았다. 우리는 우리들 사이에 요정을 앉히고 그와 더불어 그림책을 들여다보았다. 그 그림책은 서점에 나와 있는 아동 문학 중에 가장 훌륭한 그림책의 하나로, 영국식 취향에 따라 일종의 케이트 그리너웨이* 양식으로 그렸는데, 삽입된 동시의 운(韻)도 매끄러웠다. 네포무크(나는 아이를 늘 그렇게 불렀고 '에코'라고 부르지는 않았는데, 그런 애칭은 원래 이름의 어감을 약화하는 잘못된 것이라 생각했기 때문이다.)은 그 책에 나오는 이야기들을 거의 모두 외우고 있었으며, 그 귀여운 손가락으로 전혀 엉뚱한 행을 짚어 가면서 우리에게 들려주기도 했다.

그런데 아이가 귀여운 목소리와 멋진 억양으로 이야기에 나오는 동시 구절을 낭송하는 것을 단 한 번(어쩌면 여러 번이었을지도 모르겠다.) 들었을 뿐인데, 이상하게도 나 또한 오늘날까지도 그 동시들을 기억하고 있다. 서로 원한을 품은 세 악사가 외통길에서 마주치는 바람에 서로 피할 수도 없게 되었다는 이야기는 지금도 생생하게 기억난다. 나는 그 이야기에 나오는 노래를 애들한테 들려줄 수도 있지만, 에코의 솜씨를 따라가기에는 어림도 없다. 아이가 감미롭게 동시 구절을 읊조리면 도무지 자리를 뜰 수가 없었다. 생쥐들은 사순절 잔치를 하고 있었고, 집쥐들은 구멍에서 기어 나왔다. 이야기의 마지막 부분은 이렇다.

---

* Kate Greenaway(1846~1901). 영국의 삽화가. 특히 아동 문학 삽화를 많이 그렸다.

연주를 끝까지 들은 것은
어린 강아지였어요.
집으로 돌아온 강아지는
몸이 아팠어요.

강아지가 아프다는 대목에서 꼬마는 걱정스러운 듯이 고개를 가로저으며 슬프게 목소리를 떨구었다. 그런가 하면 바닷가에서 기묘하게 생긴 두 난쟁이 신사가 서로 인사를 나누는 장면을 흉내 낼 때는 우아하고 위엄 있는 몸짓을 했다.

안녕하세요, 나리!
해수욕을 하기엔 안 좋은 날이군요.

이렇게 말하는 데는 여러 가지 이유가 있다. 우선 이날은 기온이 5도밖에 안 될 정도로 물이 차갑기도 하고, 또 '스웨덴에서 온 세 손님'이 있었기 때문이다.

황새치, 톱상어, 상어
아주 가까이에서 세 마리가 헤엄치고 있어요.

아이는 이 친절한 경고를 너무나 익살스럽게 표현했다. 사나운 물고기들이 아주 가까이서 헤엄치고 있다고 이야기를 하면서, 세 불청객을 손가락으로 꼽고 오싹한 분위기를 자아내기 위해 눈을 휘둥그렇게 뜬 모양이 너무 우스워서 우리 둘은 큰 소리로 웃었다. 그와 동시에 아이는 우리가 흥겨워하는 모습을 줄곧 짓궂은 호기심으로 관찰하면서 우리의 얼굴을 쳐다보고 있는 것 같았다. 아마도 정나미 떨어지게 무미건조하고 딱딱한 나의 교육 원칙이 혹시나 그 웃음 때문에 허물어져서 내 꼴이 우습게 되는 것을 지켜보려고 했을 것이다.

실제로 그랬다! 나의 교육 원칙은 허물어지고 말았다. 어린 이 왕국과 요정의 나라에서 온 꼬마 전령을 늘 또렷한 어조로 '네포무크'라 부르고 여자들과 마찬가지로 '에코'라는 이름을 선택한 아드리안과 아이에 대해 이야기할 때만 '에코'라고 부르게 된 것을 제외하고는, 어리석게도 내 교육 원칙을 지키고자 처음 시도한 이후로 도무지 그런 원칙을 지킬 수 없었던 것이다. 나의 교육자적 원칙은 그처럼 사랑스러운 모습을 대하고는 왠지 근심과 불안과 당혹감에 빠졌던 것이다. 사실 그 아이의 모습은 찬미할 만한 사랑스러움이긴 했지만, 결국 언젠가는 시간의 운명을 견디지 못하고 한때 꽃피었다가 다시 세속에 물들어 퇴락하고 말 터였다. 미소를 머금은 하늘색 푸른 눈은 그 근원적인 순수성을 잃고 다르게 변하고 말 것이다. 천진난만한 귀여운 천사의 표정, 약간 오목하게 들어간 턱, 가만히 있을 때보다는 반들거리는 젖니를 드러내며 미소를 지을 때면 더욱 아름다워 보이는 매력적인 입, 턱 부분에서 입 언저리로 이어져서 귀여운 뺨과 경계를 이루는, 작은 코에서부터 입 언저리로 부드럽게 흘러내리는 두 개의 둥근 선, 이 모든 것이 언젠가는 다소 평범한 속인(俗人)의 얼굴로 바뀌고 말 것이다. 그리하여 사람들에게 그렇고 그런 평범한 인간으로 간주되면, 네포무크가 나의 교육적인 태도를 지켜볼 때처럼 그런 대우를 우습게 여길 이유도 없을 것이다. 그렇긴 하지만, 아무리 모든 것이 시간이 흐름에 따라 비속해진다 해도 시간의 힘이 과연 이 사랑스러운 모습까지도 파괴할 수 있을지 의심하게 만드는 그 무엇이 있었고, 어쩌면 요정 같은 아이의 조소는 이것을 알고 있다는 표현인지도 몰랐다. 하늘에서 내려와 지상에서 살고 있는 이 아이의 모습은 이상하게도 그 자체로 완벽하고 보편타당한 그 무엇을 지니고 있었다. 거듭 말하지만 이 아이는 사랑스러운 전령 같은 느낌을 불러일으켰으며, 이성을 마비시키고 기독교에 의해 채색된 비논리적인 꿈의 세계 속으로 인도했다. 물론 이 아이도 어쩔 수 없이 언젠가는 어른이 될 거라는 사실을 부정할 수는 없었다. 하지만 아이의 모습은 신비롭고 시간을 초월해 언제나 지금 모습을 간직할 상상의 영역 속에 살아 있을 것 같았다. 그런 영역에서는 성인이 된 그리스도의 모습이 마리아의 품에 안겨 있는 아기 예수와 조금도 모순되지 않는 것이다. 이 아이 또한 마리아의 품에 안긴 아기 예수와 같았다. 영원히 살아 있고, 영원히 기도하는 성도들 앞에서 작은 손을 들어 올려 성호를 긋는 아기 예수인 것이다.

사람들은 이 무슨 허황된 공상이냐고 할지도 모르겠다. 그러나 나는 내 경험을 그대로 서술할 뿐이며, 그 아이의 모습이 눈에 어른거릴 때마다 느꼈던 당혹감을 고백할 따름이다. 아드리안의 태도를 본받았더라면 좋았을 것이다. 사실 그럴 생각을 해 보기도 했다. 아드리안은 교육자가 아니라 예술가였고, 이 아이도 언젠가는 변할 거라는 생각은 하지 않은 채 사태를 받아들였다. 바꾸어 말하면 그는 끊임없이 변화하는 것에서 불변의 존재를 읽어 냈고, 대상의 가시적 변화와 무관한 형상의 존재를 믿었는데, 그것은 (적어도 내가 보기에는) 정서적 안정과 초연함에서 우러나오는 믿음이었다. 그런 형상에 익숙해 있는 그의 믿음은 다른 어떤 초지상적인 형상들을 통해서도 흔들리지 않을 그런 믿음이었다. 내가 보기에 아드리안은 요정 나라의 왕자인 에코가 왔으니 아이의 천성에 맞게 다루어야지 그걸 무시해서는 안 된다는 생각에서 출발했다. 물론 그는 근엄한 표정을 짓는다거나 "자, 아가야, 장하지?" 하는 식으로 응석받이로 대하는 법도 없었다. 다른 한편 소박한 성직자들처럼 "오, 성스러운 아이로다!" 하는 식으로 황홀해하지도 않았다. 아이를 대하는 그의 태도는 생각에 잠긴 듯이 미소를 짓거나 진지하게 부드러운 태도로 일관했다. 듣기 좋은 말만 하거나 장단을 맞추거나 애교를 떠는 일은 없었다. 실제로 나는 그가 어떤 방식으로든 아이를 어루만져 주거나 머리를 쓰다듬는 것을 거의 본 적이 없다. 다만 아이의 손을 잡고 들판으로 산책 나가기를 즐겼을 뿐이다.

비록 아드리안의 태도가 그렇긴 했어도 나는 그가 첫날부터 조카를 끔찍이 사랑했으며, 조카의 출현이 그의 인생에서 가장 밝은 시기를 맞게 해 주었다고 믿는다. 비록 그가 아이와 함께 있는 시간은 얼마 되지 않았고 아이가 기다리는 쪽은 당연히 여자들이었으며, 그 집 어머니와 딸은 다른 할 일이 많았던 까닭에 아이는 안전한 장소에서 혼자 노는 일이 종종 있긴했다. 하지만 흔적도 없이 걸어다니고 무게 있는 옛말을 구사하는 요정 같은 아이의 달콤한 매력에 아드리안이 남몰래 진정한 기쁨을 얻고 아이한테 마음을 쏟으며 하루하루를 보냈다는 것은 엄연한 사실이다. 아이는 홍역의 후유증으로 갓난 애들처럼 무척이나 잠을 보챘다. 낮에도, 오후 쉬는 시간 외에도 잠을 자는 일이 많았다. 졸음이 오면 마치 저녁에 잠자리에 들 때처럼 "잘 자!" 하곤 했는데, 아이는 보통 때도 그렇게 작별 인사를 했다. 아이는 낮 시간 아무 때나 스스로 자리를 뜬다거나 아니면 다른 사람이 떠날 때는 "안녕!", "잘 가!" 하는 말 대신 언제나 "잘 자!"라고 했던 것이다. 그것은 언제나 그만 먹겠다는 신호인 "됐어!"라는 말과 짝을 이루었다. 또한 잠들기 전에는 "잘 자!"라고 말하면서 잔디밭에서든 의자에서든 고사리 같은 손을 내밀기도 했으며, 나는 아드리안이 뒤뜰에서 세 개의 널빤지를 못으로 박아 만든 좁은 벤치에 앉아서 발치에 잠든 에코를 지켜보는 것을 목격한 적이 있다. "잠들기 전에 나한테 악수를 청했다네." 내가 온 것을 알고는 나를 쳐다보면서 그는 이렇게 말했다. 그때까지도 그는 내가 다가오는 것을 눈치채지 못했던 것이다.

엘제 슈바이게슈틸과 클레멘티네 슈바이게슈틸이 들려준 이야기에 따르면, 네포무크는 그들이 본 아이들 중에 가장 귀엽고 순하고 싫증이 나지 않는 아이였다. 그것은 아이가 갓난애였을 적에 보았다는 사람들의 이야기와 일치했다. 사실 나는 이 아이가 슬플 때 눈물을 흘리는 것은 보았어도 다른 아이들이 떼쓸 때 모양으로 큰 소리로 엉엉 울어 대는 모습은 본적이 없다. 이 아이한테서 그런 모습은 상상도 할 수 없었다. 아이는 거절이나 금지를 순순히 받아들였다. 가령 이 집 머슴과 말을 구경하러 가거나 발푸르기스와 외양간에 소를 구경하러 가고 싶은데 시간이 맞지 않아 안 된다고 하면 아이는 기꺼이 받아들이면서 그와 동시에 "나중에 가는 게 나을 거야. 내일 아무 때라도 좋아." 하는 식으로 말해서 사람을 머쓱하게 만들었다. 그런 말은 자신을 달래기 위한 것이라기보다는 오히려, 그리고 싶진 않았겠지만, 자신의 소망을 거절한 사람들을 위로하기 위한 것이었기 때문이다. 심지어는 "마음 아파하지 마세요! 다음번에는 허락해 줄 수 있을 거예요."라는 말까지 하면서 청을 못 들어준 사람의 손을 쓰다듬기도 했다.

수도원장 방에 들어가지 못하게 할 때도 아이는 삼촌한테 그런 식으로 말하곤 했다. 아이는 그 방에 무척 마음이 끌리고 있었다. 도착한 지 불과 이 주일밖에 안 되었을 때, 즉 내가 아이를 처음으로 만났을 때 벌써 아이가 유독 아드리안에게 매달리면서 함께 있으려 하는 태도가 역력했다. 여자들과 함께 있는 것이 평범한 데 비해 그와 함께 있으면 특별히 흥미가 있었기 때문일 것이다. 어떻든 자기 엄마의 오빠인 이 남자가 파이퍼링의 농부들 사이에서 누구나 황송해하고 존경하는 독보적 위치에 있다는 사실을 아이가 눈치채지 못했을 리 없다.

그처럼 다른 이들이 외삼촌을 어려워했다는 사실 때문에 아이는 외삼촌과 함께 있으면 더 우쭐했는지도 몰랐다. 그렇다고 아드리안이 무조건 아이의 뜻에 응했다고 볼 수는 없다. 그는 온종일 아이를 보지 않고, 자기 곁에 오지 못하게 하고, 마치 아이를 피하는 듯했고, 보면 분명히 사랑스러울 텐데도 보는 걸 삼갈 때가 있었다. 물론 그러고는 여러 시간을 아이와 함께 보냈으며, 이미 말했다시피 그 고사리 같은 손을 잡고 산책을 가기도 했다. 연약한 동반자와 마찬가지로 아주 느긋한 기분으로 의좋게 침묵을 지키거나 간단한 이야기를 주고받으며 에코가 도착한 계절의 습기와 풍성함을 만끽했다. 길에 늘어선 서양갈매나무나 라일락 혹은 재스민 향기를 맡으며 거닐거나, 비옥한 땅에서 아이의 키만 한 줄기와 이삭을 흔들며 추수를 기다리는, 벌써 누렇게 익어 가는 밀밭의 담장 사이로 난 좁은 길에 접어들면 아이가 앞서 가도록 하기도 했다.

'비옥한 땅'이라고 하지 않고 차라리 '대지에서'라고 하는 편이 나았을지도 모르겠다. 왜냐하면 아이는 이날 산책에 만족감을 보이면서 간밤의 '라인(Rein)'이 '대지'를 '에어키켄(erkicken)'했다고 말했기 때문이다.

"'라인'이라니 무슨 말이야, 에코?"

아드리안은 '에어키켄'이라는 말도 어린애들이 쓰는 말이겠거니 하면서 물었다.

"라이겐(Reigen) 말이에요."

아이는 다른 말로 설명하고는 더 이상 질문을 받으려고 하지 않았다.

"여보게, '에어키켄'하는 '라인'이라니 이상하지 않은가?"

다음번에 아드리안은 눈이 휘둥그레져서 나한테 이 이야기를 해 주었다.

나는 중세 독일어에서 '라인' 혹은 '라이겐'이라는 말은 15세기까지 '레겐'*을 뜻했으며, 또한 '에어키켄'이나 '에어퀴켄'(erkücken)이라는 말은 중세 독일어에서 '에어크뷔켄'**과 같은 뜻으로 쓰였다고 친구에게 설명해 주었다.

"그래, 꽤 오래된 말이군."

아드리안은 약간 어리둥절해하면서 그제야 알겠다는 듯이

---

* Regen. '비'라는 뜻.
** erquicken. '생기를 불어넣다.'라는 뜻.

고개를 끄덕였다.

그는 도시에 갈 일이 있을 때면 아이에게 줄 선물을 사 왔다. 온갖 종류의 동물 인형, 상자에서 불쑥 튀어나오는 난쟁이 인형, 타원형 궤도를 빠른 속도로 달리면서 등을 깜박이는 전차 모형, 요술 상자 등이었는데, 이 상자 안의 장난감들 중에서 가장 희한한 것으로는 뒤집어도 쏟아지지 않는 붉은 포도주가 담긴 유리잔이 있었다. 아이는 물론 이런 선물들을 받고 매우 기뻐했지만, 가지고 놀다가 금방 "됐어." 하기가 일쑤였으며, 외삼촌 자신이 사용하는 물건들을 보여 주면서 설명해 주는 쪽을 훨씬 더 좋아했다. 언제나 같은 물건이었지만 설명은 늘 새로웠다. 그런데 아이들은 마음에 드는 물건이면 자꾸만 보고 싶어 하고 갖고 싶어 하게 마련이다. 상아를 예리하게 깎아서 만든 종이 자르는 칼, 그리고 들쭉날쭉한 땅덩이와 칼로 파낸 듯한 만(灣)과 기이한 형태의 내륙 수로와 파랗게 여백을 뒤덮고 있는 대양 등이 표시된, 비스듬한 축을 중심으로 회전하는 지구본, 추가 아래로 내려오면 다시 크랭크로 감아 올리게 되어 있는 자명종, 이런 것들은 아이가 싹싹하고 우아한 자세로 방에 들어서면서 귀여운 목소리로 다음과 같이 물으면서 보고 싶어하는 독특한 물건들 중의 몇 가지였다.

"내가 와서 화났어요?"

"아니다, 에코. 화난 게 아냐. 그런데 아직도 태엽이 겨우 절반밖에 돌아가지 않았어."

이런 경우 아이가 원하는 것은 아마 자동 악기였을 것이다. 그것은 내가 선물한 것으로, 아래쪽을 열면 작동하게 되어 있는 조그마한 갈색 상자였다. 사마귀처럼 생긴 작은 금속들로

덮인 태엽 장치가 톱니바퀴의 특정한 톱니들과 맞물려 돌아가
면서, 처음에는 빠르고 우아하게 나중에는 점차 느려지면서,
다소 지루한 느낌을 주지만 화음이 잘 맞는 간단한 형태의 멜
로디 세 종류가 나지막하게 울려 나왔다. 에코는 언제나 똑같
이 긴장한 채 그 멜로디에 귀를 기울였는데, 기쁨과 경탄과 깊
은 몽상이 섞인 그 눈을 정말 잊을 수 없다.

아이는 아드리안이 악보에 적어 놓은 음표들도 즐겨 들여
다보았다. 작은 깃발과 깃대로 장식되어 있고, 연결선으로 묶
여 있기도 하고, 까맣게 채워 있기도 하고 속이 비어 있기도
한 이 신비로운 문자들을 보면서 그 모든 기호가 무슨 뜻인
지 설명해 달라고 했던 것이다. 아드리안의 설명을 들으면 이해
할 수 있을 거라고 생각했는지, 아니면 그냥 읽을 만하게 보였
는지 궁금하다. 아이는 당시 레버퀸이 은밀히 작업 중이던 「태
풍」*에 나오는 '아리엘**의 노래' 초고를 기록한 악보를 누구보
다 먼저 볼 수 있었다. 아드리안은 유령의 목소리처럼 종잡기
힘든 자연의 소리들로 가득 찬 제1악장 '황금빛 모래사장으로'
를 아주 감미로운 제2악장 '꿀벌이 꿀을 빠는 곳에서 나도 꿀
을 빤다.'와 통일하는 방식으로 소프라노, 첼레스타***, 약음기를
단 바이올린, 오보에, 약음기를 단 오보에, 그리고 플라지올레
토 주법****의 하프를 위한 협주곡으로 이 곡을 작곡했다. 아마도
이 '세련되고도 유령 같은' 음악을 듣는 사람은 아무리 정신의

---

* 셰익스피어의 희곡 『태풍』을 가지고 작곡한 곡명.
** 『태풍』에 나오는 대기의 정령.
*** 피아노와 비슷한 건반악기.
**** 현악기로 플루트 음의 효과를 내는 주법.

귀로, 혹은 책을 읽듯이 듣는다 할지라도 작품에 나오는 페르디난드*가 말하듯 "도대체 음악이 어디에 있지? 허공에? 지상에?"라며 의아해할 것이다. 왜냐하면 작곡가는 거미줄처럼 정교하게 직조한 이 속삭이는 듯한 음악에, 천진하고 사랑스러우면서도 마음을 산란하게 하는 아리엘의 경쾌한 노래뿐 아니라 언덕과 개울과 숲의 요정들의 세계 전부를 담았기 때문이다. 가령 요정들은 프로스페로**의 묘사에 따르면, 달밤이면 심심풀이로 건초를 양의 주둥이에 대고 빙빙 돌려서 움찔하게 만들거나, 한밤중에 버섯을 따러 다니기도 하는 것이다.

에코는 악보 중에서 개가 '멍멍' 짖거나 수탉이 '꼬끼오' 하고 우는 부분을 자꾸만 보려고 했다. 그러면 아드리안은 이 부분들을 설명하기 위해 사악한 마녀 시코락스***와 그 종자(從者)에 관한 이야기를 들려주었다. 마녀의 못된 지시를 따르기에는 너무 마음씨가 고운 그 요정은 소나무가 갈라진 틈새에 꼼짝달싹 못하게 갇혀 십이 년의 비통한 세월을 보내다가 결국은 선량한 마술사를 만나 풀려나게 되었다는 이야기였다. 네포무크는 요정이 갇혔을 때의 나이가 몇 살이었고, 십이 년 뒤 풀려나게 되었을 때의 나이는 몇 살이었는지를 무척 알고 싶어 했다. 그러나 삼촌은 요정한테는 나이가 없고 갇힐 때나 풀릴 때나 똑같이 사랑스러운 꼬마 요정이었다고 대답해 주었다. 그 말을 들은 에코는 만족스러워하는 것 같았다.

수도원장 방의 주인, 즉 아드리안은 에코에게 생각이 나는

---

* 『태풍』에 나오는 인물 중 하나로 나폴리 왕의 아들.
** 『태풍』에 나오는 마법사로 원래는 밀라노의 대공(大公)이었다.
*** 『태풍』에 나오는 마녀.

대로 다른 동화들도 많이 이야기해 주었다. 룸펠슈틸츠헨*, 팔라다**, 라푼첼***, 종종 뛰며 노래하는 종달새**** 등. 아이는 이따금 작은 팔로 삼촌의 목을 감으면서 한쪽 무릎 위에 앉기도 했다. 이야기가 끝나면 "정말 희한한 이야기네요."라고 말하기도 했으나, 이야기가 채 끝나기도 전에 삼촌의 가슴에 머리를 기대고 잠들 때가 더 많았다. 그러면 삼촌은 여자들 중 누군가가 와서 에코를 데려갈 때까지 아이의 머리 위에 턱을 살짝 괸 채로 한참 동안 꼼짝 않고 앉아 있고는 했다.

작업이 바빠서든 두통 때문에 어쩔 수 없이 조용히 어두운 곳에 있어야 하기 때문이든, 아니면 그 밖의 어떤 이유 때문이든 간에, 이미 말했다시피 아드리안은 낮 시간에는 아이를 멀리하는 편이었다. 그러나 에코를 보지 못한 채 낮 시간이 지나가기 무섭게 그는 저녁마다 아이가 잠자리에 들 무렵이면 거의 누구의 눈에도 띄지 않게 조용히 아이의 방에 들어가 잠들기 전의 기도를 함께 해 주었다. 아이는 바로 누운 채로 작고 귀여운 양손을 가슴에 모아 쥐고, 자기를 돌봐 주는 여자들 중의 한 사람 혹은 두 사람 모두, 즉 슈바이게슈틸 부인과 그 딸과 함께 취침 기도를 했던 것이다. 하늘처럼 파란 눈으로 천장을 쳐다보면서 너무나 감동적으로 낭송하는 아이의 기도문들은 특이했다. 게다가 이틀이 멀다하고 기도문을 바꿀 정도로 많은 기도문을 외고 있었다. 특이한 것은 '하느님'을 언제나

---

* 『그림 동화집』에 나오는 동화의 제목이자 주인공 이름.
** 『그림 동화집』 중 「거위 치는 소녀」에 나오는 말[馬] 이름.
*** 『그림 동화집』에 나오는 동화의 제목이자 주인공 이름.
**** 『그림 동화집』에 나오는 동화.

'하느으님'처럼 들리게 발음했고 '누가(wer)', '어떤(welch)', '어떻게(wie)'라는 말 앞에다 슬쩍 에스(s)를 갖다 붙이듯이 발음했다는 점이다. 이를테면 아이는 다음과 같이 낭송했다.

> 하느으님의 율법 안에서 사는 자,
> 그 안에 하느으님이 계시고 하느으님 안에 그가 있습니다.
> 나를 주님께 맡기나이다.
> 주님은 저를 도와 편안히 쉬게 할 것입니다. 아멘.

이런 기도문도 있었다.

> 어떤 사람의 죄가 아무리 커도
> 하느으님의 은총은 그보다 더 크시니
> 저의 죄는 아무것도 아닙니다.
> 하느으님은 충만한 은총으로 웃어 주십니다. 아멘.

혹은 다음과 같이 예정 조화설*의 색채가 너무 강해서 아주 기이한 느낌이 들었던 기도문도 있다.

> 죄지은 자라고 버려 두면 안 되니
> 그 역시 뭔가 좋은 일은 하게 마련입니다.
> 선행은 사라지지 않는 법이니

---

* 인간의 운명과 세상만사가 이미 하느님의 뜻에 따라 미리 정해져 있다고 보는 학설.

설사 지옥에 갈 운명일지라도.
오, 나와 사랑하는 가족들에게
축복을 내려 주소서! 아멘.

혹은 다음의 기도문도 이따금 등장했다.

태양은 악마를 비추고
순결을 간직한 채 저물어 간다.
제가 지상에서 죄짓지 않게 해 주소서,
죽음의 죄과를 치를 때까지. 아멘.

심지어 이런 기도문도 있었다.

명심하라, 다른 사람을 위해 기도하는 사람은
그로써 자기 자신을 구원하나니.
에코는 온 세상을 위해 기도하니
하느으님이 저도 품에 안아 주시길. 아멘.

나는 이 기도문을 아이한테서 직접 듣고 큰 감동을 받았는데, 아이는 내가 그 자리에 있는 것을 눈치채지 못한 것 같았다.
"이 신학적인 사색에 대해 자넨 어떻게 생각하나? 이 아이는 세상 만물을 위해 기도하고 있는데, 자기 자신도 그 가운데 포함되어 있지. 다른 사람들을 위해 기도하는 것이 자신을 위한 일도 된다는 것을 이 착한 아이가 알기나 할까? 사심을 버리는 마음도 사라지는 것이 아닐까?"

방에서 나온 후 아드리안이 내게 물었다.

"거기까지는 맞아. 하지만 이 아이가 자기 자신을 위해서만이 아니라 다른 모든 사람을 위해 기도한다고 해서 이기적이라고 할 수는 없겠지."

내가 대꾸했다.

"그렇군. 우리 모두를 위해서니까."

아드리안이 나직이 말했다.

내가 말을 계속했다.

"뿐만 아니라, 우리는 마치 그 아이 스스로가 이런 생각을 해낸 것처럼 말하고 있어. 어떻게 그런 생각을 하게 되었냐고 물어본 적이라도 있나? 아버지한테서? 아니면 누구한테서?"

아드리안의 대답은 이랬다.

"아니, 그런 건 물어보지 않았어. 나는 의문이 저절로 풀리기를 좋아하는 편이거든. 게다가 제대로 대답해 줄 것 같지도 않고."

슈바이게슈틸 모녀의 태도 역시 마찬가지인 것 같았다. 내가 알기로는 그들도 어떻게 아이가 그런 저녁 기도문을 알게 되었는지 물어본 적이 없다. 그 기도문들 중에는 멀리 떨어져 있어서 내가 직접 들어 보지 못한 것들도 있었다. 나는 직접 들지 못한 기도문들을 모녀를 통해 알게 되었다. 하지만 그때는 이미 네포무크 슈나이데바인이 우리 곁을 떠난 뒤였다.

45

그 진기하고도 사랑스러운 존재는 우리가 사는 이곳 지상에서 떠나갔다. 아, 도저히 납득할 수 없는 이 참혹한 일을 내가 왜 굳이 부드러운 말로 표현하려 한단 말인가! 나는 그 참혹한 사건의 증인이었으며, 오늘날까지도 그 일을 생각하면 가슴이 미어지는 고통, 아니 격분이 솟구친다. 이미 오래전부터 그 일대에서는 발생한 적이 없는 어떤 질병이 사납고 난폭하게 아이를 덮쳐서 불과 며칠 만에 아이를 저세상으로 데려가고 말았던 것이다. 갑작스러운 발병에 매우 당황한 선량한 의사 퀴르비스 씨의 말로는, 홍역이나 백일해의 회복기에 접어든 아이들은 그런 병에 걸릴 수도 있다고 했지만 말이다.

아이의 신체에 여러 가지 이상 징후가 번갈아 나타난지 불과 두 주일 만에 그 모든 사태가 종료되었다. 그나마도 첫 주에는 어떤 끔찍한 일이 벌어질지 아무도, 적어도 내 생각에는 아무도 예측하지 못했다. 때는 8월 중순, 들판에서는 인력이 총동원되어 추수 막바지에 접어들고 있었다. 네포무크가 그 집의 기쁨이 된 지 두 달째였다. 처음에는 코감기 증세처럼 아이의 사랑스럽고 맑은 눈이 흐릿해졌다. 아이가 식욕을 잃고, 짜증을 내고, 유독 더 잠을 보채는 것도, 물론 우리가 처음 만날 때부터 잠을 보채긴 했으므로 그저 성가신 코감기 때문이 겠거니 했다. 먹을 것과 장난감, 그림책과 이야기 등 무엇을 해 주겠다고 해도 아이는 그저 "됐어." 하고 한사코 마다했다. "됐어!" 하면서 고통스러운 듯이 귀여운 얼굴을 찌푸리고는 상대방을 외면했다. 그러더니 이내 눈빛과 목소리에 심술기가 올랐는데, 그전까지 기분이 상할 때 그랬던 것보다 더 불안해 보였다. 마당에 들어오는 마차의 소음이나 사람들의 목소리에 지나치게 민감한 반응을 보이는 것도 같았다. "조용히들 해요!"라고 하면서, 마치 시범이라도 보이듯이 귀엣말로 소근거리기도 했다. 제법 우아하게 딸랑이 소리를 내는 자동 악기도 들으려 하지 않았고, 귀찮다는 듯이 금방 "됐어요, 됐다니까!" 하면서 제 손으로 악기를 끄고는 눈물을 글썽거렸다. 게다가 한여름에 마당과 뜰에 내리쬐는 햇살을 피해 방으로 들어가 눈을 비비며 꾸벅꾸벅 졸기도 했다. 포근한 휴식을 찾아서 이 사람 저 사람 마음에 드는 사람에게 가서 목을 껴안기도 했지만, 그래도 위안이 되지 않아서 금방 다시 떠나곤 하는 모습은 너무 딱했다. 아이는 슈바이게슈틸 모녀와 하녀 발푸르기스한테 매달렸다가도 역시 더 편한 사람을 찾아 다시 삼촌에게 곧잘 매달렸다. 아이는 삼촌한테 달려가서 가슴에 안긴 채 그의 부드러운 말에 귀를 기울이고 쳐다보고는 힘없이 미소 짓기도 했지만, 그러고는 귀여운 머리를 점점 깊숙이 떨구면서 "잘 자!" 하고 중얼거리다가 살짝 빠져나와 휘청거리며 방을 나갔다.

아이를 진찰하기 위해 의사가 왔다. 의사는 코감기에 듣는 물약과 강장제를 처방해 주었지만, 심각한 병의 조짐이 보인다는 추측을 철회하지는 않았다. 이미 여러 해째 자신의 환자인 아드리안에게도 이런 우려를 표명했다.

"그래요?"

안색이 창백해지면서 아드리안이 물었다.

"어쩐지 조짐이 심상치 않군요."

의사가 말했다.

"심상치 않다니요?"

말을 되받은 아드리안이 너무 놀라서 거의 소름 끼치는 어조로 말했기 때문에 의사는 너무 심한 말을 했나 하는 생각이 들 정도였다.

"그렇습니다. 말씀드린 그대로입니다. 그런데 정작 선생의 병세는 호전되는 것 같습니다. 하지만 꼬마가 걱정이죠?"

"그럼요. 제 책임입니다, 의사 선생님. 아이가 건강해지라고 이런 시골에서 맡아 기르고 있으니까요……."

"지금 당장에는 이런 달갑지 않은 증세에 어떻게 대처할 방도가 없습니다. 내일 다시 오겠습니다."

의사는 다음 날 다시 왔다. 이번에는 확실한 진단을 내렸다. 급성 발진 티푸스에 걸렸다는 것이었다. 초기에는 미열로 가벼운 두통이 오지만, 불과 몇 시간이 안 되어 도저히 참기 힘든 두통이 온다고 했다. 의사가 도착했을 때는 이미 아이가 침대에 옮겨져 있었는데, 두 손으로 귀여운 머리를 감싸 쥔 채 울부짖고 있었다. 아이가 기진맥진할 때까지 울부짖는 소리는 온 집 안에 울려 퍼져서 누구라도 그 소리를 들으면 도저히 견디기 힘들었다. 그러는 중에도 아이는 간간이 자기를 둘러싼 사람들을 향해 고사리 같은 손을 내밀면서 "살려 줘요! 아, 머리가 아파요! 머리가!" 하고 소리쳤다. 그러다가 다시 격렬한 발작 때문에 더 이상 말을 못하고 축 늘어졌다.

퀴르비스 씨는 아이의 눈을 검진했다. 눈동자가 아주 조그맣게 수축되었으며, 사시(斜視)의 조짐마저 보이고 있었다. 눈에 띄게 근육이 경직되고 목이 뻣뻣해지는 증세가 나타났다. 뇌막염이었다. 선량한 의사는 이상하다는 듯이 고개를 갸웃거리며 병명을 밝혔다. 지금의 의술로는 이 치명적인 병을 다스릴 도리가 없다는 것도 양해해 주었으면 하는 눈치였다. 이왕 이렇게 되었으니 아이의 부모한테 전보를 치면 좋겠다는 말로 그런 의중을 넌지시 내비쳤다. 애 엄마라도 있으면 꼬마를 진정시킬 수는 있겠다는 것이었다. 그러면서 대도시에 있는 내과 의사를 불러 달라고 했는데, 그것은 유감스럽게도 심상치 않은 사태가 발생할 경우 책임을 피하려는 생각 같았다. 그는 "저는 그저 별 볼일 없는 의사죠. 더 상급 의료 기관에 가 보시는 게 좋겠어요."라고 했다. 이제는 가망이 없다는 말을 그렇게 둘러서 표현했을 것이다. 하지만 그래도 진단에 맞는 처방으로, 아니, 이제 마지막으로나마 환자의 고통을 덜어 주기 위해서라도 의사는 주저하지 않고 척추에 주사를 놓았다. 주사를 놓을 때 슈바이게슈틸 부인은 안색이 창백해지면서도, 산다는 게 늘 그런 거지 하는 믿음을 가지고 침대에서 신음하는 아이를 거의 아이의 무릎과 턱이 맞닿을 정도로 꼭 껴안아 주었다. 그러는 사이에 퀴르비스 씨는 척추 깊숙이 주사를 밀어 넣었고, 아이의 몸에서 체액이 방울방울 맺혀 나왔다. 그러면 금세 아이의 두통이 일시적으로 말끔히 가라앉았다. 하지만 의사는 분명히 재발할 거라고 했다. 두세 시간만 지나면 다시 두통이 찾아오리라는 걸 의사는 알고 있었던 것이다. 척수액을 뽑아내어 두통을 진정시킬 수 있는 시간은 겨우 그 정도밖에 되지 않았기 때문에 반드시 얼음주머니와 진정제를 준비해야 했는데, 그나마 진정제는 읍내에서 구할 수 있었다.

아이는 주사를 맞으면 기진맥진한 상태에서 잠이 들었다가, 다시 깨어나면 증세가 재발해서 머리가 깨지는 듯한 고통 때문에 다시 애간장을 끊는 듯한 하소연을 하고 귓전을 따갑게 울리는 절규를 시작했다. 그것은 전형적인 '뇌종양 발작'이었는데, 오직 의사만이 원래 그런 증세인 줄 알았기에 그러려니 하고 묵묵히 견뎠다. 자기 분야의 전형적인 현상을 접하면 오히려 무심해지게 마련이다. 다만 당사자를 개인적으로 이해하는 사람만이 놀라서 넋을 잃는 것이다. 이것이 학문의 냉정함이다. 그렇지만 젊은 시골 의사 역시 아이의 고통을 보다 못해 처음에 처방했던 취소(臭素)와 염소 약품을 금방 모르핀으로 바꾸었다. 모르핀은 더 잘 듣는 편이었다. 의사는 집안 사람들의 괴로움을 덜어 주기 위해, 그중에서도 특히 더 괴로워하는 아드리안 위해, 또 고통 받는 아이에 대한 측은한 마음에서 모르핀을 사용하기로 결심했던 것이다. 척수액을 뽑아내는 것은 하루에 한 번씩만 허용되었는데, 그러다 보니 하루 중 두통이 가라앉는 때는 단 두 시간뿐이었다. 아이는 스물두 시간 내내 죄어 오는 고통을 이기지 못해 울부짖으면서도 "에코는 괜찮을 거야! 에코는 괜찮을 거야!" 하면서 고사리 같은 손을 폈다가 오므렸다가 했다. 덧붙여 말하자면 네포무크를 지켜보는 사람들에게는 두통에 수반되는 부차적인 증세가 아마 가장 끔찍했을 것이다. 즉, 하늘처럼 파란 눈이 점점 심하게 사시 증세를 보였던 것이다. 그것은 목덜미가 뻣뻣해지는 증세와 관련된 안면근육 경직으로 밝혀졌다. 그 때문에 그토록 사랑스럽던 얼굴이 흉하게 일그러졌으며, 특히 이를 가는 금속성 소리와 함께 마치 신들린 듯한 느낌을 주었다.

다음 날 오후 뮌헨의 권위 있는 의사인 로텐부흐 교수가 발츠후트까지 마중 나간 게레온 슈바이게슈틸의 안내를 받으며 집에 도착했다. 아드리안은 퀴르비스 씨가 추천한 의사들 중에서 명성이 자자한 그를 택했던 것이다. 키가 큰 그 의사는 사교계에서도 잘 알려져 있었는데, 왕정 시절에는 귀족 작위까지 받은 사람이었다. 손님이 많고 진찰료가 비싼 그 의사는 늘 진찰이라도 하듯이 한쪽 눈을 반쯤 감고 있었다. 그는 모르핀을 쓰면 안 된다고 하면서 코다인만 허용했다. 모르핀은 '아직 시작되지도 않은' 혼수상태를 실제 증세로 오인하게 할 우려가 있다는 것이었다. 무엇보다도 그는 아직 한참 진행 중인 증세를 각 단계마다 분명히 확인하는 데 신경을 쓰는 것 같았다. 그는 검진을 마치고, 자신에게 굽실거리는 이 시골 의사가 내린 처방들을 하나하나 재차 확인했다. 즉, 일광을 차단하고, 머리를 시원하게 해 주고, 머리 쪽을 높게 뉘어 주고, 어린 환자의 몸에 손을 댈 때는 아주 세심한 주의를 기울이고, 피부를 알콜로 잘 닦아 주고, 호스로 코를 통해서라도 영양 공급을 충분히 해 주라는 것이었다. 아마 여기에 아이의 부모가 없다고 그랬는지는 모르겠지만, 그는 솔직하고 분명하게 위로의 말을 했다. 조만간 모르핀 때문이 아닌 본격적인 혼수상태가 시작되어 급속히 악화될 거라고 했다. 그렇게 되면 오히려 아이의 고통은 덜해질 것이며, 마침내는 고통이 완전히 사라질 거라고 했다. 최악의 상태가 오더라도 너무 충격을 받지 말라고 했다. 그는 친절하게 직접 두 번째 주사를 놓아 주고는 정중하게 작별을 고했다. 그는 다시는 오지 않았다.

슈바이게슈틸 부인을 통해 그 비참한 상황을 매일 전화로 전해 듣던 나는 병이 완전히 번진 지 나흘이 지난 뒤에야 파이퍼링에 모습을 나타낼 수 있었다. 토요일이었다. 마치 그 작은 육체에 고문이라도 가한 듯이 눈동자를 위로 치뜨게 만드는 경련을 일으키면서 이미 혼수상태가 시작되었고, 아이의 울부짖음은 멎었지만 여전히 이를 가는 증세는 남아 있었다. 밤을 새운 부스스한 얼굴에 울어서 눈이 퉁퉁 부은 슈바이게슈틸 부인이 대문간에서 황급히 나를 맞으며 당장 아드리안의 방으로 가 보라고 했다. 어제 저녁부터 아이 부모들이 와서 곁을 지키고 있는 불쌍한 아이도 곧 보게 될 거라고 했다. 그런데 박사님, 즉 아드리안은 내가 빨리 와 주길 고대하고 있고, 상태가 좋지 않은데, 솔직히 말하면 가끔 헛소리를 하는 것 같다고 했다.

나는 불안한 마음으로 아드리안의 방으로 갔다. 그는 작업 책상에 앉아 있었는데, 내가 들어서자 마치 사람을 무시하듯이 흘낏 쳐다볼 뿐이었다. 깜짝 놀랄 만큼 창백하고 온 집안 사람들과 마찬가지로 눈이 충혈된 그는 입을 다문 채 아랫입술과 혀를 기계적으로 움직이며 말했다.

"아, 자네로군."

내가 그의 곁으로 다가가서 어깨에 손을 올려놓자, 그가 말했다.

"여긴 어쩐 일인가? 자네가 올 곳이 못 되는데. 어쨌든 기도나 해 주게. 어렸을 때처럼 나를 지켜 주옵소서 하고 이마에서 어깨로 십자가를 긋고 말일세!"

내가 위로와 희망의 말을 두어 마디 하자 그는 대뜸 내 말을 가로막았다.

"또 인도주의자 타령인가! 그자가 아이를 데려가는 거야. 그자는 일을 빨리 끝내려고 해! 그렇지만 이런 졸렬한 수단으로는 그렇게 빨리 끝내지 못할걸!"

그는 벌떡 일어나더니 벽에 기대어 뒷머리를 벽의 널빤지에 짓눌렀다.

"그래, 데려가라, 악귀야!"

등골이 오싹해지는 목소리로 그는 외쳤다.

"데려가라고, 이 비겁한 놈아! 네놈이 이 정도도 못 참겠으면 힘껏 서두르라고!"

그러더니 그는 갑자기 다정스럽게 내가 있는 쪽으로 살금살금 다가오더니 멍한 눈길로 나를 바라보았다. 결코 잊을 수 없는 눈길이었다.

"그자가 이 정도는 참아 줄 거라고 생각했지. 어쩌면 이 정도는. 아니야. 어떻게 은총을 기대할 수 있겠어. 은총과는 아무런 인연도 없는 놈한테서. 그놈이 짐승처럼 난폭하게 짓밟으려 했던 게 바로 이거야. 데려가라, 이 흉악한 놈아!"

그는 이렇게 외치고는 다시 나에게서 멀어지면서 마치 십자가에 기대는 것처럼 벽에 몸을 기댔다.

"네놈이 지배하고 있는 아이의 육신을 데려가라고! 하지만 아이의 사랑스러운 영혼만은 얌전하게 나한테 넘겨 줘야 할걸. 그게 바로 네놈의 우스꽝스러운 무기력함이지. 나는 영원히 너를 비웃을 거다. 아이가 있는 곳과 내가 있는 곳 사이에 영원의 거리가 있다 할지라도 나는 안다, 네놈이 일찍이 영겁의 벌을 받고 쫓겨났던 바로 그곳에 아이가 있다는 걸. 이 더러운 놈아! 이런 생각만 해도 내 혀에 침이 돌고, 저주받은 네놈을 비웃는 환호성이 절로 나온다!"

그는 양손으로 얼굴을 가리고 몸을 돌리더니 다시 벽에 이마를 기댔다.

내가 무슨 할 말이 있었을까? 뭘 할 수 있었겠는가? 내가 그의 말에 어떻게 반응했던가?

"여보게, 제발 진정하게. 자네 제정신이 아니군. 너무 괴로워서 엉뚱한 환영이 보인 거야."

나는 아마 대충 이런 말을 했던 것 같다. 그리고 영혼의 문제를 너무 중시하다 보니, 더구나 이 친구의 영혼에만 신경 쓰다 보니, 신체적인 증세를 완화해 줄 수 있는 조치, 가령 집 안에 있는 브롬우랄 같은 약제는 생각도 하지 못했다.

내가 애원하듯이 달래자 그는 다시 이렇게 대꾸했다.

"그만두게. 그만두라고. 십자가나 긋지그래! 천상에서는 그게 통하니까. 하지만 자네 자신만을 위해 기도하진 말게나! 나와 나의 죄를 위해서도 기도해 줘! 내가 대체 무슨 죄를 지은 거지. 무슨 범죄를 저지른 거지."

그는 다시 책상에 앉더니 양손으로 관자놀이 부분을 감싸 쥐었다.

"우리가 그 아이를 데려오다니, 그 아이를 내 곁에 두다니, 그 아이를 보고 기뻐하다니! 자네도 알겠지만 애들은 몸이 약하지. 자칫하면 나쁜 독에 감염되기 쉽거든……."

이제는 내가 격분해서 큰 소리로 그의 말을 가로막았다.

"그렇지 않아, 아드리안! 도대체 무슨 소린가! 어쩌면 이 세상 아이 치고는 너무 사랑스러운 아이가 어차피 가야 할 길을 그저 서둘러 가는 것뿐인데, 그런 터무니없는 자책으로 자신을 괴롭힌단 말인가! 물론 아이를 보내는 우리의 가슴은 찢어질 듯 아프지. 하지만 그렇다고 이성까지 잃어서는 안 돼! 자네는 아이를 사랑하고 좋은 일을 했을 따름이야……."

그는 손짓으로 내 말을 가로막았다. 나는 한 시간이 넘도록 그의 곁에 앉아서 낮은 목소리로 이런저런 말을 걸어 보았다. 그는 뭐라고 중얼거리듯이 대답하긴 했지만, 나는 거의 한마디도 알아들을 수 없었다. 결국 나는 환자를 문병해야겠다고 말했다.

"그러게나."

이렇게 대꾸하면서 그는 차가운 어조로 덧붙였다.

"그렇지만 언젠가처럼 '자, 아가야, 장하지.' 하는 식으로 말을 걸지는 말게. 우선 그 아이는 자네 말을 알아듣지도 못하고, 또한 그런 어투는 인도주의자의 취향에 맞지 않으니까."

나는 방을 나가려 했지만 그가 "차이트블롬!" 하고 나의 성을 부르며 불러 세웠다. 물론 매우 딱딱한 어조였다. 내가 몸을 돌리자 그는 이렇게 말했다.

"나는 그런 것으로는 안 된다는 사실을 알았네."

"무엇 말인가, 아드리안. 뭐가 안 된다는 거야?"

"선하고 고귀한 것 말일세. 이른바 인간적인 것, 비록 그것이 선하고 고귀하다 해도 말일세. 그것 때문에 싸워야 하고, 그것을 위해 폭군의 성을 향해 돌진해야 하고, 그것을 성취한 자들은 의기양양하게 환호성을 지르지만, 그런 것은 없어져야 해. 철회되어야 해. 나는 철회하겠네."

"여보게, 자네 말은 도무지 이해할 수 없어. 무엇을 철회하겠다는 것인가?"

"9번 교향곡.*"

그가 대답했다. 나는 그의 말이 계속되기를 기다렸지만, 그는 더 이상 아무 말도 하지 않았다.

나는 혼란과 두려움에 싸여 그 운명의 방으로 올라갔다. 비록 창문이 열려 있긴 했지만 약품 냄새가 섞인 후덥지근한 공기가 병실의 분위기를 짓누르고 있었다. 하지만 덧문들은 조그만 틈새도 남기지 않고 꽉 닫혀 있었다. 네포무크의 침대 주위에는 여러 사람이 둘러서 있었다. 그들과 악수를 하면서도 나의 시선은 죽어 가는 아이에게만 쏠렸다. 아이는 팔꿈치와 무릎이 닿도록 몸을 웅크린 채 모로 누워 있었다. 얼굴이 몹시 붉어지면서 한 번 깊은숨을 토해 냈다가는 다시 한참 지나서야 숨을 쉬곤 했다. 눈이 완전히 감긴 것은 아니었지만, 속눈썹 사이로 볼 수 있는 것은 눈동자의 파란 색이 아니라 검은색뿐이었다. 눈동자는 점점 다른 크기로 커져서 거의 동공이 열리다시피 했다. 그래도 아직 검은색이 보인다는 것은 그나마 다행이었다. 이따금 반쯤 감긴 틈새가 완전히 희게 변할 때

---

* 베토벤의 9번 교향곡 「합창」.

도 있었다. 그러면 아이는 작은 팔로 옆구리를 더욱 세게 끌어 안았고, 이를 뿌드득 갈면서 경련을 일으켜서 작은 사지가 또 움츠러들었는데, 이제 더 이상 고통은 느끼지 못하겠지만 정말 참혹한 모습이었다.

아이 엄마가 흐느껴 울고 있었다. 나는 여러 차례 그녀의 손을 잡아 주었다. 그녀를 여기서 보게 되다니. 부헬에 있는 그 집안의 딸이자 아드리안의 누이동생인 갈색 눈의 그녀를. 이제 서른여덟 살인 그녀가 슬픔에 잠긴 모습을 보니 아버지 요나탄 레버퀸의 옛 독일풍 용모가 어느 때보다 강하게 떠올라서 가슴이 찡했다. 남편도 와 있었다. 그는 급보를 받자 주데로데에 있던 아내를 데리고 왔던 것이다. 요하네스 슈나이데바인, 그는 키가 크고, 잘생기고, 성품이 소박하고, 금발의 수염을 길렀고, 네포무크처럼 눈이 파란색이었고, 일찍이 우르줄라가 그 영향을 받은 바 있고 우리가 요정 에코의 목소리에서 그 리듬을 익히 알게 된 대로 말씨가 묵직한 사람이었다.

이리저리 서성이는 슈바이게슈틸 부인 외에 또 방 안에 있었던 사람은 곱슬머리를 한 쿠니군데 로젠슈틸 양이었다. 그녀는 이 집에 방문차 들렀다가 아이와 알게 된 이래로 슬픔에 잠겨 아이에게 애정을 쏟고 있었다. 당시 그녀는 자기 회사의 상호가 찍힌 칙칙한 편지지에 '그리고' 대신 '&' 기호를 섞어 가면서 아이에게서 받은 인상을 훌륭한 독일어로 타이핑한 장문의 편지를 아드리안에게 보내온 적도 있다. 그 사이에 그녀는 처음에는 나케다이 양을 제치고, 나중에는 슈바이게슈틸 모녀와 우르줄라 슈나이데바인까지도 아이를 돌보는 일에서 물러나게 할 정도로 지극한 정성을 쏟았다. 그녀는 얼음주머니를 바꿔 주고, 알콜로 소독하고, 약과 영양액을 먹였으며, 밤에도 좀처럼 자리를 뜨는 일이 없이 침대맡에 앉아 있곤 했다…….

우리, 즉 슈바이게슈틸 집안 사람들, 아드리안, 그의 친척들, 쿠니군데 그리고 나는 나이키 여신상이 있는 홀에서 별말 없이 저녁 식사를 했다. 식사 도중에도 종종 여자들 중의 한 사람이 일어나서 환자의 상태를 보러 가곤 했다. 어느새 일요일 오후가 되어 나는 너무나 무거운 마음으로 파이퍼링을 떠나야만 했다. 월요일까지 고쳐 주어야 할 라틴어 과제물이 산더미처럼 쌓여 있었다. 나는 부드럽게 입을 맞추며 아드리안과 작별했다. 그래도 그가 전날 나를 맞을 때보다는 떠나 보낼 때의 태도가 그나마 더 나았다. 미소를 띤 채 그는 이렇게 말했다.

"이제 자네의 세계로 가는 거야. 자유롭게. 그럼, 안녕!"

그러고는 급히 나에게서 발길을 돌렸다.

아드리안의 마지막 사랑이었던 아이 네포무크 슈나이데바인, 에코는 그로부터 열두 시간 만에 눈을 감았다. 아이 부모는 작은 관을 지고 고향으로 돌아갔다.

46

거의 한 달 가까이 나는 이 기록을 중단해야만 했다. 그것은 앞에서 이야기한 사건의 후유증으로 일종의 정신적인 탈진 상태에 빠진 탓이기도 했지만, 그와 동시에 이제 서로 마지막 공방을 벌이는 상태에서 논리적인 결과가 뻔히 내다보이는, 예측한 일이면서도 믿어지지 않는 전율을 불러일으키는 시국에 덜미를 잡힌 탓이기도 했다. 우리 불행한 민족은 비탄과 경악으로 얼이 빠져서 시국을 제대로 파악할 능력도 없었고 그저 무기력한 숙명론으로 사태를 감수해야만 했으며, 또한 오랜 비탄과 경악으로 지친 내 감정도 걷잡을 수 없이 휘말렸다.

3월 말경부터 이미(우리는 지금 운명의 해인 1945년 4월 25일을 이야기하고 있다.) 서부 전선의 방어선은 눈에 띄게 무너지고 있었다. 벌써 어느 정도 당국의 통제에서 벗어난 신문들은 진실을 보도하기 시작했다. 적의 라디오 방송을 통해 도망자들의 이야기와 나쁜 소문이 퍼지자 급속히 번지는 파국과 관련된 상세한 내용들이 아직은 파국에 휩쓸리지 않은 독일 내 미해방 지역까지, 내가 은거하는 주변까지 여과 없이 전달되고 있었다. 걷잡을 수 없는 상황이었다. 군대는 모두 투항하거나 뿔뿔이 흩어져 버렸다. 초토화된 독일 도시들은 마치 다 익은 과일이 저절로 땅에 떨어지듯 힘없이 함락되었다. 다름슈타트, 뷔르츠부르크, 프랑크푸르트가 이미 적군의 수중에 넘어갔고, 만하임, 카셀, 심지어 뮌스터와 라이프치히조차 벌써 적군의 통제하에 있었다. 하루아침에 브레멘에 영국군들이 들어오고 오버프랑켄의 궁전에는 미국군이 들어왔다. 사태 판단을 잘못한 사람들의 사기를 돋우던 요새 도시 뉘른베르크도 항복했다. 권세와 부와 부정을 휘두르던 거물급 지도자들 사이에 자살자가 속출했다.

코니히스베르크와 빈을 접수하고 오데르 강을 마음대로 건널 수 있게 된 러시아의 백만 대군은 정부의 모든 관리들이 이미 떠나고 폐허가 된 수도를 향해 들이닥치고 있었다. 폭격으로 이미 오래전에 끝장난 시가지를 포격으로 마저 끝장내며 도심지로 접근하고 있었다. 지난해 절망 속에서도 나라의 마지막 명예를 지켜야겠다고 장래를 걱정하던 애국자들의 암살 기도를 모면하고 언제 꺼질지 모르는 목숨을 부지한 잔혹한 인간*은 자기 병사들에게 베를린을 공격해 오는 적군을 피바다에 익사시키라고, 항복 운운하는 장교가 있으면 누구를 막론하고 총살하라고 명령을 내렸다. 그 명령은 다양한 방식으로 집행되었다. 그와 동시에 제정신이 아닌 이상한 독일어 방송

* 히틀러.

이 난무했다. 민간인들뿐 아니라 엄청나게 욕을 먹은 게슈타포 앞잡이들까지도 승전국에서 잘 봐주기를 바라는 방송이 있는가 하면, '베어울프'*라는 이름의 저항 운동에 관한 보도도 있었다. 과격한 청년들로 구성된 이 조직은 숲에 잠복해 있다가 야음을 틈타 행동을 개시해 벌써 여러 차례 용감하게 침입자들을 살상함으로써 조국을 위해 공을 세운 바 있다는 것이다. 아, 이 얼마나 해괴하고 통탄할 노릇인가! 이처럼 최후의 순간까지도 조악하고 끔찍스러운 풍문들은 독일인들의 심정을 자극해 적지 않은 반향을 불러일으켰다.

그러는 동안에 대서양 건너편에서 온 어떤 장군은 바이마르의 주민들을 그곳 강제 수용소**의 화장터 앞에 집결시켰다. 그리고 겉으로 볼 때는 열심히 생업에 종사했고 비록 시체를 태우는 냄새가 바람에 실려 와 후각을 자극하긴 했지만, 설마 그런 만행이 벌어진 줄은 몰랐다고 주장하는 시민들***에게 그들 역시 이제 백일하에 드러난 잔혹한 학살에 책임이 있다고, 이 만행을 똑똑히 보라고 외쳤다. 그것이 과연 부당한 말일까? 나도 그 시민들과 더불어 그 현장을 지켜보고 있다. 나는 어쩌면 둔감하거나 어쩌면 전율할지도 모를 그 시민들의 대열에 함께 서 있는 심정이다. 독일 정권이 애초부터 모든 것을 말살하기

---

* 게르만 민족의 최고(最古) 영웅 서사이자 그 주인공 이름.

** 바이마르 근교에 있는 부헨발트 수용소.

*** 실제로 부헨발트 수용소 기념관에서 상영하는 기록 영화를 보면, 종전 직후 인터뷰에서 바이마르 시민들이 부헨발트에서 유대인 학살이 자행되었는지 몰랐다고 말하는 장면이 나오는데, 그러나 수용소를 건설할 때 동원된 것은 다름 아닌 바이마르 시민들이었다.

위해 두꺼운 장벽으로 지어 놓은 고문실이 공개되었고, 우리의 치부는 외국 조사단을 통해 전 세계에 알려졌다. 그들은 도처에서 이 믿어지지 않는 만행의 현장을 목격했고, 그것을 조국에 돌아가서 보고했다. 그들이 본 것은 인간이 상상할 수 있는 그 어떤 혐오감보다 더한 감정을 불러일으켰다. 내가 말하고자 하는 것은 우리의 수치이다. 모든 독일적인 것, 독일 정신, 독일적인 사고, 독일어까지도 이 치부가 드러남으로써 함께 타격을 받고 지독한 불신의 대상이 되었다고 하면 지나치게 비관적인 생각일까? 도대체 독일이라는 나라가 장차 어떻게 인도적인 문제와 관련하여 감히 입이나 뻥끗할 수 있을까 하는 의문을 품는다면 지나치게 병적인 혐오일까?

원래 인간 본성 일반에 내재하는 부정적 가능성이 드러난 것이라고 말할 사람도 있을 것이다. 그러나 수만 명, 수십만 명의 독일인들이 인류를 전율케 한 죄를 저질렀으며, 늘 독일식으로 살아온 행위의 결과가 혐오스러운 악의 표본으로 버젓이 존재한다. 이처럼 추악한 과오의 역사를 지녔고 자가당착에 빠져 정신적으로 파멸한 민족, 그리하여 이제 스스로를 다스릴 수 있는 자신감을 상실하고 다른 강대국의 식민지가 되는 것만이 최선의 길이라고 여기는 민족, 사방에서 쏟아져 나오는 증오로 국경 밖으로는 나갈 수 없기에 마치 게토*에 사는 유대인들처럼 갇혀 살아야만 할 민족, 자신을 내보일 수 없는 민족, 이런 민족의 일원인 사람의 장래는 과연 어떻게 될 것인가?

타락한 자들에겐 저주가 내리는 법! 원래는 우직하고, 정의

---

* 유대인 격리 주거 지역.

롭고, 너무나 명민하고, 이론을 너무나 좋아하는 인간들이 악의 굴레에 빠져든 것이다! 차라리 자발적으로 우리 스스로를 단죄했더라면 얼마나 좋았을까! 이 나라는 루터 식으로 말하면 숱한 죄로 스스로의 '숨통을 조였으며' 너무나 당당하게 인권 말살을 선언했고, 자만심을 주체하지 못해 수많은 사람의 넋을 홀렸으며, 우리 젊은이들은 휘황찬란한 기치하에 눈을 부라리며 당당한 자부심과 철석같은 신념으로 진군했다. 비참한 단말마의 고통을 겪고 있는, 피로 얼룩진 이 나라가 우리 민족의 본성과는 무관하게 강요된 것이고 뿌리가 없는 것이라고 주장하는 사람도 있을지 모르겠다. 나는 그렇게 말할 수 있는 사람의 애국심이 차라리 양심보다 더 당당하다는 생각마저 든다. 이 정권이 저지른 만행과 언사에 비추어 볼 때 이 정권이야말로 원래는 진정성을 지닌 사고방식과 가치관이 혐오스럽게 왜곡되고 타락했다는 것을 입증하는 것이 아니었을까? 기독교적 휴머니즘을 믿는 사람이라면 독일 정신을 강렬한 인격으로 구현했던 위인들의 행렬에서 스스럼 없이 진정성을 갖춘 사고방식과 가치관을 발견하지 않았을까? 이런 의문이 꼬리를 물고 이어진다. 하지만 내가 너무 많은 의문을 제기하는 것은 아닐까? 우리에게 적합한 정치 체제를 찾기 위한 최후의 극단적인 시도는 무참하게 실패하고 말았다. 바로 그렇기 때문에 이제 몰락한 이 민족은 초점 잃은 시선으로 허무에 직면해 있다. 이것은 여기서 내가 제기하는 의문으로는 해결될 수 없는 중대한 사태다.

*

그런데 내가 집필 중인 지금 시간과 이 전기 속의 사건이 진행되는 시간, 이 두 시간대는 얼마나 독특하게 결합되어 있는가! 결혼 계획이 좌절되고, 친구를 잃고, 자신에게 다가온 영특한 아이를 잃어버린 후 나의 주인공이 정신생활을 영위한 마지막 두 해, 즉 1929년과 1930년에도 조만간 나라를 장악했다가 지금은 피와 화염 속에서 몰락한 세력이 이미 기승을 부리고 있었던 것이다.

마지막 두 해 동안 아드리안 레버퀸은 그에게 관심을 갖고 지켜본 가까운 친지들이 보더라도 기이할 정도로 현기증이 날 만큼 정신적으로 고양되고 왕성한 창작 활동을 했다. 그것은 그가 사랑을 잃고 인생의 행복을 잃은 운명의 대가요 보상이 아니었을까 하는 느낌을 떨칠 수 없었다. 나는 마지막 두 해 동안이라고 했지만, 엄밀히 따지면 그렇지 않았다. 왜냐하면 그의 최후의 작품이자 어떻게 보면 음악 역사에서도 최후의 극단적인 작품이라 할 수 있는 작품, 즉 교향곡 칸타타 「파우스트 박사의 비탄」은 1929년 후반기와 이듬해 두세 달 동안 작곡되었기 때문이다. 그리고 이미 말했다시피 그 작품의 구상 자체는 네포무크 슈나이데바인이 파이퍼링에 오기 전에 이미 시작되었다. 이제 소략하게나마 이 작품에 대해 이야기하고자 한다.

그 이야기를 시작하기 전에, 당시 마흔네 살이던 아드리안의 신상, 내가 늘 긴장하며 관찰해 온 그의 모습과 생활 방식에 관해 먼저 언급해야 할 것 같다. 우선 언급할 사실은 적어도 말끔히 면도를 했을 때만은 그의 어머니와 너무나 닮아 보였던 그의 얼굴이 얼마 전부터 더러 희끗희끗하고 덥수룩한 수염을 기르기 시작하면서 변했다는 것인데, 이 점은 내가 진작에 밝힌 바 있다. 옆으로 살짝 치켜 올라간 콧수염이 가느다란 윗입술을 덮고 있었고, 뺨까지 덮은 그 수염은 턱 언저리 부위에서는 더욱 무성했는데, 가운데보다는 양 옆쪽에 숱이 더 많았기 때문에 뾰족 수염이라고 할 수는 없었다. 이 수염이 얼굴을 부분적으로 가렸기 때문에 낯선 인상을 주었다. 게다가 머리를 어깨 쪽으로 갸우뚱하게 기울이는 경향도 점점 심해지고 수염까지 기르자 그의 용모에서는 정신적으로 승화된 고뇌의 표정이 떠올랐는데, 어떻게 보면 그리스도의 고뇌를 연상케하는 면이 있었다. 나는 이런 인상을 좋아하지 않을 수 없었고, 그 수염은 허약함의 징표라기보다는 왕성한 활동력이나 건강한 상태를 말해 주었기에 내가 공감한 것도 당연하다고 여겼다. 너무나 자랑스러운 친구가 대단한 의욕과 순조로운 건강 상태를 보였다는 것은 의심할 여지가 없었다. 실제로 그는 다소 느릿느릿하게, 때로는 머뭇거리듯이, 때로는 경쾌하고 단조로운 어조로 자신의 의욕과 건강을 자랑하기도 했다. 나는 그런 어투가 황홀한 영감의 소용돌이 속에서 자신을 제어하면서 창조적인 착상을 떠올리고 있다는 징표라 여기고 마음이 흐뭇했다. 너무나 오랫동안 시달렸던 신체적인 이상들, 즉 위염과 목의 이상 증세, 고통스러운 편두통 등은 사라졌으며 자유롭게 작업할 수 있는 광명의 날이 도래한 것이다. 그 스스로 이제 완전히 건강을 회복했다고 밝힌 적도 있었다. 다시 매일같이 너무나 정열적으로 작업에 몰두하는 의욕적인 모습은 (한편으로는 나를 자부심으로 뿌듯하게 했고, 다른 한편으로는 다시 상태가 역전되지 않을까 조마조마하게 하기도 했지만) 그의 눈에서도 분명히 읽어 낼 수가 있었다. 예전에는 대개 눈꺼풀이 처져서 반쯤 가려져 있던 그의 눈이 지금은 홍채 위로 하얀 안구 막의 줄이 얼핏 보일 정도로 눈꺼풀 사이의 간격이 훨씬 넓어져 있었다. 그런데 그렇게 확대된 눈에서는 일종의 경직성 혹은 휴면 상태 같은 것이 느껴졌기에 나의 불안은 가시지 않았다. 나는 그런 시선의 정체가 무엇일까 하고 골똘히 생각한 끝에, 완전히 둥글다고 볼 수는 없고 약간 불규칙적으로 길쭉하게 늘어난 동공이 마치 외부의 어떠한 조명 변화에도 영향을 받지 않을 듯이 늘 똑같은 크기로 고정되어 있기 때문일 거라는 결론에 도달했다.

여기서 내가 말하고자 하는 것은 어떤 은밀한 내적 부동성(不動性)이다. 여간 세심한 관찰자가 아니고는 그런 상태를 간파할 수 없을 것이다. 이런 현상과 모순되면서도 훨씬 두드러지게 이상한 느낌을 주는 현상이 또 있었다. 상냥한 자네 쉘 역시 이상한 느낌을 받았다. 언젠가 아드리안을 방문한 후 그녀는 자진해서 그 느낌을 나에게 얘기해 준 적이 있다. 그러니까 얼마 전부터 새로 생긴 버릇으로, 아드리안은 어떤 순간이 되면, 가령 깊은 생각에 잠긴다든가 할 때면 눈동자를 재빨리 이리저리 움직였는데, 심지어 양옆으로 상당히 넓게 움직일 때도 있었다. 그것은 흔히 사람들이 말하듯 '눈알을 굴리는' 버릇으로, 아마 사람들이 그런 모습을 접하면 무척 놀랄 거라고 짐작되었다. 나는 비록 당시에는 대수롭지 않게 생각하긴 했지만 어떻든 기묘한 것만은 사실인 그런 증세가 매우 긴장된 작업 탓일 거라고 생각했는데, 지금 생각하면 경솔한 판단이었다.

그러면서도 그런 모습에 사람들이 놀라지 않을까 걱정이 되었기 때문에, 나 말고는 거의 누구도 그런 모습을 보지 못했다는 사실에 다소 위안이 되었다. 사실 당시에는 도시에서 사람들이 찾아오는 것을 선별적으로 차단하고 있었던 것이다. 슈바이게 슈틸 부인은 찾아오겠다는 사람들을 전화로 사절하거나, 아예 응답조차 하지 않을 때도 있었다. 또한 아드리안 쪽에서 필요한 물품을 구입하기 위해 잠깐 뮌헨으로 가는 것마저도 제지당했는데, 이제는 저세상으로 간 그 아이를 위해 장난감을 사러 갔던 것이 마지막 나들이였다고 할 수 있었다. 한때 사람들 틈에 나설 때, 가령 저녁 파티나 공식 연회석상에 참석할 때 착용했던 모자 따위는 이제 아무런 쓸모 없이 옷장 안에 걸려 있었고, 옷차림 또한 집 안에서 입을 수 있는 가장 간편한 것이었다. 나이트가운 따위는 걸치지 않았는데, 그는 저녁 무렵에 침대를 떠나서 한두 시간 의자에 앉아 보낼 때를 제외하고는 아침에도 그런 것은 입으려 하지 않았다. 단추가 목 언저리까지 채워져 있어서 넥타이가 필요 없는 헐겁고 따뜻한 재킷과, 역시 통이 넓고 다리미질을 하지 않은 작은 체크무늬 바지를 평상복으로 입고 있었는데, 그는 폐활량을 늘리기 위해 빼먹을 수 없는 산책을 이 옷차림으로 가기도 했다. 또한 그가 외모에는 전혀 신경을 쓰지 않았다는 사실도 언급할 수 있겠다. 그런 인상이 정신적인 것에만 몰입하는 사람 특유의 자연스러운 특징이라고 생각한다면 말이다.

사실 그가 도대체 누구를 위해 외모에 신경을 쓴단 말인가? 그가 만난 사람은 기껏해야 자네 쯤 정도였던 것이다. 그는 그녀가 수집해 온 17세기 음악 자료 같은 것을 함께 훑어보곤 했다.(그중에는 「트리스탄」의 어떤 부분을 문자 그대로 선취(選取)한 자코포 멜라니*의 샤콘** 곡도 들어 있었다.) 그리고 이따금 뤼디거 쉴트크납을 만나기도 했다. 아드리안은 눈 색깔이 같은 그와 함께 신나게 웃곤 했는데, 그런 때면 나는 멀거니 우울하게 지켜보아야만 하는 것을 참을 수 없어서 결국은 두 사람을 남겨 놓고 사라져야만 했다……. 그리고 주말이 되어 내가 그를 찾아가면 그는 나를 만났다. 이것이 전부였다. 그나마 그가 다른 사람과 함께 있을 수 있는 시간마저도 매우 짧았다. 그는 주일에도 쉬지 않고(그는 주일에도 교회에 나가지 않았다.) 매일 여덟 시간씩 작업을 했다. 또한 오후 휴식 시간이면 깜깜한 방에서 꼼짝하지 않았던 까닭에 나는 파이퍼링까지 가서도 혼자 있을 때가 많았다. 그렇다고 내가 서운해한 적이 있던가! 나는 그의 가까이에 있었고, 고통과 전율 속에서 사랑받은 작품이 탄생하는 현장 가까이에 있었다. 그 작품은 지난 오 년 동안 금지되고 은폐되고 사장되었으나 최고 가치를 지닌 작품으로, 이제 우리가 감수해야만 하는 패전으로 인해 어쩌면 다시 빛을 볼 수 있을지도 모르겠다. 감옥살이 신세이던 우리는 몇 년 동안 독일의 해방을, 독일이 스스로를 해방하기를 염원하며 「피델리오」***나 「9번 교향곡」 같은 환희의 음악이 나오기를 꿈꾼 적도 있다. 하지만 이제는 오직 「파우스트 박사의 비탄」만이 우리에게 도움이 될 수 있으며, 우리는 오직 이 곡만을 영혼에서 우러나오는 목소리로 부를 수가 있다. 이 곡에서

---

* Jacopo Melani(1623~1676). 이탈리아의 작곡가.
** 삼박자로 된 스페인의 춤.
*** 베토벤의 유일한 오페라 작품.

지옥의 자식들이 울부짖는 비통한 절규는 인간 자신으로부터 시작되어 점점 멀리 퍼져 나가서는 마침내 온 우주를 가득 채우는데, 그것은 일찍이 이 지상에 울려 퍼진 절규 중에서 가장 끔찍한, 인간과 신의 비통한 절규다.

슬프도다! 슬프도다! 이 곡에 대한 나의 애정과 열성을 다해 말하건대, 깊은 심연에서 울려오는 이 곡은 세상에 둘도 없는 작품이다. 그러나 창작의 관점에서 보든 음악사적인 완성이라는 관점에서 보든, 한 개인의 완성이라는 관점에서 보든 자신의 모든 것을 바친 대가로 이런 작품을 탄생시키는 섬뜩한 재능에는 일종의 의기양양한 자신감이 숨어 있는 것은 아닐까? 그것은 '한계의 돌파'를 의미하지 않을까? 우리가 한때 예술의 운명에 대해, 현대 예술이 처한 상황에 대해 토론하던 당시 너무나 자주 역설적인 가능성으로 고려했던 '한계의 돌파', 다시 말해 예술이 스스로의 한계를 무너뜨림으로써 새로운 영역을 개척할 수 있는 가능성 말이다. 좀 더 정확히 말하면, 고도의 지성과 엄격한 형식을 유지하면서도 최고도의 감정적 호소력을 회복하고, 그리하여 표현력을 회복할 때만 비로소 냉정한 계산은 영혼의 소리의 표현으로, 진정의 표현으로 반전될 수 있는 게 아닐까?

나는 외관상 질문 형식으로 서술하고는 있지만, 실은 아드리안의 작품이나 음악의 형식 문제를 생각해 보면 쉽게 납득할 수 있는 사실을 서술하고 있을 뿐이다. 말하자면 이 곡이 표현하는 비탄 자체가 바로 그런 표현력의 회복을 보여 주고 있는 것이다. 마치 가시 면류관을 쓰고 엄청난 고통을 당하는 그리스도의 몸짓 같은, 끝없이 강렬하게 표현된 지속적인 비탄. 모든 표현은 본래 이런 슬픔의 표현이라고 해도 무방할 것이다. 음악 역시 그런 의미에서의 표현이라면, 근대 음악사의 시발점에서 음악은 곧 비탄의 표현이었다. 아리아드네*가 '저를 기다리게 하지 마세요.'**라고 애원하는 노래는 요정들의 마음까지 움직여서 나직한 애가를 따라 부르게 했던 것이다. 칸타타 「파우스트 박사의 비탄」이 양식에 있어 몬테베르디를 비롯한 17세기 음악과 그토록 두드러지게 연결되고 있는 것은 결코 우연이 아니다. 17세기 음악은 메아리 효과를, 때로는 장식음에 이르기까지 선호하는 경향이 있는데, 이것 역시 우연은 아니다. 인간의 소리를 자연의 소리로 되돌려 주어서 자연의 소리로 표현되게 하는 메아리라는 것은 본질적으로 슬픔을 하소연하는 비탄의 소리이며, 자연이 인간에 대한 비탄에 가득 차서 "아!" 하고 한탄하는 외침이며, 인간의 고독을 유혹하면서 알리는 표현인 것이다. 거꾸로 생각하면 요정들의 애원이 그들 입장에서 볼 때 메아리에 가까운 것과 마찬가지다. 그런데 레버퀸의 최후이자 최고의 작품인 이 곡에서 바로크 시대에 애용되던 이 메아리 효과는 종종 이루 형언할 수 없이 비감한 효과를 자아내고 있다.

이 곡처럼 기상천외한 비가는 당연히 표현력이 뛰어날 수밖에 없다. 또한 이것은 몇 세기의 시간적 간격을 뛰어넘어 연결되고 있는 초기 작품들과 마찬가지로 해방의 작품으로, 표현

---

* 그리스 신화에 나오는 크레타 섬의 왕 미노스의 딸. 아테네의 왕자인 테세우스에게 실뭉당이를 주어서 미로에서 빠져나가도록 도와주었으나, 그에게 배신당하고 애끓는 슬픔과 원망에 복받쳐 통곡하였다.
** 몬테베르디의 오페라 「아리아드네(아리안나)의 탄식」에 나오는 노랫말.

의 해방을 갈망하고 있다. 다만 이런 표현 양식의 역사에서 이 작품이 보여 주는 변증법적 발전 양상, 즉 극히 엄격한 형식이 자유로운 표현으로 반전되고, 형식의 구속에서 자유가 탄생하는 양상은 그 논리상 마드리갈*이 성행하던 시대에 비해 훨씬 무궁무진하게 복잡하고, 기상천외하고, 더 경이롭다는 차이가 있을 뿐이다. 나는 독자에게 이미 오래전 아드리안의 누이동생이 부헬에서 결혼식을 올리던 날 쿠물데 연못을 따라 산책하던 길에 아드리안과 나누었던 대화를 상기시키고 싶다. 그때 그는 두통에 시달리면서 「오, 귀여운 아가씨, 그대는 정말 나빠요」**라는 노래에서 선율과 화음이 5음으로 이루어진 기본 모티프, 즉 '시(h) ─ 미(e) ─ 라(a) ─ 미(e) ─ 내림 미(es)'로 이루어진 기본 모티프의 변주와 같은 구성 방식에서 파생된 '엄격한 악절'을 구상하고 있다고 말했다. 그는 동일한 소재를 최대한 다양하게 발전시키고, 언제나 동일한 것의 변주로만 구성되고, 주제에서 벗어나는 것은 전혀 포함하지 않는 어떤 양식, 혹은 기교가 마치 '마방진'처럼 짜인 형태를 설명해 주었다. 이런 양식이나 기교는 곡의 전체 구조 안에서 모티프의 기능을 수행하지 않는 음을 절대로 허용하지 않는다고, 더 이상 자유로운 음표는 존재하지 않게 된다고 그는 말했다.

나는 레버퀸의 「묵시록」 오라토리오를 하나의 비유로 설명하면서 가장 숭고한 축복과 가장 흉악한 죄악이 그 본질상 동일시되고, 아기 천사들의 합창과 지옥의 웃음소리가 내적으로

---

* 14세기 이탈리아와 남부 프랑스 지방에서 생겨난 자유 형식의 무반주 합창곡으로, 17세기 극음악 형식의 기초가 된다.
** 원래는 독일 시인 브렌타노의 시에 나오는 후렴구.

는 일치되는 형국이라고 말한 적이 있다. 이 작품은 형식 면에서 도저히 넘볼 수 없는 경지의 생생한 감각성을 구현하고 있어서 나는 그 신비로움에 깜짝 놀랐는데, 「파우스트 박사의 비탄」에 오면 그 감각성은 더욱 전면적으로 관철되고 작품 전체를 장악하고 있으며, 이런 표현이 허용된다면, 작품의 형식적 감각성은 끊임없이 주제에 의해 잠식된다. 이 방대한(이 곡은 대략 한 시간 십오 분가량 계속된다.) 작품 「파우스트 박사의 비탄」은 실제로는 정적(靜的)이고 변화와 발전이 없고 극적인 요소가 없어서, 마치 물에 돌을 던질 때 생기는 동심원이 언제나 다른 원을 감싸면서 확장되어 가듯이, 늘 동일한 상태로 머물러 있다. 그 자체로는 환희의 변주를 지닌 「9번 교향곡」의 피날레와 다소 유사한 이 엄청난 비탄의 변주곡은 원을 그리며 확대되고, 그 원들 각각은 다른 원을 끊임없이 자기 쪽으로 끌어당기는 것이다. 그리하여 악절들의 거대한 변주가 이루어진다. 이 악절들은 책으로 말하면 단락 혹은 단원과도 같은 것으로, 그 자체로는 다시 일련의 변주에 다름 아닌 것이다. 그러나 이 모든 변주 역시 고도로 조형적인 음들의 기본 형상, 즉 주제로 환원되는데, 이런 형상은 악보의 특정한 위치에 명시되어 있다.

아드리안은 위대한 마법사 파우스트의 삶과 죽음을 다룬 중세의 이야기책에서 일부 단락들을 별다른 각색 없이 작곡의 토대로 삼았다. 그 책에서 파우스트 박사는 모래시계의 시간이 다 경과하자 친구들과 제자들, 즉 '석사, 학사 그리고 다른 학생들'을 뷔텐베르크 근방의 림리히라는 마을로 초대해서 온 종일 마음껏 먹고 마시게 하며, 밤이 되어서도 그들과 더불어

'구스베리 주(酒)'를 들고는, 카랑카랑하고도 위엄 있는 어조로 자신의 운명에 관해서, 즉 자신의 운명이 다할 시간이 임박했음을 알렸다는 사실을 독자는 분명히 기억하고 있을 것이다. 이 '제자들에게 행한 파우스트의 연설'에서 그는 만일 자신의 육체가 목이 졸린 채 죽어 있는 것을 발견하거든 따뜻한 마음으로 매장해 줄 것을 당부했다. 자신은 선한 기독교인인 동시에 악한 기독교인으로서 죽음을 맞이한다고 그는 말했다. 뉘우치면서 마음속으로는 언제나 자신의 영혼이 구원받기를 소망한다는 점에서는 선한 기독교인이지만, 그러나 이제 자신은 비참한 종말을 맞고 악마가 자신의 육신을 데려갈 거라는 사실을 알고 있는 한에는 악한 기독교인이라는 것이었다. "나는 선한 기독교인인 동시에 악한 기독교인으로서 죽음을 맞이한다."라는 바로 이 구절이 변주곡의 전체적인 주제를 이루고 있다. 이 문장의 음절을 세어 보면 12음절로 되어 있다는 것을 알 수 있는데, 그러니까 반음계의 12음 모두가 주제곡에 할당되고 그 테두리 안에서 생각할 수 있는 모든 음정이 구사되는 것이다. 독창을 대신하는(「파우스트 박사의 비탄」에는 독창이 없다.) 합창단이 이 주제곡을 정해진 위치에서 원전 그대로 노래하기 훨씬 이전부터 그 주제 음악은 이미 삽입되어 영향력을 행사하는데, 곡의 중간 부분까지는 점점 톤이 올라가다가, 그 다음부터는 몬테베르디 풍의 비가의 정신과 톤으로 차츰 하강하게 된다. 이 주제곡은 모든 멜로디의 바탕에 깔려 있다. 아니, 이 주제곡은 거의 음색처럼 모든 음의 이면에 숨어서 다양성의 통일을 만들어 낸다고 하는 편이 더 적절할 것이다. 말하자면 그것은 「묵시록」에서 수정처럼 맑은 천사의 합창과 지옥의

460

웃음소리가 거의 동일하다는 것과 같은 의미에서 이 작품에서도 모든 것을 총괄하고 있다. 주제에서 벗어나는 것은 절대로 인정하지 않는, 고도로 엄격한 형식의 구조가 만들어진 것이다. 그처럼 엄격한 형식은 소재 역시 완벽한 질서로 통일하며 푸가 풍은 절대로 허용하지 않는데, 전체의 질서에서 자유롭게 벗어난 음정 자체가 존재하지 않기 때문이다. 그런데 이 엄밀한 형식은 형식이나 소재의 통일성 자체보다 더 숭고한 목적에 봉사한다. 엄밀한 형식 덕분에 음악은 음악 고유의 언어로서 자유로워지기 때문이다. 아, 이 얼마나 경이롭고 심오한 마법의 경지인가!「파우스트 박사의 비탄」의 작곡가는 기존의 구성 방식에 개의치 않고 아무런 거리낌 없이, 아직 유기적인 체계로 구성되기 이전의 소재 자체에 자신을 완전히 내맡길 줄 알았으며, 그 결과 고도의 치밀한 계산으로 엄밀한 형식을 구현한 이 작품이 형식의 틀에 전혀 얽매이지 않은 순수한 풍성함을 선사하는 것처럼 보이기도 하는 것이다. 몬테베르디의 음악과 그의 시대의 양식을 참조함으로써 내가 '표현력의 회복'이라고 지칭했던 바로 그런 상태를 구현한 것이다. 예술적 표현의 가장 원초적인 현상인 비탄을 표현한 것이다.

이 작품에서는 일찍이 해방의 시대에 출현했던 모든 표현 수단들이 총동원되고 있다. 그런 수단들 중에서 메아리 효과에 대해서는 이미 언급한 바 있다. 모든 변주 자체가 이미 선행하는 형식의 메아리를 이루며, 어느 정도는 상투적이라고 할 수도 있는 전형적인 변주곡의 형식에 적합하게 구사되고 있는 것이다. 정해진 주제의 결미 부분이 더 높은 음조에서 지속적으로 되풀이되고 메아리처럼 계속될 때도 없지 않다. 얼핏 오르페우스*적인 비탄의 음조를 상기시키는 그런 가락을 통해 파우스트는 오르페우스의 형제처럼 저승의 서약자가 되는데, 파우스트가 자기 아들을 낳아 줄 헬레나를 불러내는 장면에서 그런 일치가 구현된다. 마드리갈 형식을 넌지시 상기시키는 음과 정신이 수없이 나타난다. 그리고 최후의 밤의 향연에서 친구들의 위로를 받는 장면을 묘사한 악장은 전체가 정확한 마드리갈 형식으로 되어 있다.

다른 한편 주제를 요약하는 차원에서, 음악 일반에서 생각해 낼 수 있는 가장 심원하고 표현이 풍부한 모티프들이 제시되기도 한다. 물론 과거의 것을 기계적으로 모방하는 방식이 아니라 음악의 역사에서 매 시기마다 새롭게 개척된 표현들이 이 작품에서는 마치 연금술에서 말하는 정제 과정처럼 감정의 의미 형성에 바탕이 되는 기본 유형으로 정화되고 결정(結晶)을 이루어 의식적으로 독특한 표현들을 구사하고 있다. 가령 "아, 파우스트여, 발칙하고 허망한 자여! 아, 이성과 용기는 무엇이며, 오만과 자유 의지는 무엇인가……." 같은 대목에서는 심연에서 울려오는 듯한 탄식을 듣게 되는 것이다. 아직은 단순히 리듬의 수단으로만 활용되지만 걸림음의 다양한 구성, 반음계의 선율, 한 악절의 시작을 앞둔 불안이 감도는 전반적인 침묵, 아리아드네의 "나를 기다리게 하지 마세요."라는 애원을 연상시키는 선율의 반복, 음절을 길게 늘어뜨리는 표현들, 하강 조의 음정들, 하강 조의 낭송, 리듬의 환상적인 다양성을 보

---

* 그리스 신화에 나오는 하프의 명인. 아내 에우리디케의 죽음을 슬퍼해 결국 그녀를 다시 저승에서 데려가라고 허락을 받으나 뒤를 돌아보지 말라는 하데스의 영을 어겨서 아내가 돌로 굳는다.

여 주는, 질주하듯 웅대한 발레 음악으로 오케스트라에 의해 묘사되는 파우스트의 지옥행, 그와 더불어 힘차게 등장하는 비장한 합창, 교회의 무반주 합창곡 등이 지옥의 신나는 제의(祭儀)에 때맞춰 분출되는 비탄과 선명한 대조를 이룬다.

이처럼 격렬한 춤으로 묘사되는 지옥행의 거친 악상(樂想)은 「묵시록」의 정신을 상기시키는데, 소름 끼칠 정도로 냉소적인 합창 스케르초가 그러하다. 가령 "악령이 해괴하고 냉소적인 농담과 격언으로 비탄에 잠긴 파우스트한테 말을 거는구나."라든가 "침묵하라. 고통을 피하고 견뎌라. 너의 불행을 누구에게도 하소연하지 말지어다. 때는 너무 늦었으니. 신을 원망하라. 네 불행은 돌이킬 수 없으니." 같은 구절이 그렇다. 그러나 그 밖의 점에서는 레버퀸의 후기 작품과 삼십 대의 작품들에는 거의 공통점이 없다. 양식은 더욱 순수해졌고, 전반적인 음조는 더 어두워졌으며, 비꼬는 듯한 어조도 없다. 과거의 양식을 활용하는 방식도 덜 보수적이고, 전에 비해 더 부드러운 선율을 구사하며, 다성적이라기보다는 대위법적이다. 내가 말하고자 하는 것은, 그 모든 악상의 기초가 되는 핵심이 바로 12음계의 주제곡 '나는 선한 기독교인인 동시에 악한 기독교인으로 죽음을 맞이할 것이다.'로 이루어지며, 또한 종종 기다란 이음표가 있는 선율로 구성된 주요 음정에 대해 부수 음정들이 자립성을 유지할 수 있도록 더 많은 배려를 하고 있다는 점이다. 벌써 훨씬 앞에서 밝혔듯이 「파우스트 박사의 비탄」에서는 내가 처음으로 발견한 혜태라 에스메랄다*의 글자

---

* 원문은 Hetaera Esmeralda.

음절과 일치하는 음정, 즉 '시(h) — 미(e) — 라(a) — 미(e) — 내림 미(es)'로 구성된 문자의 상징 역시 자주 선율과 화음을 압도한다. 특히 파우스트가 자기 영혼을 내주고, 그 대가로 환희를 약속받고, 피의 계약을 맺는 장면에서 그렇다.

칸타타 「파우스트 박사의 비탄」은 특히 웅장한 오케스트라 간주곡을 통해 「묵시록」과 구별된다. 그 간주곡은 이따금 이 작품이 작중 인물을 다루는 태도를 그저 '그랬군.' 하는 정도로 암시만 하고, 또 때로는 지옥에 떨어지는 장면의 소름 끼치는 발레 음악처럼 작중 사건의 일부를 표현하기도 한다. 이 소름 끼치는 스탠저*의 기악 편성은 관악기와 계속적인 반주 체계로 구성되어 있는데, 두 개의 하프, 쳄발로, 피아노, 첼레스타, 징, 그리고 타악기로 구성되는 이 반주 체계는 일종의 '지속음'으로 작품의 끝까지 되풀이해 등장하며, 합창 부분들을 줄곧 반주한다. 어떤 부분에서는 관악기가, 또 어떤 부분에서 현악기가 끼어들고, 더러는 오케스트라 전체가 반주를 맡기도 한다. 피날레는 오케스트라만으로 이루어진다. 지옥을 향한 질주에 맞춰서 힘차게 등장하는 비탄의 합창은 서서히 아다지오 풍의 이 마지막 오케스트라 악장으로 넘어가는 것이다. 그것은 마치 「환희의 송가」**의 경로를 거꾸로 밟는 듯한 인상을 주는데, 다시 말해 오케스트라가 환희의 합창으로 넘어가는 경로를 완전히 부정하고 철회하는 셈이다…….

나의 가련하고 위대한 친구여! 아드리안이 파멸의 길로 접

---

* 일정한 운율을 지닌 네 행 이상으로 구성된 시의 단위. 하나의 연(聯)이나 절(節)을 이룬다.
** 원래 쉴러의 시로, 베토벤의 「9번 교향곡」인 「합창」의 가사로 차용되었다.

어들 무렵 유작(遺作)으로 남긴 이 작품을 들여다보면서 나는 그가 아이의 임종 때 나에게 했던 말들을 얼마나 자주 생각했던가. 다시 말해 선, 기쁨, 희망, 그런 것은 존재해선 안 되고 철회되어야 한다고! 아드리안의 그 말은 마치 거의 음악적인 지시 기호라도 되는 듯이 '아, 존재해선 안 돼!'라고 외치는 비탄의 합창 악장과 기악 악장을 압도하고 있으며, 이 비가의 모든 박자와 음정에 속속들이 스며들어 있는 것이다! 베토벤의 「9번 교향곡」과 가장 우울한 의미에서 짝을 이루는 비가를 염두에 두고 이 작품을 작곡했다는 것은 의심할 여지가 없다. 그런데 아드리안의 작품은 적어도 한 번 이상 「9번 교향곡」의 형식을 네거티브의 방식으로 차용해 마치 네거티브 필름처럼 보여 줄 뿐 아니라, 베토벤 음악의 종교적인 면모 역시 네거티브의 방식으로 차용하고 있다. 물론 그렇다고 종교적인 것을 부정한다는 뜻으로 오해해서는 안 된다. 유혹자, 타락, 저주를 다루고 있는 작품이 어찌 종교적인 색채를 띠지 않을 수 있겠는가! 내가 말하고자 하는 것은 하나의 역전 현상, 신랄하고도 당당하게 의미가 역전되는 현상이다. 가령 파우스트가 최후의 순간에 제자들에게 걱정하지 말고 '편안히 잠자리에 들라'고 '다정하게 부탁'하는 장면만큼은 네거티브 방식으로 강한 종교적 색채를 띠고 있다. 이 칸타타 곡의 테두리 안에서 이런 표현은 일찍이 예수가 겟세마네 동산*에서 "나와 더불어 깨어 있으라!"라고 한 말씀을 의도적으로 뒤집어 놓은 것으로

---

* 예루살렘의 감람산 서쪽 기슭에 있는 동산으로, 예수가 처형당하기 전날 마지막 기도를 드린 곳.

볼 수밖에 없다. 또한 이제 작별을 하는 파우스트가 지인들과 함께 마신 '구스베리 주'는 전적으로 예배 의식의 성격을 띠거니와, 말하자면 또 다른 의미에서 최후의 만찬을 베푼 셈이다. 그런데 이로써 유혹의 의미 역시 전도되는데, 다시 말해 파우스트는 구원의 희망 자체를 유혹이라며 물리치는 것이다. 공식적으로 계약을 충실히 이행하겠다는 결의와, 구원을 받기에는 이미 '때가 늦었'다는 이유에서뿐만 아니라, 나아가서는 독자의 소망대로 파우스트를 구원으로 인도해 줄 천상의 세계가 실제로 존재할 거라는 믿음을 파우스트 자신이 진정으로 경멸하고 또 그런 믿음이 약속하는 신의 축복이 거짓이라는 것을 절실히 자각하고 있기 때문이다. 파우스트의 그런 태도는 이웃에 사는 선량한 노의사와 만나는 장면에서 더욱 분명하고 강하게 드러난다. 그 의사는 독실한 믿음을 가지고 파우스트가 회개하도록 하기 위해 자기 집으로 초대했는데, 작품에서는 바로 그 의사를 노골적으로 유혹자의 모습으로 묘사하고 있는 것이다. 그 장면은 마치 사탄이 예수를 유혹하는 듯한 느낌을 주거니와, 예수가 사탄을 향해 '물러가라!'라고 외쳤듯이 파우스트 역시 주님의 백성으로 돌아오라는 의사의 종용에 대항해 그런 거짓되고 무기력한 삶을 단호하게 부정하는 것이다.

이제 다시 또 다른 방식으로 아마 마지막이 될 최종적인 의미의 역전이 일어나는데, 이 부분에는 두드러지게 작곡가의 진심이 실려 있다. 이 작품에서 끝없이 표현되는 비탄은 작품의 마지막 부분에 이르러 이성을 압도하고 오직 음악만이 표현할 수 있는 무언의 언어로 나직하게 감정에 호소한다. 내가 말하는 것은 칸타타 중에서 오케스트라로 편성된 마지막 악장이다. 이 마지막 악장의 오케스트라는 합창을 서서히 흡수하면서 "내가 원한 것은 이런 것이 아니었다."와 같은 조물주의 상심과, 자신이 만들어 놓은 세계가 몰락해 가는 데 대한 신의 비탄 같은 것을 묘사하고 있다. 내가 보기에 이 마지막 부분에서 비탄이 최고조에 이르고 최후의 절망이 표현되고 있다. 혹자는 이 작품이 마지막에 이르기까지 표현과 소리 자체가 주는 위안, 즉 그래도 인간은 자신의 슬픔을 목소리로 표현할 수 있지 않은가 하는 위안과는 다른 차원의 위안을 제시한다고 주장할지도 모르겠다. 하지만 그런 판단은 이 작품의 비타협적 정신, 즉 결코 고통을 치유할 길이 없다는 생각을 훼손하는 것이다. 이 음울한 음악은 최후의 순간까지 그 어떤 위안이나 화해, 미화도 허용하지 않는다. 그런데 치밀하게 계산된 정신적 구성물이, 비탄의 표현으로서 가장 원초적인 감정의 표현으로 전환되는 예술적 역설과 마찬가지로 가장 깊은 절망 상태에서, 비록 실낱같은 희망일지라도 오히려 희망이 싹틀 수 있다는 종교적인 역설이 성립될 수 있다면 이 작품을 과연 어떻게 평가해야 할까? 그런 역설이 가능하다면 그것은 절망의 피안에 있는 희망일 것이며 절망의 초월일 것이다. 그것은 절망을 뒤집는 것이 아니라 믿음을 초월한 기적일 것이다. 작품의 결말부를 한번 들어 보라. 결말부에 이르면 악기들이 하나씩 차례로 사라진다. 음악이 점차 멎어 가면서 악기는 첼로만 남는데, 첼로의 음은 높은 솔이다. 최후까지 남아서 떠도는 이 소리는 피아니시모 페르마테*로 서서히 멎어 간다. 그러다가 마

---

* '매우 여리게 음을 늘여서' 연주하라는 뜻.

침내 아무 소리도 들리지 않게 된다. 침묵과 어둠이 있을 뿐이다. 하지만 침묵 속에서 여운처럼 떠도는 음, 물론 소리는 들리지 않지만 영혼의 귀에는 들려오는 비탄의 마지막 울림은 이제는 더 이상 비탄이 아니며, 그 의미의 역전을 가져온다. 그것은 어둠 속에서 한 줄기 빛으로 남게 되는 것이다.

47

"나와 더불어 깨어 있으라!" 신의 아들이자 인간의 아들인 예수의 고난을 드러내는 이 말을 아드리안은 이 작품에서 파우스트가 고독과 자부심과 용기의 표현으로 "아무런 걱정 말고 편안히 잠들라!"라고 말한 대목에 삽입하고 싶어 했다. 그래도 아직은 인간적인 나약함이 남아 있다는 것을 표현하고 싶었던 것이다. 비록 도와 달라는 정도까지는 아니어도 같은 인간으로서 함께 곁에 있어 달라는 본능적인 요구를 "나를 떠나지를 말게! 죽을 때가 되거든 내 곁에들 있어 주게!" 하는 간청으로 표현하고자 했다.

그리하여 1930년도 거의 절반이 지났을 무렵인 5월에 레버퀸은 다양한 경로로 연락을 취해 파이퍼링에 있는 거처에서 하나의 모임을 열었다. 그의 친구와 지인들은 모조리 초대되었을 뿐 아니라, 별로 친하지 않거나 친분이 없는 사람들까지도 끼어 있었다. 일부는 엽서를 통해서, 일부는 나를 통해서(그럴 경우에는 다른 사람들에게도 계속 전해 달라고 일일이 부탁을 했다.) 서른 명이나 되는 많은 사람들이 초대되었다. 어떤 사람들은 소박한 호기심을 못 이겨 자기를 초대해 달라고 부탁하기도 했는데, 나나 한정된 범위의 몇 사람들한테 초대받고 싶다는 뜻을 전해 왔던 것이다. 아드리안은 직접 보낸 엽서에서 이제 막 완성된, 합창과 교향곡으로 이루어진 새로운 작품 중에서 몇몇 특색 있는 부분들을 호감을 가진 친구들에게 피아노 시연으로 들려주고 싶다고 밝혔다. 그러자 원래는 초대할 생각이 없었던 여러 인물들도 이런 제안에 흥미를 가졌는데, 가령 여주인공 타냐 오를란다와 출판업자 라트브루흐 같은 사람은 쉴트크납에게 물어 왔다. 그 밖에도 그는 슈펭글러에게도 자필 초대장을 보냈다. 그런데 아드리안이 부고를 받지 못한 게 이상하지만, 그는 이미 한 달 반 전에 세상을 뜬 뒤였다. 이제 겨우 사십 대 중반에 들어선 그 재치 있는 남자는 애석하게도 심장병을 이기지 못했던 것이다.

솔직히 말하면 이 모든 법석을 떠는 동안 나는 줄곧 기분이 찜찜했다. 그 이유를 뭐라고 말하기는 어렵다. 대부분은 사적으로나 공적으로나 거리가 매우 먼 사이인 수많은 사람들을, 고립무원의 고독을 표현한 자기 작품을 축성하는 자리에 끌어들이겠다고 자신의 은둔처에 초대한다는 것은 근본적으로 아드리안에게 어울리지 않았다. 초대 자체가 마음에 들지 않았다기보다는 그에게는 있을 법하지 않은 행동으로 생각되었던 것이다. 그리고 그런 소동은 도대체 내 성미에도 맞지 않았다. 딱히 뭐라고 꼬집어 말할 수는 없지만(그렇지만 아마 그 이유를 이미 암시한 것도 같은데) 그다지 친하지도 않은 온갖 부류의 수많은 사람들이 세상의 습속을 벗어나 있는 친구를 구경하게 만들고 싶지 않았다. 그를 피난처에 혼자 있게 하고, 다만 인간적인 마음씨를 가지고 그를 존경하며 따르고 가까이서 도와주는 사람들과 쉴트크납, 상냥한 자네, 흠모의 정을 품고 있는 로젠슈틸과 나케다이, 그리고 나 자신 등 몇 사람만 만나는 것이 낫겠다고 생각했던 것이다. 그렇지만 나는 그가 벌써 상당히 진척해 놓은 일을 도와서 그의 지시에 따르고 다이얼을 돌리는 수밖에 다른 도리가 없었다. 초대를 거절한 사람은 아무도 없었다. 오히려 그 반대로, 이미 말했다시피, 덤으로 참석을 허락해 달라는 사람들이 생겼을 뿐이다.

나는 이 모임을 그저 달갑지 않게 여겼을 뿐 아니라, 계속 털어놓자면 이 모임에서 빠지고 싶은 충동마저 느꼈다. 그러나 좋든 싫든 무조건 참석해서 모든 것을 지켜보아야겠다는 걱정스러운 의무감이 들었다. 그리하여 나는 토요일 오후에 헬레네와 함께 뮌헨으로 가서, 다시 발츠후트를 거쳐 가르미슈까지 운행하는 여객 열차를 탔다. 우리는 칸막이가 되어 있는 객실에 쉴트크납, 자네 쉴, 그리고 쿠니군데 로젠슈틸과 함께 자리를 잡았다. 슈바벤 사투리를 쓰는, 정년 퇴직한 남편과 플라우지히 출신의 부인, 즉 슐라긴하우펜 부부가 가수 친구들과 함께 승용차를 타고 온 것을 제외하고는 나머지 손님들은 모두 다른 열차 편으로 분승해 왔다. 벌써 우리보다 앞서 도착한 이 승용차는 파이퍼링에 도착하면서부터 작은 기차역과 슈바이게슈틸 부인댁 사이를 오가면서, 걸어가기를 꺼리는 (지평선 쪽에서는 천둥이 나직이 울리고 있긴 했지만 날씨는 무난한 편이었다.) 손님들을 여러 명씩 집으로 태워다 주는 수고를 하고 있었다. 기차역에서 집까지 오는 다른 교통편은 미처 생각해 두지 않았던 것이다. 나와 헬레네는 슈바이게슈틸 부인을 부엌에서 찾아냈다. 거기서 그녀는 클레멘티네의 도움을 받아 가면서 커피, 길게 자른 버터 빵, 시원한 사과 주스 등 많은 사람들을 위한 간단한 접대 준비로 한창 분주했는데, 적잖이 당황한 태도로 아드리안은 손님들이 들이닥칠 거라는 얘기를 사전에 한마디도 귀띔해 주지 않았다고 했다.

그러는 사이에 바깥에서는 주조 혹은 카슈펄이라 불리는 늙은 개가 찔렁거리는 사슬 소리를 내면서 자기 오두막 앞에서 이리저리 뛰면서 미친 듯이 짖어 대고 있었는데, 이제 더 이상 올 만한 손님이 없고 모두가 나이키 여신상이 있는 홀에 모였을 때야 비로소 잠잠해졌다. 하녀와 머슴은 가족들의 방 혹은 심지어 위층 침실에서 의자를 끌고 내려와 홀의 좌석을 늘려 놓은 터였다. 이미 이름을 말한 사람들 외에도 참석한 사람들을 기억나는 대로 들어 보면 사업가 불렁거, 화가 레오 칭크(본래 아드리안이나 나나 그를 좋아하지는 않았지만, 아드리안은 아마 죽은 슈펭글러와 함께 그를 초대한 것 같았다.), 이제는 홀아비 신세가 된 헬무트 인스티토리스, 말씨가 또렷또렷한 크라니히 박사, 빈더 마요레스쿠 부인, 크뇌터리히 부부, 인스티토리스가 데리고 온, 뺨이 움푹 들어가고 익살을 잘 떠는 초상화가 노테봄과 그의 부인 등이 있었다. 그 밖에도 식스투스 크리트비스와 그의 토론 모임 일원들, 즉 고생대 동물학자 운루에 박사, 포글러 교수와 홀츠슈어 교수, 검은 단추가 달린 상의를 입은 시인 다니엘 추어 회에, 그리고 패씸하게도 떠버리 샤임 브라이자허까지 왔다. 또한 오페라 가수들 외에도 전문 음악인을 대변한 사람은 차펜스퇴서 교향악단의 지휘자 페르디난드 에트슈미트가 보였다. 글라이헨 루스부름 남작의 출현은 나를 정말 어리둥절하게 만들었다. 아마 나만 놀라지는 않았을 것이다. 내가 아는 한, 그는 생쥐 사건 이래 처음으로 풍만하고 우아한 오스트리아 여인인 자기 부인과 함께 사교계에 얼굴을 내밀었는데, 아드리안이 벌써 여드레 전에 그의 성으로 초대장을 보냈다는 사실을 나중에 알게 되었고, 이토록 기묘한 모임에 참석하게 된 이 쉴러 증손자는 사교계에 다시 발붙일 수 있는 절호의 기회를 매우 반기는 것 같았다.

이미 말했다시피 대략 서른 명쯤 되는 사람들이 모두 기대에 부풀어 시골집 홀에서 잠시 서서 서로 인사를 나누고 호기심에서 나온 생각들을 주고받고 있었다. 여전히 똑같은 운동복을 걸친 뤼디거 쉴트크납이 여러 여자들에게 둘러싸여 있는 모습이 보였다. 훌륭한 목소리로 위압감을 주는 오페라 가수들의 말, 기침이 섞이긴 했지만 분명히 알아들을 수는 있는 크라니히 박사의 목소리, 불링거 씨의 허풍, 이 모임이 "엄청 중요하다."라는 크리트비스의 호언장담과, 발을 동동 구르면서 미친 듯이 "아무렴, 그럼요, 그렇게 말할 수도 있지요!" 하고 맞장구를 치는 추어 회에의 목소리 등이 들렸다. 글라이헨 남작부인은 남편과 자신이 겪은 불가사의한 수모에 대해 동정심을 보일 만한 사람을 찾아서 이리저리 두리번거리며 돌아다니고 있었다. 그녀는 여기저기서 "아실 테지만, 사실 우리는 이 문제에 진절머리가 나요." 하고 말하곤 했다. 많은 사람들은 이미 한참 전에 아드리안이 홀에 들어선 줄도 모르고 있었는데, 단지 그를 얼른 알아보지 못해서 그랬다고, 줄곧 그를 기다려 왔다는 듯이 말하는 것이 눈에 띄었다. 그는 평상시와 다름없는 옷차림을 하고 홀 한가운데 놓인 둥근 의자에, 언젠가 사울 피텔베르크와 이야기할 때 앉았던 바로 그 의자에 창을 등진 채 앉아 있었다. 그런데 손님들 중 몇 명은 저기 앉아 있는 분이 누구냐고 나한테 물었으며, 내가 처음에는 의아하다는 듯이 누구라고 대답해 주자 갑자기 생각난다는 듯이 "아, 그래요!" 하고 한마디 하고는 서둘러 이 모임의 주인에게 가서 인사치레를 하는 것이었다. 이런 일이 벌어질 지경으로 그의 용모가 변했단 말인가! 치켜 올라간 콧수염 탓이 컸다. 저 사람이 아드리안일 리 없다고 좀처럼 수긍하지 못하는 사람들에게 나는 아마 콧수염 때문에 못 알아보았을 거라고 말해 주기도 했다. 곱슬머리의 로젠슈틸 양이 아드리안이 앉아 있는 자리 옆에서 한동안 마치 경호원처럼 똑바로 서 있었는데, 그러자 메타 나케다이 양은 가능한 한 멀찌감치 홀의 한쪽 구석에 물러나 있었다. 하지만 로젠슈틸 양은 그러다가 얼마 후 자기가 서 있던 자리에서 물러나는 우의를 보였으며, 그러자마자 역시 아드리안의 또 다른 숭배자 나케다이 양이 그 자리를 차지했다. 벽 가까이에 열린 채로 있는 네모난 피아노의 악보대 위에는 「파우스트 박사의 비탄」 악보가 놓여 있었다.

손님들 중 이런저런 사람들과 대화를 나누는 중에도 나는 친구한테서 눈을 떼지 않았던 까닭에 그가 머리와 눈짓으로 보내는 신호를 놓치지 않고 알아볼 수 있었다. 여기에 모인 사람들에게 자리에 앉으라고 말해 달라는 것이었다. 나는 즉시 그렇게 했다. 바로 옆 사람한테는 이런 뜻의 말을 직접 전했고, 좀 멀찍이 떨어진 사람들한테는 신호를 보냈을 뿐 아니라, 또한 꾹 참고 손뼉까지 쳐 가면서 레버퀸 박사가 강연을 시작하고 싶어 하니 조용히 해 달라고 했다. 사람은 자기 얼굴이 창백해지면 그것이 느껴지게 마련이다. 얼굴에서 핏기가 사라지고 차가운 기운이 돌면 느껴지게 마련이고, 그러면 이마에 맺히는 땀방울 역시 차갑게 느껴지게 마련이다. 그 당시 내가 머뭇거리며 맥없이 손뼉을 쳤던 나의 두 손은 지금 그 끔찍한 기억을 떠올려 옮겨 적는 손이 떨리듯이 그렇게 떨렸다.

좌중은 신속하게 나의 요청에 따라 주었다. 금방 홀이 조용해지고 질서가 잡혔다. 좌석 배치는 테이블 옆에 아드리안과 슐라긴하우펜 노부부, 그다음에 자네 쇨, 쉴트크납, 나의 아내, 그리고 내가 앉는 식으로 정리되었다. 나머지 사람들은 방의 양쪽으로 갈라져서 색칠한 나무 의자, 말총을 채운 안락의자, 소파 등 가지각색의 가구에 아무렇게나 앉아 있었고, 몇몇 남자들은 벽에 기대어 서 있기도 했다. 아드리안은 나와 좌중의 기대에 부응하는 어떤 표정도 짓지 않았고, 피아노 쪽으로 가서 연주를 할 기미도 보이지 않았다. 그는 양손을 포개어 맞잡고 머리는 옆으로 기울인 채 멍하니 약간 위쪽을 쳐다보면서 앉아 있었고, 완전한 정적이 감도는 가운데 이제는 내 귀에 익숙해진, 다소 단조롭고 더듬거리는 듯한 어조로 좌중을 향해 말문을 열었다. 처음에는 아마 인사말을 하려나 보다 하고 생각했다. 실제로 처음 몇 마디는 인사말이었다. 다시 꾹 참고 덧붙여 말하면, 그는 말하는 도중에 여러 차례 실언을 했다. 그래서 나는 아플 정도로 손톱으로 손바닥을 꾹 누르면서 긴장했다. 그는 틀리게 한 말을 바로잡으려다 다시 또 다른 실수를 저지르곤 했기 때문에, 결국 나중에는 틀린 말에도 신경을 쓰지 않고 그냥 넘어가게 되었다. 어떻든 그의 표현 방식이 아무리 정상적인 문법에 어긋났다 하더라도, 사실 내가 그렇게 안쓰러워할 것까지는 없었다. 그는 편지를 쓸 때도 늘상 그랬듯이, 옛날식 독일어 비슷한 표현을 곧잘 썼기 때문이다. 그럴 때는 흠이 있거나 매끄럽지 않은 문장으로 쓰더라도 으레 그럴 만한 사정이 있게 마련이었다. 우리 독일어가 야만의 티를 벗은 지도 얼마 되지 않았거니와, 문법으로 따지면 정서법이 정착되기까지 얼마나 힘들었는가!

아드리안은 아주 나지막하게 중얼거리듯이 말을 시작했다. 그래서 아주 소수의 사람들만이 그의 말을 알아듣거나, 어렴풋이 짐작하거나, 심지어 듣기 좋으라고 하는 미사여구 같은 말로 알아듣기도 했다. 그의 말투는 대개 다음과 같았기 때문이다.

"친애하옵는 형제자매 여러분, 주목해 주옵소서."

그러고는 또 잠시 아무 말도 없이 뭔가를 생각하는 듯이, 얼굴을 팔꿈치를 괸 손에 기대고 있었다. 이어지는 말 역시 이런 어투로 쾌활하게 시작해서 다들 재미있어 했다. 비록 그의 딱딱한 표정과 피곤해 보이는 시선, 그리고 창백한 안색이 그런 반응과는 어울리지 않았지만. 홀의 여기저기에서 그의 말에 응대하는 웃음소리가 들려 왔는데, 가볍게 코웃음을 치는 사람들도 있었고, 우습다고 낄낄대는 여자들도 있었다.

그가 말을 계속했다.

"우선 여러분께 감사를 드리옵니다. 호의와 우정에서 오신 분들 모두에게 말입니다. 저는 이런 호의와 우정을 누릴 자격이 없습지만, 여러분은 호의와 우정의 증거로, 이 먼 길을 차도 타고 걷기도 하며 왕림하시었습니다. 저는 이 적막한 은신처에서 여러분한테 편지를 쓰기도 했고, 전화도 걸었습니다. 또한 저의 진실된 조력자로 도움을 주는 특별한 친구한테도 편지와 전화를 부탁했지요. 그 친구를 보면 여직까지도 우리의 어린 학창 시절이 생각난답니다. 청년 시절에는 할레에서 함께 공부했습지요. 그때 공부한 걸 생각하면 자부심도 생기지만 소름도 끼칩니다. 그 얘기를 하자면 길어지니까 장황하게 늘어놓지 않겠습니다."

아드리안이 이런 식으로 말하는 동안 여러 사람이 나를 쳐다보면서 우습다는 듯이 싱긋거렸다. 그러나 나는 가슴이 찡해서 웃을 수가 없었다. 그토록 다정한 추억으로 나를 생각한다는 것이 친구의 평소 태도답지 않았기 때문이다. 그렇지만 내가 눈물까지 글썽거리자 사람들은 더 재미있어했다. 레오 칭크가 가끔 조롱거리가 되는 그의 커다란 코에 손수건을 갖다 대고 큰 소리로 코를 풀었던 일을 생각하면 역겨움이 치민다. 그는 내가 눈에 띄게 감정 표현을 하는 것을 비꼬려고 일부러 그랬는데, 그러고도 모자라서 다시 킬킬거리기 시작했다. 아드리안은 이런 동정을 알아차린 것 같지 않았다.

아드리안이 말을 이었다.

"우선 여러분께 사과를 드려야겠습니다. 이 집의 개 프래스티기아르가, 주조라고도 불리지만 사실은 프레스티기아르입니다만, 사납게 굴고 여러분의 귀를 따갑게 하더라도 양해해 주십사 정중히 부탁드리는 바입니다. 어떻든 여러분은 저 때문에 이런 수고와 불편을 감수하셨으니 말입니다. 우리는 오직 개한테만 들릴 수 있는 호각을 여러분 모두에게 하나씩 나누어 드렸어야 하는 건데. 그래야 개가 멀리서부터 좋은 친구들만 오는구나 하는 것을 알았을 게 아닙니까. 주조가 파수꾼 역할을 하는 동안 제가 여기서 무엇을 했으며 그 동안 어떤 일을 해 왔는지 듣고 싶어 하는 친구들 말입니다."

호각 얘기가 나오자 다시 여기저기서 재미있다는 듯, 하지만 점잖은 웃음소리가 들려왔다. 아드리안은 계속해서 말했다.

"이제 여러분께 다시 정중한 부탁을 드립니다. 제 강연을 불쾌하게 받아들이지 마시고 최선을 다해 이해해 달라는 것입니다. 왜냐하면 저는 여러분처럼 선량한 사람들, 그렇다고 죄가 없다는 건 아니지만 그저 평범하고 대수롭지 않은 잘못밖에 없어서 한심하기도 하고 부럽기도 합니다만, 어쨌거나 선량한 여러분들의 친구로서 하나도 숨김없이 고백하고자 합니다. 바로 제 눈앞에 모래시계가 있는데, 저는 이 마지막 모래알들이 모세관을 따라 다 흘러내리면 그자가 나를 데려갈 것을 각오해야 합니다. 저는 그자에게 직접 피로써 맹세했습니다. 모래시계가 다 흘러내리고 그자가 나에게 대가로 제공한 시간이 모두 흘러가면 나의 육체와 영혼은 영원히 그자의 수중에 들어갈 것입니다."

여기까지 이야기하자 다시 여기저기서 코웃음 소리가 들렸다. 딱하다는 듯이 고개를 설레설레 저으며 혀를 차는 사람도 더러 있었고, 몇몇은 뭔가를 탐색하려는 듯이 음울한 눈길을 보내기도 했다.

아드리안은 여전히 앉아서 말했다.

"여러분도 이제 아실 겁니다. 선량하고 독실한 여러분들은 그저 대수롭지 않은 죄를 짓고서 하님의(그는 '하느님'이라고 정정했지만 다시 '하님'으로 되돌아가고 말았다.) 은총과 보살핌을 받으며 편안하게 지내고 있습니다. 그런데 저는 오랫동안 혼자 만의 비밀로 간직해 왔는데, 이제는 더 이상 숨기지 않겠습니다. 다시 말해 저는 스물한 살 적부터 사탄과 계약을 맺어 왔으며, 서약을 하고 유대를 맺어 왔습니다. 위험한 줄은 알았지만, 그래도 충분히 숙고한 끝에 용기와 자부심과 오기로 그랬습니다. 그 이유는 제가 이 세상의 명성을 원했기 때문입니다. 그러니까 이십사 년이란 세월 동안 제가 이루어 놓은 모든 것, 사람들이 당연히 미심쩍은 눈으로 지켜보았던 모든 것은 오로지 사탄의 도움으로 가능했던 것입니다. 독(毒)을 선사하는 마귀의 작품인 것입니다. 저는 이렇게 생각했습니다. 어차피 내기를 할 바에는 제대로 판돈을 걸어야 하는데, 오늘날의 형편에는 마귀를 섬겨야만 한다고 말입니다. 위대한 작품을 이룩하려면 마귀한테 호소하는 것 말고는 달리 도움을 받을 수 없기 때문입니다."

이제 고통스러울 만큼 긴장된 정적이 감돌았다. 아직까지도 그저 재미있다고 생각하는 사람은 거의 없었고, 오히려 그 반대로 상당수 사람들이 얼굴을 잔뜩 찌푸리고 눈썹을 치올렸다. '도대체 어쩌자는 것인가? 어찌 된 영문인가?' 하는 표정들이었다. 만일 아드리안이 한 번쯤 미소를 흘리거나 눈을 찡긋하기라도 해서 자기가 하고 있는 이야기가 그저 예술가답게 신비화하는 얘기일 뿐이라고 암시만 했던들 만사는 순조롭게 진행되었을 것이다. 그러나 그는 그런 내색을 하지 않았다. 창백하고 엄숙한 표정으로 앉아 있을 따름이었다. 몇몇은 나에게 의아해하는 시선을 보냈다. 지금 한 말이 대체 무슨 뜻이며, 그런 말을 어떻게 책임질 것이냐, 아마 내가 말을 가로막아서 이 모임을 중단하는 것이 좋지 않겠느냐는 뜻인 듯했다. 그렇지만 내가 무슨 근거로 이 모임을 중단한단 말인가? 그저 품위가 떨어지는 정도의 말을 아무렇게나 했을 뿐인데. 나는 아드리안이 조만간 작품에서 발췌한 부분들을 연주해서 이야기 대신 음악을 들려주기를 바라면서, 일이 되어 가는 대로 자연스럽게 내버려 두는 게 좋겠다고 생각했다. 말이란 지나가면 그뿐이고, 무언의 언어로 모든 것을 말하는 음악이 말보다 더 우월하다는 생각을 이때처럼 강하게 해 본 적이 없었다. 그렇다. 사태를 적나라하게 드러내는 직설적 고백의 조잡함과 비교하면, 예술이란 그 어떤 말에도 얽매이지 않는 속성을 지니게 마련이다. 이야기를 중단시킨다는 것은 내가 친구에게 품고 있는 경외심에 어긋날 뿐 아니라, 비록 나와 더불어 듣는 청중들 중에서 들을 만한 자격이 있는 사람은 극소수에 불과했다 하더라도, 나의 온 영혼은 계속 듣기를 갈망하고 있었다. 나는 마음속으로 다른 사람들에게 이렇게 말했다. 그저 참고 듣기만 하시오! 일단은 이 친구가 사람들을 자신의 동료로 초대했으니까!

잠시 이야기를 쉬면서 생각에 잠겨 있던 친구는 다시 말을 시작했다.

"친애하는 형제자매 여러분, 제가 계약을 승낙하고 이행하기까지 길을 잃고 외롭게 방황했다거나 악령의 무리들을 많이 끌어들이거나 조악하게 주문(呪文)이나 외는 짓거리를 했다고 생각하지는 마시기 바랍니다. 사실 일찍이 성(聖) 토마스*도 말

---

* 이탈리아의 교부 신학자 토마스 아퀴나스.

쓸하시길, 악마를 불러내는 주문 따위가 없어도 얼마든지 타락할 수 있으며 악마한테 표나게 충성 서약을 하지 않아도 얼마든지 타락한 행동을 할 수 있다고 하지 않았습니까? 그저한 마리의 나비에 지나지 않았습니다. 화려한 색깔의 나비였지요. 나비 이름은 헤테라 에스메랄다*였습니다. 그 나비가 저한테 접촉해 와서 제 마음을 사로잡았지요. 그 마녀가 말입니다. 그리고 그녀가 투명한 나체로 곧잘 찾아가는 어둠침침한 숲속 그늘로 그녀를 따라갔습니다. 저는 마치 바람에 실려 온 꽃잎 같은 그녀를 낚아채어 애무했습니다. 그녀가 경고했음에도 말입니다. 일은 그렇게 터졌던 것입니다. 그녀는 저를 매혹해서 사랑의 황홀경을 맛보게 해 주었습니다. 그때 저는 악마한테 바쳐졌고 계약이 성립되었던 것입니다."

이때 청중들 가운데서 무슨 말이 새어 나왔기 때문에 나는 움찔했다. 말을 한 사람은 수도복을 입은 시인 다니엘 추어 회에였다. 그는 발을 쿵쿵 구르면서 소감을 말했다.

"멋지군그래. 정말 그럴싸해. 그렇게 말할 수도 있겠지!"

몇몇이 쉿 하고 조용히 해 달라는 소리가 들렸다. 나도 어떻게 해야 좋을지 몰라서 말하는 사람 쪽으로 몸을 돌렸다. 속으로는 그의 말이 은근히 고마웠다. 왜냐하면 아주 단순한 그의 말 덕분에 지금 우리가 듣고 있는 모든 이야기를 안심하고 용인할 수 있는 여지가 생겼기 때문이다. 다시 말해 아드리안의 말을 액면 그대로 받아들이지 않고 미학적인 관점에서 생

---

* 젊은 시절 동침했던 창녀를 나비에 비유하고 있다. 이미 46장에서 「파우스트 박사의 비탄」에 나오는 주제곡 음정이 '헤테라 에스메랄다'의 음절 모음과 일치한다는 사실이 언급된 바 있다.

각할 수 있게 된 것이다. 물론 아드리안의 말을 미학적인 관점에서만 생각하기에는 뭔가 석연치 않고 불안했지만, 그래도 다소 마음이 놓이는 것만은 사실이었다. 청중 가운데 이제 안심했다는 듯이 "아, 그래요!" 하는 소리가 들리는 것 같았으며, 아마 라트브루흐 부인으로 기억되는 어떤 여성은 추어 회에의 말 덕분에 용기를 얻어서 다음과 같이 외쳤다.

"마치 한 편의 시를 듣는 기분이에요."

그렇지만 그런 생각은 오래가지 못했다. 좋게 생각하는 쪽이 마음은 편했지만, 그런 안이한 생각은 가당치 않았다. 뿐만 아니라 아드리안의 말을 미학적인 관점에서만 본다는 것은 시인 추어 회에가 평소에 늘 외치던 주장, 즉 세계를 무력으로 지배하고 피의 투쟁으로 쟁탈해야 한다는 주장과도 완전히 동떨어진 것이었다. 아드리안이 차분하고 창백한 얼굴로 진지하게 털어놓는 이야기는 진실이었다. 이 진실을 들려주기 위해 영혼의 마지막 궁지에 몰린 한 인간이 동료들을 불러모은 것이다. 물론 그것은 동료들을 터무니없이 신뢰한 처사였다. 왜냐하면 여기에 모여 있는 동료들이란 아드리안의 말을 더 이상 시적인 과장으로만 받아들일 수 없게 되고 결국 진실의 고백이라는 사실이 밝혀지자 단호하게 이구동성으로 냉담한 혐오감을 표출했기 때문이다.

하지만 연사는 청중들의 비난을 알아차리지 못했다. 말을 중단하는 동안 그는 골똘히 생각에 잠겨 있었기 때문에 제대로 알아듣지 못했을 것이다.

아드리안은 다시 말을 계속했다.

"경애하는 친구 여러분, 지금 여러분이 지켜보고 있는 이 사람은 신에게 버림받고 절망에 빠져 있다는 걸 유념해 주시기 바랍니다. 그의 주검은 경건하게 죽은 기독교인이 묻히는 거룩한 장소에 묻히지 못하고 짐승들의 시체가 묻혀 있는 들판에 버려질 것입니다. 미리 말씀드리면, 여러분은 그의 주검이 언제나 바닥에 엎어진 자세로 관에 누워 있는 것을 목격하게 될 것입니다. 설사 다섯 번 돌려 누이더라도 다시 원상태로 돌아가고 말 것입니다. 제가 그 독이 있는 나비한테서 쾌감을 맛보기 오래전부터 이미 저의 영혼은 교만함과 자만심에서 사탄에게 다가가고 있었기 때문입니다. 제가 젊은 시절 사탄의 환심을 사려고 애썼던 것이 정확히 언제였는지는 확실치 않습니다만. 익히 아시는 바와 같이, 인간은 천당을 갈지 지옥을 갈지 이미 태어날 때부터 정해져 있습니다. 그런데 저는 이미 지옥에 떨어지도록 정해져 있었던 것입니다. 저는 우쭐거리며 할레 대학에서 신학을 공부했습니다만, 그것은 하느님을 위해서가 아니라 다른 자를 위해서였습니다. 말하자면 나의 신학 공부는 이미 은밀한 유대의 시작이었으며, 하느님에게로 향하는 위장 순례가 아니라 커다란 화를 몰고 올 마귀를 향해 나아가는 길이었습니다. 사탄을 막을 도리는 없었고, 사탄에게로 가고자 하는 발걸음은 멈추지 않았습니다. 그렇게 신학을 공부하다가 금방 라이프치히 대학으로 옮겨 음악을 공부하게 되었습니다. 그리하여 저는 형식이나 개성, 이른바 주술이나 마법 따위로 불려도 좋을 그런 것들에만 매달리게 되었습니다.

요컨대 저는 절망한 나머지 허튼짓을 했습니다. 사실 저는 천상에서 선사한 명석한 머리와 재능을 가졌으며, 마음만 먹으면 경건한 마음으로 그 재능을 겸손하게 이용할 수도 있었지요. 그러나 지금 세상에서는 경건하고 고지식한 방법으로는, 정당한 수단으로는 어떤 것도 만들어 낼 수 없으며, 아궁이에서 활활 타오르는 지옥의 불꽃이 없으면, 마귀의 도움이 없으면 예술이 불가능한 시대라는 걸 깨달았단 말입니다⋯⋯. 친애하는 동료 여러분. 그렇습니다. 예술은 정체되고 난관에 부닥쳤습니다. 예술은 스스로를 비웃기 시작했습니다. 모든 것이 너무나 어려워졌으며, 가련한 인간은 곤경에 처해서 어찌할 바를 모르게 되었습니다. 시대를 잘못 타고난 탓입니다. 그렇지만 만일 누군가가 이런 난관을 극복하고 한계를 돌파하기 위해 악마를 손님으로 초대한다면, 그런 자는 자기 영혼을 책망하고 시대의 죄를 자기 목에 건 채 저주받게 되는 것입니다. '깨어 있으라!'라는 말씀을 어겼기 때문입니다. 그러나 대개의 경우는 깨어 있지 못합니다. 이 지상의 삶이 나아지려면 무엇이 필요한지 영리하게 생각해 내고, 예술 작품이 다시금 삶의 기반과 참된 조화를 획득할 수 있도록 인간들 사이에 질서를 정립하고자 신경을 쓰는 대신에, 오히려 말씀을 어기고 저주받은 열중에 탐닉합니다. 그 대가로 자기 영혼을 내주고 버림받게 되는 것입니다.

친애하는 형제자매 여러분, 저는 그런 길을 감수했습니다. 악마를 이용하는 마술과 주문, 독과 마법, 그 밖에도 여러 가지 이름으로 불리게 될 그런 것들을 일삼았던 것입니다. 그러다가 조만간 그자와 대면할 기회가 왔습니다. 무례한 깡패같이 생긴 녀석이었지요. 남유럽 지방의 어느 집에서였지요. 그 녀석과 많은 대화를 나누었습니다. 그래서 지옥의 속성이나 근본, 실상에 관해 많은 것을 알아냈습니다. 그리고 그자는 저에게 시간을 팔아먹기로 했답니다. 이십사 년이라는 무시 못 할 시간 말입니다. 이 기한 동안에는 제 시중을 들겠다고 약속을 하더군요. 대단한 성과를 올려 주겠다고 약속하기도 했습니다. 제가 작품을 창조할 능력을 갖추도록 아궁이에 불을 왕창 지피겠다고 했습니다. 그렇지만 창작의 능력이 그렇게 간단히 생겨날 리 없다는 것쯤은 알았기 때문에 그런 제안에 코웃음을 쳤지요. 어떻든 저한테 그런 능력이 생기는 대신 심한 두통만 참으면 된다는 것이었습니다. 마치 어린 인어 아가씨가 사람의 다리를 얻기 위해 그랬듯이 말입니다. 그녀는 저의 누이요, 달콤한 신부였습니다. 그녀의 이름은 히피알타였습니다. 그 작자가 그녀를 나의 침대로 데려왔기에 잠자리를 함께 했습니다. 그녀가 물고기의 꼬리를 하고 오든 아니면 사람 다리를 하고 오든 그녀는 점점 더 내 마음에 들었습니다. 그런데 물고기의 꼬리를 하고 올 때가 더 많았습니다. 왜냐하면 사람 다리를 하고 있을 때의 고통이 잠자리의 쾌락보다 훨씬 컸기 때문입니다. 게다가 그녀의 부드러운 몸매가 비늘이 돋은 꼬리 부분에서 얼마나 사랑스럽게 흘러내리는지 잘 느낄 수 있었습니다. 하지만 순수하게 인간의 형체로 나타날 때가 황홀감은 더했습니다. 저로서는 그녀가 사람의 다리로 저와 어울려 줄 때 더 큰 쾌락을 맛볼 수 있었던 것입니다.”

이야기가 여기까지 이르자 청중들은 술렁이기 시작했고, 아예 자리를 뜨는 사람도 있었다. 늙은 슐라긴하우펜 부부가 테이블 자리에서 일어서더니 좌우도 돌아보지 않고, 남편이 부인의 팔꿈치를 잡고, 나지막한 발소리를 내면서 좌중을 가로질러 문밖으로 사라졌다. 그로부터 이 분이 채 못 되어 마당에서는 자동차 모터가 돌아가는 소음이 들려왔고, 이어서 차가 떠나는 소리가 들렸다.

노부부가 떠나자 걱정을 하는 사람들이 생겼는데, 기차역까지 태워다 줄 거라고 잔뜩 기대하고 있었는데 차가 가 버렸기 때문이다. 하지만 손님들 중에서 아직 노부부처럼 자리를 떠나려는 기미는 보이지 않았다. 사람들은 마치 무엇에 홀린 듯이 그대로 앉아 있었다. 차가 떠나가고 바깥이 다시 잠잠해지자 추어 회에는 다시 무작정 "멋집니다! 그럼요! 멋져요!"라고 환호성을 질렀다.

내가 서론은 그만하면 됐으니 작품 연주를 들려 달라고 친구한테 간청하기 위해 막 입을 열려던 참에 그는 그사이에 있었던 소동에 개의치 않고 이야기를 계속했다.

"그리하여 히피알타는 임신한 몸이 되었고, 귀여운 아들을 낳아 주었습니다. 저의 영혼은 온통 그 아이한테 매달리게 되었습니다. 마치 저 먼 옛날의 나라에서 온 듯하고 이를 데 없이 복스럽게 생긴 귀여운 아이였습니다. 그러나 그 아이도 피와 살로 된 인간이었고, 또한 저는 어떤 인간도 사랑해선 안된다는 제약을 받고 있었던 까닭에, 그놈은 무자비하게 아이의 목숨을 앗아갔습니다. 더구나 제 자신의 눈을 이용해서 그랬습니다. 여러분도 틀림없이 아실 테지만, 어떤 영혼이 심한 죄악에 빠져 있으면 그의 시선도 해롭기 때문입니다. 특히 애들한테 그렇습니다. 그리하여 그토록 사랑스러운 말을 속삭이던 귀여운 아들은 8월의 달빛 아래 그만 제 곁을 떠나고 말았습니다. 나도 이토록 귀여운 아이를 가질 수 있구나 하고 막 생각하던 참이었는데 말입니다. 저는 악마를 섬기는 수도사로서 그 아이를 좋아하기 전에도 이미 상대가 여자만 아니면 피와 살을 가진 인간을 사랑해도 무방할 거라고 생각했던 적이 있습니다. 그 친구는 저와 허물없이 말을 터놓고 지내는 사이가 되기 위해 저한테 무한한 신뢰를 쏟았고, 결국 저도 그 친구에게 마음을 주게 되었습니다. 하지만 그 일 때문에 저는 악마의 지시와 처방에 따라 그 친구를 죽여야만 했습니다. 왜냐하면 그 감시자는 제가 결혼할 의사가 있다는 걸 알아차리고는 격분했기 때문입니다. 말하자면 그놈은 저의 결혼을 자기에 대한 배반이라고, 속죄를 위한 술수라고 생각했기 때문입니다. 그리하여 그놈은 바로 저의 결혼 계획을 이용해 무자비하게 친구를 살해하도록 나를 옭아매었던 것입니다. 그리하여 저는 여전히 살인자로서 여러분 앞에 이렇게 앉아 있다는 것을, 오늘 이 자리를 빌어 여러분 모두 앞에서 참회할 생각이었습니다."

이 대목에 이르자 손님들 중 여러 무리가 홀을 떠났다. 말 없이 불쾌한 기색을 보이며 창백한 얼굴로, 그리고 아랫입술을 지그시 문 채 작은 체구의 헬무트 인스티토리스가 노테봄, 그리고 우리가 걸핏하면 '어머니의 가슴'이라 불렀을 정도로 젖가슴이 크고 매우 가정적인 인상을 주는 그의 부인과 함께 자리에서 일어났다. 이들은 말없이 물러갔다. 그렇지만 바깥에 가서는 아마 뭐라고 한 소리 했을 것이다. 이들이 나간 지 얼마 안 되어 단단히 빗은 머리칼의 정수리 부분이 하얗게 센 슈바이게슈틸 부인이 앞치마를 두른 채 조용히 들어와 문 가까이에 양손을 모아 쥔 채 서 있었다. 그녀는 아드리안의 말에 귀를 기울였다.

"그렇지만 제가 어떤 죄인이든 간에, 그녀의 친구든, 살인자든, 인간의 적이든, 저주받은 오입질에 빠졌든 말든 간에, 그런 것에는 전혀 개의치 않고 저는 늘 작곡가로서 열심히 작업했으며, 쉬지도 않고(그는 다시 한번 생각을 가다듬는 듯하더니 '쉬지도'라고 고쳤으나, 그러고는 또다시 '쉬지도'라는 말을 썼다.) 잠도 자지 않고 뼈 빠지게 작업했습니다. 어떻게든 이 힘든 작업을 감당하려고 했습니다. '힘든 일을 추구하는 자는 고초를 겪는 법'이라고 한 사도의 말씀에 따라서요. 왜냐하면 우리 인간이 축복의 세례를 받지 않은 상태에서는 하느님이 우리 인간을 통해 큰일을 하지 않으시듯이, 사탄 역시 그렇게 쉽게는 하지 않기 때문입니다. 그자가 저한테서 덜어 주는 것은 단지 수치심과 정신적 모멸감이었고 작품에 방해가 되는 시간을 없애 줄 뿐이었으며, 나머지 모든 것은 제가 알아서 해야 했습니다. 비록 기묘한 독에 마취된 상태이긴 했지만 말입니다. 어떤 때에는 오르간과 아코디언, 하프, 라우테*, 바이올린, 트럼본, 구식 피리, 뿔피리, 꼬마 피리 등 모두 네 성부로 되어 있는 감미로운 악기 소리가 들려왔기 때문에 저는 마치 천국에 와 있다고 믿고 싶을 지경이었습니다. 물론 그렇지 않다는 건 잘 알고 있었지만 말입니다. 저는 그 악기 소리 중에서 많은 부분을 악보로 옮겨 적었습니다. 혹은 아이들이 제 방에 찾아올 때도 종종 있었습니다. 소년과 소녀들이었습니다. 그들은 악보를 보면서 다성적인 성악곡을 저한테 불러 주면서 그와 동시에 정말 깜찍스러운 미소를 머금은 채 서로 눈짓을 하는 것이었습니다. 정말 사랑스러운 아이들이었습니다. 이따금 마치 질풍에

---

* 기타, 만돌린의 전신이 되는 바로크 시대의 발현악기.

날리듯이 아이들 머리칼이 일어서기도 했는데, 그러면 아이들은 귀여운 손으로 다시 머리를 가다듬었습니다. 아이들 얼굴에는 보조개가 있었고, 보조개에는 작은 루비가 달려 있었습니다. 그런가 하면 아이들 콧구멍에서 가끔 노란색의 작은 벌레들이 꼬물꼬물 기어 나와서 가슴까지 흘러내렸다가는 사라지곤 하기도 했습니다."

이런 말들은 이제 다시 한번 몇몇 청중들에게 홀을 떠나라는 신호가 되었다. 이번에는 운루에, 포글러 그리고 홀츠슈어 등의 학자들이 자리에서 일어섰는데, 그들 중 누군가가 밖으로 나가면서 양손으로 관자놀이를 꽉 누르고 있는 모습이 보였다. 그러나 그 학자들이 토론하는 장소를 제공했던 식스투스 크리트비스는 매우 흥분된 표정으로 자리를 지키고 있었다. 이런 식으로 사람들이 몇 차례 퇴장한 후에도, 비록 가지각색의 반응을 보이거나 이미 눈치를 살피며 도망칠 준비를 하고는 있었지만, 아직 스물댓 명가량이 남아 있었다. 레오 칭크는 짓궂게도 기대에 들뜬 듯이 눈썹을 치올리고는 다른 사람의 그림을 평가할 때 하던 버릇대로 "오, 이런!" 하고 소리를 질렀다. 몇몇 여자들이 레버퀸의 주위를 마치 호위하듯이 에워싸고 있었다. 쿠니군데 로젠슈틸, 메타 나케다이, 그리고 자네쉴, 이들 세 사람이었다. 엘제 슈바이게슈틸은 멀찌감치 떨어져 있었다.

다시 아드리안의 목소리가 들렸다.

"그런 식으로 그 사악한 자는 이십사 년 동안 충실하게 약속을 지켰습니다. 모든 것은 최후의 순간까지 완벽하게 진행되었습니다. 저는 살인과 간음을 저지르면서까지 과업을 완수했습니다. 이렇게 사악한 힘으로 창조된 것이 어쩌면 은총을 입어 선한 것으로 바뀔 수 있을지 어떨지는 모르겠습니다. 어쩌면 제가 힘든 일을 추구했으며 그로 인해 고통 받았다는 사실을 하느님이 굽어보실지도 모릅니다. 제가 그토록 열심이었고 끈질긴 인내심으로 모든 것을 완료했다는 사실을 어쩌면, 어쩌면 참작하실지도, 좋게 여기실지도 모릅니다. 그렇지만 저는 이런 말을 할 자격이 없습니다. 감히 그런 것을 기대할 용기가 없습니다. 제가 지은 죄는 용서받을 수 있는 한도를 넘었습니다. 자비와 용서의 가능성을 철저히 불신하면 오히려 끝없이 자비심을 자극할 거라는 계산까지 함으로써 저의 죄는 극단으로 치달았습니다. 다른 한편으로는 그처럼 파렴치한 계산으로는 결코 자비를 기대할 수 없다는 것 또한 잘 알고 있습니다. 그러나 그런 식으로 저는 계속 사변에 빠져들었습니다. 그리하여 이제 최후를 맞아 영겁의 벌을 받게 되면, 자비를 베푸는 입장에서 볼 때는 이런 영혼도 구제해 자비의 무한성을 입증해야 하지 않을까 싶은 최선의 자극이 될 거라는 계산까지 했습니다. 늘 그런 식의 궁리를 계속했습니다. 말하자면 저 천상의 자비와 겨루어 보겠다는 파렴치한 생각을 했습니다. 천상의 자비와 저의 사변 중에서 어느 쪽이 더 무궁무진할까 하고 말입니다. 보시다시피 저는 저주받은 몸이며, 어떠한 용서도 기대할 수 없습니다. 어떠한 용서의 가능성도 이미 그런 계산적 사고로 차단되었기 때문입니다.

어쨌든 일찍이 제 영혼을 팔아서 사들인 시간이 다 지나가 버린 지금, 저는 최후의 순간을 앞두고 여러분을 모신 것입니다. 친애하는 형제자매 여러분, 제 영혼은 이미 죽었다는 사실을 굳이 여러분한테 숨기지 않겠습니다. 부탁컨대 저를 나쁘게 생각하지는 마시기 바랍니다. 잊어버리고 초대하지 못한 사람들한테도 저의 따뜻한 인사를 전해 주시고, 또한 저를 나쁘게 생각하지 말아 달라고 전해 주시기 바랍니다. 이제 더 할 말도 없고 고백할 것도 없으니, 작별을 기념하는 뜻에서 제 작품 중에서 몇 대목을 연주할 생각입니다. 사탄의 매혹적인 악기에서 엿들었거나, 더러는 깜찍한 아이들이 들려주기도 한 작품 말입니다."

그는 일어섰다. 얼굴은 죽은 사람처럼 창백했다.

그때, 정적이 감도는 가운데 천식 기운이 있긴 하지만 또렷한 크라니히 박사의 목소리가 들려왔다.

"이 사람은, 이 사람은 제정신이 아닙니다. 벌써 오래전부터 이 점에 관해서는 의문의 여지가 없습니다. 우리들 중에 정신 의학 전공자가 없어서 매우 유감스럽군요. 나는 화폐 학자라서 이런 문제에는 적임자가 아닌데 말입니다."

이렇게 말하면서 그는 밖으로 나가 버렸다.

앞서 이름을 든 여자들과, 쉴트크납, 헬레네, 그리고 나한테 둘러싸여 있던 레버퀸은 갈색의 네모난 피아노 앞에 다가가서 앉더니 오른손으로 악보를 펼쳤다. 우리는 눈물이 그의 뺨을 타고 흘러내려 건반 위에 떨어지는 것을 지켜보았다. 그가 눈물에 젖은 건반을 치자 심한 불협화음이 울려 나왔다. 동시에 그는 입을 열었다. 노래를 부르려는 듯했으나, 그의 입술 사이로 쏟아져 나온 것은 흐느낌뿐이었다. 영원히 내 귓전에 맴도는 흐느낌이었다. 그는 마치 악기를 껴안으려는 듯 그 위로 몸을 굽히면서 양팔을 폈으나, 갑자기 무엇에 얻어맞은 것처럼 의자 옆 바닥에 쓰러지고 말았다.

그때까지만 해도 비교적 멀리 떨어져 있던 슈바이게슈틸 부인이 가까이 있던 우리들보다 더 빨리 달려왔다. 우리는 어찌 된 영문인지 한순간 그를 보살필 생각도 하지 못한 채 멈칫했던 것이다. 그녀는 실신한 사람의 머리를 들어 올려 어머니처럼 양팔로 상체를 부축한 채, 아직도 멍하니 서 있는 사람들을 향해 고개를 돌려 소리쳤다.

"모두 좀 거들어 줘요! 당신들은 이해심이라곤 털끝만큼도 없군요! 도회지 사람들이란! 지금은 이해심이 필요하다고요! 불쌍한 사람 같으니. 이 사람은 줄곧 영원한 은총을 얘기했잖아요. 영원한 은총이 가능한지는 나도 모르겠지만서도. 하지만 어떤 경우에도 인간적인 이해심은 통한다고요. 제 말을 믿으라고요!"

에필로그

다 끝났다. 이 글을 쓰는 동안에 벌어진 끔찍한 사건들로 인해, 그리고 이 글에서 다루고 있는 인물의 운명으로 인해 기가 죽고 상심에 빠진 한 노인이 갖가지 회상과 현재의 사건들로 점철된 지난 세월을 생생하게 증언하는 원고 뭉치를 바라보고 있다. 여러 해 동안 심혈을 기울여 완성한 이 원고가 높이 쌓여 있는 모습을 지켜보노라면 만족감이 들기도 하고 그렇지 않기도 하다. 나는 천성적으로 이런 과제를 맡기에 적임자는 아니다. 그러나 친구에 대한 사랑과 신의에서, 그리고 친구의 삶을 증언하기 위해서 나는 이 과제를 나의 소명처럼 받아들여 끝까지 완수했다. 사랑과 신의로써, 증인으로서 이 과제에 헌신함으로써 해낼 수 있는 만큼이 이루어진 것이다. 나는 그것으로 만족할 수밖에 없다.

내가 이 회상의 기록을, 아드리안 레버퀸의 전기를 집필하기 시작하던 무렵만 해도 주인공의 예술적 기질과 저자의 형편상이 전기를 출판할 가망은 전혀 없었다. 당시 세상을, 아니 그 이상의 것을 장악하고 있던 그 끔찍한 국가가 한바탕 광란의 잔치를 끝낸 지금, 나라를 통치하던 살인마들은 의사들에게 자신들을 독살해 달라고 명령하는가 하면, 자기들 몸에 석유를 부어 불태우게 하기도 했다. 그리하여 그들의 형체가 하나도 남아 있지 않게 만든 지금, 지금은 어쩌면 내가 혼신의 힘을 다해 기록한 이 글을 출간할 생각도 해 볼 수 있을 것이다. 그러나 독일은 사악한 무리들의 뜻대로 밑바닥까지 완전히 파괴된 상태이기 때문에, 독일이 곧 다시 어떤 문화적인 활동을 할 수 있을 거라고 기대하긴 어려웠다. 책 한 권이라도 제대로 출판할 수 있을 거라고는 기대할 수 없었다. 그래서 나는 진작부터 이 원고를 미국으로 가져가 우선 그곳 사람들에게 영역본을 먼저 출판할 수 있는 수단과 방법을 때때로 궁리해 보곤 했다. 이런 생각이 작고한 친구의 뜻에 전혀 어긋나지는 않을 거라는 생각도 들었다. 물론 나의 책이 영어 문화권에서는 본질적인 이질감을 불러일으킬 거라는 생각도 들었고, 또한 내 글에서 적어도 독일적인 뿌리가 매우 강한 어떤 부분만큼은 영어로 번역하기 힘들지 않을까 하는 생각에 염려가 되기도 했다.

더구나 이제 한 위대한 작곡가의 생의 결말을 몇 마디로 간단히 정리하고 이 원고를 종결짓고 나면 응분의 공허감을 감수해야 하리라고 예견된다. 지금까지 내 마음을 헤집어 놓고 소진한 이 작업은 이제 내 손에서 떠나갈 것이다. 지속적인 의무로 수행한 이 작업은 나에게 일거리를 제공하면서, 한가한 상태였더라면 오히려 더 견디기 힘들었을 여러 해를 버티게 해 주었다. 그리고 장차 이 작업을 대체할 만한 일거리를 찾아 헤매는 중이지만, 당분간은 헛수고일 것이다. 물론 십일 년 전에 나를 교단에서 떠나게 만들었던 사유들이 역사의 풍랑 속으로 사라진 것은 사실이다. 초토화되고 금치산 선고를 받은 나라도 자유로운 나라라고 할 수 있다면, 그런 의미에서는 독일도 자유로우며, 짐작컨대 이제는 내가 다시 학교로 돌아가는 데도 아무런 문제가 없을 것이다. 이미 힌터푀르트너 씨는 기회가 있을 때마다 그러길 권유하곤 했다. 그런데 내가 과연 다시 김나지움 학생들 앞에서 문화를 존중하는 생각을 호소력 있게 말할 수 있을까? 과연 인간의 본능 깊은 곳에 감춰져 있는 신성함에 대한 경외심과, 신성한 것을 양명한 이성으로 표현하는 정신과 일치하게 전달할 수 있을까? 아, 그러나 이 험악한 십 년의 세월 동안, 내가 학생들의 말을 이해할 수 없듯이 내 말을 전혀 이해하지 못하는 또 한 세대가 자라나지 않았을까 두렵다. 내가 지금 또 그 아이들의 스승이 되기에는 조국의 젊은이들이 너무나 낯선 존재로 자라지 않았을까 두렵기만 하다. 더욱이 저주받은 나라인 독일 자체도 낯설게 느껴진다. 이 나라가 끔찍하게 끝장날 거라고 확신하고 그 죄악을 피하기 위해 나 혼자 칩거했기에 더 서먹서먹한 나라가 아닌가. 과연 내가 잘했던 것일까? 또한 내가 정말 철저히 나 자신을 격리했는지도 되물어 보아야 하지 않을까? 나는 소중한 친구가 죽음에 이를 때까지 고통을 마다치 않고 그의 곁을 떠나지 않았으며, 그를 사랑하는 사람에게 끊임없이 불안을 안겨 주었던 일생을 글로써 기록하지 않았는가. 이러한 신의가 어쩌면 내가 죄악에 빠진 조국을 질겁해서 도망친 것에 대한 변명이 되지 않을까 하고 생각해 본다.

*

    나는 아드리안이 피아노를 치려다가 쇼크로 쓰러진 후의 정황을 차마 사실대로 이야기할 엄두가 나지 않는다. 그는 열두 시간 동안이나 혼수상태에 빠졌다가 다시 깨어났는데, 완전히 딴사람이 되어 있었다. 그 낯선 자아는 그의 인격이 불타고 남은 껍데기에 지나지 않았고, 일찍이 아드리안 레버퀸이라 불리던 인간과는 근본적으로 아무 상관도 없었다. 그가 보인 ‘치매’ 증세는 원래의 고유한 자아로부터 이탈하는 것, 자기 자신으로부터 소외되는 상태를 의미했다.

    그 이후로는 아드리안이 파이퍼링을 떠났다는 것까지만 말하겠다. 뤼디거 쉴트크납과 나는 퀴르비스 박사가 조제해 준 진정제를 환자에게 먹여서 떠날 채비를 하고, 뮌헨의 님펜부르크에 있는 정신 병원으로 환자를 데려가는 까다로운 일을 맡게 되었다. 폰 회슐린 박사가 병원장을 맡고 있는 그 병원은 친분이 있는 소수의 사람들만 환자로 받아 주는 곳이었다. 아드리안은 그 병원에서 석 달을 보냈다. 이런 일에 경험이 많은 병원장은 단번에 이 환자가 만성 정신 질환을 앓고 있다고 진단을 내렸다. 그렇지만 이 질환이 계속되더라도 더 극단적인 증세는 없을 것이며, 비록 완치될 가망은 없어도 상태가 호전될 수는 있을 거라고 했다. 이런 진찰 결과를 들은 쉴트크납과 나는 부헬 농장에 거주하는 레버퀸의 어머니 엘스베트 레버퀸 부인에게 아들이 쓰러졌다는 사실을 당분간은 알리지 않기로 했다. 아들의 생애에 파탄이 왔다는 소식을 들으면 바로 달려올 것이 뻔했고, 그나마 증세가 가라앉기를 기대할 수 있는 터에 아직은 어린애 상태인 아들의 비참한 모습을 굳이 보여 주는 것은 너무 잔인하다고 생각했던 것이다.

아드리안은 어머니의 어린 자식이 되었다! 계절이 가을로 접어들 무렵 어느 날, 그의 모친은 그의 어린 시절의 보금자리이자 이미 오래전부터 이상하게도 그의 타향살이 환경과도 공통점이 있었던 튀링겐 지방의 고향으로 아들을 데려가기 위해 파이퍼링에 왔는데, 바로 그때 아드리안은 더도 덜도 아닌 어머니의 어린 자식으로 돌아가 있는 상태였다. 매사에 어쩔 줄 모르는 그 어린아이는 한때 남성답게 웅비하던 기억을 완전히 망각했거나, 깊숙이 파묻힌 기억을 아주 어렴풋이 간직하고 있었을 뿐이다. 어린 시절에 그랬듯이 아이는 어머니의 치맛자락에 매달렸고, 또 어머니 역시 아들의 어린 시절에 그랬듯이 아이를 기다려 주고, 걸음마라도 시키듯이 달래 주고, 또 '철부지 장난'은 하지 못하게 타일러야만 했다. 자신의 근원으로부터 대담하고 당당하게 해방되었던 한 정신이 온 세상을 가로질러 아찔하게 비상했다가 다시 날개가 꺾여서 어머니의 품으로 되돌아온 것이다. 이보다 더 가슴 찡하고 애처로운 모습은 상상도 할 수 없었다. 그렇지만 나는 그의 어머니에게서 받은 인상으로 판단하건대, 그의 어머니는 아들의 이 비극적인 귀향을 너무나 슬퍼하면서도 동시에 어떤 만족감을 느끼며 받아들였다고 확신한다. 어머니의 입장에서는 물론 자신의 보호를 벗어나 한 남자로 성장한 아들의 과감한 모험, 즉 이카로스*처럼

* 그리스 신화에 나오는 다이달로스의 아들로, 밀랍으로 만든 날개를 달고 날다 태양에 너무 가까이 가서 날개가 녹아 추락했다.

당당한 비상이 근본적으로는 불가사의하고 죄 많은 방황으로 보였을 것이다. 또한 아들이 낯선 정신적 긴장을 유지하면서 마치 "여인이시여, 저에게 무엇을 바라십니까!"*라고 말하려는 듯한 태도를 보일 때면 어머니로서는 남몰래 상처를 입었을 것이다. 하지만 이제 쓰러져서 아무것도 아닌 존재로 돌아간 아들, 이 '불쌍한 어린 것'을 받아들이면서 어머니는 그 모든 것을 용서하고, 다시 자신의 품으로 감싸면서 차라리 이 품에서 다시는 빠져나가지 말았으면 하는 생각밖에 하지 않았을 것이다.

어둠에 잠긴 아드리안의 영혼 깊은 곳에서는 이 부드러운 무기력증에 대한 일말의 두려움과 본능적 거부감이 한때 당당하던 자부심의 잔상처럼 생겨났을 것이며, 그러고는 영혼의 탈진 상태와 정신적 무기력으로 인해 찾아온 평온한 상태를 침울하게 즐겼을 것이다. 내가 그렇게 생각하는 데는 그럴 만한 까닭이 있다. 우리는 아들이 아프다는 소식을 듣고 엘스베트 레버퀸 부인이 이곳으로 오고 있는 중이라고 그에게 알아듣도록 말해 주었는데, 그때 그는 자살을 시도했던 것이다. 이 자살 미수 사건은, 적어도 부분적으로는 울컥한 심정에서 어머니를 피해 도망치려 했던 충동을 드러내는 것이었다. 사건의 경위는 이러했다.

내가 아주 드물게, 그것도 불과 몇 분씩만, 친구와의 면회를

---

* 이 구절은 원래 예수가 '사람의 아들'로서의 모자간 인연보다는 '하느님의 아들'로서의 소명과 권능을 강조해서 그의 어머니에게 했던 말이다.(「요한복음」 2장 4절 참고.) 소설에서는 아드리안이 쓰러지기 전까지는 오직 음악 창작만을 숭고한 소명으로 여겨서 모자간의 인연에는 전혀 신경을 쓰지 않았다는 뜻으로 인용된 것이다.

허락받을 수 있었던 회슬린 박사의 병원에서의 석 달에 걸친 치료가 끝나자 그의 증세가 다소 가라앉았다. 물론 증세가 호전되었다는 것은 아니다. 다만 한적한 파이퍼링에서 친지가 환자를 보살필 수 있도록 의사의 동의를 얻을 수는 있었다. 재정적인 문제를 고려해서라도 그러는 편이 좋을 것 같았다. 그리하여 환자는 다시 친숙한 환경으로 돌아가게 되었다. 거기서 그는 우선 자신을 거기까지 데려다 준 감시인의 감시를 견뎌야 했다. 그렇지만 그의 거동으로 보아서는 감시를 철회해도 좋을 듯했으며, 그의 시중을 들어 주고 보살피는 일은 이제 다시 순전히 집안 사람들, 주로 슈바이게슈틸 부인의 손에 맡겨지게 되었다. 그녀는 아들 게레온이 건장한 며느리를 집안에 들여 놓은 이래로는(한편, 클레멘티네는 발츠후트 역장의 아내가 되어 있었다.) 한가하게 뒷전에 물러나 있던 터라, 여러 해를 한집에 기거해 왔고 벌써 오래전부터 친자식처럼 가까워진 아드리안에게 극진한 정성을 쏟을 수 있었다. 아드리안 역시 진작부터 그 어떤 사람보다도 그녀를 신뢰했다. 수도원장 방 혹은 뒤뜰에서 그녀의 손을 잡고 앉아 있을 때가 그로서는 가장 평화로운 상태였다는 것은 두말할 나위 없다. 내가 다시 파이퍼링에 들렀을 때 그가 나를 바라보는 시선에서는 분노와 당혹감 같은 것이 느껴졌는데, 안타깝게도 그런 표정은 금세 침울한 짜증으로 바뀌고 말았다. 그는 떠올리고 싶지 않은 말짱하던 시절의 동반자가 찾아왔다는 것을 알아보는 것 같았다. 나한테 좋은 말로 대답해 주라고 노부인이 신중하게 말을 붙이자 그의 표정은 위협적으로 느껴질 정도로 더욱 침울해졌기에 나는 슬픔을 달래며 돌아올 수밖에 없었다.

어떻든 그의 어머니에게 신중하게 사건의 경과를 알리는 편지를 써야 할 순간이 다가왔다. 계속 기별을 늦춘다면 이제는 어머니로서의 권리를 침해하는 일이 될 것 같았기 때문이다. 그녀가 이리로 오겠다는 전보가 단 하루도 지체 없이 도착했다. 이미 말했다시피 사람들은 어머니가 곧 도착할 거라고 아드리안에게 알려 주긴 했지만, 과연 그가 말뜻을 알아들었는지는 확인할 길이 없었다. 그런데 그로부터 한 시간 후에 사람들이 그가 잠시 눈을 붙이고 있을 거라고 생각하는 동안 그는 몰래 집을 빠져나갔으며, 연못가에서 상의를 벗어 젖히고 경사가 급한 물속으로, 이미 목덜미가 잠길 정도까지 들어갔을 때에야 비로소 게레온과 머슴에게 발견되었다. 물에 빠져 죽을 작정이었던 것이다. 머슴이 그가 있는 쪽으로 몸을 던져 그를 물가로 데리고 나와서 다시 집으로 데려왔다. 그를 집으로 데려오는 동안 그는 연못 물이 차다는 말을 되풀이했고, 종종 목욕도 하고 수영도 하던 물에 빠져 죽기란 여간 어려운 일이 아니라고 덧붙이기까지 했다. 그런데 사실은 그가 이 연못에 들어간 적은 한 번도 없었고, 다만 어렸을 때 고향에 있는 연못에서 목욕을 하거나 물장구를 치며 논 적은 있었다.

또한 거의 확실하다고 해도 좋을 나의 예감에 따르면, 실패로 끝난 이 도피 시도의 이면에는 옛날의 신학, 즉 초기 프로테스탄티즘에서 찾아볼 수 있는 신비적인 구원 사상이 깔려 있었다. 다시 말해 악마에게 의지한 자도 어떻게 해서든 자신의 육체를 희생하기만 하면 영혼을 구원받을 수 있을 거라는 믿음이었다. 추측컨대 아드리안은 무엇보다도 이런 생각에 따라 행동했을 것이다. 그의 행위를 가로막은 것이 과연 잘한 일인지는 오직 하느님만이 아실 것이다. 제정신이 아닌 상태에서 벌이는 일이라고 해서 무조건 막을 수는 없겠지만, 우선 살려놓고 봐야 한다는 의무감을 어머니만큼 절실히 느끼는 사람은 없을 것이다. 어머니의 입장에서는 그래도 죽은 자식보다는 보살핌이 필요한 자식을 되찾는 쪽이 나을 터였다.

그의 어머니가 도착했다. 단정하게 가리마를 타고 하얗게 센 머리에 갈색 눈을 가진 요나탄 레버퀸의 미망인은 길 잃은 아이를 다시 어린 시절로 데려가기로 결심했던 것이다. 재회의 순간에 아드리안은 노부인의 가슴에 의지한 채 오랫동안 흐느꼈다. 그는 그녀를 어머니라 부르며 말을 놓았다. 반면에 저만큼 떨어져 있는 또 한 사람의 어머니에게는 존칭을 써 온 터였다. 그리고 그의 어머니는 일생 동안 단 한 번도 노래라고는 불러 보지 않은, 하지만 여전히 고운 목소리로 아들의 이름을 불렀다. 어머니와 아들이 중부 독일에 있는 고향을 향해 북쪽으로 가던 여정에는 뮌헨에서 아드리안과 면식이 있는 간호인이 동행을 했는데, 도중에 아들은 이렇다 할 이유도 없이 어머니에게 성화를 부렸다. 아무도 예상하지 못한 이 분노의 발작 때문에 레버퀸 부인은 아직 거의 절반이나 남은 여정 동안 환자를 간호인에게 맡긴 채 다른 찻간에 있어야만 했다.

그런 일은 두 번 다시 없었다. 다시는 그 비슷한 일도 없었다. 차가 바이센펠스에 도착할 무렵 어머니가 다시 아들에게 갔을 때 아들은 어느새 애정과 기쁨을 표시하면서 어머니한테 의지했고, 집에 온 뒤로는 어머니의 일거수일투족을 따랐다. 오직 어머니만이 해낼 수 있는 헌신으로 아들을 보살피는 일에만 전념하는 어머니에게 그는 유순하기 이를 데 없는 아이였다. 역시 수년 전부터 며느리가 집안일을 도맡아 왔고, 두 손자가 자라고 있던 부헬 저택에서 그는 어린 시절에 형과 함께 쓰던 위층의 바로 그 방에 기거하게 되었는데, 이제는 느릅나무 대신 늙은 보리수가 그의 창문 아래로 휘늘어진 가지를 드리우고 있었으며, 그가 태어난 계절이면 피어나는 보리수의 황홀한 꽃향기에 기뻐하는 기색을 보이기도 했다. 그는 이미 영혼이 잠든 상태에서 옛 집안 사람들을 아련히 떠올리면서 나무 그늘이 드리운 둥근 벤치에 앉아 있을 때도 많았다. 일찍이 하녀 하네가 낑낑거리는 듯한 목청을 뽑으며 우리 아이들과 함께 돌림노래를 연습하던 바로 그곳이었다.

어머니는 아들의 손을 잡고 한적한 경치를 즐기며 산책을 하기도 함으로써 아들의 육체적인 건강에 신경을 썼다. 그는 이따금 어머니의 도움 없이도 만나는 사람들에게 악수를 청하곤 했는데, 그렇게 인사를 받은 사람은 레버퀸 부인과 서로 고개를 끄덕이며 허물없이 인사를 주고받았다.

내가 그 소중한 친구를 다시 본 것은 1935년이었다. 당시 이미 퇴직한 상태였던 나는 그의 쉰 살 생일을 맞아 슬픈 하객으로 부헬 농장을 찾아갔던 것이다. 그는 만발한 보리수 아래에 앉아 있었다. 고백하건대 나는 손에 꽃다발을 들고 어머니 곁에 앉아 있는 그에게 다가가는 동안 무릎이 떨려 왔다. 그는 체격이 더 작아진 것 같았다. 구부정하게 몸을 구부린 자세 때문인지도 몰랐다. 그는 그런 자세로 시골 풍토에 익숙해진 건강한 피부색에도 초췌해진 얼굴을, 마치 가시 면류관을 쓴 그리스도와 같은 얼굴을 쳐들고는 슬픈 표정으로 입을 벌린 채 초점을 잃은 눈으로 나를 멍하니 쳐다보았다. 파이퍼링에서 마지막으로 보았던 당시에도 이미 그가 도무지 나를 알아보지 못하겠다는 표정을 지었던 만큼, 이제 비록 노부인이 몇 마디 귀띔을 해주긴 했지만 그는 틀림없이 나의 출현을 그 어떤 추억과도 결부하지 못했을 것이다. 내가 찾아온 뜻이라든가 그날의 의미에 대해 말해 주었지만, 보아하니 그는 전혀 아무것도 이해하지 못하는 듯했다. 다만 꽃다발만이 잠시 그의 관심을 불러일으키는 듯했으나, 그것도 결국 그 이상 주의를 끌지 못한 채 내버려졌다.

또다시 그를 본 것은 1939년 독일이 폴란드를 점령한 뒤였고, 이미 여든 살이 된 그의 어머니가 아들의 임종을 맞이하기 한 해 전의 일이었다. 당시 그녀는 층계를 올라가서 그의 방으로 나를 안내했는데, 나에게 용기를 북돋우듯이 "들어와요. 그 애는 당신이 온 것을 알지 못해요!"라고 말하면서 방으로 들어갔지만, 나는 서먹서먹한 심정에 그냥 문지방에 서 있었다. 방의 뒤쪽에 긴 의자가 놓여 있었는데, 의자 다리가 내가 있는 쪽으로 놓여 있어서 그의 얼굴을 바라볼 수 있었다. 그 의자 위에 가벼운 털 이불을 덮은 채, 한때는 아드리안 레버퀸이라는 한 사람의 이름으로 불렸으나 이제는 그의 음악의 불멸성에 힘입어 그렇게 불리는 한 사내가 누워 있었다. 그 맵시 있는 생김새를 내가 그토록 좋아했던 창백한 양손은 마치 중세 미라의 손처럼 가슴 위에 교차된 채 놓여 있었다. 그렇지 않아도 수척한 얼굴은 백발이 된 수염 때문에 더 갸름해 보여서 엘 그레코*가 그린 귀족의 용모를 연상케 했다. 정신이 빠

---

* El Greco(1542~1614). 그리스 태생의 스페인 화가. 대담한 구도와 광택 있는 색조를 사용해 극적이고 독특한 화풍을 이뤘다.

져나간 상태에서 오히려 지고의 정신성을 구현한 모습을 빚어내다니, 이 얼마나 짓궂은 자연의 장난이란 말인가! 거의 그런 느낌이었다. 눈은 움푹 들어가고 눈썹은 더 풍성해진 그가 유령 같은 몰골로 이루 형언할 수 없이 엄숙하고 뭔가를 탐색하려는 듯한 무서운 시선으로 나를 바라보고 있었다. 그 때문에 나는 몸이 떨렸으나, 그 시선은 금방 풀어져서 동공이 위쪽으로 쏠리면서 절반가량은 눈꺼풀 속으로 사라지고 말았다. 그런 상태에서 그는 쉴 새 없이 이리저리 종잡을 수 없이 움직이기 시작했다. 어머니는 좀 더 가까이 오라고 거듭 권유했으나, 나는 그 말에 따르지 않고 눈물을 흘리며 돌아섰다.

1940년 8월 25일, 이곳 프라이징에서 나는 그가 숨을 거두었다는 소식을 접했다. 내가 사랑과 긴장, 경악과 자부심으로 지켜보았던 그의 삶은 나 자신의 인생에도 핵심적인 내용을 채워 주었다. 오버바일러의 작은 공동묘지에 있는, 아직 흙을 덮지 않은 무덤 주위에는 나와 그의 가족들 외에도 자네 쉘, 뤼디거 쉴트크납, 쿠니군데 로젠슈틸, 메타 나케다이가 서 있었고, 그 밖에 면사포로 얼굴을 가린 정체불명의 낯선 여성도 있었는데, 그 여성은 안장된 관 위에 흙덩이가 떨어지는 사이에 다시 자취를 감추었다.

그 무렵 독일은 일찍이 피로써 서약한 조약*을 등에 업고 세계를 손에 넣을 작정으로 오만방자한 승리감에 도취되어 얼굴이 벌겋게 달아오른 채 좌충우돌하고 있었다. 지금 독일은 악

---

* 1939년 8월 23일 독일과 소련 사이에 맺어진 상호불가침 조약. 이 조약을 체결한 지 불과 일주일 만에 독일은 폴란드를 침공했다.

귀들에게 칭칭 감긴 채 한쪽 눈은 손으로 가리고 다른 한쪽 눈으로는 소름 끼치는 광경을 응시하면서 끝없는 절망의 나락으로 곤두박질치고 있다. 과연 언제나 이 심연의 밑바닥에 다다를 것인가? 과연 언제나 이 극한의 절망에서부터 믿음을 초월한 기적이, 희망의 빛이 떠오를 수 있을 것인가? 어느 고독한 인간이 두 손 모아 이렇게 빈다. 내 친구, 내 조국, 이들의 불쌍한 영혼에 하느님의 자비가 있기를!

저자의 말[*]

이 소설의 22장에서 서술한 바 있는 '12음 기법' 혹은 '음열 기법'이라는 명칭의 작곡 기법은 사실 우리 시대의 작곡가이자 이론가인 아널드 쇤베르크[**]의 정신적 자산인데, 필자가 특정한 이념적 맥락에서 이 소설의 비극적 주인공인 가공의 음악가에게 그 기법을 적용했다는 사실을 독자에게 알려 두고자 한다. 이 소설에서 음악 이론에 관한 구체적인 서술은 상당 부분 쇤베르크의 화음론을 원용한 것이다.

---

[*] 1947년 초판에는 없는 내용인데, 이 소설의 주인공이 12음 기법을 (더구나 악마와 결탁하여!) 창안한 듯 서술한 것에 아널드 쇤베르크가 무척 화를 내자 저자는 쇤베르크에게 사과 편지를 보냈고, 1951년판부터 이 내용을 삽입했다.

[**] Arnold Schönberg(1874~1951). 오스트리아 태생의 미국 작곡가. 1차 세계 대전 후 12음 기법을 창시해 무조 음악의 미학적 기초를 확립했다.

현대의 파우스트를 통해 본 문명과 야만의 변증법

　토마스 만은 2차 세계 대전이 막바지에 접어들던 1943년 5월 이 소설의 집필에 착수해 전쟁이 끝난 뒤인 1947년 1월에 탈고했고, 같은 해 10월 스톡홀름에서 초판을 발간했다. 이 소설은 초판 간행 이래 매년 1만 부 이상 발간되는 스테디셀러로 자리 잡을 만큼 지속적인 관심과 연구의 대상이며, 작가 스스로도 자기 작품 가운데 '가장 아끼는 작품'이라고 밝힌 바 있다. 실제로 토마스 만이 이 소설에 얼마나 애정을 쏟았는가 하는 것은 『파우스트 박사』의 집필 과정'이라는 제목에 '소설에 대한 소설'이라는 부제를 단, 300쪽이 넘는 분량의 책을 펴냈다는 사실로도 충분히 짐작된다. 이 책에는 이 소설의 집필 경위, 작품과 직간접으로 관련되는 시대 상황과 지적 교류, 시대적 징후를 보여 주는 일화들, 망명 동료들과의 토론 내용, 집필을 위한 공부 등의 세목이 낱낱이 적혀 있다.

　이 소설을 쓰기 시작할 당시 토마스 만은 이미 예순여덟의

고령이었다. 게다가 히틀러 치하의 독일을 떠나 미국에 망명해 있던 어려운 여건이었음에도 작품에 엄청난 열성을 쏟았다. 매일 오전 시간을 소설의 집필에만 할애했고, 나머지 시간도 대부분 집필 준비로 보냈다. 이를테면 일정한 분량의 원고를 완성하면 함께 망명해 있던 동료들에게 원고를 낭송해 주고, 함께 작품에 대해 토론하고, 토론 결과를 토대로 다시 원고를 수정하는 한편 새로운 부분을 집필하는 방식으로 삼 년 넘게 이 작품에만 매달렸다고 한다. 일흔을 바라보는 작가가 망명 중에도 이 작품에 혼신의 열정을 쏟은 까닭은 무엇일까? 이러한 의문은 이 소설이 왜 하필이면 괴테의 희곡 『파우스트』와 같은 제명을 취하고 있는가 하는 의문과 직결된다. 괴테의 『파우스트』에서 소재와 모티프를 차용해 소설을 쓰기로 작심했다면 일찍이 괴테가 평생을 매달렸던 '파우스트 프로젝트'에 버금가는 중요성을 이 작업에 부여했다고 할 수 있다.

　망명기의 토마스 만이 가장 고심했던 것은 학문과 예술을 숭상해 온 문명국가 독일에서 어떻게 히틀러 정권과 같은 극단적인 야만 세력이 등장했으며, 20세기에 들어와 두 차례나 세계 대전을 일으키는 반인간적 행위를 자행했는가 하는 문제였다. 토마스 만은 바로 이 문제와 정면 대결하기 위해 근현대독일 정신의 전통과 독일인의 정체성 문제를 비판적으로 조명하는 소설 『파우스트 박사』의 집필을 결심했다. 알다시피 중세유럽의 설화에서 유래하는 파우스트라는 인물은 신을 부정하고 욕망의 충족을 위해 악마에게 영혼을 팔고, 그 죄의 대가로 영겁의 저주를 받는다. 괴테는 이 파우스트 모티프를 근대적상황에 맞게 새롭게 해석해, 신성을 부정하고 인간의 이성만을 믿고 인간의 한계를 초월하면서까지 끝없이 욕망을 추구하는 근대인의 전형으로 탄생시켰다. 그런데 괴테의 『파우스트』에서 극단적인 인간 중심주의는 역설적으로 인간에 대한 파괴적 힘으로 역전된다. 그런 점에서 파우스트적 이성은 새로운 것을 창조하려는 욕구와 함께 맹목적인 파괴의 충동을 내포하고 있으며, 전자보다는 후자가 더욱 근원적인 힘으로 작용한다. 토마스 만이 파우스트적 인간형을 통해 독일 정신과 독일인을 해부하고자 한 것은 바로 그런 이유에서다.

중세의 파우스트가 연금술사였고 괴테의 파우스트가 학자인 동시에 정치가였다면, 토마스 만의 파우스트는 음악가로 등장한다. 말하자면 음악을 독일 정신의 본성을 파헤치기 위한 패러다임으로 설정한 것이다. 토마스 만은 독일인의 본성이 추상적 사변에 능한 동시에 신비주의적 감성에 쉽게 현혹된다고 보았다. 다시 말해 고도의 추상적 사유의 구성물인 동시에 인간의 영혼에 호소하는 신비한 마력을 지닌 음악이야말로 독일 정신을 가장 잘 설명해 줄 수 있다고 생각한 것이다. 그런 뜻에서 작가는 이 소설에서 "음악은 예술과 문화, 인간과 정신이 처한 위기를 표현하기 위한 하나의 패러다임이자 수단일 뿐"*이라고 설명하고 있다. 이 소설은 아드리안 레버퀸이라는 독일 음악가의 생애와 음악을 통해 '예술과 문화, 인간과 정신이 처한 위기'를 진단하고 있는 것이다. 이 복잡하고 방대한 소설을 좀 더 쉽게 이해하기 위해서는 과연 어떤 측면에서 주인

---

* Thomas Mann, *Die Entstehung des Doktor Faustus. Roman eines Romans,* (Frankfurt a. M. 1974), S.171.

공 레버퀸의 생애와 그의 음악이 파우스트적인가 하는 문제에 초점을 맞추어 작품을 살펴볼 필요가 있다.

먼저 레버퀸의 성장 과정에서 주목할 것은 부친의 영향이다. 괴테 작품 속 파우스트의 부친과 마찬가지로 약사인 레버퀸의 아버지는 신기한 자연 현상을 관찰하고 연구하는 자연 과학자이기도 하며, 그런 면에서는 연금술사인 파우스트 역시 차용되고 있다. 알다시피 중세의 연금술사는 교회가 금기시하는 자연 연구에 몰입했고, 자연 연구의 결과가 교회의 교리와 어긋날 때는 종교 재판에 회부되어 화형에 처해지기까지 했다. 조물주의 섭리에 따라 창조된 자연의 이치를 인간의 이성으로 규명하려는 시도 자체가 곧 신성 모독이라고 보았던 것이다. 바로 이는 모티프가 레버퀸의 아버지에게서도 발견된다. 작품에서 다양한 방식으로 소개되지만, 그의 자연 연구에서 핵심은 자연계에서 생물과 무생물의 근본적인 차이는 없다는 것, 그리고 자연의 사물은 자연계 밖의 다른 신성한 힘으로 형성되고 운행되는 것이 아니라 전적으로 자가 생성을 한다는 것이다. 우선 생물과 무생물의 차이가 없다는 것은 다른 관점에서 보면 생명의 존엄에 대한 외경심이 사라진다는 것을 뜻한다. 나아가 이런 생각에 비추어 보면, 자연의 일부인 인간 역시 무생물과 구별되지 않으므로 인간의 존엄에 대한 외경심 역시 고리타분한 관념에 지나지 않는다.

한편, 자연이 자가 생성을 한다는 것은 창조주와 신성에 대한 부정을 뜻한다. 또한 관점을 달리해 예술적 창조의 문제와 결부해 보면, 예술 작품 역시 인간적 열정의 투여와는 무관하게 작품 재료에 대한 철저한 기계적 가공을 통해 만들어질 수 있다는 논리가 유추된다. 아울러 전통적으로 예술 창조를 새로운 생명 탄생에 버금가는 신성한 과정으로 이해했던 예술관이 붕괴되고, 예술의 신비한 오라도 해체되는 것이다.

레버퀸의 부친이 신봉하는 이 반(反)인간적이고 해체적인 세계관은 레버퀸의 정신적 자양분이 된다. 레버퀸의 성격 묘사에서 눈에 띄는 특징으로 어릴 적부터 우스꽝스러운 것은 참지 못한다는 사실이 자주 언급된다. 달리 말하면 유달리 냉소적이라는 것인데, 보통 사람들이 존중하는 가치 혹은 인간적인 믿음과 덕목들을 모두 허황된 것이라고 비웃는다는 뜻이다. 그런 면에서 레버퀸의 조소는 그의 냉소적인 이성과 반인간적 허무주의를 드러내는 하나의 특성인 셈이다.

이러한 레버퀸의 성격이 결정적으로 발양되는 것은 대학 교육을 통해서이다. 어릴 때부터 유달리 총명해 장차 학자가 될 거라고 집안의 기대를 받고 있는 레버퀸은 중·고등학교를 졸업한 뒤 처음에는 신학자가 되겠다며 신학을 공부한다. 그러나 소설에서 묘사하고 있듯이 그에게 신학을 가르치는 교수들은 하나같이 조물주의 창조적 권능과 절대 선을 부정하고 악의 정당성을 옹호하기까지 하는 무신론의 신봉자들이다. 가령 조물주는 전능을 과시하기 위해 일부러 세상에 악을 유포했고, 따라서 악의 세력도 조물주의 창조 사업의 일부라는 등, 기독교 교리에 비추어 보면 입에 담지 못할 온갖 해괴한 논리를 설파한다.* 요컨대 극단적 무신론과 허무주의, 그리고 악의 옹호

---

* 소설에서 인용되는 슐렙푸스 교수 등의 궤변은 히틀러의 확성기 역할을 했던 악명 높은 선동가 괴벨스의 어법을 흉내 낸 것이다.

로 집약될 수 있는 이러한 궤변들이 레버퀸의 지적 성장 혹은 타락에 결정적 영향을 미치는 것은 물론이다.

또한 레버퀸이 청년기의 한동안 체류하는 가상의 도시 '카이저스아셰른'의 분위기는 그러한 해체적 허무주의가 중세적 미신과 불가분의 관계로 착종되어 있다는 것을 보여 준다. 이 도시에는 장애인을 악마에 홀린 마녀와 동일시하는 미신이 잔존하며, 악마론에 몰두하는 무신론적 신학자들은 심지어 중세의 마녀재판을 열렬히 옹호하기까지 하는 것이다. 25장에 나오는 악마과의 대화에서 악마가 레버퀸에게 "내가 있는 곳이 곧 카이저스아셰른이다!"라는 마음가짐을 가지라고 주문하거니와, 이 가상의 도시에 만연한 이런 어두운 마성(魔性)이 레버퀸의 정신을 지배하는 것이다. 이런 상황 설정은 당연히 시대착오적이다. 그러나 문명 시대에 바로 그러한 미신적 광신과 야만적 폭력이 횡행하고 있는 시대착오의 실상을 작가는 있는 그대로 보여 주고 있을 따름이다.

이처럼 신학 공부를 통해 신성과 인간의 존엄을 철저히 부정하고 마성을 체득한 레버퀸은 더 이상 신학을 공부할 필요가 없어진 상태에서 자연스럽게 음악 쪽으로 진로를 바꾼다. 그가 추구하는 음악은 앞에서 언급한 정신적 분위기를 바탕으로 삼은 만큼 그 내용 면에서 철저하게 휴머니즘과 건강한 이성을 부정하는 데서 출발한다. 요컨대 근대 문화가 이룩한 최고의 가치들을 모조리 부정하는 것이다. 이와 맞물려 그의 음악은 예술이 전통적으로 추구해 온 진·선·미의 통일과 조화를 부정하며, 조화와 균형의 아름다움을 추구하는 전통 음악을 전면적으로 해체한다. 알다시피 전통 음악의 바탕이 되는 조성(調性, Tonalität)은 주음 내지 기본음을 바탕으로 선율과 화성을 구축하며, 이러한 원리는 선과 악, 옳고 그름의 가치의 위계를 바탕으로 구축되는 전통적인 가치 체계에 상응하는 것이다. 그러나 아드리안의 냉소적 이성은 바로 그러한 가치 체계 자체를 부정하며, 그의 심미적 이성 역시 조화와 균형의 아름다움을 해체하는 쪽으로 나아갈 수밖에 없는 것이다. 쇤베르크의 무조(無調) 음악과 12음 기법을 모델로 차용한 아드리안의 음악은 음악이 음악으로 성립되기 이전의 원초적 음향들을 음악적 재료로 활용하며, 인간의 목소리와 악기(사물)의 소리가 구별되지 않거나 서로 역전되는 기괴한 양상을 보여 준다. 요한 묵시록을 소재로 한 뒤러의 목판화 연작 「그림으로 보는 묵시록」에서 힌트를 얻은 레버퀸의 작품 「묵시록」은 그처럼 일체의 인간적인 것을 부정하고, 선악의 구별이 사라지고, 음악이 비음악으로 전도되는 그로테스크의 극한을 구현하고 있다. 그리고 최후의 '대작' 「파우스트 박사의 비탄」에서는 지옥의 풍경이 펼쳐지고, 영겁의 저주에 떨어지는 파우스트 박사의 소름 끼치는 비탄의 절규가 울려 퍼진다.

레버퀸은 이 최후의 작품을 완성하는 것과 동시에 영혼의 죽음을 맞는다. 그 장면에서 레버퀸은 이 작품의 시연회 겸 설명회를 열겠다며 그동안 알고 지내던 사람들을 모조리 자신의 은거지로 불러 모은다. 그러나 시연회를 하기 전에 레버퀸은 작품의 '비밀'을 털어놓은 후 탈진해 치매 상태가 된다. 그가 털어놓은 비밀은 청중을 경악하게 할 만큼 끔찍한 것이다. 레버퀸은 이십사 년 전에 창작 에너지를 공급받기 위해 악마와 계약을 맺었는데, 계약의 조건은 누구도 사랑해서는 안 되며, 이십사 년 후에는 레버퀸의 영혼이 악마의 수중에 떨어진다는 내용이라는 고백을 하는 것이다. 청중들은 처음에는 레버퀸이 자신의 기괴한 작품을 신비화하기 위해 짐짓 지어낸 이야기 정도로 생각한다. 가령 레버퀸의 얘기가 '멋지다.'라고 감탄하는 다니엘 추어 회에라는 시인의 반응이 그렇다. 그런데 이 시인은 평소 독일인이 세계를 정복해야 한다는 확고한 소신을 떠벌리는 인물이다. 이 야만적 정복욕과 탐미주의의 결합을 통해 작가는 휴머니즘과 이성을 부정하는 극단적 탐미주의가 폭력적 야만의 쌍생아임을 암시하고 있다.*

그러나 레버퀸이 '사랑의 금지'를 어긴 대가로 엄청난 죄를 저질렀다는 고백에 이르러서는 모두 경악한다. 소설에서 레버퀸이 애정을 느낀 인물은 두 명이다. 한 명은 루돌프 슈베르트페거라는 바이올리니스트다. 평생 동안 자신에게 애정을 쏟은 화자 차이트블롬에게도 온전히 마음을 터놓지 않던 레버퀸은 엉뚱하게 바람둥이로 소문난 이 악사에게 마음을 열어 준다. 그리고 슈베르트페거를 위해 작품을 헌정하기까지 하며 둘이서 함께 헝가리 여행도 한다. 이러한 정황으로 미루어 볼 때 레버퀸은 슈베르트페거에게 단순한 우정 이상의 인간적 애정을 느끼고 있다는 추정이 가능하다. 여성에 대한 사랑은 당연히 원칙적으로 금지되어 있기에 예술적 동반자인 슈베르트페거에 대한 애정은 그만큼 더 각별하다고 볼 수 있다. 그러나

---

* 젊은 시절 화가 지망생이었던 히틀러 역시 그 나름으로 탐미주의자였다. 2차 대전 패전 직전, 히틀러는 베를린 지하 벙커에 숨어 있으면서 자살하기 바로 전날까지도 "독일이 승리하면 린츠라는 도시에 문화 단지를 건설하겠다."라고 말할 정도로 망상에 빠져 있었다.

누구도 사랑해서는 안 된다는 '사랑의 금지'라는 계약 조건에 따르면 이 애정 관계는 계약 위반이고, 계약 위반은 곧 창작 에너지의 환수를 의미한다. 그런 이유에서 레버퀸은 계약 이행을 위해 계약 위반을 유도한 이 악사를 죽이기로 작정했고, 아무도 눈치채지 못하게 살인을 연출했다. 즉, 스위스에서 알게 된, 그냥 스쳐 가는 정도로만 알았을 뿐인 마리 고도라는 프랑스 여성에게 청혼하려 하고, 슈베르트페거에게 이 청혼의 뜻을 대신 전해 달라고 부탁한다. 음악적 스승이자 친구요 애인이기도 한 레버퀸의 부탁을 거절하지 못한 슈베르트페거는 레버퀸의 청혼 의사를 문제의 프랑스 여성에게 전달한다. 그 여성은 서로 아무런 감정의 교류도 없던 사람에게서 더구나 친구를 대신 보내는 기이한 방식으로 청혼을 받은 것에 당연히 냉소로 응답한다. 그러자 슈베르트페거는 뛸 듯이 기뻐하며, 홀가분하게 '전령'의 역할을 팽개치고 그 자신이 청혼자로 나선다. 그리고 불과 며칠 만에 친구들 사이에는 슈베르트페거가 그 여성과 결혼할 거라는 소문이 나돈다. 화자인 차이트블롬이 보기에도 도저히 가장 노릇을 할 수 없는 바람둥이 악사가, 그것도 하루아침에 역할을 바꾸어 결혼을 하겠다는 것은 적잖이 기괴한 사건이다. 그런데 이 기괴한 사건은 끔찍한 파국의 빌미가 된다. 이 악사의 결혼 소문을 듣고 한때 정부였던 이네스 로데라는 여성이 그를 총으로 쏘아 죽인 것이다.

악마와의 계약을 지키기 위해 이 끔찍한 사건을 연출한 레버퀸 자신도 인간인 이상 엄청난 두려움과 경악을 경험했을 것이다. 레버퀸은 인간의 이성으로 감당할 수 없는 바로 이러한 극한의 죄악과 공포를 체험함으로써 체험의 빈곤에 시달리는 현대 음악의 한계를 돌파하고자 했던 것이다. 이처럼 레버퀸의 음악 창작에서 악의 힘과 창작의 에너지는 동일한 원천에서 나온 것이다.

레버퀸이 애정을 쏟는 어린 조카 네포무크 역시 불의의 죽음을 맞는다. 네포무크는 요양을 위해 레버퀸의 은거지에 잠시 머무는데, 레버퀸의 두통과 관련이 있어 보이는 치명적 질환의 발병으로 죽고 만다. 이 경우는 물론 레버퀸의 의지가 직접 작용한 것은 아니다. 그러나 결국 레버퀸을 치매 상태로 몰아가는 두통은 악의 힘이 활동하고 있다는 신체적 징후이므로, 그 악의 힘과 결탁한 레버퀸에게 죄가 없다고 할 수 없을 것이다. 한편 이 대목은 괴테의 『파우스트』에서 미혼모로 세상의 저주를 두려워하는 그레트헨이 파우스트가 잉태시켜 낳은 아이를 우물에 빠뜨려 죽이는 영아 살해 사건의 모티프를 다른 형태로 변형시킨 것이다. 괴테의 『파우스트』에서 영아 살해가 파우스트의 죄악과 죄 없는 그레트헨의 비극성을 강렬하게 대비한다면, 이 소설에서는 레버퀸에게 병이 옮아 죽는 아이가 하필 누이동생의 아들이라는 점에서 비극성보다는 그로테스크한 면이 강조된다. 레버퀸은 조카를 친아들처럼 사랑하거니와, 누이동생의 자리에 그레트헨을 대입하면 근친상간의 모티프가 성립되기 때문이다. 화자는 누이동생의 결혼식 때 레버퀸이 몹시 불쾌하고 우울한 반응을 보였고, 결혼식을 최소한으로 간소하게 한다는 조건으로 예식에 참여했다는 정도만 암시할 뿐, 그 이상 해명하지 않고 넘어가기에 궁금증은 더욱 증폭된다. 한편 조카의 조숙한 천재성이 레버퀸의 그것을 떠올리게 한다는 면에서 보면, 이 천사 같고 친아들 같은 조카는 소설에서 묘사되지 않은 레버퀸의 어린 시절을 짐작케 한다. 나아가서 상징적 의미로 해석하면 죄악에 물든 레버퀸이 결코 돌아갈 수 없는 순수하고 무구한 정신적 유년기를 암시한다고도 볼 수 있다. 반대로 레버퀸의 장래와 관련지으면, 조카의 돌발적인 죽음은 조만간 레버퀸에게 닥쳐올 영혼과 육신의 죽음을 예고하는 것이라고 볼 수도 있다.

슈베르트페거의 죽음에서 겪은 경악의 체험이 그의 음악의 원재료가 되는 것과 마찬가지로, 네포무크의 죽음에서 받은 충격 역시 레버퀸에게는 창작의 원재료가 된다. 레버퀸이 「파우스트 박사의 비탄」에서 새롭게 선보이는 바로크 풍의 '메아리' 효과는 네포무크의 별명 '에코'와 일치하는 것이다. 친자식처럼 사랑하던 무구한 아이의 생명을 제물로 바쳐서 얻은 것이 레버퀸 음악의 '새로움'이다.

요컨대 레버퀸이 창작 에너지를 고양하기 위해 동원하는 수단들은 일체의 인간적인 것을 파괴하는 사악한 힘으로 전화(轉化)하고, 궁극적으로는 창작 에너지 자체도 소진시키는 파괴적 힘으로 역전된다. 토마스 만은 첨단의 현대성에 대한 추구가 반인간적 야만으로 역전되는 이 아이러니를 통해 직접적으로는 독일 정신의 이원적 모순과 야만적 타락을 비판하고, 나아가 현대 문명이 처한 위기를 진단하고자 했던 것이다.

악마와의 대화(25장)에서 레버퀸이 도달할 '진정한' 예술의 조건은 "허구적이지 않고 유희적이지 않고, 꾸미지 않게 표현하는 것, 가식과 미화를 배제한 고뇌의 표현"이라고 정의되어 있다. 레버퀸의 고별사에서 바로 그 순간이 도래하고, 그의 창작의 비밀에 대한 고백이자 그러한 고뇌의 고백이기도 한 이 순간과 더불어 레버퀸의 육신은 마비되고 정신의 빛은 꺼진다. 괴테의 파우스트가 수많은 사람들을 동원하고 희생시켜서 간척 사업을 완성하는 것과 동시에 눈이 머는 것에 비견될 수 있겠다.

레버퀸이 치매 상태에 빠지는 마지막 장면에서 그는 청중들 앞에서 자신의 죄를 고백하고 스스로를 단죄하면서 그 어떤 구원의 가능성도 배제한다. 그리고 소설 전체를 통틀어 레버퀸은 생애 처음으로 예의 '냉소적 태도'를 보이지 않고 진지하게 말한다. 그런 한에는 이 고별사가 참회의 고백으로 해석될 여지가 보인다. 그렇게 보면 쓰러지면서 피아노를 껴안으려는 듯한 그의 자세는 마치 예수가 십자가를 지고 가는 자세의 변형된 모습을 연상케 하는 면이 없지 않다. 말하자면 예술을 위해 한 인간의 삶과 영혼을 송두리째 바친 비극적 희생의 제의로 보이기도 하는 것이다. 그의 영혼과 생명의 에너지를 남김없이 소진한 최후의 작품 「파우스트 박사의 비탄」에 대한 화자의 다음과 같은 설명(46장 끝 부분) 역시 그와 맥을 같이한다.

내가 보기에 이 마지막 부분에서 비탄이 최고조에 이르고 최후의 절망이 표현되고 있다. 혹자는 이 작품이 마지막에 이르기까지 표현과 소리 자체가 주는 위안, 즉 그래도 인간은 자신의 슬픔을 목소리로 표현할 수 있지 않은가 하는 위안과는 다른 차원의 위안을 제시한다고 주장할지도 모르겠다. 하지만 그런 판단은 이 작품의 비타협적 정신, 즉 결코 고통을 치유할 길이 없다는 생각을 훼손하는 것이다. 이 음울한 음악은 최후의 순간까지 그 어떤 위안이나 화해, 미화도 허용하지 않는다. 그런데 치밀하게 계산된 정신적 구성물이, 비탄의 표현으로서 가장 원초적인 감정의 표현으로 전환되는 예술적 역설과 마찬가지로 가장 깊은 절망 상태에서, 비록 실낱 같은 희망일지라도 오히려 희망이 싹틀 수 있다는 종교적인 역설이 성립될 수 있다면 이 작품을 과연 어떻게 평가해야 할까? 그런 역설이 가능하다면 그것은 절망의 피안에 있는 희망일 것이며 절망의 초월일 것이다. 그것은 절망을 뒤집는 것이 아니라 믿음을 초월한 기적일 것이다. 작품의 결말부를 한번 들어보라. 결말부에 이르면 악기들이 하나씩 차례로 사라진다. 음악이 점차 멎어가면서 악기는 첼로만 남는데, 첼로의 음은 높은 솔이다. 최후까지 남아서 떠도는 이 소리는 피아니시모 페르마테로 서서히 멎어 간다. 그러다가 마침내 아무 소리도 들리지 않게 된다. 침묵과 어둠이 있을 뿐이다. 하지만 침묵 속에서 여운처럼 떠도는 음, 물론 소리는 들리지 않지만 영혼의 귀에는 들려오는 비탄의 마지막 울림은 이제는 더 이상 비탄이 아니며, 그 의미의 역전을 가져온다. 그것은 어둠 속에서 한 줄기 빛으로 남게 되는 것이다.

이처럼 「파우스트 박사의 비탄」이라는 음악이 그 어떤 희망의 가능성도 차단한 극단적 절망과 고통과 비애의 표현인 것과 마찬가지로, 레버퀸의 일대기를 그린 『파우스트 박사』라는 소설 역시 바로 그런 의미에서 독일인과 독일 정신이 저지른 극단의 광기에 대한 절망적 고백의 성격을 띤다. 그 어떤 안이한 화해와 사면의 가능성도 철저히 배제하는 이 절망의 고백록을 통해, 작가는 이 광기의 발작을 막지 못한 독일 지성을 대표해 통렬한 자기비판과 속죄를 수행하는 것이다.

이 소설은 토마스 만의 소설 중에서도 가장 난해한 작품으로 알려져 있고 분량도 방대한 대작이다. 게다가 주인공을 음악가로 설정해 놓았고, 음악에 관한 이론적 논의가 적지 않은 비중을 차지하기 때문에, 음악에 문외한인 독자로서는 접근이 용이하지 않을 수 있다. 그렇지만 난해성의 문제를 다른 각도에서 보면, 이 소설이 그만큼 매우 정교하게 구성되었다는 뜻도 된다. 그런 관점에서 이 소설은 토마스 만 특유의 소설 기법을 염두에 두고 읽으면 오히려 그만큼 더 풍성한 재미를 선사한다. 작가는 이 소설의 구성 원리에 대해 '비동일성의 동일성(Identität des Ungleichen)'이라는 역설적 사유가 소설의 핵심이라고 강조한 바 있다. 우선 레버퀸의 음악 작품이 그렇다. 앞의 인용문에서 말하고 있듯이 "치밀하게 계산된 정신적 구성물이, 비탄의 표현으로서 가장 원초적인 감정의 표현으로 전환되는 예술적 역설"을 구현하고 있는 것이다. 이 소설 내용에서 핵심을 차지하는 레버퀸의 음악 세계 자체가 곧 '비동일성의 동일성'의 원리에 따라 구축되어 있는 것이다.*

이러한 원리는 인물의 구성 방식에서도 다른 형태로 변주된다. 예컨대 이 소설의 화자인 차이트블롬을 보자. 차이트블롬

---

* 쇤베르크의 12음 기법을 원용한 이 소설의 기법에 대한 상세한 설명은 다음의 글 참고. 이신구, 「토마스 만의 『파우스트 박사』에 나타난 음악적 요소−헤세의 『유리알 유희』와 비교하여」(《헤세 연구》 제15집, 2006년 6월). 토마스 만은 집필 당시 함께 미국에 망명해 있던 아도르노(Adorno)에게서 쇤베르크의 음악에 대해 집중적인 설명을 들으면서 비로소 쇤베르크의 음악을 완전히 이해했고, 이를 바탕으로 이 소설에서 레버퀸의 음악에 관한 부분들을 집필할 수 있었다고 고백한 바 있다. 토마스 만이 말한 아도르노의 음악론은 국내에도 『신음악의 철학』으로 번역되어 있다.

은 자신이 레버퀸에 비하면 '아주 평범한' 지성의 소유자이고, 음악과 같은 마성의 세계에는 둔감한 문외한이며, 인간적인 것을 존중하는 소박한 인문주의자이고, 또 이 기록은 어디까지나 '전기'일 뿐이지 '소설'은 아니라는 점을 거듭 강조하고 있다. 액면 그대로 받아들이면, 그는 전통적 휴머니즘에 대한 소박한 믿음을 지닌 평범한 교사인 것처럼 보인다. 하지만 앞의 인용문에서 보듯이 그가 레버퀸의 음악 세계에 대해 설명하는 대목들을 읽다 보면 작곡가인 레버퀸 자신보다 그의 음악 세계에 더 정통해 있다는 느낌마저 받게 된다. 그리고 악마의 웃음소리와 천사의 합창이 뒤바뀐 신성 모독의 음악 작품에 대해 차이트블롬은 그 섬뜩함에 전율하면서도 경탄해 마지않고, 최고의 찬사를 보낸다. 그런 한에는 차이트블롬의 의식 심층에는 레버퀸과 마찬가지로 마성에 끌리는 무의식이 도사리고 있다고 볼 수 있다. 또한 이 '전기'의 많은 부분에서 차이트블롬은 자기가 비록 사건의 현장에 없었지만 레버퀸을 향한 애정에 힘입어 오히려 현장에 있었던 사람들보다 더 정확하게 상황을 묘사할 수 있노라고 거듭 말한다. 그는 눌변의 전기 기록자가 아니라 탁월한 이야기꾼인 것이다. 나아가 차이트블롬은 레버퀸의 생애에 대한 관찰자의 역할에만 머물지 않는다. 그는 레버퀸 못지 않게 '전형적인 독일인'의 모습을 보여 준다. 앞에서 말한 그의 성격의 이중성 자체가 곧 작가의 말대로 '추상적인 사변'과 '신비적인 감성'의 극단을 공유하는 독일인의 전형에 해당된다. 그리고 궁극적으로는 차이트블롬 역시 소박한 인문주의자가 아니라 패러디의 대상이다. 요컨대 그는 레버퀸의 가장 가까운 친구이면서도 친구의 파탄을 막지 못한다. 단적인 예로, 레버퀸이 이미 실성한 상태에서 사람들을 불러 모아 고별사를 하는 장면에서도 차이트블롬은 끝까지 사태를 방관하고 있을 뿐이다. 뿐만 아니라 차이트블롬이 신봉하는 휴머니즘은 레버퀸의 지성이 악의 불로 단련되는 과정에서 기껏해야 연습 상대 정도의 역할을 할 뿐이다. 또한 차이트블롬은 1차 세계 대전 당시까지만 해도 독일의 승전을 바라던 국수주의자였다. 작가는 이 모든 이중성을 통해 폭력과 광기가 난무하는 이 극단의 시대에 전통적인 휴머니즘이라는 것이 얼마나 무기력하며, 심지어 건전한 양식을 지닌 지식인조차도 어떻게 폭력적인 권력의 시녀로 전락할 수 있는가를 넌지시 꼬집고 있는 것이다. 이러한 이유에서 토마스 만은 레버퀸과 차이트블롬이 "근본적으로 동일한 인물"이라고 했다. 둘을 합친 성격이 곧 독일 정신의 파탄을 가져오고 나치 제국 같은 파국적 사태를 초래한 독일인의 전형이라는 것이다. 음악으로 말하면 대위법적 대칭 관계로 동일한 작품의 구현에 기여하는 셈이다.

차이트블롬처럼 비중 있는 인물이 아닌 경우에도 레버퀸과 미묘하게 연결되는 인물들이 수시로 등장한다. 가령 클라리사 로데와 이네스 로데 자매의 경우도 그렇다. 연극배우 지망생이던 클라리사 로데는 제대로 인정받지 못하고 평범한 결혼을 꿈꾸지만, 한때 정부였던 변호사의 협박에 못 이겨 결국 스스로 목숨을 끊는다. 겉으로 봐서는 레버퀸과는 전혀 무관해 보이지만, 예술에 대한 열정을 건강한 삶의 동력으로 전환하지 못한 채 스스로 삶을 포기한다는 점에서는 자신의 삶을 남김없이 소진해서 창작의 연료로 바치는 레버퀸과 깊은 친화성이 있다. 그런가 하면 이네스 로데는 한때 정부였던 바이올리니스트 슈베르트페거가 자기를 버리고 다른 여성과 결혼하려 하자 전철 안에서 그를 총으로 쏘아 죽인다. 이미 말한 대로 이런 사태를 배후에서 연출한 장본인은 레버퀸이므로, 이네스 로데는 레버퀸의 살인 도구가 되는 셈이다. 자살과 살인을 저지르는 이 두 여성을 통해 세상을 멀리하는 레버퀸의 철저한 고립과 금욕주의가 실은 언제 터질지 모르는 극단적인 가학 피학 성애의 폭력성을 숨기고 있다는 사실이 암시되고 있다.

이 소설은 또한 토마스 만의 유명한 몽타주 기법이 유감없이 발휘된 작품이다. 무엇보다 파우스트 모티프의 차용 자체가 거대한 스케일의 몽타주라 할 수 있을 것이다. 성경과 고중세의 문헌들, 근현대의 문학 작품들에서 직간접으로 인용하거나 변형하여 삽입한 수많은 구절들은 겉으로 명확하게 드러나는 몽타주에 해당된다. 그런 구절들은 이 소설의 문맥 안에서 의미를 다채롭고 풍성하게 하는 역할을 한다. 그 밖에도 인물의 성격 조형이나 사건의 배치, 혹은 아주 작은 세부 묘사에 이르기까지 이 소설은 숨겨진 형태의 몽타주로 가득하다. 레버퀸이 성병에 걸려 마침내는 치매 상태에 빠지는 상황은 니체의 말년을 떠올리게 한다. 실제로 차이트블롬이 치매 상태에서 의식이 없는 어린아이로 퇴행한 레버퀸을 찾아갔을 때 꽃을 들고 가는 장면은 니체의 친구가 치매 상태의 니체를 방문했을 때의 일화를 거의 그대로 옮겨 온 것이다.

토마스 만은 심지어 가족사의 비극까지도 소설의 소재로 곧잘 차용한다. 앞에서 말한 클라리사와 이네스 두 자매는 토마스 만의 두 여동생을 떠올리게 하는데, 그녀들은 젊은 나이에 스스로 목숨을 끊었던 것이다. 보통 사람 같으면 두 번 다시 돌아보고 싶지 않을 끔찍한 기억을 소설의 재료로 끌어들일 만큼 토마스 만은 '소설가'라는 직분에 잔인할 정도로 충실했고, 그런 점에서는 사랑하는 이의 생명을 음악의 재료로 사용하는 레버퀸에 못지 않다. 하긴 토마스 만 자신이 인간 본성의 어두운 마성을 깊이 경험하지 않았다면 어떻게 레버퀸 같은 인물을 만들어 낼 수 있었겠는가.

이 소설에서 크고 작은 모든 부분들은 작품 전체와 연관되어 독특하고도 풍부한 의미를 함축한다. 사소한 것처럼 보이는 부분도 예외가 아니다. 가령 앞에서 언급한 이네스 로데의 살인 장면에서 차이트블롬은 총에 맞고 쓰러진 슈베르트페거를 전철 바로 옆에 있는 뮌헨 대학 수위실(겸 응급실)로 옮겨서 응급 처치를 하고 경찰과 병원에 연락을 하려고 하는데, 수위실에 들어가는 장면을 "초인종을 눌러서 1층에 있는 수위를 불러내느라고 얼마나 애를 썼는지 생각만 해도 울화가 치밀 지경이다."라고 짤막하게 묘사하고 있다. 이것은 차이트블롬의 다급한 심정을 에둘러 표현한 것일 수도 있고, 이 위급한 상황이 과연 어떻게 결판날지 궁금해하는 독자의 궁금증을 더 고조시키기 위한 기법일 수도 있다. 사실 이 문맥에서는 달리 해석될 여지가 없어 보인다. 그런데 소설의 전혀 다른 대목(21장 첫 부분)에서 차이트블롬은 (히틀러 치하에서) 뮌헨대 학생들의 소요 사태가 있었고 주동자가 처형되었다는 이야기를 무미건조한 보도체의 어조로 삽입하고 있는데, 그 역사적 사건과 앞의 수위실 장면은 무관하지 않다. 1943년 2월 18일 반(反)나치 비밀 조직 '백장미'의 일원이었던 뮌헨대 학생 한스 숄, 조피 숄 자매와 크리스토프 프로프스트가 체포되어 나흘 만에 처형되었고, 그해 4월까지 팔십여 명이 추가로 체포되어 그중 두 명이 더 처형되었다.* 그런데 당시 나치 정권을 규탄하는 비밀 전단을 강의실에서 몰래 나눠 주던 여학생 잉게 숄을 게슈타포에 밀고한 사람이 공교롭게도 이 소설에서 언급되는 뮌헨 대학교 수위였다. 이 역사적 사실을 다 아는 독일 독자라면 토마스 만이 이 장면에서 어째서 하필 수위실을 끌어들이고, 수위에 대해 이런 식으로 묘사하는지 저절로 이해가 될 것이다. 그렇다고 단지 히틀러 정권의 일개 말단 하수인 노릇을 했던 사람에게 쾌씸한 심기를 표현한 것만은 아니다. 실연의 후유증으로 마약 중독에 빠져 있던 이네스 로데가 옛 정부의 결혼 소문에 격분해, 더구나 그 악사가 연주를 마치고 화려하게 각광 받은 바로 그날 저녁, 그것도 수많은 사람들이 타고 있는 전차 안에서 그에게 총을 난사하는 엽기적인 히스테리의 발작은 꽃다운 나이의 대학생들을 처형하고 인류를 상대로 야만적 만행을 저지른 히틀러 정권의 집단 히스테리와 무관하지 않다는 것을 이 장면을 통해 강하게 환기시켜 주는 것이다. 이처럼 한 인물의 개인사를 시대사 전체와 연결해 조형하는 방식 역시 토마스 만 특유의 장기이다.

이처럼 다양한 구성 원리와 기법을 통해 허구와 현실, 신화와 역사, 작품의 부분과 전체, 형식과 내용을 노련하게 엮어 가는 솜씨야말로 토마스 만의 대가다운 면모를 여실히 보여 준다. 토마스 만이 이 소설을 자신의 작품 중에 "가장 모험

---

* 훗날 이들의 죽음을 추모하는 뜻에서 뮌헨 대학교 본관 앞에 있는 광장이 '숄 자매 광장'으로 명명되었다.

적이고 비밀스러운 작품"이라고 한 것도 그런 맥락에서 이해할 수 있을 것이다. 독자들은 전통적인 사실주의 소설을 읽을 때 흔히 그러하듯 줄거리와 사건에 너무 얽매이지 말고, 이 작품의 모든 부분들을 차분히 음미하면서 정독할 때 비로소 이 소설을 어렵지 않게, 그리고 재미있게 읽어 나갈 수 있을 것이다. 토마스 만 자신도 이 소설의 난해성을 의식했는지 한 가지 독법을 추천했는데, 일단 처음부터 끝까지 한 번 통독해서 전체적인 개요를 조망하고, 작품의 결말을 다 아는 상태에서 처음부터 다시 아주 천천히 음미하면서 읽기를 권했다. 시간이 있는 독자들은 그렇게 읽는 방법이 최선책이 아닐까 싶다. 그리고 음악에 관심과 흥미가 있는 독자들이라면, 이 소설에서 비교적 길게 언급되는 다양한 음악 작품의 해당 부분들을 직접 들으면서 소설을 읽어 나가면 금상첨화일 것이다. 나아가서, 이 소설을 소재로 한 오페라와 오라토리오도 있으니* 관심이 있는 독자들은 음악을 다룬 이 소설이 역으로 어떻게 음악적으로 해석되는지도 참고해 볼 수 있을 것이다.

끝으로 이 번역서가 나오기까지 감사드려야 할 분들이 있다. 벌써 여러 해 전, 민음사에서 이 소설의 번역 출판을 제의하여 처음 작업에 착수하게 되었다. 이런 제안이 없었더라면

---

* 독일 태생의 네덜란드 작곡가 콘라트 뵈머(Konrad Böhmer, 1941~)는 이 소설을 모델로 삼아 오페라 「파우스트 박사」(1983/84)를 작곡하여 함부르크 시가 수여하는 '롤프 리버만 상'을 수상했고, 이 오페라 발표 직후 이 소설에서 레버퀸이 작곡한 작품으로 나오는 「그림으로 보는 묵시록」(1985/85) 오라토리오도 작곡했다. 두 작품 모두 음반으로 나와 있다.

번역 작업을 시작할 생각도 하지 못했을 것이다. 하지만 필자 혼자 이 방대한 작업을 감당할 엄두가 나지 않아서 전북대학교 사범대학 독어교육과에 재직중인 박병덕 교수님께 공동 작업을 부탁드렸고, 다행히 박 선생님께서 후배의 제안에 흔쾌히 응해 주셔서 공동 작업이 성사되었다. 박병덕 선생님이 1장부터 25장까지의 번역을 맡고 후반부를 필자가 맡아서 일단 번역 초고를 마무리한 다음, 각자 번역한 부분을 서로 바꾸어서 검토하는 방식으로 2단계 작업을 거쳤고, 그다음에는 각자 처음부터 끝까지 읽으면서 수정했으며, 마지막으로 필자가 한 번 더 전체를 읽으면서 최종 마무리를 했다. 여러 해에 걸친 공동 작업을 함께 감당해 주신 박병덕 선생님께 진심으로 감사를 드린다. 아울러 음악과 관련되는 부분들에 대해 일일이 조언을 해 주시고 음악 용어의 번역까지 바로잡아 주신 전북대학교 사범대학 독어교육과 이신구 교수님께 깊이 감사드린다. 마지막으로, 탈고 예정 기한을 훨씬 넘길 때까지 여러 해 동안 인내심을 가지고 기다려 준 민음사 편집부에 고마운 마음을 전한다.

2010년 4월
임홍배

작가 연보

1875년   6월 6일 북부 독일의 항구도시 뤼베크에서 곡물
          무역상 겸 시의원이던 토마스 요한 하인리히 만
          (Thomas Johann Heinrich Mann)과 어머니 율리아
          다 실바브룬(Julia da Silva-Bruhn) 여사의 둘째 아
          들로 태어남.
1889년   실업계 중고등학교 입학.
1891년   아버지가 51세로 세상을 떠남. 100년 동안 운영해
          온 곡물 회사 청산.
1893년   뮌헨으로 이주. 뮌헨 대학교 청강생으로 등록.
1894년   첫 단편소설 「전락(Gefallen)」 발표.
1895년   형 하인리히 만과 함께 최초로 이탈리아 여행.
1896년   다시 이탈리아 여행을 떠나 1898년까지 체류함. 단
          편소설 「환멸(Enttäuschung)」, 「행복에 대한 의지
          (Der Wille zum Glück)」 발표.

1897년	첫 장편소설 『부덴브로크 가의 사람들(Buddenbrooks)』 집필 시작. 첫 단편집 『키 작은 프리데만 씨(Der kleine Herr Friedemann)』 출간.
1898년	뮌헨에서 발행하는 《짐플리치시무스(Simplizissimus)》 지(誌) 편집부에 근무.
1900년	이 개월 동안의 군 복무 끝에 의병(依病) 제대함.
1901년	『부덴브로크 가의 사람들』 출간.
1902년	중편소설 「트리스탄(Tristan)」 발표.
1903년	중편소설 「토니오 크뢰거(Tonio Kröger)」 발표.
1905년	카타리나 프링스하임(Katharina Pringsheim)과 2월에 결혼. 11월에 장녀 에리카 만(Erika Mann) 태어남.
1906년	장남 클라우스 만(Klaus Mann) 태어남.
1909년	장편소설 『대공 전하(Königliche Hoheit)』 발표. 차남 골로 만(Golo Mann) 태어남.
1910년	차녀 모니카 만(Monika Mann) 태어남. 연극배우로 활동하던 여동생 카를라 만(Carla Mann) 음독 자살.
1911년	베네치아 여행.
1912년	중편소설 「베니스에서의 죽음(Der Tod in Venedig)」 발표.
1913년	장편소설 『마의 산(Der Zauberberg)』 집필 시작.
1914년	1차 세계 대전을 옹호하는 글을 발표해 형 하인리히 만과 1933년까지 결별.
1918년	삼녀 엘리자베트 만(Elisabeth Mann) 태어남.
1919년	삼남 미하엘 만(Michael Mann) 태어남. 본 대학에서 명예박사 학위를 받음.

1923년	어머니 사망.
1924년	『마의 산』 출간.
1927년	여동생 율리아 자살.
1929년	노벨 문학상 수상.
1930년	단편소설 「마리오와 마술사(Mario und der Zauberer)」 발표.
1933년	히틀러가 권력 장악. 장편소설 『요셉과 그 형제들(Joseph und seine Brüder)』 제1부 「야곱 이야기(Die Geschichten Jaakobs)」 간행. 유럽 순회 강연 도중 스위스로 망명해 1938년까지 취리히 호반의 퀴스나흐트에 정착.
1934년	『요셉과 그 형제들』 제2부인 「어린 요셉(Der junge Joseph)」 간행. 미국 출판사의 초청으로 최초의 미국 여행.
1935년	2차 미국 여행.
1936년	『요셉과 그 형제들』 제3부인 「이집트에서의 요셉(Joseph in Ägypten)」 간행. 독일 국적을 박탈당하고 체코슬로바키아 국적 취득.
1937년	3차 미국 여행.
1938년	미국으로 이주.
1939년	장편소설 『바이마르의 로테(Lotte in Weimar)』 발표.
1940년	캘리포니아로 이주. 이해 10월부터 1945년 5월까지 BBC방송을 통해 55회에 걸쳐 히틀러 정권과 전쟁을 비판하는 방송을 함.
1943년	『요셉과 그 형제들』 제4부인 「부양자 요셉(Joseph,

der Ernährer)」 간행. 이로써 요셉 소설 완간. 『파우스트 박사 — 한 친구가 이야기하는 독일 작곡가 아드리안 레버퀸의 생애(Doktor Faustus. Das Leben des deutschen Tonsetzers Adrian Leverkühn, erzählt von einem Freunde, 이하 파우스트 박사)』 집필 시작.

1944년   미국 시민권 취득.

1947년   『파우스트 박사』 발표.

1949년   『「파우스트 박사」의 집필 과정 — 소설에 대한 소설(Die Entstehung des Doktor Faustus. Roman eines Romans)』 간행. 아들 클라우스 만 자살. 동생 빅토르 만 사망.

1950년   형 하인리히 만 사망.

1951년   장편소설 『선택된 인간(Der Erwählte)』 발표.

1952년   유럽으로 돌아와 취리히 부근에 정착.

1954년   1909년에 집필을 시작한 장편소설 『고급 사기꾼 펠릭스 크룰의 고백(Bekenntnisse des Hochstaplers Felix Krull)』 발표.

1955년   네덜란드 방문 중에 혈전증이 발병해 취리히 시립 병원으로 옮겨졌다가 그곳에서 8월 12일 80세를 일기로 세상을 뜸.

세계문학전집 **245**

파우스트 박사 2

1판 1쇄 펴냄 2010년 4월 16일
1판 14쇄 펴냄 2023년 3월 14일

지은이 토마스 만
옮긴이 임홍배, 박병덕
발행인 박근섭, 박상준
펴낸곳 (주)민음사

출판등록 1966. 5. 19. (제 16-490호)
서울특별시 강남구 도산대로1길 62(신사동) 강남출판문화센터 5층 (우편번호 06027)
대표전화 02-515-2000 팩시밀리 02-515-2007
www.minumsa.com

© 임홍배, 박병덕, 2010. Printed in Seoul, Korea

ISBN 978-89-374-6245-0 04800
ISBN 978-89-374-6000-5 (세트)

* 잘못 만들어진 책은 구입처에서 교환해 드립니다.

세계문학전집 목록

세계문학전집은 계속 간행됩니다.